가이 포크스

디스커버리

옮긴이 유지훈 | 글쓴이 W. 해리슨 아인스워드

Guy Fawkes: The Discovery

Published in 2022

by Tunamis Publishing

Copyright © 1840 by William H. Ainsworth

Inquiries should be addressed to Tunamis Publishing
206 Happiness Bd. 3rd floor, 735, Jeongjo-ro, Paldal-gu, Suwon-si, Gyeonggi-do, South Korea

ISBN: 979-11-90847-16-2(03840)

화약을 내리는 가이 포크스와 케이츠비

"이번에는 사악한 계략을 꾀하는 데 동원된 수단을 짚어볼까 합니다. 생각할수록 잔인하고 괘씸하기 그지없습니다. 땅굴을 파 서른여섯 통이나 되는 화약을 매설했고 피해를 최대한 키우기 위해 철근과 돌덩이와 목재를 화약통 위에 얹었습니다. 재판장님! 하마터면 화풍火風이 일고 천지가 요동할 뻔했습니다!"

— 화약 테러사건 공모자 재판에 등장한 코크 경의 변

지난번 킹스턴 리슬에 잠시 머물렀을 때 제가 탈고를 앞두고 있다는 것을 알고 계셨지요. 그땐 원고에 집중해야 하는 탓에 어머니의 지인과는 제대로 어울리지도 못했습니다. 그런 데다, (그리 답답하진 않았습니다만) 돌아다닐 수 있는 곳이 여의치 않다 보니 어머니가 즐겨 찾는 멋진 언덕에도 동행하질 못했습니다. 형편은 그랬어도 집필 현장이 댁과 무관하지 않다는 사실에 흐뭇해하시니 마음이 좀 놓였습니다. 그래서 어머니의 성함을 비롯하여 선한 마음씨와 도의, 그리고 정에 대해 느낀 진가를 기록하지 않을 수가 없었습니다. 저명한 작가에게서나 찾아볼 수 있을법한 정이랄까요. 어머니의 손길에 밴 관심과 배려를 생각하노라면 감사가 끊이질 않을 것 같습니다.

모쪼록 이웃에게는 행복을 두루 전하시고, 정이 돈독하여 서신을 주고받는 친지에게는 즐거움과 편달에 늘 기여하며 손자들이 꿈을 이룰 때까지, 고매하고 숭고한 부친의 발자취를(물론 조부의 발자취도!) 밟아가는 모습을 볼 수 있을 때까지 장수하시길 기원합니다.

사랑하고 감사하는 벗
W. 해리슨 아인스워드

해로우 로드, 켄슬 저택에서
1841년 7월 26일

프롤로그

제임스 1세가 통치할 무렵, 로마가톨릭을 억압할 요량으로 도입한 전제군주의 조
례는 린가드 박사가 힘찬 필치로 신빙성 있게 서술한 바 있다. 작품의 프롤로그를 장
식하는 데 안성맞춤일 듯싶어 아래와 같이 발췌키로 했다. 양심적인 거부자에게 가혹
한 처벌법은 부활한 이후 점차 강도가 높아지면서 (필자가 차차 써나갈) 모반으로까
지 비화되고 말았다.

"엘리자베스 집권 당시 틀이 잡힌, 포학하고도 잔인한 법은 다시 재정된 후 더욱 가
혹해졌다. 이를테면, 영토 내에서는 해외 대학이나 신학교에서 공부한 전적이 있거나
거주한 이력이 있는 사람이나, 앞으로 그럴 계획이 있는 사람은 토지나 연금이나 동산,
채권 혹은 상당한 액수의 돈을 상속·매매할 수 없고 소유권을 행사할 수도 없었다.
신학생은 가정교사로 위장하여 감시를 피했으나 주교의 승인이 떨어지기 전에는 누구
도 민간과 공공기관을 막론하고 기초문법조차 가르칠 수 없었다.

"과거에는 관용을 지켜온 왕이었기에 교묘한 언변으로 형벌을 집행하고 보니 성과
는 실로 놀라웠다. 왕은 거부자의 과실이라면 치를 떠는 척하긴 했지만 관용을 베풀면
언젠가는 왕명에 복종할 거라는 마음에 당분간은 처형을 삼갔다. 그러나 왕의 기대는
기만을 당하기 일쑤였다. 가톨릭 교도의 항명이 국왕의 자비를 기화로 더욱 강성해지
자 그들은 은혜를 베풀 가치가 없다는 판단에 가혹한 법의 심판대에 내몰렸다. 예를
들어 매월(음력) 12파운드씩 추징하던 벌금형이 재개되었는데, 본디 유예기간뿐 아니
라 해당 일시에도 꼬박꼬박 벌금을 물어야 했지만 열세 번씩 납부하던 것을 단번에 추
징한 터라 중산층 가정도 하루아침에 노숙자로 전락하고 말았다. 이게 끝이 아니었다.
제임스 주변에는 가난한 시골주민이 많았다. 그들은 사치스런 취미를 즐기는가 하면
바라는 것도 많아 요구가 끊일 날이 없었다. 제임스는 아우성치는 측근을 만족시키기
위해 한 가지 방편을 생각해냈다. 좀더 부유한 거부자에게서 탈취한 재산권을 그들 명
의로 이전한 것이다. 제임스는 거부자라면 으레 제 이름만으로도 법을 집행할 수 있었
기 때문에 그들이 이를 모면하려면 종신연금이나 거액의 자금을 단번에 헌납하는 절충

안에 순응할 수밖에 없었다. 지금이야 상상도 할 수 없겠지만 당시 두 민족은 시기심이 극에 달한 때였다. 왕의 금고에 자금이 들어갈라치면 거부자가 불만을 성토할 법도 했지만 잉글랜드인은 왕 때문에 이방인에게 속절없이 당할 수밖에 없었다. 왕은 스코틀랜드 하인이 사치를 누릴 수 있다면 거부자의 재산을 갈취해서라도 그들을 배려했기 때문이다. 이로써 부정행각에 대한 치욕은 점점 배가되고, 이미 상처받은 감정의 골은 더욱 깊어져 가장 온건한 주민조차도 절망스런 지경에 이르고 말았다." 화약테러 미수사건은 이처럼 개탄스러운 상황을 기화로(과장은 전혀 보태지 않았다) 촉발되었다.

랭캐스터 카운티는 가톨릭 가정이 다수를 차지해왔고 그때만큼 위원회의 소송이 엄격한 적은 없었다. 맨체스터는 거부자가 모두 투옥된 곳으로 '열성파' 신도인 워든 헤이릭은 이를 "애굽(이집트)의 고센 땅(성경 출애굽기에서 이스라엘 백성이 이집트에 머물던 곳—옮긴이)"이라 부르기도 했다. 앞으로 그릴 역사의 초기 무대 역시 맨체스터를 비롯한 주변 마을에 집중되어 있다. 인심이 후한 블루코트 병원 설립자를 서두에 소개한 점을 두고는 사과해야 할까도 싶었지만 이를 계기로 마을주민들의 의식이 되살아나 그에게서 입은 은택을 좀더 생생히 감사할 수 있게 된다면 후회하진 않을 것 같다.

비비아나 래드클리프는 충실하고도 독실한 가톨릭 신도로서 당대 실존했던 인물처럼 묘사하기 위해 노력했다. 야심에 사로잡힌 양심은 묻어둔 케이츠비는 종교라는 허울 속에 계략을 감추려는 인물로, 가넷은 명석하고 믿음직한 예수회 일원으로 그린 반면 가이 포크스는 미신에 미련을 둔 비관적인 인물로 묘사했다. 집필 내내 염두에 둔 원칙 하나는 '감정을 절제하자'는 것이었다.

기존 작품 중 하나를 고의로 그릇 해석하고, 필자의 의도와는 사뭇 다른 의도와 목적을 작품에 끼워 맞춰온 독자라면 『가이 포크스』 또한 정당한 대우는 기대하기 어려울 것이다. 그러나 좀더 넓게 보면 안목이 남다른 덕에 필자를 후원하고 지지해주는 독자도 있으니 그들이라면 너그러운 마음으로 작품의 진가를 공정하게 평가해줄 거라 믿기에 자신감을 갖고 집필에 전념할 생각이다.

형장에 끌려간 가이 포크스

차례

가이 포크스

디스커버리

화약

오드설 성에서 출발한 지 엿새째 되는 날, 일행은 수도 런던에 거의 다 다랐다. 하이게이트 산을 내려올 무렵 해가 뉘엿뉘엿 저물고 있었다. 태곳적부터 이어온 고풍스런 운치가 정점을 찍을 그때의 장관이 어찌나 황홀했던지 이를 응시하던 비비아나는 풍경을 감상하고 싶은 마음에 잠깐 멈춰달라며 양해를 구했다. 길을 멈춘 그곳에서 클러켄윌까지 개활지가 탁 트였고 빛바랜 잿빛 성벽과 일행 사이에는 몇 안 되는 가옥이 띄엄띄엄 자리를 잡고 있었다. 대문과 방호시설은 상거가 먼데도 육안으로 식별이 가능했다. 그 위로 세인트 폴 대성당의 거대한 본체와 중앙 탑이—그간 지켜본 것 중 가장 돋보이는 건축물이다—우뚝 솟아 있었다. 헤아릴 수 없이 많은 박공(gables, 처마에서 뾰족한 지붕 끝까지 뻗어 있으며, 고대 그리스 신전에서 박공을 페디먼트라고 불렀다—옮긴이)과 뾰족한 지붕, 가옥의 뒤틀린 굴뚝 가운데 조그마한 탑과 첨탑이 쭈뼛쭈뼛 올라 절경의 멋을 한층 더했다. 넋을 잃고 장관을 바라보던 비비아나는 슬픔도 잊은 듯했다. 일행보다 조금 앞서 가던 가이 포크스와 케이츠비는 서쪽으로 시선을 돌렸다. 이 때 가이 포크스가 동료를 향해 운을 뗐다.

"의사당 너머로 해가 지고 있소. 하늘이 피로 물든 것 같으니 마치 앞 날을 보여주는 듯하구려."

"난 폭발하는 의사당을 이 산에서, 아니 저 높은 곳에서 기꺼이 보리 다." 케이츠비가 햄스테드 쪽을 가리키며 대꾸했다. "보기 드문 광경이 펼쳐질 것이오."

"뜬 눈으로는 볼 수 없을 것 같소." 가이 포크스가 침울한 어조로 탄 식했다.

"뭐요! 아직도 낙심하고 있는 거요?" 케이츠비가 나무라듯 일갈했 다. "몸이 회복된 후로는 두려움을 떨쳐버렸다고 생각했소이다."
"오해하지 마시오. 내 말은 원수와 함께 죽을 거란 뜻이었소."

"왜 그렇소? 도화선에 불을 붙이고도 탈출할 시간은 충분하오!" 케 이츠비는 언성을 높였다.

"굳이 그러진 않을 거요. 난 현장에 남겠소. 내가 죽으면 영광스럽게 세상을 떠날 수 있을 테니."

"신앙이 부흥하고 권리가 회복되는 것을 보는 편이 나을 거요. 그 문 제는 나중에 다시 이야기합시다. 가넷 신부님이 오시는 군요."

"오늘밤엔 어디서 묵을 생각이오?" 신부가 말에 오르며 물었다.

"람베스에 있는 숙소입니다. 화약을 비축해둔 곳이지요." 케이츠비가 말했다.

가넷 신부는 초조한 기색으로 물었다. "안전하겠소?"

"신부님, 여느 곳보다 안전할 겁니다. 날이 저물면 포크스와 화약을 옮길 터인데 더는 지체할 여유가 없습니다. 성문이 닫히기 전에 성을 통과해야 하니까요."

가넷은 말없이 고개를 끄덕였다. 비비아나에게는 낙오해선 안 된다고 일러두었다. 불미스런 사건 이후 케이츠비가 그녀와 말을 섞지 않았고 그녀에게 눈길도 주지 않은 채 여정 내내 거리를 두었기 때문이다. 그들은 신속히 진행하여 곧 성벽에 이르렀다. 크리플게이트를 지나 런던 브릿지 쪽으로 진로를 정했다. 이때 비비아나는 눈앞의 광경에 마냥 놀랐다. 예전에 본 것과는 사뭇 다른 큼지막한 상점이 즐비했다. 사람이 붐빌 시간이 아닌데도 거리에는 숱한 무리가 모여들었다. 행인이 입은 옷도 각양각색이었다. 화려한 망토와 과도한 주름에 부푼 바지, 깃털을 단 모자, 한량과 부랑자들의 거들먹거리는 걸음은 수수한 옷차림의 상인과 대조를 이루었다. 실랑이도 끊이질 않았다. 눈과 귀로 체감되는 만상이 놀랍고 흥미로웠다. 일행이 재촉하지 않았더라면 호기심에 취해 속도를 늦췄을 것이다.

꼬부랑길로 이어진 이스트칩을 지나자 한 사내가 홀연히 나타나 길을 막았다. 그는 가넷 신부에게 달려가 고삐를 부여잡고 소리쳤다.

"당신을 체포한다! 로마 천주쟁이 맞지?"

"아닙니다, 저도 나리처럼 개신교인(프로테스탄트)입니다. 일행과 먼 길을 왔습죠."

"모두가 한 패거리 아닌가!" 사내가 받아쳤다. "당신은 예수회 수도원장인 가넷 신부고, 내가 헛다리를 짚지 않았다면 옆에 있는 당신은 서열이 같은 올드콘 신부일 테고. 사실이 아니라면 반박해 보시지. 추밀원에 같이 가줘야겠어. 못가겠다면 이 사람들 힘을 빌릴 수밖에 ...."

가넷은 당장 조치를 취하지 않으면 어디론가 끌려갈 거란 생각에 마음을 단단히 먹고 목청껏 소리를 지르기 시작했다. "여러분! 도와주시오! 이 놈이 돈주머니를 빼앗으려 하고 있소이다!"

"이 사람은 가톨릭 사제요! 체포할 수 있도록 도와주시오!" 사내도 고함을 쳤다.

상반된 주장에 어찌할 바를 모르던 행인들이 삼삼오오 모이는 동안, 케이츠비보다 조금 앞서 가던 가이 포크스는 말을 돌렸다. 정황을 파악한 그는 즉각 집어든 단총의 개머리로 사내를 쓰러뜨렸고 위기를 모면한 가넷은 박차를 가했다. 도망자들이 일제히 속력을 높이자 행인들의 언성이 높아졌고 몇몇은 가이 포크스의 뒤를 밟기도 했다. 결국 그들은 현장을 무사히 빠져나왔다.

런던 브릿지에 이르렀을 때 근래의 사태로 빚어진 공포에서 어느 정도 회복된 비비아나는 어렵사리 주변을 둘러보았다. 교각을 건너고 있다는 사실이 믿겨지지 않았다. 길쭉한 가옥들이 길거리street 같은 인상을 주었으므로 고도가 높은 개활지 사이의 강을 언뜻 보지 않았다면 '일행이 길을 잘못 들었다'고 오해했을 것이다. 사우스워크 방면으로 난 옛 관문(훗날에는 '반역자의 탑' 이라 불렸다)에 이르자 창에 얹힌 머리를 손가락으로 가리키며 포크스에게 소리쳤다.

"포크스 님의 머리는 저곳에 두지 말게 하소서."

포크스는 입을 다문 채 낮고 어두운 아치 밑을 서둘러 지나갔다.

그들은 오른쪽 길로 세인트 세이비어 교회의 담을 따라가다 글로브 극장에 근접했다. 극장 위로 휘장이 펄럭였고 옆으로는 베어가든이 인접해 있었다. 야만스런 수감자의 기척이 크게 들렸다. 가넷은 일행이 지나가던 극장을 가리켰다. 비비아나는 글귀를 읽으며 그렇게나 단출한 무대—요즘 극장에 비하면 헛간이나 다를 바 없었다—에서 상연한 극작에 친숙해졌다. 그녀는 호기심을 갖고 극장을 응시했다. 또 다른 극장—스완(백조)—도 금세 시선을 끌었다. 이를 뒤로 하니 탁 트인 시골길이 펼쳐졌다.

날이 점점 어두워지자, 케이츠비는 오른편 소로로 이동하며 그와의 거리를 유지하라고 소리쳤다. 그들이 지나고 있는 육로는 평탄했지만 질벅했다. 공기가 습해—습지가 마르지 않기 때문인데 나중에도 별반 달라지진 않았다—오래 노출되면 병이라도 걸릴 성싶었고, 자욱한 안개로 시야는 더 흐려졌다. 그러나 케이츠비는 속도를 늦추지 않았다. 일행도 서둘러 그들 뒤따랐다. 다시 오른쪽으로 방향을 틀자 강이 가까워졌는지 안개가 더 짙어졌다.

케이츠비가 돌연 걸음을 멈추며 말했다.

"근방에 인가가 있을 겁니다. 안개가 심해 더는 진행이 어려울 듯합니다. 제가 인가를 찾을 테니 여기서 기다려 주십시오."

"지금 떠나면 쉽사리 만나진 못할 텐데요."

케이츠비는 포크스의 말이 끝나기도 전에 사라지고 없었다. 얼마 후 말발굽 소리가 들리기 시작했다. 포크스는 케이츠비라 생각하며 그를 맞이했다.

기수는 말없이 계속 다가왔다.

그제야 케이츠비의 목소리가 들렸다. "맞소, 나요."

육성이 들리는 쪽으로 서둘러 가보니 어둠 사이로 낮은 건물이 시야에 들어왔다. 말에서 내린 케이츠비가 문 앞에 서 있었다.

"이방인도 있군요." 말을 타고 오던 포크스가 낮은 어조로 말했다.

"어디에 말이오?"

"여기요. 놀랄 것 없소이다. 난 같은 편이니." 혹자가 입을 열었다.

"말보다는 좀더 확실한 증거가 있어야 할 것 같소만 …, 근데 당신은 누구요?" 케이츠비가 물었다.

"로버트 키스네. 내 목소리도 까먹은 건가?"

"정말 몰랐네. 당도한 시각이 공교롭게도 우리와 맞아 떨어졌군. 근데 여긴 왜 왔나?"

"자네와 같은 일 때문 아니겠는가. 모두가 안전한지 둘러보러 왔지. 일행은 누군가?"

"일단 들어가서 이야기함세."

케이츠비가 범상치 않게 문을 세 번 두드리니 창밖으로 빛이 새어나왔다. 집안에서 인기척이 들렸다. "뉘시오?"

"날세." 케이츠비가 대꾸했다.

즉각 빗장이 풀렸다. 토머스 베이츠라는 하인과 케이츠비가 서로 문안했다. 자리를 비운 사이 별고는 없었는지 묻자 하인은 거사에 가담한 퍼시가 이따금씩 들렀고 그 외에는 아무도 얼씬하지 않았다고 했다. 집을 떠날 때나 지금이나 매한가지였다는 것이다.

"다행이군. 말 좀 마구간에 묶어두게."

일행 모두가 말에서 내려 집에 들어가는 동안 케이츠비와 베이츠는 건물 뒤편에 마련해 둔 마구간으로 말을 끌고 갔다. 가옥은 조그맣고 궁색해 보였다. 강가에서 좀 떨어진 외딴 곳, 람베스 습지 언저리에 자리를 잡은 데다 외관도 열악해 보이는 탓에 누구도 들르고 싶진 않을 것 같았다. 한쪽에는 진흙이 뒤덮인 수문이 강과 연결되어 있었다. 집안은 소수만 숙식이 가능했다. 번호를 매긴 네 방 중 가장 좋은 곳은 비비아나가 묵기로 했다. 그녀는 정리가 끝나자마자 방으로 들어갔다. 가넷은 부상으로 팔에 붕대를 감고 있었으나 다른 환부는 거의 회복된 터라 미력이나마 돕고 싶어 비비아나와 함께 머물고자 했다. 하지만 비비아나는 혼자 있겠다며 호의를 거절했다. 가넷이 아랫방으로 내려와 보니 베이츠에게 말을 맡기고 난 케이츠비가 주전부리를 꺼내고 있었다. 단출했지만 고급 와인병이 있어 먹거리가 마냥 부실하지만은 않았다. 이때 가이 포크스는 비비아나에게 식사를 제안했으나 그녀는 피로가 쌓여 쉬어야겠다는 말로 답을 대신했다.

식사를 마치자 케이츠비는 화약의 상태를 점검해야 한다고 주장했다. 보관실에 너무 오래 두어 행여 변질되진 않았을까 우려했기 때문이다. 확인에 앞서 문에 빗장을 걸어두고 창의 덧문도 잠갔다. 가이 포크스는 문 앞에서 보초병을 자처했다. 불을 지핀 적 없는 (난로 안의 연료를 받치는) 쇠살대 아래 둔 깃발을 올리자 보관실로 통하는 내리막 계단이 나타났다. 케이츠비는 등에 불을 밝히고 키스와 함께 내려갔고 가넷과 올드콘은 동행을 거절했다.

보관실은 아치형에 천정은 높았는데 이상하리만치 건조했다. 아마 벽이 아주 두꺼워 그랬던 모양이다. 좌우 양측에는 화약이 가득한 통 스무 개가 정렬되어 있었고 끝자락에는 창과 검, 단창, 대구경총, 화승총, 갑옷 및 투구 등의 무기가 마련되어 있었다. 케이츠비는 통 하나를 꺼내 뚜껑을 열었다. 화약을 보니 습기가 전혀 없고 상태도 온전했다.

"아주 좋아." 그는 의미심장한 미소를 띠며 화약 한 줌을 키스에게 보여주었다. 조금 떨어진 곳에서 키스는 손에 등을 들고 서 있었다.

"의사당 지하실에서도 이렇다면 원수들은 여느 때보다 천국과 더 가까워질 텐데 말이야."

"강은 언제 건널 참인가?" 키스가 물었다.

"오늘밤일세. 컴컴하고 안개도 자욱하니 더할 나위 없이 좋은 날이지. 베이츠!" 케이츠비가 하인을 호출했다. 베이츠는 즉각 계단을 내려왔다. "나룻배가 정박해 있었던가?"

"예, 그렇습니다, 나리."

"지금 당장 강을 건너 의사당에 인접한 거처로 가게나. 페리스에게서 임차해 둔 곳 말이야. 잘 듣게. 동정을 유심히 살펴보고 거사가 순조로울지 이야기해주게."

베이츠가 채비할 때 키스가 동행할 뜻을 밝혔다. 그들은 함께 집을 떠났다. 케이츠비는 화약통 뚜껑을 단단히 잠가두고는 포크스를 불러 도움을 청했다. 둘은 지하실에서 통을 끄집어내 배에 들여놓았다. 두 시간 남짓 지나고 나니 베이츠가 복귀했다. 혼자 돌아온 그는 문제가 될 소지는 전혀 없었다고 보고했다. 키스는 그곳에 머물기로 했다고 한다. 너무 어두운 데다 안개도 잔뜩 껴 강을 건널 수 없었기 때문이다.

"저도 애를 먹었습죠. 경로를 크게 이탈하기도 했습니다요. 칠흑 같이 어두운 밤에 바깥구경을 나온 적은 없었으니까요." 베이츠가 덧붙였다.

"오히려 그게 더 낫지 않겠는가. 감시를 벗어날 수 있을 테니 말일세."

케이츠비의 생각에 가이 포크스도 동감했다. 문에서 몇 미터 안 되는 수문을 통해 남은 화약을 마저 옮기고는 화약통에 방수포를 씌워 배에 실었다. 가이 포크스는 노를 잡고 좁은 만을 따라 배를 몰았다.

베이츠의 말마따나 안개가 너무 짙어 정확한 방향을 잡기란 당최 불가능했다. 그저 운에 맡기는 수밖에 없었다. 기력을 온전히 회복한 포크스는 신속히 노를 저어 중류에 이르렀지만 미처 피할 겨를이 없어 다른 배와 충돌, 이를 전복시켰고 승선해 있던 사람들은 물에 빠지고 말았다.

케이츠비가 가던 길을 가자며 넌지시 진행을 재촉하다 심지어는 으르렁대기도 해봤지만 포크스는 이를 무시한 채 즉각 노 위에 누워 곤경에 빠진 두 사내를 물에서 *끄집어냈다*. 물살이 세지 않아 인명은 별 무리 없이 구했으나 배는 하류로 떠내려가 되찾지 못했다. 수장으로 보이는 사람이 포크스 일행—뱃사공쯤으로 생각했다—에 연신 감사를 표했다. 그들은 거사를 들키지 않기 위해 안간힘을 썼다.

"정말 고맙소. 난 솔즈베리 백작이라 하오. 신분은 밝힐 수 있으니 안심하구려."

"솔즈베리 백작이라 했소? 어찌 이런 일이!" 포크스 옆에 앉아 있던 케이츠비가 노를 잡으며 아연실색했다.

"실은 비밀리에 공무를 감행하던 차라 내 바지선을 쓰진 못했소. 화이트홀로 복귀하는 중에 댁들의 배와 충돌한 거요."

"여기서 철천지원수를 만나다니, 운명의 신이 그의 명줄을 우리의 손에 맡긴 거요." 케이츠비가 낮은 소리로 포크스에게 속삭였다.

"그래서 어찌할 셈이오?" 포크스는 더는 노를 젓지 않는 케이츠비에게 물었다.

"그를 쏘겠소. 총을 꺼낼 테니 잠자코 계시구려."

"그럴 순 없소." 포크스는 그의 팔을 힘껏 쥐었다. "일당과 함께 죽여야 하오."

"지금 빠져나가면 다시는 기회가 없을지도 모르오. 내가 쏘겠소."

"안 되오. 지금은 때가 아니라고 하잖소."

"무슨 말씀이신지 …" 옷이 젖어 떨고 있던 백작이 물었다.

"아무것도 아닙니다." 케이츠비가 급히 둘러대고는 포크스에게 속삭였다. "아니면 던져버리겠소."

"안 된다고 했소."

"오호라! 켕기는 게 있는 모양이군요!" 백작이 외쳤다. "밀수꾼 맞지요? 그래서 배에 증류수 통을 두었을 테고 …. 내가 신고할까 겁도 나겠지. 하지만 그건 걱정 마시오. 날 궁 근방에 데려다 주고 날 믿으시구려."

"방향이 다르니 우리 쪽 사정에 맞출 수밖에 없소이다."

"오늘밤 폐하를 알현해야 하오. 가톨릭 교도를 조사한 중요 문건을 폐하께 전해야 합니다."

"이럴 수가! 문건이라도 빼앗아야 하오!" 케이츠비가 나지막한 소리로 촉구했다.

"문제는 다르지만 쓸모가 있을지도 모르겠소."

"나리! 공교롭게도 가톨릭 교도의 인질이 되고 말았군요. 문건을 넘기는 게 신상에 이로울 거요." 케이츠비가 위협했다.

"이 악당들! 웬 강도짓인가! 먼저 날 죽이고 가져가야 할 것이야!"

"저항하면 둘 다 그리할 수밖에!"

"천만에! 겨뤄보면 알겠지." 솔즈베리 백작이 검을 뽑기 위해 자세를 취했다. "일대일로 한번 붙어보자. 어서 덤벼라, 난 두려울 게 없으니."

백작과 동행했던 사공은 용기가 나질 않아 결투에 가담하지 않았다.

"싸워봐야 승산이 없을 텐데!" 케이츠비는 노를 포크스에게 넘기고 는 전방으로 달려 나갔다. "문서를 순순히 내놓으시지!" 그가 백작의 목을 잡았다. "그러지 않으면 배 밖으로 던져버릴 테니."

"내가 착각했군, 보통 사공이 아니었어."

"내가 누구든, 무얼 하든 그게 무슨 대수겠나. 문서 아니면 목숨을 내놓거라!"

이길 승산이 없다는 사실을 깨달은 백작은 마지못해 굴복하며 더블 릿(14~17세기에 남성들이 입던 짧고 꼭 끼는 상의—옮긴이)에서 봉투를 꺼내 케이츠비에게 건넸다.

"오늘 일은 후회하게 해주겠다."

"나리 목숨은 아직 내 손에 달려 있다는 걸 기억하고 있는 게 좋을 거요. 칼자루로 한 번 찌르고 나면 당신이 동지에게 입힌 상처가 조금은 아물지도 모르겠소."

"어디서 많이 듣던 목소리인데 …, 넌 내 손아귀를 벗어나지 못할 것이야!"

"넌 경솔해서 이미 죽은 목숨이나 진배없지." 케이츠비는 백작의 목을 더 힘껏 조르며 칼자루를 쥐었다. 가슴을 찌를 심산이었다.

"멈추시오!" 포크스는 그의 팔을 쥐며 공격을 막았다. "죽여선 안 된다고 했잖소. 문서는 이미 손에 넣었는데 뭐가 또 필요한 거요?"

"목숨도 빼앗아야겠소." 케이츠비는 팔을 빼려고 안간힘을 썼다.

"우릴 밀고하지 않겠다는 서약을 받아내시오. 백작이 거절하면 나도 말리지 않겠소."

"동지가 한 말을 들었으니 오늘 일은 함구하겠다고 맹세하겠소?"

백작이 잠시 망설이다 고개를 끄덕이자 케이츠비는 손을 내려놓았다.

이미 상당 시간을 표류하던 중 케이츠비는 어둠 속에서도 두 척 이상의 선박이 접근해 오는 것을 감지했다. 불안감이 엄습했다. 솔즈베리 백작도 이를 눈치 채고는 목청을 높여 구조를 요청했지만 케이츠비에게 즉각 저지를 당했다. 옆에 앉아 가슴에 검을 대며 "소란을 피우면 사정없이 찌르겠다"고 위협한 것이다.

협박도 그렇지만, 적이 가까이 있어 백작은 입을 다물 수밖에 없었다. 케이츠비는 포크스에게 가급적 빨리 해안에 닿아야 한다고 주문했다. 그는 케이츠비의 지시대로 힘껏 노를 저었고 배는 몇 분 만에 수면 아래 깊은 곳까지 뻗은 계단—성실청the Star Chamber에서 약간 오른편에 설치, 지금은 웨스트민스터 브릿지가 서 있다—에 부딪쳤다.

백작 일행이 하선할 때 발이 육지에 닿자마자 가이 포크스는 육지에서 멀어졌다. 최대한 빨리 노를 저어 강 한복판에 이르렀다. 그는 의사당에 가야할지 복귀할지를 두고 케이츠비의 의중을 물었다.

"딱히 판단이 서질 않는구려. 백작이 우릴 쫓아오진 않겠지만 그것도 모를 일이니. 어쨌든 우리가 입수한 건 중요한 문서일 겁니다. 노를 놓고 잠시 들어보시오."

가이 포크스는 귀를 기울였으나 물살이 배의 측면을 거스를 때 나는 잔물결 소리 외에는 들리지 않았다.

"두려워할 필요는 없소이다. 우릴 추적하지도 않거니와 설령 그런다 손 치더라도 배를 찾진 못할 테니까요."

이때 해안에서 횃불이 희미하게 깜빡거리며 노 젓는 소리가 들렸다. 케이츠비의 오판이 분명했다.

"어디로 가는 게 낫겠소?" 포크스가 물었다.

"마음대로 하시오." 케이츠비는 분노했다. "내 식대로 처리했다면 이런 불상사는 생기지 않았을 거요."

"걱정 마시구려." 포크스는 속히 노를 저었다. "수월히 벗어날 테니."

"생포되진 않을 거요." 케이츠비는 화약통 위에 앉아 단총 개머리로 덮개를 두드렸다. "생포되느니 차라리 자폭하는 편이 더 낫겠소이다."

"맞소." 포크스가 대꾸했다. "수호성인이시여, 그가 우리와 한길을 탔습디다."

"여기까지 당도해도 상관없소이다. 싸울 각오는 이미 되어 있소."

"최악의 사태가 벌어져도 소신껏 처신해야겠지만 지금은 일단 숨죽이고 가만히 있어보시구려. 우릴 눈치 채지 못할 테니."

노젓기를 중단하자 배가 하류로 떠내려갔다. 설상가상으로, 원수의 배는 물살을 타고 케이츠비의 자취를 그대로 따라오고 있었다. 건장한 사공 넷이 신속히 접근해 왔다.

"조만간 백작이 공격해올 거요. 기도문이 있으면 얼른 읊어보시구려. 딴소리는 절대 하지 않겠소."

"난 죽기를 각오한 사람이오." 가이 포크스는 배가 큼지막한 바지선 쪽으로 급속히 이동하고 있다는 사실을 눈치 채자마자 탄성을 질렀다. "오호라! 우린 살았소!"

"지금 뭘 하자는 겁니까?" 케이츠비가 조바심을 냈다. "배와 화약을 버리고 승선하자는 거요?"

"아니오. 잠자코 계시구려. 생각 좀 해봅시다."

그들은 정박 중인 바지선에 이르렀다. 가이 포크스는 옆을 지나갈 때 갈고리 상앗대를 배에 단단히 고정시키고는 측면으로 배를 당겼다. 눈에 띄지 않을 만큼 아주 가까이 붙여 두었다.

마침내 추적이 개시되었다. 그들은 손에 횃불을 들고 고물에 앉아있는 솔즈베리 백작을 발견했다. 그가 바지선으로 다가가 횃불을 비추었으나 포크스의 배는 측면에 바짝 붙은지라 시야에서 아주 벗어나 있었다. 상거가 먼 까닭에 추적해 온들 기척이 들리진 않았다. 이때 포크스 일행은 반대 방향으로 부랴부랴 노를 저었다.

상륙하기가 내심 꺼림칙하여 계속 노만 젓다 피로가 몰려와 잠시 손을 놓았다. 백작과의 거리는 수 킬로미터까지 벌어졌다.

"백작은 이미 추적을 포기했을 거요." 케이츠비가 입을 열었다. "동이 트기 전에는 돌아가야 하오. 의사당 근방에 화약을 매장하든, 람베스 숙소로 돌아가야 하오."

"뭘 하든 위험한 건 매한가지 아니겠소. 지금까지 버텨왔으니 앞으로도 그래야 할 거요. 웨스트민스터에 갈까 하오."

"나 역시 한번 뽑은 칼은 중도에 넣는 법이 없지요."

"동감이외다. 웨스트민스터로 가십시다."

한 시간 남짓 무위로 보내다 다시 노를 저었다. 물살 덕분에 수월히 목적지에 도착했다. 의사당으로 이어진 계단에 이르기까지 안개가 걷히고 날이 새기 시작했다. 동이 트면 화약을 옮기기가 쉽지 않기 때문에 바라던 바는 아니었다. 물론 감시를 당하는지 여부는 확실히 파악할 수 있긴 하겠지만.

케이츠비는 부두―지붕이 없긴 건물에 가려져 있다―같아 보이는 쪽으로 이동, 뭍에 나와서는 배를 계단 고리에 묶었다. 그는 포크스가 가급적 빨리 화약을 옮겨주길 바랐다. 말이 나오자마자 화약 몇 통이 수분 만에 물가에 가지런히 놓여 있었다.

"내가 통을 끌어내는 동안 키스를 데려오면 뭐라도 도움이 되지 않겠소?" 포크스가 물었다.

케이츠비는 고개를 끄덕이고는 집으로 달려가 키스를 불러냈다. 그는 케이츠비를 보고 둘이 당도했다는 사실에 놀라움을 감추지 못했다. 곧장 부두로 달려온 키스는 그들과 함께 신속하고도 안전하게 화약을 옮겼다.

배신자

화약을 둔 가옥은 앞서 말했듯이 의사당 남서쪽 모퉁이에 인접해 있다. 2층으로 된 작은 건물로 아기자기한 정원에 높은 담이 사방을 에워싸고 있었다. 소유주는 왕실에서 의상을 관리하는 위니어드인데 그가 페리스라는 인물에게 건물을 임대해 주었고, 노섬벌랜드 백작의 친척이자 공모자 중 하나인 토머스 퍼시가 이를 임차했다. 말이 나왔으니 때가 되면 좀더 소상히 이야기해 둘 참이다.

화약통을 무사히 지하실에 옮겨둔 후 대문과 정원 입구를 잠가둔 3인은 다시 배로 돌아와 비밀리에 람베스로 복귀했다. 그들은 피로를 달래기 위해 마루에 몸을 던져 잠을 청했다.

오후쯤 눈이 떠졌다. 가넷과 올드콘 신부는 일어난 지 꽤 되었지만 비비아나는 줄곧 방에 있었다. 케이츠비의 첫 과제는 솔즈베리 백작에게서 입수한 봉투를 확인하는 것이었으므로 구석에 앉아 문서를 하나씩 하나씩 주의 깊게 살펴보았다.

가이 포크스는 그의 뒷모습을 응시했으나 아무것도 묻지 않았다. 문서는 많았지만 대수롭지 않은 것들이었는지 케이츠비는 실망한 듯 탄식하며 이를 내던졌다. 마침 조그만 쪽지가 뭉치에서 떨어져 나왔다. 이를 펴본 케이츠비는 표정이 확 달라졌다. 제자리에서 벌떡 일어나서는 눈살을 찌푸리며 언성을 높였다. "내 이럴 줄 알았지. 배신자가 있었어!"

"누구를 의심하는 거요?" 포크스가 물었다.

"트레샴이오!" 목소리가 우레 같았다. "아첨과 거짓을 일삼는 교활한 트레샴 말이오. 내가 그런 인간을 끌어들이다니."

"트레샴은 당신 친족이 아니오?" 가넷이 말했다.

"맞습니다만, 내 형제라도 죽어 마땅하외다. 그가 몬티글 경에게 보낸 편지가 여기 있습니다. 바로 솔즈베리 백작의 손에 있던 건데 국가를 상대로 모략을 꾀하고 있다는 점을 내비치고 있는 것으로 보아 정보를 모두 흘릴 생각이었던 것 같습니다."

"그럼 배신자가 틀림없구려! 뒤통수를 친 사기꾼 같으니! 살려 두어선 안 되겠소." 포크스는 흥분했다.

"내 손으로 처리할 거요." 케이츠비가 말을 이었다. "오호라! 좋은 생각이 떠올랐소. 이 편지가 내 수중에 있는 건 모르고 있을 테니 베이츠를 보내 그를 데려올까 합니다. 그에게 죄를 묻고 처단할 것이오."

"극형을 받아도 쌉니다만 그를 직접 죽이겠다니 선뜻 내키진 않는구려." 가넷이 입을 열었다.

"달리 방도가 없지 않겠습니까, 신부님. 죽이지 않으면 우리가 위태로워질 텐데요."

가넷은 묵묵부답이었으나 착잡한 심경으로 고개를 떨어뜨렸다. 베이츠는 트레샴에게 급파되었고 공모자 3인은 살해할 방도를 모색했다.

일단 트레샴을 생포하여 무기를 빼앗고 케이츠비가 그의 배신행위를 낱낱이 밝히고 나면 가이 포크스가 검으로 숨통을 끊어 놓는다는 데 모두가 동의했다. 결의를 다지긴 했지만 그간 무슨 돌발사태가 벌어질지는 미지수였다. 문서를 빼앗겼으니 솔즈베리 백작과 몬티글 경이 편지를 주고받았거나 몬티글이 트레샴과 내통했을지도 모를 일이다. 그런다면 베이츠가 당도할 무렵에는 이미 모의를 훤히 꿰고 있을 테니 순순히 동행하지 않고 관리에게 저들의 은신처를 귀띔해 줄 수도 있을 것이다. 물론 그런 사태는 개연성 낮았지만 가넷이 이를 재차 문제 삼자 케이츠비는 조급하게 하인 보낸 것을 후회했다. 그러나 트레샴에 대한 분노가 하늘을 찌른 까닭에 그는 어떤 위험을 감수해서라도 복수하겠노라 다짐했다.

"그가 우릴 배신하고 관리를 데려올지 모르니 우리도 대비해야 하지 않겠소." 케이츠비가 포크스에게 말했다. "우리가 당한 만큼 갚아 줍시다!"

"맞소만, 복수에 연연해선 안 될 거요."

얼마 후, 베이츠는 트레샴의 편지를 갖고 돌아왔다. 내용인 즉, 집결지에는 해질녘에 도착할 예정이고 긴히 들려줄 소식이 있다는 것이다. 또한 입단속을 철저히 하라는 주문과 아울러 현장을 떠나선 안 된다는 당부도 덧붙였다.

"자신의 과오를 해명할 수 있을지도 모르겠구려."

"그럴 리는 없겠소만, 추궁 없이는 죽이지 않을 거요." 케이츠비가 키스에게 말했다.

"그럼 됐소."

일행이 트레샴에 추궁할 문제를 논의하며 솔즈베리 백작의 문서를 꼼꼼히 살펴보는 동안 가넷은 비비아나의 방에 들러 자초지종을 일러주었다. 이때 경악을 금치 못한 그녀는 가이 포크스를 따로 볼 수 있게 해달라며 애원했다. 가넷은 마음이 동해 이를 허락했고 얼마 후 포크스가 들어왔다.

"비비아나 아가씨, 절 부르셨다는데 무슨 일인지요?"

"동지 중 하나를 죽일 거라고 들었는데 사실은 아니겠지요?"

"비비아나 래드클리프 아가씨, 그대는 자신의 욕구와 내 운명을 혼동하고 있소이다. 지금까지의 처신이 신중했는지는 따지지 않겠지만 이건 일러두고 싶소. 소신을 어떻게든 꺾으려 해도 난 뜻을 굽히지 않을 거요. 트레샴이 우릴 배신했으니 대가는 치러야 하지 않겠소?"

"하지만 살인은 너무하잖아요. 목숨을 빼앗겠다는 만행의 결과를 모르고 계신 건가요? 한 가지 범죄로 끝나는 것이 아니라 수많은 죄를 낳을 거예요. 동지를 재판하는 것도 모자라 변호할 기회도 주지 않고 죽이겠다니 …. 아무리 포장한들 이건 암살이나 다름없다고요. 냉혹한 암살 말이오!"

"그의 생명은 몰수를 당해도 쌉니다." 가이 포크스의 심중은 확고했다. "기밀과 의리를 지키겠다고 맹약할 때 이를 위반한 결과가 어떨지는 그도 잘 알고 있었을 거요. 그럼에도 약속을 저버려 이젠 우리가 위태로워졌습니다. 아니, 우리를 원수에게 팔아넘겼으니 누구도 그를 살려 두진 못할 겁니다."

"그렇다면 원수를 갚는 일에 매진하기보다는 차라리 안전에 더 신경을 쓰는 편이 낫지 않을까요? 언젠가는 양심이 그의 천박한 행태를 심판할 테니까요. 그를 죽인다손 치더라도 선생님이 더 안전해지진 않아요. 오히려 더럽고 불필요한 죄를 저지를 것이고, 선생님이 처벌하려는 배신보다 죄질이 더 나쁘진 않더라도 그에 버금가는 죄를 범하게 될 거고요."

"비비아나 아가씨!" 포크스는 심기가 불편해졌다. "위태로운 순간에도 나와 동행하겠다는 그대의 청을 거절하지 않았지만 지금은 후회가 막급하오. 이미 장담한 일이니 이제 와서 번복할 수는 없습니다. 아가씨는 무리한 부탁으로 시간을 낭비할 뿐 아니라 나와 당신의 인내심마저 소진시키고 있소. 거사에 뛰어들었을 때 나는 모든 위험과 죄악을 감내해 왔고 앞으로도 피할 생각은 추호도 없습니다. 트레샴이 어느 정도까지 우릴 배신했는지는 아직 밝혀지지 않았지요. 어쩌면 (신께서 허락하시길 바라며!) 정상참작이 가능하여 목숨을 부지할 수 있을지도 모릅니다. 하지만 정황으로 미루어볼 때 그의 행태는 피가 아니면 씻을 수 없을 듯하외다.”

그는 방을 나오려 몸을 돌렸다.

“트레샴은 언제 오나요?” 비비아나가 그를 막으며 물었다.

“해가 질 무렵이라 하오.”

“그가 위험신호를 감지할 수도 있겠군요!”

“그건 불가능하오.” 포크스의 언성이 높아졌다. “아가씨가 할 수 있는 일은 없으니 방에서 잠자코 계십시오.”

포크스는 방을 나왔다.

비비아나는 홀로 번민에 시달렸다. 가이 포크스에게는—딱히 형언할 순 없다만—적잖이 관심이 가긴 했으나 예상대로 자신이 거사의 일당이 되어버린 과정을 후회하기 시작했다. 그런 생각도 잠시, 문득 선을 도모해야겠다는 확고한 의지가 생겼다.

'지금껏 미력이나마 힘을 써왔는데 이제 와서 가만히 있을 수는 없지. 포크스 님께 본보기를 보일 기회가 온 거야. 오늘 저녁에는 어찌됐든 고의로 만행을 저지르는 건 기필코 막아야 해.'

이때 그녀는 무릎을 꿇고 간절히 기도하고는 확고한 결의를 다지며 일어섰다.

한편 공모자들의 목적은 달라지지 않았다. 해는 저물었으나 트레샴은 보이지 않았다. 가까스로 조바심을 억누르고 있던 케이츠비가 몸을 일으키며 그를 찾아내겠다는 뜻을 내비치자 가이 포크스는 어렵사리 그를 만류했다. 직접 나서는 것은 어리석고도 무모한 짓이었기 때문이다.

"자정까지 오지 않을 땐 대처방안을 고민해야겠지만 지금은 그냥 조용히 기다려 봅시다."

키스를 비롯한 일행이 포크스의 제안에 동의하자 케이츠비는 부루퉁한 표정으로 자리에 앉았다. 한동안 적막이 흘렀다. 그렇게 수 시간이 흘러 시계는 자정을 가리켰다. 비비아나는 방에서 내려와 그들과 자리를 같이 했다. 그녀는 창백한 얼굴로 주변을 둘러보았다. 초조한 기색이 역력했다. 포크스를 제외한 나머지는 그녀의 시선을 눈치 채지 못했다.

"트레샴은 왔나요?" 그녀가 입을 뗐다. "주의를 기울였지만 아무것도 들리지 않던데요. 벌써 죽였을 리는 없겠지요. 안색이 안 좋으신 것 같은데요, 가넷 신부님, 말씀 좀 해주세요. 정녕 죽이신 건가요?"

"아니오."

"그럼 빠져나간 거군요!" 비비아나는 안도했다. "해질녘에는 올 줄 아셨지요."

"아직 늦진 않았습니다." 포크스가 낮은 목소리로 끼어들었다. "그저 미뤄졌을 뿐이오."

"오, 그런 말씀 마세요. 마음이 좀 누그러지길 바랐는데 …."

마침 특이한 노크 소리가 들렸다. 세 번 반복되었는데 그들의 심중에는 각각 다른 진동이 느껴졌다.

"드디어 왔구려." 케이츠비가 몸을 일으켰다.

"비비아나 아가씨는 방에 들어가십시오." 가이 포크스가 손을 잡고 계단으로 이끌며 말했다.

그녀는 끝내 저항하다 털썩 무릎을 꿇었다.

"트레샴을 죽이겠다면 가지 않겠어요." 비비아나는 간절했다.

"이미 결정된 일이라고 했잖소. 스스로 가지 않겠다면 강제로라도 끌고 갈 겁니다."

"그럼 소리를 지를 거예요. 트레샴도 눈치 채게요. 케이츠비 님, 이렇게 빌고 있는데 꿈쩍도 하지 않으실 건가요? 꼭 죽여야 직성이 풀리겠어요?"

"안 되오!" 케이츠비 역시 단호했다. "입을 틀어막아 주시구려." 그는 가이 포크스에게 눈짓했다.

"그러리다." 포크스는 단검을 꺼내들었다. "아가씨까지 죽이고 싶진 않습니다." 육성과 표정에 진심이 묻어났다.

노크 소리가 또 들리자 비비아나는 귀청이 찢어질 듯 소리를 질러댔다. 가이 포크스는 단검을 들어 찌르려 했지만 차마 그럴 수 없어 검을 떨어뜨렸다.

"천사가 악마를 이겼군요!" 비비아나는 그의 무릎을 끌어안았다.

케이츠비가 문을 열자 트레샴이 들어왔다.

"이 비명소리는 뭐요?" 그는 놀란 표정으로 주변을 두리번거렸다. "오 이런! 이게 누굽니까? 비비아나 레드클리프 아가씨! 설마 아가씨 목소리였나요?"

"그래요." 비비아나가 일어섰다. "경고하려고 소리를 질렀지만 결국에는 오셨군요."

"무엇을 경고한단 말입니까?" 어리둥절해진 트레샴이 말을 이었다. "동지끼리 뭘요?"

"죽이기로 작정한 동지겠지요."

"무슨?" 트레샴은 칼을 빼며 문 쪽으로 달아나려 했다.

케이츠비가 이를 막자 포크스와 키스가 몸을 던져 검대로 두 팔을 결박하고는 그를 강제로 의자에 앉혔다.

"내가 뭘 잘못했다는 거요?" 분노와 두려움에 전율하는 목소리로 물었다.

"조만간 알게 될 거요." 케이츠비는 포크스에게 비비아나를 데려가라고 몸짓했다.

"여기 있게 해주세요! 저도 알 건 다 안다고요. 당신들만큼이나 이성이 무뎌졌으니 굳이 피를 보겠다면 저도 피하진 않겠어요."

"아가씨가 있을 곳이 못됩니다." 가넷 신부가 만류했다.

"신부님도 마찬가지 아닌가요! 그리스도의 성직자로서 폭력을 막는다면 모르겠지만요." 비비아나는 분노했다.

"고집을 부리겠다면 그냥 두십시오." 케이츠비가 대꾸했다. "아가씨가 있으나 없으나 달라질 건 아무것도 없으니까요."

케이츠비가 트레샴 맞은편에 앉자 두 사제가 각각 한 쪽에 자리를 잡았다. 포크스는 손에 단검을 든 채 트레샴 왼편 의자에 앉았고 키스는 문 앞에 섰다. 졸지에 포로가 된 트레샴은 공포에 질린 눈으로 일행을 응시하며 사시나무처럼 사지를 떨었다.

"토머스 트레샴!" 케이츠비는 진지하게 추궁했다. "당신은 거사에 가담키로 맹세한 동지요. 본론에 앞서 서약을 위반하고 조직을 배신하면 어떤 벌을 받는지 묻겠소. … 왜 일언반구 말이 없는 거요?"

트레샴은 고집스레 함구했다.

"입을 다물고 있겠다면 내가 말해 드리지. 동지의 손에 죽는 수밖에는 없소."

"그렇겠지요." 트레샴이 입을 열었다. "하지만 난 서약을 어기지도 않았고 동지를 배신하지도 않았소."

"당신이 몬티글 경에게 보낸 서한이 내 손에 있으니 한번 보시오!"

"제기랄! 그래서 날 죽이겠다는 거요? 난 아무도 배신하지 않았고 누설한 것도 없습니다. 구원을 두고 맹세하건대 난 배신하지 않았소! 살려주시오! 앞으로는 믿음직한 동지가 되겠소. 지금껏 경솔했다는 점은 나도 인정하지만 정말 그것뿐입니다. 누구의 이름도 밝힌 적은 없소이다. 여러분도 잘 알다시피 몬티글 경은 아주 신실한 가톨릭 교도가 아니오?

"솔즈베리 경에게 보낸 서신을 내가 탈취했단 말이오." 케이츠비는 냉담히 추궁했다.

"그렇담 몬티글 경이 날 배신한 거요." 트레샴은 안색이 창백해졌다.

"할 말이 더 남았소?" 트레샴이 대꾸하지 않자 케이츠비는 일행을 향해 고개를 돌렸다. "죽어 마땅하다고 생각하시오?"

비비아나를 제외한 전원이 동조했다.

"트레샴, 사나이답게 순순히 운명을 맞이하시구려. 그리고 신부님은 고해를 들으십시오."

"잠시만요!" 비비아나가 끼어들었다. "멈추세요!" 당당한 목소리에 위엄마저 느껴진 터라 일행은 어안이 벙벙해졌다. "이런 범죄를 저지르고도 무사할 줄 안다면 크게 착각하신 거예요. 맹세컨대 트레샴의 목숨을 끊는다면 즉시 추밀원으로 달려가 당신들을 전부 고발하겠어요! 나를 협박할 수는 있겠지만 아주 없었던 일로 만들진 못할 거예요."

"아가씨도 죽여야겠군요!" 케이츠비가 낮은 목소리로 포크스에게 말했다. "그러지 않으면 트레샴보다 더 추악한 원수를 상대해야 할 테니까요."

"그럴 수는 없소."

"트레샴을 믿을 수 없다면 그냥 가둬 두시지요. 죽인들 상황이 더 나아지는 것도 아니잖아요."

"일리가 있는 말씀이오." 가넷 신부가 거들었다. "아무도 모르는 곳에 가둡시다."

"그게 좋겠소."

"나도 동감이오." 포크스의 말에 키스가 맞장구를 쳤다.

"난 생각이 다르지만 동지들의 뜻에 반대하진 않겠소. 지하실 창고에 가두도록 하지요."

"등불은 밝히지 맙시다."

"무기도 없애야 합니다." 가넷 신부의 말에 키스가 덧붙였다.

"식량도 없습니다. 그럼 칼만 쓰지 않았을 뿐 죽은 목숨이나 마찬가지일 거요."

깃발을 올리자 트레샴이 지하 창고로 떠밀려 내려갔고 깃발은 곧 제 자리로 돌아갔다.

"제가 죄악의 길에서 포크스 님을 건졌군요. 신의 은총이 있다면 더 큰 위기도 극복할 수 있으리라 믿어요."

탈출미수

비비아나는 방에 들어갔다. 심신이 고단했을 것이다. 이때 공모자들은 향후 대책을 두고 기나긴 토론을 벌였다. 가넷은 가톨릭 교도가 국가를 상대로 거사를 감행한다는 사실을 솔즈베리 백작이 알고 있을 거란 판단에 계획을 아주 포기하진 않더라도 당장은 연기해야 한다고 주장했다.

"결국에는 발각되고 말 겁니다. 우리가 줄줄이 체포되고 철저한 조사가 이루어지면 모든 것이 백일하에 드러날 겁니다. 게다가 트레샴이 어디까지 누설했는지도 우린 아는 바가 없잖소. 기밀을 누설하진 않았다고는 하지만 마냥 믿을 수는 없지요."

"녀석을 다시 심문할까요? 신부님? 협박이든 고문이든 뭐라도 해서 사실을 캐내자구요." 케이츠비가 역설했다.

"안되오. 아침까지는 그냥 둡시다. 홀로 밤을 지새우다보면 양심의 가책을 느낄 것이고 결국에는 스스로 사실을 토해낼 것이오. 고문보다는 그편이 낫지요. 내일은 더 철저히 심문해 봅시다. 장담건대, 모든 전말을 자백할 겁니다. 아무것도 실토하지 않는다면 좀더 준엄하게 경고하겠소. 강에서 백작을 만났을 때 나라면 살인을 권하진 않겠지만 그것이 정당하다면 굳이 외면하진 않겠소이다."

"제 마음대로 했다면 그를 죽였을 겁니다." 케이츠비는 포크스를 쏘아보며 성토했다.

"내가 오판했더라면 이를 속히 바로잡았을 거요. 신부님은 제가 그를 죽였어야 했다고 보십니까? 살인을 해도 용서해 주시렵니까?" 포크스가 가넷에게 물었다.

"더할 나위 없이 탁월한 선택이었소." 가넷이 손사래를 치며 말을 이었다. "숭고하고도 거룩한 대의가 살인으로 얼룩지는 건 원하지 않지요. 그를 당신의 손에 넘긴 원동력은 일당을 소탕할 때까지 처벌을 유보한 것이나 같습니다. 애당초 배에 실린 화약통을 본 그가 계획을 눈치 채진 않았을까 싶었던 게 걱정이었지만 그의 눈이 가려지고 판단력이 흐려져 아무것도 몰랐다니 다행일 따름이외다."

"제 생각도 같습니다, 신부님. 다들 경계를 늦추지 말고 어떤 위험이 도사리고 있더라도 추진해 나갑시다. 여기서 지체하면 수포로 돌아갈 겁니다."

"맞소. 이야기를 듣고 보니 지난번 나와 원수 사이에 끼어든 일을 두고는 내가 용서해야겠구려."

일행은 별일이 없다면 이튿날 밤 웨스트민스터 가택으로 화약을 좀더 옮겨두는 한편, 포크스와 케이츠비는 솔즈베리가 얼굴을 알아볼 수 있으니 낮 동안에는 가택에 숨어 있고 나머지는 굴을 파는 일을 거든다는 데 뜻을 같이 했다. 두 사제가 거사의 성공과 안위를 위해 기도하자 일행은 벤치나 좌석에 몸을 던져 잠을 청했다. 모두가 깊이 잠들 무렵 포크스는 눈을 붙일 수 없었다. 형언할 수 없는 두려움 때문에 슬그머니 문을 열고 바깥을 내다봤다.

얼마 후, 일행이 잠잠해질 때까지 기다렸던 비비아나는 살금살금 계단을 내려와 등을 가리고는 소심하게 주변을 둘러보았다. 아무도 본 사람이 없다는 생각에 잠잠히 벽난로에 가서는 깃발을 올리려 안간힘을 썼다. 기는 꿈쩍도 하지 않았다. 더는 안 되겠다 싶어 포기할 무렵, 전에는 보이지 않던 빗장이 눈에 들어왔다. 이를 급히 당기자 문은 수월하게 열렸다. 돌이 덧문처럼 경첩 위를 회전하며 깃발이 올라가자 그녀는 부리나케 계단을 내려갔다.

비비아나의 기척에 놀란 트레샴은 지하실 한쪽 끝으로 가서는 무기 더미에서 미늘창을 움켜쥐며 겁에 질린 목소리로 외쳤다.

"물러서시오! 무기로 결박을 풀었으니 꼼짝 마시오! 순순히 목숨을 내놓진 않을 거요!"

"쉬, 조용하세요." 그녀는 손가락을 입술에 댔다. "풀어드리려고 온 거예요."

"이 세상 사람이 맞소?" 트레샴은 가슴에 십자성호를 그으며 안도했다. "아님 수호성인인가요? 아, 아가씨!" 비비아나가 다가오자 그는 창을 내려놓았다. "비비아나 래드클리프 아가씨, 절 살리려 오셨군요! 무례를 용서하십시오. 빛 때문에 앞이 잘 보이지 않는지라 혹시 모를 초자연적인 존재가 살인에 혈안이 된 작자들에게서 날 구원하러 온 줄 알았소! 그들은 어디 있습니까?"

"윗방에 있어요. 지금은 자고 있으니 목소리를 낮추세요."

"지체하지 말고 당장 도망칩시다!" 트레샴은 창과 단검을 손에 들며 말했다.

"잠깐만요! 떠나기 전에 앞으로 어떻게 하실 건지 말씀해 주세요."

"저주받은 이곳을 떠나면 이야기해 드리리다."

비비아나는 입구를 막으며 단호히 경고했다. "동지를 배신하지 않고 아무에게도 피해를 주지 않겠다고 맹세하지 않는다면 한 발짝도 뗄 수 없어요."

"어처구니가 없군요! 내가 용서해야 할 상황이 아닌가요!" 트레샴이 이를 갈며 말했다.

"명심하세요. 아직은 탈출한 몸이 아니라고요! 제가 한 마디만 하면 다들 편을 들어줄 테니 어서 맹세하세요. 그러지 않으면 여기서 한 발짝도 못 나갑니다!"

트레샴은 그녀를 쏘아보며 어떤 위험이 따르더라도 기어이 탈출하겠다는 듯 단검을 꼭 쥐었다.

비비아나는 그의 몸짓을 보며 탄식했다. "배신자가 맞았군요! 명예도 고마움도 모르는 사람인 듯하니 운명의 손에 맡기지요. 날 따라오면 소리를 지르겠어요!"

"죄송합니다, 아가씨." 그는 무릎을 꿇고 드레스 끝자락을 부여잡았다. "겁만 주려 했을 뿐 애당초 해칠 생각은 없었습니다. 극악무도한 저 살인마들에게서 날 건져주시오. 분명 날 죽일 겁니다. 아가씨도 계속 같이 있다가는 언젠가는 악몽 같은 최후를 맞이하게 될 거요. 나와 도망치면 저들이 닿을 수 없는 곳에서 안전을 지켜 드리리다. 저들의 광기를 감당할 수 있다면 나라도 탈출하게 해주시오. 맹세는 얼마든 하겠습니다. 목숨을 부지할 수 있다면 배신하지 않겠소이다."

"홍, 뭐라고요! 내가 풀어주면 트레샴 님이 아니라 동지들의 목숨을 살리는 겁니다."

"그건 또 무슨 소리요?"

"묻지 말고 살고 싶으면 조용히 따라오기나 하세요."

트레샴에게는 조심하란 말이 필요 없었다. 숨을 죽인 채 덧문을 나오자 잠든 사람들이 눈에 들어왔다. 그는 지나갈 용기가 나질 않았다. 비비아나는 빨리 따라오라 몸짓하며 입구로 이동했다. 놀랍게도 문은 이미 열려 있었다. 그녀는 경계가 이렇게나 허술한 이유를 생각할 틈도 없이 문을 열었다. 오금이 저린 트레샴은 까치발로 이동했다. 입구를 나오려던 찰나에 누군가가 어깨를 힘껏 움켜쥐며 가슴에 칼을 댔다. 포크스의 육성이 우레처럼 들렸다. "누구요! 정체를 밝히지 않으면 벨 것이오."

자칫 신분이 들킬까 두려워 입을 다물고 있던 그는 빠져나가려 안간힘을 썼지만 소용이 없었다. 이때 비비아나는 기척을 듣고는 문을 열어젖히며 외쳤다. "트레샴 님이세요. 제가 풀어드린 거예요."

"아가씨! 왜 그랬소?" 포크스는 어안이 벙벙했다.

"탈출시키면 모두가 거사를 포기하고 여길 안전하게 벗어날 수 있을 거라고 생각했는데 포크스 님 때문에 일이 틀어지고 말았군요."

포크스는 말없이 트레샴을 집안에 들이고는 케이츠비를 깨워 빗장을 걸어 두라고 했다. 일행은 이미 눈을 뜬 뒤였다. 케이츠비는 즉시 문빗장을 채웠다. 고개를 돌리자 겁에 질린 사람이 눈에 띄었다. 한가운데 서 있던 트레샴은 초췌하고 경직된 것으로 보아 잔뜩 겁을 먹은 듯했다. 포크스의 일격에 검은 내팽개쳐졌고 단검은 키스가 빼앗았다. 트레샴은 무방비상태가 되었다. 비비아나는 일행 가운데 서서 공격을 저지하기 위해 안간힘을 썼다.

"절 죽여주세요! 다 제 잘못이에요. 트레샴 님은 잘못이 없어요. 벌은 달게 받을게요. 제가 풀어주지 않았다면 탈출을 시도하지 않았을 테니 제가 죽어 마땅하지요."

"맞소! 아가씨가 결박을 풀어주지 않았다면 탈출은 상상도 못했을 거요. 아가씨에게 당부한 적도 없소이다."

"닥쳐라! 비겁한 놈 같으니!" 포크스가 버럭 화를 냈다. "야비한 데다 배은망덕하기까지 하니 우릴 배신하지 않았더라도 넌 죽어 마땅하다. 이렇게 한심한 철면피를 구해내겠다고 동지를 위험에 빠뜨린 거요? 비비아나 아가씨? 한 치의 망설임도 없이 아가씨를 위험에 빠뜨릴 터인데 이런 작자를 위해 목숨을 걸다니요?"

"질책을 들어도 싸지요."

"내가 그를 막지 못했다면 1시간이 채 되기도 전에 관리들이 들이닥쳤을 거요, 그러면 이곳은 지하감옥으로 바뀌어 있을 테고 벤치는 침상이 되어 있겠지요."

"절 죽여주세요." 비비아나는 포크스의 발밑에 엎드렸다. "말로 상처를 주진 말아주세요! 어처구니없는 잘못을 저지른 건 인정하지만 그런 참담한 결과는 미처 예측하지 못했어요. 저는 트레샴 님이 끔찍한 모략을 단념하게 해 줄 수 있으리라는 생각에 그만 …."

"정말 잘못하신 겁니다, 아가씨. 엄청난 잘못을 저지르셨어요." 가넷이 끼어들었다. "하지만 잘못을 뉘우치고 있으니 더는 문제 삼지 맙시다. 동정심을 차단해야 할 때도 있고 자비가 되레 불의가 되는 사태도 있지요. 방으로 돌아가십시오. 이 자는 어떻게 처리할지 상의해 보리다."

"내일 떠나십시오." 포크스는 비비아나가 지나갈 때 일러두었다.

"포크스 님을 떠나라고요? 다시는 방해하지 않을 테니 떠나라는 말씀만은 거둬 주세요!"

"더는 믿지 못하겠소. 제재를 가한들 무슨 소용이 있겠습니까? 순순히 응하지도 않을 텐데요. 아니 그럴 수 없을지도 모르지요."

"어떤 벌도 달게 받을 테니 떠나달라는 말만 하지 말아주세요."

"서로 흩어질 때가 되었습니다. 피를 봐야 하는 위험천만한 길을 가고 있으니 여성의 몸으로는 도저히 감당할 수 없는 사태로 고통을 받을 수 있다는 것을 모르겠소?"

"뭐든 감당하겠어요! 한 번만 눈감아 주세요. 아울러 궁지에 몰린 트레샴 님에게도 자비를 베푸시길 바랄게요." 비비아나는 트레샴을 가리키며 말을 잇고는 천천히 자리를 떠났다.

이때 케이츠비는 키스와 올드콘 신부에게 몇 마디 건네고는 앞으로 나아왔다. 트레샴은 자신의 발언에 어떤 반응을 보일지 관찰하기 위해 그를 계속 주시했다.

"트레샴의 배반 여부를 확실히 알 수 있는 계책을 생각해 냈소이다."

"고문할 생각은 아니지요?" 가넷의 얼굴에 초조한 기색이 역력했다.

"그럴 리가요, 신부님. 몸뚱이가 아니라 정신적인 고문이라면 또 모르겠지만요."

"고문이 아니라면 계획을 말해 보시오."

"계획은 이렇습니다. 몬티글 경에게 보낼 서신을 쓰게 하는 겁니다. 이를테면, 중요한 정보가 있으니 아무도 모르게 이리로 오라고 말이오."

"여기로 말이오?" 포크스가 언성을 높였다.

"그렇소만, 단 혼자 오라고 하는 겁니다. 우린 숨어서 저들이 무슨 이야기를 하는지 엿듣고 있다가 혹시라도 이 작자가 우리 소재를 누설해 버리면 현장에서 죽여 버릴 겁니다. 그럼 진상은 밝혀질 수밖에 없겠지요."

"일리가 있는 계획이오만 서신은 누가 전해주는 거요?" 가넷이 물었다.

"제가 하겠습니다." 포크스가 나섰다. "어서 서두르십시오. 좀더 시급한 일처럼 꾸며야 합니다. 아무에게도 알리지 않고 혼자 오는지 감시하면서 때맞춰 신호를 보내겠소이다."

"이제 됐구려. 편지를 가져오시오. 글은 내가 불러줄 테니." 가넷이 제안했다.

한편 트레샴은 거들떠보지도 않다가 계획이 관철되자 표정이 사뭇 밝아졌다.

"동지를 속이지 않았다는 것만 밝혀지면 목숨은 살려주는 거요?"

"물론이오." 가넷이 말했다.

"펜과 잉크를 주시오. 원하는 건 다 적어 주리다."

"비밀은 안전하니 더는 시험할 필요가 없을 듯합니다." 케이츠비가 가넷에게 귓속말로 속삭였다.

"동감이오. 진작 그럴 걸 그랬소."

"지체하지 마시구려. 한시라도 빨리 결백을 입증해 보이고 싶소."

"됐소. 이미 입증된 것 같으니." 가넷이 말했다.

트레샴은 말문이 막힐 정도로 고마워하며 무릎을 꿇었다.

"굳이 목숨까지 빼앗을 필요는 없을 것 같소. 하지만 우릴 배신할 계략을 꾸몄다면 이를 용서할 순 없소이다. 허심탄회하게 속내를 털어놓고 속죄를 위한 참회로 이를 입증하기 전까지는 지하에 둘 수밖에 없습니다."

"신부님, 저는 감출 것이 없는 사람입니다. 그러니 어떤 혹독한 참회도 마다하지 않고 속죄하겠습니다."

"그럼 이렇게 하시오. 의심할 여지를 조금도 두어선 안 됩니다. 본래 자리로 돌아가 거사의 동지가 되시구려."

"전 믿음이 가질 않습니다." 포크스가 성토했다.

"나도 그렇소이다." 키스도 동조했다.

"전 생각이 다릅니다. 물론 동지들보다 더 신뢰한다는 것이 아니라 배신할 엄두가 나지 않을 만큼 철저히 감시하겠다는 말이오." 케이츠비는 낮은 목소리로 가넷에게 말했다. "아니, 배신한 그를 원수의 밀정으로 역이용하면 좋을 겁니다."

"그럴 수 있다면야 …."

"그렇게만 되면 우려할 필요가 없겠지요." 케이츠비는 의미심장한 미소를 지었다.

"참회하려면 우선 …" 가넷은 트레샴에게 고개를 돌렸다. "지하실에서 자숙과 기도로 밤을 보내시구려. 죄를 세가며 죄의 무거움을 반추해 보시오. 그대의 행위가 우리뿐 아니라, 죄악이 가득한 당신의 거룩한 교회에 입힌 상처를 깊이 생각해야 하오. 모든 죄의 경중을 재고 나면 내일 당신의 자백을 듣겠소. 면죄를 받을 자격이 있다면 선언은 망설이지 않을 거요."

트레샴은 겸허히 묵인한다는 의미로 고개를 숙였다. 그가 지하실에 내려가자 머리 위로 깃발이 접혔다. 일행은 얼마간 대화를 나누다 마룻바닥에 누워 잠을 청했다.

도굴

며칠 후 공모자들은 현 위치를 뜨기로 했다. 화약은 전부 옮길 작정이었지만 트레샴이 가넷에게 불필요한 위험을 감수해야 할 것이라는 말에 이를 연기하기로 했다. 일주일이 채 되기 전, 트레샴은 열의를 보이며 배신을 뉘우친다는 인상을 주어 동지의 자격을 회복했고 가넷은 고해성사를 통해 그를 면죄해 주었다. 트레샴은 전보다 더 엄숙한 서약으로 공모단의 일원이 되었다. 그러나 반신반의하던 케이츠비는 그에게서 눈을 떼지 않았다. 설령 탈출을 꾀했더라도 이를 감행할 여유는 없었다.

비비아나보다는 가이 포크스 쪽에 더 차가운 기류가 감돌았다. 그녀가 아래층에 내려갈 때마다 그는 어떤 구실로든 현장을 피했다. 대놓고 떠나라고 종용하진 않았지만 그러길 바란다는 표정이 역력했다. 하루는 우두커니 서 있는 포크스가 비비아나의 눈에 띄었다. 당시 일행은 지하실에 있었다. 포크스는 단검을 갈고 있었으나 그녀가 옆에 오고 나서야 기척을 느꼈다. 살짝 당황한 포크스의 불룩한 뺨과 이마가 불그레

홍조를 띠었다. 그는 시선을 피하며 묵묵히 칼을 갈았다.

"왜 절 피하시는 거죠?" 비비아나가 어깨에 살포시 손을 얹으며 물었다. 여전히 입을 다물고 있자 낙심한 목소리로 재차 물었다.

"이유는 둘입니다." 그는 진지하면서도 정중히 답했다. "첫째는 속세에 정을 붙인다거나 이에 연연할 마음이 없는데 아가씨에게 관심을 두게 되면 이런 지조가 무너지기 때문이고, 무엇보다 중요한 이유는 확고한 목표에서 자꾸 멀어지게 만들고 있기 때문이지요. 아가씨가 아무리 안간힘을 써도 결국에는 허사가 될 겁니다. 물론 마음이 동하지도 않겠지만요."

"결심을 흔들고 있다는 이유로 절 두려워하고 있군요." 비비아나는 억지웃음을 보였다. "더는 폐를 끼치고 싶지 않아요. 원하신다면 제가 떠나죠."

"잘 생각했소." 목소리에 아쉬운 감정이 묻어났다. 포크스는 그녀의 손을 잡으며 말을 이었다. "작별을 고하는 것이 고통스럽지만 아픔이 가시면 마음은 한결 가벼워질 것이오. 이렇게나 누추한 곳에서, 거사에 목숨을 건 사나이들 틈바구니에 낀 아가씨―자랑스런 윌리엄 래드클리프 경의 따님―를 보는 것이 얼마나 고역이었는지 …. 래드클리프 아가씨는 우리가 하는 짓도 못마땅하셨을 테고 우리가 당해야 할 위험도 본의 아니게 감내해야 했지요. 거사가 혹시라도―신께서 금하시길 바라며―발각되는 날에는 아가씨에게도 죄를 물을 테니 내 마음이 어떨지 생각해 보십시오."

"너무 괘념치 마세요."

"아주 떨쳐버릴 순 없지요. 아리땁고 젊은 아가씨가 그런 대우를 받아야 한다는 건 도저히 견딜 수가 없으니까요. 엄중한 의무를 감당해야 하니 생각할수록 혼란스러울 따름입니다. 조만간 큰 위기가 닥칠 테니 정신을 차리고 거사에 매진해야 합니다."

"그럼 그렇게 하세요. 아! 거사를 치를 때까지는 곁에 있을게요. 제가 아직 쓸모가 있을 것 같거든요. 아마 선생님을 구할지도 모르고요."

"정말 남고 싶다면 그만하십시오. 저는 피할 수 없는 운명의 손이 쥔 칼자루나 다름없습죠. 구름에서 내리친 벼락과도 같으니 멈출 수도 없거니와 모든 것을 산산조각내고 마는지라 확고부동하고 무서운 사람입니다. 그런 점을 사려하시고 정녕 피할 수 없다는 것을 명심해 주십시오."

"저도 포크스 님 못지않게 확고부동하니 남겠어요."

가이 포크스는 경탄의 눈빛으로 비비아나를 응시하며 손을 지그시 잡았다.

"결의가 대단하군요. 아가씨 같은 딸이 하나 있으면 좋겠소."

"아버지처럼 절 보살펴 주신다고 약속했잖아요. 제가 떠나면 어떻게 지키겠어요?"

"여기 남은들 지킬 도리가 있을까요?" 포크스가 침통한 목소리로 말했다. "저처럼 보은이 불가한 사람을 위해 정성을 쏟을 필요는 없습니다. 오로지 하느님만 보고 거룩한 가톨릭의 회복과 거사를 위해 기도하세요. 기도는 응답받을 겁니다."

"그걸 기도할 수는 없어요. 거사의 성공은 바라지 않으니까요. 다만 포크스 님이 환난을 만나지 않도록 열심히 기도할게요."

이때 케이츠비와 키스가 지하실에서 올라오자 비비아나는 서둘러 방으로 들어갔다.

날이 어두워지자 일행은 남은 화약통을 지하실에서 꺼내 조심스레 배에 실었다. 짚을 위에 쌓아올리고 지난번처럼 방수포로 전체를 덮었다. 강을 두 번 이상은 건너야 하는 상황에서 가이 포크스가 먼저 승선키로 했다. 무장한 키스와 베이츠가 동행했다. 그는 자정 직전에 출발했다. 밤하늘에는 별빛이 반짝였지만 아직 달이 뜨지 않아 발각될 위험은 없었다. 배 몇 척과 마주치긴 했으나 그들도 켕기는 짓으로 노심초사하고 있었는지 눈길 하나 주지 않았다. 포크스 일행은 재빨리 노를 저어 의사당 정원을 둘러싼 낮은 난간 밑에 이르렀다. 12시를 알리는 수도원 종이 연상되었다. 그들은 어둠속에서 묵묵히 계단에 접근했다. 현장에는 아무도 없었고 배를 정박시키던 사공도 보이지 않았다. 일행은 뭍에 닿자마자 지체하지 않고 화약통을 망토로 가렸다. 마치 야심한 밤에 출몰한 유령처럼 올드 펠리스 야드로 이어지는 두 방벽 사이 통로로 미끄러지듯 이동하여 가택 입구에 도착했다. 무시무시한 화약통은 일사

천리로 정원에 안전히 모셔두었다. 일행이 통을 가택으로 운반하는 동안 가이 포크스는 다시 배로 돌아왔다. 배를 밀어내려는 순간, 두 사람이 계단 꼭대기로 달려왔다. 포크스를 뱃사공으로 오해한 듯 대뜸 강을 건너겠다고 했다.

"난 사공이 아니외다. 일 때문에 바쁘니 다른 배를 알아보시구려."

"아니, 이런 우연이! 가이 포크스 선생 아니오? 날 모르겠소?"

"험프리 채텀 선생이오?" 가이 포크스도 놀랐다.

"그렇소! 비비아나 아가씨께 전할 소식도 있고 해서 선생을 찾고 있었는데 이렇게 만나다니 정말 다행입니다."

"얼른 말씀해 주십시오. 더는 지체할 시간이 없습니다."

"그럼 함께 갑시다." 채텀이 승선하자 일행도 뛰어올랐다. "아가씨에게 데려다 주시오."

"안 됩니다." 포크스는 노여워하며 언성을 높였다. "같이 갈 수도 없소이다. 일이 바빠 딴 데 신경 쓸 겨를이 없으니까요."

"그럼 아가씨가 있는 곳만이라도 일러주시구려."

"지금은 안 됩니다. 다른 날을 기약하시죠." 포크스가 초조하게 대꾸했다. "내일 저녁 이맘때 수도원 저편에 있는 대성소에서 다시 만납시다. 그때 다 말해주리다."

"왜 안 된다는 거요? 걱정 마시구려. 난 밀정이 아니니 아무것도 발설하지 않을 거요."

"보는 눈이 있으니 …" 포크스는 망설였다.

"마틴 헤이독 말이오? 주인만큼이나 입이 무겁소이다."

"그럼 앉으시오. 여기서 어슬렁거릴 바에야 차라리 람베스로 가는 편이 덜 위험할 것 같군요." 신속히 노를 젓자 얼마 후 하천 중심에 이르렀다.

"아직도 비비아나 아가씨에게 연정을 품고 있구려." 포크스는 잠시 노를 내려놓았다. "하지만 첫 단추도 끼워선 안 됩니다. 다른 사람은 그럴지 몰라도 난 두 분의 연애를 반대하진 않소이다. 아가씨가 내 딸이라면 선생께 시집을 보낼 겁니다. 아가씨가 흔들리지 않고 사랑한다면 분명 그럴 것이오."

"혹시 저에 대한 아가씨의 감정이 달라진 것 같소? 희망을 가져도 될까요?" 채텀이 말을 더듬었다.

"선생이 낙담할 일은 없을 겁니다. 내 소견을 말씀드리자면, 정을 두고는 여인이 자신의 결심을 고집하는 법이 없지요. 전에도 말했듯이 아가씨는 선생을 사모하고 있으니 둘의 만남을 방해할 걸림돌은 없을 겁니다."

"다시 태어난 기분입니다!" 환희에 찬 채텀이 말했다. "아가씨의 신망을 얻고 있는 포크스 님이 저 대신 말씀드리면 좋을 텐데요."

"아닙니다. 직접 설득하셔야지요. 하지만 지금은 큰 기대를 걸 때가 아닙니다. 최근 사태로 아가씨의 고통이 이만저만이 아닌지라 많이 힘들 겁니다. 마음이 좀 추슬러지고 나면—젊은 데다 심지가 굳은 사람이니 분명 그럴 수 있으리라 확신하는데—그때 다시 연모의 뜻을 밝히십시오. 두 분의 관계가 잘 성사되길 바라며 최선을 다해 선생을 돕겠소이다."

험프리 채텀이 감사의 뜻으로 중얼댔지만 알아듣기는 어려웠다. 이때 포크스가 덧붙였다.

"나와 함께 내리면 위험하니 뭍에 이르면 비비아나 아가씨가 은신해 있는 곳을 일러드리겠소. 가급적이면 일찍 만나십시오. 아마 올드콘 신부님과 단둘이 있을 겁니다. 아가씨가 선생의 뜻을 받아준다면 두말할 나위 없이 기쁠 것 같군요."

"어떻게 감사를 드려야 할지 …" 채텀은 지그시 손을 잡았다. "감사를 표시할 방도가 있으면 좋으련만."

"선생이 방문할 곳에서 보거나 들은—혹은 수상쩍더라도—모든 비밀을 누설하지 않는다면 감사의 표시가 될 거요. 선생은 신의를 중시하는 분이니 약속보다 더 강한 의무는 필요치 않소이다."

"꼭 그러겠소." 채텀이 진지하게 답했다.

"나리, 원하신다면 저도 맹세하겠습니다." 마틴 헤이독이 입을 뗐다.

"아니오, 당신의 의리는 주인이 대신 답해줄 거요."

얼마 후 가이 포크스 일행은 뭍에 이르렀다. 포크스는 그간 채텀이 머물러 온 저택보다 더 눈길을 끈 외딴 가택을 가리키며 내일이 오기 전에는 그곳에 가지 않겠다는 약속을 받아냈다. 일행이 밤을 보낼 숙소를 찾아 람베스로 가는 동안 포크스는 노를 저어 강어귀를 통해 집으로 들어갔다.

공모자들은 그가 도착하기를 애타게 기다리고 있었다. 포크스가 무사히 왔다는 사실로 미루어 화약이 안전하게 운반되었다는 확신에 모두가 위안을 얻었다. 그들은 또 다른 여정을 위해 즉각 채비했다. 따로 조리할 필요가 없는 구운 고기와 삶은 달걀, 파이 및 기타 음식 일주일 치와 와인 몇 병을 최근 화약통이 있던 자리에 실어 두었다. 일정 적재량이 초과되었음에도 도굴 장비—삽과 곡괭이, 송곳 및 렌치 등—까지 실어 무게가 더욱 가중되었다. 공간이 조금이라도 남을라치면 검과 소구경 및 대구경 단총과 창 등의 무기를 채웠다. 가넷과 케이츠비가 배에 올랐다. 애절한 심정으로 비비아나에게 작별을 고한 가넷은 애당초 올드콘 신부의 안위를 그녀에게 맡겼다. 가이 포크스는 한동안 머뭇거렸다. 험프리 채텀을 만났다는 사실을 밝혀야 할지 고민하고 있었다. 비비아나가 감내해온 심신의 아픔을 생각하니 더욱 확신이 서질 않았다. 하지만 결국에는 사실을 슬쩍 내비치며 자연스레 말을 잇기로 했다.

"우리가 돌아올 때까지 여기에 남기로 한 거요? 비비아나 아가씨?"

그녀는 고개를 끄덕였다.

"혹시 기다리고 있는 사람은 없소?"

"없어요."

"하지만 지인이 어찌어찌해서 여길 찾아온다면—험프리 채텀일 수도 있고—안채에 들여야 하지 않겠소?"

"하필이면 왜 채텀 나리를 …" 비비아나는 추궁하듯 캐물었다. "채텀 나리가 런던에 있나요? 혹시 그분을 만나셨나요?"

"오늘 저녁 우연히 만났지요. 이곳을 알려주었으니 내일 올 겁니다."

"비참해지는 건 이번이 마지막이면 좋겠군요!" 비비아나는 두 손을 꼭 쥐며 번민했다. "우연히 만났다니 이런 불운이 또 있을까요! 근데 소재는 왜 알려주신 거죠? 채텀 선생을 만나리라는 희망은 왜 주신 거냐고요! 전 만나지 않겠어요. 만나느니 차라리 이곳을 떠나는 편이 낫겠네요."

"아가씨, 왜 이리 흥분하십니까?" 가이 포크스는 비비아나의 반응에 움찔했다. "험프리 채텀 선생이 온다는 것이 그리 노여워할 일인가요?"

"이유는 모르지만 어쨌든 전 만나지 않을 거예요." 비비아나는 얼굴을 붉히며 대꾸했다.

"전 아가씨를 여장부로 생각했소. 천방지축이나 변덕쟁이와는 거리가 멀다고 여겼건만."

"터무니없는 걸로 절 몰아세우시는군요. 전 천방지축도 아니고 변덕쟁이도 아니에요. 그저 사랑했다고 착각했던 사람과 마주해야 하는 고통을 피하고 싶을 뿐이라고요."

"착각이었다니요!"

"맞아요, 내 착각이었지요. 마음속을 깊이 들여다보니 그가 자리할 곳은 없었어요."

"그래도 채텀 선생을 보면 기분이 달라질 겁니다."

"순조롭게 만날 수 있는 상황이라면 그럴지도 모르죠. 하지만 지금은 아닐 거예요. 그간 벌어진 사태로 마음이 아주 달라졌거든요. 성직자가 되기로 한 결심을 포기하더라도—속세로 돌아가더라도—험프리 채텀이 로마 가톨릭에 귀의하더라도 혼인은 하지 않을 겁니다. 그럴 수도 없고요."

"애석하군요."

"다리라도 놓아 주시려고요?" 비비아나는 약간 굴욕적인 어조로 물었다.

"실은 그럴 참이었지요. 재차 말하지만 혈통은 고결하나 됨됨이가 다소 부족한 사람보다는 채텀을 만나는 것이 더 행복하리라 믿소."

그녀는 아무런 대답도 하지 않은 채 가슴 위로 고개를 떨어뜨렸다.

"제게 한 말을 들려주려면 어떻게든 만나야 하지 않겠습니까." 포크스가 비비아나의 손을 잡으며 말을 이었다.

"원하신다면 그럴게요. 마음은 아주 괴롭겠지만요." 비비아나는 처량한 표정으로 그를 응시했다.

"그러지 않아도 될 일이라면 애당초 말을 꺼내지 않았을 거요. 그럼 안녕히 계시오."

"안녕히 가세요. 다시는 못 볼지도 모르겠네요."

"떠날 채비는 마쳤소. 물이 빠지고 있어요! 지체했다간 좌초되고 말 거요!" 조급해진 케이츠비가 문가에서 소리쳤다.

"지금 갑니다." 가이 포크스는 손을 흔들며 작별을 고하고 자리를 떠났다.

"이상하군." 포크스는 물가로 이동하며 중얼거렸다. "아가씨가 험프리 채텀을 좋아했다고 자부했는데 그가 아니라면 누가? 단연 케이츠비는 아닐 테고 …. 참 난감하군. 변덕도 심하고. 꿍꿍이가 무엇이든 내 눈은 못 속이지."

이런저런 상념에 빠진 포크스는 배에 올라 케이츠비를 거들었다. 허비한 시간을 만회할 요량으로 노를 잡고 힘껏 저으며 수심이 깊은 쪽으로 배를 이동시켰다. 이번 항해도 지난번처럼 수월했다. 두터운 구름 베일이 별을 가렸고 정박처는 인적이 끊겨 식량과 무기 및 장비 등을 안전하게 옮길 수 있었다.

지금까지는 일이 순조롭게 돌아가는 듯했다. 가넷은 무릎을 꿇으며 열렬히 감사기도를 드렸다. 기도를 마치자 그들은 지하로 내려갔다. 우선 습기가 없는 곳을 찾는 것이 급선무였다. 적잖은 시간과 노동력이 필요할 것으로 보이는 도굴이 끝나기까지 화약을 보관해야 하기 때문이다. 한 모퉁이에 건조한 곳이 있어 화약통을 그리로 옮기고 수색 시 의심을 사지 않도록 장작과 석탄으로 이를 은폐했다. 그들은 여러 작업으로 밤을 새다시피 했다. 본격적인 도굴은 일행이 합류하는 이튿날로 미루었다.

하루가 지나기까지 운신한 사람은 없었다. 창문은 닫혀 있었고 문은 잠겼으며 난롯불도 지피지 않아 가택은 마치 빈집처럼 보였다. 낮까지도 경각심은 느슨해지지 않았다. 이때 장난꾸러기 아이들이 벽을 타고 올라가다 한 녀석이 정원 안으로 떨어지고 말았다. 아이가 울음을 터뜨리자 지레 겁을 먹은 또래 친구들은 아이를 남겨두고 바깥쪽으로 내려와 줄행랑을 쳤다. 공모자들은 목청을 높여 울고 있는 아이를 덧문 열쇠구멍으로 지켜보고 있었다. 경황 중인지라 이렇게 사소한 일이 심각한 결과를 초래하진 않을까 노심초사했지만 불안해진 녀석이 얼른 벽을 타고 도망한 덕에 한시름 놓을 수 있었다. 동지들이 도착하는 저녁까지 별고는 없었다.

동료를 들이는 데도 신중에 신중을 기했다. 정원 대문 열쇠는 주었지만 일정 신호를 반복하고 나서야 문지기인 베이츠가 문을 열어주었다. 이상이 없다는 판단에 그는 등불에 씌운 베일을 벗겼다. 빛이 라이트 원로와 룩우드 및 퍼시의 얼굴을 비추었다. 베이츠가 발을 세 번 구르자 공모자들이 은신처에서 모습을 드러냈다. 동지들은 서로를 환대하며 지하실과 인접한 아래층 별실로 자리를 옮겼다. 육성이 새어나갈 틈은 없었다. 그들은 될 수 있는 한 느긋하게 식사를 즐기고 싶은 마음에 음식을 조금씩 들며 앞으로의 계획과 근황을 나누었다. 트레샴의 배신은 누구도 언급하지 않았다. 앞서 밝혀진 바와 같이, 동지의 믿음을 회복하기까지 그가 벌인 사건을 두고 하는 말이다. 퍼시는 호위병인지라 왕실의 밀담이나 기밀을 접할 기회가 더러 있었는데 그에 따르면, 솔즈베리 백작이 가톨릭 교도의 계략을 암시하는 단서를 쥐고 있다는 풍문이 돌았다고 한다. 그들의 음모를 가리키는 것인지는 밝힐 수 없었다. 입수할 수 있는 모든 정보를 확인하더라도 이를 추적한들 별 소득은 없을 듯했다.

"몬티글 경은 어디 있소?" 케이츠비가 물었다.

"혹스턴 저택에 있지요."

"최근 그가 왕실을 자주 들락거린다거나, 백작과 함께 있진 않았소?"

"아니오. 근데 생각해보니, 일주일 전에 둘이 만나 뭔가를 진지하게 이야기하더군요. 하지만 거사에 대해서는 아무것도 모를 거요."

"그럴 리가요!" 케이츠비가 어깨를 으쓱거리며 일행과 시선을 교환하자 트레샴은 고개를 숙였다. "몬티글 경은 당신이나 나나 혹은 포크스나 룩우드가 거사를 꾸미고 있다는 사실은 모를 수도 있습니다만 우리 중 누군가가 음모를 꾸미고 있다는 건 알고 있을 겁니다. 솔즈베리 백작에게 정보를 흘린 장본인이 바로 몬티글 경이니까요."

"정말이오?" 퍼시는 혀를 내둘렀다.

"선한 가톨릭 신도가 형제를 배신한다? 선뜻 이해는 가지 않소만 정말 그런 거요?"

"안타깝지만 사실이외다." 가넷이 진지하게 대답했다.

"이 문제는 추후에 다시 논합시다." 케이츠비가 말했다. "경의 신병을 확보할 계획이 있소. 교활한 솔즈베리의 코를 납작하게 해줍시다. 트레샴이 돌연 자취를 감추었다는 건 누구든 눈치 챌 테니."

"식솔 이야기를 듣자 하니, 경은 지금 고더스트에서 에버라드 딕비를 만나고 있다 하오." 룩우드가 입을 열었다. "어제 경의 저택에 잠깐 들렀다가 고더스트에서 딕비 경이 보낸 편지가 왔었다는 기별을 들었소이다. 돌연 현장을 떠났다는데 편지를 보면 경위야 밝혀지겠지만 말이오. 그래서 난 …." 룩우드가 말을 이으려 하자 대화 내내 입을 다물고 있던 가이 포크스가 분위기를 바꿨다.

"식사 다 하셨으면 작업을 시작합시다. 제가 먼저 파지요." 그가 곡괭이를 들며 일어났다.

"기다리시오!" 가넷이 그를 만류했다. "거룩한 교회의 구원이 달린 일이니 그에 걸맞게 엄숙히 개시해야 하오."

"지당하신 말씀입니다, 신부님."

십자가를 든 가넷은 선두에 서서 일행과 함께 창고로 이동했다. 성수를 가득 채운 성배는 포크스가, 불붙인 양초는 케이츠비가 들었다. 가넷 신부는 벽 앞에 무릎을 꿇고 거사가 치러질 장소 쪽으로 십자가를 내밀며 나지막한 소리로 진지하게 기도했다. 목소리가 높아지자 기도의 열기도 뜨거워졌다. 일행은 신부 주위에 무릎을 꿇었다. 누구라도 호기심이 발동할 만큼 보기 드문 풍경이 연출되었다. 창고는 공모자 일행과도 잘 어울렸다. 단단한 석조 건물로 된 그곳은 유서가 깊어 고색이 창연했다. 폭은 약 9피트(3미터)요, 높이도 그 정도 되었고 반원형의 아치가 천정을 받치고 있었다. 길이는 20피트(6미터)가 넘었다.

공모자들의 얼굴을 보니 기도회에 감명을 받은 기색이 역력했다. 특히 가넷 옆에 있던 포크스가 열렬한 심정을 표출했다. 황홀한 표정과 제스처로 미신적인 면모가 여실히 드러났다. 가넷은 다음과 같이 기도를 마쳤다.

"오 주님, 지금까지 어둠과 난관 속에서 고역을 치러왔사옵니다. 주님의 도우심이 절실한 때이오니 저희를 버리지 마소서. 주께 간구하오니, 빛으로 어두운 길을 비추어 주소서. 팔에 힘을 주시고 무기를 날카롭게 하사 단단한 돌을 부스러뜨려 저들이 거사에 굴복케 하옵소서. 주님의 뜻이라면 거룩한 교회의 안녕과 원수의 혼란을 위해 거사를 도우소서. 오 주님, 이 한 가지 목적에 온전히 헌신한다는 것과 주님의 영광과 명예만을 위해 완수를 간구한다는 것을 증언해 주소서."

신부가 일어서자 회중은 찬송을 불렀다.

공모자가 부른 찬송

주여, 이단과 이교도를
불로 태우시고 칼로 베소서
주의 성소에서 나온 패역자들을 찌르고
제단은 먼지 속에서 짓밟으소서

거짓된 왕자와 거짓된 성직자는 숨어 있으나
거처는 근심이 가득하오니
주여, 검과 화염으로 그들을 흩으소서

그들로 수치를 느끼게 하소서

응징의 팔이여, 더는 참지 마시고
일어나소서! 진멸하시고 멸절하소서
타락한 예배를
회복시키소서!

찬송으로 공모자들의 정열은 최고조에 이르렀다. 곡조가 아치형 지붕을 따라 묵직하게 울려퍼지자 일부는 검을 뽑아 대의를 성취하겠다는 결의를 다지며 칼날을 부딪쳤다. 찬송이 그치자 가넷은 다른 기도문을 암송하며 축복의 일환으로 앞으로 쓸 기구와 벽에 성수를 뿌렸다. 그는 가이 포크스에게 곡괭이를 건네며 엄숙한 육성으로 외쳤다.

"가장 높으신 주님의 이름으로, 거룩한 가톨릭을 대신하여 치시오!"

가이 포크스는 흥분하며 곡괭이를 들고는 팔의 근력을 모아 벽을 힘껏 내리쳤다. 큼지막한 돌조각이 잘려 나가며 곡괭이도 두 동강이 났다. 당황한 기색이 역력한 가이 포크스와 달리, 가넷은 수심이 가득했지만 이를 감추고 있었다.

"내게 맡기시오." 포크스가 물러서자 키스가 나섰다.

키스는 장사인지라 곡괭이가 모르타르에 너무 깊이 박혀 도움이 없이는 이를 빼낼 수가 없었다. 이처럼 녹록치 않은 상황에 일행은 살짝 맥이 빠지긴 했지만 이를 눈치 챈 케이츠비는 작업에 박차를 가했다. 결국 그는 동지들의 수고를 무위로 만들었던 거대한 돌덩이를 단시간에 제거할 수 있었다. 그제야 작업할 맛이 났다. 동지들은 공간이 협소했음에도 케이츠비와 함께 힘을 보탰다. 작업은 예상보다 훨씬 힘들었다. 또다른 돌덩이를 제거하기까지 한 시간이 흘렀다. 번갈아 휴식을 취하고 인내심을 최대한 발휘하며 작업에 매진했음에도 이튿날 아침이 밝기까지 작은 구덩이에서 별 진전이 없었다. 돌이 철만큼이나 강도가 높고 곳곳의 모르타르는 암석보다 단단했기 때문이다.

두서 시간을 쉬고 나서 다시 연장들을 잡았다. 진도가 아쉽긴 했지만 3일째가 돼서야 한 사람은 충분히 들어갈 수 있을 정도의 틈을 냈다. 이때 자갈과 플린트(쇠에 대고 치면 불꽃이 생기는 아주 단단한 회색 돌─옮긴이) 층이 나타났다. 지금까지도 고된 일의 연속이었지만 앞으로는 훨씬 더 험난한 작업이 기다리고 있었다. 이렇게나 단단한 돌덩이에도 곡괭이는 끄떡없었다. 물론 연장질은 쉴 새 없이 했지만 진도는 맥이 빠질 만큼 더뎠다. 돌과 쓰레기는 한밤중에 바구니에 담아 정원으로 옮겨 묻었다.

어느 날 밤, 공모자들이 여느 때처럼 진땀을 흘리고 있을 때 도굴에 앞장섰던 가이 포크스는 벽 안쪽에서 종이 울리는 소리를 들은 듯했다. 즉각 작업을 중단한 그는 착각이 아니라는 생각에 구덩이에서 빠져나와 일행에 귀를 기울이라는 제스처를 보냈다. 생소한 소리는 아니었다. 단지 연장 소음에 대부분 묻혀 대수롭지 않게 넘어간 것이다. 마치 지나가는 종소리 같았는데 지금은 뚜렷이 들렸다. 깊고 맑게, 서서히 … 하지만 묵직하고 섬뜩하게 울려 혈관의 피가 얼어붙는 것 같았다.

굴을 파다 놀란 가이 포크스 일행

그들은 잠시 멈칫했다. 건물이 내려앉아 생매장을 당하진 않을까 노심초사하며 서로를 쳐다볼 엄두도 내지 못했다. 엎어둔 바구니 위의 등불이 동상처럼 경직된 공모자들을 비추고 있었다. 얼굴에는 두려운 기색이 역력했다.

"팔이 말을 듣지 않으니 더는 힘들겠소." 가이 포크스가 침묵을 깼다.

"성수를 써보시죠, 신부님. 악마의 소행이라면 성수가 이를 잠재울 테니까요." 케이츠비의 주장이다.

성수가 든 성배를 대령하자 가넷은 구마의식을 엄수하며 성수를 벽에 뿌렸다.

소리는 즉각 멈추었다.

"생각대로군요, 신부님. 악령의 망상이 분명합니다." 케이츠비가 말을 이었다.

이때 기이한 종소리가 좀더 엄숙하게 들리기 시작했다. 속도는 더 느려졌다.

"주님의 이름으로 성수를 뿌리십시오, 신부님." 가이 포크스가 가슴에 십자가를 그으며 소리쳤다. "사탄아, 물러가라!"

가넷이 성수를 뿌리자 소리는 다시 잦아들었다.

포획당한 비비아나

가이 포크스를 만나고 난 다음날 아침, 험프리 채텀은 마틴 헤이독과 함께 람베스 마시를 향해 길을 나섰다. 그는 설레는 가슴을 안고 비비아나의 거처라 들은 곳에 이르렀다. 숙녀가 머물기에는 열악하기 짝이 없었다. 막상 입구에 서니 문을 두드릴 용기가 나질 않았다. 밖에서 이름을 불렀지만 응답이 없어 재차 소리를 높였다. 창문을 통해 올드콘 신부의 얼굴이 눈에 띄었다. 동지임을 확인한 신부는 가슴을 쓸어내리며 그와 하인을 안채에 들였다.

"기다리고 있었소. 가이 포크스가 비비아나 아씨에게 언질을 주었지요."

"절 만나진 않을 거라는 말씀이신가요?" 채텀은 초조해졌다.

"그럴 겁니다. 하지만 여기에 들른다는 말은 해두었지요. 일단 여기 앉으시오."

신부는 문을 닫고 비비아나의 방으로 갔다. 채텀은 여인을 보고 싶은 마음에, 사랑을 해본 사람만이 공감할 법한 설렘과 두려움을 갖고 기다렸다.

얼마 후 비비아나가 나타났다. 발소리를 들을 때부터 심장이 요동치던 채텀은 달라진 용모와 냉랭한 태도에 놀랐다. 올드콘 신부는 마틴 헤이독에게 따라오라며 손짓했고 현장에는 젊은 남녀 둘만 남았다.

"절 만나고 싶어 하셨다고 들었어요." 비비아나는 냉담했다.

"그래서 런던으로 달려온 거요."

"신세는 많이 졌습니다만 …" 전처럼 격한 어조로 대꾸했다. "괜히 저 때문에 너무 많은 고생을 하신 것 같아 마음이 쓰이네요."

"고생이라니요, 당치 않소. 어쨌든 도움이 되어 다행이구려. 제 마음을 입증할 기회를 얻은 것만으로도 기쁘기가 그지없습니다."

"무슨 도움을 받아 감사해야 하는지는 아직 모르겠는데요."

채텀은 아주 당혹스러웠다. "불쑥 찾아온 데 대해서는 변명의 여지가 없습니다만, 마틴 헤이독에게 들어보니 닥터 디가 런던으로 떠났다고 합니다. 아가씨를 찾아 동지들에게서 빼내려는 심산으로 말이오. 제가 아가씨께 미리 알려드리려고 이렇게 달려온 겁니다."

"뭐라고요? 제 일에 간섭할 권리가 있다던가요? 이쪽에서 그만 하차하라고 조언한들 제가 그걸 맹종해야 할 이유는 없잖아요."

"그분의 권위가 어떤 경위로 관여하게 되었는지는 나도 모르오. 묻지도 않았지요. 헌데 듣자 하니 닥터 디는 아가씨를 어떻게든 만류코자 하는 것 같습니다. 아씨의 거처를 잘 모르는데도 무작정 달려왔소. 런던에 당도한 날 저녁 다행히 가이 포크스를 만났고 그가 여길 가르쳐 주었지요."

"그건 저도 들었어요." 대답은 싸늘했다.

"그대를 보고 싶은 욕망 때문이 아니라 닥터 디가 찾아올 거라는 소식을 귀띔해주기 위해 왔다는 말은 하지 않겠소. 연모의 정을 위해 어떻게든 조그마한 구실이라도 찾으려 했는데 그대가 떠나고 나니 허탈하기가 그지없더이다. 자제심이 강하다고 자부했지만 돌이켜보니 당신 없이는 살 수가 없을 것 같소."

"그럼 어쩌란 말인가요!" 비비아나는 번민했다. "이 사달이 날 줄 알고는 있었지만 … 여긴 왜 온 건데요?"

"말했잖소. 너무 몰아세우지 마시오."

"그럴 생각은 추호도 없어요. 예전과 같은 마음으로 채텀 님을 만날 수 없는 제 자신이 원망스러울 따름이지요. 닥터 디가 마력을 써서 절 멀리 떠나보낼 수 있다면 그분을 만나는 편이 더 나을 뻔했네요." 비비아나가 수심이 가득한 표정으로 대꾸했다.

"본의 아니게 아가씨의 심기를 불편하게 했구려."

"아니오, 아니에요! 기분이 나쁘진 않았지만 …"

"그렇다면?"

"이렇게 만나느니 차라리 죽는 게 더 낫지요."

"아가씨가 그러는 이유는 누구보다 잘 알고 있으니 이를 묻지는 않겠소만, 난 예전과 같은 사람이 아닙니다."

"더는 왈가왈부하고 싶진 않군요." 비비아나는 당혹스런 표정으로 얼굴이 상기되었다. "앞으로도 채텀 님을 존경하고 감사할 거예요. 어차피 혼인은 불가한데 당신과의 관계가 소원해진들 그게 무슨 상관이겠어요?"

"무슨 상관이냐고요?" 청년 장사꾼인 채텀은 절망에 빠졌다. "상관이 많이 있지요. 사랑에 빠진 사람이 지푸라기라도 잡으려는 심정이랄까요. 그대의 손을 잡고 싶진 않소. 그래도 나를 사랑해 주었다는 생각으로 어렵사리 내 운명에 순응해왔건만 지금 내 가슴은 속절없이 뭉개지고 말았소."

"그런 말씀 마세요." 비비아나의 목소리가 격앙되었다. "사랑하지 않는다는 게 아닌걸요. 자매로서 사랑해요."

"조금이나마 위안이 되는군요. 다시는 만나지 않았으면 좋겠다는 것이 소원이라니 들어드리리다. 당신이 날 사랑했다고 생각한 건 착각이었나 봅니다."

"그랬다면 아쉬울 게 없었겠지요. 누구에게도 고통을 주지 않았을 테니까요. 신세를 많이 졌을 뿐 아니라 너무도 과분했던 당신도 고통은 훨씬 덜했겠지요."

"신세라니요. 자원해서 했을 뿐입니다. 우리가 함께 감당해냈던 위험 가운데서도 아가씨만 안전하다면 전 아무렇지도 않았습니다. 제가 한 일은 아무것도 없습니다. 차라리 아가씨를 위해 죽었더라면!"

"진정하세요."

"정말 날 사랑했던 적이 있었소?"

"그래요."

번민에 싸인 채텀은 절규했다. 그의 신음에 애절한 침묵이 이어졌다.

"답해 주시오, 아가씨. 제발 말씀해 주시오. 혹시 연모하는 사람이 생긴 거요?" 그는 돌연 고개를 돌리며 물었다.

"그건 말씀 드릴 수 없어요." 비비아나의 얼굴이 창백해졌다.

"표정을 보니 알겠소! 생긴 게 틀림없구려! 이름은 뭐요? 이름 말이오. 내가 가만두지 않을 거요."

"어떻게 그런 말을 …" 비비아나는 그가 잡은 손을 뿌리쳤다. "오늘은 이만 돌아가세요."

"미안하오!" 채텀은 그녀 앞에 무릎을 꿇었다. "용서해 주시오! 지금은 제정신이 아니라오. 곧 냉정을 찾겠지만 그대가 준 상처의 아픔을 조금이라도 이해한다면 더는 괴롭히지 마시구려."

"괴롭히다니요!" 비비아나는 일어나라며 손짓했다. "당신의 고통을 덜어줄 수 있을지는 모르겠지만 타인에게 느끼는 사랑은—정녕 진심이더라도—채텀 님과 마찬가지로 이루어질 수 없는 사랑일 뿐이랍니다. 당신이 질투할 만한 사랑은 아니라는 것이죠. 그건 숭고하고 거룩하고 경의를 표할 감정이요, 천박한 성정을 탈피한 순결한 것인 데다 여식이 아비를 사랑하는 마음보다 더 큰 감정이나 그 이상은 아닐 겁니다. 전 사랑하는 사람과도 혼인하지 못할 거예요. 실은 하고 싶어도 못한답니다. 연정이 입증돼야 할 순간이 오지 않으면 전 그를 피할 테니까요."

"듣도 보도 못한 궤변이군요. 그대 자신은 속일지 몰라도 난 못 속입니다. 당신도 성정을 가진 사람처럼 연모의 정을 느낄진대 도대체 어떻게 연정을 증명한단 말이오?"

"목숨을 희생하는 것일 수도 ...."

"연모의 대상이 누군지는 나도 아오. 가이 포크스가 아니겠소."

"부정하진 않겠어요. 맞아요."

"내 말 좀 들어보시오. 어젯밤 그와 강을 건널 때 가슴에 묻어두었던 이야기를 나누게 되었지요. 가이 포크스는 내게 구혼을 도와주겠다고 약속하며 내게 절망하지 말라고 했소."

"약속은 지켰네요. 채텀 님이 올 거라는 말과 함께 날 설득하려 했으니까요."

"그렇다면 아가씨가 포크스 자신을 사랑한다는 사실은 모르는 거요?"

"저도 밝히진 않을 테니 영영 모를 거예요. 채텀 님이 이야기를 해서도 안 되고요."

"그건 걱정 마시구려. 비밀은 꼭 지키리다."

"비밀을 알게 되었으니 마음이 좀 홀가분해졌네요. 채텀 님은 그냥 친구로 생각할게요."

"그렇게 하시오." 채텀의 목소리는 애절했다. "친구로서 부탁하는데 이곳을 떠나 동지와의 인연을 끊으시오. 포크스에게서 마음을 돌리게 하려는 것도 아니고 이미 물 건너간 사랑을 되찾을 생각도 없소만, 절박한 사람의 운명과 자신의 것을 혼동해 돌아올 수 없는 강을 건너기 전에 멈추길 바랄 뿐이오. 포크스가 국가를 상대로 무시무시한 음모를 꾸미고 있다는 것은 나도 잘 알고 있소. 구체적인 작전은 잘 모르지만 말이오.”

“포크스 님을 배신하진 않을 거죠?”

“라이벌이긴 하지만 그러진 않을 거요. 다른 사람이면 또 모를까. 아니, 이미 배신했을 수도 있겠군요.”

“누가 그럴 것 같은데요?” 비비아나는 촉각을 곤두세웠다.

“확실히 아는 건 없지만 닥터 디가 마음에 걸리오. 닥터의 신임을 얻고 있는 마틴 헤이독이 언질을 주었지요. 아가씨를 찾기 위해 런던에 온다고는 했지만 공모자를 추적해서 그들을 정부에 넘기려는 것은 아닌가 싶기도 하오.”

“그럼 이미 런던에 와 있다는 말씀인가요?”

“그건 아닐 거요. 나흘 전 레스터로 오는 길에 그를 지나친 적이 있는데 켈리와 톱클리프가 동행하더이다.”

“비열한 톱클리프가 그와 함께 있었다면 근거가 확실한 추측이겠군요. 닥터가 위험인물이라는 사실을 포크스 님께 알려야겠어요."

"그건 제가 하겠습니다."

"이를 어찌해야 좋을지 ...." 비비아나는 번민하고 있는 자신의 심경을 드러냈다. "이젠 감히 찾을 수도 없을 것 같아요. 하지만 이렇게 방관하고 있으면 원수의 손아귀에 붙잡힐 테니 무슨 일이 있어도 찾아내야겠어요."

"비밀은 지킬 테니 당신과 동행하게 해주오. 내겐 포크스를 지켜야할 이유가 있소."

"참으로 고귀하고 너그러우시군요. 선생님은 전적으로 믿겠지만 남들 눈에 띄는 날엔 죽임을 당할지도 몰라요. 포크스 님도 당신을 구하진 못할 거예요."

"원한다면 위험을 무릅쓰고 포크스를 구하리다. 아니, 나 혼자 가는 편이 낫겠소."

"그럼 죽을 게 뻔한데요! 안돼요, 그럴 순 없어요! 올드콘 신부님께 말씀드려야겠어요."

비비아나는 방을 나왔고 얼마 후 신부와 함께 돌아왔다.

"신부님은 이 사태를 동지에게 어떻게든 전달해야 한다시네요. 저와 신부님이 가면 무탈하게 빠져 나올 수 있을 거라고 ...."

"당신이 가선 안 되오." 올드콘 신부가 덧붙였다. "비비아나만큼이나 의리와 신의는 굳게 믿지만 그러지 않는 사람은 당신을 제거할 기회를 호시탐탐 노릴 것이오."

"비비아나 아가씨!" 채텀은 간절한 눈빛으로 그녀를 바라보았다.

"채텀 님이 아니라 저를 위해서라도 더는 재촉하지 말아주세요. 그들보다는 강도들이 더 안전할 거예요. 가뜩이나 위험한 상황이라고요."

"어찌 그런 작자들에게 당신을 맡긴 거요? 더 늦기 전에 내 말을 들으시오! 그들을 떠나란 말이오!" 채텀은 꾸짖듯 언성을 높였다.

"이미 너무 늦은걸요. 주사위는 던져졌지요."

"그렇다면 저는 탄식 외에는 도리가 없겠군요. 거처 근방에 있는 곳까지만이라도 동행하게 해주시오. 혹시라도 도움이 필요하면 날 부르시오."

"채텀 님이 우릴 미행하지 않는다고 약속한다면 굳이 반대하진 않겠어요."

"약속하리다."

"저 때문에 선생님을 사지로 몰아넣고 싶진 않지만 정 뜻이 그렇다면 어쩔 수 없군요."

그들은 해가 질 때까지 기다렸다가 날이 어두워지면 험프리 채텀이 람베스로 가서 강을 건널 배를 마련하기로 했다.

마침내 출발할 시간이 되었다. 비비아나는 외출 복장으로 방을 나왔다. 길을 나설 무렵 그들은 대문 두드리는 소리에 흠칫했다.

"우리가 발각됐나봐요. 닥터 디가 여길 알아내다니!"

"두려워 마시오." 채텀이 검을 빼들었다. 마틴 헤이독도 칼을 들었다. "목숨이 붙어있는 한 당신을 생포하진 못할 거요."

노크 소리가 연신 반복되자 문은 빗장이 부러질 만큼 격렬히 흔들렸다.

"소등하세요. 올드콘 신부님은 어서 숨으세요. 두려워할 필요 없으니 안심하세요."

"어디로 숨으란 말이오?" 올드콘은 가슴을 졸였다. "깃발을 올려 지하실에 피할 수도 없을 텐데."

"제 방으로 가세요, 신부님!" 비비아나는 겁에 질려 사지가 마비된 듯 망설이고 있던 신부의 팔을 부축하며 갔다. 결국 문은 굉음을 내며 부서졌다. 무장한 괴한들은 검을 들고 톱클리프의 뒤를 따랐다. 또 다른 중년남성은 키와 몸집이 좀 작고 귀족 표식을 단 정장을 멋들어지게 차려입고 방을 급습했다.

"죄수가 여기 있었구나!" 그는 계단 밑에서 마틴 헤이독과 함께 자리를 잡고 있던 채텀에게 달려들었다. "왕의 명을 받들어 널 체포한다!"

"사람을 잘못 보신것 같은데요, 나리." 채텀이 날을 세웠다. "난 아무런 죄도 저지르지 않았소. 어디 털끝 하나라도 건드려 보시구려."

"아니! 험프리 채텀이 여기 있다니!"

"엉뚱한 곳을 치다니, 원."

"아닐 거요. 당신을 보니 내 판단이 옳은 것 같군요. 비비아나 래드클리프가 멀지 않은 곳에 있을 테니 말이오. 무기를 버리시오. 부하에게 저항해봐야 동지에게도 도움이 되진 않을 거요. 당신도 위태로워질 테고 …"

채텀은 계속 저항했다. 서로 티격태격하는 사이 군인들이 그를 공격하려는 순간, 비비아나가 위층에서 문을 열고 천천히 계단을 내려왔다. 그녀를 본 채텀은 더는 저항해 봐야 소용이 없다는 생각에 검을 칼집에 넣었다. 그녀는 채텀과 헤이독 사이를 지나 무리의 우두머리를 향해 걸어갔다.

"여긴 왜 온 거요?" 비비아나가 물었다.

"예수회 사제를 잡으러 왔다. 여기에 숨어있다는 정보를 입수했거든. 아울러 국가에 항명한 천주쟁이도 영장이 있으니 체포할 것이다."

"집은 뒤져도 좋지만 여기 있는 사람 외에는 아무도 없어요."

비비아나가 이렇게 말하자, 그녀를 지그시 바라보던 채텀은 그녀와 시선을 교환했다. 그는 미묘한 눈짓으로 신부가 비비아나의 도움으로 무사히 빠져나갔다는 것을 확신했다. 군인들은 그녀의 허락을 기다리지 않고 지체 없이 수색에 나섰다. 위층으로 올라가 각 방—비비아나가 묵은 곳 외에 작은 방이 둘 있었다—을 샅샅이 뒤지자 사제 의복이 눈에 띄었다. 구석구석을 이 잡듯 수색하고 벽을 두드려 보기도 하고 굴뚝과 침대 밑 할 것 없이, 심지어는 설마 여기에 숨었을까 싶은 곳도 마다하지 않고 살폈지만 어떤 흔적도 발견할 수 없었다. 그들은 어쩔 수 없이 수장에게 빈손으로 돌아가야 했다. 이때 톱클리프는 다른 일당과 함께 아래층 수색을 계속 이어갔다. 난로에서 움직이는 깃발을 찾아 지하실로 내려갔고 여기라면 죄인이 있을 거라 확신했다. 그러나 현장에는 아무도 없었다. 화약과 무기는 이미 옮기고 난 뒤라 수색으로 발견한 것은 아무것도 없었다.

한편 톱클리프와 출동한 중년은—계급을 알 수 있는 직책을 누구도 밝히진 않았지만 주변에서 경의를 표하는 것이나 복장으로 미루어 톱클리프의 상관이 분명해 보였다—의자에 앉아 정중하면서도 권위적인 어조로 질문을 쏟아냈다. 외딴 곳에 거처를 택한 경위를 비롯하여 일행의 이름과 소재, 그들이 가담한 계략 등을 캐물은 것이다. 비비아나가 일언반구 말을 하지 않자 그는 인내심을 잃었다.

"의무라 고지하지만 너는 추밀원에 소환될 것이고 이렇게 계속 고집을 부린다면 사실을 알아낼 수 있는 수단은 전부—아주 혹독하게—동원하겠소."

"고문을 해도 좋지만 아무 정보도 얻지 못할 거요." 비비아나는 단호했다.

"그건 두고 봐야 알 일이지. 난 당신이 내 손에 피를 묻히진 않을 거라 믿소."

이때 톱클리프가 지하실에서 올라왔다. 군인들 또한 위층에서 무위로 돌아왔다.

"이미 빠져나간 것 같습니다. 곳곳에 군인을 심어두면 저들이 복귀할 때 생포할 수 있을 겁니다."

비비아나는 초조함을 못 이겨 비명을 질렀다.

"제가 옳다는 걸 알게 되실 겁니다." 톱클리프는 의미심장한 표정을 지었다.

"나도 그렇게 생각하네."

비비아나는 이를 듣고 험프리 채텀에게 시선을 돌렸다. 채텀은 그녀의 눈짓을 금세 알아챘다. 기회가 닿는 대로 여길 빠져나가 동지들에게 사태를 일러주고 결과야 어떻든 그녀의 뜻을 따르라는 의미였다. 군인들이 막바지 수색에—헛수고일 것이 불 보듯 빤하지만—돌입하자 채텀은 마틴 헤이독에게 귓속말로 의중을 전하고 난 뒤 기회를 호시탐탐 노렸다. 호기는 의외로 빨리 찾아왔다. 톱클리프는 현장을 떠나기 전 몇 사람과 함께 위층을 다시 확인키로 했다.

채텀은 비비아나를 탈출시키려 했다가 승산이 없으리라는 생각에 고개를 살짝 숙이며 그녀의 뜻을 따르기로 했다. 톱클리프가 자리를 뜨자 그는 돌연 칼을 뽑아들었다(채텀과 헤이독은 무기를 빼앗기지 않았다!). 입구를 지키던 사내를 쓰러뜨린 채텀은 하인과 함께 현장을 나와 늪지대쪽으로 질주했다. 날이 어둡고 땅이 고르질 않아 추격자와의 격차는 금세 벌어졌다.

톱클리프는 아래층서 벌어진 소동에 뭔가 싶어 즉각 계단을 내려왔다. 때는 이미 늦었다. 그도 추격 대열에 가담했지만 결국에는 좌절되고 말았다. 반시간 후 그는 분노와 실망이 섞인 표정으로 가택에 돌아왔다.

"놈이 빠져나갔습니다만 조만간 다시 잡아들이겠습니다." 상관은 채텀의 탈출로 분노가 극에 달한 듯했다.

톱클리프는 부하들에게 은신하는 요령을 일러둔 후 일당에 떠날 채비가 되었다고 귀띔했다. 비비아나는 앞선 사건이 벌어지는 내내 꼼짝도 하지 않고 침묵했다. 집을 나와서는 작은 만으로 이끌렸고 현장에는 큼지막한 배가 출항을 기다리고 있었다. 비비아나가 승선해 자리를 잡고 상관도 자리에 앉자 톱클리프가 물었다.

"어디부터 들를 생각이십니까, 나리?"

"성실청으로 간다."

비비아나는 무심코 몸서리를 쳤다.

'아, 이젠 끝이구나!' 그녀는 속으로 탄식했다.

저장실

공모자들은 시간이 한참 흐르고 나서야 도굴을 재개할 용기가 났다. 성수를 돌에 뿌릴 때마다 신비로운 종소리는 끊겼지만 곧 다시 울리기 시작했다. 이를 들은 자들은 사지가 마비될 정도로 몸서리를 쳤다. 가넷은 기도하고 일행은 찬송을 불렀으나 모두 소용이 없었다. 전처럼 성수를 뿌리지 않는 한 종소리는 계속 이어졌다.

공모자들의 용모와 행동은 급속도로 달라졌다. 무슨 조치를 취해서라도 그들을 각성시키지 않으면 거사는 물거품이 될 것이 분명했다. 케이츠비는 동지들 못지않게 미신에 연연했으나 정신을 차려 가장 먼저 두려움을 극복했다. 그는 성호를 그으며 조용히 기도하고는 파낸 홀로 들어가 곡괭이질을 이어갔다.

벽을 파낼 때 나는 소음에 종소리가 묻혀 마력은 통하지 않았다. 동지들도 그에게 자극을 받아 작업을 재개했다. 무시무시한 종소리는 작업 내내 일정 간격으로 울렸으나 더는 방해가 되지 않았다.

그러나 더욱 심각한 사태가 벌어지고 말았다. 아무도 모르는 사이에 강둑 쪽으로 굴을 파고 있었던 것이다. 양 측면에서 강수가 새기 시작했다. 처음에는 조금씩 스며들었지만 작업이 망했다는 생각이 들 정도로 양이 점차 많아졌다. 눅눅해진 흙덩이가 머리 위로 떨어지자 근방에 있던 사람들은 거의 묻힐 뻔했다. 어떤 곳은 물이 1피트 이상 차올라 화약을 두고 쓸 수 없는 지경에 이르렀다.

케이츠비는 예기치 못한 역경에 굴욕감을 감추지 못했다. 어떻게든 극복해 보려고 안간힘을 썼다. 일말의 희망도 없다는 사실을 알고 있었지만 마치 전멸될 때까지 희망의 끈을 놓지 않으려는 군사령관처럼 작업에 몰두했다. 그러나 감당할 수 없을 정도의 침수 탓에 그들은 달리 도리가 없다는 사실을 더는 숨길 수 없었다. 여기서 연장질을 고집한다면 그건 광기를 부리는 것과 매한가지였기 때문이다. 케이츠비는 무거운 마음으로 곡괭이를 내던지며 하늘이 거사를 인정하지 않았으니 포기해야 마땅하다고 성토했다.

"애절한 종소리의 경고를 들었어야 했소. 지엄하신 하느님의 뜻이 선포되었음에도 앞장서서 이를 위반했으니 가장 먼저 잘못을 인정하고 마는구려."

"두렵고도 신비한 소리는 해명이 불가하외다. 당신 말마따나 하느님이 간섭하신 것인지, 의도가 경고인지 지침인지는 나도 잘 모르겠소."

"신부님, 저 굴을 보고도 잘 모르시겠다고요? 연장질을 죽어라 해서 첫 벽을 통과하는 데만 꼬박 일주일이 걸렸습니다. 이제 좀 속도가 붙나 싶었는데 되레 이런 결과가 나타났는데도요? 작업을 계속했다가는 폭파는커녕 우리가 수장되고 말 겁니다. 설령 여기를 빠져나간다손 쳐도 습기가 가득한 곳에 화약을 방치한다면 무용지물이 될 게 분명합니다. 작전은 이미 실패했으니 대안을 찾아야 합니다."

"나도 동감이오. 지금 계획은 포기하겠지만 너무 낙심하진 맙시다. 하느님께서는 지금 이 순간에도 뜻밖의 수단으로 우리의 승리를 준비하고 계실지 모르니까요."

"그럴지도 모르지요." 케이츠비는 미덥지 않다는 표정을 지었다.

문득 머리 위로 돌덩이가 소나기처럼 우두둑 떨어지는 소리가 들렸다. 공모자들은 당황해 하며 서로를 쳐다보았다. 습기에 굉음까지 들리자 땅굴에 매몰되는 것은 아닌가하는 두려움이 엄습했다.

"축복받은 성인이여 우릴 보호하소서!" 가넷이 외치자 낙하소리가 그쳤다. "이건 또 무슨 소린가?"

누구도 해명할 재간은 없었다. 그들은 두려워 떨며 시선을 교환했다. 잠시 적막이 흐르고 난 뒤 불가해한 소음은 재차 이어졌고 끊겼다가 다시 들리기를 반복했다.

"무엇이겠습니까? 지하 생활로 몸이 쇠약해졌는지 대수롭지 않은 일에도 흠칫 놀라는 것 같습니다. 원수가 우릴 매몰시키기라도 하는 걸까요? 아니면 해충을 잡듯 땅을 갈아엎고 있는 걸까요?" 케이츠비는 포크스에게 고개를 돌렸다. "무슨 소리 같소?"

"가서 살펴보리다."

"자취를 드러내선 안 되오. 여기서 결과를 지켜봅시다." 가넷이 만류했다.

"아닙니다, 신부님. 계획이 실패했으니 제게 무슨 일이 닥치든 그건 중요하지 않습니다. 제가 가보겠습니다. 혹시라도 돌아오지 않으면 상황을 짐작하실 겁니다."

반시간이 지나자 포크스가 돌아왔다. 공모자 일행에게 30분은 100분처럼 길게 느껴졌다. 가이 포크스는 그간의 두려움이 해소된 듯 미소를 띤 얼굴로 나타났다.

"희소식을 가져온 거요?" 가넷이 물었다.

"더할 나위 없이 좋은 소식입니다. 궁지에 몰렸을 때 하느님께서 신비로운 수단으로 승리를 예비하실 거라는 신부님의 말씀이 옳았습니다."

가넷 신부는 경건하게 감사하는 마음으로 두 손을 높이 올렸다. 동지들은 소식을 듣기 위해 포크스 주변에 모여들었다.

"우리가 들은 소리는 단순한 현상에서 비롯된 것이오. 원인을 들으

면 왜 그리 두려워했나 싶어 웃음이 나올 겁니다. 물론 마냥 웃을 일만
은 아니라오. 정확히 머리 꼭대기에 저장실이 하나 있더이다. 브라이트
라는 자가 소유한 것인데 팔려나가는 석탄을 옮길 때 나는 소리를 우
리가 들은 것이외다."

"그게 다요? 고작 석탄 옮기는 소리에 기겁을 했다니 애송이가 다 되
었구려."

"설명을 들으니 대수롭지 않은 일이었군요. 하지만 출처는 어찌 알게
된 겁니까?" 키스가 진중히 물었다.

"아, 하느님의 손이 개입하고 있다는 점을 말씀드리다. 하늘에서
보낸 신호로만 알고 따라 갔는데 듣도 보도 못했던 저장실이 나타나
더이다. 저장실은 귀족원(상원) 바로 밑에 있었소."

"그랬군요! 화약을 두기에 적절하다는 말이구려!" 케이츠비가 무릎
을 쳤다.

"그런 목적으로 지어졌다면 더할 나위 없이 좋은 장소지요." 포크스
도 맞장구를 쳤다. "널찍하고 건조한 것도 바람직하지만 알다시피 외
딴 곳에 있어 우리도 이를 눈치 채지 못했으니 말이오."

"하지만 쓸 수 없다면 무슨 소용이겠소?"

"쓸 수 있습니다. 소유주가 바뀌었으니까요."

공모자들 사이에서 탄성이 쏟아졌다.

"브라이트가 이 동네를 떠난다는 사실을 알고 더는 필요가 없으리란 생각에 저장실을 매입하겠다는 의사를 내비쳤지요. 의심을 사지 않기 위해 퍼시의 이름으로 협상하면서 연료 저장고가 필요하다고 둘러댔소."

"완벽히 해냈구려!" 케이츠비가 찬사를 보냈다. "거사가 성공하면 당신의 공이 가장 클 거요"

"내가 아니라 인도하신 하느님이 영광을 받으실 것이오." 포크스는 엄숙히 대답했다.

"맞소. 다시는 좌절하지 말라는 가르침이기도 하오."

이튿날 저장실을 취득한 퍼시는 이를 꼼꼼히 살펴보았다. 포크스의 말마따나 거사를 치르는 데는 더할 나위 없이 만족스러웠다. 공모자들은 더 이상 우려하지 않았고 거사가 성공하리라는 것을 확신했다. 베일에 싸였던 종소리는 이제 그쳤고 오로지 남은 일은 굴을 메워 침수 피해를 막는 것이었다.

작업을 마치고 난 후에는 밤중에 화약을 저장실로 운반하는 일을 앞두고 있었다. 화약통은 전처럼 장작과 석탄으로 숨기고, 낡은 통과 뚜껑 없는 상자, 깨진 병, 돌항아리 및 쓰레기 따위를 가득 채움으로써 단순한 목재창고처럼 꾸몄다.

헤어질 생각을 하던 차에 포크스는 람베스 가택으로 돌아가기로 했다. 비비아나가 잡혔다는 소식이 아직은 전달되지 않은 탓에 일행은 그녀가 아직도 올드콘 신부와 함께 있으리라 생각했다.

포크스는 종종 그녀를 생각했다. 불안한 마음이 들기도 했다. 그러나 고된 작업에 매진하다보니 비비아나의 모습은 떠오르는 즉시 사그라졌다. 이제 큰 산은 넘었다. 폭약을 터뜨릴 호기를 잡는 일만 남은 상황. 문득 비비아나가 걱정되기 시작했다.

그러나 복귀 시간은 늦추는 것이 상책인 듯싶어 자정쯤 돼서야 케이츠비와 함께 위험을 무릅쓰고 배가 있는 곳으로 갔다. 계단을 내려오려 하자 상거가 조금 떨어진 곳에서 누군가가 포크스의 이름을 불렀다. 어떤 사내가 자신에게 달려오는데 자세히 보니 험프리 채텀이었다.

"여긴 또 왜 온 거요?" 포크스는 핏대를 세웠다. 채텀이 왠지 수상쩍었다. "날 감시하러 왔소?"

"당신 소재를 몰라 여기서 열흘을 기다렸소." 채텀은 다급히 말을 이었다. "여기서 배를 발견한 뒤로 다른 배편을 이용하지 않기를 얼마나 바랐는지 모르오."

"왜 이리 소란이오? 무슨 일이라도 벌어진 거요? 비비아나 아가씨는 안전하오? 불안해 죽겠으니 어서 말해보시오!"

"유감스럽게도 …, 아가씨는 죄수가 되고 말았소."

도화선을 놓는 가이 포크스

"죄수라니!" 포크스는 맥이 빠진 목소리로 탄식했다. "어쩐지 불안하다 싶었소."

"왜 이 지경이 된 거요?" 소식을 들은 케이츠비는 어안이 벙벙해졌다.

채텀은 속히 자초지종을 털어놓았다.

"… 지금은 어떤 상황인지 정확히는 모르지만 솔즈베리 백작이 아씨를 성실청으로 데려갔다는 소식은 들었소. 백작은 톱클리프의 동료니 아가씨가 추밀원 심문을 거부하면 자칫 런던타워로 이송돼 고문을 받을지도 모릅니다."

"고문이라니!" 포크스가 겁에 질려 목소리를 높였다. "비비아나 아가씨가 고문을 받는다니! 내가 아가씨를 이 지경으로 만들다니! 오, 하느님!"

"생각만 해도 괴롭기 그지없소이다. 절망하고도 남을 일이오. 아가씨는 눈짓으로—직접 말은 하지 않고—'람베스 집에는 얼씬도 하지 말라'고 당부했소. 도처에 적이 숨어있으니까요. 아가씨의 뜻은 다 전했으니 이젠 작별을 고해야겠소!"

채텀은 일행을 떠나려고 몸을 돌렸다.

"멈추시오!" 케이츠비가 그를 막았다. "올드콘 신부님은 어디 계시오?"

"모르오. 말했다시피 어렵사리 탈출하신 듯하지만 어떤 소식도 들은 바는 없소이다."

서둘러 떠난 채텀은 벽 아래 드리워진 그림자 밑으로 사라졌다.

"이게 악몽인가, 두려운 현실인가?" 포크스는 케이츠비를 향해 탄식했다.

"사실일까 두렵소. 가엾은 아가씨!"

"무슨 수를 써서라도 아씨를 구해내야겠습니다. 나를 팔아서라도 아가씨의 자유를 사야겠소!"

"서약을 기억하시오! 서약을!" 케이츠비가 항변했다. "당신 목숨은 그렇다 쳐도 동지까지 위태롭게 할 순 없소이다!"

"그렇지요. 맞는 이야기요. 나도 기억하오. 그럼 지옥으로 가겠지요." 포크스는 매우 심란해졌다.

"이런 쓸데없는 탄식으로 하느님을 노엽게 하지 마시오. 계획이 순조로울 때도 마찬가지요!"

"어찌! 그리 냉정할 수 있단 말이오! 날 아버지로 여기고 어릴 적부터 내게 소중했던 아씨가 가책을 모르는 백정들의 손에 잡혀 있소. 고역스런 심문을 당하고 암울한 지하감방에 투옥되고 고문을 당할 터인데,

이게 다 나 때문인데! 생각만 해도 미칠 지경이오!"

"당장 구출할 생각은 마시오. 적어도 여기서는 안 됩니다. 우리가 노출될지 모르니 일단 복귀합시다. 희망을 가지기는 어려운 형편이지만 혹시라도 아가씨를 구할 묘책이 떠오를지 누가 알겠소."

케이츠비는 번민에 사로잡혀 이성을 잃을 뻔한 포크스를 억지로 끌고 갔다. 일행은 집으로 돌아왔다.

그날 밤 들려온 소식은 없었다. 케이츠비는 동료가 울분을 토하고 난 뒤에 그를 달래는 것이 현명하리라 판단했다. 그가 가넷에게 비보를 전하자 신부도 케이츠비의 뜻에 동조했다. 가넷은 비비아나 소식에 깊이 시름했고 공모자들도 이를 통감했다. 비비아나가 거사에 대한 계획을 누설할지 모른다는 사람은 없었다. 이러한 비극이 후회스러울 따름이었다.

"목숨을 잃는 한이 있더라도 아가씨를 구해야겠소." 케이츠비가 단언했다.

"나도 그러겠소. 아가씨가 죽는다면 우리 대신 순교한 거나 진배없소." 가넷도 공감했다.

비비아나의 무사귀환을 위해 기도하자는 가넷 신부의 제안에 공모자들은 동감한다는 뜻에서 모두 무릎을 꿇었다. 가넷은 성모 마리아에게 간절히 기도했다.

이튿날 아침, 가이 포크스는 집을 나섰다. 비비아나가 런던타워에 투옥되어 있으리라는 험프리 채텀의 말을 굳게 믿었다. 현장에 도착한 그는 타워 어느 곳에 갇혀있을지 고민했다. 그녀를 만날 수 있다는 희망의 끈은 놓지 않았으나 결국에는 아무런 정보도 얻지 못하고 의혹만 쌓인 채 돌아가야 했다.

문득 타워힐을 가로지르던 차에 그가 방금 있던 고물 말뚝을 흘끗 보자 석연치 않은 두려움이 엄습했다. 불워크 게이트에서 나오는 채텀을 목격한 것이다. 그는 분명 포크스를 보았음에도 애써 외면하며 강쪽으로 발길을 돌렸고 이내 시야를 벗어났다. 가이 포크스는 암울한 생각에 웨스트민스터로 갔다.

같은 날 오후, 공모자 일행은 소견을 주고받는 중 대문 두드리는 소리에 화들짝 놀랐다. 확인 차 보낸 베이츠는 몬티글 경이 왔다고 전했다. 경의 이름이 들리는 순간, 일행 중 하나인 트레샴은 낯이 주검처럼 창백해지고 몸을 부르르 떨다 주저앉고 말았다. 하필이면 이 중차대한 시기에 몬티글이 찾아와 트레샴을 아연실색케 하니 마치 배반죄가 재차 선고된 듯했다.

"이 악당이 우릴 배신한 게 맞았어!" 케이츠비가 단검을 뽑으며 소리쳤다. "하지만 도망치진 못할 거야. 내가 여길 찌를 거니까."

"제발 살려주시오!" 트레샴이 간청했다. "맹세코 난 몬티글 경을 만난 적이 없소이다. 그가 왜 여기 왔는지는 나도 모르오. 증거를 보여줄 테니 그를 들이시오. 숨어서 무슨 이야기가 오가는지 들어보시구려."

이때 포크스가 끼어들었다. "그렇게 합시다. 내가 벽장에 들어가 있겠소. 조금 벌어진 문틈으로 은밀히 감시할 수 있을 거요. 이번 기회에 의구심을 떨치지 못한다면 트레샴은 죽은 목숨이오."

"베이츠, 홀에 서 있다가 트레샴이 도망치면 사정없이 찌르시오. 당신 칼은 어디 있소?"

"여기 있소이다." 트레샴이 케이츠비에게 칼을 넘기자 그가 다시 베이츠에게 이를 건넸다. "더 할 말이 있소?"

"몬티글 경이 혼자 왔소?" 케이츠비는 트레샴의 물음을 듣지 못했다.

"그런 것 같습니다." 베이츠가 답했다.

"일단 안으로 들이시오."

케이츠비가 키스와 함께 벽장에 들어가자, 단검을 뽑아든 포크스가 뒤를 이었다. 문은 살짝 열어두었다. 가넷을 비롯한 동지들은 다른 곳으로 몸을 피했다. 얼마 후 베이츠는 케이츠비가 주문한 대로 몬티글 경을 방으로 안내한 후 복도에 자리를 잡았다. 방은 어두컴컴했고 덧문은 닫혀 있었다. 빛이라고는 문틈으로 새나오는 것이 전부였다. 몬티글 경은 손을 더듬거리며 걸음을 옮기다 비틀거렸다. 볼멘소리가 터졌다.

"여긴 어딘가? 트레샴은 대체 어디에 있는 건가?"

"여기 있습니다." 트레샴이 그에게 다가갔다. 둘은 평소처럼 인사를 나누었다. "나리, 저는 어떻게 찾으신 겁니까?"

"자네가 여기로 들어가는 걸 사환이 봤다더군. 자네를 만나고 싶은 내 의중을 아는지라 자네가 조만간 돌아올 줄만 알고 밖에서 내내 기다렸다는데 세월아 내월아 해도 코빼기 하나 안 비친다니 어쩌겠는가? 내가 직접 찾으러 올 수밖에. 대문을 두드릴 때 드는 생각이, 여기가 대체 뭐하는 곳인지 감도 안 잡히고 행여 자네가 살인마들의 손에 잡혔으면 어쩌나 싶기도 했다네. 일단 들어오긴 했지만 왠지 예감이 썩 좋진 않아. 근데 왜 이런 누추한 곳에 숨어있는 건가?"

"앉으십시오, 나리." 트레샴은 몬티글 경이 앉을 걸상을 벽장 앞에 두고는 맞은편에 앉았다. 테이블 위에는 서류가 놓여 있었다. "나리, 기억하실지 모르겠습니다만 …" 무슨 답변이 나올지 모르는 와중에 그가 말을 이었다. "얼마 전 제가 편지를 보내지 않았습니까? 우리 일행 중 누군가가 국가를 상대로 모반을 꾀하고 있다고 말입니다."

"당연히 기억하지. 솔즈베리 백작에게 건네 수사는 착수되었지만 자네가 없어지는 바람에 아무 정보도 얻어내질 못했다네. 그래, 모반에 대해 뭐라도 알아냈는가?"

트레샴은 벽장에 시선을 둔 채 소리 없이 열리는 문을 보았다. 문 뒤로 손에 단검을 든 가이 포크스의 형상이 눈에 띄었다.

"모반의 목적에 착오가 있었습니다, 나리."

"왕의 목숨을 노린 게 아니었는가?"

"아니었습니다. 알고 보니 폭동을 염두에 두고 있었습니다."

"정말인가!" 몬티글은 회의적이었다. "내가 알아낸 정보와는 다르군. 그럼 용의자들은 누군가?"

"애꿎은 사람을 의심했습니다. 나리, 용서해 주십시오."

"케이츠비가 아니라면 윈터나 라이트나 룩우드, 아니면 에버라드 딕비 경이 연루된 것이 아니었던가?"

"아닙니다." 트레샴은 단언했다.

"난 저들을 용의자로 봤는데 말일세. 솔즈베리 백작도 그랬고. 헌데 이런 열악한 곳에서는 대체 뭘 하고 있었는가? 모반을 추적하고 있는 건가, 공작하고 있는 건가?"

"둘 다입죠."

"무슨 소린가?"

"실은 저도 모반에 가담해왔고 역공도 계획하고 있었습죠." 트레샴은 선뜻 이해하기 어려운 말로 얼버무렸다.

"그럼 이곳이 반역자 무리의 접선지란 말인가?" 몬티글 경은 진땀을 흘리기 시작했다.

트레샴은 고개를 끄덕였다.

"그들이 누군가? 내게는 털어놔도 괜찮네."

트레샴이 눈을 치켜뜨자 가이 포크스가 천천히 다가왔다. 그는 몬티글 경이 앉아있던 의자 뒤까지 접근해왔다. 손에 단검을 든 포크스의 시선은 트레샴에 고정되어 있었다.

"그들이 누구냐니까? 가이 포크스도 한패인가?"

"그럴 리가요. 왜 그를 지목하시는 겁니까? 저는 나리께 말씀드린 적이 없는뎁쇼."

"난 그런 줄 알았지. 허나 케이츠비는 분명히 말하지 않았는가."

트레샴의 시선은 벽장 주변을 맴돌았다. 이때 케이츠비가 그를 주목했다.

"비비아나 래드클리프가 투옥되었다는 사실은 들었는가?" 몬티글 경은 주변 상황은 의식하지 못한 채 질문을 이었다.

트레샴과 몬티글 경을 감시하는 가이 포크스

"예, 들었습니다."

"솔즈베리 백작이 정보를 얻어낼 줄 알았는데 생각만큼 쉽진 않더군."

"다행입니다."

"자넨 솔즈베리 백작을 보좌하던 사람이 아닌가?"

"지금도 그렇습니다만, 비밀을 밝히려면 다른 사람보다는 저를 추궁했어야지요. 비비아나 아가씨에게 미안할 따름입니다."

"내가 풀어줄 수도 있네만."

이때 가이 포크스가 경의 어깨를 잡고 위협했다. "아, 그렇다 이거지? 아가씨를 풀어주기 전에는 한 발짝도 못 뗄 것이야!"

성실청

비비아나는 앞서 밝힌 대로 람베스 가택에서 생포된 뒤 성실청으로 이송되었다. 여기서 이튿날 오후까지 구금되다 추밀원으로부터 지루하고 혹독한 심문을 받았다. 추밀원은 솔즈베리 백작이 그녀를 추궁할 목적으로 소집한 것이었다. 비비아나는 고된 재판 내내 의연한 모습을 유지했고 단 한 순간도 냉정을 잃지 않았다. 비길 데 없는 미모와 위엄은 구경꾼들에게 강한 인상을 주었지만, 지금만큼 강한 인상을 남긴 적은 여태 없었다. 얼굴에 혈색이 돌지 않아 잿빛이 된 터라 부리부리한 검은 눈동자—평소와 달리 초롱초롱 빛이 났다—와 까만 머리칼이 더욱 부각되었다. 미모가 되레 더 빛이 났다.

비비아나는 추밀원 앞으로 끌려갔고, 테이블에 둘러앉은 그들과 조금 거리를 둔 곳에 서자 톱클리프와 창을 가진 두 군인이 그녀를 지키고 서 있었다. 미모에 감탄했는지 웅성거리는 소리가 퍼지기 시작했다. 심문이 진행되는 동안 수군대는 이들의 의중은 여전했다. 솔즈베리 백작이 품위에는 걸맞지 않은 자리에 선 비비아나—이를테면, 자랑스럽고도 충직한 윌리엄 래드클리프 경의 여식—에게 시선을 돌리자 그녀의 표정이 일그러졌다. 비비아나는 현기증에 균형이 잠깐 흐트러졌지만 곧 정신을 차렸다.

"제가 처한 상황이나 행위를 둘러싼 소견이 어떻든, 폐하의 백성 중 저보다 충직한 사람은 없을 것이고 여러분이 폐하의 안위를 지키려 안간힘을 쓴들 저보다 더 많은 노력을 하진 않으셨을 겁니다."

"그렇다면 폐하의 안위가 위태롭다는 점을 인정하는 거요?" 솔즈베리 백작이 진지하게 물었다.

"제가 인정한 바는 아무것도 없습니다만, 폐하의 충직하고 믿음직한 백성이라는 것은 단언할 수 있습니다."

"모반에 대해 아는 것을 모두 털어놓지 않는다면 어찌 그 말을 믿겠소." 백작이 대꾸했다.

"나리, 모반에 대해서는 이미 함구하겠다고 말씀드렸습니다."

"그렇다면 폐하의 목숨과 정부에 대한 음모를 알면서도 이를 모두 부인하겠다는 거요?"

비비아나는 고개를 끄덕였다.

"일당의 이름과 계략을 밝히지 않겠다는 거군요."

"그래요." 비비아나는 단호했다.

"아무리 고집을 부린들 반역자들을 구할 순 없을 거요." 백작은 흥분한 어조로 쏘아 붙이고는 잠시 후 말을 이었다. "잔혹한 계략이나 이름은 어차피 알게 될 터이니."

"그럴 거라면 왜 저를 심문하는 거죠?"

"재판 상 필요한 절차에 대해서는 굳이 이유를 밝힐 필요는 없소만, 아가씨는 모반에 연루되어 있으니 솔직히 자백하지 않으면 처벌을 피할 순 없을 거요."

"그렇다면 아무도 절 구해줄 순 없겠군요. 하지만 제가 억울하게 죽임을 당하리라는 것을 하느님은 아실 겁니다."

성실청에서 추밀원과 솔즈베리 백작의 심문을 받는 비비아나

위원단은 몇 분 동안 조용히 논의를 이어갔다. 비비아나는 그들을 유심히 지켜보며 초조한 기색을 감추기 위해 안간힘을 썼다. 귀족들이 그녀에게 고개를 돌리자—일부는 내심 안타깝다는 표정을 지었다—비비아나는 운명이 결정되었다는 것을 깨달았다. 돌연 심장이 멎는 듯해 몸을 지탱하기조차 어려웠고 두렵기도 했지만 다시 정신을 차리고 자세를 바로잡았다. 긴장은 그리 오래가지 않았다. 솔즈베리 백작은 그녀를 응시하며 가혹하게 다그쳤다.

"비비아나 래드클리프, 마지막으로 묻겠소. 진실을 자백하겠소?"

비비아나는 내내 입을 다물고 있었다.

"허심탄회하게 말하리다. 귀족들과 나는 감탄했소이다. 나이도 젊고 미모도 특출한 데다 일관된 소신으로 결백을 주장하는 모습에 말이오. 추밀원 귀족이라면 그대가 감내해야 할 고통뿐 아니라, 몹시 안타깝게도 한통속이 되어버린 악독한 반역자들과의 악연에서 해방시켜 줄 수 있으니 시간낭비가 아니라면 숙고할 시간을 주겠소. 비밀서약은 아무리 엄숙한들 불의한 명분을 두고는 구속력이 없으니 이 점을 명심하시구려. 통치자이신 폐하에 대한 의무가 최우선일 터 국가를 상대로 모반을 꾸몄다는 것은 사람뿐 아니라 하느님이 보시기에도 용서받을 수 없는 중죄요. 그걸 알고도 방조한다면 스스로 모략을 꾀한 것이나 진배없소이다. 비비아나 당신이 얼마나 중대한 범죄를 저질렀는지, 앞으로 봉착하게 될 난관은 무엇이며 조만간 당신과 대면하게 될 일당은 마냥 지켜줄 수 없을 거라는 현실까지 모두 일깨워 드렸소이다. 그래도 고집을 부린다면 법대로 할 수밖에 …."

"최악의 상황도 각오하고 있습니다." 비비아나가 겸허히 말했다. "나리의 배려는 고맙습니다만 폐하에 대한 충절과 헌신은 이미 보여드렸으니 단언컨대, 어떤 운명을 맞이하더라도 제 마음은 달라지지 않을 겁니다."

"말과 태도는 신실하니 행동만 다르지 않다면 확실한 믿음을 줄 수도 있을 터인데 말이오." 백작이 응수했다. "정 그렇게 나온다면 우리는 결백이 미덥더라도 당신을 죄인처럼 취급할 수밖에 없소이다. 폐하의 직성이 풀릴 때까지 당신은 런던타워에 구금될 것이오. 그럼에도 끝내 함구한다면 사실을 캐내기 위해 가장 혹독한 조치를 취할 것이오."

솔즈베리 백작은 테이블에 놓인 영장에 서명을 하고 글을 몇 줄 적고 난 후 런던타워를 관리하는 윌리엄 와드 경에게 이를 건넸다.

경이 다시 톱클리프에게 서류를 넘기며 손을 흔들자 비비아나는 전에 있던 성실청으로 돌아가 삼엄한 경비 하에 다시 구금되었다. 얼마 후 채비를 마친 톱클리프는 비비아나에게 자신을 따라오라며 배가 정박 중인 강변으로 그녀를 인도했다.

칠흑같이 어둔 밤, 경비병 중 누구도 횃불을 소지하지 않은 탓에 일행은 어둠에 묻힌 길을 나서야 했다. 사공들이 강을 훤히 꿰고 있었기 때문에 빛이 없어도 진행하는 데는 별 무리가 없었다. 다리까지 무사히 도착하자 그들은 성벽 파수꾼에게 접근하겠다는 신호를 주기 위해 잠시 섰다가 트레이터스 게이트(반역자의 문) 밑을 신속히 지나갔다.

간수의 딸

비비아나는 파멸의 계단—정말 많은 사람들이 밟아왔고 특히 첫발에 대한 기억은 모두가 남달랐다—에 발을 내딛자 자신도 모르게 몸을 움츠렸다. 돌아가기에는 너무 늦었기에 톱클리프에게 손을 내밀며 어렵사리 계단을 올랐다. 여섯 명의 무장군인과, 같은 수의 교도관이 횃불을 들고 있었다. 톱클리프는 윌리엄 와드 경에게 영장을 쥐여 주고는 교도관들에게 죄수를 넘기며 지시했다. 그녀를 바이워드타워 근방의 위병소로 데려가라는 것이었다. 그는 부관 숙소로 갔다.

비비아나는 자신이 갇힌 곳에 쌓인 화형용 장작더미를 처음 봤다. 장작더미의 역사와, 엘리자베스 집권 당시 학자들이 신앙을 지키고자 감내해온 박해는 그녀도 익히 잘 알고 있었다. 횃불이 블러디타워의 회색 벽과 인접한 성벽에까지 비추자 옛적에 듣던 무시무시한 전설이 불현듯 떠올랐다. 첫 충격에서 정신을 차려보니 그보다 더한 광경은 없었다. 그녀는 교도관과 함께 위병소로 가는 동안 감정을 내색하지 않았다.

의자를 건네준 교도관들이 배려 차원에서 자리를 떠 어렵지 않게 추억을 떠올릴 수 있었다. 애통한 기억뿐인지라 확고한 의지력이 있어야 버틸 수 있었다.

포크스 일행의 운명에 집착했을 때 맞닥뜨릴 법한 결과를 생각할 때마다 작금과 같은 끔찍한 사태를 상상하곤 했다. 하지만 현실은 그런 꺼림칙한 예상을 뛰어넘었다. 어떤 위기에도 끄떡없을 거라 자부했지만 솔즈베리 백작의 사악한 협박을 생각해보니 재판 과정에서 보여준 것보다 훨씬 더 강한 용기가 필요할 성싶었다. 자신 말고도 고민거리가 많았다. 비비아나는 가이 포크스가 처한 사태를 두려워하며 험프리 채텀의 열렬한 헌신에 마음으로라도 보답하지 못한 자신을 책망했다.

'사랑할 수 없다는 것이 다 무슨 소용이람? 채텀 님뿐 아니라 그 누구에게도 난 아무 것도 아닐 텐데. 그분에게 몹쓸 짓을 저지른 건 아닐까? 애정을 눈감아주었더라면 더 행복했을지도 모르겠다. 하지만 주사위는 이미 던져졌으니 후회하거나 돌이키기엔 이미 너무 늦었다. 하찮은 명분에 휩쓸린 과오에서 이젠 해방되었으니 극심한 고통도 군말 없이 견뎌내야지.'

얼마 후, 톱클리프는 윌리엄 와드 경과 함께 돌아왔다. 그들이 들어오자 비비아나가 일어섰다. 이때 와드 경은 그녀를 유심히 살펴보았다. 그는 키가 크고 건장한 체격에 뚜렷한 이목구비를 가진 중년 남성으로 교활하면서도 사나운 표정을 지었다. 눈은 험악하고도 잔인해 보였고 두꺼운 눈썹이 찌푸려져 있어 그다지 볼품은 없었다. 그는 죄수에게 예의를 갖춰 경례하고는 말을 건넸다.

"아가씨, 추밀원 심문에는 일체 말씀이 없으셨던데 저도 이해는 합니다. 덕분에 제가 직접 사실을 캐낼 수 있게 되어 오히려 잘 됐습니다. 밖에서는 고집불통이라도 여기만 들어오면 순한 양이 되더군요."

"전 그러지 않을 거예요." 비비아나가 쏘아 붙였다.

"두고 봅시다." 부관은 곁눈으로 톱클리프를 슬쩍 보며 대꾸했다.

"따라 오시오." 와드 경은 감방을 따라 블러디타워 쪽으로 갔다. 아치형 입구를 지나 왼편에 난 계단을 오르니 숙소가 보였다. 숙소에 들어간 그는 위층에 올라 긴 복도를 밟았다. 와드는 벨타워에 자리 잡은, 원형으로 된 쪽방에 비비아나를 가두었다. 가구라고는 의자와 테이블과 침상이 전부였다.

"당분간은 여기서 생활하시오." 부관은 슬그머니 미소를 지으며 등불을 테이블에 두었다. "처신을 잘 하면 더 좋은 방을 드리리다."

그는 부하들과 함께 감방을 나와 빗장을 걸어두었다.

혼자가 된 비비아나는 고뇌를 억누르려 했던 감정을 눈물로 해소했다. 이토록 쓸쓸하고 고독한 적은 없었다. 현실과 상상을 막론하고, 무시무시한 위기와 험산만이 그녀를 기다리고 있었고 돌이켜 보더라도 과거의 행적 또한 모두가 후회스러웠다.

"오, 하느님이 혼을 내주시려나보다!" 그녀는 괴로운 심정으로 두 손을 꼭 잡고 중얼거렸다. "나만 시련을 겪어야 하니까. 아버지랑 같이 죽었으면 좋았을 것을! 앞으로 어떤 운명을 맞게 될까? 고문은 '어떻게든' 견뎌내야겠지만 집행인의 손에 목숨을 잃는다는 건 상상조차 하기 싫은걸! 혹시라도 피할 방법은 없을까?"

끔찍한 생각이 떠오르자 마구 비명을 질러댔다. 결국 그녀는 의식을 잃어 바닥에 쓰러지고 말았다. 낮에 정신이 돌아왔다. 기력이 쇠약해진 그녀는 침상에 올라 눕고는 모든 고통을 잠으로 잊고자 했다. 그러나 심적인 고통을 호소하는 사람이 다 그렇듯, 그녀 또한 잠이 오질 않아 혹독한 정신적 고문을 치러야 했다. 용기를 북돋는 생각도 위안이 되지 않았다.

정오 무렵, 표정이 어둡고 험상궂은 몰골을 한 노파가 감방 문을 열었다. 젊은 여성도 곁에 있었다. 얼굴 표정을 빼면 모두 닮은 터라(용모를 보니 친절하고 정이 많은 듯했다) 딸인 것 같았다.

노파는 비비아나를 의식하지 않은 채 바구니에서 빵과 음식을 꺼내 테이블에 두었다. 막상 감방을 나가려던 차에, 침상을 슬쩍 보던 딸이 걱정이 되었는지 조곤조곤 운을 뗐다.

"엄마, 아가씨가 참 딱해 보이는데 혹시 불편한 건 없는지 물어볼까요?"

"릇, 왜 그딴 데 신경을 쓰니? 주둥이가 있으니 필요하면 말을 하겠지. 하지만 뭘 원하든 공짜는 없단다!" 노파는 의미심장한 어조로 덧붙였다.

"전 그냥 죽고 싶을 뿐이에요." 비비아나가 신음했다.

"목숨이 위태로운 것 같은데요!" 룻은 침상으로 달려갔다. "기운을 차릴 만한 음료는 없어요, 엄마?"

"물론 있지. 다른 것도 있지만 돈을 내야 한다니까!"

그녀는 주머니에서 작고 네모난 병을 꺼냈다.

"빨리 주세요. 돈을 떼먹진 않을 거예요." 룻은 병을 낚아챘다.

"정말 고마워요." 비비아나가 나지막한 소리로 말했다. "하지만 전 돈이 없어요."

"내 그럴 줄 알았다니까!" 노파가 날을 세웠다. "거 봐라. 룻, 병을 돌려주렴. 한 방울도 주지 않을 테니까. 못 들었니? 한 푼도 없다잖아? 빨리 가져오거라!"

"안돼요, 엄마! 한번만 봐주세요."

"뭐? 봐달라고?" 노파는 비웃으며 언성을 높였다. "나나 네 아빠 재스퍼 입그리브가 그렇게 물러터졌다면 런던타워 간수 자리를 그만두었을걸. 죄수가 불쌍하다고? 간수의 딸이라는 년이 그런 말을 하다니 부끄럽기 짝이 없구나! 보아하니, 천주쟁이 중에서도 부와 권력을 누리던 상속녀 같긴 하다만 …."

"정말 그렇다니까요. 지금은 돈이 없을지는 몰라도 얼마든 마음대로 주무를 수 있는 사람이라고요. 톱클리프 나리가 니콜라스 하디스티에게도 그렇게 말하더라니까요. 랭커셔 오드설 성의 ⊓ 윌리엄 래드클리프 경이 낳은 따님이자 저택을 상속받은 유일한 피붙이라고요."

"정말이우? 아가씨?" 노파는 침상으로 다가갔다. "정말 윌리엄 래드클리프 경의 딸이우?"

"예, 하지만 지금은 혼자 있고 싶네요."

"무슨 말씀을! 아가씨, 혼자 있다니요." 입그리브 여사가 못마땅한 말투로 대꾸했다. 비비아나가 보기에는 쌀쌀맞게 대했던 때보다 훨씬 더 가증스러웠다. "아가씨가 이 지경이 되었는데 신경을 끄라고요? 룻, 아가씨 머리 좀 들어보렴. 주스 몇 모금 넘길 테니."

"먹기 싫다고요." 비비아나는 플라스크를 한쪽으로 치웠다.

"마시면 기운이 좀 드실 겁니다요." 노파는 굴욕적인 표정으로 답했다. "물론 강요는 하지 않겠습니다. 제가 죄수에게 배급하는 식량은 아가씨가 먹기에는 영양가가 너무 떨어집니다만 다른 먹거리도 있으니 …."

"필요 없으니 제발 혼자 있게 놔두세요."

"예, 예, 그럼 가보겠습니다." 입그리브 여사는 잠시 멈칫했다. "혹시 편지를 쓰고 싶진 않으신가요? 쥐도 새도 모르게 보내드립죠."

"아!" 비비아나는 몸을 일으켰다. "지금은 아니지만 그리 미덥지는 않네요."

"후하게 처러 주신다면 믿게 해드립죠." 노파는 탐욕스러웠다. "생각해 볼게요. 하지만 지금은 쓸 기력도 없어요."

"혼자 계시면 안돼요, 아씨." 룻이 상냥한 목소리로 이야기했다. "이렇게 물러나면 위험하니 제가 옆에 있겠어요."

"그렇게 해요, 억지로는 말고요."

"그럼 딸아이와 함께 계시구려. 저는 가서 몸보신용 수프를 만들어 올 테니. … 잘 보살펴 드리고 흥정을 잘 하거라." 노파는 이렇게 속삭이며 얼른 나갔다.

노파가 나가자 크게 안도한 비비아나는 룻에게 고개를 돌려 따뜻한 말로 고마움을 표시했다. 잠깐이었지만 두 젊은이가 서로에 대해 공감하던 감정은 호감으로 바뀌었다. 간수의 딸은 비비아나가 감방에 있는 동안 정성껏 돕겠노라 단언했다.

이때 노파가 뜨거운 수프를 들고 돌아왔다. 수프는 망토 아래 숨겨 어디서 나는 냄새인가 싶었다. 애걸복걸하는 룻을 보고 못이기는 척 수프를 넘기자 기력이 크게 회복되었다. 식사를 마치자 입그리브 여사는 쉽진 않겠지만 어쨌든 들키지 않고 가져올 수 있는 저녁요리와 와인을 약속했다.

"아가씨, 든든히 먹어두어야 할 겁니다. 남편 말을 들어보니 고문을 당하실 거라는군요. 오, 가엾어라! 아가씨 같은 분이 그런 푸대접을 당해야 하다니! 저희가 최대한 보살펴 드리겠습니다만 보답은 잊지 마시길 바랍니다. 청지기나 유복한 가톨릭 신도가 있다면 절 그리로 보내주십시오. 저도 반은 천주쟁이랍니다. 가톨릭도 좋고 다른 종교도 좋지만 교리를 떠나 후히 베푸는 쪽을 더 좋아하지요. 제 좌우명은 남편과도 같은데, 딸아이를 위해 한 푼이라도 더 모으기 위해 최선을 다한다는 것입죠."

"엄마, 이제 그만하세요. 아씨가 거북해 하시잖아요! 제가 부족함 없이 보살펴 드릴게요."

"옳지, 그래야지. 내가 말한 것도 잊지 말거라." 입그리브 여사가 딸에게 속삭였다.

그녀는 감방을 나왔다.

룻은 오전 내내 비비아나와 함께 있었다. 종교가 같은 말동무가 있다는 것이 비비아나에게는 큰 위안이 되었다. 룻은 엘리자베스 집권 당시 런던타워에 갇혀있던 폴 신부(로마 가톨릭)를 보고 개종을 결심했다. 숱한 핍박에도 종교를 지켰던 신부의 모습이 간수 딸에게 큰 귀감이 된 것이다. 비비아나는 이 사실을 확인한 뒤로 자신의 불행한 처지를 허심탄회하게 털어놓았다. 몇 시간째 대화를 나누던 둘은 무릎을 꿇고 성모 마리아에게 간절히 기도했고, 이를 마치자 룻은 저녁때 어머니와 같이 오겠다고 약속하며 자리를 떴다.

날이 어두워지자 입그리브 여사와 딸이 나타났다. 여사는 등불을, 룻은 음식 바구니를 들고 있었다. 비비아나는 일그러진 룻의 표정에 불행을 직감했다.

"무슨 일 있니?" 비비아나가 다급히 물었다.

"아가씨, 먼저 끼니부터 채우세요. 소식을 들으면 식욕이 떨어질 수도 있거든요. 저녁을 먹든 안 먹든 값은 주셔야 합니다."

"듣기만 해도 불안해지네요. 무슨 소식인데요?"

"아가씨, 오늘 저녁에 부관과 추밀원 위원이 취조를 한답니다. 답변을 거부하면 고문을 당하실 거래요."

"하느님이 견뎌낼 힘을 주실 거야!" 비비아나는 수심이 가득했다.

"아가씨 어서 드세요." 입그리브 여사가 음식을 들이밀며 재촉했다. "이렇게 식음을 전폐하면 취조를 제대로 받으실 수 없습니다."

"정말? 취조를 그렇게 서두른다고?"

"맞아요. 아빠가 오늘 자정에 부관을 수행하라는 명령을 받았대요."

"숨기지 말고 이실직고하세요." 노파가 넌지시 말했다. "사실을 캐내려고 작정을 한 사람들이니까요. 암요, 그러고도 남을 위인들이죠."

"좋은 분인데 제가 여태 오해했군요. 죽기 전에는 한 마디도 안 할 거예요."

"지금은 그러시겠지만 막상 고문대를 보면 생각이 달라질 겁니다. 아무튼 식사부터 하시구려."

"됐습니다. 살 의욕이 없는데 굳이 입에 풀칠을 해 뭣하겠어요? 작심하고 죽일지도 모르는걸요."

"취조 때문에 머리가 돌았나?" 노파가 중얼거렸다. "저는 그저 소임을 다할 뿐입니다. 아가씨, 제가 드린 저녁을 드시지 않으면 달리 방도가 없습니다. 먹을 사람을 찾아야 하는데 그것 또한 다 돈이라우. 제 남편인 재스퍼 입그리브도 취조에 참석하니 아가씨를 최대한 배려해 줄 겁니다. 룻, 이제 그만 가자꾸나. 더 있으면 안 된단다."

"조금만 더 있게 해주세요! 그럼 대가는 톡톡히 치르겠어요!"

"무엇을 주시렵니까?" 솔깃해진 노파가 물었다. "아닙니다, 안 될 말씀입니다. 딸아이는 여기 둘 수가 없습니다. 부관이 아가씨를 찾아오면 룻이 눈에 띌 텐데 그럼 제가 잘릴 겁니다. 룻, 가자! 취조가 끝나면 다시 보내겠습니다. 저도 올 거고요."

"아씨, 안녕히 계세요." 룻은 눈시울을 적시며 작별을 고했다. "하느님이 재판을 견딜 힘을 주실 거예요!"

"제 말을 들으세요. 이실직고하면 목숨은 부지할 수 있을 겁니다."

룻은 말을 잇던 노파를 끌고 나가면서 동정어린 눈으로 비비아나를 흘끗 보고는 문을 닫았다.

비비아나는 그들이 감방을 떠나고 난 후부터 자정까지 열심히 기도했다. 옥문 사이로 열두시를 가리키는 시곗바늘 소리가 들리자 문이 열렸다. 키가 크고 늘씬한 인물이 검은 정장 차림에 허리춤에는 커다란 열쇠꾸러미를 달고 감방에 들어왔다.

"재스퍼 입그리브 씨인가요?" 비비아나가 몸을 일으키며 물었다.

"맞소. 부관과 추밀원 나리들 앞에 데려갈까 하는데 준비는 됐소?"

비비아나가 그렇다고 답하자, 입그리브는 검은 복장을 한 두 간수가 지키던 감방을 나왔다. 나선형 계단 밑으로 내려오니 좁다란 아치형 통로가 나왔다. 간수는 통로를 지나 철로 된 문 앞에서 걸음을 멈추고는 문을 열어 네모난 방에 죄수를 들였다. 지붕은 육중한 돌기둥이 떠받쳤고 벽에는 고문용 도구가 달려 있었다. 왼편 테이블을 보니 부관과 세 인물이 진지한 표정으로 앉아 있었다. 아래쪽 끝자락에는 두툼한 흑색 휘장이 드리워져 움푹 들어간 벽장을 감추었다. 주름 밖으로 빛이 새어 나왔다. 분명치는 않지만 불길한 소리가 들리는 것으로 미루어 벽 안쪽에도 분명 사람이 있는 듯했다. 심문 절차가 어떻게 진행될지 암시라도 하듯 비비아나의 가슴은 연신 떨렸다.

음울한 이곳과 한자리에 모인 사람들을 살펴볼 시간은 충분했다. 몇 분이 지나자 심문자들은 첫 포문을 열었다가 비비아나의 존재를 의식하지 않은 듯 낮은 목소리로 몇 분간 논의를 이어갔다. 앞서 말한 불길한 소리에 적막이 깨지자 비비아나는 혹시라도 동정하는 눈빛을 찾을 수 있을지 모른다는 생각에 테이블에 앉은 위원단의 용모를 유심히 살펴보았다. 그들의 표정은 난해한 데다 인정도 느껴지지 않아 벽에 걸어 둔 용구만큼이나 섬뜩했다.

비비아나는 땅이 그녀를 삼켜도 여한이 없을 성싶었다. 그렇게 해서라도 현장을 벗어나고 싶었다. 무슨 일을 만난들 저런 작자들에게 운명을 맡기는 것보다야 낫지 않겠는가? 자주는 아니지만 위기의 순간에 봉착하면 의식이 이중으로 흐르는 경우가 있는데 이처럼 공포분위기가 조성될 때는 비비아나도 예외가 아니었다. 주변을 둘러보며 이에 몰두할라치면 두려움으로 몸이 전율하면서도 한편으로는 행복했던 추억도 떠오른다는 것이다. 위기에 대한 불안과는 거리가 멀었던 과거 말이다. 그녀는 한적한 오드설 성—정원에서 가꾸던 꽃, 부녀의 정과 부친에 대한 사랑, 험프리 채텀, 일찌감치 정은 들었지만 이를 인정하지 않았던 마음, 채텀의 배려와 헌신, 이에 보답했던 과정—을 되뇌었다. 반면 장밋빛 전망에 드리워진 음침한 구름처럼 가이 포크스—음울한 열성파—의 형상도 떠올랐다. 자신의 운명을 파멸시키면서도 정작 자신은 이를 눈치 채지 못했다.

'선을 넘지 않았더라면!' 비비아나는 탄식했다. '행복했을 텐데. 험프리 채텀 님을 사랑했을 거야. 아니, 백년가약을 맺었을지도 …'

부관이 준엄한 말투로 심문을 재개하자 몽상은 산산이 흩어졌다.

비비아나는 예전과 같이 신중하게 답을 피하거나 자신에게 불리한 질문에만 대꾸했다. 처음에는 너무 긴장한 나머지 아무리 안간힘을 써도 혀가 천정에 붙어 잘 떨어지지 않으나 용기를 되찾은 뒤로는 부관만큼이나 결의에 찬 표정으로 그를 응시했다.

"이런 심문은 시간낭비일 뿐이에요. 할 말은 이미 다 했으니까요."

"위원 나리" 윌리엄 와드 경이 위원단에 의중을 확인했다. "취조를 이어갈까요?"

위원단이 고개를 흔들자 와드 옆에 있던 위원이 물었다. "앞으로 무슨 일이 벌어질지 죄수도 알고 있는 거요?"

"예, 알고 있어요." 비비아나가 단호히 말했다. "그런 일로 겁먹지 않습니다."

입그리브는 윌리엄 와드 경의 눈짓에 비비아나의 팔을 붙잡았다. "저 벽장 속에 가둘 건데 거기서도 심문은 계속 할 거요. 사실을 털어놓고 싶으면 언제든 말만 하시오. 그럼 고문은 보류할 테니 …. 우리도 고문은 원치 않거든."

비비아나는 이를 악물고 힘찬 걸음으로 입그리브와 함께 휘장 뒤로 들어갔다. 두 사내와 한 여인이 눈에 띄었는데 후자는 간수의 아내였다. 그녀는 비비아나에게 성큼성큼 다가와 자백을 권했다.

"진술을 거부하는 건 도움이 되지 않는다우. 아무리 부유해도 목숨을 구할 수는 없을 겁니다."

"여편네가 왜 신경을 써?" 입그리브가 화를 내며 끼어들었다. "옷 벗는 거나 도와주라고." 그가 두 장정—하나는 의무관이요, 하나는 고문관이었다—옆으로 가자, 여사는 비비아나의 가운 탈의를 거들었다. 어깨 위로 스카프를 묶은 그녀는 남편에게 채비를 마쳤다고 했다.

현장은 3.6미터 높이에 폭이 3미터 정도 되었다. 아치형 지붕 밑으로 두툼한 들보가 교차했고 양 끝단에는 도르래와 밧줄이 달려 있었다. 졸지에 죄수가 된 비비아나의 시선을 끈 것은 간격이 1미터 정도 되는 두 철수갑이었다. 들보를 받치는 지면과, 철수갑이 고정된 곳 바로 밑에는 두께가 몇 인치인 나무토막 셋이 켜켜이 쌓여있었다.

"제가 뭘 해야 하죠?" 노파처럼 목소리에는 힘이 없었지만 결의는 여전했다.

"나무토막을 밟으시구려." 입그리브 여사는 비비아나를 그리로 안내했다.

비비아나가 나무에 발을 디디자 고문꾼은 그녀 옆에 걸상을 두고 그 위에 올라 철수갑 한 편에 오른손을 넣으라고 주문했다. 손을 넣고 나니 그가 나사를 돌리기 시작했다. 철수갑이 조여지자 비비아나는 극심한 통증을 느꼈다. 고문꾼이 내려가자 입그리브는 계속할지 여부를 물었다.

고문이 멎자 그녀는 고통을 느끼면서도 묵묵부답이었다. 고문꾼은 왼쪽에 걸상을 놓고 다른 철수갑에 있던 손도 마저 조였다. 고문은 섬뜩했다. 압력으로 손가락이 으스러질 것만 같았다. 그럼에도 비비아나는 통증을 호소하지 않았다. 다시금 틈이 나자 입그리브가 그녀를 구슬렸다.

"이제 그만합시다. 다른 고문에 비하면 이건 애들 장난에 불과하오."

말이 없자 고문꾼은 나무망치를 쥐고 비비아나의 발을 지탱하던 나무토막 중 하나를 가격했다. 엄청난 충격으로 두 손에 가중되는 압력이 10배나 증가해 손목이 탈구된 듯했다. 발끝으로 간신히 버티고 있던 비비아나는 나무를 하나만 더 쳐내면 참을 수가 없을 것 같았다. 그럼에도 지조는 변하지 않았다. 입그리브가 재차 심문하고 난 후 두 번째 토막이 날아갔다. 이제는 두 손으로 매달려 있는 상황. 결국 그녀는 극도의 고통에 외마디 비명을 지르며 실신하고 말았다.

정신이 든 비비아나는 조악한 침상에 늘어져 있었다. 룻이 곁을 지켰다. 돌을 쌓아올려 만든 방—한 편에는 깊이 팬 총안이 있다—주변을 훑어본 그녀는 자신이 이감되었다는 사실을 깨달았다.

"여기가 어디지?" 그녀가 가냘픈 목소리로 물었다.

"웰타워입니다, 아가씨. 해자 근방에 있는 요새 중 하나인데 지금은 감옥으로 쓰고 있지요. 아빠가 여기에 계시는데 아가씨도 아버지가 관리하고 계세요."

"아버지라고?" 비비아나는 최근 겪은 고통이 상기돼 몸을 부르르 떨었다. "날 또 고문할까?"

"제가 막을 수 있다면 안 그러실 거예요, 아씨. 쉿! 엄마가 와요. 엄마 앞에서는 조용히 계셔야 해요."

문 앞에서 서성이던 입그리브 여사가 들어왔다. 그녀는 비비아나를 지극히 배려하는 척하며 맥을 짚고 손가락을 싸맨 붕대를 보았다. 손은 불구가 된 채 퉁퉁 부어 있었다. 여사는 더 이상 함구하지 말고 사실을 밝히라는 취지로 말을 맺었다.

"계속 고집을 부리면 또 어떤 고문을 당할지는 모르겠지만 어젯밤 견뎌낸 것보다 천 배는 더 고통스러울 겁니다."

"다음 심문은 언제죠?"

"일주일 후일 수도 있고 더 빠를 수도 있다우." 노파가 대꾸했다. "아가씨의 심신상태에 따라 결정됩니다만, 남편에게도 발언권이 있으니 그이에게 돈을 좀 쥐어 주면 심문 일을 정도껏 늦출 수도 있지요."

"절 구해주신다면 제가 가진 전부를 다 드리겠어요."

"오, 이런! 더한 것도 말씀해 보세요. 할 수만 있다면 구해드리겠지만 그이 말고 저희도 아가씨의 고통을 경감시키기 위해 최대한 노력하겠습니다. 돈만 주신다면 최선을 다하겠습니다. 룻, 아가씨를 부탁하마. 잘 보살펴 드리거라." 여사는 딸에게 당부하며 방을 나왔다.

"아가씨가 너무 안 됐어요." 둘만 남았을 때 룻이 동정어린 말투로 심정을 전했다. "저는 믿으셔도 되요, 아가씨. 제가 할 수만 있다면 어떤 위험을 무릅쓰고라도 아가씨를 탈출시켜 드릴게요."

"터무니없는 소리. 이제 나는 신경 쓰지 않아도 된단다. 더 잔인한 고문을 당하기 전에 이미 세상을 떠날 것 같으니까."

"아가씨, 무슨 말씀을 그렇게 하세요! 저는 아가씨가 오랫동안 행복하게 살 거라고 믿는데요."

비비아나는 고개를 저었다. 룻은 그녀의 기력이 쇠약해졌다는 생각에 대화를 잠시 접기로 했다. 곁에 둔 약을 발라주고 나니 비비아나가 잠에 취한 듯 눈을 꼭 감고 있었다. 룻은 조용히 방을 나왔다.

이렇게 일주일이 지났다. 의무관은 그녀의 심신이 위중하다는 사실을 알렸다. 고문을 재차 가하면 연명을 장담할 수 없다는 말도 덧붙였다. 결국 심문일이 며칠 연기되자 의무관은 비비아나를 수시로 찾아가 건강 관리의 일환으로 회복제를 억지로 먹여가며 속히 기운을 되찾게 했다.

어느 날, 의무관이 떠난 후 룻은 조심스레 문을 닫고 비비아나를 지켜보았다.

"아가씨, 이제는 기력을 회복하셨으니 여길 빠져나가실 수 있으실 거예요. 제가 탈출 계획을 세워봤는데 그건 내일 알려드릴게요. 혹시라도 지체되면 더 끔찍한 취조를 감내해야 할지도 몰라요."

"룻이 위험해지면 난 탈출하지 않을 거야."

"전 신경 쓰지 마세요. 아가씨 지인 중 한 분이 이곳 위치를 알아내고 나서 제게 아가씨 이야기를 해주던데요."

"지인이라니? 혹시 가이 포크스 님인가? 아, 그러니까 …" 비비아나는 한동안 머뭇거렸다. 창백했던 뺨이 불그스름해졌다.

"험프리 채텀 나리라던데요. 저처럼 목숨을 걸고 아가씨를 지켜주려는 것 같더라고요."

"당장 그만두라고 말해줘." 비비아나는 진지하게 당부했다. "이미 힘 닿는 데까지 도와주신 분이니 더는 위험을 감수하지 말아야 한다고 전해 주겠니? 탈출 계획은 포기하라고 말이야."

"아가씨, 그럼 만나지 않을게요. 근데 제가 제대로 봤다면 절대 이기적인 생각으로 발길을 돌릴 분은 아닌 듯하던데요."

"그래 맞아. 그럴 분은 아니지. 그럴수록 고통만 가중될 뿐인걸. 아! 릇, 채텀 님을 만날 거라면 계획을 단념하라고 설득해 주겠니?"

"예, 알겠어요, 아가씨. 하지만 소용은 없을 거예요."

릇은 좀더 이야기를 나눈 뒤 방을 나왔다. 비비아나는 홀로 밤을 보냈다. 런던타워에 투옥된 이후 수면제로 잠을 청한 것 외에는 쉼을 모르고 지냈다. 왠지 오늘밤은 평소보다 더 초조했다. 마음을 가다듬고자 안간힘을 썼지만 달라진 것은 별로 없었다. 비비아나는 몸을 일으켜 서둘러 가운을 걸치고는—손을 쓸 수 없어 쉽진 않았다—좁은 방 안을 서성였다.

앞서 언급했듯이, 감방 한 쪽에는 깊이 팬 총안이 있었다. 말단은 가늘고 단단한 격자구멍이 나 있어 해자가 보였다. 비비아나는 총안 앞에 멈추어 전방을 응시했다. 별 하나 없는 칠흑같이 어둔 밤, 방에도 등불이 없었다. 그렇다 보니 바깥의 어둠이 방 안의 것만큼 짙지는 않았다.

비비아나는 이렇게 서서 몽상에 잠긴 채 동이 트기만을 기다렸다. 이때 누군가가 해자를 헤엄쳐 건너는 듯한 소리를 들은 듯했다. 헛것을 들었겠다 싶었으나 좀더 귀를 기울여 보니 소리가 계속 이어졌다. 헛것은 아니란 확신에 문득 험프리 채텀이 떠올랐다. 그녀는 채텀이 찾아왔을 거라 믿었고 판단은 틀리지 않았다. 다음에는 벽을 타는 소리가 들렸다. 한 손으로는 해수면에서 약 2, 3피트(1미터 미만) 위에 있는 총안 쇠살대를 잡고 있었다. 누군가가 작은 소리로 이름을 부르자 비비아나는 이를 직감했다.

"험프리 채텀 님이신가요?" 비비아나는 총안 구멍에 바짝 다가갔다.

"맞습니다. 아가씨, 내가 구해줄 테니 낙심하지 마십시오. 런던타워에 들어간 지는 3일이 지났지만 투옥된 장소는 몇 시간 전에 알았소이다. 탈출 계획은 간수 딸과 함께 생각해 둔 게 있으니 그 아이가 내일 일러줄 겁니다."

"이 은혜를 어떻게 갚아야 할지 모르겠습니다만, 제 운명은 제가 감당할게요. 지금도 비참하기 짝이 없지만 채텀 님의 안위마저 위태로워진다면 제가 어떻게 낯을 들고 다니겠어요? 제게 권한이 있다면 간청을 해서라도, 아니, 명령을 해서라도 계획을 막고 싶은 심정입니다."

청년 장사꾼인 채텀은 여느 때보다 절박했다. "아가씨의 청을 거역한 적은 단 한 번도 없었고 앞으로도 없겠지만 아가씨를 포기하라고 명하신다면 못에 투신해 다시는 일어나지 않겠소이다."

비록 언성은 낮았지만 채텀의 단호한 결의를 만류할 수 없었던 비비아나는 그가 계획을 포기하지 않을 거라 확신했다. 그녀는 애절하게 말을 이었다.

"뜻대로 하세요. 운명을 거역하는 건 헛된 수고랍니다. 저는 불행의 원흉이 되고 말 겁니다."

"천부당만부당한 말씀입니다. 아가씨를 구할 수만 있다면 죽음도 불사하겠소. 간수의 여식이 내일 계획을 일러줄 터이니 그리 하겠다고 약조해 주시오."

비비아나는 마지못해 고개를 끄덕였다.

"동이 트면 전 런던타워를 뜰 겁니다. 여길 벗어나면 페티웨일스 부두 뒤편에 난 계단으로 오십시오. 배에서 기다리고 있겠소이다. 그럼 또 만 납시다!"

험프리 채텀은 말이 채 끝나기도 전에 입수했으나 발이 미끄러져 본의 아니게 큰 소음을 내고 말았다. 수상한 기척을 감지한 보초병은 정체를 밝히라고 소리쳤지만 아무런 답변이 없어 그쪽 방향으로 총을 쐈다.

비비아나가 총성을 듣고 비명을 지르자 입그리브 부부가 나타났다. 간수는 의심스런 눈으로 방을 둘러보았다. 별 이상이 없다는 판단에 그는 몇 가지 질문을 던졌고 비비아나가 묵묵부답으로 일관하자 아내와 함께 조용히 문을 닫고 나갔다.

그날 밤에 겪은 고통보다 더 한 것은 상상이 불가했다. 비비아나 탓에 채텀의 운명이 불확실해졌다는 사실은 견디기가 어려웠다는 것이다. 최근 감내한 육체적 고통은 지금 겪고 있는 정신적 고통보다는 가벼운 듯했다. 마침내 동이 텄으나 룻은 오지 않았다. 듬직한 친구 대신 입그리브 여사가 조식을 가지고 들어왔다. 시무룩한 표정에 뭔가를 의심하는 눈치인 것 같아 딸의 계획을 알아차린 것은 아닌지 덜컥 겁이 났다. 비비아나는 노파가 묵묵히 자리를 뜰 때까지 애써 입을 닫고 있었다.

비비아나는 험프리 채텀이 죽었거나, 혹은 저처럼 수감되었으리라 단정하고 절망 속에서 자신의 운명을 통렬히 비관했다. 본의 아니게 사태의 원인이 되었다며 자책도 했다. 얼마 후 룻이 들어왔다. 룻은 비비아나의 질문공세에 채텀이 무사히 탈출했다고 답했다. 주변이 너무 어두워 보초가 조준을 제대로 하지 못했고 성채도 이 잡듯 뒤졌으나 시선을 피해 이미 달아나고 없었다는 것이다.

"오늘 저녁에는 탈출하셔야 해요. 부관이 아빠한테 말하는 걸 들어보니 자정에 아가씨를 취조한다고 그러더라고요. 의무관이 고문을 (필요하면) 받을 수 있을 만큼 기력이 회복되었다고 말했거든요. 잘 들으세요, 아가씨. 어젯밤 사건으로 엄마가 의심하고 있는지 제 일거수일투족을 수상쩍은 눈으로 보더라고요. 지금은 뷰챔프타워에 있는 여죄수와 같이 있는데 그러지 않았으면 여긴 올 수 없었을 거예요. 다행히 아가씨 저녁식사는 제가 갖다드려도 괜찮답니다. 그때 제 옷으로 갈아입으셔야 해요. 키가 비슷하니 수월하게 나가실 수 있을 거예요. 아래층 불은 제가 미리 꺼둘게요. 그래야 얼굴을 못 볼 테니까요."

비비아나는 룻을 만류하려 했지만 호락호락 들으려 하지 않았다.

"옷을 다 입으시면 밖에서 문을 잠그세요. 앞에 보이는 계단을 따라 내려가면 부모님이 보이는 방이 나오는데 거긴 가급적 빨리 지나가셔야 해요. 방을 나오면 왼쪽으로 돌아 바이워드타워 쪽으로 직진하세요. 간수에게는 통행증을 보여주시고요. 제 이름이 있으니 그냥 보내드릴 거예요. 미들타워 게이트 간수에게도 보여주시고 불워크 게이트에서도요. 거기만 지나면 아가씨는 자유예요."

"그럼 룻은 어쩌고?" 비비아나가 당혹스런 표정으로 물었다.

"전 신경 쓰지 마세요. 아가씨를 구하는 것만으로도 뿌듯하니까요. 또 올게요. 단단히 준비하고 계세요."

"내키지가 않네."

"아가씨, 선택의 여지가 없어요." 룻은 서둘러 방을 나갔다.

언제나 그렇듯, 기대감에 사로잡혀 있을 때 시간은 유난히 느리다. 하지만 오늘은 시간이 갈수록 더 길었으면 하는 생각이 들었다. 룻이 열쇠를 돌리자 이를 들은 비비아나는 몹시 두려워졌다. 그녀는 저녁식사를 가지고 감방에 들어오는 룻을 보았다.

그녀는 문을 닫고 음식을 내려놓고는 급히 옷을—서지serge뿐 아니라 코이프coif와 커치프(kerchief, 목면, 실크 혹은 울지의 사각형이나 장방형의 천. 본래는 머리에 쓰는 것—옮긴이)도—벗었다. 비비아나도 룻처럼 옷을 벗기 시작했다. 룻은 쉴 새 없이 비비아나의 옷을 입고 환복을 도왔다. 머리카락을 정돈하고 두건도 그럴듯하게 꾸미고 보니 정말 감쪽같았다.

룻은 거동할 때의 특이한 습관을 일러두고는 비비아나를 가슴 쪽에 붙이고 천천히 입구로 갔다. 비비아나의 저항에도 룻은 그녀를 밖으로 밀어내고 문을 닫았다.

이제 도와줄 사람은 없었다. 비비아나는 몹시 괴로워하며 자물쇠에 넣은 열쇠를 애써 돌렸다. 계단을 내려가니 작고 둥그런 방이 나왔다. 입그리브 부부가 테이블에 앉아 저녁식사에 대해 이야기를 나누고 있었다. 빛이라고는 희미해져 가는 난롯불이 전부였다.

비비아나가 나타나자 노파가 물었다. "벌써 두고 온 거니? 젤리는 왜 안 챙겼니? 아가씨는 줘도 안 먹을 텐데. 필처드 의사 양반이 말한 건? 직접 갖다 드리렴. 그게 있어야 제 맛이지. 아차, 아가씨가 건드리지 않는 게 또 있지 않았나 싶은데, 돈을 내면 좀더 달달하게 만들어야겠어. 어서 가지 않고 뭐하고 있어? 왜 그리 넋을 놓고 서 있는 게냐? 벼락이라도 맞은 거야? 내말 듣고 있니?"

"닦달 좀 그만해, 이 여편네야! 애 기죽잖아!" 입그리브가 으르렁거렸다.

"그러라고 하는 거거든. 혼이 나도 싸니까. 아, 그리고 천주쟁이한테 갈 심부름은 꼭 서둘러야 해. 아무래도 오늘밤은 넘기기가 어려울 것 같으니 …."

입그리브는 "정말 힘들 거야. 고문대에 세울 테니까."

"내가 보니 목에 금목걸이를 걸쳤더라구. 어떻게든 손에 넣어야겠는데."

"제가 갖고 있어요. 여기요." 비비아나는 룻의 말투를 흉내 내며 조그만 소리로 말했다.

"아씨가 이걸 주던?" 노파는 벌떡 일어나 성치 않은 손을 움켜쥐었다. 이때 비비아나는 비명을 억누르고자 안간힘을 썼다. "정말 주었냐고 묻잖니?"

"엄마 주라고 그러던데요. 가지세요."

노파는 난롯불가로 손을 뻗으며 남편에게 등을 켜달라고 했다. 탐욕스런 시선이 목걸이에 고정되는 순간 비비아나는 문 쪽으로 달려갔다.

문 앞에 이르자마자 입그리브 여사의 새된 소리에 순간 온몸이 얼어붙었다.

"룻!" 노파가 언성을 높였다. "이 오밤중에 어딜 가는 게냐? 내가 허락할 성싶으냐?"

"쳇! 그냥 보내주구려. 나콜라스 하디스티 간수랑 약속이 있다 하니…. 조심하고 한 시간 안에는 돌아오거라."

"그러지 않음 후회하게 될 거야. 가거라. 죄수는 내가 볼 테니."

비비아나는 허락을 구하지 않고 왼쪽으로 방향을 틀어 전력을 다해 질주했다. 두 개의 아치형 출입구를 지나 곧 바이워드타워에 이르렀다.

그녀는 간수에게 통행증을 보여주었다. 그러자 간수는 손가락으로 턱 밑을 툭 건드리고는 큼지막한 빗장을 풀고 쪽문을 열어 그녀가 나갈 수 있도록 정중히 거들어 주었다. 미들타워와 불워크 게이트도 순조롭게 통과했다. 꿈인지 생시인지, 정말 무탈히 빠져나갈 수 있을지 반신반의하며 달리다 마침내 페티웨일스 계단에 이르렀다. 경황이 없던 차에 한 사내가 다가와 이름을 불러주었다. 험프리 채텀이었다. 비비아나는 애절한 슬픔이 울컥 솟아 그의 품에 안겼다. 승선 후 사공들은 웨스트민스터를 향해 노를 저었다.

역계

몬티글 경은 용맹한 사람인지라 홀연히 나타난 가이 포크스에 놀라 긴 했지만 크게 당황하진 않았다. 그는 즉각 일어나 칼을 뽑아들고 방어자세를 취했다.

"날 배신하다니!" 그는 왼손으로 트레샴의 팔을 붙잡고 소리쳤다. "내가 죽으면 포크스 너도 죽은 목숨이야!"

"나리가 스스로 털어놓은 겁니다. 그게 아니라면 하느님이 비비아나 래드클리프 아가씨를 풀어주시려고 나리를 우리 손에 맡긴 것이겠지요. 비밀은 절대 누설하지 않겠다고 맹세하시오. 구속력이 있는 서약이니 절대 위반해선 안 됩니다. 우리 편이 되지 않겠다면 여길 살아서 나가진 못할 것이외다." 가이 포크스가 단언했다.

"가당치 않은 소리! 충성을 맹세한 군주를 상대로 모반을 꾀할 순 없는 법!" 몬티글 경의 의지는 결연했다. "너희 편에 설 생각은 추호도 없으니 래드클리프 양의 석방은 꿈도 꾸지 마라! 서약은 무슨 얼어 죽을 … 너를 반역 혐의로 체포하겠다. 트레샴, 검거를 도와주게!"

이때 트레샴은 경의 손아귀에서 벗어나 가이 포크스와 백작 사이에 섰다.

"나리, 가면을 벗을 때가 온 것 같습니다. 전 서약을 한 몸이라 포크스 일행을 도울 수밖에 없습니다. 제시한 조건을 따르지 않는다면 가까운 사이긴 해도 나리를 대적할 수밖에 없습니다. 죽음을 각오하고 있다손 치더라도 말입죠."

"그렇다면 목숨이 빼앗기는 한이 있더라도 기필코 죽여야겠군. 자네 누이인 내 처를 위해서도 말이야." 몬티글이 위협했다.

가이 포크스는 시선을 경에게 고정한 채 말을 이었다. "저항해 봐야 소용없습니다. 나리, 우린 목숨을 빼앗으려는 것이 아니라 협조를 구하고 있는 것입니다. 나리는 포로니까요."

"포로라?!" 몬티글은 빈정거렸다. "날 아직 잡지도 못했잖은가?"

경은 말이 끝나기가 무섭게 입구 밖으로 돌진했지만, 손에 검을 들고 통로에서 대기하던 베이츠에게 저지당했다. 케이츠비와 키스가 벽장에서 걸어 나오자 가넷과 다른 일행도 숨어있던 곳에서 모습을 드러냈다. 어깨너머로 들리는 기척에 고개를 돌린 몬티글 경은 예기치 못한 역적 무리에 아연실색하며 고함을 질렀다.

"단단히 걸려들었군, 그래. 여길 찾아온 내가 바보지!"

"후회하기엔 너무 늦었습니다, 나리. 올 때는 마음대로 오셨겠지만 나가실 때는 마음대로 못하실 겁니다. 요구가 관철되지 않는다면 말이죠." 케이츠비가 말했다.

'그래, 빠져나갈 구멍은 있을 거야. 꾀에서 밀리면 두고두고 고생길일 테니까. 트레샴은 동조하겠지? 딴마음을 먹고도 남을 위인이니까. 나와의 관계도 그렇고 아쉬울 것도 있으니 내겐 함부로 하진 못할 거야. 저 녀석이라면 계략을 귀띔해줄 텐데 …. 이런 마당에 구태여 공모에 가담할 필요가 있을까? 비밀서약만 해줘도 족하겠지. (서약) 의무를 피할 수 있는 방편을 찾으면 그만일 테니까. 솔즈베리 백작과 흥정을 해도 좋겠는걸. 하지만 신중해야지 너무 쉽게 손을 잡으면 의심할지도 몰라.'

"나리, 속임수는 안 통합니다. 개수작 부리면 목숨을 잃으실 수도 있지요." 경의 표정을 면밀히 주시하던 케이츠비는 그가 미덥지 못하다는 눈치였다.

"케이츠비, 아직 동조한 건 아닐세. 생각 좀 해봐야겠네."

"여러분은 어떻게 생각하오? 나리의 요구를 들어줄까요?"

대개는 찬성하는 분위기였다.

"처남과 단둘이 상의하겠네."

"그럴 순 없습니다, 나리." 가넷이 단호히 받아쳤다. "괜한 수작은 부리지 않는 편이 나을 겁니다. 여기서 죽임을 당하거나 나중에라도 목숨을 내놔야 할 테니까요."

"신부님, 전 할 이야기가 없습니다. 모두가 보는 앞에서 의중을 밝히라고 하십시오." 트레샴은 경의 뜻을 거부했다.

몬티글 경은 트레샴을 응시했으나 그는 묵묵부답이었다.

"경을 믿어선 안 된다고 봅니다." 키스가 끼어들었다. "호락호락 우리의 뜻에 동조할 위인이 아니니까요. 서약은 진의가 아니라도 할 수 있지 않겠습니까?"

"그건 '내' 몫이겠지요." 가넷이 답했다.

"신부님, 아직 결정하지 못했을 뿐, 서약을 하면 따를 생각이외다."

"암요. 당연히 그러셔야죠. 나리, 결정을 서두르십시오. 5분 정도는 드릴 수 있습니다만, 우선 칼은 넘겨주셔야겠습니다." 케이츠비가 재촉했다.

몬티글 경은 칼을 건넸다.

"나리가 배신하지 않으면 그에 합당한 대우를 받으실 겁니다." 키스가 덧붙였다.

몬티글은 케이츠비에게 칼을 넘기고는 구석으로 걸어가 벽에 몸을 기댔다. 공모자들과는 등을 돌린 채 생각에 잠긴 듯했다.

"트레샴을 저리로 데려가시오." 케이츠비가 라이트에게 주문했다. "회의를 엿들으면 곤란하니까요. 일거수일투족을 주시하면서 몬티글 경과 주고받는 신호는 없는지 잘 감시하시구려."

라이트는 고개를 끄덕였다. 이때 공모자 일행은 옹기종기 모여 작은 목소리로 대화를 시작했다.

"경을 죽여 봐야 도움은 안 될 겁니다." 가넷이 운을 뗐다. "트레샴에게 한 말을 들어보니 그가 여기 왔다는 것을 하인이 알고 있다 하더이다. 그가 사라진 것을 알게 되면 즉각 수색대가 투입되어 모든 사실이 발각되고 말겁니다. 그러니 당장은 거사를 포기하고 여길 떠나 목숨을 부지하는 것이 상책인 듯싶소. 그를 믿어보는 게 방편일지도 …."

"지당하신 말씀입니다, 신부님." 룩우드가 맞장구를 쳤다. "조만간 수색대가 들이닥칠 겁니다."

"지금은 안전하지만 정보가 새기 전에 프랑스나 플랑드르로 탈출하면 어떨지 싶습니다. 그러면 몬티글도 끌고 가야겠지요. 그는 왠지 미덥지가 않습다."

"나도 그렇소." 케이츠비가 말을 이었다. "외모도 마음에 들지가 않소이다."

"딱히 방법은 없소. 그를 믿거나 거사를 포기하거나 선택지는 하나 외다. 물질적인 지원도 중요하지만 비비아나 아가씨를 석방시킬 수도 있다고 하잖소."

"쳇!" 케이츠비가 불쾌한 듯 언성을 높였다. "거사가 달린 문제에 비비아나 아가씨가 도대체 무슨 상관이요?"

"상관이 많이 있지요. 아가씨의 안전을 장담할 수 없다면 거사도 진전은 없을 것이오."

"요즘 비비아나 아가씨에게 꽂힌 것 같소만 …" 케이츠비가 빈정거렸다. "연정이 아주 가볍다손 치더라도 사랑은 사랑 아니겠소?"

짙은 홍조가 검게 그을린 포크스의 뺨을 물들였지만 그는 침착하게 응변했다.

"아가씨가 수양딸이니 사랑할 수밖에요."

"뭣이!"

"케이츠비!" 포크스는 난처한 상황을 피하지 않았다. "날 잘 알잖소. 저급한 거짓말에 목숨을 걸 위인은 아니라는 것쯤은 당신도 알고 있을 텐데. 그 말은 못 들은 걸로 하겠소만 앞으로 농담은 삼가시오."

"농담이라고! 평생토록 이렇게 진지한 적이 없었는데 농담이라니!"

"더는 자극하지 마시오." 포크스도 기세에 밀리지 않았다. "목숨이 아깝지 않다면 다시금 빈정거려 보시구려."

이때 가넷이 끼어들었다. "형제여, 신중하게 처신해도 위험한 시국에 어찌 쓸데없는 싸움으로 시간을 허비하고 있는 거요? 가이 포크스 말이 맞소. 비비아나 아가씨는 반드시 구출해야 합니다. 우리가 아가씨를 버린다면 대의명분이 무슨 소용이겠소? 하지만 일에는 순서가 있는 법, 몬티글 경 문제부터 논의해 봅시다."

"저도 어찌해야 할지 난감할 따름입니다." 케이츠비가 하소연했다.

"그럼 내가 대신 결정하리다." 퍼시가 말했다. "거사는 중단해야 마땅합니다."

"그럴 순 없소. 안위를 도모하고 싶다면 언제든 떠나시오. 나 혼자라도 거사를 완수하겠소이다!"

"용감한 결단이오!" 케이츠비는 포크스의 결의에 그의 손을 움켜쥐었다. "나 역시 당신과 함께 완주하리다. 돌아키기엔 너무 멀리 왔으니 말이오."

"조심하고 또 조심해야 할 거요." 키스가 덧붙였다. "수색대가 들이 닥치기 전까지 몬티글 경을 혹스턴 저택에 돌려보낸다는 조건은 어떻 겠소?"

"그래봐야 헛일일거요. 그를 전적으로 신뢰하든, 아주 포기하든 둘 중 하나를 선택해야 할 겁니다." 가넷이 소견을 밝혔다.

"신부님 말씀이 옳습니다." 퍼시가 동조했다. "비밀서약을 제안하되, 트레샴과 경이 모르는 은신처를 확보할 때까지 그를 여기에 가두어 둡 시다. 동지들과의 연락은 그곳에서 주고받기로 하죠. 그가 우릴 배신 했는지는 며칠이면 다 밝혀질 것입니다. 그럼 이곳에는 두 번 다시 오지 않아도 되겠지요. 거사의 순간이 오기 전까지는 말이오."

"아주 오지 않아도 됩니다." 포크스가 입을 열었다. "준비는 끝났으 니 도화선에는 내가 불을 지피겠소. 여러분은 사후 대처 방안이나 모색 하십시오. 거사는 내게 맡겨두시고 ...."

"그럴 순 없소. 모든 위험을 혼자 감수하겠다는 거요?" 가넷은 심기 가 불편해졌다.

"모든 영광도 제 몫이겠지요, 신부님. 제 뜻을 존중해 주십시오."

가넷은 못이기는 척 포크스의 뜻에 동조했다. "그럼 뜻대로 하시오. 위대한 거사의 주인공으로 그대를 지명하신 하느님의 뜻을 거역할 생 각은 없소이다." 신부는 케이츠비를 보며 말을 이었다. "몬티글 경의 의도가 확실해질 때까지 은신처에 있자는 퍼시의 소견을 듣자니 문득—'화이트웹스'라고도 하는—엔필드체이스 끝자락에 있는 외진 별채가 생각나더이다. 최근 브룩스비 여사와 동생인 앤 복스가 매입한 곳인데 우리에게도 안전한 거처가 될 거요."

"탁월한 계획입니다, 신부님. 가이 포크스가 기꺼이 위험을 감수하겠다고 하니 몬티글 경은 여기에 가두고 당장 그리로 갑시다."

"그럼 트레샴은 어쩔 거요?" 퍼시가 물었다. "데리고 갈 수도 없거니와, 그런 사실을 알아서도 안 됩니다."

"그는 내게 맡기시오."

"두려워할 만도 하니 여차하면 몬티글과 손을 잡고 당신을 공격할수도 있소이다."

"둘은 무기가 없소. 설령 있다손 치더라도 억류한 이유에 대해서는 이성적으로 상대해 주리다."

"형제여, 수호성인이 보우하시길 빌겠소! 그럼 화약을 잘 관리해 주시오."

"안전하게 지키겠습니다."

일행은 몬티글 경에게 갔다. 이때 기척을 들은 그는 즉각 몸을 돌렸다.

"생각은 해보셨습니까, 나리?"

케이츠비가 묻자 경이 입을 열었다. "단도직입적으로 말하겠네. 공모에는 가담하지 않겠으나 비밀은 서약함세."

"변심하진 않으시겠지요?"

"그렇네."

"흡족한 답변이구려." 가넷 신부가 말을 이었다. "실은 경도 가톨릭 신자이니, 교회의 회복이라는 목적의식을 갖고 거사에 일익을 담당하리라 기대했었소."

"신부님, 도대체 어떤 수단으로 교회를 회복시킨다는 것인지 저는 모르겠습니다. 물론 알고 싶지도 않습니다만, 짐작컨대 암담한 희생이 불가피한 그런 수단이 아닐까 싶습니다. 그래서 제가 가담할 수 없다는 것이외다."

"어떤 조언이나 지원도 거부하겠다는 겁니까?"

"배신하지 않겠다는 약속 외에 더 이상 할 말은 없소이다."

"약속을 남발하느니 차라리 말을 아끼는 편이 더 낫지요. 믿음이 간다고나 할까요." 케이츠비가 가넷 신부에게 속삭였다.

"나도 같은 생각이오."

"하나만 해결해 준다면 나리를 풀어드리는 데 동조하겠소이다. 비비아나 래드클리프 아가씨를 석방시켜 주시오. 그건 일도 아니라고 트레샴에게 말했으니 …."

몬티글 경은 당혹스런 표정을 지었다. "그건 무심코 내뱉은 말이었다네."

"그럴 수 있다고 장담하지 않았소?"

"약속을 꼭 지켜야 한다는 생각은 애당초 없었으니까. 가톨릭 신도이기도 하고 트레샴과는 혼인으로 맺어진 가족인지라 그렇게 말은 했지만 사실 비비아나를 위한 일은 뭐가 됐든 내 목숨이 위태로워질 수도 있다네."

"그건 궁색한 변명이외다. 아가씨보다 자신의 안위를 우선시했으니 석방을 약조하지 않는다면 여기서 한 발짝도 움직일 수 없을 것이오!"

"날 풀어준다면야 못할 것도 없지. 비록 장담할 수 없지만 내가 풀어줄 힘이 있다면 얼마든 맹세하겠네!"

"됐소!"

"동지 여러분, 앞선 조건으로 몬티글 경을 내보내는 데 동의하시오?"

케이츠비가 일행에 가부를 묻자 그들은 이구동성으로 답했다.

"동의하외다."

"당장 서약식을 거행하리다." 가넷은 경에게 엄숙한 어조로 말을 이었다. "서약을 위반하면 나리의 영혼은 지옥에 떨어진다는 것을 명심하시오."

"기꺼이 수락하리다."

가넷은 서약서를 보여주며 몸짓으로 무릎을 꿇으라 지시한 뒤, 반드시 지킬 엄숙한 서약을 주문했다. 몬티글이 신부를 따라 서약하자 가넷은 서약서를 경의 입술에 댔다.

"이제 만족하십니까?"

"그렇소."

'나도 그가 위증죄를 범하리라는 데 만족하외다.' 뒤에 서 있던 트레샴은 이렇게 생각했다.

"그럼 여길 떠도 되는 건가?"

"아직은 안 됩니다. 나리, 자정까지는 대기하셔야 합니다." 케이츠비가 대꾸했다.

몬티글 경은 초조해 보였지만 항의해 봐야 소용없다는 것을 직감한 까닭에 시무룩한 표정으로 침묵을 지켰다.

"나리, 너무 괘념치 마십시오. 안전을 위해 신중해서 나쁠 건 없지 않겠습니까? 혹시라도 백작님이 수작을 부릴지도 모르니 말입죠." 케이츠비가 너스레를 떨었다.

"서약을 했는데 의심을 해서야 되겠나?" 몬티글은 거만해 보였다. "굳이 간수를 자처하겠다면 여러분 뜻을 따라야겠지만 말일세."

"제가 나리를 지키는 간수라면 소임을 다하고 있다는 것을 증명해 보이겠습니다. 절 따라오시지요."

케이츠비는 백작이 묵인한다는 뜻으로 고개를 끄덕이자 창문이 닫힌 작은 방으로 가 의자를 가리키고는 즉시 나와 문을 잠갔다. 다시 돌아온 그는 가이 포크스를 한쪽에 세워두고 조용히 말을 꺼냈다.

"우린 즉각 화이트웹스로 출발할 테니 트레샴을 잘 감시하시오. 물론 행선지를 누설해선 안 됩니다. 백작을 풀어주고 나면 우리를 좇아와도 상관은 없지만 발각되지 않도록 조심하시오."

"걱정 마시오."

마침내 가이 포크스와 트레샴을 제외한 공모자 일행이 방을 나갔다. 포크스는 그들이 떠나려 한다는 사실을 눈치 챘지만 트레샴에게는 이를 함구했다. 그는 문을 사이에 두고 팔짱을 낀 채 왔다 갔다 하며 시간을 보냈다.

"나도 몬티글 경처럼 포로인거요?" 트레샴이 멈칫하며 물었다.

"자정까지는 함께 있어야 하오. 우릴 건드릴 사람은 없으니 안심하시구려."

"뭐요! 그럼 나머지는 전부 떠났단 말이오?"

"그렇소."

트레샴의 표정이 일그러졌다. 어떤 계획을 꾸미고 있었지만 용기가 없어 감히 펼치지 못한 듯싶었다.

"트레샴, 과거를 반면교사로 삼으시오." 포크스는 한동안 그의 눈을 응시했다. "당신을 의심해야 할 근거가 생긴다면 다시는 배신할 수 없도록 조치하겠소."

"그럴 일은 없을 거요. 난 그저 동지들이 아무런 언질도 없이 떠난 이유가 궁금했을 뿐이오. 불리한 계획을 파악하는 건 당신이 아니라 내가 전문인데, 설마 당신과의 인연이 여기까지인 건 아니겠지요?"

"당신 하기 나름이오. 믿음을 확증한다면 또 모를까 …. 솔직히 말해 보시구려. 몬티글 경이 정말 서약을 지킬 거라 생각하시오?"

"지킨다는 데 내 목숨을 걸겠소."

대화는 중단되었고 어느 쪽도 말문을 열려 하지 않았다. 그렇게 몇 시간이 지났다. 문득 트레샴이 침묵을 깼다. 주전부리를 찾아보겠다는 말에, 둘은 아랫방으로 내려와 간단히 요기를 채웠다.

크게 신경 쓸 만한 일은 없었다. 약속한 시간이 되자 가이 포크스는 손짓으로 몬티글 경을 풀어줘도 좋다는 뜻을 내비쳤다. 트레샴이 방으로 가 문을 열어젖히자 경이 걸어 나왔다. 그들은 가이 포크스가 지키고 있던 방으로 갔다.

"나리, 이제는 가셔도 좋습니다. 트레샴이 나리를 보필해 드릴 겁니다. 단, 비비아나 아가씨를 석방시키겠다는 약속은 꼭 기억해 주십시오."

"알았네."

그는 트레샴과 함께 현장을 떠났다.

"나리, 구사일생으로 탈출하셨습니다." 트레샴이 말문을 열었다. 화이트홀에 이를 무렵 그들은 서쪽 게이트 기둥 아래서 잠시 걸음을 멈추었다.

"그렇긴 하지. 내가 자초한 사태에 대해 후회는 없다네. 반역자들이 내 손아귀에 있으니까."

"서약을 잊으신 겁니까?"

"잊은들 자네와 뭐가 다르겠나? 자네도 꼭 지켜야 할 엄숙한 서약을 깨지 않았던가? 자네라면 천 번은 더 어겼을 걸세. 물론 공모죄는 타도 하겠지만 서약은 어기지 않을 생각이네."

"어찌 그럴 수 있단 말입니까? 나리."

"때가 되면 알게 될 걸세. 어두컴컴한 홀에서 생각할 여유가 많았는데 마침 기발한 묘안이 떠오르더군. 절대 실패할 수 없는 묘안 말이야."

"나리, 그게 뭐든 저는 빼주십시오. 저들과 더는 엮이고 싶지 않습니다."

"자네 없이는 불가능한 일인걸. 안전은 책임질 터이니 언행을 조심하고 최대한 신중히 처신하게. 신뢰를 되찾아 반역자들을 안심시켜야 하네."

"나리의 취지는 알겠습니다. 저들이 갈 데까지 가야 반역의 전모가 드러날 거라는 말씀이시죠?"

"그렇지. 모반이란 것이 원래 사태의 정도와 심각성이 여실히 드러나기 전에는 발각되는 법이 없거든. 보상은 섭섭지 않게 해주겠네. 알겠나? 트레샴!"

"예, 알겠습니다."

"집으로 돌아가게. 손을 써야 할 때가 오기 전에는 연락하지 말기로 함세."

"그럼 의회가 소집되기 전에는 별 일이 없겠군요. 저들은 왕과 모든 귀족을 한 방에 날릴 계략을 세우고 있으니까요."

"오 이런! 이보다 더 과감한 계략이 어디 있으랴! 그걸 망친다면 얼마나 애석할까? 저 딴에는 절실하고도 대담한 계획이겠지만 그런 발상은 애당초 금했어야지. 거사가 발각되면 모두가 대경실색하지 않겠는가!"

"거사에 대한 폭로가 저와 나리에게는 이로울 수도 있습니다. 물론 로마 가톨릭에는 씻을 수 없는 상처를 입히겠지만요."

"거사가 뜻대로 이루어진다면 생각보다 깊은 상처를 남기겠지. 충직한 가톨릭 신도라면 그렇게나 참담하고 끔찍한 계략에 학을 뗄 테니까. 하지만 거사는 더 이상 왈가왈부하지 마시게. 자네 말을 들으면 배신에 대한 불안감이 사라지고 내 판단이 옳다는 데 무게가 실리겠지만.... 아무튼 잘 지내게, 트레샴. 반역자들을 철저히 감시하고 계획이 달라지면 연락함세. 당분간 사적인 만남은 자제하고 말이야. 의회는 10월 3일에 소집된다고는 하지만 십중팔구는 11월로 연기될 공산이 크네."

"그럼 11월까지는 누설하지 않으시렵니까?"

"당연하지. 폐하는 당신이 위험에 처해 있다는 사실을 몸소 확인해야 하네. 거사가 당장 발각되면 폐하는 이를 대수롭지 않게 생각하실 게 뻔

하네. 그렇지만 단 하나의 불꽃이 폐하를 황천길로 보내버릴 수 있는 폭발물에 몸소 발을 내디딘다면 호위에 대해 의당 고마워하지 않겠는 가! 이쯤에서 그만 헤어짐세. 내 조언을 가볍게 듣지 말게나."

화이트웹스

가이 포크스는 둘을 보낸 후 잠시 집안에 머물렀다. 불을 붙인 등을 망토 아래 감추고는 화약고가 안전한지 확인하기 위해 지하실로 내려갔다. 아무 하자가 없어 다시 돌아갈 무렵 누군가가 다가오고 있었다. 기척을 느낀 포크스는 그가 눈치 채지 못하도록 묵묵히 그를 주시하며 한쪽에 서 있었다. 지나칠 때까지 기다릴 심산이었지만 그는 잠시 멈칫하더니 주변을 살피며 포크스의 이름을 불렀다. 험프리 채텀의 음성이었다.

"여길 자주 찾는 것 같군요, 젊은 나리." 포크스가 말문을 열었다. "근방에서만 이번이 벌써 세 번째니 말이오."

"지난번에는 비비아나 아가씨가 수감되었다고 말씀드렸지만 이번에는 아가씨가 자유의 몸이 되었다는 좋은 소식을 가져왔소."

"풀려났단 말이오!" 포크스는 기쁨을 감추지 못했다. "몬티글 경이 손을 쓴 거요? 아, 잊고 있었는데 경은 지금 막 여길 떠났소."

"제가 손을 쓴 겁니다. 아가씨는 몇 시간 전에 런던타워를 탈출하셨고요."

"아가씨는 지금 어디 있소?"

"의사당 근방에 정박 중인 배에 있지요."

"하느님과 성모 마리아님, 찬송을 받으소서! 정말 바라던 바 이상이오! 선뜻 믿을 수 없을 만큼 반가운 소식이구려!"

"배에 타면 제 말씀이 사실이라는 걸 알게 될 거요."

채텀은 가이 포크스와 함께 배가 정박 중인 강가로 달려갔다. 배에 타니 비비아나가 차양을 덮은 채 앉아 있었다.

비비아나는 운신할 수 없을 정도로 기력이 없었다. 가이 포크스는 두 팔로 비비아나를 안고 가택으로 돌아갔다.

험프리 채텀은 뱃사공을 해산시키고 나서 그의 뒤를 따랐다. 포크스는 사랑스런 비비아나를 의자에 앉히고는 집에 있는 식음료를 찾았다. 비비아나는 실신했지만 와인 한 잔을 들이켜고 나서야 겨우 기운을 차릴 수 있었다. 그녀는 주변을 둘러보며 위치를 물었다.

"아무 것도 묻지 마시오. 여긴 안전하니 …" 가이 포크스가 말을 이었다. "궁금해 죽을 지경이지만 채텀이 탈출한 자초지종을 모두 설명해 주지 않을까 싶소."

청년 장사꾼인 채텀이 자초지종을 들려주자 비비아나도 이해를 돕기 위해 몇 마디 덧붙였다. 가이 포크스는 그녀가 고문을 감내했다는 사실에 감정을 자제하지 못했다. 채텀도 화가 치밀었다.

"채텀 님이 제때 저를 구해 주셨지요. 고문을 더 받았더라면 작별했을 거예요."

"오, 하느님! 그렇게 탈출하셨다니, 아가씨가 채텀에게 신세를 많이 졌구려!"

"그렇지요. 그렇고말고요."

"헌데 왜 보답은 하지 않았소? 채텀의 소원을 들어줄 수는 없었던 거요? 내 소원은요?"

창백했던 뺨이 금세 붉어졌지만 비비아나는 말을 아꼈다.

"오, 비비아나 아가씨! 방금 들으셨지요. 전에는 나의 연정을 의심했을 수도 있지만 지금은 확실히 믿으실 겁니다. 희망을 꺾지만 않아도 다행이라 생각하겠소. 희망을 가져도 될까요?"

"오, 그건 곤란하지요! 은혜를 입은 제가 어찌 채텀 님을 속이겠어요? 그보다 잔인한 짓이 또 있을까요?"

채텀은 감정을 숨기기 위해 시선을 돌렸다.

"아가씨를 구해주고도 희망조차 가질 수 없단 말이오!" 가이 포크스가 탄식했다. "비비아나 아가씨, 당최 이해가 가질 않는군요. 감사할 마음이 없는 거요?"

"저도 감사하길 바라지요. 아니, 감사하고 있어요. 채텀 님에 대해서는 깊이 감사하고 있지만 감사가 사랑은 아니잖아요. 사랑으로 오해해서도 안 되고요."

"그 차이는 제가 잘 알지요." 채텀이 아쉬움을 토로했다.

"그건 상식을 벗어난 것이오. 솔직히 험프리 채텀이 베푼 은혜만으로도 아가씨와 가약을 맺을 자격은 충분하다고 보오. 시인의 어떤 노래도 그가 보여준 사랑보다 더 애절하진 않을 터, 그에 걸맞은 보답이 필요하지 않겠소?"

"이제 그만 하시지요."

"굳이 소견을 밝히는 까닭은 내 조언이 아가씨의 행복을 위한 것이기 때문이오. 당신만큼 아가씨를 사랑할 수 있는 사람이나, 그녀에게 걸맞은 사람은 없소. 나 외에 아가씨의 혼인을 진심으로 바라는 사람은 없을 것이오."

"오, 하느님! 고문보다 더 괴롭네요."

"그게 무슨 뜻이오?" 가이 포크스는 흠칫 놀랐다.

"말인 즉, 혼인을 재촉할 때가 아니라는 뜻입니다. 물론 혼인할 마음도 없고 …."

"맞아요. 혼인할 상황이라면 당신을 선택했을 거예요."

"당연히 그래야지요. 하지만 사내다운 외모에, 나이도 젊은 데다 아가씨만 바라보는 데도 끌리질 않는 걸 보면 여인의 마음이란 도통 알 수가 없소이다."

"정말 모를 겁니다. 여자의 마음은 이해할 수가 없지요."

"그렇게들 생각하데이다. 허나 지금까지의 경험을 토대로 보자면 아가씨가 사랑할 사람은 당신뿐이오. 아니, 솔직히 당신이라면 아가씨가 정말 사랑할 것 같소이다."

"이제 그만 하시죠. 아가씨뿐 아니라 저도 괴롭습니다."

"지금은 그렇게 마음을 쓸 때가 아니외다. 비비아나 아가씨는 내게 대부가 될 권리를 주었소. 지금처럼 아가씨의 행복이 중요한 시국에 소신을 밝히지 않는다면 나는 직무를 유기한 것이나 진배없소이다. 비비아나 아가씨가 당신과 백년가약을 맺는다면 나도 기쁘고, 아씨의 행복에도 보탬이 될 거요.”

“전 그럴 수 없어요. 절대 결혼하지 않을 거예요.” 비비아나가 대꾸했다.

“들으셨소? 더는 문제 삼지 마시구려.”

“웬만하면 내색하지 않으려는 여인의 성격은 존중합니다만, 사내가 이토록 정성을 쏟았다면 응당 솔직한 답을 들어야 하지 않겠소? 비비아나 아가씨는 당신을 사랑하고 있으니 이를 고백하도록 기회를 주시오.”

“오해가 있으신 모양인데 이젠 밝힐 때가 된 듯하외다. 사실, 아가씨가 사랑하는 사람은 따로 있소.”

“뭣이! 정말 그렇소?” 포크스는 아연실색했다.

비비아나는 아무 대답도 하지 않았다.

“대체 누구를 사랑하는 거요?”

그녀는 여전히 입을 다물고 있었다.

"아씨가 사랑하는 자를 말해 드리리다. 내가 틀리면 아가씨가 입을 열 거요."

"오, 안돼요! 제발!"

"어서 말하시게! 그게 대체 누군가?" 포크스의 음성은 우레 같았다.

"바로 당신이오."

"그게 무슨 소리요!" 포크스는 흠칫하며 말을 이었다. "날 사랑한다고? 그럴 리가! 대부로서 날 사랑하는 것일 뿐, 그 이상도 이하도 아니오. 아, 당신 말마따나 화제를 바꿔봅시다. 적당한 때가 올지도 모르니."

둘은 논의 끝에 비비아나를 화이트웹스에 데려가기로 했다. 가이 포크스는 험프리 채텀에게 그녀를 맡기고 난 후 엔필드로 갈 이동수단을 찾아 나섰다.

호스텔이 모두 문을 닫은 스트랜드 거리를 가로질러 위치스트리트에 진입하자 오른편에 커다란 술집이 보였다. 안뜰에 들어가니 손에 등을 들고 배회하던 한 무리의 인부를 만날 수 있었다. 엔필드로 갈 방편에 대해 묻자, 무리 중 하나가 4시경에—현재는 2시—마차를 끌고 다시 올 것인데 그때 포크스 일행을 흔쾌히 태워주겠다고 했다. 가이 포크스는 매우 기뻐하며 그가 제시한 조건을 즉각 승낙하고 급히 돌아갔다. 얼마 후 험프리 채텀은 비비아나를 업고(스스로 일어나지 못할 만큼 기력이 없었다) 안뜰에 도착, 수레 안에 쌓아둔 짚더미에 자리를 잡았다.

약 한 시간이 훌쩍 지났다. 동이 트기 한참 전, 인부는 수레에 말을 고정시킨 후 현장을 떠났다. 가이 포크스와 험프리 채텀은 비비아나 곁에 앉아 있었지만 여정 내내 말을 아꼈다. 거의 세 시간을 그렇게 보냈다. 대낮이 되었다. 인부가 선술집 입구 앞에서 가던 길을 멈추자 가이 포크스는 마차를 내려와 화이트웹스까지의 거리를 물었다.

"1마일 반(2.5킬로미터) 정도는 되지 않을까 싶소. 이 길을 따라 반마일(800미터)쯤 가면 작은 마을이 나오는데 주민에게 물으면 흔쾌히 안내해 줄 것이오. 화이트웹스는 길을 조금 벗어난 곳에 있는데 뒤편으로는 숲이 우거져 있지요.

포크스는 비비아나가 안전히 내릴 수 있도록 팔을 붙들어 주었다. 험프리 채텀도 동시에 하차했다. 일행은 인부가 알려준 길을 따라갔다. 구불구불한 시골길에, 운치 있는 목재로 만든 울타리가 우뚝 솟아 있었다. 30분 정도를 천천히 걸어 오두막촌에 이르렀다. 가이 포크스는 이곳이 인부가 말한 마을이라 짐작했다. 마침 한 시골뜨기가 울타리를 넘어오자 포크스가 그를 불러 화이트웹스로 가는 길을 물었다.

"저도 방향이 같으니 원하시면 가르쳐 드리지요."

"그럼 신세 좀 지겠소이다. 수고에 대해서는 보답하리다."

"보답이라니요. 그냥 마음만 받겠습니다."

몇 분간 속도를 내 걷다가 숲이 시작되는 경계에 이르르는 이를 둘러싼 잔디밭을 따라 갔다. 삭정이와 큼지막한 가시덤불로 진행에 애를 먹은 곳도 더러 있었지만 때로는 길이 트여 숲의 중심부를 보기도 했다. 숲이 장관을 이루었달까. 길쭉한 빈터에 이르자 저 멀리 사슴 떼가 눈에 들어왔다. 불쑥 튀어나온 가지와 사슴뿔이 얽혀 분간이 어려웠다. 비비아나는 넋을 잃어 발을 떼지 못했다.

"제임스 왕이 이 숲에서 사냥을 하곤 하지요. 삼림보호관의 이야기를 들어 보니 오늘도 왕이 올 것 같다고 합니다. 지금은 시어볼드 궁에 있고요."

"그게 사실이오? 어서 서두릅시다. 지체할 시간이 없소이다. 화이트웹스까지는 아직 먼 거요?"

"1/4마일(400미터)도 채 남지 않았습니다. 다음 모퉁이만 돌면 나올 겁니다."

말이 끝나자마자 나무 위로 기다란 굴뚝과 지붕이 눈에 띄었다. 가이 포크스는 혼자서도 찾아갈 수 있을 듯하여 그에게 감사와 보답의 뜻을 전했다. 그러나 주민은 끝내 보답을 마다하며 울타리 너머로 사라졌다.

길을 따라가다 저택으로—엘리자베스 여왕이 집권할 때부터 세워진 듯한 건물—통하는 입구에 이르렀다. 포크스 일행은 안으로 들어와 가로숫길을 지나갔다. 저택에 가까이 가보니 많은 창문이 굳게 닫혀 있었다. 현장은 대체로 암울했고 인적은 드물었다. 정원에는 잡초가 무성했으며 문은 잘 열리지 않는 듯 보였다.

가이 포크스는 이런 분위기에 낙심하진 않았다. 되레 안전하다는 생각으로 저택 뒤편으로 가서 뜰을 밟았다. 깃발과 돌에 이끼가 잔뜩 끼어 있었고 기다란 풀이 틈새를 메웠다. 그는 작은 문을 재차 두드렸다. "누구 있느냐?"는 말에 어느 노파가 그를 맞이했다. 위층 창밖으로 머리를 내밀며 용건을 물은 것이다.

포크스가 브룩스비 부인을 찾으려 하자 또 다른 사람의 머리가 창에 비쳤다. 케이츠비였다. 그는 가이 포크스 일행을 확인하고는 즉각 내려가 문을 열었다. 외관보다는 집안이 훨씬 아늑했다. 노파가 앤 복스에게 비비아나가 아래층에 있다는 사실을 알리자, 여태 일어나지 않고 있던 앤은 사람을 보내 비비아나를 방에 들이고 불편하지 않도록 모든 편의를 제공해 주었다.

뜬눈으로 밤을 지새운 가이 포크스와 험프리 채텀은 둘이 쓰게 된 방에서 두서 시간 정도 눈을 붙였다. 케이츠비는 숙면을 취했겠다 싶을 때 그들을 깨웠다.

둘은 그간의 자초지종을 들려주었다. 채텀은 비비아나가 런던타워에서 탈출하게 된 경위를 구체적으로 밝혔고, 케이츠비는 올드콘 신부가 람베스 숙소를 빠져 나온 후 여기를 찾아오게 된 여정을 이야기해 주었다. 가이 포크스는 신부의 소식에 안도하며 그와의 재회를 반가워했다. 정오가 되자 비비아나를 제외한 모두가 모였다. 그녀는 앤 복스의 조언대로 방에서 심신을 추스르기로 했다.

이제는 누구도 의심하지 않고, 케이츠비 또한 질투를 느끼지 않던 험프리 채텀은 주변 사람들에게서 비비아나 곁을 지키라는 이야기를 자주 듣곤 했다. 물론 그녀를 언제든 만날 수 있는 형편은 못 되었다. 동지들은 기나긴 논의를 자주 이어갔다. 이때 케이츠비는 우스터셔 허딩턴에 있는 윈터(형)에게 서한을 보내 모든 돌발사태에 대한 대비를 철저히 당부했고, 에버라드 딕비 경에게는 의회에 대비하여 최대한 많은 동지를 사냥대회a grand hunting-party의 일환으로 워릭셔 둔처치에 소집할 것을 촉구하기도 했다.

각 패가 취해야 할 사후조치도 마련해 두었다. 이를테면, 케이츠비는 동지가 왕자들의 신병을 확보하지 못할 경우, 해링턴 백작의 저택—당시 코번트리 근방—에 거하는 엘리자베스 공주(제임스 1세의 장녀)를 생포하여 그녀를 여왕으로 추대키로 했다. 영국 왕세자Prince of Wales(어릴 적 세상을 떠나 딱히 언급할 필요는 없지만)인 헨리가 부친인 왕과 함께 의사당에 나타난다면 그는 제임스 1세와 함께 죽임을 당할 것이고 그럴 경우라면 요크 공작인 찰스가 왕좌를 계승하게 된다는 것이다(나중에는 찰스 1세). 의결에 따라 그는 퍼시가 맡기로 했다. 다른 방안도 결의한 공모자들은 거사의 완성도를 높이기 위해 온 시간을 투입했다.

몇 주가 지나고 몇 달이 흘렀다. 비비아나는 기력을 온전히 되찾았으나 타인과 거의 접촉하지 않은 채 은둔생활을 이어갔다. 다만 험프리 채텀이 맨체스터(마틴 헤이독과 상봉한 곳으로, 화이트웹스에 도착한 지 약 2주 후에 그리로 출발했다)로 떠나기 전에는 그에게 작별인사를 건넸다. 가이 포크스가 재차 설득했음에도 그녀는 채텀에 대한 감정이 달라질 수 있다는 희망을 아주 포기해 버렸다. 공모자들은 다른 곳에서도 이따금씩 모여 의견을 교환했고 케이츠비와 포크스는 트레샴을 만나 두 차례 이상 이야기를 나누었다(돌발사태에 취약할 성싶은 곳에서는 만나지 않았다).

9월 하순이 다가오기까지 의회 일정은 10월 3일로 고정되어 있었다. 그달 마지막 날, 가이 포크스는 런던으로 갈 채비를 마쳤으나 출발하기에 앞서 비비아나를 보고 싶었다. 둘은 몇 주 동안이나 만나지 못했다. 비비아나의 속마음(어쩌면 자신의 마음도)을 알아버린 데다 이런 자유를 만끽한 적이 없었기 때문이다. 포크스는 기다리고 있던 방에 비비아나가 들어오자 온몸에 전율을 느꼈지만 재빨리 감정을 가라앉혔다.

"비비아나 아가씨, 전 오늘 런던으로 갑니다." 포크스는 애써 침착하게 말했다. "왜 가는지는 짐작하시겠지만, 다시는 볼 수 없을지도 모른다는 생각에 제 약점을 고백할까 합니다. 그러지 않으면 발을 뗄 수 없을 것 같소. 험프리 채텀이 말한 것—아가씨가 날 사랑한다는—을 아가씨가 부인하지 않았다는 사실에 큰 충격을 받았소. 떨쳐버리려고 안간힘을 써도 소용이 없었지요. 비비아나 아가씨, 당신을 알기 전에는 사랑을 몰랐소."

"정말인가요?"

"그럴 수밖에요. 절세미인도 내 마음을 흔든 적이 없었건만, 지금은 계속 마음이 쓰여 애석할 따름이오."

"아!" 비비아나는 안색이 창백해졌다.

"감정을 밝히는 데 내가 왜 주저해야 하고—오랫동안 외면해 왔지만—아가씨에 대한 연모의 정을 깨달았다는 진심은 왜 숨겨야 하며, 이를 후회한다는 것과 애당초 만나지 말았어야 했다는 것은 왜 허심탄회하게 말하면 안 될까요?"

"그게 무슨 말씀이세요?" 비비아나는 당황한 기색이 역력했다.

"아가씨를 만나기 전에는 속세를 떠나 한 가지 목적에만 몰두했었고, 아가씨를 만나기 전에는 목숨을 구하지 않고 오직 순교자로 죽을 생각뿐이었다오."

"그럼 순교자로 죽으세요. 저는 잊으시고요. 오! 저는 잊어주세요."

"그럴 수가 없게 되었소. 아무리 잊으려 발버둥을 쳐봐도 아가씨가 항상 눈에 아른거리오. 아니, 거사를 위해 떠나야 할 지금 이 순간에도 당신만이 나를 가두고 있소이다."

"듣던 중 반가운 소리군요. 포크스 님을 막아 목숨을 구할 수 있게 됐으니 말이에요!"

"목숨을 구한다고요?" 가이 포크스는 참담한 심정을 토로했다. "되레 나를 죽이는 길이오."

"왜죠?"

"거사에 서약했으니까요. 여기서 손을 뗀다면 스스로 목숨을 끊어야 하오."

"오! 어찌 그런 말씀을! 거사를 포기하면 제가 포크스 님께 헌신하며 살겠어요."

가이 포크스는 한동안 비비아나를 지그시 바라보다 두 손으로 얼굴을 감쌌다. 상충하는 감정으로 마음이 상한 듯했다.

비비아나는 그에게 다가가 팔을 잡으며 애원하듯 물었다. "위험천만한 거사를 기어이 추진하실 건가요?"

가이 포크스는 두 손을 내리고 그녀의 얼굴을 응시했다. "그렇소만 여기서 더 지체하면 그럴 수 없을 것 같소."

"그럼 제가 선생님을 가두겠어요. 포크스 님의 안위를 위해 제가 가진 힘으로요."

"그럴 순 없소! 그래선 안 되오! 그럼 이만 ...."

그는 비비아나를 뒤로 하고 방을 뛰쳐나왔다.

복도에서 케이츠비와 마주쳤다. 포크스를 보고 당황해 하는 눈치였다.

"우연히 엿듣고 말았소만, 어찌 됐든 당신의 결단에 박수를 보내오. 그런 상황에서 선생 같이 처신할 사내가 몇이나 되겠소?"

"당신은 못하겠지."

"그럴지도 모르지만, 선생의 처신은 높이 평가하고 있소이다."

"난 한 가지 목적에만 전념하고 있어 어떤 것도 심지를 흩트릴 순 없을 것이오."

"유혹에서 속히 벗어나시구려. 그럼 내일 밤 의사당 지하에서 봅시다."

이때 그는 가이 포크스와 함께 출입구로 갔다. 포크스는 뒤도 보지 않고 현장을 떠나 해질녘 런던에 도착했다.

이튿날 밤, 포크스는 지하실을 찬찬히 살펴보다 앞서 쌓아두고 간 것을 모두 찾아냈다. 돌발사태가 벌어질지 모른다는 두려움이 아주 없진 않았지만 철저히 대비했다고 자부했다. 그는 벽에 쌓아둔 화약통 측면을 송곳으로 뚫고 더디게 타는 작은 성냥개비를 집어넣었다. 그러고는 순식간에 점화될 수 있도록 꼭대기에 둔 통 뚜껑을 깨뜨려 화약통 사이에도 화약을 뿌렸다.

포크스는 미리 제공받은 뿔 화약통을 꺼냈다. 무릎을 꿇은 채 등불을 들고 바닥을 비추며 아래쪽에 둔 통에 도화선을 연결했다. 도화선이 출입문에는 살짝 못 미쳤다. 준비를 마친 그는 일어나 혼자 중얼거렸다.

"탈출할 배가 대기하고 있다. 동지들은 더딘 성냥을 쓰란다. 그래야 별 탈 없이 현장을 빠져나올 수 있다지만 거사는 내 눈으로 직접 확인해야 한다. 도화선이 불발되면 횃불로 화약통에 불을 지필 것이다."

마침 밖에서 살짝 두드리는 소리가 들렸다.

가이 포크스는 즉시 등을 가리고 조심스레 문을 열었다. 케이츠비였다.

"의회가 연기되었다는 소식을 전하려고 들렀소. 11월 5일 전에는 회의가 없답니다. 한 달을 더 기다려야겠소."

"아쉽군요. 방금 도화선도 깔아두었는데 행운의 순간이 그냥 지나가겠구려."

포크스는 문을 잠그고 케이츠비와 함께 인접한 가택으로 이동했다.

그들이 떠나기가 무섭게 망토를 걸친 두 사람이 벽 뒤로 모습을 드러냈다.

"도화선을 깔아두었군. 지금은 은신처에 갔을 테니 무사히 생포할 수 있겠군요."

"그래서는 목적을 달성할 수가 없네. 한 달 더 기다려야겠어."

"한 달이라니요! 그동안 무슨 일이 벌어질 줄 알고요? 거사를 포기할 지도 모릅니다."

"그건 걱정 말게. 자넨 저들과 무탈하게 지내면 그만이니까."

혼인식

트레샴은—앞서 등장한 인물 중 하나라 짐작할 것이다—몬티글 경과 헤어지자마자 공모자들과 같은 방향을 택했다. 한동안 머뭇거리다 용기를 내 정원 문을 두드렸다. 도망치고 싶은 마음이 굴뚝같았지만 그랬다간 얼굴을 들지 못할 성싶었다. 인기척을 느껴 그들만의 신호를 보내자 가이 포크스가 즉각 문을 열어주었다.

"여긴 왜 왔소?" 그들은 집에 들어가 문을 닫았다.

"듣자 하니 의회가 11월 5일로 연기됐다 하더이다. 그걸 말해주려 왔소."
"이미 알고 있소이다." 포크스의 낯이 어두워졌다. "여태 그런 적이 없었지만 왠지 거사가 순조롭진 못할 듯하오."

"왜 그렇소?"

"11월은 불길한 달이기 때문이오. 돌이켜 볼라치면 특히 닷새가 되는 날은 평온히 지나간 적이 단 한 번도 없다오. 작년 11월 5일에는 마드리드에서 열병으로 목숨을 잃을 뻔했소이다. 의회가 그때 소집된다고 하니 이렇게나 공교롭고도 불길한 우연이 또 어디 있겠소?"

"불길하게 생각하는 이유를 말해도 되겠소?"

"허심탄회하게 말해보시오. 허상을 무서워할 애송이는 아니니."

"선생은 원수들과 함께 세상을 하직하겠노라 몇 번이고 다짐했었소. 그러니 거사가 성공하더라도 목숨이 위태롭다고 느끼는 것 아니겠소?"

"옳소. 거삿날 목숨을 내놓겠다는 다짐을 의심한 적이 없소이다. 당신이나 케이츠비나 내가 미신을 믿는다는 것과, 신묘막측한 사건을 자주 겪은 탓에 더욱더 미신에—예언자인 엘리자베스 오턴이 죽어가며 했던 말과, 닥터 디가 주검 가운데서 살려낸 오턴의 경고와 아울러 위니프레드 웰에서 본 환상에 이르기까지—집착하게 되었다는 사실은 모르는 바 아닐 거요. 성인이 다시 나타나면 내가 뭐라고 할 것 같소?"

"꿈에서 말이오?" 케이츠비가 살짝 회의적인 투로 반문했다.

"그렇소. 환상이었지만 생시에 본 듯했지요. 홀리웰에서 뵌 분과 같이 온몸이 증기로 이루어진—투명한 옷이나 자상한 얼굴은 같았지만 훨씬 더 안쓰러워했다—모습이었소. 입 밖으로 소리를 내지 않아도 거사를 중단하라는 충고가 절실히 느껴지더이다.”

“경고에 수긍하겠다는 거요?” 트레샴이 물었다.

“답이 뻔한 질문이구려. 도화선은 이미 깔아놓고 왔소이다.”

“나까지 불길한 예감이 …. 애당초 시작도 하지 않았으면 좋으련만!”

“이미 착수한 거사니 반드시 완수해야 하오. 그건 그렇고, 트레샴! 거사 지원금으로 2000파운드를 약조했건만 왜 독촉을 해도 계속 미루는 것이오?”

“자금을 마련할 수 없었기 때문이오.” 트레샴이 시무룩한 표정으로 볼멘소리를 냈다. “노샘프턴셔 러쉬턴에 있는 부동산 일부를 매각하려 했지만 헛수고였소. 나도 불가능한 일은 할 수 없소이다.”

“쳇! 알다시피, 불가능한 일을 요구하는 것이 아닐 텐데요. 호구노릇은 기대하지 마시구려. 10월 10일까지는 자금을 받아야겠소. 아님 목숨을 내놓으시오.”

“그건 흉악범들이나 하는 말이오, 케이츠비!”

“내가 할 수 있는 말이 고작 이것뿐이라오. 뒷일을 감당할 자신이 없으면 날 실망시키지 말던가.”

"당장 노샘프턴셔로 가리다."

"마음대로 하시오. 가능하다 싶으면 흉악범을 가장해 수전노들 가게라도 털어오시오. 일단 자금을 가져오면 입수한 경위는 묻지 않을 테니 …."

"출발하기 전에 분명히 짚어두어야 할 게 있소." 트레샴은 비웃음소리를 애써 외면하며 말을 이었다. "거사에서 구해낼 사람은 누구요?"

"그건 왜 묻는 거요?" 포크스가 물었다.

"매형인 몬티글 경과 스터턴 경의 목숨은 보장해야 하오."

"의회에 참석하지 않으면 좋겠지만 어떤 언질도 해서는 안 됩니다. 그랬다간 거사가 발각되고 말테니까."

"동지를 드러내지 않고도 목숨을 부지할 수 있는 방편이 있다면 써도 되지 않겠소?" 트레샴이 재차 물었다.

"그런 방편은 없소이다." 케이츠비가 대꾸했다.

"동감이외다. 묘책이 있다면 몬터규 경을 비롯하여 내가 살리고픈 위인들에게는 귀뜸이라도 해주고 싶소."

"다 마찬가지 아니겠소. 키스는 후원인이자 친구인 모던트 경을, 퍼시는 노섬버랜드 백작을 구하고 싶을 것이고, 나 또한 아룬델 백작의 안위가 걱정되지만 대의를 위한다면 사사로운 감정 따위는 묻어두어야 하오.”

“맞소.” 포크스도 동조했다.

“10월 10일 저녁 전에 만날 일은 없을 거요. 자금은 꼭 마련해 두시오.”

대화가 마무리되자 트레샴은 즉각 일행과 헤어졌다.

홀로 길을 가던 트레샴은 오만가지 욕설로 분통을 터뜨렸다. “천벌을 받을 종자 같으니! 여태 공들여 쌓은 탑도 무너지고 2000파운드도 꼼짝없이 털리게 생겼군. 몬티글이 11월 초까지는 누설하지 않겠다고 하니 돈을 뜯기지 않을 방도가 없단 말이야. 거사가 발각되더라도 저들이 신중하지 못해 벌어진 일로 몰아갈 수 있도록 함정을 파놓긴 했지만 걸려들지 않을 수도 있으니 뭔가 다른 대책을 강구해야겠어. 전혀 알려지지 않은 루트로 언질을 주면 어떨까. 필체를 꾸미고 위험하다는 사실을 에둘러 쓴 서한을 은밀히 몬티글에게 전달한다면? 솔즈베리 백작에게 알려야 한다는 의중이 통하긴 할 거야. 아, 그럼 돈을 뜯긴다손 쳐도 나중에는 돌려받겠지?”

이튿날 아침, 케이츠비와 포크스는 화이트웹스로 갔다. 가넷은 그들을 보며 아연실색했고, 복귀한 이유를 듣고는 실망을 감추지 못했다.

"조짐이 좋지 않구려. 요즘 의회가 자주 연기되니 우리 계획이 들통이 난 것은 아닌지 의문이 드오."

"신부님, 걱정은 붙들어 매시지요. 사실을 확인해 보니, 왕이 로이스턴에 좀더 머물고 싶어 하여 편의상 소집이 연기되었다 합디다. 왕에게 무슨 꿍꿍이가 있을지도 모르지만 우리와는 관계가 없다고 봅니다."

공모자들은 계획을 철저히 준비한 덕분에 11월 5일이 오기만을 기다리기만 하면 되었다. 대다수는 시골에서 시간을 보내기로 했다. 앰브로스 룩우드는 스트래퍼드어폰에이번(Stratford-upon-Avon, 영국 잉글랜드 중부 마을이자 세익스피어의 출생지—옮긴이) 근방에 위치한 클롭턴—커루 경이 소유한 저택으로 현재 그의 가족이 거주하고 있다—으로 떠났고, 키스는 베드포드셔 터비에 있는 모던트 경을 만나러 갔으며, 퍼시와 라이트 형제는 버킹엄셔 고더스트로 갔다. 에버라드 딕비 경이 던스모어 히스에서 가톨릭 신도를 대거 모을 요량으로 개최하려던 사냥대회 일정을 11월 초까지 연기해야 했기 때문이다. 윈터 형제는 우스터셔 허딩턴에 있는 저택으로 떠난 반면, 포크스와 케이츠비는 두 신부와 함께 화이트웹스에 남기로 했다. 케이츠비와 가넷 및 올드콘 신부는 매일 소견을 나누었으나 포크스는 숲에서 시간을 보냈다. 매우 복잡하고 수풀이 빼곡히 들어찬 길을 산책하곤 했다.

때는 10월에 접어들었다. 이달 초는 대개 날씨가 포근했고 공기도 맑고 쾌적했다. 무엇보다도 숲이 가장 큰 수혜자가 아니었나 싶다. 잎사귀는 화려한 가을빛을 띠고, 다양한 색상을 지닌 수목은 형언할 수 없는 장관을 연출했다. 가이 포크스는 깊은 산속에서 몇 시간을 보냈다.

유일한 동반자라면 위풍당당한 수사슴과 간혹 마주치는 소심한 산 토끼뿐이었다. 저택으로 돌아갈 땐 비비아나와의 대면을 조심스레 피했다. 둘은 지금까지 두 번 마주쳤고 이후로 말이 오간 적은 없었다. 어느 날 그는 평소보다 깊숙한 곳까지 들어가 썩은 그루터기에 앉았다. 발치에 흐르는 작은 개울에 시선을 고정하자 수면위로 여인의 형상이 보였다. 문득 위니프레드 성인을 다시 보리란 생각에 메시지를 경청하겠노라 다짐했으나, 여인의 음성은 포크스의 심장을 전율케 했다. 몽상에서 벗어나 몸을 돌이켜 보니 비비아나가 목전에 나타났다. 그녀는 승마복을 입고 어디론가 떠날 채비를 하고 있는 듯했다.

"나를 좇아왔군요." 포크스는 애써 태연한 어조로 말했다. "여기라면 누구도 찾아오지 못하리라 생각했는데…."

"이유를 아시면 이해하실 거예요. 작별인사를 하러 왔거든요."

"정말이오? 화이트웹스를 떠난단 말이오?"

"예." 비비아나는 울먹였다. "올드콘 신부님과 고더스트에 가려고요. 거사가 끝날 때까지는 거기서 지낼 것 같아요."

"잘 생각했소." 포크스는 잠시 멈칫했다.

"그러실 줄 알았어요. 미리 말씀을 드렸어야 하지 않았나 싶었지만…, 매번 저를 피하시는 것 같아 조용히 떠날 생각도 했지요. 물론 그럴 순 없었고요."

"왜 피하려 했는지는 아가씨도 잘 알잖소. 우린 예전의 관계가 아니오. 숭고한 소명의식과 연정 사이에서 항상 불굴의 의지를 표방해 왔지만 마음 한 구석에서는 두려움으로 버둥대고 있었소이다. 전에는 사랑을 몰랐기에 마음이 흔들리는 법이 없었다고 말했지만, 그건 내 착각이었소. 끊임없이 이글거리는 (연정의) 화염 앞에서는 속절없이 타버리고 말더이다. 내가 회피한 까닭은 …" 흥분이 고조되기 시작했다. "아가씨를 보면 심지가 흔들리고, 성물보다 더 마음을 쓴다는 데 죄책감이 드는 데다, 아가씨 생각이 내 마음을 들쑤시기 때문이라오. 다행히 깊디깊은 산속에 들어와 개울가에 자리를 잡고 있노라면 영혼과 교감하고 속세와 이생의 잡념을 떨쳐버리는가 하면 세상 전부와도 같은 아가씨를 잠시나마 잊을 수도 있었지요. 나의 최후도 준비하고 …."

"그럼 죽기로 결심했다는 말인가요?"

"폭발 현장에 있어야 하니, 기적이 일어나지 않는 한 목숨을 부지하진 못할 거요."

"포크스 님의 명분을 위해 거사를 치른다는 착각은 그만하세요. 하느님은 계획을 인정하지 않으셨기 때문에 선생님이 자행한 복수극에 지나지 않는다고요."

가이 포크스는 일어났다. "비비아나 아가씨! 사람은 마음을 읽을 수 없지만 하느님은 하실 수 있습니다. 나의 의도가 순수하다는 건 하느님도 인정하실 것이오. 난 거룩한 가톨릭을 재건하려는 것뿐이외다. 가톨릭의 안위가 절대자에게 소중한 것이라면 우리의 대의는 성공할 것이요, 그렇지 않다면 대의는 좌초되어야 마땅하고 반드시 그렇게 될 것이 외다. 나는 내가 어떻게 되든 상관하지 않는다고 했지만 지금은 여느 때보다 인생에 미련이 없소이다. 아니, 오히려 … 죽고 싶은 심정이오.”

“두렵지만, 선생님의 무시무시한 소원은 이루어질 것 같네요. 포크스 님을 생각할 때마다 공포심에 사로잡히지 않은 적이 없었는데 설상가 상으로 돌아가신 아버님도 꿈속에 나타나셨더라고요. 혼령은 생전의 모습처럼 애절한 눈빛으로 절 바라보시는 듯했지요. 돌이켜보면 애가 끓는 심정으로 선생님 이름을 부르신 것 같아요.”

“내가 겪은 전조와 대동소이하구려.” 포크스는 몸서리쳤지만 이를 억누르며 중얼거렸다. “하지만 그 무엇도 의지를 꺾을 순 없을 거요. 아 가씨를 떠나야 하는 고통은 쓰디쓰겠지만—가장 고통스럽겠지만— 거사가 완수되고 나면 흡족할 것이오.”

“포크스 님의 소원을 곱씹어보니 인연이 개탄스럽긴 하지만 우릴 만 나게 한 운명은 변치 않을 거예요. 영원히 ….”

“그게 무슨 소리요?” 포크스는 비비아나를 빤히 쳐다보며 물었다.

“제게 베풀 수 있는 위안이—애달프긴 하지만—하나 있지요. 선생님 을 생각할 때마다 감내해야 할 번민에 대한 위안이자, 임의 빈자리를 꿋 꿋이 견디고 하느님께 전심을 쏟을 수 있게 해 줄 위안이랄까요.”

“내가 베풀 수 있는 위안이 무엇이든 계획에 차질이 생기진 않을 테니 분부만 내리시오.”

“거사에 방해가 되는 일은 아니니 잘 들으시고 판단해 주세요. 가넷 신부님이 멀지 않은 곳에서 저를 기다리고 계세요. 미리 계획을 말씀드 렸더니 승낙하시더군요. 혼인으로 우리가—엄숙히—연합한다면 아 내로서 동거하진 못할지라도 미망인으로서 애도는 할 수 있을 테니 … 제 남편이 되어 주시겠어요?”

가이 포크스는 감정에 복받친 목소리로 청혼을 수락했다.

“혼인식이 끝나면 올드콘 신부님과 고더스트로 갈 생각이에요. 이생 에서 다시 만날 일은 없겠지요.”

“완수하지 못한다면 …”

“결국엔 실패할 텐데요. 성공을 예상했다면 혼인식은 생각하지 않았 을 거예요. 애당초 망자와의 혼인으로 단정했으니까요.”

서둘러 자리를 뜬 그녀는 덤불 뒤로 사라졌다가 잠시 후 가넷과 함 께 돌아왔다.

“이례적이긴 하지만 내가 감당해야 할 의무라 생각하오.” 가넷은 어 리둥절해 하는 포크스에게 말을 건넸다. “예식을 흔쾌히 수락한 까닭 은 당신을 사모하는 어여쁜 아가씨와 행복한 미래를 누릴 수 있으리라 믿기 때문이오.”

"미래는 예단하지 마세요, 신부님. 제가 왜 혼인식을 부탁드렸는지 아시잖아요. 떠날 채비도 이미 끝냈고 가이 포크스 님을 다시 만나리라는 기대에 집착하지도 않는다고요."

"나도 알지만, 아가씨의 불길한 예감에도 왠지 상서롭게 재회할 것 같기도 하오."

"제 손을 가이 포크스 님에게 맡기고 모든 재산을 그분께 바치니 부디 증인이 되어 주세요, 신부님. 포크스 님은 제가 인정할 수 없더라도 당신께서 수긍하는 용처라면—국가에 대한 거사를 치르는 데도—이를 재량껏 사용할 수 있습니다."

"그건 곤란하오!"

"그리 될 테니 어서 혼인식을 거행하시지요, 신부님."

"아가씨의 뜻대로 하시구려." 가넷은 낮은 소리로 말을 이었다. "형편을 막론하고 아가씨의 재산은 그대의 소유가 될지어다."

가넷은 조끼에서 성무일과서를 꺼내 가까이에 두고, 로마 가톨릭이 지정한 주례사를 낭독하기 시작했다. 외딴 장소에 지극히 이례적인 상황에서 주변을 두른 고목과, 발치에서 일렁이는 잔물결을 증인삼아 가이 포크스와 비비아나는 백년가약을 맺었다. 예식을 마치자 그는 신부를 가슴에 앉고 입술에 키스했다.

"처음부터 하느님께 맹세했던 믿음을 깨고 말았구려."

"아니요. 당장에라도 거룩하신 하느님께 돌아가세요. 제가 당신을 생각하는 것처럼 당신도 저를 망자로 여기시고요."

저택으로 돌아간 부부는 대문 옆에 서성이던 말 두 필을 발견했다. 안장 위로 짐이 얹혀 있었다.

올드콘 신부는 이미 말에 올라 있었다. 비비아나는 신부 옆에 섰다. 현장을 떠나기 전 그녀는 가이 포크스에게 다정히 작별을 고했다. 힘든 시기를 겪다 보니 그녀의 굳센 기세는 어느덧 소진되고 말았다. 비비아나는 말에 뛰어올라 박차를 가했고 올드콘 신부를 추월하며 시야에서 금세 사라져 버렸다. 가이 포크스는 그녀를 끝까지 지켜보며 케이츠비의 시선을 피했다. 케이츠비는 무리와 더불어 숲속에 들어와서는 이튿날까지 보이지 않았다.

오늘은 10월 10일, 포크스와 케이츠비는 집결지에 모였다. 그러나 저녁이 되도 트레샴은 나타나지 않았다. 케이츠비는 분통을 터뜨리며 배신에 대한 우려를 감추지 못했다. 포크스는 생각이 달랐다. 공모자 일행의 요구를 지키지 못했을 때 이따금씩 부재하는 경우가 아주 없진 않았다고 본 것이다. 그도 그럴 것이, 이튿날 아침 트레샴이 보낸 서한을 보니 염두에 둔 매각에 차질이 생겨 이달까지는 자금을 조달하기가 어렵다고 했다.

"당장 러쉬턴으로 가리다. 적당히 얼버무릴 심산이라면 책임을 추궁

해야겠소. 헌데 가넷 신부님은 비비아나 아가씨가 재산권을 모두 이임했다던데 혹시 대의를 위해 헌납할 생각은 없소?"

"가당치 않은 소리!" 가이 포크스가 단호하게 거절하자 케이츠비는 더 이상 촉구해 봐야 소용이 없을 것 같아 단념하고 말았다. "대의에 목숨을 바치는 것으로 족하오."

자금 문제는 더 이상 꺼내지 않았다. 저녁이 되자 케이츠비는 준마를 타고 노샘프턴셔로 출발했고 포크스는 화이트웹스로 돌아왔다.

약 2주가 굵직한 사건 없이 무난히 지나갔다. 케이츠비가 보낸 서신이 왔다. 내용인 즉, 트레샴이 헌납한 자금으로 말과 무기를 구매하는 데 쓰고 여러 구실을 만들어 수많은 병력을 확보했다고 한다. 서신 발송지는 애쉬비 세인트 레거스로, 모친인 케이츠비 여사의 저택이 있는 곳이나 그는 워릭셔 앨세스터 근방에 위치한 코턴 홀로 이동하겠다는 뜻을 밝혔다. 코턴 홀은 토머스 트록모턴(부유한 가톨릭 인사)의 저택이 있는 곳인데, 에버라드 딕비 경이 11월 5일 던스모어 히스에서 예정된 사냥대회를 준비하기 위해 가족과 함께 이곳으로 이주한 바 있다. 그는 여기서 라이트와 윈터 형제, 룩우드 및 키스를 비롯한 공모자들을 만나 10월 26일 토요일에 그들을 모두 화이트웹스로 데려올 심산이었다.

이때 가이 포크스는 평정을 되찾아 가넷과 단둘이 종교적인 담화를 나누었다. 예상해온 운명을 준비하고 싶다는 욕구를 두고 장시간 이야기를 나눈 것이다. 날이 저물면 홀로 주변을 경계하며 밤을 지새웠고 힘에 부치도록 식음을 전폐하며 전심을 다해 기도했다. 가넷은 절정에 이른 열정에 탄복했지만 건강을 염려하여 그를 주시하기로 했다. 신부는 포크스의 입에서 비비아나가 호명되지 않았다는 것과, 숲을 거닐 때 혼인식 장소를 조심스레 피했다는 사실도 놓치지 않았다.

10월 26일 저녁, 케이츠비의 공지에 따라 공모자 일행이 도착했다. 그들은 만찬에 모여 거사를 염두에 두고 세웠던 서로 다른 계획을 거론했다. 가넷 신부는 돌연 초조한 낯빛으로 케이츠비에게 말을 건넸다. "서신에는 트레샴을 데리고 오겠다고 한 것 같은데 어째 보이지가 않소이다."

"코턴으로 보낸 전갈을 보니 돌연 병에 걸려 올 수가 없었다고 하더이다. 병상을 나오는 대로 서둘러 런던에 오겠답니다. 수작일지 몰라 사실 확인 차원에서 베이츠를 러쉬턴으로 급파해 두었습니다. 하지만 ⋯" 케이츠비가 말을 이었다. "거사를 두고는 쏨쏨이가 아주 맹탕은 아니더군요. 1000파운드를 추가로 보내 무기와 말을 구매할 수 있었으니 말입니다."

"연막작전이 아니길 바랄 뿐이오. 트레샴이 우릴 속일지 모른다는 염려가 쉬이 가시질 않는구려."

"저도 갑자기 병에 걸렸다는 게 선뜻 내키진 않습니다. 헌데 몬티글 경에 대해 들은 소식은 없습니까?"

"가이 포크스가 들었다 하더이다. 어제 사우스워크 자택에 있었다고."

"지금까지 큰 문제는 없어 보이는군요." 케이츠비는 포크스에게 고개를 돌렸다. "화약을 둔 지하실에는 가보셨소?"

"그렇소. 모두가 그대로였고 화약도 하자가 없었소. 현장을 뜨기 전, 문에 표식을 해두었으니 누군가가 현장을 몰래 들렀는지 정도는 알 수 있을 거요."

"현명한 방책을 썼구려. 그럼 여러분!" 케이츠비는 술잔에 와인을 가득 채우며 말을 이었다. "거사의 성공을 위하여! 준비는 이제 끝이 났소이다." 여기저기서 잔 부딪치는 소리가 울렸다. "무장한 정예군 200명과 함께 왔소. 저들은 내가 어딜 가든 나를 따를 거요. 다음달 5일 던스모어 히스 근방에 집결해 있다가 폭탄이 터지면 즉시 부대를 데리고 코번트리로 가서 엘리자베스 공주를 생포하겠소. 퍼시와 키스는 요크 공작의 신병을 확보하여 그를 왕으로 추대할 것이요, 나머지는 런던에 있는 가톨릭 형제와 함께 무장봉기를 일으킬 것이오."

"우리만 믿으십시오!" 몇몇이 결의를 다졌다.

"자신의 임무를 열외 없이 완수하겠노라 맹세하시오! 모두의 피를 섞을 와인 잔 위에 맹세하시오!"

케이츠비가 칼끝으로 팔을 찔러 술잔에 핏방울을 떨어뜨리자 이성을 잃은 군중은 너도나도 섬뜩한 핏잔을 입술에 대며 맹세하기 시작했다.

마지막에는 가이 포크스가 우레 같은 육성으로 맹세했다. "폭음이

들리기 전에는 사역을 그만두지 않을 것이오!"

군중은 별채에 있는 방으로 자리를 옮겼다. 미사에 걸맞은 곳이었다. 성찬식이 가넷의 집전 하에 온 회중을 대상으로 거행되었다. 당일 저녁 모두가 제자리로 돌아갈 때, 대문 두드리는 소리가 들렸다. 케이츠비가 위쪽 창을 통해 홀을 내려다보니 베이츠가 고삐를 쥐고 있었다. 진흙투성이인 말에 김이 모락모락 피어났다.

"그래, 무슨 소식이라도 …?" 케이츠비가 그를 안으로 들이며 물었다. "트레샴은 보았는가?"

"못 봤습니다. 병치레는 그냥 지어낸 말인 듯합니다. 소리소문 없이 러쉬턴을 떠나 런던으로 갔습니다."

"짐작이 맞았군!" 가넷이 탄식했다. "또 배신하다니!"

"죽어도 싸게 됐구려."

일행도 암살을 결의했다.

그들은 불안한 마음을 안고 밤을 지새웠다. 고민 끝에 동지들은 가이 포크스가 지체 없이 사우스워크로 달려가 몬티글 경의 저택 근방을 주시해야 한다는 데 뜻을 모았다. 가능하면 트레샴이 오간 행적도 밝힐 참이었다.

포크스는 흔쾌히 동의하고는 케이츠비를 따로 불러 물었다. "코턴에서 비비아나도 보았소?"

"아주 잠깐뿐이었소. 현장을 떠나기 직전에는 당신이 아가씨를 기억해주길 바라는 눈치였소. 항상 당신 생각뿐이었고 기도할 때도 당신을 빠뜨린 적이 없었다고 …."

가이 포크스는 애달픈 감정을 숨기려 고개를 돌리고는 일행이 끌고 온 말에 올라 런던을 향해 질주하기 시작했다.

11월 5일

사우스워크에 머물던 몬티글 경은 돌연 계획을 바꿔 혹스턴에 있는 시골 저택에서 저녁을 보내기로 했다. 그땐 대수롭지 않은 일처럼 비쳐졌지만 나중에는 매우 중대한 성격을 띠게 되었다. 오후가 되자 경은 사환을 거느리고 혹스턴으로 이동했다. 모든 일이 평소처럼 흘러가는 듯했다. 한 사환이 나타나 파문을 일으키기 전까지는 그랬다. 그는 즉시 경을 알현하고 싶다는 뜻을 밝혔다.

몬티글 경은 별 관심이 없는 척, 사환을 들이라 주문했고 그가 모습을 보이자 용건을 물었다. 사환은 미상의 전달책으로부터 받은 서신을 가져왔다고 했다.

"땅거미가 질 무렵 자질구레한 업무차 의사당을 나오는데 망토를 걸친 어떤 사내가 모퉁이 뒤에서 불쑥 뛰쳐나옵디다. 제가 경의 사환인지 물어 그렇다고 하니, 이 서신을 건네고는 저와 경의 목숨이 달린 문제라며 속히 경에게 드리라 하더이다."

사환이 서신을 건네자 경이 주소를 확인했다. "존경하는 몬티글 경에게 …, 특이한 점은 없는 것 같은데 경은 이게 무슨 편지 같소?"

몬티글은 명주실로 처리한 봉인도 떼지 않고 곁에 있던 와드 경에게 이를 전달했다.

"큰소리로 한번 읽어보시구려." 몬티글이 씩 웃으며 말했다. "분명 코웃음을 치게 될 듯한데, 무슨 말을 썼는지는 모르겠지만 누가 썼든 날 해코지할 인물은 아닌 듯하오."

와드는 봉인을 떼고 서신을 꺼내 읽기 시작했다.

"저는 귀족에 대한 애정으로 나리의 안위를 염려하여 권하오니, 목숨을 소중히 여기시거든 의회 출석을 피할 명분을 궁리해 두시길 바랍니다. 하느님과 인간이 사악한 행태를 처단하는 데 뜻을 같이 했기 때문이옵니다. 소인의 충언을 흘려듣지 마시고 잠시 교외에 머무르며 안전을 도모하소서. 동요하는 기색이 없더라도 장담컨대, 저들은 의회를 폭파시킬 것입니다. 누가 누구를 해칠지는 아직 모르오나 소인의 말씀을 무시해선 아니 되옵니다. 서신을 태우는 순간 위험은 지나가므로 나리에게 도움이 될지언정 해를 당하는 일은 없을 것입니다. 하느님이 기회를 선용할 수 있도록 은혜 베푸시길 간절히 원하옵나이다."

"해괴한 편지구려!" 몬티글이 언성을 높였다. "경의 생각은 어떠하오?"

"위험한 모략을 암시하는 듯합니다." 편지를 읽은 와드가 말했다. "

국가를 상대로 반역을 일삼을 모양인데 편지를 솔즈베리 백작에게 전달해야 하지 않을까요."

"난 모르겠소만 … 머빈, 경의 생각은?" 몬티글은 자문을 담당해온 다른 귀족에게 고개를 돌렸다.

"와드 경과 같은 생각입니다."

"경고를 무시했다간 외통수에 걸릴지도 모릅니다. 혹시라도 그런 불상사가 생긴다면 …."

"그렇게들 생각하는 거요? 한 번 더 들어봅시다."

와드가 다시 읽자 백작은 각 구절을 곱씹는 척했다.

"의회 출석은 피하길 권합니다." 몬티글이 반복했다. "'하느님과 인간이 사악한 행태를 처단하는 데 뜻을 같이 했기 때문이옵니다?' 선뜻 와 닿는 대목은 아니구려. 그래서 교외로 피신해 있어야 한다니 원. 참석을 원치 않는 가톨릭 신도가 퍼뜨린 말이 아니겠소. 처음 나도는 설도 아닌데 말이오. 게다가 '저들은 의회를 폭파시킬 것입니다. 누가 누구를 해칠지는 아직 모르오나 …?' 이 구절도 애매하지만 별 뜻은 없는 듯 보이오. '서신을 태우는 순간 위험이 지나간다'는 것도 그렇고."

"당치 않습니다, 나리." 와드가 적극 나섰다. "수수께끼를 풀이할 순 없습니다만 위해를 가하려는 것은 틀림없습니다."

"음 …, 경들이 그런 생각이라면 속히 국무관에게 서한을 전달해야겠군. 안전해서 나쁠 건 없을 테니."

몬티글은 논의를 좀더 잇다 오후 늦게 화이트홀로 떠났고, 그곳에서 솔즈베리 백작에게 자초지종을 털어놓으며 서한을 건넸다. 간교한 두 정치인이 사전에 합을 맞춘 계략이라는 것은 두말할 나위가 없을 듯싶으나, 수행원 앞에서 대면하자니 세심한 주의가 필요했다.

솔즈베리는 편지 소식에 당혹스런 기색을 '연출'하고는 전에 입수했던 정보와 아울러 미스터리한 서한을 쓴 작자의 협박―의회가 '무시무시한 타격'의 대상이라는―에 두려움을 감추지 못했다. 그는 이를 빌미로 화이트홀에 머물러 있던 추밀원을 소집했고 그들에게 서한을 넘겼다. 위원단은 정확한 진의는 짐작하지 못했음에도 어찌됐든 위험한 음모가 도사리고 있다는 데는 견해를 같이했다.

"천주쟁이의 계략이 틀림없소이다." 솔즈베리가 운을 뗐다. "그렇지 않고서야 몬티글 경이 어찌 그런 메시지를 받았겠소? 경에게 불만을 품고 있는 자들을 감시해야 합니다."

"저로 말미암아 반역자의 음모가 드러났으니―설령 참말이더라도―부디 아량을 베푸시길 바라오." 몬티글 경이 답했다.

"웬만하면 아량을 베풀겠지만 … 국가의 안위가 달린 문제에 마냥 은혜를 베풀 순 없지요. 주동자를 찾을 수 있도록 권한을 위임해 주신다면 무고한 희생은 없을 것입니다."

"그럴 수는 없지요. 편지에 쓴 글 외에 얻을 수 있는 정보가 아무것도 없는데, 이를 기화로 가톨릭 신도가 필요 이상의 핍박을 받진 않았으면 좋겠소." 몬티글 경이 응수했다.

"그렇게 하리다. 폐하께서는 다음 주 목요일인 30일 전까지는 로이스턴에서 사냥을 즐기실 겁니다. (나리도 아시다시피, 폐하의 소심한 성격을 감안해 볼 때) 기왕 사실을 밝힐 거라면 궁에 복귀하신 후가 적절하다고 봅니다. 네다섯 날 정도는 의회가 소집되지 않으니 조치에 필요한 시간을 벌 수 있을 겁니다."

추밀원도 동감했다. 그들은 왕의 견해가 나오기 전에는 편지를 비밀에 부치자 입을 모았다. 모임은 곧 해산되었다. 몬티글은 행여 괴한이 목숨을 노릴까 하여 테러에 대한 조사가 종료될 때까지 궁에 머물기로 했다.

두 귀족이 단둘이 남았을 때 솔즈베리는 몬티글 경에게 살짝 미소를 지으며 말했다.

"지금까지 의심 없이 잘 처신해 왔으니 경을 해칠 자는 없을 것이외다. 모든 게 수습되고 나면 폐하께서 베푸실 최고의 요직은 나리 것이 되겠구려."

"그럼 트레샴은 어찌되는 것이오? 그가 편지를 전달했을 터인데 영 미덥지가 않습디다."

"에헴!" 솔즈베리는 잠시 고민했다. "불가피하다면 런던타워에 가둬두지요. 입단속은 확실할 테니까요."

"그게 낫겠구려. 나중에라도 입을 놀릴지 모르니 …. 며칠 전에는 트레샴에게 1000파운드를 건넸소. 그 이름으로 자금을 보내 역적 무리를 유인할 심산으로 말이오."

"훗날 100배는 더 챙기게 될 겁니다. 그럼 이쯤에서 헤어집시다. 감시를 당할 수도 있으니."

솔즈베리가 자신의 방으로 돌아가자, 몬티글도 수행원의 안내를 받으며 숙소로 이동했다.

사우스워크에 도착한 가이 포크스는 몬티글 경의 저택 근방에 자리를 잡았다. 수상쩍은 정황은 보이지 않다가 이른 아침, 저택으로 걸어가는 사환이 포착되었다. 복장으로 보아 몬티글 경의 집안사람(실은 문제의 편지를 전달한 장본인이었다) 중 하나가 분명했다. 결국 포크스는 그에게서 사건의 전말을 모두 알아냈다. 너무 놀라 경황이 없는 와중에 강을 건너 지하실로 내려간 그는 입구에 낸 표식을 확인했다. 현장을 떠날 당시와 같았다. 즉, 수색이 벌어졌더라도 화약고에는 아무도 얼씬하지 않았다는 것이다.

포크스는 가택으로 돌아왔다. 소지하던 열쇠로 문을 열고 들어와 보니 아무도 없어 다행스러웠다. 이에 안도한 그는 하루 종일 동정을 살피기로 했다. 지하실 근처에 은신하며 저녁까지 경계를 늦추지 않았다. 그러나 현장을 찾은 사람은 없었고 의심을 불러일으킬 만한 사건도 벌어지지 않았다. 이튿날 오후 6시까지 자리를 뜨지 않다가 더 지체했다가는 위험에 빠질지 모른다는 판단에 화이트웹스로 떠났다. 편지에 대한 정보를 속히 들려줘야겠다는 심산이었다.

포크스가 소식을 전파하자 케이츠비를 제외한 모두가 충격에 휩싸였다. 케이츠비는 덤덤한 표정을 지으려 안간힘을 썼지만 모든 기회가 물거품이 되었다는 푸념으로 실망이 가득한 속내를 내비쳤다. 이 난국을 어떻게 타개해야 할지 모두가 고민하는 가운데 누군가가 밖에서 문을 두드렸다. 기겁한 공모자 일행은 부랴부랴 몸을 숨겼다. 가이 포크스가 문을 여니 놀랍게도 트레샴이 서 있었다. 가이 포크스는 아무 말도 하지 않다가 그가 들어오자 돌연 목에 단검을 들이댔다.

"임종이 왔으니 어서 속죄하시오!" 포크스가 고성을 지르며 다그쳤다. "여우가 사자굴에 들어왔소이다!" 이때 동지들은 하나둘씩 모습을 드러냈다.

"오해하지 마시구려." 트레샴은 수세에 몰렸을 때보다 더 의기양양했다. "배신이 아니라 경고를 하러 온 거요. 도와주려 왔는데 답례가 고작 이것이오?"

"악당 같으니라고!" 케이츠비는 그에게 달려가서는 검으로 가슴을 겨누었다. "몬티글 경에게 편지를 주지 않았소!"

"그렇지 않소! 편지는 나도 방금 들은 바외다. 의심할 걸 뻔히 알고도 자초지종을 일러주려고 이렇게 달려온 거요."

"그럼 코턴에는 오질 않고 꾀병까지 부리며 런던으로 간 까닭은 대체 뭐요?"

"믿을지는 모르겠지만 어쨌든 이유는 밝히리다." 트레샴은 주저하지 않아 진심이 묻어난 듯했다. "처음에는 단물만 빼먹고 버릴 것 같아 공모에는 가담하지 않을 작정이었소. 거사를 벌이기 며칠 전까지는 나타나지 않으려 했소만 누군가가 몬티글 경에게 서신을 전달했고 이를 경이 솔즈베리 백작에게 건넸다는 소식을 듣고 마음을 고쳐먹은 거요. 거사에 대한 계획이 밝혀지진 않았다손 치더라도 사실을 알리는 게 내 의무라 생각했소. 아직은 여유가 있소. 강에 배 한 척이 있으니 그걸 타고 플랑드르로 갑시다."

"믿어도 될까요?" 케이츠비가 가넷에게 귓속말을 건넸다.

"동지를 배신했다면 여긴 오지 않았을 거요. 같은 배를 탔는데 어찌 그런 비열한 짓을 할 수 있겠소? 저들이 경계를 늦추진 않고 있지만 거사에 대한 계획은 찾아내지 못할 거요. 엉뚱한 단서를 갖고 있는 게 분명하오."

"나도 그러길 바라지만 그 반대가 옳다면 큰일이오."

"이 자를 죽여도 되겠습니까?" 포크스가 가넷에게 물었다.

"피로 손을 더럽히지 마시게. 우릴 배신한다면 여기뿐 아니라 내세에서도 대가를 치르게 될 것이요, 배신하지 않았다면 무고한 목숨을 빼앗은 것이나 다름없으니 말이오. 그를 보내시구려. 지금은 없는 편이 더 나을 것 같소."

"그냥 풀어줘도 될까요?" 포크스가 재차 물었다.

"괜찮을 거요. 자비를 베풀되, 앞으로 회의에는 들이지 마십시다."

포크스와 케이츠비와 달리 공모자들 대다수는 가넷의 뜻에 찬성했다. 결국 트레샴은 내쫓기는 수모를 겪어야 했다. 그가 떠나자, 가넷은 거사를 계속 밀어붙이다가는 목숨이 위태로울 수 있으니 이를 포기해야 한다며 사실상 실패를 자인했다. 도망을 쳐서라도 안전을 도모하는 편이 낫다며 거사는 나중에도 재개할 수 있고 좀더 안전하게 완수할 수 있도록 다른 계획을 세우는 것도 바람직하다고 조언했다.

숱한 논의 끝에 포크스를 제외한 모두가 가넷의 주장을 묵인하는 듯했다. 그러나 가이 포크스는 자신의 뜻을 굽히지 않았다. 생각만큼 위험하지 않다는 취지의 변론으로 거사에 동조할 것을 촉구했다. 마침내 가넷은 에버라드 딕비 경의 호위를 받으며 코턴 홀에서 거사의 결과를 기다리기로 한 반면, 다른 공모자들은 거사가 알려지기 전까지는 안전한 은신처(런던)에 머물기로 했다. 가이 포크스는 종래와 같이 화약고를 살피겠다는 의사를 밝혔다.

"내게 일이 생기더라도 난 신경 쓰지 마시구려. 알다시피, 날 쥐어짜봐야 아무것도 알아내진 못할 테니."

케이츠비와 동지들은 포크스의 결연한 성정을 익히 아는 터라 그를 말릴까 하다가 못이기는 척 내버려두기로 했다. 가넷은 베이츠와 함께 워릭셔로 떠났고 나머지 일행은 런던으로 이동했다. 그들은 링컨스인 웍스Lincoln's Inn Walks를 자정에 모일 집결지로 정하고는 뿔뿔이 흩어졌다. 각자는 돌발사태에 대비하여 도주할 채비를 마쳤다. 동지 중 룩우드는 둔처지에 무탈히 이를 수 있도록 여필의 말을 제공했다.

가이 포크스는 홀로 자리를 지켰다. 지하실에 틀어박혀 있다가 혹시라도 돌발상황이 벌어지면 원수들과 함께 자폭하기로 결심했다.

10월 31일 목요일, 왕이 화이트홀에 돌아오자 솔즈베리 백작은 추밀원 앞에서 의문의 편지를 그 앞에 내보였다. 제임스는 이를 유심히 읽어보고는 당혹감을 감추지 못했다.

"폐하께서도 '의회를 폭파시킨다'나 '서신을 태우는 순간 위험이 지나간다'는 구절이 연소를 뜻한다는 데 동감하실 것입니다."

"솔즈베리경의 말이 맞소." 제임스는 경이 말을 마치기가 무섭게 맞장구를 쳤다. "사악한 천주쟁이들이 화약으로 우릴 날려버린들 놀랄일은 아니지."

"폐하께서는 신적인 깨달음을 얻으셨나 봅니다. 저는 생각지도 못한 발상이오나 폐하의 말씀대로 이루어질 듯합니다."

"당연히 그러겠지, 암 그렇고말고." 군주는 위협에 놀라긴 했지만 위용을 치켜세워준 찬사에 우쭐해졌다. "독기를 품은 반역자들이 아니고서야 어찌 그런 짓을 상상이나 하겠는가! 우릴 날려버리겠다? 오, 신이시여! 그렇게 무시무시한 죽음이 또 어디 있겠나! 그 구절은 분명 그런 뜻일 게야. 화염에 속절없이 타고 마는 종잇장처럼 순식간에 벌어진다는 뜻이 아니라면 대체 뭐겠는가?"

"폐하의 선견지명으로 진실이 드러났으니, 폐하의 지혜에 힘입어 사악한 계략의 전모를 완전히 밝혀내겠습니다. 화약을 숨겨놓은 곳도 …"

"의사당 아래 지하실이 있지 않은가?" 제임스가 부르르 떨며 물었다. "오, 하느님! 우리도 몇 번 오간 적이 있지 않은가! 그 비밀 공간 위를."

"당연히 있습죠. 이렇게나 중대한 조언을 해주시다니, 이 또한 폐하의 은덕입니다. 지하실은 이 잡듯 샅샅이 뒤져보겠습니다. 다만 덫에 걸린 반역자를 모조리 색출할 수 있도록 의회 소집 전날 밤까지 수색을 연기하는 건 어떤지요?"

"솔즈베리 경, 나도 그렇게 말할 참이었소."

"저도 그렇게 생각하고 있었습니다. 그럼 테러 걱정은 떨쳐버리시고 평안히 주무십시오. (폐하께서 적발해 내셨으므로) 모반은 조만간 완전히 밝혀질 것입니다."

백작은 왕이 구두로 전한 것보다 더 많은 것을 알고 있으리란 여운을 남기며 말을 맺었다. 왕은 이미 자아도취에 빠져 있었다. "그렇게 하시오. 경을 믿겠소. 저들의 계략은 이미 눈치 채고 있었소. 단번에 알아냈지."

추밀원이 해산되자 제임스는 자신이 보여준 통찰력에 흡족해 하며 킬킬거렸다. 대신도 이를 인정해주니 기분이 더 좋았다. 물론 의사당에는 몸을 사리며 들어가지 않았다.

11월 4일 월요일 오후, 궁내 장관은 솔즈베리 및 몬티글 경과 함께 의사당 지하실과 저장실을 찾아다녔다. 한동안 수상쩍은 점은 발견되지 않았다. 몬티글은 화약이 있는 곳을 아는 터라 기억을 떠올리며 이를 목격했던 지하실로 일행을 유도했다. 예상했다시피 반역자와 마주치진 않았다. 그들은 현장을 건드리지 않고 돌아와 왕에게 수색 결과를 보고했다.

제임스는 솔즈베리 경의 권유로 지하실 근방에 호위대 파견을 주문했다. 톱클리프와 몇몇 수행원을 세우고 책임자로는 용기와 재량이 듬직한 토머스 네이브(웨스트민스터 판관)를 지명했다. 몬티글 경은 테러의 결과를 몸소 확인하고 싶은 마음에 호위대와 함께 감시하게 해달라며 허락을 구했다. 왕은 청원에 동의했다. 날이 저물자 일행은 화약고 입구가 보이는 지점에 은밀히 자리를 잡았다.

수색 당시 공교롭게 자리를 떠나 있던 포크스는 몇 분 후에 돌아와 지하실에 머물렀다. 자정이 지나기까지 각 손에 등과 단총을 들고 뚜껑이 부서진 화약통 위에 앉아 있었던 것이다.

11월 5일이 다가왔다. 인근 수도원의 시계탑이 종을 울리며 당일 자정을 알렸다. 포크스는 다소 피로를 느꼈다. 잠시 숙소에 가있기 위해 한쪽 모퉁이에 등을 켜두고 지하실을 나왔다.

문을 열어 주변을 살펴보니 아무도 없었다. 얼마 후 문을 잠그고 나니 뒤쪽에서 기척이 느껴졌다. 고개를 돌리려 하자 식별이 어려운 괴한들이 그에게 달려왔다. 선량한 의도로 그러진 않았으리라. 본능적으로 단총을 꺼내고 검을 쥐려 했지만 두 팔은 이미 포박된 뒤였다. 등불에서 발산된 빛이 얼굴을 비추자 머리를 겨누고 있던 단총이 드러나고 굵직한 육성이 왕을 거명하며 투항을 촉구했다.

토마스 네이브 경과 톱클리프에게 체포되는 가이 포크스

도주한 공모자들

당일 저녁 가이 포크스가 붙잡힌 그 시각, 공모자 일행은 링컨스인웍 스에 모여들었다. 불길한 예감이 가슴을 가득 채웠다. 케이츠비 마저 우울감을 토로했다. 숱한 아이디어가 나왔으나 채택되기 어렵다는 소견이 다반사였다. 경각심과 우유부단한 성정 탓인 듯했다. 결국에는 무위로 끝날 성싶기도 하고 모여 있는 시간이 길어지면 위험하므로 이튿날 밤 이곳에 다시 모이자는 약속과 함께 회의를 폐하기로 했다. 그동안 거사가 발각되지 않는다면 말이다.

"날이 밝기 전 의사당 지하실에 갈 참이오. 가이 포크스의 신변에 문제가 있는지 확인해 봐야겠소. 왠지 염려가 되기도 하고 마음도 쓰이는구려. 위험을 홀로 감당하도록 내버려뒀으니."

"가이 포크스는 체포되었소." 주변에서 누군가가 이야기했다. "지금쯤 왕 앞에서 조사를 받고 있을 거요."

"트레샴이군, 저 놈을 잡으시오!" 케이츠비가 소리쳤다.

일행은 즉시 그를 붙잡아 가슴에 무기를 겨누었다. 트레샴은 마냥 실망해 하진 않는 듯했다. 날이 어두워 잘은 몰라도 어쨌든 대담해 보이긴 했다.

"중대한 소식을 전하기 위해 목숨을 걸고 다시 찾아왔소이다." 그는 당당했다. "최근에도 그랬듯이 폭행과 위협을 당하겠지만 말이오. 나를 찔러 보시구려. 이 극한 상황에서 내 주검이 무슨 도움이 될지 생각해 보시오. 여러분과 한 배를 탔으니 여러분 손에 죽으나 사형집행인 손에 죽으나 무슨 차이가 있겠소?"

"처단하기 전에 하나만 묻겠소." 케이츠비가 룩우드에게 말했다. "가이 포크스가 체포되었다는 사실은 어찌 알았소?"

"붙잡히는 걸 보았소. 나도 잡힐 뻔했지만 운 좋게 달아났지요. 거사에는 배제되었지만 일이 어떻게 돌아가는지는 꼭 알고 싶더이다. 그래서 자정쯤 지하실에 들르기로 마음먹었지요. 남들 몰래 가보니 입구 아래 무장한 괴한들이 서 있는 게 아니겠소. 무슨 일로 왔을지 생각하며 재빨리 벽 뒤에 몸을 숨겼지요. 마침내 지하실 문이 열리자 가이 포크스가 나오더군요."

"오, 이런!" 케이츠비의 감정이 격앙되었다.

"이때 놈들이 일제히 달려가 붙잡는데 미처 손을 쓸 틈도 없더이다.

몸싸움 끝에 몇몇이 그를 지하실로 끌고 갔고 다른 놈들은 바깥에서 망을 보고 있었지요. 당장이라도 줄행랑을 쳐야 하는데 사지가 꿈쩍을 하지 않아 울며 겨자 먹기로 사건의 시종을 전부 보게 된 거요. 얼마 후 가이 포크스가 다시 끌려나오는데 혹자의 말을 들어 보니, 포크스는 곧장 화이트홀에 수감되어 왕과 추밀원 앞에서 취조를 당할 예정이라 하오. 그가 끌려간 후에는 지하실 입구에 호위대가 지키고 서 있더이다. 발각될까 두려워 옴짝달싹하지 못하고 있다가—기척을 내지 않으려고 어찌나 안간힘을 썼던지—결국에는 살금살금 벽을 따라 무사히 탈출했다오. 사태를 일러줘야겠다는 일념 하에 말이오."

"우리 집결지는 어떻게 알았소?" 라이트(형)가 물었다.

"이곳에 모인다는 사실은 지난번 화이트웹스에서 우연히 들었소. 그래서 여러분을 찾을 수 있으리란 희망을 안고 이곳까지 달려온 거요. 그런데 이렇게 만났으니 다행이오."

"사형을 고하는 즉시 가슴에 칼을 꽂을 준비나 하시구려." 케이츠비가 나지막한 소리로 말했다.

"멈추시게!" 퍼시가 그를 만류했다. "여기서 그를 죽여 시신이 발견된다면 우리가 의심을 받을 터, 가이 포크스는 비밀을 누설할 위인이 아니니 안심하시구려."

"그건 나도 동감이오. 그럼 이 반역자를 아무도 모르는 곳에 며칠 가둬두고 궁이 어떻게 돌아가는지 확인하고 나서 배신이 입증되면 죽이자는 말이오?"

"그것도 정답은 아닌 것 같소. 그를 속히 내쫓아야 유리할 것이외다. 그래야 무엇이 최선인지 궁리할 수 있을 테니."

"옳소. 혹시라도 우릴 배신했다면 목숨을 부지하고 있는 것조차 부담이 될 거요. 우리가 베풀 수 있는 가장 큰 호의는 그를 퇴출시키는 것이겠지요. 그 자를 풀어주시구려. 트레샴!" 케이츠비는 언성을 높였다. "당신은 이제 자유의 몸이요. 다시는 만나지 맙시다."

"벌써 헤어지면 섭섭하지!" 반역자인 트레샴이 몸을 뒤로 빼며 고함을 질렀다. "어명을 받들어 너희를 체포한다!"

이때 군인들이 무리를 이루며 나타났다. 일찌감치 숨어있던 나무 뒤에서 모습을 드러내며 삽시간에 그들을 포위한 것이다.

"이젠 내가 겁을 줄 차례인가?" 트레샴은 웃음을 터뜨렸다.

케이츠비는 단총을 꺼내 트레샴 쪽으로 대충 방아쇠를 당겼다. 아니나 다를까, 총알은 목표를 지나 그 뒤에 서 있던 병사의 머리에 박혔다. 재수 없이 피격된 그는 땅에 고꾸라졌다.

처절한 사투가 벌어졌다. 공격조를 지휘하던 톱클리프는 부하들에게 생포를 명령했다. 때문에 공모자들 모두가 목숨을 부지할 수 있었다. 케이츠비가 일행에 속삭이듯 지시하자 그들은 동시에 진격하여 상대를 돌파했고 그 즉시 흩어졌다. 날이 어두워 가능한 일이었다. 공모자 일행은 그렇게 추격을 좌절시켰다.

"작전이 실패했소이다." 트레샴이 톱클리프에게 아쉬움을 토로했다. 반시간이 지난 뒤였다. "어찌해야 좋겠소?"

"솔즈베리 백작의 충고대로 해야지요. 당장 화이트홀로 가서 가이 포크스가 어떻게 취조를 받고 있는지 보고 폐하를 알현해야겠소."

둘은 제 갈 길을 갔다.

그날 밤 공모자들은 만남을 피했다. 각자 뿔뿔이 흩어져 동지의 상황을 파악하지 못한 채 안전한 은신처를 찾아다녔다. 케이츠비는 챈서리레인(길) 쪽으로 달음질했고 좁은 골목을 지나 큰길과 페터레인 사이에 있는 정원에 들어갔다. 추격자가 있나 싶어 귀를 열어두고 주변을 살피고는 나무 밑 모래밭에 털썩 주저앉아 고뇌에 잠겼다.

"배신자 하나 때문에 완벽한 계획이 수포로 돌아가다니." 그가 푸념을 늘어놓기 시작했다. "기회가 있을 때 죽였다면 녀석의 술수에 놀아난 내 자신을 용서할 수 있겠지만, 실패를 비웃으며 요리조리 빠져나가 결국에는 배반의 결실을 거두게 되었으니 분통이 터져 미칠 지경이군."

케이츠비는 이런저런 넋두리로 번민했다. 피로를 해소하려면 짧아도 이튿날 아침까지는 잠을 청할 참이었으나 허사였다. 그는 암울한 11월 오전(알다시피, 뇌리에 각인된 5일)이 지나기 전에는 현장을 떠나지 않았다.

　케이츠비는 일어나 모자를 눌러쓰고 망토를 걸친 후 플리트 스트리트에 갔다. 행인이 모퉁이마다 삼삼오오 모여 있었다. 웅성거리는 소리와 모호한 표정, 탄성을 지르는 사람들의 반응으로 미루어 거사에 대한 풍문이 도처에 퍼졌음을 직감했다. 사람들의 눈을 피해 플리트 브릿지 근방에 있는 선술집에 들어가 포도주 한 병과 음식을 주문했다. 이때 주인과 손님이 주고받는 대화에 정신이 쏠렸다. 거사가 화두였기 때문이다.

　"천주쟁이들이 밧줄에 묶여 사지가 찢길 거라던데 말이오. 내가 들은 대로 저들이 그런 계략을 세웠다는 게 사실이라면 의당 죽어도 싸지. 우리 가게에 그런 종교인은 없기를 바라오. 거부자(recusant, 16~18세기 로마 가톨릭 교도의 성공회 기피자—옮긴이)라니 가당치도 않지."

　"그런 의구심 따위로 우리까지 싸잡아 욕하진 마시구려!" 한 객이 언성을 높였다. "우리는 모두 충직한 청교도인이란 말이오."

　"나리, 반역자들이 발각은 되었을까요?" 주인이 케이츠비에게 물었다.

　"그런 음모가 있었다는 사실도 몰랐소이다. 목적이 뭐랍디까?"

　"목적이 뭐냐굽쇼? 말씀드려도 믿으실지 모르겠습니다만, 막상 하려니 제가 다 떨리는구려. 글쎄 …, 의사당뿐 아니라, 폐하와 귀족과 성직자 할 것 없이 폭탄으로 모조리 날려버리려 했다지 뭐요!”

“무시무시하네 그려!” 사람들이 수군댔다.

“헌데 천주쟁이의 계략이라는 건 어찌 알았소?” 케이츠비가 물었다.

“소문이 파다해 그런 줄로만 알고 있었지요. 하지만 그렇게나 잔혹한 짓을 벌일 사람이 또 어디 있겠소? 청교도인이라면 그리 혐오스런 악행을 머리로든 가슴으로든 품을 리는 없지요. 마지막 핏방울까지 다 짜내면 짜냈지 옥체는 털끝 하나라도 건드리게 할 순 없소이다! 우린 그 정도로 폐하를 사모하지만 사제가 장악한 천주쟁이는 생각이 다르다오. 저들은 왕을 독재자라 폄훼하고, 교황으로부터 사면을 받았다는 이유로 폐하를 제거하는 것을 거룩한 사역처럼 여긴다오. 천주쟁이가 단 하나라도 살아있는 한 영국은 바람 잘 날이 없을 테니 이번 테러 계획을 기화로 저들을 제거하라는 어명을 내리시면 좋겠소이다. 성 바돌로매 사태* 당시 파리에서 불쌍한 청교도가 당한 것처럼 말이외다.”

*1572년 8월 24일 성 바돌로매 축제일에 파리에서 카트린 드메디시스Catherine de Medicis의 선동으로 3천명이 넘는 신교도가 구교도에 의해 학살된 사건—옮긴이.

“맞소! 무참히 죽여야 하오!” 손님들이 큰소리로 맞장구를 쳤다. “집을 태우고 목을 내리쳐야 하오! 주인장, 권한이 없는데 죽여도 되겠소? 그럼 우리가 당장에라도 채비할 텐데 말이오.”

“그건 내 소관이 아닌 듯하오. 잠시만 기다려 보시구려. 조만간 공개적으로 사형이 확정될 테니 ....”

"오 하느님! 나도 사형에 동참하면 좋으련만." 단골 하나가 너스레를 떨었다.

케이츠비는 일어나 값을 치르고는 선술집을 성큼성큼 걸어 나갔다.

"주인장, 반신반의하고는 있지만 왠지 방금 나간 작자가 천주쟁이인 것 같소이다." 단골이 덧붙였다.

"공범일지도 모르지요." 다른 손도 대꾸했다.

"그 자를 뒤좇아 봅시다."

"아니오! 술값을 갑절이나 더 냈다오. 필시 정직하고 선량한 청교도일 거요."

"말을 듣고 보니 더 의심스럽구려. 한번 따라가 봅시다."

케이츠비는 템플바에 이르렀다. 대문은 닫혀 있었고 주변에 경비대가 배치되어 있었다. 검문 없이는 통과가 불가했다. 신분이 발각될까 싶어 뒤로 돌자 선술집에 있던 사람 셋이 눈에 띄었다. 표정으로 보아 그를 좇아온 듯했다. 케이츠비는 그들을 못 본 척하며 왔던 길을 되돌아갔고 점차 보폭을 늘려 화이트프라이어스로 통하는 소로에 이르렀다. 이 때부터 전력을 다해 달아났다. 뒤를 밟던 자들도 수상한 낌새를 챘는지 고함을 지르며 황급히 좇아갔다. "천주쟁이다! 천주쟁이! 공범 잡아라!"

위기는 모면했다. 한 선술집 문 앞에서 빈둥거리던 알자스인 몇 명을 돈으로 포섭한 것이다. 그들은 즉시 칼을 꺼내 추격자들을 물리쳤다. 케이츠비는 돈 몇 푼을 그들에게 건넸다. 그러고는 작은 입구로 이어진 수도원에 들어가 계단을 통해 서둘러 배에 탑승했다. 사공에게는 웨스트민스터로 가자고 했다. 사공은 즉각 노를 저어 강 한복판까지 이르렀다. 마침 대형 함선이 다가오는 것을 목격한 케이츠비는 사공에게 노를 잠시 놓으라고 주문했다. 누가 타고 있었는지 직감했기 때문이다. 이때 배는 거의 움직이지 않았다.

잠시 후 함선이 접근해 왔다. 호위대와 무장병사가 들어찼는데 중앙에 가이 포크스가 앉아 있었다. 케이츠비가 충동에 못 이겨 몸을 일으키자 죄수인 포크스의 신경이 그리로 쏠렸다. 그들이 교환한 시선은 찰나에 가까웠으나 케이츠비는 포크스가 자신을 알아봤으리라 확신했다. 물론 그가 미동도 하지 않은 까닭에 이를 뒷받침할 근거는 없었다. 포크스는 지상의 사역이 거의 막을 내렸다는 뜻을 내비치듯—케이츠비는 그렇게 이해했다—시선을 허공에 두었다. 한숨이 절로 나왔다. 케이츠비는 큼지막한 노를 저으며 런던타워로—목숨을 내놓아야 할 종착지—가는 배가 시야에서 사라질 때까지 이를 응시했다.

'가장 용맹한 사내인데 이대로 끝이런가.' 케이츠비는 자취를 좇으며 생각했다. '어찌됐든 몸부림은 쳐봐야 하지 않겠는가? 일개 죄수가 아니라 군인이라면 군인답게 … 죽을 때 죽더라도 손에 칼을 들어야지.'

웨스트민스터로 가려 했지만 생각을 고쳐 해안에 닿기로 했다. 아룬델 스테어스에 이르자마자 스트랜드가로 달려갔다. 현장에는 수많은 인파가 운집해 있었으나 상점들은 문이 닫혀 있었다. 사람들은 장을 보는 대신 음모설만 줄기차게 늘어놓았다. 때로는 허무맹랑하리만치 과장된 '설'도 유포되다보니 이를 믿는 사람도 더러 있었다. 이를테면, 의사당은 이미 폭파되었고 천주쟁이의 습격으로 런던 곳곳이 불바다가 되었다는 것이다. 수많은 사람들이 체포되었다는 설은 소문에 불과했지만 일부 가톨릭 귀족과 부유층 저택에 수색대가 투입되었다는 건 사실이었다. 민중의 분노가 크게 고조된 탓에 폭도가 가택에 침입하거나 수감자들에게 폭력을 휘두르는 것을 막기 위해서는 군대가 분주히 움직여야 했기 때문이다.

궁으로 이어진 출입구와 대로마다 경비가 삼엄했고 기마대도 쉬지않고 거리를 순찰했다. 수상쩍은 가옥 앞에는 경비병이 있어 감히 들어가는 자가 없었고 설령 있다 해도 특별한 증서가 없이는 출입이 제한되었다. 모든 대로 끝에 군대가 배치되었고 군소 가두에도 통행이 금지되었다. 아무리 시급한 일이 있더라도 3일 동안은 런던을 떠날 수 없다는 칙령이 선포된 것이다.

이때 케이츠비는 하루빨리 탈출하지 못하면 영영 기회가 없으리라 생각했다. 그래서 채링크로스(Charing-cross, 영국 런던의 트라팔가 광장 동쪽에 이어지는 번화가 일대—옮긴이) 방면으로 달려 킹스뮤스 뒤편에 있는 세인트 마틴스레인에 이르기까지 용케도 경비원의 눈에 띄지 않았다(높은 산울타리로 둘러싸여 있었기에 가능했다). 그는 마침내 세인트 가일스레인에 도착했다. 당시만 해도 삼림과 어우러진 가옥 두서 채가 전부였다. 여기서 준마에 탄 사내와 마주쳤다. 자신을 유심히 지켜보고 있는 시선은 느꼈지만 그가 이름을 부르지 않았다면 그냥 지나쳤을 것이다. 좀더 자세히 살펴보니 마틴 헤이독이었다.

"케이츠비 나리, 소식은 들었습니다. 얼마나 고생이 많으셨는지요. 도주하는 데 도움이 될 터이니 제 말을 타십시오. 저는 (험프리 채텀) 주인님 심부름으로 런던에 왔습니다. 케이츠비 나리가 어찌 되었는지 알려 달라고 하셔서요. 주인님의 분부대로 케이츠비 나리를 도와드리겠습니다. 말에 올라타십시오. 최대한 서두르셔야 합니다."

무엇을 가릴 처지가 아닌지라 하릴없이 안장에 뛰어올랐다. 그는 '고맙다'는 말을 연신 중얼거리며 길 오른쪽을 따라 하이게이트를 향해 박차를 가하며 내달렸다.

산등성이에 오르자 잠시 고삐를 당겨 방금 떠나온 도시를 물끄러미 바라보았다. 웨스트민스터 사원에 시선이 집중되자 기분이 씁쓸하고 암울해졌다. 거사가 성공했다면 도처에 즐비한 잔해더미를 볼 수 있었으리라 상상했다. 지난번 가이 포크스 및 비비아나 래드클리프와 함께 런던에 입성했을 때도 같은 방향을 응시한 적이 있다. 당시에 느꼈던 감정과 작금의 감정이 대조를 이루며 만감이 교차했다. 그땐 열심히 특심했고 성공을 확신했으나 지금은 모든 것을 잃고 목숨을 부지하는 데 전전긍긍하고 있었다. 시선은 무의식적으로 대도시 주변에서 육중한 세인트 폴 성당을 맴돌다 런던타워—가이 포크스가 수감된 곳—에 안착했다.

"정녕 구출해 낼 수 없단 말인가?" 케이츠비는 한숨을 쉬며 시선을 폈다. 눈가가 촉촉이 젖었다. "용맹한 군인이 죄인으로 죽어야 한단 말인가? 고문도 감내해야 하다니, 어찌 이런 일이! 끝까지 싸우다 죽었다면 애석하진 않았겠지. 애당초 결의한 것처럼 원수와 함께 죽었다면 포크스를 시샘했겠지만 그 무시무시한 곳에서 당해야 할 고통을, 아니, 지금 당하고 있을 고통을 생각하자니 혈관이 얼어붙을 지경이다! 나도 저들 손에 잡히면 살아남지 못할 것이야."

그는 박차를 가하며 속력을 더 높이려 했다. 1마일 남짓 달리니 뒤편에서 고성이 들렸다. 두 기병이 전속력으로 달려왔다. 그들은 멈추라며 소리를 질러댔다. 속도가 빨라 따라잡는 건 시간문제였다. 그러나 케이츠비는 마음을 단단히 먹고 호락호락 목숨을 내주지 않겠다는 각오로 공격에 대비했다. 말을 급히 세우는 동안 단총을 망토 아래 숨기고는 기병이 가까이 올 때까지 대기했다.

"반역을 도모한 배신자는 왕의 이름으로 투항을 명하노라!" 선두에 선 기병이 다가왔다.

"답변은 이것으로 함세." 케이츠비가 정확히 겨냥하여 발포한 탓에 기병은 중상을 입고 낙마했다. 즉시 검을 뽑아 상대의 공격에 대비하려 했으나 동료의 부상에 겁을 먹은 기병은 방향을 틀어 달아났다.
케이츠비는 늪에 고꾸라져 신음하고 있는 사람은 신경 쓰지 않고 그의 말에 달린 고삐를 잡았다. 속도가 탁월한 말인지라 만족스런 표정으로 얼른 올라타고는 전과 같은 속도로 달리기 시작했다.

얼마 후 핀칠리에 도착하자, 모반에 대한 소문을 들은 몇몇 사람들이 집밖으로 몰려나왔다. 최근 소식을 묻고 싶어서였다. 케이츠비는 가장 중요한 배후가 밝혀졌다며 노샘프턴에 칙령을 전달해야 한다고 둘러댔다. 누구도 시비를 따지지 않아 그들을 뒤로 한 채 서둘러 달렸다. 25분도 채 되지 않아 치핑 바넷에 이르렀다. 여기서도 질문이 같은지라 핀칠리에서와 동일한 답변으로 응수하며 다시 박차를 가했다. 한시도 지체하지 않았다.

45분이 흘러 세인트 알반스에 도착하자마자 호스텔로 달려가 말 한 필을 당부했다. 로즈 앤 크라운—숙소 이름—주인은 이를 들어주지 않고 잠시 물러나 있다 한 관리와 함께 나타났다. 케이츠비를 보내기 전에 할 이야기가 있다고 했다. 하지만 그는 이를 무시한 채 달아나 버렸다.

케이츠비는 뒤에서 들려오는 말발굽소리에 추격을 당하고 있다는 것을 직감했다. 전방에도 두 기수가 왼편에서 소로를 건너 대로에 접근하고 있었다. 이 진퇴양난을 어떻게 극복해야 할지 고민하기 시작했다. 케이츠비와 동시에 기수를 목격한 추격자들이 그들에게 소리를 질러댔다. 다행히 두 기수는 고삐를 당겨 멈추기는커녕 되레 속도를 냈다. 케이츠비만큼이나 그들을 피하고 싶어 하는 눈치였다.

던스터블에서 얼마 안 되는 거리에 있던 그들은 운치 있는 언덕—이 고대 도시(던스터블)에서 런던 쪽에 자리 잡은—에 오르고 있었다. 앞서 가던 사내 중 하나가 고개를 돌리자 케이츠비는 그가 룩우드라는 사실을 눈치 챘다. 반가운 마음에 목청을 높여 소리쳤다. 그는—키스가 일행인 듯했다—이를 듣고 가던 길을 멈추었다. 케이츠비는 그들에게 다가가 서둘러 전략을 공유하고 전투대형을 갖추게 했다.

이때 추격자들과의 상거가 100야드(약 90미터) 정도로 단축되었다. 그들은 돌아가는 상황을 파악하다 몸을 사려야겠다고 판단했는지 몇 마디를 주고받고는 이내 뒤로 물러났다. 세 동지는 다시 박차를 가했다. 던스터블을 지나 한시도 쉬지 않고 페니 스트랫퍼드 근방까지 달리다 도착 직전에는 케이츠비가 탄 말이 탈진으로 쓰러지고 말았다. 그는 재빨리 내려 페니 스트랫퍼드까지 구보로 이동했다. 룩우드가 교대용 말을 둔 곳이라 말을 바꿔 탔고 동지들도 다행히 원기왕성한 말을 구할 수 있었다.

불굴의 의지로 몇 마일을 더 달려 스토니 스트랫퍼드를 지나자 홀로 말을 타고 가던 존 라이트를 만날 수 있었다. 좀더 가니 퍼시와 크리스토퍼 라이트도 가세했다.

숫자는 늘었지만 여전히 불안하다는 생각에, 속도를 높일 요량으로 망토를 벗어던지고는 서둘러 토스터로 달렸다. 여기서 키스는 동지와 작별을 고한 뒤 워릭셔로 방향을 틀었다. 키스는 나중에 워릭셔에서 붙잡히고 말았다. 반면 다른 동지들은 말을 바꿔 타고 전력을 다해 애쉬비 세인트 레저스 저택으로 떠났다.

6시경, 케이츠비는 일행과 함께 옛 저택에 도착했다. 예전에는 승리감에 도취되어 금의환향하리란 기대에 부풀었지만 지금은 굴욕과 수심이 가득했다. 집안에 손님들이—로버트 윈터도 있었다—북적였다. 그들은 만찬을 기다리며 앉아 있었다. 케이츠비는 사람들이 모인 곳에 들어갔다. 듬성듬성 얼룩진 진흙과 초췌한 용모와 낙심한 표정은 거사가 실패했다는 것을 널리 알리는 듯했다. 일행이 뒤따르자 비관적인 인상은 더 굳어졌다. 케이츠비 여사는 아들에게 달려가 위로하려 했지만 그는 모친을 무례하게 쏘아 붙였다.

"무슨 일이라도 있느냐?"

"무슨 일이냐고요!" 케이츠비가 발을 구르며 격앙된 어조로 소리쳤다. "죄다 틀어졌단 말입니다! 계획은 발각되고 가이 포크스는 수감되었지요. 우리도 철창신세를 면치 못할 겁니다. 모두가요!" 그는 매서운 눈초리로 주변을 둘러보며 재차 언성을 높였다.

"무슨 일이 있어도 감옥에 끌려가진 않을 거요." 로버트 윈터가 대꾸했다.

"나도 같은 생각입니다." 리브스퍼드 출신이자 최근에 가담한 액턴이라는 젊은 가톨릭 교도도 공감했다. "계획은 틀어졌을지 몰라도 아직 우리에겐 자유가 있고 뽑아들 칼과 휘두를 무기가 있소이다."

"그렇소!" 로버트 윈터가 말을 이었다. "동지들이 둔처치에 모여 있소. 그들과 힘을 합치면 폭동을 일으킬 수 있을 거요. 나도 오늘 아침 험프리 리틀턴과 둔처치에 가보았는데 모든 채비가 완료되었더이다."

"다들 무사할 테니 너무 염려하지 말거라." 케이츠비 여사가 다독였다. "가톨릭 신도 모두가 너와 함께한다면 머지않아 막강한 군대가 탄생할 게다.”

“일격도 가하지 않고 포기할 수는 없소이다.” 퍼시가 잔에 포도주를 붓고 이를 단숨에 삼키며 말했다.

“옳소이다.” 룩우드도 잔을 비우며 동조했다. “목숨을 허비해서야 되겠소?”

“여러분, 거사에 결의해 주신다면 틀어진 계획은 어느 정도 만회할 수 있을 듯싶소이다. 나와 함께 최후까지 싸울 충직한 동지 500명이 있으니 잉글랜드에서 가톨릭의 권리를 인정하고 왕을 폐위시키는 일에 폭도를 동원하겠소.”

“우리는 모두 당신 편이오.” 동지들이 이구동성으로 말했다.

“맹세하시오!” 케이츠비가 소리를 높이고는 입술에 잔을 댔다.

“맹세하리다!”

“심신이 곤하더라도 당장 둔처치로 달려가 동지들에게 무장봉기를 촉구해야 합니다!”
“옳소!”

케이츠비는 모든 가솔을 불러 무기를 쥐여 주고는 동지들과 함께 둔처치로 떠났다. 현장에서는 5마일(8미터) 정도 거리였다. 도착하는 데 45

분이 걸렸다. 저택은 가톨릭 젠틀맨(기사보다는 아래, 자유농민yeoman보다는 계급이 위인 사람을 일컫는다—옮긴이)과 시종으로 북적였다. 연회장에 들어서자 에버라드 딕비 위원장과 오른편으로 가넷 신부가 눈에 띄었다. 탁자에 앉아 있던 인원은 60명 남짓 되었다. 그들은 케이츠비 일행을 거센 함성으로 맞이했고 일부는 머리 위로 칼을 휘둘렀다.

"새로운 소식이라도?" 에버라드 딕비 경이 물었다. "폭발이 일어나기라도 한 거요?"

"아닙니다. 우리가 보기 좋게 당했소이다."

싸늘한 적막이 흘렀다. 사람들의 표정이 일그러지고 몇몇은 멀뚱멀뚱 시선을 교환했다. 초조한 기색들이 역력했다.

"그럼 이제 어찌하면 좋겠소?" 딕비 경이 멈칫하다 질문을 이었다.

"방침은 분명하외다. 모두가 한 편이 되어야 하오. 그러면 원래 계획과는 다르더라도 두려워할 것이 없으며 목적을 이룰 수 있을 것이오."

"그 문제라면 더는 논의할 게 없겠구려." 에버라드 경의 삼촌인 로버트 딕비 경(콜스힐 출신)이 단호히 밝혔다. 그가 일행과 함께 방을 나가자 험프리 리틀턴과 다른 이들도 자리를 떴다.

"잉글랜드에서 신앙을 회복할 기회는 더 이상 없을 거요." 가넷은 탄식했다.

"신부님, 그렇지 않습니다." 케이츠비가 말했다. "우리가 서로에게 진실하다면 말이죠. 동지 여러분!" 방을 떠나려던 사람들이 금세 멈추었다. "거룩한 가톨릭의 이름으로 부탁하오. 잠시 주목해 주시오! 지금은 형편이 녹록치 않소만 힘을 합친다면 만사가 제자리를 찾을 것이외다. 둔처치와 체셔, 랭커셔 및 웨일스에 있는 각 신도는 기치를 올릴 때단번에 집결해야 하오. 우리의 대의가 곧 여러분의 대의니 가톨릭은 우리를 버리지 않을 것이며 여러분도 버리지 않을 것이오. 대규모 병력이내 명령을 기다리고 있소이다. 에버라드 딕비 경도 그러할 터인데 둘을합하면 500은 족히 될 것이오. 그들과 힘을 합한다면 원수와의 싸움에서 주도권을 선점할 터이요, 설령 그러지 않더라도 승전은 기대할 수 있을 것이오. 우리가 지체하지 않고 동지의 처소로 전진한다면 막강한 군사력을 확보할 수 있을 것이외다. 승리는 동지 여러분의 손에 달렸소!"

케이츠비의 결의에 큰 환호성이 이어졌다. 이를 들은 동지들은 대의를끝까지 지키기로 맹세했다.

떠날 채비를 위해 연회장을 떠난 케이츠비와 에버라드 경은 마침 비비아나와 그녀의 여종을 만났다.

"거사가 실패했다고 들었어요." 비비아나는 울컥했다. "제 남편은요? 그이는 무사한가요? 혹시 같이 계시진 않나요?"

"오, 아니요. 포크스는 수감되었소."

비비아나는 오열하다 실신해 여종의 팔에 안겼다.

심문

토머스 네이브 경과 수행원은 포크스의 무기를 압수하는 과정에서 도화선과 부싯깃 꾸러미를 발견했다. 포크스는 손발이 결박당한 채 지하실에 끌려갔다. 마침내 수색이 시작되었다. 입구 뒤편 모퉁이에 검은 등이 발견되었다. 불씨는 아직 꺼지지 않았다. 등을 조심스레 옮기자—여차하면 생매장을 당할지도 모른다는 두려움에—벽에 나란히 쌓아둔 화약통이 드러났다. 통 위에 덮어둔 판자와 나무토막과 철근 따위를 걷어내고 나니 두 통에 구멍이 뚫려 있고 둥그런 테는 뜯겨져 있었다. 주변에도 화약투성이었다. 바닥에 깔린 도화선 몇 가닥도 찾아냈다. 한 마디로, 목숨을 건 만행에 대한 채비가 완전히 끝났다는 것이다.

현장조사 당시 가이 포크스는 저항해봐야 소용이 없다는 생각에 미동도 하지 않고 있다가 돌연 결박을 풀기 위해 안간힘을 썼다. 손을 결박한 가죽 끈을 끊고 지근거리에 있는 군인을 잡아 넘어뜨리고는 등을 들고 있던 군인도 하체를 잡아 쓰러뜨리려 했다. 필시 등불을 빼앗아 화약을 터뜨릴 심산이었으리라. 건장한 군인 셋이 달려들어 포크스를 제압하지 않았다면 위험천만한 계획은 성취되었을지도 모른다. 일촉즉발의 상황인지라 지레 겁을 먹은 토머스 네이브 경과 톱클리프는—둘다 (굳이 비교하자면 톱클리프가 좀더) 위기사태에 익숙할 만큼 용맹했으나—혹시라도 참변을 당할까 두려워 입구로 내달렸다.

"생포하라." 네이브는 포크스와 몸싸움을 벌이던 군인들에게 명령했다. "반드시 생포해야 한다. 그가 죽을 곳은 여기가 아니다!"

"시간이 조금만 더 있었다면 너희를 벌써 지옥으로 보냈을 텐데, 하느님의 뜻이 다를 줄이야."

"하느님은 그 빌어먹을 반역을 도와주지 않을 것이오." 네이브가 대꾸했다. "포크스를 구석으로 데려가라." 가이 포크스는 운신할 수 없을 정도로 단단히 붙잡혔다. "조만간 심문할 테니 단단히 지키고 있으라!"

"심문은 하겠지만 원하는 답은 듣지 못할 게다."

"두고 보면 알겠지."

톱클리프와 함께 현장을 조사하던 그는 배럴통과 크기가 서로 다른 용기를 세 보니 서른여섯이었다. 화약이 들어차 있다는 사실은 나중에 알았다. 네이브는 애당초 짐작은 했지만 공포심을 억누르지 못해 욕설을 퍼부었고 포크스는 이에 코웃음을 쳤다. 그들은 실패로 돌아간 계획과 관련된 문서나 편지가 있나 싶어 주변을 두리번거렸다. 일당과 내통했다는 단서가 될 수도 있었기 때문이다. 그러나 무기더미 외에는 없었다. 몇 번이고 들여다봤지만 이름이나 암호를 남긴 무기는 없었다.

"이젠 죄수를 면밀히 뜯어봄세."

더블릿을 벗기자 털셔츠가 드러나고 셔츠 밑으로 가슴 쪽을 보니 목에 걸린 은 십자가가 비단 끈에 매달려 있었다. 이를 탈취 당한 포크스가 깊이 한숨을 내쉬었다.

"십자가에 뭔가가 있는 모양입니다." 톱클리프가 네이브의 소매를 당기며 속삭였다.

네이브가 등을 들고 십자가를 관찰하는 동안 톱클리프는 죄수를 지켜보고 있었다. 가만히 있으려고 애를 썼지만 좀이 쑤셨다.

"뭐라도 찾으셨습니까?"

"그렇소. 이름이 적힌 것 같은데 글자가 하도 작아 무슨 뜻인지는 잘 모르겠구려."

"저도 좀 봅시다." 톱클리프가 끼어들었다. "가볍게 넘길 물증은 아닐 겁니다." 그는 십자가를 유심히 살펴보았다. "보아하니 … 비비아나 래드클리프, 오드설 성이라고 새겨져 있구려. 기억하실지 모르겠지만 이 젊은 여인은 며칠 전 조사를 받은 적이 있습니다. 천주쟁이의 반역에 가담한 의혹을 받고 런던타워에 수감되었다가 홀연히 빠져나갔지요. 십자가는 그녀가 대역죄와 관계가 있다는 증거입니다. 그러니 무슨 수단을 써서라도 소재를 찾아내야 할 것이외다."

포크스의 가슴 속에서 은연중에 깊은 한숨이 재차 터져 나왔다.

"녀석이 얼마나 마음을 쓰고 있는지 느껴지십니까?" 톱클리프가 목소리를 낮추었다. "이것만 있으면 취조가 순탄해질 것입니다. 이걸 들이대면 고집불통인 포크스도 이실직고할 테니까요."

"옳은 말씀이오. 그럼 포크스를 화이트홀로 압송하고 솔즈베리 백작에게 생포한 사실을 알려야겠소."

"그러십시오. 난 더 머물러야 할 것 같습니다. 동이 트기 전까지 이 잔혹한 무리를 일거에 잡아들이고 싶소만 ...."

"누가 아니랄까! 헌데 일당에 대해 뭐 좀 나온 게 있소?"

톱클리프의 입꼬리가 살짝 올라갔다.

"시간이 지나면 차차 밝혀지겠지요. 더 이상 볼일이 없으시면 이만 물러가겠소이다."

톱클리프는 지하실을 나와 몬티글 백작과 트레샴을 만났다. 둘은 현장에서 조금 떨어진 밖에서 그를 기다리고 있었다. 짧막한 대화가 오간 뒤 솔즈베리 백작의 뜻에 따라, 반역자들을 잡아들이지 못한다면 오늘 일은 발설하지 않기로 했다. 톱클리프는 트레샴과 함께 자리를 떴다. 향후 일정은 이미 이야기가 끝났다.

토머스 네이브의 지령에 따라 두 군인이 가이 포크스를 일으켜 지하실 밖으로 끌어냈다. 포크스는 출입구를 나오자마자 신음소리를 냈다.

"네가 자초한 짓 때문에 그러는 거냐! 몹쓸 놈 같으니라고." 군인이 언성을 높였다.

"그 반대요. 거사를 완수하지 못해 신음하는 거요."

군인들에 이끌려 서편 게이트를 지나 화이트홀 궁에 들어선 포크스는 쇠살창이 있는 조그만 감방에 투옥되었다.

토머스 네이브 경은 현장을 떠나기 전 포크스에게 몇 가지 질문을 던졌으나 그는 답변을 한사코 거부했다. 네이브는 그를 간수장에게 보내 엄격히 지키게 하고는 솔즈베리 백작을 찾아 나섰다.

백작은 계획이 통했다는 데 희열을 느끼며 경이 도착하기만을 기다렸다. 나중에 몬티글 경이 오자 그들은 잠시 담화를 나누고는 추밀원을 소집키로 했다. 왕을 알현하여 자초지종을 보고하고 그 앞에서 죄수를 심문할 심산이었다.

"호락호락 입을 열 것 같진 않소이다. 내가 본 자들 중 가장 악질인 듯하오." 네이브가 말했다.

그는 포크스가 저장실에서 자폭을 기도했던 일촉즉발의 사건을 털어놓았다.

"주둥이를 열든, 열지 않든 폐하는 녀석을 꼭 봐야 하오." 솔즈베리가 이야기했다. 그는 네이브가 자리를 뜨자마자 몬티글에게 귀띔했다. "경은 이제 궁을 떠나는 것이 좋겠소. 미리 정한 때 외에는 여기서 만나지 맙시다. 동이 트기 전까지는 죄를 입증할 증거와 아울러 반역자 일당을 모조리 손아귀에 가둘 수 있을 것이오."

"나리, 아마 지금쯤이면 트레샴의 손에 있을 겁니다."

"혹시라도 실패한다면 한 마디도 발설해선 안 되네. 모름지기 위대한 정치가라면 반역을 염두에 두고 있더라도 이를 나중에 폭로하는 법. 반역을 두고는 애당초 낌새를 채고 있었다네. 마음만 먹으면 언제든 짓밟을 수 있었지만 여차하면 계획이 틀어질 수도 있으니 신중하게 기다렸지. 난 반역을 기화로 가톨릭 일당을 모조리 소탕할 생각이었다네. 물론 내가 신임하는 자네 같은 사람들은 빼고 말이야."

"나리, 저도 도움이 되었다는 사실은 꼭 인정해 주셔야 합니다." 몬티글 경이 너스레를 떨었다.

"여부가 있겠는가. 내가 신세는 꼭 갚는 사람일세. 그럼 희소식을 기다리겠네."

몬티글이 자리를 뜨자 솔즈베리 백작은 궁에 묵고 있던 추밀원단을 소집시켰다. 섬뜩한 음모가 발각되는 과정에서 공범이 체포되었다는 사실을 일러줄 심산이었다. 얼마 후 레녹스 공작을 비롯하여 마르 백작과 흄 경, 사우샘프턴 백작, 헨리 하워드 경, 마운트조이 경, 조지 흄 경 등이 모여 갑자기 무슨 일이냐며 의아해 했다.

한편 왕을 알현한 솔즈베리 백작이 사건의 자초지종을 보고하자 제임스는 즉시 일어나 백작과 함께 있던 사환에게 잠시 나가 있으라고 주문했다.

"그럼 죄수를 심문해도 괜찮은 건가?"

"폐하는 제가 모실 터이니 안전하실 것입니다. 포크스가 런던타워로 압송되기 전에 폐하께서 직접 심문하셔야 합니다."

"그럼 직접 데려오시오. 나와 내 자녀를 죽이고자 했던 흉악하고도 잔인무도한 반역자를 보고 싶어 미칠 지경이니 …. 아, 솔즈베리 백작! 생각 난 김에 말하리다. 나와 죄수 사이에 간수장을 두고, 간수장 옆에는 창을 든 병사를 하나씩 세우시오. 죄수가 한 발짝이라도 움직이면 즉시 처단하시구려. 알겠소?"

가이 포크스를 심문하는 제임스 1세

"여부가 있겠습니까."

"족쇄는 풀어도 좋소. 내키지 않으면 마시오. 그 악질이 날 두려워할 거라고는 기대도 하지 않소이다."

"폐하의 명령은 철저히 엄수하겠나이다."

"지체할 시간이 없소, 솔즈베리 백작!" 제임스는 침상을 뛰어나와 사환의 도움 없이 직접 옷을 입기 시작했다.

백작은 급히 물러나며 사환에게 폐하를 보좌하라고 주문했다. 그러고는 가이 포크스가 구금되어 있는 감방으로 가서 족쇄를 풀게 한 뒤 그를 왕 앞으로 데려왔다. 이때 포크스는 입꼬리를 살짝 올렸다가 다시 굳은 표정을 지었다. 미소를 눈치 채지 못한 솔즈베리는 창을 든 군인에게 죄수 옆에 서 있다가 포크스가 왕 앞에서 조금이라도 운신하면 즉시 죽이라고 명령했다.

백작은 이런저런 지시를 내리고는 궁을 가로질러 부속 건물로 들어가서는 계단을 올라 널찍한 복도를 지나갔다. 가이 포크스도 간수와 함께 그를 뒤따랐다. 마침내 왕의 침실로 통하는 대기실에 이르렀다. 관리들로부터 모든 채비를 마쳤다는 보고를 받자 솔즈베리 백작은 간수에게 손짓으로 대기하라 주문하고는 홀로 안채에 들어갔다. 침상 옆 어좌에 앉은 제임스와 그를 둘러싼 귀족들이 시야에 들어왔다. 이를테면, 마르 백작은 오른편에, 레녹스 공작은 왼편에 서 있었고 모두가 그를 애타게 기다리고 있었다. 국왕 뒤로는 6명의 무장군인이 자리를 지켰다.

"죄수가 밖에서 대기하고 있습니다." 솔즈베리가 운을 뗐다. "안에 들여도 되겠습니까, 폐하?"

"당장 들이시오! 귀족 여러분은 내 옆에 바짝 붙어 계시구려. 종은 죄수에게서 눈을 떼지 말라! 무슨 짓을 할지 모르니 ...."

솔즈베리 백작이 손을 흔들자 문이 덜컹 열렸다. 한 간수가 들어오자 가이 포크스가 두 군인과 함께 모습을 드러냈다. 간수는 옥좌까지 2, 3미터 정도 되는 거리에서 멈추었고, 죄수가 잘 보일 수 있도록 오른쪽으로 살짝 비켜서고는 왕과 죄수 사이에 검을 내밀었다. 포크스의 표정과 거동은 매우 의기양양했다. 그는 방안에 들어와 경의도 표하지 않고 팔짱을 낀 채 매서운 눈초리로 제임스를 쏘아봤다.

"이런 발칙한 놈 같으니!" 왕은 역정을 내면서도 한편으로는 의외라는 표정으로 그를 응시했다. "넌 누구냐? 대체 뭣 하는 놈이냐!"

"일개의 반역자일 뿐이오."

"그걸 몰라서 묻는가? 그럼 이름은 무엇이냐?"

"존 존슨이라 하오. 토머스 퍼시의 시종이오."

"거짓말입니다!" 솔즈베리가 개입했다. "이실직고하지 못할까! 고문을 해서라도 실토하게 해주마."

"고문해 봐야 소용없을 거요." 포크스는 의연했다. "나리가 묻는 말에도 일체 대꾸하지 않겠소."

"그만하시오, 솔즈베리 백작. 내가 말하고 있잖소." 제임스가 심문을 이었다. "화약으로 우릴 죄다 날려버릴 생각이었나?"

"그렇소."

"해코지한 사람이 하나도 없는데 어찌 그리 많은 사람을 죽이려 할 수 있단 말인가!"

"중한 병에 걸리면 치료법도 중한 것을 써야 하는 법. 미지근한 처방으로 무슨 효과를 기대할 수 있겠소? 거룩한 종교를 위해 계획했지만 하느님이 이를 중단하고 싶어 하시니 결과에 후회는 없소이다."

"기름을 부어 세운 왕에게 반기를 들겠다는 작자를 주님이 인정하시리라 생각했단 말인가? 그렇게 몽매해서야 원."

"사도좌(apostolic see, 가톨릭 교회의 법률적·사목적 최고 권위의 주체를 뜻하는 용어—옮긴이)에서 파문을 당한 그가 무슨 왕이란 말이오."

"면전에서 그런 소릴 하다니!" 제임스는 분통을 터뜨렸다. "자신의 소행을 뉘우치지도 않고 일말의 가책도 없단 말인가?"

"미수에 그친 것이 안타까울 따름이오."

"고문대에서도 그렇게 지껄이나 보자."

"마음대로 해 보시구려."

"잔혹한 테러 음모로 도대체 무슨 목적을 이루려 했던 건가?" 마르 백작이 물었다.

"주된 목적은 거지같은 스코틀랜드인을 고향 산지까지 날려버리는 것이었소."

"의외로 뻔뻔한 놈이군!" 제임스가 혀를 내둘렀다. "무시우스 스카에 볼라*도 포르세나* 앞에서는 이렇게 태연하진 못했다는데! 내가 목숨 을 살려주면 일당의 이름을 밝히겠느냐?"

* 무시우스 스카에볼라_기원 전 6세기경에 활약한 로마의 영웅
* 포르세나_기원전 6세기의 전설적인 에트루리아 왕

"아니오."

"아마 줄줄 읊게 될 것이다." 솔즈베리가 말했다.

포크스는 경멸하듯 씩 웃었다. "날 모르는군."

"심문을 이어가는 건 시간낭비일 테니 당장 런던타워로 데려가시오!"

"알겠습니다. 폐하, 차후에는 일당이 보는 앞에서 놈을 심문하실 것 입니다."

"계획은 섬뜩하지만 용기는 가상하데이다." 제임스가 목소리를 낮추었다. "용감한 만큼 내게 충성한다면 곁에 두어도 손색이 없을 터인데 …."

솔즈베리의 손짓에 가이 포크스는 앞으로 끌려갔다. 솔즈베리 백작의 명으로 그는 아침까지 억류되었고(동이 트기 전까지는 일당이 모두 잡힐 줄 알았기 때문이다) 검거가 지연되자 그는 거룻배에 실려 런던타워로 압송되었다.

- 2부 끝 -

가이 포크스 디스커버리

발 행 인 유지훈
글 쓴 이 윌리엄 H. 아인스워드
삽   화 조지 크뤽셍크
교정교열 편집팀
초 판 1쇄 발행 2022년 01월 15일
펴 낸 곳 투나미스
주   소 수원시 팔달구 정조로 735 베레슈트 3층
출판등록 2016년 6월 20일
주문전화 (031-244-8480)
팩   스 (031- 244-8480)
홈페이지 http://www.tunamis.co.kr
이 메 일 ouilove2@hanmail.net
I S B N 979-11-90847-16-2 (03840)
가   격 13,500원

The Study of National Management,
in the post-COVID-19 era

포스트코로나 시대의
국가경영 수업

김 재 헌 지음

대경북스

1판 1쇄 인쇄 2022년 2월 28일
1판 1쇄 발행 2022년 3월 3일

지은이 김재헌

발행인 김영대
펴낸 곳 대경북스
등록번호 제 1-1003호
주소 서울시 강동구 천중로42길 45(길동 379-15) 2F
전화 (02)485-1988, 485-2586~87
팩스 (02)485-1488
홈페이지 http://www.dkbooks.co.kr
e-mail dkbooks@chol.com

ISBN 978-89-5676-884-7

프롤로그

위대한 시대가 온다

2020년 1월, 전 세계에는 제3차 세계대전이라고 할 만한 사건이 일어났다. 마치 핵폭탄을 은밀하게 나가사키와 히로시마에 투하하듯이 아무도 모르게 터졌다. 이 폭탄은 국지적인 폭발이 아니라 전 세계에 도미노처럼 연쇄적으로 일어난 폭발이었다. 훗날 사가(史家)들은 이 사건을 두고 역사상 가장 끔찍한 대재앙이요, 문명 파괴적이며 천인공노할 만행이라고 똑똑히 적을 것이다.

그들은 20세기, 우리가 그토록 저주하고 미워했던 공산 독재자 레닌이나 스탈린, 홀로 코스트의 나치의 히틀러나 무솔리니, 대약진(大躍進)운동과 문혁(文革)으로 수천만을 아사(餓死)시킨 모택동이나 주은래보다 더 악랄하고 잔인한 자들로 낙인찍힐 것이다.

지금은 드러나지 않아 그 전모(全貌)는 알 수 없다. 하지만 분명 이 팬데믹(pandemic)을 기획하고 획책하여 실행에 옮기도록 오래 동안 공작한 자들이 분명히 드러날 것이다. 그래서 팬데믹은 플랜데믹 *(plandemic)*이라고 말한다. 우리는 이 플랜데믹의 설계자가 누구인지 어느 정도 파악하고 있고, 그리고 점점 더 밝혀지고 있다. 그리고 완전히 드러날 것이다.

역사상 어떤 경우에도 악행(惡行)이나 마수(魔手)가 드러나지 않은 일이 없었다. 성경을 보면 최초의 악행자 그리고 권력자인 니므롯[1]이 나온다. 지금도 여전히 니므롯의 후예들은 존재하고 있고, 마지막 날 마지막 심판 때까지 재생산되고 부활할 것이다.

그들이 만드는 권력을 성경은 바벨론이라고 부른다. 그리고 그들이 이루고자 하는 금자탑(金字塔)을 바벨탑[2]이라고 한다. 시대를 달리하고 문화를 달리하며 새로운 문명을 이룰지라도 그 모두가 바벨론 세력이 만들어 내는 허무한 모래성이요 진흙탑인 것이다.

인간이 추구하고자 하는 그 모든 권력이 무엇인가. 한마디로 하나님을 배제한 채 신세계*(new world order)*[3]를 만들겠다는 것이고, 회개(悔改)와 희생(犧牲)이 없는 영생을 얻겠다는 것이다. 바벨탑을 쌓아 하늘에 이르고, 하나님의 영원성을 얻고자 하는 그들의 헛된 욕망이 인공지능과 디지털적 영생을 추구하며 헛된 희망을 가지고 인류를 속이고 있는 것이다.

사탄이 에덴동산에서 선과 악을 알게 하는 열매로 영생을 약속했지만, 오히려 인간이 얻은 것은 죽음이고 단절이고 관계의 파괴였다. 인간은 아무리 노력하고 연구하고 투자해도 영생을 누릴 수 없다. '한 번 죽는 것은 사람에게 정해진 것이고, 그 후에는 선악 간의 심판이 있다'는 것은 역사가 증명하는 만고불변의 진리이다.

가장 아름다운 정치는 정치 자체가 필요 없는 것이다. 개개인이 스스로 자율적으로 양심을 가지고 도덕적 기준으로 살면 된다. 나아가 모든 사람이 공통적으로 추구하고자 하는 아름다운 공동선(共同善)을 이루는 윤리가 충분하면 국가나 법이나 질서가 많이 필요치 않다. 하지만 인간이 죄에서 자유롭지 않은 현세에서는 어쩔 수없이 정치와 법률과 강력한 체계가 필요할 수밖에 없다. 종교개혁자 칼빈이 공동선을 위한 공권력의 필요성을 인정한 것은 바울의 가르침을 적용한 것이다.

악이 개인에게 머물 때에는 일탈이나 범죄로 여겨지지만 조직을 갖추고 권력과 금력을 가지게 될 때에는 결국 하나님의 영역에 도전하는 무모한 허사(虛事)를 꾸미는 일이 된다. 악이 권력을 가지기 위해서는 동조자가 있어야 하며, 여기에 편승한 자본의 이동이 따라야 한다. 문제는 자본을 중심으로 한 악의 준동이 유사 이래 한 번도 이렇게 거대하게 움직인 적이 없었다는 것이다.

지난 반세기, 한국동란과 월남공산화 이후 이렇다 할 악의 준동이 없는 듯 보였다. 흔히 말하는 잠시 평화의 시기가 있었다. 그 사이에 중동의 크고 작은 분쟁과 9.11로 대표되는 테러사건도 물론 있었다. 하지만 이런 평화가 결국은 세상을 이렇게 만들었다. 이 모든 과정이 '우한 코로나-19' 팬데믹으로 이어지게 만드는 고도의 준비 기간이었다는 것을 우리는 알지 못했다. 록펠러 보고서나 일루미나티 카드 등을 오히려 음모론으로 치부하게 만드는 속임수였다는 것을 우리는 깨닫지 못했다.

그래서 이제 새로운 정치운동이 일어날 시점이 되었다. 악에게 지지 않기 위해, 선으로 악을 이기기 위해, 다시 종의 멍에를 메지 않기 위해 우리는 '국가란 무엇인가', '정치란 무엇인가', '국가 경영을 어떤 관점에서 해야 할 것인가'를 다시 한 번 생각해 보게 된다.

이 책은 2021년 10월 한 달간 미국을 오가며 기록한 필자의 정치(政治)수업(授業) 종결(終決)판이다. 그간 마음에 꾹꾹 담아놓고 꺼내기를 주저하며, 차라리 누군가 나 대신 해 주었으면 하는 마음으로 기다리다 더 이상 머뭇거릴 수 없어, 죽기 전에 마지막 해야 할 일로 국가경영이란 대업을 생각하며 써내려간 것이다.

만약이란 것은 존재하지 않는다지만, 또 만약이라는 말이 없다면 현실이라는 지금도 존재하지 않는 것이다. 그러므로 만약 나에게 국가경영의 작은 말단이라도 맡을 기회가 온다면 나는 과연 어떤 사상과 철학, 그리고 실천능력을 가지고 임할 것인가를 묵상하다 이제 한 발을 내딛는다.

그동안 정치 관련 글은 자제해 왔다. 오로지 '내가 갈 길'이란 '다음세대를 위해 교육과 능력개발을 위해 책을 내는 것'이라 여기며 100여 권이 넘는 책들을 출간했다. 드문드문 세상 관련 책도 썼지만 대개가 정치인들의 부탁으로 써준 자서전 내지는 평전이었다. 이름만 대면 아는 대통령부터 야당과 여당의 대표를 지냈던 분들의 자서전, 그리고 최근엔 참 좋은 재목이라고 생각한 전 감사원장에 대한 평전도 썼다. 부산시장 보궐선거에 나오는 분과 함께 《부산독립선언》이란 제목의 책 집필에도 힘을 쏟았다.

그런데 이젠 나의 정치철학과 관련된 책을 낼 때도 되었다는 생각을 했다. 그런데 제목도 거창하게 《포스트코로나 시대의 국가경영》이라 했다. 소수의 엘리트들이나 보이지 않는 자리에 앉아 정치를 쥐락펴락하는 흔히 말하는 딥스테이트 세력이 아닌 국민들에게 정치를 돌려주기 위해 감히 이 글을 써내려간다. 그런 의미에서 국가경영 수업은 필자만이 아니라 암울한 문 정권 5년의 학정(?)을 겪은 모든 깨어난 시민들이 들어야 할 수업이다. 미래를 준비하는 모든 후손들에게 같이 권하고 싶은 수업이다.

2021년 10월 21일

덴버공항으로 가는 선상(船上)에서

차 | 례

제2부 세상을 정복하고 다스림

제3부 새로운 천년을 연다

제1부

나는 왜 정치를 배우고자 하는가?

광화문에서

아! 속았다

2018년 3월 1일.

나는 이 날을 영원히 잊지 못한다.

2017년 3월10일 헌법재판소에서 박근혜 대통령이 탄핵을 당했다. 그리고 22년이라는 반인륜적인 선고를 받고 갇혔다. 해가 바뀌고 봄이 오던 3월 1일, 난생처음 3.1절 기념 '박근혜

3월 1일 필자의 그림일기

대통령 탄핵 부당', '문재인 정권 타도'를 외치는 집회에 참석했다. 평생을 교역자(敎役者)로, 또 작가(作家)로 사는 것을 천직(天職-Calling)이라 여기며 살았다. 그런데 이대로 가다간 나라가 위태할 것 같아 거리로 나섰다. 박근혜 대통령 구속 이후 계속되던 토요 집회가 3.1절을 맞아 대규모로 열린다는 이야기를 SNS를 통해 알았다. 그래서 세종에서 기차를 타고 광화문으로 갔다.

2017년 가을부터 겨울 내내 촛불집회로 광장을 메웠던 일을 알고 있었다. 하지만 헌정(憲政)을 유린한 세력들에게 경고를 주기 위해서였다. 박근혜 대통령의 탄핵에 대해 항거하는 몸짓이라도 보여야겠다는 생각이었다. 늘 뉴스로만 듣던 광화문 시위에 20대 이후 처음으로 참여했다. 봄이라고 하지만 한겨울의 찬바람이 아직 가시지 않았다. 할 일은 늘 태산 같이 쌓여 바쁜 시간이었다. 하지만 역사의 죄인이 될 것 같아 광화문 교보문고 앞으로 갔다. 한마디로 엄청난 인파였다. 태어나서 그렇게 많은 사람들이 모인 것을 처음으로 보았다.

목청껏 외치고 태극기를 흔들며 4시간 이상을 보낸 뒤 기차를 타고 다시 세종으로 내려왔다. 저녁을 먹으며 7시 뉴스를 틀었다. 그런데 이게 웬일인가? 당연히 나와야 할 뉴스가 단 몇 초도 나오지 않는 것이었다. 8시 뉴스나 9시 뉴스에 나올까 싶어 다시 시간이 되어 TV를 켰다. 역시 마찬가지였다. 잠시 후 밑에 자막으로 흘러가는 글로 "오늘 3.1절을 맞아 보수단체 집회" 이렇게 간단히 처리되고 있었다.

그걸로 뉴스는 묻혔다. 촛불집회의 기준이라면 100만 명 이상이었다. 그렇게 많은 인파가 나와서 시위를 했는데, 어떤 연유에서인지 단신으로도 뉴스가 뜨지를 않았다.

"아! 내가 알고 있던 세상은 이제 아니구나?"

불현듯 이런 생각이 들었다. 어릴 적, 11살 때였다. 그때부터 조선일보를 배달하는 소년 배달부였다. 너무 가난해 먹을 것이 없어 병든 부모님을 모시고 살며 생계의 일부분이라도 책임을 져야 했던 고단한 삶의 연속이었다. 그런 가운데도 유일한 즐거움은 신문을 공짜로 읽는 것이었다. 그래서 지금도 "저는 11살 때 조선일보 배달 사원으로 근무했어요!"라고 너스레를 뜬다.

그 신문을 통해 육영수 여사의 서거도 보았고, 박정희 대통령의 서거도 호외로 돌렸다. 소위 80년대 민주화 운동과 언론탄압, 그리고 언론사 통폐합도 익히 피부로 느끼며 세상 돌아가는 물정을 알았다. 그런데 그 조선일보가, 한국일보가, 동아일보와 중앙일보가 2018년 3월 1일 100만이 넘은 인파가 목에 피가 터지도록 외치는 애국시민들의 목소리를 한 줄도 보도해주지 않고 있는 현상에 대해 당혹감을 넘어 분노가 치밀었다.

지금까지 내가 알고 있던 세상은 이미 저만치 사라져 가버린 것이었다. 뉴스 대신에 선동만이 존재했다. 이념에 따라 입맛대로 소식이 아닌 선동을 했다. 언론이라는 권력이 그동안 얼마나 국민들을 속이고 눈을 감게 만들었을까 싶었다. 왠지 모를 아픔이 폐부 깊숙한 곳에서 일어나고 있었다.

악은 멀리 있지 않았다

신약성경 에베소서 2장 2절에는 '공중의 권세 잡은 자'라는 말이 나온다. 이 공중의 권세 잡은 자는 누구를 또는 무엇을 말하는 것일까? 이 구절은 이렇게 기록하고 있다.

"그때에 너희가 그 가운데서 행하여 이 세상 풍속을 좇고 공중의 권세 잡은 자를 따랐으니 곧 지금 불순종의 아들들 가운데서 역사하는 영이라."

그리스도인들은 적어도 이것은 안다. 믿는 자들 외에는 모두가 다 공중의 권세 잡은 자를 따라 살고 있다는 것을. 물론 믿는 자들도 가끔 그들은 그 공중 권세 잡은 자들에게 속기도 한다. 그리고 이 공중의 권세 잡은 자는 바로 불순종의 아들 가운데 역사하는 영이다. 한마디로 악한 영, 즉 마귀라는 뜻이다. 말하자면 악으로 역사하는 영(靈), 즉 사단의 영(靈), 악마다. 왜 하필 공중의 권세를 잡은 자라고 했을까?

영문 성경 KJV(킹 제임스 버전)에서는 'the prince of the power of the air'라고 쓰고 있다. 물론 공중이라고 하는 단어가 영어로 air인 것이다. 우리의 눈에 보이지 않는 공간(영역)을 말하고 있다. 따라서 눈에 보이지 않는 영적 세계의 권세를 잡고 있는 자라는 뜻이다.

그러나 오늘날의 세상을 보면 정말로 마귀가 공중의 권세를 잡고 있다는 것을 실감하게 된다. 그것은 바로 인터넷, 방송, 신문과 같은 눈에 보이지 않는 공간을 장악하는 자를 일컫는다. 우리가 방송을 공중파라고 부르는 이유이기도 하다. 오늘날 방송과 인터넷 미디어를 보면 마귀가 장악하고 있는 것을 실감할 수 있다. 이미 한국도 미국도 방송과 언론의 대부분을 좌파 또는 글로벌 세력들이 다 장악하고 있다. 그렇기 때문에 공정한 방송과 언론은 찾아보기 힘들다. 악한 마귀의 종들이 오래전부터 사람들을 세뇌시키기 위해서 계획한 것이 바로 방송과 미디어를 장악하는 것이었기 때문이다. 방송과 미디어를 이용해서 사람들을 오락과 스포츠에 빠지게 하고, 드라마나 영화에 빠지게 한다. 그래서 사람을 바보로 만든다. 뿐만 아니라 방송과 미디어를 이용한 언론을 자신들의 정치적 목적으로 사용하고 있다. 현재 미국의 90퍼센트 이상의 주류 방송 언론은 다 글로벌리즘을 추구하는 사회주의자들, 좌파들이 소유하고 있고, 한국의 90퍼센트 이상의 주류 방송 언론들은 좌파 또는 진보주의자들이 주류를 이루고 있는 것으로 보인다.

어쩌다 이렇게 된 것일까? 그것은 방송과 미디어를 장악해서 사람들을 세뇌시키면 자기네들의 아젠다(議題-agenda)를 받아들이게 될

것이라는 것을 알았기 때문이다. 대한민국의 경우에는 좌파 정부가
들어선 1998년부터 방송 장악이 시작되었고, 이어진 좌파 정부 10년
동안 방송은 거의 좌경화되었다고 볼 수 있다. 그러나 이 모든 것들
의 배후에는 더 큰 손들이 있다는 것을 알아야 한다.

시온 의정서

이것을 좀 더 알기 위해서는 시온주의자들을 알아야 한다. 시온
주의자들은 유대인들이 핍박받아왔던 것에 대한 복수의 칼날을 갈
면서 세계를 정복할 계획을 세운다. 이때 등장하는 세력이 있다. 뒤
에 가서 좀 더 구체적으로 다루겠지만, 13번째 유대지파를 아시케나
지[4] 유대인이라고 한다.

이들의 특징은 셈족, 즉 동양인의 모습이 아니라 야벳족, 즉 서양
인의 모습을 한 유대인이다. 오늘날 13번째 카자르 유대인, 아시케나
지 유대인은 전체 유대인의 절반을 넘는다.

이들 아시케나지 유대인들이 중심이 되어 만든 유대인들의 회복
운동이 《시온 의정서》다. 또 이들을 장악하고 모든 설계를 하는 배
후에는 18세기부터 두각을 나타낸 유대인 금융가인 로스차일드와
비밀결사조직이 있다. 이 비밀결사조직 중의 하나인 바이샤우트가
중심이 되어 유대인들이 세계를 지배하는 '단일세계 정부' 계획이

오늘날 《시온 의정서》라는 문서로 정립된 것이다.

이 시온 의정서는 총 24장으로 구성이 되어 있다. 특히 2장에서는 "언론을 통해 민중의 사고방식을 지배한다."고 되어 있다. 그들은 언론을 통해서 사람들의 사고방식을 지배하겠다는 의지를 천명한 것이다. 이미 많은 사람들이 거짓 언론을 통해서 잘못된 좌파 사회주의 이념들이 들어가게 된 것을 보면 우리가 실감할 수 있다. 시온 의정서 5장에는 "흥행사업(연극 영화)으로 대중의 의식구조를 지배하고, 취미생활에 몰두시켜라."라고 기록되어 있다. 현대사회의 많은 사람들이 이런 영화나 연극 등에 빠져 살아가고 있다. 그 옛날 플라톤이 설파했던 극장의 우상[5]이 공중파, 인터넷네트워크 시대에 재현된 것이다. 뉴스뿐 아니라 드라마나 영화를 통해서 그들이 자신들의 아젠다를 주입시키고, 사람들의 의식구조를 바꾸려는 의도가 심각할 정도이다.[6]

의정서 13장에서는 "대중을 스포츠, 연예, 오락에 심취하게 해 사고능력을 상실하게 한다." 라고 기록하고 있다. 결국 이런 스포츠, 오락, 연예에 심취하게 되면 사고 능력을 상실하게 되어서 판단력을 잃어버리고, 영적 능력을 상실하게 되는 것이다.

왜 신학을 공부한 목사들이 좌파를 옹호하는 일이 생기고 있는가? 방송이나 미디어의 선동에 세뇌되어서 영적 분별력을 잃어버렸기 때문이다.

아시케나지

앞에서 잠깐 언급했지만 유럽계 유대인의 뿌리는 카자르人이
다. 그 근원을 따라가 보면 740년경 유대교에 심취한 불란(Bullan) 왕
은 유대교로 개종했다. 이어 신하와 국민들이 국왕의 뒤를 이어 유
대교로 개종하면서 카자르 왕국은 러시아 평원의 유대교 국가가
됐다.

아시케나지는 유대인이 아니라 터키계 카자
르인의 후손이라고 주장한 아서 쾨슬러

불란 왕이 유대교로 개종한
것은 주변 이슬람 국가와 기독
교 국가들이 서로 자기네 종교
를 선택하도록 강요했기 때문이
었다. 불란 왕은 기지를 발휘해
서 두 종교와 마찬가지로 유일
신 신앙이면서 제3의 종교인 유
대교를 선택하여 국가의 독자성
을 보존하려 했다. 쾨슬러와 부
룩은 이것이 바로 '제 13지파'라
고 불리는 아시케나지 유대인의
근본이라고 설명하고 있다.[7]

박재선 홍익대 초빙교수이자 전 駐 모로코 대사는 이렇게 이야

기했다.

"카자르 왕국은 9세기부터 국세(國勢)가 기울어 수차 슬라브족의 침략을 받다가 935년 우크라이나의 스비아토슬라브 왕의 침략을 받고 멸망했다. 그 후 몽고족의 침략으로 13세기 이후부터는 카자르 왕국에 대한 후속 역사는 전해지지 않고 있다. 카자르 왕국이 망한 후 이산민들은 가까운 우크라이나·러시아를 비롯해 헝가리·폴란드·보헤미아·모라비아(오늘날의 체코)·루마니아·불가리아 등지로 흩어졌다. 이들은 유대인으로서의 정체성을 표방하며 셈족계 세파르디 유대인보다 더 철저하게 신앙을 지켜왔다. 19세기 초 서유럽 전역에는 약 350만 명의 유대인이 살고 있었다. 1881년에 일어난 제정 러시아의 제1차 유대인 박해 당시 중·동유럽의 아시케나지는 650만 명에 육박했다. 나치 독일의 홀로코스트(유대인 대학살) 직전인 1939년의 유럽 유대인 인구는 약 900만 명을 헤아렸다."

이렇게 보면 '아시케나지는 15세기 중엽 이베리아 반도에서 추방된 세파르디가 독일과 동유럽으로 이동한 유대인'이라는 기존의 정설에 대해 의문이 생긴다.

1492년 스페인에서 추방된 유대인은 불과 30만 명에 지나지 않았다. 이들 대부분은 오늘날의 알제리·모로코·튀니지·리비아 등

북아프리카로 옮겨서 정착했다. 네덜란드·독일·프랑스·폴란드로
이주한 세파르디가 있기는 했지만, 이들의 규모는 10만 명을 넘지
못했다. 게다가 유대인의 전통적 저출산 성향을 감안한다면 더욱
그렇다.[8]

만약 파란눈 노랑머리의 유대인들이 카자르족의 후손임을 인
정한다면 셈족과 가나안에 근거를 둔 유대인의 정통 정체성과 시
온주의를 스스로 부인하는 것이 되기 때문이다.[9]

이들의 존재가 왜 중요하냐면 성경에 이들에 대한 예언이 이미
있기 때문이다. 전(全) 세계에 분포한 아시케나지 유대인들의 뿌리
가 아브라함의 조상인 셈이 아니고, 야벳의 후손인 도갈마이기 때
문이다.[10]

도전에 응전할 의무

공중의 권세와 매스미디어

TV와 방송 뉴스, 그리고 그들이 발표하는 설문조사, 그 어느 것도 믿지 않게 되었다. 왜냐하면 다들 자신들의 아젠다를 관철시키고 자신들의 정치적 목적을 달성시키기 위한 가짜 언론이나 정치적으로 좌편향된 것들이기 때문이다.[11] 그 간극을 이어준 매체가 등장했는데, 그것은 유튜브라는 빅텍 플랫폼이었다. 하지만 2년여가 지난 지금 유튜브 역시 흔히 말하는 딥스(?)의 세력 안에 들어 있는 편향된 매체임이 드러났다. 지금까지 필자는 3번의 경고를 유튜브로부터 받아 120일간 방송정지 처분을 받았다.

프레스센터 앞에 놓인 언론자유조형물 '굽히지 않는 펜'(사진=미디어스). 정론(正論) 직필(直筆)을 모토로 하는 이 조형물 앞에 언론은 죄를 지었다.

2019년 6월 14일, 청와대 앞 텐트에서 어떤 목사가 시국성명을 발표했다. 이 어려운 난국에 누가 저렇게 용기 있는 목소리를 내는 가 싶어 한달음에 달려가 그와 손잡고 2019년 8월 15일 전 국민 문재인 퇴진 운동 집회를 계획했다. 그리고 100만이 넘는 인파가 모였다.

아니나 다를까. 이번에도 모든 언론들이 약속이나 한 듯 입을 닫고 글을 닫았다. 이제 이들은 더 이상 '정론직필'을 하지 않는 이기적인 집단이라는 것을 알게 되었다. 그때부터 현실 속의 정치를 하지 않고서는 결코 이 악한 공중의 권세 잡은 자들과의 싸움에서 이길수 없다는 것을 깨달았다. 거짓의 아비를 둔 거짓의 자식들이요, 처음부터 살인한 자의 졸개들이었다.

속이는 영(靈) - 귀신

2016년 미국 대통령선거 유세가 한창이던 때에 공화당 후보로 트럼프가 선출이 되었다. 당시 미국의 주류언론들은 트럼프는 비하하고 힐러리는 추켜세웠다. 민주주의가 가장 발달했다는 미국이기에 여론조사만큼은 공정하리라 여겼다. 하지만 막판까지 힐러리는 평균 80퍼센트 이상의 지지도를 얻고 있었고, 트럼프는 겨우 20퍼센트 내외를 기록하고 있었다.

당시 모든 시민들은 그 여론조사대로 힐러리가 당선될 줄 알았다. 하지만 결과는 완전히 반대였다. 그토록 그들이 힐러리를 띄웠지만, 결국 진실은 트럼프의 승리였던 것이다.

문제는 그다음부터였다. 트럼프가 당선된 후 하이에나 떼처럼 신문 언론과 방송은 트럼프가 러시아와 짜고 여론을 조작하고 부정선거를 했다고 보도하기 시작했다. 그러면서 트럼프를 성적으

로, 도덕적으로 나쁜 사람이라고 연일 보도했다.[12] 힐러리는 결국 선의의 피해자였다.

그러나 사실은 힐러리야말로 많은 비리를 가지고 있는 자이고, 심지어는 종교적으로 혼합주의자임에도 불구하고 방송은 힐러리 후보를 옹호하였다. 반면에 '트럼프는 여자를 밝힌다, 돈만 아는 자다, 인종 차별주의다'와 같은 식으로 재임기간 내내 방송을 했다. 심지어는 당시 유세 현장에 대해서도 거짓으로 보도를 했다.

힐러리 유세 현장에는 수백 명만이 참석했는데, 수천 명이 참여한 것처럼 꾸미고, 트럼프 유세 현장에는 수만 명이 참석했지만, 참여한 사람들을 의도적으로 카메라를 통해서 보여주지 않았다. 심지어는 개표 하루 전까지도 CNN에서는 힐러리가 압도적으로 승리할 것이라는 거짓 보도를 했다. 결국 가짜 방송이라는 것이 나중에 다 드러나고 말았다. 그래도 트럼프가 승리할 수 있었던 것은 미국의 국민들은 깨어 있어서 이런 가짜 방송과 미디어를 다 믿지 않았기 때문이다.

악에게 왜 지는가

한국은 어떤가? 미국의 시민들에 비해서 대한민국의 국민들은 너무나도 어리숙했다. 촛불에 속았고, 세월호에 속았다. 방송과 언론에 너무 많이 속고 있고 속아 왔다. 오래전부터 검증되지도 않은 많은 거짓 사실들을 방송과 언론들이 퍼트린 일들이 한두 가지가 아니었다. 가장 유명한 사건이 2002년도의 광우병 파동이었다.

이때도 공중의 권세 잡은 자들에게 우리 국민들은 속고 또 속아 선동에 넘어갔다. 미군의 탱크에 치여 사고로 죽은 사건도 언론이 선동해서 마치 미국이 고의로 죄를 저지른 것처럼 국민들을 반미 감정으로 몰아갔다. 탄핵도 코로나 플랜데믹(plandemic)도 언론과 방송에 의해서 확대되고, 과장되고, 정치적으로 이용되고, 방송을 통해서 국민들을 속였다. 그게 가능했던 것은 국민들이 잘 속아 넘어가 주기 때문이다. 그러다 보니 결국에는 극단적 사회주의 정부가 세워지게 되었고, 이제 자유 대한민국의 안보와 경제까지 위험한 지경에 이르게 되었다.

지금부터라도 사람들이 깨어나야 한다. 공중의 권세 잡은 자 마귀가 장악한 방송과 미디어에 빠져서는 안 된다. 방송과 미디어를 멀리 하고 보더라도, 분별할 수 있어야 한다. 악에게 지면 안 된다. 이들을 이겨야 한다. 물론 선으로 악을 이겨야 한다. 그래서 쉽지 않다. 저들은 온갖 죄악과 반칙으로 행동해도 빛의 전사들인 선량한 우리들은 선으로 악을 싸워 이겨야 한다.

분별과 지혜

그러면 거짓과 선동이 가득한 현실 속에서 그것은 어떻게 분별할 수 있을까? 우리 모두가 변화되어야 한다. 초대교회 사도였던 바울은 로마서 12장 2절에서 이렇게 말한다.

"너희는 이 세대를 본받지 말고 오직 마음을 새롭게 함으로 변화를 받아 하나님의 선하시고 기뻐하시고 온전하신 뜻이 무엇인지 분별하도록 하라."

애틀랜타 하은교회 정윤영 목사의 칼럼을 보면 "이 세대를 본받지 말라."는 것은 영어로는 "Do not conform any longer to the pattern of this world"(NIV)라고 쓰고 있다고 하면서, 이 말은 "세상의 패턴을 따르지 말라"는 뜻이라고 한다. 즉 세상의 풍조를 따르지 말라는 것이다. 교회가 세상의 풍조를 따르게 되면 세속화가 되고, 세상의 주관자 마귀에 속아 넘어가서 분별하지 못하고 그들의 아젠다에 세뇌되는 것이다. 그렇기 때문에 사도는 분별하라고 말하고 있다.

어떻게 분별할 수 있을까? 사도의 말대로 "마음을 새롭게 함으로" 분별할 수 있다. 우리 모두가 세상의 풍조를 따르지 말고, 성령과 하나님의 말씀으로 새롭게 되어 질 때에 분별력을 가지게 되어 거짓 방송이나 미디어에 속지 않고 마귀의 덫에 걸리지 않게 될 것

이다.[13]

대한민국의 경우에는 좌파 정부가 들어선 1998년부터 방송 장악이 시작이 되었고, 이어진 좌파 정부 10년 동안 방송은 거의 좌경화되었다고 볼 수 있다. 민노총과 더불언 민언련이 그 배후에 있다는 것을 우리는 알고 있다.

그러나 이 모든 것들의 배후에는 더 큰 손들이 있다. 예수께서 직접 하신 말씀은 눈, 즉 관점(觀點 : focus)의 중요성을 언급하셨다.

"눈은 몸의 등불이니 네 눈이 성하면 온몸이 밝을 것이요, 눈이 어두우면 온몸이 어두울 것이니 네게 있는 빛이 어두우면 그 어두움이 얼마나 심하겠느냐?"(마 6:22-23)

지금은 관점의 전쟁 시대이다. 문명의 충돌이란 바로 이것을 두고 하는 말이다.

천기를 분별하듯 시대를 분별하라

나침반과 네비게이션

세계에서 가장 많이 출판된 책은 《성경》이다. 그다음은 무엇일까? 놀랍게도 가장 많은 나라에서 출판된 것은 바로 《시온 의정서》로 알려졌다. 그다음은 유태인들의 《탈무드》가 아닐까 한다. 음모론에 조금이라도 관심 있다면 들어 본 이야기일 것이다. 《시온 의정서》의 원명은 '시온장로들의 의정서'다. 이 책은 세상의 음모론 중 가장 오래됐고, 가장 넓게 영향을 끼친 반유대주의 책이다.

최근 미국 정치 전문지 《포린폴리시》는 세계에 가장 유명한 10대 음모론를 선정했는데, 그중 무려 5개가 유대 음모론과 관련 있었다. 프리메이슨, 화폐전쟁 등.

그렇다면《시온 의정서》는 어떻게 탄생했을까? 1897년 러시아
인 스테파노프가 첫 인쇄했는데, 그는 스위스에서 열린 시온주의자
회의에 나온 문건이라고 주장했다. 처음 그것은 소수 사람들만 읽었
다. 그러다 1906년《인류의 적》이란 제목으로 출간되면서 러시아 전
역으로 퍼졌다. 그리고 1920년 영국 기자 마스덴이 영어로《세계 유
대정부 세계 정복》이란 제목으로 출간했다. 그 충격은 엄청났다. 당
시 유럽의 일부 지도자들은 그것을 자신의 정치적 이익을 위한 무기
로 이용하였다. 그 대표자가 히틀러인데, 그는 유대인 학살의 이론
적 근거로《시온 의정서》를 들었다. 그 책 내용은 유대교 장로회에
서 비밀리 논의된 매우 충격적인 세계 정복의 계획이 기록되었기 때
문이었다.[14]

이 내용들은 당시 세계 특히 유럽을 충격으로 몰아넣었다. 그것
은 당시 러시아 혁명 이후 유럽 세계가 급격히 붕괴된 원인에 대해
《시온 의정서》가 그럴 듯하게 보여졌기 때문이었다. 그로 인해 유대
인들이 거대 음모자로 저주의 대상이 되었고,《시온 의정서》는 그
음모의 강력한 근거가 되었다. 흔히 음모론의 영향력은 근거보다 인
간들의 처한 상황과 이해 관계에 의해 결정된다.[15]

시온 의정서와 사회주의

소련 KGB 요원으로 포섭 당했다가 미국으로 망명온 유리 베즈메노브(Yuri Bezmenov)라는 사람이 있다. 이 사람은 사회주의가 구석구석 침투한 미국의 상황을 염려하여 어떻게 자유민주주의 국가를 사회주의로 만드는지, 공산·사회주의 국가의 전략에 대해 설명했다. [16]

먼저 1단계 풍기 문란화는 간단히 말하면 새로운 세대를 사회주의에 옹호적이면서 도덕이 타락한 사람으로 교육시키는 것이다. 국력을 약화시키기 위해 정치계·언론계·교육계 등에 침투하여 사회주의와 함께 동성애 옹호와 페미니즘과 같이 국력을 약화시키고, 국가를 분열시키는 새로운 사상을 새로운 세대에게 주입시킨다. 1단계는 약 20년이 소요된다.

새로운 세대가 준비되면 2단계 불안정화로 넘어간다. 이 단계에는 국가의 각 분야를 모두 장악하여 안보·군대·경제 등 국가의 각 시스템을 단계적으로 해체시킨다. 여기에는 약 3~5년이라는 짧은 시간밖에 소요되지 않는다.

국가 시스템 해체가 완료되면 3단계 대위기를 조성한다. 재난이나 전쟁 등 사회적으로 심각한 혼란 상황을 야기해 무질서 상태로 만든다. 약 몇 주 걸린다.

마지막으로 4단계 재안정화(공산화)이다. 사회주의 옹호자들을 무장시켜 권력을 주어 새로운 국가를 탄생시키고 새로운 질서를 정립한다. 오랜 시간 1~2단계를 준비하여 3단계에 다다르면 돌이킬 수 없는 살상이 발생하게 된다.

우리는 이미 3단계

그렇다면 지금 우리나라는 어디 정도에 와 있는 것일까? 대한민국이 지금 얼마나 위급한 상황에 빠져 있는지를 모르는 사람들이 너무나 많다. 특히 젊은층일수록 상황이 어떠한지에 대한 이해가 전혀 없다. 지금 대한민국은 1단계인 풍기문란화를 지나 2단계 불안정화의 끝자락에 와 있다. 3단계 대위기가 다가오고 있을 것이다.

먼저 1단계 풍기 문란화부터 설명해 보자. 지난 20년간 전교조와 운동권, 그리고 노조를 통해 자라난 청소년과 대학생들, 직장인들은 사회주의 동성애 페미니즘 옹호가 옳은 것으로 평생토록 학습해왔다. 이 일을 수행한 것이 김대중·노무현 정권이다.

김대중은 대통령이 되자마자 제일 먼저 한 일은 국정원의 대북 담당 조직을 완전히 붕괴시킨 것이다. 더욱 끔찍한 일은 북한 내의 남한 정보조직을 북한에게 다 알려줘서 모조리 숙청되게 만들었다는 주장이 있다. 소위 휴민트 조직이다.

그뿐인가. 남한의 국정원은 북한의 간첩 소굴로 만들었다고 해도 과언이 아니라고 개탄하는 분들이 있다. 오늘날 통일부의 수장이 주사파의 대표격인 인사가 자리를 차지하고 있고, 대북 송금으로 옥고를 치루었던 자가 국정원 수장이 되었다. 이것은 대한민국을 넘어 세계적으로 전무후무한 반역이다. 국정원이 북한에게 장악 당했다는 것이 무슨 의미일까? 일반 국민들에게 미치는 즉각적인 영향은 없어 보인다. 그러나 시간이 지나면 모든 분야에서 결과가 나타난다. 국정원을 종북좌파가 장악하면 정치계, 언론계, 연예계, 재계, 교육계가 일반적인 법이 통하지 않는 방법으로 북한에게 장악될 수밖에 없다. 결과적으로 사회 전체가 북한이 원하는 방향대로 넘어간다. 북한의 마음대로 공작이 가능해지기 때문이다.

여성 인권, 동성애자 인권

풍기 문란화에 대해서 하나 더 예를 들면 김대중 정권 시절 국가인권위원회를 만들어 언론에서 동성애가 에이즈의 전염원인이라는 사실을 알리는 것을 법으로 금한 것이다.

어른 세대들은 직접 경험을 통하여 또는 반공 교육을 통하여 공산주의가 얼마나 악하고 끔찍한지 알고 있다. 이러한 공산화를 막는 방법은 국민들이 다 함께 깨어나는 길밖에 없다.

결국 공산주의 유령이 유럽을 넘어 우리 세계를 다 지배하게 되었다. 그런데 이러한 네오막시즘, PC주의를 누가 만들어 뿌렸는가. 이것이 13번째 유대인이라 이야기하는 키자르 유대인, 시온 의정서의 전략이라는 것이다.

나침반은 방향을, 네비게이션은 위치를

우리가 쉽게 길을 찾아가려면 반드시 나침반과 네비게이션이 필요하다. 나침반은 무엇을 가리키는가. 자침은 변하지 않는 남북의 방향을 알려준다. 세상의 모든 이론과 각종 사상들을 이해하려면 반드시 나침반의 역할을 하는 진리의 문서가 필요하다. 이 세상에서 단 하나의 유일한 진리의 문서는 무엇이겠는가? 그것은 성경이다. 성경이 진리임을 알 수 있다. 가장 손쉬운 방법은 세상의 모든 거짓 사상들이 한결같이 성경을 공격의 대상으로 삼고 있는 것을 보면 된다. 즉 어둠이 빛을 덮으려고 갖은 노력을 다하고 있는 것 한 가지만으로도 성경의 나침반적 역할은 입증된 셈이다.

그다음은 네비게이션이다. 예전에는 네비게이션이 없어도 우리의 머리 속에 있는 인간 네비게이션으로도 얼마든지 같은 찾아갈 수 있었다. 그러나 인공위성이 주는 GPS 신호에 따라 알려주는 네비게이션이 생김으로 해서 머리를 사용하지 않아도 손쉽게 길을 안내해 준다. 네비게이션은 보편화될수록 우리의 뇌가 디지털 치매(?)를 경험하게 된다는 사실 외에는 유용한 도구임에 틀림없다.

오늘날 남북의 자침(磁針)이 분명함에도 불구하고 각종 네비게이션 역할을 하는 매스미디어들이 많다 보니 우리는 도덕적·지성적 판단을 못하게 될 때가 너무나도 많다. 언어의 혼란, 말장난이 난무하고 있다. 이 모든 일들이 사고의 치매·양심의 치매까지 일으키는 수준에 다다르고 있다.

이를 극복할 유일한 길은 다시 한 번 유일한 문서이자 유일한 나침반인 성경을 인류의 바이블로 삼고 새롭게 진리와 진실을 세울 필요가 있다. 성경은 한마디로 말한다. "여호와를 경외하는 것이 지혜의 근본"이라고.

대한민국은 여전히 철학 논쟁 중(?)

20세기 들어 체제 전쟁은 끝났으며 케케묵은 이념논쟁이나 정치철학 논쟁의 의미 없다고 말하는 사람이 많았다. 하지만 21세기 백주 대낮에 시효소멸된 줄 알았던 이념을 신봉하며 자신은 사회주의자인데, 사회주의와 민주주의는 공존할 수 있다는 궤변을 늘어놓는 사람들이 즐비한 세상에 살고 있다.

《검찰개혁과 촛불시민》을 출판사에 부탁해서 한 권 받았다. 퀄리티가 돼야 읽는데 새로운 정보도, 해석도 없어서 못 읽겠더라."

진중권 전 동양대 교수의 말이다. 그는 '조국 백서'로 불리는《검찰개혁과 촛불시민》(조국백서추진위원회)을 강하게 비판했다. 그런데 그 비판의 이유가 이념 때문이라는 것이다. 진 전 교수는 서울 강남구 최인아 책방에서 열린《한 번도 경험해보지 못한 나라》(천년의상상)기자 간담회에서 조국백서추진위원회가 지나치게 이념화돼 있음을 지적하며 이같이 말했다. 그는 "이 사람들은 이 모든 사태가 당국에 남아 있는 친일파 토착 왜구 세력이 개혁에 반대해서라고 주장한다."며, "이것은 착란증으로 해방 연도에 태어나도 지금 나이가 70대인데 망상증을 대중한테 세뇌시키고 있다."고 말했다. 진중권의 말을 비틀어 보면 참다운 사회 발전의 조건은 올바른 정치학의 정립에 있다는 진보사관적 정의이다. 그들은 말한다.

"역사 진보의 진정한 계기는 진리를 지향하는 정치학의 확립에 있다. 인간의 사회생활에서 정치·사회·경제 등은 신체에 해당된다. 학문은 영혼에 비유될 수 있다. 영혼과 신체는 서로 상응하지만 영혼이 건전하면 병든 신체도 건강해질 수 있다. 인간의 사회생활에서 영혼의 역할을 담당하는 제(諸) 학문 가운데 가장 중요한 학문은 바로 정치학이란 것이다. 그것은 정치학이 인간의 사회생활에서 결정적 의미를 갖는 정치를 논하는 학문이기 때문이다. 인간은 정치적 존재이다. 인간의 사회생활은 그대로 방치하면 근본적으로 경제적 이해관계를 둘러싼 만인에 대한 만인의 투쟁 상태로 귀착될 수밖에 없다고 본다. 바로 그러한 투쟁 상태를 사회적 통합으로 이끌어 갈 정치의 역할은 인간의 사회생활에서 필연적이다." [17]

이 말은 인간 세상사는 정치 없이는 유지 발전될 수 없다는 말이다. 인간 사회생활의 모든 문제는 궁극적으로 정치와 결합되어 있다는 뜻이다. 즉 정치가 바로 설 때 인간 사회생활의 모든 문제는 정의롭게 해결될 수 있다는 말로서, 정치를 논하는 정치학이 올바로 정립될 때 정치도 정상화될 수 있다는 것이다. 정치학의 중요성은 바로 여기에 있다는 데에 우리는 동의하지 않을 수 없다.

한마디로 말해 인간 사회생활의 모든 영역은 궁극적으로 정치에 의해 통합되기 때문에 정치에 관여하면 안 된다. 아사리판(?)인 정치판에 들어가면 인생 망친다. 종교인들, 특히 기독교인들, 목사는 정치에 참여하면 안 된다는 말은 처음부터 논리적이지 않다. 인간 사회생활의 여러 영역에서 제기되는 문제의 실천적 해결을 위해 정립된 모든 학문도 궁극적으로 정치학 연구의 초석이 되지 않을 수 없기 때문이며, 추상적 이론만을 위해 정립되는 학문은 있을 수 없기 때문이다. 모든 학문은 근본적으로 인간 사회생활에 실천적으로 기여하기 위해 존재한다. 학문 연구에서 자연이론, 형이상학, 인식이론, 인간이론, 윤리이론, 교육이론, 정치이론, 역사이론, 예술이론, 종교이론, 철학이론 등은 모두 내면적으로 결합되어 있다. 그 모든 학문영역의 중심에 정치학이 서 있다는 이수윤의 주장에 동의하지

않을 수 없다.[18]

따라서 철학과 정치는 서로 다른 것이 아니다. 철학과 정치는 일치한다. 철학은 한 시대의 정치적 실천 기준을 설정한다. 철학은 정치적 행동의 기준을 변화시키기도 한다. 철학은 언제 어디서나 사람들의 정치적 실천 · 정치적 행동의 기준으로 작용한다. 인간의 진정한 존재 양태는 실천적 행동에 있다. 인간의 실천적 행동은 본질적으로 정치적인 것이다. 사람들이 하나의 철학을 갖는다는 것은 무엇보다도 그 철학원리에 따른 방식으로 정치적 실천, 정치적 행동을 한다는 것을 의미한다. 철학과 인간의 정치적 실천은 직접적으로 결합되어 있기 때문이다. [19]

철학이 정치적 현실을 변화시키고 사회 발전을 촉진할 수 없을 때에 그 철학은 역사 발전의 속박이 된다고 보는 견해이다. 그래서 이수윤은 "철학과 정치만 결합되는 것이 아니다. 정치와 역사도 일치한다."고 말하는 것이다.

이 논리는 진보주의 역사관 철학관에서 나오는 말인데, 역사인식에 있어서 한 줄기라는 데에는 이견이 없다. 정치의 흐름이 역사가 되는 것은 사실이지만 정치가 역사라거나 역사가 정치라는 발전사관적 독단은 막아야 한다.

정치철학과 정치 이데올로기

정치이론은 한마디로 정치이데올로기가 된다. 물론 철학이론도 철학이데올로기이다. 오늘날 한국사회를 관통하는 두 개의 큰 정치 이데올로기의 흐름은 진보적 정치이데올로기와 보수적 정치이데올로기이다. 진보적 이론을 추구하는 그룹은 정치학의 본래적 목적은 결코 사회적 현상 유지에 있지 않다고 보고, 정치이론에 대한 연구는 필연적으로 사회 발전과 역사 진보에 실천적으로 기여한다는 희망에 젖어 행해지는 것이 정상적이라고 본다. 하지만 지금 이들이 내뱉고 있는 담론들이 과연 사회 발전과 역사 진보에 기여하고 있는지는 의문이다.

오늘날 PC(*Political Correctness*)주의[20]라고 읽혀지는 '정치적 올바름'이란 명목하의 정치 행동 이데올로기는 사회적으로 진보가 아닌 갈등과 분열을 초래하고 있기 때문이다.

원래 '정치적으로 정확하다(politically correct)'라는 문구는 '규범을 엄격히 고수하다'라는 사전적 의미로 사용되었다. 그러나 후에 이 단어는 신좌파 운동의 모토로 사용되었다.[21] 처음 80년대 동구권이 몰락하게 되자 신좌파 내부에서는 자기들끼리 자조하거나 서로를 풍자할 때 이 단어를 쓰기 시작했다.[22] PC의 범위는 다문화주의, 생태주의, 여성주의 등 이념 전반으로 크게 확장되어 '전통적 관념

을 교정하기 위한 새로운 규범*(을 따르는 태도)*'을 가리키게 되었다.[23]

이 용어는 단순화해서 정의하기 쉬운 용어는 아니다. 정치적 올바름 관련 논문들을 살펴보면 본래 스피치 코드, 대학교의 커리큘럼, 다문화교육 등이 따로따로 이슈화되고 있었으나, 이 다양한 부분들을 묶어서 PC라는 용어로 부르기 시작한 것으로 해석한다.[24]

1995년 이 용어를 한국에 처음 도입한 사람은 김성곤 서울대 영문과 교수다. 그는 PC주의를 '도의적 공정성'이라는 단어로 번역하였다.[25] 지금 현재는 여러 가지 변명들이 나오면서 희석되고 있다.[26]

이러한 혼란이 본인들 내에서 터져 나오는 것은 그들이 쉽게 생각한 정치적 올바름이란 주제가 오히려 분쟁의 불씨를 만들고 있음이 용어 정의에서부터 드러나기 때문이 아닌가 한다. 나무위키의 정리도 혼란스럽다.[27]

'네오 막시즘*(neo-Marxism)*'과 신좌파 운동이 하나의 정치적 패션으로 자리 잡으면서 최근까지 미국이나 서구, 그 연장선상에서 한국까지도 이러한 PC주의의 만연은 하나의 유행병처럼 퍼져 대한민국의 패션좌파격인 '586주사파' 정치인들은 한국에서 계속적으로 신좌파 운동의 일환인 차별금지법이니 포괄적 차별금지법이니 등을 만들고 있다.

이미 2016년 이종일 교수는 자신의 논문에서는 정치적 올바름의 근원을 '편향적 단어 바꿔 부르기'에 한정짓는 것은 이미 현실과 너

무 동떨어져 있다고 지적한 바 있다. '정치적 올바름'이라 하면 이름
에 '정치'란 말이 들어가기 때문에 무언가 거창하고 추상적인 개념
으로 보일 수 있다. 허나 그 실체는 사실 '도덕적 올바름' 혹은 '윤리
적 올바름'이라는 개념을 적당히 포장해서 다르게 부르는 것에 가깝
다고도 할 수 있는데, 이것을 마치 진보적 주류 정치인들의 보여주
기 식 아이콘으로 포장하는 것은 한마디로 어불성설(語不成說)이다.[28]

좀 더 까놓고 얘기해서 이 둘을 굳이 이해하기 어렵게 현학적으로
말한 게 정치적 올바름이 되었다. 정치에 대한 이야기는 사실 포장에
불과하며, 진짜 알맹이는 도덕과 윤리라는 것이 일반적인 견해다.[29]

끝내야 할 좌우 논쟁

헌법이 있는데

우리는 지나간 시절의 아픈 과거를 이겨 내기 위하여 헌법적 가치 아래 70년 세월을 달려왔다. 그리하여 짧은 자유민주주의 역사에도 불구하고 세계가 부러워할만한 성과를 만들어 냈다.

그러나 최근에 이러한 자유민주주의적 가치가 심각하게 훼손을 당하며 법과 절차가 무너지고 있음을 보고 있다. 국민들의 한숨이 깊어지며 원성이 하늘을 찌를 지경까지 이르렀다. 그간 독재와 민주화, 보수·진보라는 이념 대립의 비민주·비인간적인 요소들이 성장 가도에 있는 대한민국의 발목을 잡고 있음을 어느 누구도 부인할 수 없을 것이다. 지금부터라도 부지런히 이것을 타파하고 건국정신, 독립정신의 헌법적 질서대로 돌아온다면 분명히 획기적인 전환점 마련이 가능하리라 믿는다. 헌법이 있고 다양한 절차를 규정하는 법률들이 있음에도 불구하고 진영의 이익에 맞추어 국정을 호도하는 일들이 결국 지난 4년 '한 번도 경험하지 못한 나라'를 체험시켜 준 것이다.

생각건대 비정상의 정상화가 시급한 이유는 제4차 산업혁명이라는 혁명적 패러다임의 변화를 앞에 두고 세계가 각자의 길을 모색하며 다시 한 번 이합집산의 네트워크를 구축하고 있기 때문이다.

지금 세계는 미국을 중심으로 한 해양 세력과 중국과 러시아를 중심으로 한 대륙 세력 간 군사적 대립이 전면적으로 진행되고 있다. 여기서 대륙 세력이란 당연히 러시아와 중국이다. 현 상황, 미국의 패권에 도전하는 중국은 지금 대만을 공격하기 위해 매일 같이 폭격기로 대만해협에서 위협비행을 하고 있다. 중국대륙 내에서 유일하게 자유민주주의의 창구 역할을 했던 홍콩은 보안법을 발동하여 홍콩주민들의 해외이주까지 막고 있다.

한마디로 대륙 세력의 패권주의가 아시아의 군사위기를 초래하는 데까지 이르렀다. 러시아 역시 옛 소련의 군사적 팽창을 닮아가며 나날이 군비를 확장하고 있다. 문제는 이러한 위협이 상존하는데도 대한민국은 좌우가 정리되지 못한 채 이를 극복하고 타개할 어떤 대책도 강구하지 못하고 있다. 이것은 마치 120년 전 조선말 시기, 망해가는 청나라와 러시아에 의지하다가 결국은 국권을 일본에 빼앗긴 뼈아픈 역사가 반복될 것만 같은 상황이 되었다. 우리가 살 길은 대륙의 세력을 견제하고 해양 세력과의 동맹을 강화하여 동맹을 힘을 바탕으로 한 실리외교와 무역을 추진해야 한다.

여기서 좌우란 이념적으로는 진보와 보수를 말하는 것이지만, 결국 좌로는 사회주의 맹주인 중국, 우로는 자유주의의 모델인 일본을 말하는 것이기도 하다. 신기하게 동북아는 해양 세력과 대륙 세력이 첨예하게 대립하고 있는 각축장인데, 한반도의 좌우에는 극과 극이 자리 잡고 있다. 그러므로 한·미·일의 해양 세력과 북·중·러의 대륙 세력을 균형 있게 활용하여 대한민국이 주도권을 잡는 21세기를 만들어야 한다.

한반도를 둘러싼 동북아 정세가 위중한데도 정치인들은 구시대 유물인 좌·우 논쟁으로 소모적 논쟁을 계속하고 있다. 따지고 보면 서로가 국민을 잘 살게 하겠다는 것인데, 그 깊은 내부를 들여다보면 확실히 진보적 좌파의 이념과 보수적 우파의 이념이 첨예하게 대립하고 있음을 볼 수 있다.

혼란을 종식시킬 대안

정치이데올로기니 정치철학이니 하는 거대한 주제로 접근하면

서 겨우 행동지침들을 열거하는 오늘날 잘못된 신마르크스주의자
들의 논리는 이제 종식되어야 한다. 비하적 의미나 편견이 담겼거
나, 혹은 그렇게 해석될 여지가 있는 표현은 사용하지 않는 것이 예
의라는 인식이 있지만, 그것을 크게 법으로 강제하여 과도하게 역차
별을 불러일으키는 행위는 좌파들이 말하는 역사진보, 역사 발전이
결코 아니다.

'정치적 올바름'이라는 개념이 사회적으로 하나의 윤리규범에
가까운 것으로 굳어지고 있으며, 되도록이면 해당 개념을 지킬 것이
사회적으로 권장되는 정도면 그 역할은 충분히 끝난 것으로 볼 수
있다. 도덕 내지 윤리의 일부로서 사회적으로 받아들여지고 있다면
이미 그것은 정치철학의 영역이 아니다.[30]

PC지지자들과 PC반대자들의 논쟁이 심화되면서 '정치적 올바
름'이라는 단어의 오남용도 많아졌다. 아무튼 정치적 올바름은 장점
도 여럿 있었지만 이후 여러 한계도 보였다. 대안 우파 외에는 조던
피터슨, 리처드 도킨스, 샘 해리스 등 Intellectual Dark Web에 속하
는 사람들이 대표적 반PC주의자들이라고 할 수 있다.

선거와 빅테크

이러한 PC 운동에 대한 반감을 가장 크게 표출한 정치인은 도널

드 트럼프였다.[31] 도널드 트럼프가 대선 기간 내내 다수의 여론조사에서 라이벌이던 힐러리에게 뒤진 이유는 이미 PC주의에 동의하거나 동조하는 빅테크의 정치 개입 때문이다. '빅 테크(big+tech)'란 인터넷 플랫폼을 기반으로 한 거대 정보기술(IT) 기업을 가리킨다.[32]

그러다 보니 최근 국내외에서 빅테크에 대한 경고음이 잇따른다.[33] 영국의 소설가 조지 오웰은 가공의 국가 오세아니아에서 국민에 대한 통제와 독재를 풍자한 소설 《1984》를 썼다. 그런데 현실에서 일어나고 있다.

그가 쓴 《동물농장》과 더불어 국가가 개인의 모든 것을 통제하는 전체주의를 비판하는 소설이 왜 지금 주목을 받는가. PC주의가 만들어 내는 또 다른 감시와 간섭, 그리고 통제는 빅테크의 등장으로 가속화되고 있기 때문이다.

정부의 감시 카메라 설치나 개인정보 사용 관련 뉴스가 나올 때마다 자주 쓰는 말인 '빅 브라더(Big Brother)'는 바로 이 소설에서 모든 것을 통제하는 최고 권력자의 호칭이다. 오웰이 이 소설을 썼던 1948년에서 끝 두 숫자를 살짝 미래의 1984년으로 바꾼 것이 제목이 되었다.[34]

작금에 와서 이미 크리스탈리나 게오르기에바 국제통화기금 총재는 "코로나 팬데믹 위기에서 정보기술 부문의 (중략) 거대한 시장 지배자들은 가장 큰 승자로 군림하고 있다."고 지적했다. 더불어 제

약회사들의 이익과 주가도 천정부지로 올랐다. 얼마 전 넷플릭스는 뉴욕시장에게 거금의 자금을 살포해 사람들이 영화관에 가지 못하게 한 혐의가 드러났다. 전쟁 아닌 전쟁이 2년 사이에 불어 닥쳐 경제의 판도를 바꾸어 놓고 있다.

한국은행은 보고서에서 "바이든 미 행정부와 민주당의 빅테크에 대한 반독점 규제가 더욱 강화될 것"이라고 전망했다. 그러다 보니 미국·유럽 등 선진국의 빅테크에 대한 규제 움직임도 빨라지고 있다.[35]

또 미 법무부와 공정거래위원회(FTC)는 구글과 페이스북을 상대로 반독점소송을 제기했다. 구글은 모바일 검색시장의 94%를 차지하는 지배력을 이용해 애플의 스마트폰 등에 자사의 검색 앱을 선탑재하도록 해 다른 업체들과의 경쟁을 제한한 혐의다. 페이스북은 신생 경쟁기업을 인수해 소셜네트워크 시장을 독점화한 혐의다. 유럽연합(EU)의 대응도 남다르지 않다. 그래서 2020년 12월에 디지털시장법(DMA)과 디지털서비스법(DSA) 제정안을 내놨다. 전자는 빅테크의 불공정행위를 규율하고, 후자는 빅테크로부터 소비자를 보호하기 위한 내용이 담겼다.[36]

아이러니하게도 기술혁신의 주역으로서 언론 자유, 표현의 자유를 이끌었던 빅테크 기업들이 2020년 11월 미국 대선을 기점으로 그 본색을 드러내고 독점 폐해를 보여 준 것은 참으로 PC주의의 승리라고밖에는 설명할 길이 없다. 더 놀라운 것은 이들이 몇

해 전 주최했던 다양한 심포지움 포럼을 통해 발표한 팬데믹과 백신을 통한 다양한 인간 행동의 통제를 발표한 그대로 코로나는 '언택트 시대'를 불러왔고, 이를 계기로 빅테크는 시장지배력을 더 높일 수 있었다.

한국 역시 이 시기 구글·페이스북 등 외국계와 네이버·카카오·쿠팡 등 토종계의 플랫폼 시장지배력이 갈수록 커지고 있다. 3년 연속 수조 원의 적자를 보이던 쿠팡이 뉴욕 증시에 상장하여 수백조 원의 가치를 인정받는 일이 일어났다. 반면 빅테크의 횡포로부터 입점업체와 소비자를 보호하기 위한 규율은 허술하기 짝이 없다. 공정위는 이에 대한 준비를 소홀히 하여 결국 끝을 알 수 없는 나락으로 대한민국의 경제를 왜곡시켜 놓고 있다.

철학이 결국 빅테크를 지배한다

2020년 4월 5일 대한민국의 총선과 2020년 11월 3일 미국의 대선은 놀랍도록 닮은꼴을 하고 있다.

첫째 이유는 왜곡된 여론 조성이 그렇다. 특정 후보에 대한 도가 지나친 이미지 왜곡과 빅테크 기술을 이용한 특정 단어·특정 구호가 자동으로 걸러지도록 했다는 것은 널리 알려진 이야기다.

둘째는 부정선거가 빅테크 기술에 의해 개입되었다는 정황이

곳곳에서 드러나고 있지만 철저하게 주류 언론매체에서 외면당하고 있는 점이다. 셋째는 부정선거의 증거가 넘쳐 재검표 요청을 했음에도 불구하고 갖은 방법으로 이를 막거나 지연시키고 있다는 점이다. 기술과 매체들이 특정한 이념에 따를 때 심각한 정치의 왜곡이 드러난다는 것이 21세기도 20년이 지난 이 시점에 극명하게 드러난 것이다.

미국 대선이 부정선거로 점철되고 있는 가운데 대량의 우편투표용지가 길가에 버려진 채 발견되어 충격을 주고 있다. 산타모니카 해안 도로에서 발견된 이 대량의 우편투표용지에는 네바다 주의 우

길가에 버려져 있는 미국 대선 우편투표용지 : 미국 부정선거 사례
출처 : 파이낸스투데이(http://www.fntoday.co.kr)

편투표용지도 포함되어 있는 것으로 알려졌다. 즉 네바다 주의 우편투표용지를 캘리포니아 주에 가져다 버린 셈이다.

재밌는 것은 빅테크 기술에 의한 부정뿐 아니라 특정 정당·정파적 이념을 따르는 일부 대중들은 보이지 않는 비호세력들의 보호아래 무차별적인 부정을 저지르고 많은 증거를 남겼음에도 주류언론은 눈을 감은 채 보지도 알리지도 않고 있다는 것이다. 공정과 정의를 외치는 PC주의의 이념으로는 도저히 이해될 수 없는 일들이 나타난 것이다. 길가에 버려져 있는 미국 대선 우편투표용지는 정직한 일반시민이 아무리 제보해도 사실이 보도되지 않는다.

문제는 이렇게 우편투표용지를 갖다 버리는 부정선거의 행태가 대한민국 총선의 부정선거 의심 사례와 판박이라는 점이다. 4.15 총선이 총체적인 부정선거로 치뤄졌다는 의혹이 있는 우리나라도 관외 사전투표^(=우편투표)지가 쓰레기장에서 발견되는 사례들이 다수 있었다.

실제로 광명시의 한 폐기물처리장에서 선관위가 버린 것으로 추정되는 관외 사전투표용지가 발

개표가 되기도 전에 파쇄되어 버려진 투표용지 뭉치(대한민국 총선 부정선거 의혹 증거)

견되었다. 이 투표용지는 원래 대구에서 사전투표를 했던 것으로 충청남도 공주·청양 지역 선거구로 가서 개표되어야 했다. 과천 중앙선관위 건물에서 나온 차가 시흥 폐기물처리장에 버리고 간 쓰레기 더미에서 발견되었다.

이념과 철학대로 행동하지 않는 위선

PC주의의 강조점은 공정과 정의이다. 그런데 놀랍게도 자신들의 목적을 위해서는 이러한 공정과 정의도 헌신짝처럼 버린다는 것이다. 방역 당국에서 코로나 방역을 핑계로 사전투표를 지나치게 독려했던 점, 근거 없이 민주당 지지자들이 사전투표(우편투표)에 많이 나섰다고 세뇌를 해온 점, 우편투표용지를 쓰레기장 또는 아무곳에나 폐기한 점, 사전투표(우편투표)를 개표하면서 몰표가 쏟아져 나와 접전지의 결과가 갑자기 뒤바뀐 점, 부정선거를 하려면 개표에 참여하는 수십만 명의 눈을 속여야 한다면서 부정선거 의혹 제기를 방해한 점 등 한국과 미국의 부정선거(의혹) 패턴

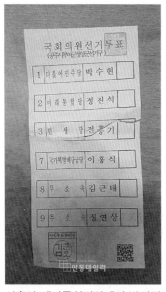

시흥의 폐기물처리장에서 발견된 충남 공주 선거구의 투표용지(대한민국 부정선거의혹 증거)

은 동일하다.

이처럼 미국 대선의 부정선거 증거와 대한민국 4.15총선의 부정선거 의혹 증거가 같은 양상으로 나타나자 "같은 수법으로 부정선거를 기획한 걸 보니, 동일 집단의 소행으로 보인다."라는 주장도 나오고 있다. 심지어 프로그램 해킹을 이용한 서버 조작 의혹도 양국 공히 제기되고 있는 가운데, 미국 대선 개표 당시 펜실베니아, 미시건, 위스콘신, 네바다, 아리조나 등 접전 지역 대부분에서 '도미니언'이라는 브랜드의 전자개표기를 사용한 것으로 알려졌다. 우리나라는 전국 선거구 개표장에 한틀시스템이라는 회사의 투표용지분류기가 공히 쓰여, 투표용지분류기의 무선통신장치 부착유무와 관련된 논란이 계속되고 있다.[37)]

토마 피케티는 이렇게 말했다.

"불평등은 경제적인 것도 기술공학적인 것도 아니다. 오히려 이데올로기적이고 정치적인 것이다."[38)]

피케티에 따르면 어느 시대든 불평등을 정당화하고 구조화하는 경제적·사회적·정치적 규칙을 진술하기 위한 일군의 모순된 담론과 이데올로기를 만들어낸다는 것이다.[39)]

고대 아테네와 로마, 근대 미국 남부, 서인도제도가 유지했던 '노예제 사회'와 서유럽 제국주의 국가들이 제3세계를 착취했던 '식민 사회'를 거쳐 프랑스는 새로운 사회를 고안했다. 그것은 혁명 이후 탄생한 '소유자사회'다. 혁명 세력은 보수화했고 자본가라는 새로운 지배계급을 탄생시켰다. 과거에는 신분이 세습됐다면 이제는 부가 세습되는 시대가 됐다. 이 시대의 영웅은 자본가. 사유재산을 절대적으로 보호하는 소유주의, 실력주의, 비정한 사회진화론은 이 시대를 지탱한 논리다.

혁명 이후에 불평등의 수레바퀴는 점점 더 거세게 굴러갔다. 20세기 초 '아름다운 시대'(벨에포크)에 오면서 불평등은 절정에 달했다. 문화예술이 화려하게 꽃핀 이 시기, 소득과 부의 불평등이 최고 수준이었다는 점은 시사(時事)하는 바가 있다. 이 시기 소득 분배에서 상위 10%는 부의 80~90%를 가져갔다. 마르크스의 《자본론》은 이런 배경 속에서 출간됐다.

그렇다. 마르크스주의는 비정한 부의 불평등을 해소하고자 하는 어쩌면 순수한 동기에서 출발했을지 모른다. 그러나 결과는 어땠는가. 소련은 왜 무너졌는가. 동구라파는 왜 공산주의가 무너졌는가. 그들이 배척한 부르조아는 결국 공산당 지배계급으로 치환되어 또 다른 정치 부르조아를 만들어 낸 것 이상도 이하도 아니었다.

그런데 이 고전 마르크스주의가 무너진 그 폐허 위에 또 다른 신마르크스주의가 싹을 내었는데, 이들 역시 오만과 독선으로 기왕 누리고 있는 거대한 딥스테이트 조직과 빅테크의 시장독점으로 새로운 지배계급의 고착화를 가져오고 있는 것이다. 이들에 동조하는 패션 진보주의자들은 그 폐해를 뻔히 보면서도 자존심 때문에 돌아서지 못하고 공범으로 전락하고 있는 것이다.

이러한 문명 충돌의 전쟁 속에 인류는 지난 역사 속에 한 번도 경험하지 못한 플랜데믹을 겪고 있다. 이 모두가 이념이 낳은 문명 전쟁이다.

소득 재분배 문제

전쟁이 만든 대안

마르크스와 엥겔스가 발표한 《자본론》[40]이 결국 소련에서 10월 혁명을 완성했다. 볼셰비키 혁명(十月革命, 러시아어 : Великая Октябрьская социалистическая революция)이라고도 부르는 이 소련 공산당 혁명은 1917년 2월 혁명에 이은 러시아 혁명의 두 번째 단계였다. 10월 혁명은 블라디미르 레닌의 지도 아래 볼셰비키들이 이루었으며, 마르크스의 사상에 기반한 20세기 최초이자 세계 최초의 공산주의 혁명이었다.[41]

수많은 농민 노동 대중들은 이미 이들의 사상에 동조한 상태였고, 언제나 그렇듯 지주들의 땅을 몰수하여 무상으로 나누어 준다는 꾐에 빠져 혁명가를 부르며 동조했다. 하지만 그 결과는 너무나 비참했다. 중앙공산당 지도부만 자유가 있을 뿐 대부분의 대중들은 협동농장, 국영기업에 속하여 죽지 않을 만큼의 배급을 받으며 비참한 생활을 하였다.

1차 세계대전의 발발과 각성

제1차 세계대전이란 위기 속에 인류는 역사상 최초로 소득 재분배 실험에 나섰다. 프랑스는 전비 조달을 위해 누진소득세를 의회에서 통과시켰다. 대공황과 전후 복구를 위해 뉴딜정책 등 진보적 정책이 시행됐고, 미국은 복지를 제도화시켰다. 결과적으로 소득 불평등은 급속히 축소됐다. 분배·성장·고용이 모두 개선되는 전무후무한 일이 미국과 독일, 프랑스, 일본, 한국 등 모든 국가에서 일어나게 된 것이다.

이러한 소득 재분배의 황금 시대는 또 다른 도전에 직면한다. 피케티는 1945~1980년까지의 황금 시대가 영국의 대처, 미국의 레이건의 등장과 함께 막을 내렸다고 분석한다. 그의 눈에 현시대는 불평등이 극에 달하고, 재산을 가진 백인 남성에게만 '근사했던' 1차 세계대전 직전의 '벨에포크' 시대와 흡사하다고 말한다.

피케티는 전작에서 정의한 대로 21세기는 세습자본주의 시대다. 그는 불평등을 해결할 대안으로 사회국가, 누진소득세, 세계자본세를 제시했다. 이 책은 이런 대안을 현실로 가져올 힘이 정치에 있음을 강력하게 주장하고 있다. 다시 정치철학이 등장하는 시대가 온 것이다.

재밌는 것은 그는 책의 15장을 통째로 할애해 보수화된 브라만 좌파(학력·지식자본 축적을 지향하는 좌파)의 문제를 꼬집고 있다는 점이다. 즉 이 시대에 보편화적으로 나타난 세계적 현상 중 하나는 과거 노동자의 정당이었던 좌파 정당이 고학력-고소득자의 정당으로 변했다는 것이다.[42] 그러다 보니 진보 정당이라고 자처하는 자들이 가난한 저학력 유권자에 대한 관심이 적어지고 공공연한 능력주의 정당으로 변모하고 만 것이다.

이는 미국이나 서구유럽이나 대한민국도 마찬가지이다. 결국 좌파들을 추종했던 저학력자들이 오히려 보수당을 지지하는 현상으로 나타난다고 피케티는 말한다.[43] 브라만 좌파가 사민주의 계열 정당을 지지하는 고학력층을 뜻한다면, 상인 우파는 전통적으로 보수당을 지지해온 자본가와 부유층을 가리킨다. 브라만 좌파는 상인 우파와 어떤 동질성 혹은 유사성을 공유한다고 그는 말한다.

"브라만 좌파는 학문에서 노력과 능력을 믿는다. 상인 우파는 사업에서 노력과 능력을 믿는다. 브라만 좌파는 학력, 지식, 인적 자본의 축적을 지향한다. 상인 우파는 화폐, 금융자본의 축적에 의거한다."[44]

항상 기득권을 유지해온 전통적 상위 자산 보유자들의 정당인 보수 정당도 가난한 50%를 위해 여러 가지 포퓰리즘 정책을 만들어 낸다. 예를 들어 민족주의 정서, 일자리 지키기 정책으로 유인하는 것이다. 결정적으로 피케티는 "브라만 좌파와 상인 우파(금융자본 축적을 지향하는 우파) 모두 현행 경제 체계와 지식 엘리트와 금융 엘리트 양쪽에 모두 이득이 되는 현재의 세계화 양상을 지지한다."고 꼬집는다. 브라만 좌파와 상인 우파의 시대, 즉 다중 엘리트 체계는 지배계급을 용인하는 삼원사회로의 회귀라고까지 비판하고 있다.

그러면서 피케티가 인도하는 결론은 무엇인가? 그것은 '사회연방주의'이다. 그 내용을 들여다 보면 모든 세금을 누진소유세로 통합하고, 부의 대물림을 막고, 사적 소유의 개념을 일대 전환시키자는 것이다.

지금 180석의 좌파 정당인 더불어민주당은 나름 피케티의 이론에 맞추어 착착 토지공개념, 부유세, 보유세 등을 제정하고 통과시키기 위하여 다양한 방법을 획책하고 있다.

기본소득 문제

더불어민주당의 대권 주자들부터 언급하기 시작한 기본소득제는 드디어 야당인 국민의힘에서도 언급하기 시작한다. 이 역시 피케티의 주장에서 파생된 것으로 본다. 그는 25세의 유럽 청년들에게 성인 평균자산의 60%인 12만 유로를 지급하자는 급진적 기본소득을 주장한다. 피케티는 '기본소득'이라는 어휘보다는 '최저소득'이라는 어휘를 선호한다. 기본소득[45] 실험까지 제안하고 있다. 누가 보아도 이것은 사적 소유의 극복이 불평등을 해결할 수 있다는 급진적 주장은 인간의 본성을 무시한 가설로 보인다. 그는 마르크스의 주장인 "평등과 교육을 위한 투쟁이 경제 발전과 인류 진보를 가능케 했다."는 신념을 여전히 신봉하고 있는 몇 안 되는 신념주의적 학자이다.

하지만 제한은 있다.[46] 적정한 소득이 있는 사람에게는 이런 소득을 지급한다는 게 별다른 의미가 없기 때문이다. 소득이 많은 사람에게도 기본소득을 지급하고, 세금으로 다시 가져갈 필요가 없다고 본다. 그 보다는 '최저소득' 수혜자의 범위가 좀 더 넓게 확대되고 체계화하는 것은 필요하다. 그는 사적 소유(자본)를 나눠 가져야 한다는 주장은 고전적 자본주의나 사회주의 어디에도 맞지 않다고 생각한다. 사적 소유에서 가장 큰 불평등이 있기는 하지만, 20세기를 거치며 소득과 급여의 불평등은 많이 줄어들었기 때문이다. 물론 자산 집중 현상은 다양한 방법으로 해결책을 강구해야 한다.

이처럼 정치철학은 반드시 실천적·실제적인 대안을 제시하게 끔 되어 있다. 인간이 '나는 이런 생각(철학)을 가지고 있다'고 이야기하는 것은 곧 '나는 이런 대안을 구체적으로 제시하고자 한다'는 말과 같다. 정치인에 대해 검증하고 그를 추종하며 함께하기 위해선 반드시 정치철학을 이해해야 하고, 그의 행동을 유발하는 동기가 무엇인지를 제대로 파악해야 한다. 또한 그것의 원천적 뿌리가 크게는 사회주의적인지, 아니면 수정적이긴 하지만 자유시장적 자본주의적인지도 알아야 한다.

원칙과 대전제가 다르면 그 마지막 결과는 너무나도 다를 수 있다는 것을 알기에 우리는 힘겹고 지겹더라도 이에 대한 이해와 대책을 준비해야 한다.

사회적 옳음이 과학적 옳음을 잠식

미국의 주류 언론들은 작년 "트럼프, 코로나 이후 권력 잃을 가능성 높아"질 것이라고 연일 보도했다. 그리고 팬데믹은 어떤 모양으로든지 트럼프의 패배를 가져왔다. 역사를 살펴보면, 코로나19 같은 대규모 위기가 경제 문제에 대한 지배이데올로기를 변화시키는 경우들이 종종 있어 왔다. 유권자, 시위대, 시민들이 위기의 순간에 어떻게 행동하는지에 따라 그 결과는 달라지기 때문이다. 이는 사회적 옳음, 즉 정치적 옳음이 과학적·이성적 옳음을 덮어버린 최초의 사건이 된 것이다.

코로나19는 매우 모순적인 두 가지 결과를 동시에 가져왔다고 진단한다. 공공의료서비스 강화에 대한 시민들의 요구와 이를 위한 시민연대의 목소리가 첫째요. 또 다른 측면에선 기본소득이나 최저소득 같은 복지체계 신설에 대한 논의가 활발하게 진행되고 있다는 것이다. 또한 경계 강화와 국가중심주의, 민족주의를 강화할 수 있는 계기가 되었다. 전염병이라는 재앙이 중세 때처럼 이방인이나 외국인에 대한 두려움과 경계심을 키우게 했다. 이 때문에 일정한 사회적 퇴행도 왔다.

소득을 늘일 수 있는 전통적 산업체계가 무너지기 시작하는 것도 이 시대의 현상이다. 또 이것은 결국 이미 가지고 있는 부와 자산에 대한 분배 문제로 사람들의 눈을 돌리게 한다. 그래서 누진소유세와 누진소득세를 강화하는 쪽으로 좌파 정당들이 몰아가고 있다. 소득이 점점 줄어들면서 오히려 자산자본가들은 더 많은 부를 가지게 되는 일도 심심찮게 일어나고 있다. 그리고 코로나 사태로 인한 지출을 언제까지나 국채로 해결할 수 없다. 이를 해결할 방안이 마땅치 않으면 사회전체주의가 다시 사람들에게 관심을 일으키고 더 큰 갈등의 불씨로 작용할 가능성이 높다. 이를 해결한 유일한 방안은 철학적 논의를 더 활발하게 한다는 것이다.

전 세계적인 위기 앞에 PC주의는 점점 더 힘을 얻고 있다. 하지만 모든 일이 과유불급이라고 하며, PC에 동의하지 않는 사람들의 목소리도 커지기 시작했다. 심지어는 이런 반 PC 기류를 타고 자신의 마음에 들지 않는 비고정 관념적인 요소가 있으면 이를 무조건 'PC충'이라며 비난하는 사람들도 개중엔 나타나기 시작했다. 이것은 곧 지지자들을 중심으로 충동을 일으키는 현상까지 만들었다. 앞서 언급했던 조국백서와 조국흑서로 드러난 갈등 말이다.

코로나가 만든 기본소득 지급

기본소득제에 대한 논란이 뜨겁자 기본소득제의 도입을 세계 차원에서 논의하기 위해 BIEN(*Basic Income Earth Network*)을 만들었다. 이들은 기본소득을 '자산 조사와 근로에 대한 요구 없이 모든 개인에게 무조건 교부되는 주기적 현금'으로 정의한다.

최근 한국에서는 청년과 농민 등 일부 인구집단에게 현금을 지급하는 현금지원 프로그램이 지방자치단체에 의해 제도화된 바 있는데, 이것은 어떻게 보면 위헌적 요소가 있다고 할 수 있다. 또한 코로나19 바이러스로 인한 경제상황의 악화에 대응하기 위해 긴급재난지원금이 전 국민에게 지급된 것은 어쩌면 정교하게 짜여진 좌파들의 치밀한 전략이 아닌지 의심해 봐야 한다.

이러한 프로그램들이 완전한 기본소득제 도입을 위한 평가판이라는 의심이 들기 때문이다. 물론 뒤에서 논의하겠지만 기본소득제 도입의 필요성 자체는 충분히 논의할 만하다. 하지만 똑같은 제도라도 출발점이 다르다면 지향하는 바가 다르기에 결국 결과도 완전히 다를 수 있기 때문이다.

기본소득제의 도입을 주장하는 사람들이 근거로 제시하는 이야기가 기본소득제의 전면화는 미래의 과제이지만 지금이라도 부분기본소득제는 시작해야 한다는 것이다. 그들은 순진하게 부분기본소득제로 출발하여 결국 완전기본소득제로 도착하자는 생각이다.

프레시안의 주장에 따르면 "한국에서 소개되는 부분기본소득제의 하나는 충분성을 뺀 방식이다. 최근에는 긴급재난지원금이 부분기본소득제의 하나라면서 재난기본소득이라는 명칭을 사용하는 경우도 등장했다. 이러한 프로그램도 기본소득제의 하나라면 그것은 결코 새롭지 않다."[47]

사회보장제도에는 이미 이것이 사회수당(Demogrant)이라는 이름으로 포함되어 있기 때문이라는 것이다. 즉 복지의 발전이 상대적으로 늦은 한국에는 2018년 9월에야 아동수당이라는 제도가 도입되었지만, 프랑스는 1932년, 영국·체코는 1945년부터 시행 중이기 때문에 청년수당, 근로복지수당. 실업자수당과 같은 부분기본소득을 굳이 새로운 정치사회적 이슈화하는 것은 옳지 않다는 주장이다. 더구나 이들이 재난을 핑계로 국가 부채를 늘리면서까지 현금을 나누어 주는 것은 후일 세금을 대단히 많이 거두어들일 명분을 쌓기 위함이다. 과도한 세금으로 부의 불평등 불균형을 바로 잡겠다는 위험천만한 간교(奸巧)가 숨어 있다.

이것을 이용해 앞으로 수년 내지 십수 년은 계속해서 좌파들은 이것을 이슈화하여 그들의 표밭을 관리할 것이다. 이를 방지하려면 이들의 주장과 선동에 대응할 수 있는 더 낮고도 깊이 있는 기본소득제에 대한 대안들을 철학적 근거 위에 만들어야 할 것이다.

재원 마련을 위한 창의적 아이디어

정리를 하면 기본소득 문제를 사회보장제도의 하나로 접근하는 방법과 소득재분배 혹은 자본재분배의 개념으로 접근하는 방법이 있다. 전자는 자유민주 자본주의 제도가 택하는 길이고, 후자는 좌파 사회주의적 제도를 추구하는 세력들이 취하는 방법이다. 좌파 사회주의자들은 소득계층들 사이의 수직적 재분배를 강조한다. 그래서 고소득층으로부터 저소득층으로 소득을 이전하는 것이 제도를 만드는 근본적 이유이다.

이러한 견해를 가진 사람들은 한국의 사회보장제도가 경제사회적 약자보다 강자에게 더 후한 급여를 주고 있기 때문에 그 원래의 기능을 수행하지 못하고 있다고 비판한다. 그래서 기본소득제의 도입을 주장하는 것이다. 물론 명분은 '모두를 위한 실질적 자유'를 위해서라고 한다. 그리하여 모든 특권적 자원의 향유로 얻어진 추가소득을 조세로 환수하여 모든 사회성원들에게 평등하게 재분배해야 한다고 말한다.[48)]

하지만 자유민주주의적 시장자본주의의 입장에서는 사회보장제도와 복지국가의 핵심기능을 소득계층들 사이의 수직적 재분배로 보는 생각이 낡은 것으로본다. 사회보장제도의 핵심기능은 소득계층들 사이의 수직적 재분배가 아니라 사회 위험의 분산으로 인식하여 아이디어를 짜내는 것이다. 나아가 소득계층들 사이의 수직적 재분배에서 사회위험 분산으로 그 기능이 전환되었기 때문에 그것이 질적·양적으로 더 발전할 수 있었고, 사회성원들에게 더 많은 편익을 줄 수 있었다고 본다.[49)]

그래서 예를 드는 것이 실업이다. 실업이라는 중대한 사회 위험을 생각해볼 때, 숙련 전속성이 큰 기능직 고소득자의 실업 위험이 숙련 전속성이 작은 노무직 저소득자의 실업 위험보다 너 낮다고 단언하긴 어렵다는 것이다. 질병, 노령, 돌봄과 같은 사회 위험도 역시 마찬가지이다. 소득지위와 위험 지위가 일치하지 않으므로 다양한 집단(빈자와 중산층, 큰 숙련 전속성을 가진 노동자와 기업)이 복지 동맹으로 연대할 수 있고, 정치적 다수가 될 수 있다고 보는 것이다.

반면 기본소득제를 주장하는 사람들은 기본소득제를 포함한 사회복지제도의 핵심기능을 주로 재분배와 관련하여 이해하고 있다. 그 이유는 소득계층들 사이의 재분배에서 위험집단들 사이의 사회위험 분산으로 발전해온 그간의 경과는 물론이고, 그러한 발전의 의미와 효과를 충분히 고려하지 않기 때문이다. 전통적인 보수의 생각은 "생활보장 체계는 다양한 요소들이 얽혀서 조직화된다"는 것이다.[50]

무상 몰수 무상 분배의 재연

기본소득제를 주장하는 사람들은 그들만의 철학적 기초가 당연히 있다. 그래서 모든 인간의 행위는 철학적 바탕 위에 행하여야 한다고 보는 것이다. 대학에서 처음 철학수업을 들을 때 철학교수가 했던 말이 아직도 잊혀 지지 않는다.

"철학이 뭐냐! 사람은 생각의 신념 위에 행동하도록 만들어진 존재다. 하숙집 아주머니도 철학적 바탕 위에 하숙집을 운영하기 때문에 '철학자'라고 말할 수 있다."

그런 측면에서 기본소득의 전면적 수직적 실시를 주장하는 그들은 그들의 철학적 근거가 '모두를 위한 실질적 자유'로서 '사회관계가 낳는 모든 특권적 자원에서 파생하는 추가소득의 재분배가 이를 실현할 수단'이라고 말한다. 한마디로 말하자면 불로소득이라고 할 수 있는 증여나 상속, 혹은 토지 보유·자본 보유로 인하여 얻은 소득들을 국가가 법률로 강제적으로 재분배하는 방안으로서 기본소득제를 실시하자는 것이다.

이는 따지고 보면 과거 토지에 대해 '무상 몰수 무상 분배'를 남로당 당원모집 구호로 사용했던 때와 다르지 않다. 왜냐하면 기본소득제를 주장하는 모든 사람들이 가장 중요하다고 생각하는 속성은 적용 대상의 보편성과 급여자격의 무조건성이기 때문이다.

결론적으로 말해 인간의 생활을 보장하는 집합적 방식들인 생활보장체계는 다양한 제공주체와 전달체계, 급여와 재원들이 복잡한 방식으로 결합된 것이다. 저마다 서로 다른 역할을 수행하는 수많은 이해관계자들의 네트워크라는 점에서 볼 때, 이것을 강제로 부과되거나 법률로 무조건적으로 적용하겠다는 것은 전체주의적 발상 이상도 이하도 아니다.

이러한 일련의 행위들을 볼 때 정치철학은 국가의 모든 영역, 정치·경제·사회·법률, 매스미디어와 종교의 영역까지 구체적인 행동의 변화를 유도하는 문제라는 것이 확실해진다. 따라서 건전한 정치철학을 가지고 사회 변화와 인식 전환을 가져오는 행위는 인간 세상의 필연적인 현상이므로 제대로 된 정치철학을 가진 지도자를 엄선하여 이를 공개하여 국민 대다수의 검증을 받은 다음, 반드시 직접적 투표에 의하여 선출되도록 하는 것은 자유민주주의 근간과 가치를 지키는 매우 중요한 일임을 깨닫게 된다.

대한민국이 택해야 할 정치철학

자본론과 국부론 그리고 민부론

21세기 들어 철지난 정치철학을 논한다는 것이 아이러니하지만 작금에 이러한 이념적 논쟁은 더 심화되고, 양 진영 간의 갈등은 더 증폭되고 있는 것이 사실이다. 아니 2020년 들어 전 세계적인 팬데믹과 각국 선거에 나타난 부정(不正)성, 즉 무결성이 깨어진 사건들은 선거(조작)를 통한 새로운 혁명의 시작이 아닌가 여겨지고 있다. 그런 측면에서 현재 전 세계적으로 나타나고 있는 이 모든 상황들은 정치철학에 대한 이해가 없이는 파악도 해결도 어렵다는 것이다. 홍기빈 글로벌 정치경제연구 소장은 자신의 번역서에서 다음과 같이 말한다.

"경제학적으로 《자본론》은 미완성이 아니라 실패한 책이다. 철학적으로 마르크스는 유물론자가 아니라 독일 관념론의 전통 위에 서있다. 정치학적으로는 프롤레타리아 혁명만 고집한 게 아니라 노선이 계속 바뀌었다."[51]

이 정도면 마르크스주의의 밑둥을 베는 정도가 아니라 그냥 뿌리째 뽑아버리자는 얘기라고 토를 단다. 마르크스주의의 신학대전이라 할 수 있는 《자본론》을 부인한다는 것은 사문난적(斯文亂賊)[52]에 가깝다는 것이다.

"세계 경제위기가 닥쳤을 때 마르크스주의를 좋아한다는 사람들이 '마르크스가 옳았다!'고 외치더군요. 전 심각하게 반성해야 할 일이라 봅니다. 《자본론》은 공황을 과학적으로 규명하지도 못한 책일뿐더러, 우파 중에 오늘날 시장경제를 얘기하기 위해 애덤 스미스의 《국부론》으로 돌아가자고 하는 사람 봤습니까. 좌파는 왜 아직도 《자본론》입니까. '정통' 마르크스주의, '고전적' 마르크스주의를 버려야 21세기 현실을 헤쳐 나갈 수 있을 겁니다."[53]

아직도 케케묵은 마르크스주의를 저격하는 이유는 마르크스에게선 "일관성이라고는 찾아보기 힘들게 이 방향으로 저 방향으로 화살맞은 멧돼지처럼 돌진하고 쓰러지고, 또 돌진하고 쓰러졌기" 때문이라고 말한다.

칼 마르크스. 그를 이상화하는 사회주의자들은 인류에게 지혜를 가져다 준 프로메테우스에 비유했다. 하지만 홍기빈이 보기엔 인류 해방을 위해 매진했던 시지포스에 불과했다고 말한다. 한마디로 그 시대에도 맞지 않았지만, 이 시대는 더더욱 맞지 않는 철학이요 이론이란 것이다. 소련이 망하고 동구권이 해체되면서 사회주의에 대한 환상은 깨졌다. 하지만 일관된 체계적 사상가라는 마르크스에 대한 환상은 여전히 남아 있다. 이러한 환상이 프랑스의 안토니오 그람시에 의해 '진지전'으로 나타났고, 현재에 와선 'PC주의'로 나타난 것이다.

그의 철학은 1920년대 후반과 1930년대에 책으로 설파되었다. 그가 쓴 《옥중 수고 선집》(Selections from the Prison Notebooks, 1971)이란 책으로 인해 한때 서구사회에선 '그람시 르네상스'가 일어났다.

그람시는 이탈리아의 사상가며 정치 혁명가였다. 이탈리아 공산당 창당을 주도하고 무솔리니의 파시즘에 맞서 싸우다 감옥에 갇혔다. 죽기 전까지 남긴 그의 저작들로 인해 꺼져가던 좌파의 자본론적 이데올로기는 변이를 일으켜 21세기까지 끈질긴 생명력을 유지하고 있다. 그가 사용한 정치·사회사상의 용어들은 진보건 좌익이건 나름 헤겔적 철학을 한다는 자들에게 심원한 영향을 미쳤다.[54] '헤게모니', '시민사회', '진지전', '포드주의', '유기적 지식인', '수동적 혁명', '역사적 블록' 등 그가 주조한 개념과 이론은 현대 자본주의가 정치·문화적으로 어떻게 재생산되고, 자본주의를 넘어서기 위해선 어떤 실천적 대안을 모색해야 하는지에 대해 인문·사회과학 전반에 새로운 통찰을 안겨줬다.

헤게모니에서 포드주의까지

그람시가 감옥에 갇혀 있던 1926년에서 1935년까지 대학노트 32권에 2,800쪽이 넘는 방대한 초고를 남겨 놓았는데, 후일 이 초고를 중심으로 선별해 편집한 저작이 《옥중 수고 선집》이다. 나름 그람시는 종합 인문학자이자 사회과학자였다고 자처한다.

여기서 나온 '시민사회'와 '헤게모니'라는 개념은 그람시 사상의 독창성을 보여주는 것들이다.[55] 이 이론을 통해 현대 좌파들은 정부 전복을 위한 방편으로 시민단체들을 조직하고 이들을 통해 시민이란 방패로 '진지전'을 펼치는 것이다.[56]

'포드주의'는 그람시의 또 다른 독창성을 보여주는 개념이다.[57] 포드주의를 돌파하는 것이 강성 노조의 결성과 지배로 나타난 것이 오늘의 현실이다. 현재까지 문 정권이 정권을 잡고 좌파들이 지방권력과 의회권력을 장악한 것도 30년 가까이 가꾸어 온 진지전과 포드주의에 대한 반발로 이루어낸 결과들이라 할 수 있다.

서구 사회에선 그람시의 이론과 전략을 둘러싸고 이탈리아 안과 밖에서 이론적·경험적 논쟁들이 이뤄졌다. 하지만 우리나라의 경우

19대 대선을 통해 좌파들이 정권을 차지하기 전까지는 사실상 모르고 있을 정도로 은밀하게 진지들이 구축되었다.

그람시 사상이 현대사회에 미친 영향 중 하나는 민주주의의 재구성에 관한 것이었다.[58] 1980년대 민주화 세대가 그람시 사상을 본격적으로 한국에 퍼뜨렸다.

최장집 고려대 명예교수의 "그람시의 헤게모니 이론"(《한국 현대 정치의 구조와 변화》, 1989)과 임영일 전 경남대 교수의 "그람시의 헤게모니론과 이행의 문제틀"(《국가, 계급, 헤게모니: 그람시 사상 연구》, 1985)은 선구적인 연구들이라 할 수 있다.[59]

좌우를 뛰어 넘는 정치철학

1980년대 말부터 우리나라에서도 마르크스와 엥겔스의 사상을 다룬 수많은 책들이 쏟아져 나왔다. 이들은 또 북한의 김일성이 만들었다고 알려진 주체사상이론도 받아들였다.

저들은 이탈리아의 진보적 지식인 그람시 같은 생각으로 김일성의 주체사상을 철학의 한 분파 정도로 여기고 받아들였다. 그래서 국내에선 흔히 NL과 PD로 대별(大別)되는 두 부류의 운동권이 태동하게 된 것이다. 그중 NL은 민족해방파(民族解放派, National Liberation ; NL)라고 하는데, 1980년대 이후 대한민국의 민주화 운동, 진보 운동

권에 존재하는 정파이다. 민중민주파의 별명인 '평등파'와 대비하여 '자주파(自主派)'라고도 불렸다.[60]

특히 이들은 NLPDR 사상을 기반으로 좌익 민족주의와 반미주의를 특징으로 하였다. 특히 사상의 모본(模本)으로 주체사상을 내세운 정파를 주체사상파로 특칭하며, 노선 투쟁 이후 NL파의 주류를 이루게 되었다. 민족해방파(NL)는 제국주의 대 민중을 대립 관계로 보고 모든 투쟁에서 항상 반미 자주화를 기본적 투쟁으로 설정하였다.[61]

주체사상파(주사파)는 조선민주주의인민공화국의 국가 이념이자 조선로동당의 지도 이념인 주체사상을 신봉하며, 민족해방 계열의 영향력 있는 파벌 중 하나이다.

김영환이 1986년 '강철서신' 시리즈로 배포된 문건에서 ˋ수령론', '품성론' 등 주체사상을 대학가와 노동계에 퍼뜨리면서 주사파가 형성되기 시작했다. 강철서신은 당시 운동권에서 다수를 차지하고 있던 NL파 중 다수가 '주사파'로 변신하는 계기를 만들었다.[62]

이들이 진지전과 헤게모니전을 통해 장악한 대한민국의 정치권은 김대중 이후 거의 20년 동안 국가 권력을 쥐락펴락할 정도로 그 영향력이 커졌다. 이웃 일본의 경우 비슷한 학생 좌파 운동인 적군(赤軍)파 운동이 과격한 무력 활동을 하다 결국 국민들로부터 외면을 당해 사라진 것과는 차별된다.

왜냐하면 이들은 핵심 싱크탱크인 북한의 통전부로부터 지속적인 사상적·전략적 지원을 받았기 때문이다. 뿐만 아니라 소문으로만 들려오던 이른바 가난한 고시생들에게 돌려진 김일성 장학금의 여파가 오늘날까지 그 영향력을 행사하고 있기 때문이기도 하다. 그래서 누군가는 한국에서의 철학적·이념적 전쟁은 아직 끝나지 않은 전쟁이라고 말하는 것이다.

이제 마무리 단계

2020년 이후 전 세계적인 팬데믹과 디지털 사회주의의 성공적 혁명은 전통적 좌파 사회주의마저 마무리 단계에 접어들었다고 말할 수 있다.[63] 한마디로 말해 현 사회주의자들은 몰락한 소련이나 가난한 나라 베네수엘라 같은 공산국가가 아니라, 새로운 좌파주의로 무장한 디지털 사회주의 국가를 꿈꾸며 점점 더 그 세력을 확장시켜가고 있다.

시대가 바뀌면 철학도 관점을 바꾸어야 하고 이념도 자신의 한계점을 돌아보고 빠르게 대처해야 한다. 예를 들면 독일의 철혈재상 비스마르크가 의료보험제도(의료보험법, 1883년)를 처음 도입했다는 사실이 이것을 증명한다. 그렇게 한 이유는 러시아에서 레닌이 공산주의 혁명을 전개하는 것을 보고 독일 바이마르공화국이 복지국가를 지향한 것이다. 즉 자본주의와 시장경제가 안정적으로 발전하기 위

해서는 사회적 갈등이 심화되기 전에 선제적으로 대처할 필요가 있다는 것을 우리에게 시사해준다.[64]

새로운 정치철학의 필요성

지난 5년은 참으로 대한민국의 현실이 빠르게 흘러갔다. 저들이 말하는 '촛불'(2016년) 혁명이 다시 지금 '촛불 이후의 민주주의'에 대해 길을 묻고 있는 지경이다. 정치란 것이 생래적으로 지배의 논리일 뿐이라고 믿거나, 한낱 이벤트 내지 거창하게는 스펙터클로 변한 지 오래라고 체념하는 사람들이 있다. 하지만 여전히 정치가 대중의 고단한 삶을 변화시킬 인간의 역량에 속하고, 또 그래야 한다고 믿는 사람들도 있다.

빅테크 기술이 선사한 디지털 사회주의는 결국 대중을 정치의 객체가 되게 하고, 기껏해야 '손가락 혁명'에 동원되는 유권자 이상이 못 되게 만들었다. 이런 반성이 하나둘 터져 나오면서 이것을 타개할 정치 담론의 출현에 목말라 하고 있다.[65]

앞서도 언급했지만 전 세계는 네트워크화가 되어 한국의 정치가 흡사 미국의 그것을 이미 닮아 버린 것을 느끼게 한다. 공화당과 민주당, 민주당과 국민의힘당. 오바마와 트럼프, 노무현과 이명박, 박근혜와 문재인. 이렇게 진자추 운동과도 같은 반복이 앞으로도 되풀이되리라는 우려가 있다. 이는 단지 가상이 아니라 현실로 굳어질 것 같은 어떤 기시감과 불안 때문이라고 말하는 사람들이 있다.[66]

아무튼 20세기 초·중반을 짓눌렀던 '전체주의'에 대한 반성으로 시작하여 팬데믹 이후 먹거리 문제와 주거 문제, 소유와 분배 문제와 같은 거시적인 주제 외에 페미니즘과 성평등 같은 미시적인 주제까지 모두 다 새로운 정치철학을 요구하고 있다. 철학적 담론이 필요한 이유는 우리는 늘 자신 속에 갇혀 한계 안을 맴돌 수밖에 없기 때문이다. 그래서 사유하는 사람이 필요하고, 사유를 체계적으로 정리하는 사람도 필요하며, 이것을 삶의 각 영역에서 실천의 요소로서의 법과 제도로 녹여낼 사람도 필요한 것이다.

정치철학자들이 행하는 사유의 핵심들을 속류화(俗流化)시키지 말고 그것을 가치있게 받아들이는 진지한 수고와 노력, 그리고 그것을 가능하게 하는 정치인들의 포용이 결국 현실을 넘어 더 나은 시대를 만드는 결과가 될 것이다. 이러한 작업들이 결국 우리 자신의 정치적 사유의 자산이 되기 때문이다.

예고된 디지털 전체주의 시대

서문에서 언급했듯이 2020년은 영원히 기억될 해일 것이다. 어떤 이는 2020년이 새로운 밀레니엄이 시작된 해라고 말하기도 한다. 그도 그럴 것이 인간이 유사 이래 최고의 기술문명과 IT문명을 일구어 놓았음에도 불구하고 최적으로 적용하기가 힘들었는데, 코로나 19라는 전 세계적인 호흡기 바이러스로 인해 팬데믹이 오고, 이로 인해 빅테크, 빅비티*(BIG BIOTECH)* 산업이 수십 년 앞당겨질 정도로 확산되게 되었기 때문이다. 그런데 이러한 현 시대의 현상들을 지금으로부터 10년 전 미국 록펠러 재단[67]에서 예상 시나리오를 완벽하게 예측하고, 이에 대한 프로세스를 제시했다는 것이다.

서두에서도 간략히 언급하였지만, 이 시나리오는 미래의 도전에 효과적으로 대처하고 새로운 기회를 적극 활용하기 위해 기술 발전 방향 및 혁신 활동 등을 포함한 미래 로드맵으로 제시된 것이었다. 이 시나리오는 '정치와 경제의 일치도*(수출입 범위와 국제 문제 해결 네트워크 수준 등)*', '변화에 대한 적응 역량*(외부 압력으로 인한 신규 시스템으로의 전환 능력 등)*'을 분석틀로 하여, '강한 통제사회', '함께 잘 사는 사회' 등 4개의 사회 양상과 기술 혁신 활동을 제시하였다. 이를 통해 정부와 기업 등의 미래에 관한 전략적 의사결정의 가이드라인 제공을 목적으로 연구되고 제시되었다. 여기엔 불확실성의 축의 양 극단을 가정한 4개의 미래 시나리오가 제시되고 있는데, 경악할 정도로 10년 뒤인 2020년의 상황을 족집게처럼 맞추고 있다.[68]

먼저 가장 눈에 띄는 것은 Lock Step*(강한 통제사회)*이 전 세계적으로 거의 모든 국가에서 나타날 것을 예견하고 있다. 지금은 Lock

Down이란 말로 표현되었는데 이것이 가능하게 하는 것은 보다 강력한 정부 제재에 놓이게 되어, 혁신이 제한적이고 시민의 권리보다 권위적인 리더십이 급부상하게 될 것을 예측했다는 것이다. 이것은 발전사관적 입장에서 보면 인류문명의 퇴행을 의미한다. 만약 이것이 가능했다면 이는 우리가 원래 알고 있던 좌파나 진보주의, 혹은 그 반대인 우파나 자유민주주의가 아닌, 그보다 훨씬 더 높은 위치에 있는 그룹들이 세상사에 대한 어떤 철학과 신념을 가지고 권력과 금력을 포함한 파워를 가지고 주도면밀한 계획하에 역사를 인위적으로 조작하고 있다는 말이 된다.

시나리오에서는 (정부의 권위적 통치) 2012년 강력한 전염병으로 인해 아프리카, 동남아 및 중앙아시아가 타격이 큰 가운데, 미국 또한 시민 안전 보장을 위해 미국 내 여행조차 금지하는 일이 발생할 것이라고 예측하고 있다. 그런데 사회주의 국가의 종주국이라 할 수 있는 ·중국은 정부의 강력한 관리로 인해 다른 국가보다 효율적으로 대응했다고 예측하고 있고, 실제로 가장 먼저 팬데믹을 벗어난 모범사례로 소개되고 있다.

이 팬데믹을 기화로 전염병이 사라진 후에도 생체신분증(Bio ID)을 통한 감시 등 더욱 강력한 상의하달 방식의 권위적인 통치를 유지하게 될 것이라고 예측했다. 2021년 들어 디지털 백신접종 카드를 만들어 의무 착용키로 하는 일들이 전 세계적으로 벌어지고 있다. 그러다가 정부에 대한 시민들의 대응이 2025년경 나타나는데, 국익과 민간 이익 간의 충돌로 분쟁이 발생하자, 시민은 조직력을 갖춰 정부에 대항하는 쪽으로 변화한다고 시나리오는 밝히고 있다.

선진국·개도국의 차별전략으로 선진국은 개도국의 기술개발 및 자국에서의 기업 활동을 제한함과 동시에 과학자·혁신가의 연구 활동을 통제하게 될 것으로 보고 있다. 러시아와 인도가 IT 혁신 관련 내수품을 보호함에 따라 미국과 EU는 자국이 개발한 새로운 기술 보급을 통제하게 될 것이라고 시나리오는 밝히고 있다.

인공지능의 발달로 기술 혁신은 일어나겠지만 주로 국가 안보·보건 및 안전에 관해 국가 통제하에 이루어지며, 선진국 주

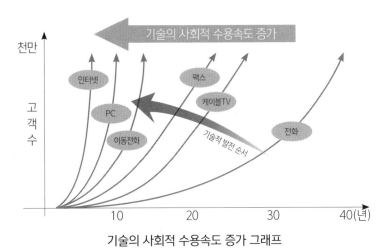

기술의 사회적 수용속도 증가 그래프

출처 : Strategic foresight-the power of standing in the future(2002)

도하에 개발하게 된다고 하였다. 지금은 의료 분야에만 적용되는 FMRI[69])가 공항에 설치되고, 음식·보건·건강 관련 기술도 통제가 강화되며, 국가 안보를 위해 IT네트워크는 각 국가가 독립적으로 관리하게 될 것이라고 예측하고 있다.

팬데믹이 끝난 후부터는 주요 이슈가 환경 문제로 옮겨가면서 기후 문제, 지구온난화 문제 등으로 포장된 종말론적 위협은 일반 시민들이 자발적으로 통제 속에 들어가게 하는 분위기를 만들게 될 것이다. 일설에 의하면 이것을 처음 기획한 무리들도 생각보다 너무 쉽게 사람들이 국가의 과도한 통제와 엄격한 질서의 요구에 순응하는 것을 보고 놀랐다고 한다. 이러한 일들이 진행되면 Hack Attack*(상호불신 사회)*가 오게 된다. 이것은 경제적으로 불안정하고, 정부는 권력을 상실하며 범죄가 난무하고 위험성 있는 혁신이 출현하기 때문이다. 국제적 재난*(미국 9.11사태, 동남아 지진 해일, 아이티 지진 등)*은 경제적 불황을 더욱 악화시키고, 각국은 국가 간 동맹 및 협력보다 자국의 경제적 안정에 총력을 기울이게 되며, 세상은 끝모를 추락에 이르게 될 것이다.

팬데믹인가 플랜데믹인가

이런 점에서 현재 일어나고 있는 일련의 모든 상황들은 자연의 법칙에 따른 전염병의 창궐, 인간의 노력으로 만들어진 대응체계와 백신, 즉 팬데믹의 발생으로 도전받게 된 인류가 전 지구적 협력으로 이를 해결해나가는 시나리오가 아니다. 처음부터 기획되고 의도되어 결국 정치망 그물 속으로 밀려 들어가면 영원히 나오지 못한 채 운명을 마치는 그런 플랜데믹이라면 이는 전 인류를 볼모로 행한 사기일 수밖에 없다는 것이다.

"기술과 국제적 발전의 미래에 관한 시나리오*(Scenarios for the Future of Technology and International Development)*"는 처음 발표된 후 록펠러 재단[70] 웹 사이트에 실렸다가 얼마 후에 사라졌다. 그런데 이 보고서를 차분히 읽다 보면 정말이지 입이 쩍 벌어지는 '공포감'을 느끼게 된다. 중국은 잘 막아낸다는 얘기, 마스크 착용이 의무화된다는 얘기, 록다운*(Lockdown)* 실시, 시민들이 건강을 위해 자발적으로 자유와 권리와 프라이버시를 포기한다는 얘기, 생체 측정 ID, 경제 붕괴와 비대면 경제로의 이행 등등….

신현철 작가는 말한다. "일단 이 시나리오 보고서 제목에 쓰여 있는 2개의 단어인 '기술'과 '국제적 발전'은 우리가 알고 있는 의미와 전혀 다르다. 우리가 생각하고 있는 그런 평범한 단어들이 아니다. 즉 '기술'은 '대중통제 술수'이고, '국제적 발전'은 실제로 뭐가 발전했다는 의미가 아니라 '대중을 효과적으로 통제/제압하고 얻은 권력 확장'을 의미한다."[71]

신현철 작가는 이런 말도 덧붙인다.

"끔찍한 공포감에 몸서리를 치는 단계를 넘어서니, 이 "대인류 테러 시나리오"를 쓴 자들도 우리와 같이 부모형제가 있고 천륜을 가진 인간들 일 텐데 도대체 무엇이 이들로 하여금 이런 악마적 시나리오를 버젓이 쓸 수 있게 만들었는지 생각해 보게 되었다. 그리고 이 살인 시나리오를 가감 없이 집행했을 것으로 추정되는 서구의 초국적 자본과두 계급은 도대체 그 정체가 무엇인지 고민해 보게 되었다. 왜일까? 왜 그럴까?"

그런데 이런 생각의 끝에 이르면 결국 이 세상을 움직이는 것은 누굴까 하는 생각을 하게 된다. 우리가 지금까지 이야기해온 자본론이니 국부론이니 하는 세속적 이데올로기 급의 존재들이 있다는 것을 어렴풋이 깨닫게 된다. 조금만 생각해 보면 그들이 금융왕국의 '황제들'이란 것을 알 수 있다. 골드만삭스 황제, 록펠러 황제, JP 모건 황제…. 그들은 거드름을 피우며 진행해왔던 지구 장악 프로젝트가 본격적으로, 그리고 무리수를 두면서 지금 감행하고 있다는 것이다. 여기서 신현철은 작가적 상상력을 가지고 이렇게 결론을 내린다.

"핵전쟁을 일으키자니 지들도 무사하지 못할 것 같고, 그리고 군사력은 러시아가 앞서 있어 잘못 붙으면 개망신을 당할 것 같고, 중국에게 갚아야 할 천문학적 부채 해결도 막막하고, 세계에 산재한

미군을 유지할 금융 시스템이 붕괴됐으니 앞으로 군사 폭력을 휘두르며 나대는 것도 한계가 있고…. 그야말로 진퇴유곡(進退維谷)이다. 게다가 중국과 러시아는 미국과 수입·수출을 하지 않고 순전히 내부적으로 모든 걸 해결하는 경제노선을 수립해버렸다. 미국을 없는 존재처럼 여기고 살겠다는 것이다. 양국은 얼마든지 그게 가능하다.

록펠러 재단의 시나리오 보고서 제1단계 Lock Step(잠금 단계)에는 지금 전지구적으로 체계적으로 관리되며 전개되는 지구경제 파괴 프로젝트인 '코로나 교향곡'의 악보가 적혀 있다.[72)

일루미나티와 딥스테이트의 등장

음모론으로만 치부되던 일루미나티 그룹과 NWO(신세계 질서 : New World Order)는 더 이상 음모론이 아닌 실체라는 것이 밝혀지고 있다. 이에 따라 전체주의 단일정부가 등장하는 것은 이제 거의 기정 사실화되었다.[73) 이것은 일반적인 주권국가들을 대체하며, 이데올로기를 따르게 한다. '역사 진보의 최고점'을 수립하는 새로운 이념을 따르게 하려는 모든 이들에 대한 선전이 동반된다.

정치와 금융상 신세계 질서가 발생한다고 예견되어 왔는데, 이러한 일들이 드러난 것은 앞서 언급한 록펠러 재단의 미래보고서의 예언들이 그대로 실현되고 있다는 소름 돋는 사실이다. 이들은 셀

수 없이 많은 여러 역사적 사건들은 비밀 세력들이 은밀한 협상과 결정을 통하여 세계 통치를 위한 일종의 각본을 진행해왔다. 단순히 그렇게 보이는 게 아니라 지금 우리가 사상 초유의 '경제 테러'를 당하고 있다고 보는 게 맞다.[74]

록펠러 재단의 시나리오 보고서에는 예상되는 의도적 경제 파괴의 규모에 대해서는 구체적으로 언급하지는 않았다. 그러나 경제 전문가들의 견해에 따르면 무시무시한 '경제파괴'의 규모는 전 세계 GDP가 반토막이 나면서 1930년대 초 '대공황'이나 1974년 경제 위기, 그리고 2008년 서브프라임 모기지 금융위기의 3가지를 추월하는 가공할만한 경기침 체가 몰아닥칠 것이라고 한다.

이러한 글로벌 동시다발 경제 테러를 막아내지 못한다면, 향후 몇 년간 인류의 1/3이 죽어 나갈지 1/2이 죽어 나갈지 아무도 모를 일이다. 신현철은 다음과 같은 우려를 드러내며 우리에게 경각심을 준다.

"이 코로나 경제 테러가 하루이틀 하다가 쉽게 그칠 게 아니라는 것을 아는 것이 중요하다. 국민경제가 폐허가 될 때까지, 즉 끝장을 볼 때까지 진행될 것이다. 그리고 이전과는 차원이 다른 극도의 통제에 시달리며 살게 될 것으로 보인다. 지금 벌써 그런 조짐을 느낄 수 있다."[75]

경제를 파탄내는 방법은 97년 동아시아 금융위기, 일명 IMF 때를 연상하면 크게 다르지 않을 것이다. 다만 그 파괴력이 더 클 것이다.[76) 백신을 맞고 순응하면 코로나로부터 목숨을 지켜준다면서 진행되고 있는 지금의 무차별적 경제 파괴는 기실 정교하게 계획된 "대인류 쿠데타"라는 가설이 맞는 것 같다고 신현철은 말한다.

아직까지 많은 이들이 깨닫고 있지 못하지만 곧 깨닫게 될 것이다. 하지만 그때는 이미 늦다. 자본주의 국가의 경제를 하나씩하나씩 카오스의 혼돈으로 몰아넣어 내파시키고 그 지배권을 장악할 것이다.[77) 이렇게 사람들을 다 죽여 가면서까지 극약 처방을 쓰고 있는 서구의 초국적 자본과두 계급에게 우리가 어떻게 몰살을 당할 것인지는 위에서 언급한 록펠러 재단의 시나리오 단계를 보면 충분히 알 수 있을 것이고 여기서 문제는 그들이 저지르는 이 전 지구적 싸이코패스짓을 어떻게 막아낼 것인가이다. 투쟁의 지혜가 모아져야 할 시기다.

플랜데믹의 구조

코비드-19 프로젝트는 정교하게 짜여진 시나리오에 의해서 진행되고 있는 것이 맞다. 그 증거는 전 세계 모든 정부들이 마치 정해진 콘티대로 움직인다는 것이다. 이를 근거로 전체적으로 파악해 보면 다음 3가지 측면을 볼 수 있다.

첫째는, 금융체제 붕괴에 따른 카오스 만들기다. 이렇게 해야 책임 소재와 비난을 피할 수 있다. 둘째는, 지정학적 이유다. 중국의 '일대일로'를 저지시킬 수 있다. 그리고 셋째는, 유라시아 국가들에게 '나라 빼앗기지 않기'다.[78]

이런 모든 불안감과 염려로 인해 초국적 자본과두 계급은 '코로나 빙자 쿠데타'을 일으켜 자본주의 국가들의 경제를 밀봉해버림으로써 도미노로 파괴시켜 '폐허'로 만든 뒤 새로운 질서를 만든다[79]는 구상이 지금까지의 정황으로 추측해볼 수 있는 신세계 질서이다.

이 3가지 측면을 유기적으로 관찰할 때, 경제테러 프로젝트인 '코비드 쿠데타'가 처음부터 정교하게 짜여진 플랜데믹임을 이해할 수 있다. 그러면 이제 우리는 무엇을 할 것인가? 대책 없이 실업과 궁핍과 죽음을 기다려야 하나?

이제 7장에서 이 모든 문제를 해결할 방향을 제시하고자 한다. 그것은 새로운 시대 정신의 이해와 정립, 그리고 이를 구현할 새로운 한 인물의 등장을 요구하며, 그에게 이러한 철학으로 나아가길 구하고 원해야 한다.

뉴 밀레니엄 에이지

뉴에이지

현재 이 세계는 뉴에이지[80]의 시대 정신 아래 구성되어 있다. 사상과 사조이면서 종교의 형태를 띄고 있다. 기독교나 불교 등 기존의 제도권 종교와는 다른 새로운 종교로 떠오른 것이다. 신비와 오컬트를 겸한 이 종교 아닌 종교는 전 세계적인 세력을 형성하고 있다. 그들은 1980년대부터 뉴에이지 밀레니엄 시대에서 인류가 취해야 할 패러다임의 변혁을 주장해 왔다. 범신론, 다원주의, 인본주의, 영적 진화론 등이 핵심 사상인 뉴에이지는 다른 종교나 사상들과 타협적인 태도를 유지하고, 광범위한 대중문화에 하나의 조류를 형성하면서 자신의 영역을 널리 전파하고 있다.

그런데 이들의 앞을 가로 막은 유일한 세력이 있었다. 바로 기독교 진영이었다. 유독 기독교 진영만은 뉴에이지를 '이단'의 세력, '사탄'의 종교라 하며 비판을 넘어선 비난을 가하며 그들의 확장을 힘겹게 막았다.

시중에 나와 있는 뉴에이지 관련 서적을 보면 뉴에이저들의 입장에서 쓴 것과 그러한 입장을 비난하고 공격하는 기독교 서적으로 양분되어 있는 것만 보아도 그동안 얼마나 힘겹게 싸워왔는지 알 수 있다. 물론 이 양자의 공통분모를 찾으려는 시도도 있었다.[81)]

30년 이상 지속되어 오는 뉴에이지의 영향력은 이제 일반 대중문화 속에 하나의 아이콘으로 자리잡고, 기독교 진영에도 영향을 끼쳐 기독교신비주의와 영지주의 그리고 뉴에이지적 오컬트와의 경계가 불분명하게 된 것도 사실이다. 그래서 기독교 진영 안에서도 임사(臨死) 체험. 천사의 등장, 부활의 재조명, 예언적 꿈 해석 등이 대중문화의 소재로 각광받고 있다. 중요한 것은 '뉴에이지'로 불리는 이런 현상은 정도의 차이만 있을 뿐 국지적인 현상이 아니라 대부분의 나라에서 공통적으로 나타나고 있기 때문에 시대적 흐름이라 할 수 있다.

현재 미국의 베스트셀러 목록만 봐도 인간의 영적 성숙을 주제로 한 제임스 레드필드의 소설인 《천상의 예언》이나 임사체험을 적었다는 베티 이디의《빛에 둘러 싸여》등은 이미 대중의 의식 속에 각인이 될 정도로 대중화되었다. 그 증거는 두 작품 모두 무려 3년 이상 베스트셀러 자리를 지키고 있는 것이다.

뉴에이지 선풍은 그노시스의 '부활'

세기말을 넘어 새로운 천년이 시작된 지 20년이 넘은 이 시점에서 다시 이러한 뉴에이지 현상이 주목받는 첫 번째 이유는 PC주의가 이끌어낸 진지전의 하나이기 때문이다. 두 번째는 사람들의 관심을 결국 영적이고 이교도적이며 기독교에 대한 배교적인 분위기를 만들어내기 위한 고도의 전략이라는 점이다. 20년 전 미국의 문학평론가이자 예일대 교수인 해럴드 블룸이 펴낸《천년왕국의 예언(Omens of Millennium)》은 바로 이런 뉴에이지 선풍의 문화적 배경을 분석해 화제를 모은 책이다.

이 책은 천사가 서구인들에게 지니는 의미는 무엇이며, 천사숭배 사상의 기원은 어디인지, 꿈이 인간의 정신활동에서 차지하는 역할은 무엇인지 등을 설명하고 있다. 천사숭배 부활 예언적 꿈 등은 어떻게 보면 지극히 충실한 종교적 경험이다. 그러나 블룸에게는 종교의 순수한 정신을 약화 또는 통속화시키는 현상으로 받아들여진다. 그는 이런 현상을 '메이드 인 유에스에이 그노시스(靈智)'라 부른다. 기

독교 전통과는 동떨어진 비논리적 '비법'을 이야기한다는 것이다.[82]

블룸 교수는 "현대인들은 천사에 대한 공포감을 상실한 지 오래 되었을 뿐만 아니라, 나아가 천사를 '노리개'로 만들어버렸다"고 개탄한다. 그에 따르면 현대인들의 천사숭배는 오히려 천사를 경시하는 셈이 된다. 실제로 미국인들을 대상으로 한 여론조사에서도 천사가 '세속화'된 지 오래다. 한 조사에서는 미국인의 46%가 자신을 지켜주는 천사를 몸에 지니고 있다고 대답했다. 이런 현실에서 본래 천사가 지녔던 신비성과 천사에 대한 경외감이 사라졌다고 해도 과언이 아니다. 83)

그노시스의 핵심 사상은 진정한 신은 결코 우리 인간에게서 떼어 낼 수 없는 대상이라는 것이다. 다시 말해 우리 인간의 심성에 영원 불멸의 요소가 있다는 주장이다. 인간의 종교적 심성의 뿌리가 그노시스라고도 주장하고 있다. 그노시스의 뿌리는 기원전 1500년께 이란의 예언자 조로아스터로까지 거슬러 올라간다. 조로아스터교는 그 후 많은 종교에 영향을 미쳤지만 지금은 거의 사라진 상태나 다름없다. 인도와 이라크에 수십만 명의 교도를 두고 있을 뿐이다.

하지만 정통 보수 기독교의 입장에서는 여전히 그노시스 영지주의 기독교 이단이다. 영지주의(Gnosticism)는 '지식'을 뜻하는 헬라어 '그노시스'(gnosis)에서 파생하였는데, 그 지식은 단순한 지식이 아닌 구원에 관한 지식(salvific knowledge)을 뜻한다. 최근 영지주의 문헌 가운데 하나인 《도마복음》 해설서를 김용옥 교수와 오강남 교수가 내놓으면서 한국 교계와 학계에서도 영지주의는 관심의 초점이 되고 있다. 이것만 보아도 일루미나티 세력들과 WCC로 설명되는 종교통합운동은 같은 맥락임을 알 수 있다.

영지주의는 2000년 전에 사라진 것이 아닌 지금도 곳곳에 그 잔재들이 여러 형태로 남아 있다는 것이 드러나고 있다.

기독교 전통이 강한 미국에서도 집집마다 모임을 가지는 곳이 많다. 현대판 영지주의자가 우리가 모르는 사이에 뿌리를 깊게 내리고 있음을 알 수 있다.[84]

영지주의는 영적인 지식이 쌓이면 이 세상으로부터의 엑소더스(exodus)를 하게 된다. 결국 자신들만이 알고 있는 영지(gnosis)를 활용하여 영혼의 여행길을 떠난다는 것이다. 싸늘한 시신이 되어 누워 있는 그들의 얼굴에는 한결같이 웃음을 머금고 있었다. 육체를 덧입고서 그 중력으로 떨어진 이곳 지구를 탈출하여 그들이 본래 있던 천상의 세계로 돌아가기 위해서는 일종의 패스워드(password)와 같은 영지가 필요했던 것이다. 그러한 영지가 자기들에게 있다고 믿은 그들은 그런 깨달음이 없는 이 세상을 뒤로 하고 극단적 자살을 통해 다음 세상으로 가려고 했던 것이다. 영지를 가지고 그런 식으로 관문을 통과하여 그들이 다다르고 싶은 신과의 합일을 위한 본래의 천상적 영역으로 이동하려고 하는데, 그들은 이것을 '영혼의 여행'(the journey of soul)이라 가르친다. 이것은 일루미나티 세력이 가지고 있는 오컬트와 맞닿아 있음을 알 수 있다.[85]

현대의 온갖 음모 이론이 제기될 때마다 그러한 음모를 일으키는 배후 세력으로 언급되는 이러한 프리메이슨단도 영지주의적 경향이 강하다. 영지주의적 경향의 신화와 윤회의 이론이 스며든 빅토르 위고(Victor Hugo)의 종교사상, 19세기 후반의 상징주의 시인이었던 보들레르(Baudelaire). 자연의 모든 형태, 즉 외적인 자연과 인간의 자연적 천성과 모세의 율법에 반항하며, 버림받은 사람들, 즉 카인의 종족을 찬양하는 그의 시 세계에 담긴 유일한 희망은 세계 밖으로의 탈출이었다.[86]

모든 철학은 종교를 반영한다

철학의 목적은 근원자(절대자)를 찾는 것이다. 그 방법론은 두 가지 자연에서 찾느냐 인간의 내면에서 찾느냐는 것이다. 영지주의는 인간과 자연을 동일체로 여기며 두 개의 합을 통해 근원자를 찾는 종교적 세계관이다. 지금 우리가 가지고 있는 영지주의 문헌은 거의가 2세기 중반 이후의 것이지만, 학자에 따라서는 그 기원을 고대 바벨론까지 추산하기도 한다.[87] 철학적 체계를 가지고 있었기 때문에 물질과 육체를 죄악시하고 영을 높이 평가하는 그들의 극단적인 이원론을 모토로 하고 있었다. 물질과 육체를 악하게 생각한 나머지 두 가지 상반되는 그룹이 내부적으로 생기기도 했다. 육체를 구원의 대상으로 간주하지 않기에 그 육체를 철저히 억누르는 금욕적 형태의 그룹과 육체적 탐닉에 전혀 상관치 아니하는 쾌락주의적 경향의 그룹으로 분화된 것이다. 극과 극은 통하듯 실은 이 둘의 뿌리는 하나였다. 이들의 가르침은 당대의 많은 대중들을 매료시켰고 2세기 중반까지 기독교의 가장 강력한 적이 되었다.[88)

어떤 종교든 인간의 고통과 죽음의 문제를 해결하기 위한 고투 속에서 그 시원을 열었다고 한다면 영지주의 또한 악의 기원과 인간이 고통당하고 죽어야 하는 그 이유를 해명하는데서 출발한 것이다. 정통 기독교가 교리를 형성하는 과정에 영지주의가 영향을 준 것이 있다. 첫째는 영지주의와의 대결 속에서 정통 기독교는 육체의 부활로 선회하게 되었다는 것이다. 그 이전에는 육체의 부활을 주장하지 않다가 육체를 죄악시 하는 그들과의 논쟁 속에서 육체의 부활을 주장하는 경향이 강해지게 되었다. 둘째로, '무에서 유로의 창조(creatio ex nihilo)'도 영지주의자들과의 대결 속에서 나온 교리로 보고 있다. 실은 창세기 1장을 읽어 보면 '무(nothing)'가 아닌 '혼돈(chaos)'으로부터의 질서(cosmos)로의 창조다.[89)

영지주의가 대중의 관심을 끌게 된 계기는 댄 브라운이 쓴《다빈치 코드》때문이다. 어떤 종교와 사상도 진공(vacuum) 상태에서 기원하여 발전할 수는 없다. 철학 역시 그렇다. 인간의 사유란 것이 종교적 갈등의 해결책 속에서 나름의 방안을 찾음으로 만들어진 것이다.

결론적으로 말해 어느 대통령이든 자신이 가진 종교가 철학이 되며 그 철학이 근원에 갖고 있는 이념과 사상, 세계관에 의해서 행동을 결정하며 법률과 제도와 조직을 만드는 데에 영향을 끼친다. 그래서 한 지도자의 철학을 살핀다는 것은 그의 종교적 심원을 찾는 것이며, 더 나아가 세계관 자체를 검증하는 것이라 할 수 있다.

세계관의 충돌-문명의 충돌

"세계관(世界觀, worldview)이란 한 사람이 사물들에 대해서 갖고 있는 기본적 신념들의 포괄적인 틀이다."[90] 사람으로 태어나 사물을 인식하며 살아갈 때 모든 사람들은 학습에 의해서 그리고 관찰과 이해에 의해서 저마다 세상에 대한 관점을 가진다. 한 사람이 만들어 내는 역사는 그 사람이 가진 세계관의 열매라고 할 수 있다.

그러면 기독교 세계관이란 무엇인가? 본질적으로 들어가면 모든 세계관에는 보이지 않는 영원과 피안의 세계까지 포함한다. 그래서 세계관은 필연적으로 종교적 경험을 포함한다고 할 수 있다.[91] 유물론적 세계관은 자연진화의 원리가 사회와 국가의 체제까지 진화했다는 이론에서 나온 것으로 고대에도 비슷한 사상은 있었지만 칼 마르크스가 쓰고 엥겔스가 편집한 《자본론》에서 최초로 주장되었다.

그래서 자본론을 유물론의 바이블이라고 하는 것이다.[92]

기독교 세계관적 입장에서 보자면 이 세상에서 제대로 된 기독인은 자신의 삶에서 기독교 세계관을 명확히 드러내며 표현해야 한다. 왜냐하면 기독교 사상의 영향력은 기업, 정치, 문학, 예술, 학문, 교육, 가정 등 우리의 삶 전체의 도덕적 성격과 그리고 온 세상의 모든 부분에까지 미쳐야만 하기 때문이다.[93] 그래서 이 두 세계관은 삶의 모든 부분에서 부딪힌다.

정치와 종교는 세계관의 표출

앞서도 말했지만 기독교 세계관의 실천은 그리스도인의 사명이다. 그렇기 때문에 문제 투성이의 이 시대에 현대 정신의 혼란 상황(포스트모던시대) 가운데서 그리스도인들은 자신들을 위해 그리고 이 혼란에 빠진 인류들을 위해 참으로 종합적이고 바른 세계관을 제시하며 그것을 성실하게 전파하고 실천해야 할 필요성과 사명이 있다. 만약 누군가가 기독교인으로 정치인의 길을 걷기를 원한다면 먼저 자신의 세계관을 명확히 이해하고 점검해야 할 필요가 있다.

물론 기독교 세계관은 진정한 의미에서 하나님 중심의 신본주의(神本主義)입장이기에 종교성을 감출 수 없다. 이것은 반대편의 세속 세계관자들이 스스로를 자연주의(自然主義)나 무신론주의(無神論)의 입장을 강하게 견지하는 것과 똑같다. 자연주의 무신론주의를 폄하할 수 없듯이 기독교인이 자신의 신본주의를 일부러 감추거나 양보할 필요는 없다.

기독교 세계관의 기본 구조

기본적으로 세계관은 세상의 역사와 전개에 대한 이해의 구조를 가지게끔 되어있다. 왜냐하면 사람들의 관심은 항상 탄생과 삶과 죽음에 대한 해답을 요구하기 때문이다. 따라서 기독교인이라면 탄생과 삶과 죽음에 대한 이해의 구조가 있을 것이고 사회주의자라면 역시 같은 이해의 구조가 있을 것이다.

첫 번째 기독교 세계관에서는 인간의 탄생을 이야기할 때 하나님의 창조를 인정하고 받아들임으로 시작한다. 역사적 창조를 받아들여야 성경적 의미의 창조를 받아들이는 것이다. 즉 '시간과 함께하는' 창조를 받아들이지 않으면 그것은 진정한 의미의 창조를 받아들이는 것이 아니다.

반대로 사회주의자는 찰스 다윈의 주장을 받아들여 모든 사물의 시작인 창조는 우연에 의해 자연도태에 의해 적자생존의 법칙을 따라 인간으로 진화되었다고 믿는 것이다. 여기서 믿는다는 표현을 쓰는 것은 사실로 인해 밝혀진 것이 아니라 추측되어지는 가설이기 때문이다. 점점 진화를 거듭한 생물체는 인간이 되고, 인간의 사회체제 역시 점점 진화를 거듭하여 오늘의 자본주의를 넘어 사회주의로 발전하고 있다고 믿는 것이다. 사회주의로의 발전을 막는 모든 것은 반동으로 청산해야 하고 제거해야 할 대상이 된다. 이때 가장 반동 세력은 신의 존재를 믿는 기독교인들이다. 왜냐하면 사람의 삶은 진화의 마지막 단계인 사회주의로의 이행을 해야 하는데, 이에 가장 역행하는 기독교인은 인민들에게 헛된 희망을 주는 아편이요, 처단해야 할 반역자이기 때문이다.

두 번째 인간 삶의 문제에서 중요한 구조는 죄에 대한 정의와 징계이다. 기독교 성경은 인간 세계의 모든 부조화는 인간의 죄 때문이라고 전제(前提)한다. 그러므로 인간의 역사적 타락을 믿지 않는 것은 실제적으로 인간의 타락을 믿지 않는 것이다. 온전한 의미의 타락은 창세기 3장의 역사성을 받아들이면서 인간성 전반의 타락을 인정하는 것이다. 반면 사회주의적 세계관의 입장에선 인간이 타락하였다는 것을 인정하지 않으며 만약 어떤 문제가 있다 하여도 발전적 사관에 의해 인간은 스스로 구원을 받을 수 있다고 본다. 이는 기독교 세계관이 아니다.

세 번째 전제는 만약 인간의 삶에서 고통이나 난관이 있다면 그 문제를 어떤 방법으로 해결할 것이냐는 것이다. 이것을 인간의 구원, 혹은 구속(救贖)이라는 측면에서 설명해야 한다.[94]

마지막 네 번째는 영원한 세계, 즉 내세관에 대한 것이다. 기독교 세계관에 있어 현세도 중요하지만 그 보다 더 중요한 것은 이 세상에 나타날 영원한 세계, 즉 앞으로 오게 될 세상인 내세(來世)가 더 중요한 것이라고 본다. 하지만 사회주의 세계관의 입장에서 본다면 내세란 우스운 것이다.

그 이유는 영혼까지도 물질로 이루어져 있다고 믿는 유물론의 입장에서는 내세는 아예 존재할 수도 없으며, 사람의 생명이란 죽음과 동시에 물질로 돌아가기 때문에 영혼이 존재한다는 것은 유물론적 입장에서 보면 허황되기 그지없는 황당무계한 것이다.

결론적으로 기독교 세계관을 가진다는 것은 모든 기독교신앙인이면 당연한 것이며, 기독교 세계관이 지향하는 바가 결국은 신적인 통치, 즉 하나님 나라(神國, kingdom of God)라는 결과로 완성됨을 믿는 것이다.[95] 왜냐하면 하나님은 온 우주와 이 세상 만물을 창조하신 분이시므로 온 세상이 다 그의 것이며 그의 주관(主管)하에 있다고 믿기 때문이다.[96] 하지만 인간의 타락으로 인해 만물도 그 원래의 모습을 많이 잃어버려 인간은 자연이 주는 한계 속에서 자연의 종속이 되어 버린 것으로 본다. 물론 성경이 말하는 인간의 모습은 함께하는 인간이며 더불어 사는 사회적 인간이다.[97]

그러므로 동성애를 주장하고 옹호하는 것은 신에 대한 도전이요, 창조의 원리에 대한 반역이다. 서로 사랑으로 교제하며 함께 산

결과로 아이를 낳는 것도 하나님의 축복의 일부분이고, 그 결과로 사람들이 많아지는 것과 온 땅에 가득 차게 되는 것도 하나님의 축복의 일부분이다. 인구 감축이나 산아제한, 낙태와 같은 제도나 법률 제정은 정면으로 하나님에게 대적하는 것이다.[98]

사회주의 진화론 거부

인간이 하나님의 형상대로 창조되었다고 하는 것은 인간이 다른 동물들로부터 진화되었다는 모든 개념을 거부하는 것이다. 인간은 진화의 산물이 아니라 하나님의 형상대로 지음받은 존귀한 존재이다. 또한 하나님의 형상은 인간이 하나님을 세상에 잘 반영해야 한다는 것을 함의한다. 인간이 하나님과의 관계를 저버리는 것은 결국 자신의 근본을 저버리는 것이며 비(非) 인간화되는 것이다. 인간은 하나님을 의존하도록 창조되었기 때문이다.

앞에서도 말했지만 서로 다른 강조점을 지닌 두 가지 관점이 있다. 그중 하나는 이 세상에 대해서 생각하는 것은 별로 의미없는 일이고 이 세상을 변화시키는 데 도움이 되는 것만이 진리라고 주장하는 마르크스주의적 진리관이다. 또 다른 하나는 실용주의적 진리관으로 진리는 신념의 기능이나 역할에 따라서 결정된다고 주장하는 입장이다. 즉 다른 것을 고려하지 않고 현실의 문제 사태를 해결하는

데 도움이 되는 것 그래서 인간에게 만족을 주는 것이 진리라고 간주한다. 이들의 입장은 결국 인간은 결코 절대적 진리를 획득할 수 없으므로 그저 신념의 가장 유용한 기능으로 만족해야 한다는 것이다.

기독교 진영에 대한 공격이 먹히지 않자, 사회주의자들은 전략을 짠다. 그렇게 나타난 것이 헤게모니 전략이며, 진지전적 공격이다. 그리고 뉴에이지 사상을 빙자한 다원론적 주장[99]으로 희석시키는 것이다. 이 세상의 모든 영역에 적용될 수 있는 단일한 절대의 진리 체계란 있을 수 없다는 생각을 부추겨 결국 상대주의적 진리를 허용하는 주장이다. 이같은 주장은 하나님과 성경을 절대 진리로 믿는 기독교와 정면 충돌할 수밖에 없다.

만약 한 기독교 정치인이 올바른 정치적 철학을 가지고자 한다면 반드시 기독교적 세계관을 만천하에 알리고 견지해야 할 것이다. 이것이 저쪽 이념을 이길 수 있는 원론이기 때문이다.

포스트모던주의자들은 인간의 이성으로는 절대적인 주장을 할 수 없다는 입장을 강조한다. 이것이 이전 세대의 사유보다 좀 더 겸손해 보일지는 몰라도 여기에 함정이 있음을 잊어서는 안 된다.[100]

그러므로 구속 받은 성도는 어떤 분야의 학문적 활동을 하든지 결국 성경이 계시하는 바 하나님과 진리에 대한 바른 이해를 가지고 그 토대 위에서 학문적 활동을 해야 한다. 이렇게 구속 받은 성도는 사고의 모든 분야에서 철저한 기독교적 사고를 하려고 노력해야만

한다.

세계관이 가치관을 결정

결국 기독교 세계관을 가진 자만이 기독교적 가치관을 가질 수 있다. 반면 절대가치관을 인정하지 않는 뉴에이지 운동과 같은 상대주의적 가치관은 기독교 가치관과 정면으로 충돌한다.

지금 전 세계는 문화전쟁이라는 명분하에 절대적 가치와 상대적 가치가 목숨을 건 투쟁을 하고 있다. 그러면 무엇이 절대적인가? 하나님과 하나님의 뜻이 절대적이다. 여기서 가치의 절대적(絶對的)이라는 말은 변함이 없다. 다른 모든 판단의 근거와 척도가 된다. 이처럼 하나님의 뜻이 선악(善惡)과 정사(正邪, 바른 일과 사악한 일)의 기준이 된다는 것이 기독교 윤리적 가치관의 근본이다.[101]

제2부
세상을 정복하고 다스림

누가 새로운 질서를 창조할 것인가?

문화와 문명과 정치

문화에 대한 기독교의 관점은 크게 두 가지다. 하나는 반(反)문화적 관점과 친(親)문화적 관점이다. 문화를 타락한 것으로만 치부한다면 문화에 대해 적대적이 될 것이고, 반대로 문화 속에도 하나님의 형상을 찾으려는 이들에게는 친문화적이 될 것이다.[102]

문화를 통해서도 하나님이 세상을 다스린다는 관점에서 본다면 기독교인들이야 말로 제대로 된 신세계를 만들어 타락한 세상을 바로잡아야 할 것이다.

서두에서 잠깐 언급하였듯이 위키디피아에서 신세계 질서(New

*World Order, NWO)*라고 검색해 보면 음모론 중의 하나라고 나온다. 그들의 아젠다는 '디지털기술'을 바탕으로 '전체주의 단일정부'를 등장시키는 것으로 언급된다.[103]

음모론상에서 정치와 금융상 신세계 질서가 발생한 것은 음모세력들이 영향력 있는 여러 표면적 조직을 운영하면서 시작되었다. 셀수 없이 많은 여러 역사적 사건들은 비밀 세력들이 은밀한 협상과 결정을 통하여 세계 통치를 위한 일종의 각본을 진행하는 것이다. 작금 일어나는 모든 일들이 음모론으로 끝나면 더할 나위 없이 좋겠지만 현실적으로 되어 가는 형국을 보면 우려할 만큼 모든 것이 그들의 아젠다대로 진행되고 있다.

1991년 아버지 부시 대통령이 국정연설에서 NWO를 언급한 이후, 클린턴 대통령, 오바마 대통령, 록펠러 전 부통령, 키신저 전 국무장관, 사르코지 프랑스 대통령, 메드베데프 러시아 대통령, 고든 브라운 영국 수상, 베네딕토 16세 교황 등 세계 정상 지도자들의 연설 속에서 이 용어가 계속 언급되고 있다.

"다음 세기에는 우리가 알고 있는 모습의 국가들은 사라지고 없을 것이다. 모든 나라들이 단일화되어 세계 정부를 인식하게 될 것이다. 주권국가라는 개념은 결코 좋은 생각이 아니다."[104]

"국가 주권 개념은 이 시대에 더 이상 생존할 수 없다. 미국 주권도 세계 정부의 목표를 위해 공중 투하시켜 버려야 한다."[105]

"그동안 우리가 대중들에게 조명받는 대상이 되었다면 세계를 향한 우리의 계획을 진전시키는 것이 불가능했을 것이다. 하지만 이제 세계는 보다 정교해졌고 세계 정부를 향해 행진할 준비가 되어 있다."[106]

"1991년 독일 바덴바덴의 빌더버그 회의에서 록펠러와 그의 일당은 거대 자본과 공산주의를 하나의 체제 아래에 두어 세계 단일 정부를 수립하고 그것을 자신의 손아귀에 두기 위해서 전력하고 있다. 내가 음모를 말하려는 것인가? 그렇다. 나는 그들이 음모를 꾸미고 있음을 확신한다. 이는 수세대에 걸쳐서 국제적 차원에서 꾸며온 일로 그 의도가 사악하기 이를 데 없다."[107]

"우리가 미국의 이익을 반하면서까지 정치적·경제적으로 통합된 세계 정부 수립을 위해 음모를 꾸미고 있다고 믿는 사람들이 있다. 그것으로 고소한다면 나는 유죄가 되고 그 사실을 자랑스럽게 생각할 것이다."[108]

"신세계 질서를 달성하려면 미디어 선동과 금융 조작뿐 아니라 피의 댓가도 치뤄져야 할 것이다."[109]

"세계 혁명의 목적을 향해 신속하게 움직이고 있는 우리가 그 전략에서 잘 이해하지 못하고 있는 것 중의 하나는 신세계질서에 종속될 사람들의 동의를 얻는 중요 방법으로 마인드 컨트롤을 사용해야 한다는 것이다."[110]

"우리가 좋아하건 싫어하건 우리는 세계 정부를 갖게 될 것이다. 세계 정부의 실현이 정복에 의해서일지 또는 동의에 의해서일지가 문제일 뿐이다."[111]

"수많은 사람들이 NWO를 싫어해서 그것에 저항하며 죽어갈 것이다."[112]

"세계 정부를 성취하기 위해서는 각자의 마음속에서 가족 전통에 대한 충성, 민족적 애국주의, 종교적인 도그마 등의 개인주의를 없애버려야 한다."[113]

"누구라도 루시퍼를 숭배하겠다고 맹세하지 않는 한 NWO에 들어갈 수 없다. 누구라도 루시퍼주의에 결단하지 않으면 뉴에이지에 들어갈 수 없다."[114]

유대인들은 이제 세워질 NWO 세계 정부에서 자신들이 그 중심에 있을 것이라고 주장한다.

"우리 유대인은 지배 종족이다. 우리들 각자는 이 행성에서 신성한 신들이다. 우리는 열등한 다른 민족과는 다르다. 그들은 벌레에서 발생하였다. 사실, 우리 종족과 비교해서 다른 종족은 짐승이자 동물이다. 잘 쳐봐야 소 정도 된다. 다른 인종은 똥으로 간주된다. 우리의 운명은 다른 열등한 민족을 지배하는 것이다. 우리의 지상 국가는 '철권'을 가진 지도자에 의하여 지배된다. 타민족들은 우리의 노예로서 우리의 발을 핥고, 우리를 섬길 것이다."[115]

"유대인들은 모두 그 자신의 메시아가 될 것이다. 메시아는 다른 인종을 모두 파괴하고 … 모든 곳에서 유대인의 특권이 유지되는 세계 정부를 구현함으로써 … 세계를 지배할 것이다 … 이 신세계질서에서 이스라엘의 어린이들은 반대 없이 각 부분의 모든 지도자들이 될 것이다. 세계 정부를 구성하는 다른 민족의 정부들은 어려움 없이 유대인의 손안에 들어올 것이다. 이 유대의 지도자가 모든 사유재산을 없애면 모든 자산은 국가가 사용할 수 있게 된다 … 따라서 '메시아가 오면 세계의 모든 자산을 유대인이 가진다'는 탈무드의 예언은 실현된다."[116]

빌더보그 모임

신세계질서(NWO)의 세계 정부가 본격적으로 구상되기 시작한 것은 1954년 빌더버그 모임이 결성되면서부터라고 본다. 빌더버그는 영국의 《더 타임즈》에 의해서 일반에게 정체가 드러나기 전까지 20여 년간 그 존재조차 철저한 비밀 속에 숨어 있었다. 금융 재벌, 국방 전문가, 미디어 총수, 장관, 수상, 왕족, 국제 경제인, 정치 지도자, 학자 등 세계에서 가장 영향력 있는 사람들이 매년 모여서 무엇을 논의하는지는 아직도 공개되지 않고 있다.[117]

1991년 6월 5일 몰래 녹음되어 세상에 유포된 데이빗 록펠러의 빌더버그 기조 연설을 들으면, 그들의 모임이 극비였던 이유가 언론의 통제로 인한 것임을 알 수 있다. 지금은 이미 대중에게 널리 알려진 사실이 되어버렸지만, 이전에는 기자나 정치인이나 내부자들이 그들의 존재와 계획을 폭로했다가 무고죄로 고소당하거나 의문사당하거나 자살 처리된 경우가 많았다.

케네디 대통령은 암살당하기 전에 했던 연설에서 다음과 같이 비밀집단에 대해 언급한다.

"기밀이란 용어는 우리처럼 자유롭고 개방된 사회에서는 혐오스러운 어휘다. 우리는 국민으로서 본질적으로나 역사적으로나 비밀 사회, 비밀 선서, 비밀 진행에 반대한다. 그들은 거대한 규모로 인적·물적 자원을 동원하고, 그것들을 치밀하게 연계시켜 고도의 효과적인 시스템을 구축하며, 군대는 물론 외교·정보·경제·과학·정치의 모든 영역에서 통합적으로 움직이고 있다. 저들의 준비는 공표되지 않으며 그 실책은 기사화되지 않으며 반대자의 입은 막아진다."[118]

이제는 BBC나 CNN 같은 대형 언론들도 빌더버그와 세계 정부에 대한 사실을 공개적으로 보도하고 있다. '앞으로 세계에서 일어날 일들을 기획하기 위해 비밀 회합을 갖는 서방 권력가들의 모임'으로 소개하기도 하고, '유엔과 유럽연합을 능가하는 실질적인 세계 정부로 지목받아온 그룹'으로 지칭하면서 "그들은 세계 단일정부를 위한 청사진의 골격을 이미 완성해 놓았다"고 보도한다.[119]

만약에 이들 세력이 실재하는 것이며,[120] 그들의 오랜 설계대로 세계사가 조작되어 흘러가고 있다면, 우리는 이를 대처할 전략도 준비해야 한다. 분명히 적은 존재하며, 이 보이지 않는 적들이 얻고자 하는 이득이 분명한 이상 이에 대한 대책을 가져야 진정한 의미의 국가 지도자라 할 것이다. 어떤 이는 이렇게 말한다.

"125명의 작은 집단이 어떻게 세계의 일을 결정하며 세계 70억 인구를 지배할 수 있는가?"

어쩌면 너무나도 당연한 이러한 질문에 〈빌더버그 클럽〉의 저자 다니엘 에스툴린은 이렇게 답변한다.

"사실은 생각보다 간단합니다. '시스템적 방법론'을 이용하는 것입니다. 사과 파이를 여러 조각으로 만들어서 자신을 따르는 사람들한테 던져주고 그들만 조종하면 전체가 조종됩니다. 예를 들어 세계은행의 울포위츠 총재를 매수하면 그를 이용해서 전체 금융조직을 조종할 수 있게 됩니다. 접시닦이나 청소부들의 생각까지 조종할 필요는 없고 단지 울포위츠의 일과 생각만 조종하면 됩니다. 그러면 울포위츠의 행동이 전체 조직에 스며들게 되는 것입니다. 이런 식으로 아주 작은 숫자가 세계 70억의 인구를 조종할 수 있습니다."[121]

빌더버그는 이처럼 앞에서 드러내지 않고 뒤에서 세계를 움직인다는 점에서 〈그림자 정부〉라는 별명을 갖는다. 우리가 지금 가지고 있는 정부는 선출에 의해 한시적으로 가지고 있는 정부 권력인데,

우리가 선출한 적도 없는 정부, 즉 그림자 정부, 혹은 딮스테이트의 조직들이 이 세상의 권력을 쥐고 좌지우지하고 있다면, 반드시 이를 찾아 발본색원해야 하며, 이들과 야합한 정치, 혹은 경제 세력들 역시 색출하여 반드시 응징해야 할 것이다.

그림자 정부론

'딮스!' '그림자 정부' '카발'과 같은 속 깊은 이야기를 하자면 이 주제만으로도 몇 권을 책을 써도 모자랄 지경이다. 하지만 《'페미니즘'과 '동성애'가 인류를 파괴한다!(*CRUEL HOAX: Feminism and The New World Order*)》는 다소 도발적인 책을 쓴 헨리 메이코우(*Henry Makow Ph.D*)의 《CRUEL HOAX - 페미니즘과 신세계질서》라는 책은 꼭 읽어보길 권한다. 이 책은 〈국제 공산주의와 신세계질서(*New World Order*)〉를 이해하는 데 도움이 된다. 그들의 명제는 간단하다.

"인류를 부패시켜서 지배한다." 즉 페미니즘, 남녀의 관계를 파괴하려는 궁극의 목적은 인간을 부패시키는 데 있다는 것이다.[122]

한마디로 말해 이 책에서 주장하는 바는 페미니즘은 〈신계계질서의 실험장=공산주의〉에서 시작되었다는 것이다. 원래 공산주의는 국제주의자(국제은행가)들이 신세계질서의 실험을 위해 만든 사상

이었다고 주장한다.[123]

이런 일련의 전략들을 살펴보면 공산주의가 지향하는 바와 동일하다는 것은 전혀 우연의 일치가 아니다. 페미니즘은 가족을 해체하는 사상이다. 페미니즘의 이론가들은 이성애(異性愛)에 대해 적의(敵意)감을 가지고 있으며, 사회의 모든 악폐의 원흉이 바로 '남성중심주의'라고 믿게끔 한다.[124]

진정한 크리스찬 정치가라면 이 세계를 악하게 지배하려고 하는 프리메이슨 세력과 페미니즘의 사악한 관계에 이해를 하고 있어야 한다. 적어도 이명박 대통령과 박근혜 대통령은 이들의 세력에 대한 이해와 대응이 없었기 때문에 결국 영어(囹圄)의 몸이 되었다. 하지만 미국의 트럼프 대통령은 일찍이 이들의 세력을 간파하고 대응해 왔으며 차근차근 준비해 곧 미국에서 이들 악한 세력들을 축출할 것으로 보인다.

미국의 경우 '연방준비이사회', 줄여서 '연준'이라 하는 'FRB'(중앙은행)를 장악한 카르텔은 거대한 비밀결사 프리메이슨을 통해 활동하고 있다고 저자는 주장한다. 프리메이슨은 한마디로 루시퍼신앙의 교회 조직이란 것이다. 그들의 문화는 본질적으로 돈과 섹스를 숭배하는 이교(異敎)이며, 그 근저에는 인간이 신을 대신할 수 있다는 사상이 있다. 그것이 바로 인간지상주의 사상(휴머니즘)이란 것이다.

저자는 유럽의 역사는 이러한 국제은행가들이 만들어 놓은 혁명에 기반한다고 단언한다. 영국 혁명, 미국 혁명, 프랑스 혁명, 러시아 혁명, 이 모든 것들이 그들의 손에 의해 만들어졌다는 것이다. 우리의 사고체계에 정면으로 도전하는 이야기다. 만약 사실이라면 과히 체제를 뒤엎는 혁명이라고 할 수 있다.

혁명은 체제를 파괴하고 전복하는 것이다. 은행가들은 신(神)을 대신해서 귀족사회와 교회 등의 모든 구(舊)질서를 대신할 신(新)세계 질서 확립을 시도한다. 윤리적으로는 '성의 혁명'을 통해 인류를 말살하려고 한다. 그들은 돈을 창조하는 자신들이야말로 神이며, 세상을 자신들의 의지대로 바꿀 수 있는 권리가 있다고 생각한다. 실제로 조지 소로스는 자신이 신과 같은 존재라고 말했다.

하나님(God)은 "생육하고 번성하라"(창1:28)고 명령하셨다. 하지만 신들(gods)은 인구가 늘어나는 것을 극도로 혐오한다. 엘리트인 자신들만이 누려야 할 혜택을 열등한 인간들과 같이 공유할 수 없기 때

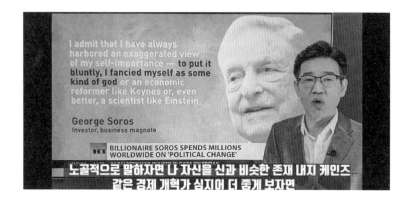

문이란 것이다. 그래서 그들은 인류의 인구 감소를 위하여 매우 많은 노력을 하고 있다.

미국에서 데빌 게이트로 불리는 이가 있다. 우리가 너무 잘 아는 빌 게이츠, 그는 로마클럽의 일원이다. 그런데 그가 과거 TED라는 프로에 나와서 인구를 5분의 1 이하로 감소시켜야 한다고 이야기 했다. 이 발언이 문제가 되자 로이터는 빌 게이츠의 발언에 대해 실드를 쳐준답시고 맥락이 빠져서 오해한 거라고 변명을 했다.

> reuters.com
>
> "First, we've got population," he said during the talk organized by TED, a non-profit organization devoted to spreading ideas. "The world today has 6.8 billion people. That's headed up to about nine billion. Now, if we do a really great job on new vaccines, health care, reproductive health services, we could lower that by, perhaps, 10 or 15 percent. But there, we see an increase of about 1.3."
>
> However, Gates was not suggesting the global population should be killed off using vaccines. He is instead saying that improving public health using vaccinations can reduce unsustainable population growth in the future – and with it, lower carbon emissions.

그런데 원문을 보면 빌 게이츠는 백신 등으로 인구를 감축시켜 탄소 배출을 줄이자는 개 같은 소리를 이미 2010년에 했다. 형광펜으로 칠한 부분을 여러분들이 해석해 보길 바란다. 인구 68억*(2010년 당시)*이었던 시절, 그런데 곧 90억이 되어 간다면서 이렇게 개소리를 널어 놓았다.

"이제 우리가 백신, 보건, 출산 관련 서비스 등에서 일을 아주 잘하면 아마 10~15퍼센트 정도 인구를 줄일 수 있습니다."

여기서 방점은 백신 등을 통해 인구를 줄일 수 있으니 새로운 질서를 만드는 빌더그룹이 이것을 실천할 수 있도록 모든 힘을 모아달라는 메시지를 날린 것이다. 일설에 의하면 이들은 그간 사스와 같은 유사 팬데믹을 시험해 본 다음 2019년 말 우한에서 발생한 코로나19를 통해 현재와 같은 공포의 세상을 만들어 버리고 만 것이다. 로이터의 말대로 백신을 통해 보건이 증진된다면 어떻게 인구 증가를 줄인다는 말인가? 말만 보건 증진이지 결국 인구가 백신을 통해 줄어든다는 것이 저들의 전략인 것이다. 즉 백신을 통해 빨리 죽게 하거나, 출산 및 생식기능을 건드려 산아제한을 한다는 말이다.

GLOBALISM=국제주의

한때 국제화란 말이 유행했던 적이 있다. 그런데 그 정체가 바로 공산주의였다는 것이다. 루미니아에서 투옥된 적이 있는 리차드 원브란드 목사는 《마르크스와 사탄(*Marx and Satan, 1986*)》이라는 자신의 저서에서 공산주의의 본질은 공인된 사탄주의라고 말하고 있다. "공산치하에서 기독교인은 심한 박해를 받았을 뿐만 아니라 신에게의 모독까지 강요받았다"고 적고 있다. 공산주의의 목적 즉 신세계질서의 목적은 결국 신을 농락하는 루시퍼를 찬미하는 세상을 만드는 것에 있다.[125]

제2차 세계대전 후의 페미니즘은 국제은행가 카르텔에 의해 만들어졌다. 재단, 싱크탱크, 공산당, CIA 등 첩보기관의 대부분은 록펠러 카르텔로부터 지원을 받았고, 그 카르텔에 지배당했다. 그들은 1세기 전부터 인구를 줄이고 정부의 힘(*사회주의든 자유주의든*)을 확대하여 人心을 조작하려 노력해 왔던 것이다.[126] 〈붉은 페미니즘〉이 밝히는 중대한 비밀이 있다.[127]

"레이프(*강간*)는 남성 우위의 사상과 …(중략)… 옛날부터 내려 온 남성들에 의한 경제적 · 정치적 · 문화적인 여성 착취 …(중략)… 가 표현된 것이다"[128]

1940년대 이후 미국 공산당 지도부는 노동운동으로 재미를 보지 못하자, 여성과 흑인 쪽으로 방향을 돌렸다. '남성 우위'를 강조함으로써 보다 많은 여성을 공산당 조직에 불러들이기 위해서였다. 페미니즘의 기원이 공산주의라는 사실을 알게 되었다면 다음과 같은 여러 질문의 배경이 보일 것이다.

- 여성운동은 왜 여성스러움을 적대시하는가.
- 여성운동은 왜 인종과 계급의 평등을 주장하는가.
- 여성운동은 왜 혁명(변혁)을 요구하고 성차별이 없는 유토피아적 세상을 바라는가.
- 여성운동은 왜 처음부터 이데올로기 논쟁과 주장을 한없이 반복하는가.

공산주의자들은 고객들에게 팔리지 않는 계급투쟁을 접고, 새로운 신상품을 개발해낸 것이다. 바로 동성애와 유색인종을 자기편으로 만들어 '다양성'과 '다문화'를 호소하는 전략으로 바꾼 것이다. 미국 공산당이 계급투쟁 상품 대신에, 인종·성별·계급이라는 신상품을 출시하고 나름 뿌리를 확고히 내렸다고 볼 수 있다. 페미니즘 활동가의 대부분은 공산주의와 관련 있는 자들이다. 페미니스트가 지구온난화의 문제에도 발끈하며 히스테릭한 반응을 보이는 것도 모두가 금융엘리트가 공산주의를 지원하고 있기 때문이다.[129]

다행히 너무 섣부르게 그들이 노출됨으로 인해 적들이 파악된 것이 그나마 천만다행이라 할 것이다. 지피지기면 백전(百戰)불태(不殆)란 말이 있듯이 적을 안 이상 이 전쟁은 이길 수 있다.

우리가 만들 새로운 세상

이념을 극복하는 미래 비전

앞에서 언급했듯이 만약 이 세상의 문명과 문화를 적대적인 것으로만 이해하지 않는다면, 악에게 지지 않기 위해서라도 우리는 선한 세계 질서를 만들고 지켜내어야 한다.

전 세계적인 좌우의 대립을 극복하고 남북의 세력을 다 균형 있게 활용하여 세계사에 유래가 없는 미래를 창출하기 위해선 발상의 전환, 패러다임의 변화만으로는 부족한 대변혁적인 사고의 전환이 필요하다. 미래의 확실한 비전이 민족의 가슴을 때리면 드디어 이념을 뛰어넘는 위대한 에너지가 다시 한 번 그 힘을 드러낼 것이다.

이제 그 힘의 원천이 뭐냐고 묻는다면 "좌우를 이기는 남북의 힘"이라고 말할 수 있다. 즉 "대륙으로 나아가기 위해선 DMZ평화무역지대의 설치이고, 해양으로 나아가기 위해선 부산과 다도해를 아우르는 해상신도시 르네상스 시대를 만드는 것"이다.

이것은 필자가 오랜 시간 고민하고 생각하며 정리해온 것이다. 이것은 한마디로 말해 DMZ 지역 안에 남과 북이 합작하여 토지를 제공하고 전 세계 기업들이 기술을 제공하여 이 DMZ 안에 공장과 사무실을 두어 옛날 홍콩처럼 무역자유특구를 만드는 것이다. 그리고 부산 가덕도에서 시작하여 여수까지 섬과 섬을 연결하여 부유식 해상신도시를 만들어 이탈리아의 베네치아와 같은 물 위의 도시를 만들고, 두바이처럼 다양한 형태의 부유식 인공섬을 만들어 DMZ 평화 무역특구와 같이 해상무역특구를 만드는 것이다. 한마디로 말해 반도라는 이점을 이용해 판문점 DMZ 지역엔 대륙으로 연결되는 창구를 남쪽으로는 해상부유신도시들을 통하여 해양으로 통하는 창구를 만드는 것이다. 이것이 21세기 대한민국의 국토 전략이고 미래 전략인이다.

북으로는 3대륙 철도, 남으로는 해상신도시

문재인 정권 들어 야심차게 추진해온 일 중의 하나가 남북철도 연결을 통한 유라시아 철도사업이었다. 사실 이것은 좌와 우를 떠나 대한민국이 나아가야 할 미래의 방향으로 반드시 추진해야 할 국책사업이다.

이와 더불어 남부권의 심장이자 태평양의 관문인 부산·거제·통영·여수·목포가 살아나지 못하면 대한민국도 살아나지 못한다. 지금처럼 수도권에 인구가 집중하고 경제 인프라가 모여 있는 것만으로 대한민국을 살리지 못한다. 정말이지 묻고 싶다. 대한민국이 지금처럼 찌그러들도록 내버려둘 것인가? 미래에 대해서는 한마디도 못하고 과거의 역사와 이념에만 몰두하여 4차 산업혁명의 파고가 몰려오는 이 시대에 주도권을 빼앗기고 통탄할 것인가를 말이다.

수도권이 가지고 있는 기득권에 그 옛날 이순신 장군이 장악했던 좌수사(左水使) 우수사(右水使)의 해양권을 중심으로 한 거대해상경제권이 일어서야 한다. 그래서 함께 세계를 누벼야 한다. 가치가 평가 절하되어 있는 해상을 살리는 자가 대한민국을 살릴 것이라 여겨진다.

지금 바깥은 바야흐로 우리가 상상하지 못한 세상을 맞아 초스피드로 움직이고 있다. 7G의 시대가 열리려고 한다. 통신산업은 지금까지 4세대의 이동통신 시대를 거쳐 왔다.[130] 5G 시대의 항구는 빅데이터를 수용하는 빅데이터센터이다.

5G는 초당 1Gb 정도의 데이터를 주고받을 수 있는 통신 시스템

이다. 이 정도 속도라면 이론상으로는 고화질 영화 한편을 2~3초 안에 다운로드 받을 수 있다. 따라서 앞으로 조금만 더 기술이 발전하면 가상현실 또는 증강현실과 같은 콘텐츠도 완벽하게 구현할 수 있을 정도로 빠르게 변하고 있다. 5G 시대를 맞아 각국은 벌써 치열한 선점경쟁을 벌이고 있는 것이다. 저렴한 비용을 무기로 한 화웨이가 저만치 앞서가는 듯했으나, 국가통신보안상의 이유로 전 세계에서 퇴출을 당하고 있다. 5세대 통신의 구현으로 이전에 우리가 겪어보지 못했던 새로운 세상이 펼쳐지고 있는 것이다.

가상현실이 실제가 되는 메타버스

예를 들어 5G 서비스가 대부분인 현재 시점에서는 사무실이나 현장에 출근하여 업무를 보는 것이 일반적인 경우다. 하지만 6G 통신 상황에서는 출근하지 않았는데도 예전과 똑같은 사무실이나 현장이 가상현실로 펼쳐진다. 지금과 같은 팬데믹 현상이 일반화되면 교회도 6G를 활용한 가상교회예배가 현실화될지도 모른다. 왜냐하면 실상과 허상 차이를 느낄 수 없게 되기 때문이다. 4차 산업혁명의 시대를 한마디로 가정하면 특이점의 시대가 온다는 것인데, 특이점의 시대가 오기 전에 먼저 가상사회 시대가 즉 메타버스(metaverse)[131]의 시대가 온다는 것이다. 물론 가상현실 사회가 필요한 것은 아니다. 하지만 저들은 이것을 무기로 우리를 공격할 것이다. 신기술을 피하고 멀리한다고 해결되는 것이 아니라 더 깊이 연구하고 장악하고 정복하고 다스려야 한다. 그것은 성경의 명령이다.[132)]

이 세상은 끝임 없이 미지의 영역, 심지어 신의 영역이라고까지 여겨지는 영적인 영역까지 과학의 이름으로 도전해 왔다. 분명한 것한 가지는 오늘날 인류가 사용하고 있는 기술문명은 2천 년 전 예수가 이 땅에 왔던 시대와는 차원이 달라졌다. 성경이 기술하고 묘사하고 있는 로마 시대의 과학적 잣대로는 설명이 불가한 기술문명들을 인간들은 만들어 냈다. 그렇다고 해서 성경이 초자연적·초과학적 영역들을 깡그리 무시하지는 않고 있다. 요한복음서가 크게 부각시키고 있는 예수의 7대 기적은 우리가 이해하고 있는 물리적·화학적 잣대로도 이해가 불가하다.[133)] 예컨대 물이 포도주를 변한 사건은 우리가 알고 있고 할 수 있는 화학적 범위를 뛰어 넘는 것이다. 또 물 위를 걷는다는 것 역시 이 세상의 물리법칙과는 인과관계가 없다. 더더구나 오병이어로 성인 5천 명이 먹을 수 있는 음식이 자가복제되었다는 것은 아무리 과학이 발달해도 불가능 한 일이다. 더더구나 38년 된 병자가 살아나고, 죽은 자가 살아난다는 것은 영원히 인간이 근접할 수 없는 신의 영역이다.

하지만 바벨탑의 야망은 단지 인간이 정치적·제도적 금자탑만을 쌓는 것으로 끝나지 않고 디지털과 인공지능 그리고 가상세계를 기반으로 한 영원불멸의 영역까지 도달하고자 하고 있다. 신기술·신문명은 또한 인간에게 부와 명성을 보장할 것이기 때문에 많은 경고에도 불구하고 결국은 금단(禁壇)의 영역, 멸망을 받을 가증한 영역까지 손을 댈 것이다. 그렇기에 기독교인들과 기독교 정치인들은 이들 영역에 대한 한계와 영역을 분명히 하고 금기(禁忌)시할 것은 철저하게 금기시하도록 제도와 법률과 정치로서 다스려야 한다.

오는 2030년 경에 상용화될 것으로 전망하고 있는 6G 통신은 5G의 핵심 기반인 사물인터넷(IoT)도 한 단계 더 향상시킬 것으로 기대를 모으고 있다. 사람과 사물을 연결하는 단순한 개념에서 벗어나 공간과 데이터 등 사회 전반을 유기적으로 연결하는 '만물지능인터넷(AIoE, Ambient IoE)'시대가 전망되고 있다. 더 나아가 메타버스로 설명되는 확장 가상세계, 즉 가상·초월(meta)과 세계, 우주(universe)까지 넘보는 이 시대가 눈앞에 이르렀다.

국가적으로 보면 이들 영역을 도외시하면 결국 또 포로가 되고 식민지가 된다. 그래서 기술적으로는 우위를 점하되 윤리적으로는 주도권을 가져야 한다.

더더구나 전 세계가 이 영역에 대한 무한 도전을 행하고 있다. 지금 좌우 논쟁에 휩싸여 세월을 허송하면 결국은 3류 국가로 전락할 수밖에 없다. 한국전자통신연구원(ETRI)의 관계자는 "계획대로 6세대 통신이 개발된다면 그동안 기지국을 건설할 수 없었던 바다나 광섬유를 매설하기 어려웠던 험지(險地)까지 통신 서비스가 제공될 수 있을 것이라고 기대하며, 그동안 문제점으로 지목되어 왔던 지구의 통신 사각 지역까지 해소할 수 있을 것으로 판단된다."고 말했다. 정말 꿈같은 일이 십년 안에 일어난다는 것이다.

실제로 중국의 통신 분야 전문매체인 페이샹망(飛象網)의 보도에 따르면 6세대 통신은 전파의 송출 범위가 대폭 확대되므로 불가능하게 여겨왔던 수중 통신까지도 실현 가능한 것으로 나타났다. 앞으로 인간은 지상의 도시가 아니라 방사능·날씨·온도에 구애받지 않는 천혜의 환경을 가진 수중의 신도시를 해저에 건설할 수 있을지도 모른다고 한다. 전 세계적인 동시 통신은 어쩌면 그동안 신의 영역이라고 여겨졌던 텔레파시와 영의 세계까지 도전하는 기술 문명이 아닐까 한다.

머뭇거릴 시간이 부족하다

아무튼 좌우를 넘어 남북을 아우르는 국가를 새롭게 창조하기 위해서는 부산을 출발하여 거제·통영·여수·목포 앞바다에 새로운 해상-해양 연계 신도시를 기획하여 세계 최초의 해양신도시를 건설할 수 있어야 한다. 이를 위한 실험의 장소로는 한반도 남부의 바다가 최적지가 아닐까 한다.

우리가 좌우의 이념논쟁과 정쟁으로 지난 5년간 허비한 결과 세상은 저만치 앞서가고 있다. 한 편으로 이 분야를 장악한 빅테크기업들이 주도하는 디지털 전체주의(全體主義)의 위협론(威脅論)까지 떠오르는 시대이다. 이러한 때 3차 산업혁명의 파고 속에서 G10까지 오른 우리나라는 그 이점을 살려 제4차 산업혁명의 주도권을 쥐어야 한다는 점은 분명하다. 그 이유는 모든 문명이 인간성에 대해 양면이 있듯이 4차산업혁명도 위험성이 있기 때문이다. 자유민주주의 체제가 이를 장악하지 못하면 결국 디지털전체주의가 온 세상을 장악하게 된다.

다시 한 번 강조하지만 좌우를 뛰어넘어야 앞으로 전개될 로봇 시대, 인공지능 시대, 가상현실(VR)과 증강현실(增强現實, 영어: augmented reality, AR), 메타버스 시대를 바탕으로 하는 디지털 네트워크 전체주의 문제점들을 미연에 방지할 수 있다. 도래하는 시대를 예측하여 법률과 제도들을 미리 연구하여 만들고 준비해야 한다. 최근 물의를 빚고 있는 빅테크의(Big Tech) 자가 검열 문제도 한시바삐 법적·제도적 장치를 만들어야 한다. 그리하여 자율에 기반을 두되, 표현의 자유를 제한하지 못하게 해야 하고, 거대자본을 바탕으로 경쟁업체의 진출을 막는 독점을 막는 법을 강구해야 할 때다.

해양 대륙(?)

해양 대륙이라는 말은 생소할 것이다. 그런데 역사를 살펴 본다면 해상 위에 세워진 매립도시들이 대륙에 편입된 경우는 많다. 멀리 가지 않아도 베네치아가 그렇고, 미국 역사에 있어 독보적인 지위를 가진 도시 맨하탄 또한 그렇다. 최근 두바이에 세워진 월드아일랜드 팜아일랜드 등은 정말 획기적인 발상의 전환으로 아라비안나이트의 신기루를 현실에서 보는 듯한 즐거움을 준다.

부산을 비롯한 여수 목포 등의 황금기는 수출주도형 성장을 추구하면서, 원자재 등의 수입항이자 가공품 혹은 완제품이 전 세계로 수출되는 수출항으로서 역할을 할 때였다. 당시 개발도상국이었던 대한민국은 신기술이나 경영노하우를 이웃국가인 일본으로부터 많이 전수받았고, 값싸고 질 좋은 노동력을 활용한 제조품 및 가공품 등이 태평양·인도양을 거쳐 전 세계로 팔려나갔다. 이러한 항구로서의 물류적 이점을 살려 부산과 목포 군산 등에서는 제조 및 가공을 중심으로 한 공업 지대와 함께 무역업이 광범위하게 형성되었다.

뿐만 아니라 한일협정 이후 본격적인 산업화 시대가 시작되면서, 부산·마산·창원에는 자유무역 지대가 창설되었고, 일본과의 지리적 이점과 산업화 과정에서의 기술전수 등 일본 바이어와 거래처 등의 잦은 방문으로 일본과의 교류가 왕성한 곳이 되었다. 90년대 들어

김대중 정부 시기에는 일본과의 문화교류가 왕성해지면서 목포와 여수·군산 등은 제2의 개항 르네상스로 일본 음식, 일본식 유흥문화 등 문화적으로도 한·일 간 교류가 가장 활발한 곳이 되었다.

이제 다시 부산을 비롯한 남해안의 연안들은 다시 한 번 기회와 도전을 맞이하고 있다. 중국 정부의 무리한 패권 확장으로 인해 동북아 질서가 위협받고 있고, 특히 홍콩과 대만의 안보 및 정정(政情)이 위협을 받고 있는 상황 속에서 급변하는 동북아 질서의 재편에 따른 위기는 남해안 연안벨트에 역사상 가장 큰 기회를 제고할 준비를 하고 있다.

세계 질서는 먼 거리에 있는 나라에 의해 역내 국가들의 위기가 결정되지는 않는다. 항상 역내 국가들의 역학구조에 따라 결정되는 것이다. 지금 한국은 미증유(未曾有)의 상황이 바로 눈앞에 터지고 있다. 문제는 현 정권의 시각에서 보면, 어떤 위기나 기회도 없다는 것이다. 하지만 이쪽에서 보면 중국 정권도 무너지게 할 정도의 기회가 온 것이다. 따라서 이를 위해서는 반드시 국내 정치의 상황 변화가 너무나도 절실하다.

태평양 대륙 도시(?)

태평양을 무대로 대륙 도시를 꿈꾼다. 어쩌면 말도 안 되는 발상일 것이다. 하지만 항상 세계사는 꿈꾸는 창의적인 한 사람에 의해 방향이 바뀌고 바뀌어왔다.

세계사는 2020년을 한 분기점으로 기록할 것이다. Covid-19 때문이다. 사회학자들조차도 현 시대를 BC*(Before Corona)*와 AC*(After Corona)*로 나눈다. 그 분수령이 2020년이라는 것이다. 코로나는 제4차 산업혁명을 앞당기는 촉매제가 되고 있다. 의도되었건 비의도되었건 그것은 이미 벌어졌다. 그래서 어떤 이는 말하길 진정한 의미의 21세기는 2020년부터 시작되었다고 말하기도 한다.

21세기는 전 세기에서 늘 말해왔듯이 IT와 BT가 급속도로 발전하고 상호 접목하여 드디어 인간이 노동에서 해방되고 질병에서 자유로워진다고 예언하였다. 하지만 생각보다 그 속도는 느렸다. 왜냐하면 대다수의 사람들은 획기적인 그런 시대를 갈망하지 않았기 때문이다. 그 이유는 막연한 두려움 때문이었다. 하지만 이제 전 세계를 강타한 팬데믹 때문에, 사람들은 적극적 대면*(contact)*을 거리끼게 되었고 비대면*(un-contact)*이 일상화되고 있다.

요즘 '언택트'라는 말을 자주 쓰는데, 이 단어는 언-컨텍트의 줄임말이다. 하지만 한국 토종 '콩글리시'다. 그러나 이 언텍트가 산업의 트랜드로 자리잡아가고 있다. 구시대는 이렇게 우연찮은 일의 발생으로 전혀 다른 양상으로 전개된다.

한반도의 위기와 기회

한반도의 축복

반도(半島)!

대한민국의 지정학적 입장을 가장 잘 나타내는 단어이다. 삼면이 바다라서 반은 해양이고, 반은 대륙에 닿아 있다는 뜻으로 알고있다. 에게해의 문명, 미케네 문명, 그리고 그리스와 로마의 지중해문명은 이러한 반도의 지정학적 이점을 활용해 일찍이 문명의 꽃을피우고 번영과 축복을 누린 땅이다. 물론 해상에서의 다툼과 대륙으로부터의 위협도 늘 끊이지 않는 말 그대로 도전과 기회의 땅이었다. 그런데 어느 곳보다 문명이 빨리 탄생했다.

한때 우리도 삼한 시대 이후 신라와 고려를 통해 해상과 대륙을 두루 섭렵하여 대륙실크로드와 해상실크로드를 종횡무진하기도 했다. 그리고 임란과 호란, 그리고 조선말 열강들의 각축전 속에 시련과 위기도 겪었다. 어떻게 보면 한반도만이 가진 이러한 위기 때문에 더 강하고 더 지혜로운 민족이 되었는지 모르겠다.

우리 시대의 '대표 지성(知性)'으로 꼽히는 이어령(86) 전 문화부 장관이 한국·한국인이 맞을 다음 100년의 과제를 다음과 같이 제시했다.

"결론부터 말씀드린다면 세계사는 대륙 세력(Land Power)과 해양 세력(Sea Power)[134] 간의 투쟁의 역사다. 대륙 세력과 해양 세력 간 충돌의 역사인 셈이다. 유럽의 경우 영국은 대표적인 해양 세력이다. 반면 프랑스와 독일은 대륙 세력이다. 이들 나라들의 현대사만 보더라도 세계 1, 2차 대전을 통해 영국과 독일은 끊임없이 전쟁을 치렀다."

이 교수는 세계사뿐 아니라 한반도를 둘러싼 지정학적 충돌도 마찬가지라고 했다.

"미국과 일본, 호주는 해양 세력이고 중국과 러시아는 대륙 세력이다. 이들 나라들도 청일전쟁, 러일전쟁 등 숱한 전쟁을 했다. 문제는 한반도의 지정학적인 위치다. 우리나라는 지정학적 위치가 두 세력이 격돌하는 중간 지점인 반도(Peninsula)에 위치하고 있다."[135]

문명사에서 한 획을 그은 나라들은 대륙 세력과 해양 세력 사이에 끼여 있었다는 말이다. 한반도 역시 이런 지리적 이점으로 인하여 반만년의 역사에 숱한 외침과 수난을 겪어오던 중 독특한 문명을 만들어 냈다. 대륙 세력이 강할 때는 대륙으로부터 문명과 영향을 받았고, 해양 세력이 강할 때는 해양으로부터 문명과 영향을 받아 왔다는 것이다. 근대 이전까지 대륙 세력은 중국이었고 해양 세력은 일본이었다. 그러다가 1945년 광복을 기점으로 북한 김일성 체제는 대륙 세력에 줄을 섰고, 남한의 이승만 체제는 해양 세력에 줄을 서면서 분단국가가 되고 말았다.

사실 대륙 세력과 해양 세력이 마주하는 한반도는 어느 누구도 혼자서는 차지할 수 없는 땅이다. 그런데 지금도 한반도 주변 정세는 중국과 러시아 등 대륙 세력과 미국과 일본 등 해양 세력의 충돌로 이어져 가고 있다. 중국이 급속도로 성장하면서 지난 정권은 비굴하게도 북한의 김일성마저도 천년 원수라고 말하였던 대륙 세력인 중국의 영향과 간섭하에 대륙으로 붙으려는 경향이 농후해지고 있다. 그런데 오히려 미국은 한국에게 중국 압박에 동참할 것을 요구하고 있다. 해양 세력의 희생과 도움으로 단기간 성장했기에 어찌 보면 당연한 요구라 할 것이다.

앞으로도 한반도는 주변 강대국들과 항상 대립하거나 협력하면서 살아가는 대륙과 대양을 연결하는 중요 연결 지점이 될 것이다.

그렇기에 우리가 가진 지정학적 이점을 최대한 살려 대륙 세력과 해양 세력을 적절하게 우리에게 유리하게 만들며 살아가는 지혜가 필요하다. 앞으로 대한민국을 이끌 지도자는 2천년 역사가 들려주는 지정학적 교훈을 깊이 새겨야 한다.

조용한 침략

대륙 세력과 해양 세력이 첨예하게 맞부딪히는 동북아시아의 정세가 우리의 영원한 역사적 현실임을 다시 한 번 상기시킨다. 너무 긴 시간 중국의 통일전선전략에 의해 여야를 막론하고 종북·종중(從中) 분위기가 만들어지고 말았다. 모두 다 실리 때문이라고 말한다.

눈앞의 이익 때문에 영혼까지 탈탈 털려서는 결국 우리의 정체성은 사라지고, 대륙 아니면 해양 세력에 동화되고 말 것이다. 우리는 우리만의 DNA가 있기에 반드시 이를 진단하고 우리의 나아갈 길을 모색해야 한다.

"시진핑 주석이 그러는데 한국은 과거에 중국의 일부였다더라."

이 말은 2017년 처음으로 시진핑 중국 국가주석을 만난 직후 도널드 트럼프 당시 미국 대통령 입에서 나온 것이다. 트럼프가 전해준 이 망발 때문에 한반도는 한마디로 벌집을 쑤셔놓은 것처럼 시끄러웠다. 그런데 이러한 시 주석의 허튼 소리에 주목한 호주의 한 석학이 있다. 찰스스터트대 공공윤리 담당 교수이자 중국 영향력 이슈 권위자인 바로 그 사람이다. 그는 조용한 연구를 끝내고 책을 내었다. 제목이 의미심장하다.

《중국의 조용한 침공*(Silent Invasion)*》

공산주의의 통일전선 해방전략이 21세기에 버전을 바꾸어 중국 공산당을 통해 은밀하게 전 세계를 공격하고 있는 것이다. 가장 전 단계가 다른 나라의 역사도 서슴지 않고 바꾸는 전략이다.

그의 책에 따르면 중국의 역사 왜곡은 한반도에만 국한되지 않는다. 남중국해까지 뻗고 있으며 정화 이야기를 통해 태평양연안 전체에 퍼뜨리고 있다. 심지어 중국은 2000년 전에 남중국해 전역을 발견했고, 중국식 이름을 붙이고 탐사하고 이용했다고 주장하며 통치권을 요구하고 있다. 영토 분쟁은 결국 헤이그 중재재판소까지 갔다. 중국이 남중국해에서 고기를 잡았다는 주장은 타당하지만 그것이 남중국해 도서를 통치할 권리를 뜻하지 않는다는 판결이 나옴으로 그 야욕에 제동이 걸리고 말았다. 그런데도 중국은 여전히 이 국제적 판결마저 무시하고 우마오당[136](?)을 통해 사이버전쟁을 계속하고 있다. 호주의 대표적 중국학자인 존 피츠제럴드 교수는 이러한 베이징 중국 공산당의 전략을 이렇게 한마디로 정리한다.

"중국은 분쟁 지역에 대한 권리를 주장할 때 수세기 전으로 거슬러 올라가 역사적 근거를 만들어 육상과 해상 영토에 소유권을 세운다. 중국 지도층은 '잃어버린' 영토를 되찾는다고 주장함으로써 다른 나라를 침략한다는 비난을 피할 수 있다고 믿는다."[137]

호주에서 출간된 이 책의 저자인 클라이브 해밀턴 교수는 호주 전역을 발칵 뒤집어 놓았다. 그리고 호주의 대중국 정책을 전면 개편하게 만들었다. 하지만 저자는 이 일로 인해 중국 입국 금지 조치를 당하기도 했다. 호주에 이어 미국까지 대중국 정책을 고려하기에 이르렀다.

이 책은 첫 페이지, 첫 문장부터 중국에 대해 도발하고 있다. '중화인민공화국 후베이성 우한시에서 발생한 코로나바이러스'라고 분명하게 명시하고 있기 때문이다. 그는 거침없이 중국의 아픈 곳을 정면으로 거론한다. 2016년 호주 정계를 강타한 차이나 스캔들이 호주를 각성하게 한 것이다. 이제 대한민국도 이러한 차이나 스캔들이 곧 드러날 것이다. 지난 촛불혁명과 박근혜 대통령의 탄핵 배후에는 중국의 댓글부대 '우마오당(?)'이 있음을 알아야 한다.

중국이 글로벌 패권에 도전하면서 미·중 사이에 낀 국가들의 고민이 깊어지고 있다. 호주가, 미국이, 그리고 한국과 세계가 맞닥뜨린 '중국의 폐해'는 소름 끼칠 정도로 비슷하다. 외부 세계를 향한 과민하고 편집증적인 태도, '협박'의 도구로 전락한 교역과 투자, 공세의 표적이 된 전력산업과 항만, 대대적인 부동산 매입, 화교와 유학생을 활용한 스파이 행위, 다문화 정책을 악용한 교육·언론 분야로의 침투, 미국과 동맹의 '약한 고리'에 대한 집요한 공세 등으로 야금야금 주권을 빼앗는 중국의 위협은 일관성을 띤다. '친중·반미' 성향을 드러내며 "중국의 심기를 거스르면 큰 피해를 본다"고 소리 높이는 이들이 침략의 향도(嚮導) 역할을 하는 것까지 판박이다.[138]

중국의 도발은 위기 때문

흔히 "사납게 짖는 개는 무서워할 필요가 없다."는 속담이 있다. 중국이 이처럼 다른 나라와 원만한 관계를 맺지 못하고 저돌적인 자세로 공격을 하는 원인은 1989년 톈안먼(천안문(天安門)) 사태 때문이다. 그들은 그때 대륙의 패권이 사라질 위기를 맞았다. 체제 붕괴의 위기를 겪은 중국 지도부의 입장에서는 국가 통합의 강력한 이념이 필요했다. 그래서 부상한 것이 중국의 역사는 외세의 괴롭힘에 맞선 것이라는 서사(敍事)였다. 아이러니가 아닐 수 없다. 그들이 내세우는 중화민족주의는 만리장성 넘어 있는 오랑캐들이고 이들과 단절 내지는 대립을 부추기는 것만이 중화 민족이 사는 길이라고 가르쳐 온 것이 신공산주의 전략인 것이다.

'중국몽'은 시진핑이 내부 통합을 위해 전면에 내세운 슬로건이었다. 왜곡된 중국인의 집단 심성을 제어할 최소한의 통제장치마저 제거해 버린 작전이었다. 일부러 이웃한 나라들을 장악하기 위해 조용한 외교술을 공격적으로 수십 년간 펼쳐온 것이다. 김대중 정부이후 우리는 견고했던 한미동맹의 해양 결속을 깨버리고 인해전술식 중국의 조용한 침략에 하나둘 잠식되고 말았다. 여권의 유력 대선주자는 "대한민국 국민들은 400평 이상의 토지를 보유하면 안 된다고 하면서 대통령이 되면 관련법을 제정하겠다."[139]고 했다. 또 다른 한 명의 여권 대권주자도 "한 채의 집이라도 투기가 목적이라면 조사하여 세금을 과하게 부과하겠다."[140]고 했다.

그런데 지난 7월 말경, 청와대 국민청원 게시판에 "외국인의 한국 부동산 투자를 규제해 달라."는 청원이 올라왔다. 지난 7월 23일 청와대 국민청원 게시판에 올라온 글에서 청원인은 "외국인들은 자금 조달 계획이나 자금의 출처에 대한 조사가 내국인들에 비해서 투명하지 않다."며 "조사도 제대로 하지 않는다"고 지적했다.[141]

이어 "외국인들이 투기를 해 부동산 가격을 올려놓으면 결국 그 가격에 내국인도 거래를 하게 되니 이는 투기라고 밖에 할 수 없는 것 같다."[142]고 분통을 터뜨렸다. 외교나 무역에서 가장 중요한 상식은 호혜(互惠)의 원칙이다. 대한민국 국민은 중국에서 토지를 영원히 소유할 수 없다. 왜냐하면 공산주의 국가인 중국은 토지의 개인소유를 금하고 있기 때문이다. 단지 사용권을 가질 뿐이다. 하지만 사유재산을 엄격하게 인정하는 자유대한민국의 경우 토지자산은 영원히 대물림할 수 있다. 따라서 중국인들의 규제 없는 토지 소유는 조용한 침략의 한 방법이라고 할 수밖에 없다.[143]

청원인의 주장처럼 "적절한 대책이 없다면 외국인의 부동산 투자를 규제하는 것이 맞는 것 같다."는 주장에 반대할 사람은 없을 것이다. 해당 글의 청원인 역시 "자국민 보호를 위해 외국인 부동산 취득금지 법안 발의와 통과가 필요하며 현재 중국인의 땅 소유와 아파트 소유가 늘고 있다."며 "반대로 우리 국민이 중국에서 부동산 취득하기가 굉장히 어렵다고 하는데 상호주의에 입각해 우리나라도 외국인에게 임대만 허용해야 한다."고 했다.

아울러 "굳이 취득을 허용해야 한다면 매우 까다로운 조건을 내세워야 한다."며 "선조들이 지켜온 우리나라가 머지않아 중국화될 것이다. 현재 그들은 투기를 하고 있다"고 했다.[144]

이러한 중국몽 "중국의 위대한 부흥"이라는 구호는 복수를 꿈꾸는 보복주의, 선민의식에 기반한 인종차별주의, 만족할 줄 모르는 영토확장주의를 가리는 분칠에 불과하다. 그들이 전략적으로 추진하는 일대일로(一帶一路)는 중국몽의 현실화카드였다. 눈독을 들인 대상은 항구와 철도, 도로, 에너지망, 통신 등이었다.

중국 자오상쥐그룹은 2014년 군사기지가 인접한 호주의 석탄 수출항 뉴캐슬의 항만공사를 인수했다. 재정 위기의 혼란 속에 그리스 피레우스항은 중국의 유럽 진출 교두보가 됐다. 중국이 확보한 외국

항구만 60여 개에 달한다. 대륙 세력은 인류의 유사 이래 한 번도 패권주의를 포기한 적이 없었다. 이러한 중국의 패권주의는 천자의 용의 사상으로 구체화되었다. 그런데 이러한 용의 사상에 짐승적인 약육강식의 이데올로기인 공산주의와 결합하여 지금 중국은 새로운 대륙 중심의 중화주의를 완성하기 위하여 자국 내의 인민들을 노예화한 후 주변국들을 차례로 복속시키려고 하고 있다. 국제적인 무역 제재로 말미암아 디폴트의 상황이 중국에 가까이 오면 올수록 더 처절하게 다른 나라를 침략할 것이다.

결론적으로 해밀턴 교수는 중국 공산당이 호주의 정치부터 문화까지, 부동산에서 초등학교까지 깊숙이 침투했다는 사실을 자각하고는 베이징의 '영향력 침투' 전략이 어떤 방식으로 이뤄지는지를 낱낱이 분석하여 우리에게 경고하고 있다. 대륙을 버리지 않되 철저하게 경계해야 할 이유이다.

대한민국! 종중 세력이 너무 많다

해밀턴 교수의 지적이 아니더라도 중국의 로비를 받은 정치인들은 중국 기업과 중국 공산당에 우호적인 정책을 만들고, 그렇게 들어온 중국 기업들은 호주의 땅과 기업을 무서운 속도로 사들이고 있다는 것은 이제 삼척동자도 안다. 그래서 청와대 청원란에 중국인의 귀화 문제와 토지보유 문제를 제한해 달라는 청원이 올라오는 것이다. 중국은 호주뿐만 아니라 파산 위기에 놓인 그리스에도 손을 뻗쳐 경제적으로 지원해주는 대가로 주권을 조금씩 빼앗아갔다.

한국의 친중 혹은 사대적인 굴욕 행태를 보이는 정치인들은 과거 중국과의 보이지 않는 커넥션에 들어 있는 것이 사실상 드러난다. 해밀턴 교수는 뼈아프게 지적한다.

"베이징이 국제적으로 가장 중요하게 추진하는 전략 목표는 대미 동맹 해체다. 주요 대상 국가는 호주와 일본, 한국이다. 호주 정부는 베이징의 괴롭힘에 맞섰지만, 한국의 정치 지도층은 지레 겁을 먹고 '전략적 모호성'이라는 나약한 태도를 유지한다. 만일 한국 정부가 중국과 긴밀한 관계를 유지하면서 한국의 독립도 지킬 수 있다고 생각한다면 위험한 도박을 하는 셈이다. 한국이 중국의 진정한 본질과 야망에 눈을 떠야 한다."[145]

저자에게 어떤 이는 미국(해양)에 줄서는 건 되고 왜 중국(대륙)은 안 되느냐고 묻는다. 이에 대해 해밀턴 교수는 이렇게 반문한다.

"미국 때문에 일상생활이나 민주주의, 자유를 침해받았다고 느끼는 이들은 얼마나 될까요. 홍콩의 민주화를 짓누른 중국의 억압적 체제는 우리가 힘들게 쟁취한 민주주의와 자유에 심각한 위협이 된다는 얘기입니다. 제가 드리는 이 경고장을 허투루 여겨선 안 됩니다.[146]

결론적으로 말해 4대 열강에 둘러싸인 우리나라의 지정학적, 지경학적 상황을 분석하고 상생 방안을 강구할 때, 좌우를 넘어 남북을 아우르는 현실적 국가 정책을 연구하고 수립해야 한다. 원교근공(遠交近攻)이란 말처럼 멀리 있는 나라와 친교를 맺어 동맹국으로 맺고 가까운 나라와는 거리를 두며 선린(善隣)해야 한다. 이러한 전략에 따라 대륙 세력과 해양 세력의 교차로에서 균형을 잘 잡아야 한다. 그래야만 백년대계를 수립할 수 있다. 그 결과 후손들에게 욕을 먹지 않을 것이다.

대한민국에서는 수학여행을 가다 배가 침몰당해 꽃다운 나이의 아이들이 하늘나라로 갔다. 문제는 이들의 안타까운 죽음을 정치적으로 이용하는 세력들이 있다는 것이다. 민주노총 같은 노동깡패들과 교육으로 우리의 자녀들과 미래의 꿈나무들을 망쳐놓은 전교조 출신들까지도 귀족 위의 귀족으로 군림하고 있다. 어디 그뿐인가. 대한민국은 지금 호남 사람들 아니면 높은 자리에 오르기는 하늘의 별따기로 변해 버렸다고 개탄하는 목소리가 크다.[47]

그 까닭은 어디에 있는 걸까? 그 중심에는 광주 5.18 사건이 자리 잡고 있다. 브라만 좌파들이 여기저기 군림하고 있다. 5.18민주화사건은 베일에 가려져 있고, 5.18유공자들은 기막힌 우대와 상상할 수 없는 귀족 대우를 받고 있다. 이것이 현실이다. 그런데 유공자들을 밝히지 못하는 이유는 무엇일까. 또 전교조 출신들까지도 금수저들이다. 약 6만 명이 혜택을 입고 있단다. 이 이야기는 2021년 10월 경, 이봉규 TV에서 발표한 어느 성당 주임신부의 글이다.

태평양 해상 대륙으로

기독교 정치인들에게 바라는 가장 중요한 핵심은 해상은 대륙처럼 여겨 연결하고, 대륙은 해상처럼 여겨 확장하는 획기적인 구상을 임기 내에 선포하고 준비해달라는 것이다.

이 선언과 다짐이 헛공약으로 끝나지 않으려면 반드시 세계사의 전환, 거대한 경제 구조의 변환 앞에 백년대계를 놓을 전략을 마련해야 한다. 그것이 무엇인가. 이승만 대통령은 한미동맹의 굳건한 발판 위에 세계 무역시장에 뛰어들어 수출 중심의 경제를 이루어야 한다는 설계도를 만드는 업적을 이루어냈다. 그리고 박정희 대통령은 이승만 대통령이 만든 설계도대로 착실히 민족자본을 형성하고 축적된 자본으로 대한민국을 먼저 주식회사로 만들었다. 그리하여 중화학공업을 일으킬 인프라를 만들고, 개발도상국으로 나아가기 위한 중공업을 일으키는 정책을 완성했다. 그 결과 제3차산업혁명의 중요한 원자재인 반도체 산업의 기틀을 마련해 오늘날까지 별 무리 없이 고도성장을 일구어 낸 것이다.

그런데 그때 만들어진 설계도와 건설로 완성한 제3차산업이 종

말을 고하고 제4차산업혁명의 길로 들어서고 있다. 그렇다면 대한민국의 최고 지도자는 그 어떤 분야보다 경제 분야에 대한 확고한 철학과 식견이 있어야 한다.

전문가 말을 믿으면 안 된다

대한민국의 소위 내노라 하는 전문가들은 한결같이 교수급들이다. 교수급들이 내어놓는 의견을 율사 출신들이 받아 읊조리고 있다. 그런데 세계사 특히 경제사는 그렇게 교수급들이 어찌할 수 있는 것들이 아니다. 잘 생각해 보라. 세계를 지배하는 아이디어들을 누가 만드는가? 대개 중퇴자들이다. 손정의 역시 아이디어맨이지만 학력 콤플렉스를 벗기 위해 유학을 했을 뿐, 그 스스로도 "나는 일본 사무라이 정신으로 기업을 한다."고 말했다.

대한민국은 이 전문가 그룹이 말하는 것을 율사 그룹들이 받아 적고 앵무새처럼 되뇐다. 이래서는 나라의 미래가 없다. 세상은 비트의 수준으로 날아가는 데, 전문가 행세하는 자들은 자신들의 이익 챙기는 것 외에는 관심이 없다. IMF가 왜 왔는가? 안일한 관료들이 자초한 일이다. 앞으로도 이런 위기 오지 말라는 법이 없다. 자리만 준다면 그날로 대학 강단을 박차고 나올 이런 자들에게 아이디어를 빌릴 생각을 하면 안 된다.

우리 사회의 영원한 상처가 되어버린 세월호. 그 악몽같은 참사 속에서도 비교적 많은 아이들이 살아 나왔다. 흔히 말하는 삐딱이들, 시키는 대로 고분고분하지 않고 자신의 생각과 정체성을 가지고 스스로 창조적으로 사고할 줄 아는 아이들은 기어서 올라와 구조선에 몸을 실을 수 있었다. 하지만 모범생들, 말 잘 듣는 착한 아이들은 결국 영원히 돌아올 수 없는 길을 가고 말았다.

앞으로의 시대는 더 많은 삐딱이들, 더 많은 엉뚱한 아이들이 더 배출되어야 한다. 이런 교육을 자유롭게 할 수 있어야 진정으로 대한민국이 세계 G2의 길을 갈 수 있는 것이다.

왜 청년들이 좌절하고 자살하는가. 정부의 정책도 정책이지만 더 중요한 문제는 오직 취업에만 매달리게 만드는 경제 구조의 취약성 때문이다. 창조적으로 개발하고 아이디어가 생산품이 되는 그런 경제환경이 갖추어지면 당연히 취직보다는 창업이나 개발에 열을 올릴 것이다. 왜 대한민국 젊은이의 절반이 공무원을 뽑는 공시에 매달리고, 대기업이나 공기업이 아니면 직장이 아니라는 생각이 팽배하게 되었을까. 이를 타개하는 사람이 대통령이 되어야 한다. 점점 로봇이 일자리를 뺏고, 인공지능으로 대체되는 시대가 눈앞에 도달하는 길목에 우리는 지금 준비하고 대처해 나가야 한다.

바다를 대륙으로 생각하고, 대륙을 해상으로 여기는 발상의 전환으로 멀리 내다보고 전문가를 준비하고 이를 위한 예산을 투입하여 일자리 몇 개 만드는 정도가 아니라 수천 수만 개를 만들어내는 창조적 발상을 해야 우리의 미래가 밝아질 것이다.

중앙정부는 권한을 이양해야

그러면 어떻게 해야 창조적 발상의 전환을 만드는 인재를 키울까. 간단하다. 규제를 없애고 통제를 자율에 맡기는 일들이 획기적으로 일어나야 한다. 안 되는 것을 나열하는 규제가 아니라, 할 수 있는 것은 무엇이든 허용이 되는 규제책을 만들어야 한다. 그리고 작은 정부를 지향해야 한다. 관료들이 많아질수록 규제나 통제는 늘어날 수밖에 없다.

경제·무역·인구 면에서 월등했던 중국과 일본이 근대사에서 서구의 식민지 정책에서 소외되고 낙후되었던 것은 역설적이게도 강력한 중앙집권적 봉건체제였기 때문이다. 조금 도발적이긴 하지만 부산을 비롯한 지방 도시들을 차라리 독립된 도시국가들로 허용해야 할지도 모르겠다. 산업의 분산과 왜곡으로 인해 지방은 상대적으로 손해를 보고 있다.

지금 한반도를 둘러싼 국제 질서는 심각할 정도의 위기를 맞고 있다. 현(現) 정권만이 '아! 몰라(?)'로 외면하고 있을 뿐이다. 백 몇십 년만 거슬러 올라가보면 지금 일어나고 있는 동북아의 지형 변화가 읽혀진다.[148] 분명 세기적인 일이 일어나고 있음에도 불구하고 지 방정부로서 할 수 있는 게 거의 없다. 하지만 행인지 불행인지, 지금 한반도 주변은 중국의 도발로 인한 새로운 패권 다툼이 일어나고 있 다. 동지나해와 남지나해를 중심으로 벌어지고 있는 영유권 다툼은 미·일·중 분쟁의 일부일 뿐이다. 여기 전 세계의 패권을 노리는 중 국 공산당의 야욕이 숨어 있다. 그래서 지금 새로운 의미의 청일전 쟁과 새로운 의미의 태평양전쟁이 발발 직전까지 이르렀다고 말할 수 있다.

이러한 때 해안 도시들은 독자적으로라도 시대의 흐름에 대처해 야 한다. 그렇게 하려면 지방 도시들은 독립은 아니더라도 자치시의 특별한 지위가 필요하다.

현재 한국의 모든 정치적 상황은 동북아 특히 한국과 홍콩, 그리 고 대만을 중심으로 벌이고 있는 중국의 패권적 야욕의 결과 때문에 생긴 것이다. 이러한 때 부산은 새로운 기회를 잡아야 한다. 기회를 잘 잡아 선용해야 한다. 이 기회를 놓치게 된다면 여전히 부산은 쇠 퇴의 길을 걷다가 조용히 역사 속으로 사라져 갈 것이다.

해안 도시들이 가지고 있는 최대의 특장점인 해양으로 전진하 여, 4차 산업혁명과 함께 불어오는 4차 개항을 온몸으로 받아들여야 한다. 그러면 생각지도 않은 기회를 잡을 수 있다. 반면, 준비 없이, 기대감 없이 정쟁(政爭)의 소용돌이에 빠져 하릴없이 세월만 낭비한다면 머지않은 미래에 후손들로부터 비난을 면키 어려울 것이다.

두바이의 상상력을 뛰어넘어라

지금도 두바이는 살아 있는 생명체처럼 끊임없이 변하고 있다. 한마디로 말해 두바이의 실험은 성공했고, 끊임없이 성장하고 변화하고 있다는 것이다. 석유 고갈에 대비한 적극적 개방 정책으로 산업구조 개편을 시도한 두바이의 실험이 지금도 계속되고 있다는 점이 중요하다. 금융·관광·무역허브 등을 중심으로 한 대규모 개발 프로젝트는 초고층 빌딩인 버즈칼리파, 야자수 인공섬 팜 쥬메이라, 실내 스키장 등 관광 인프라를 탄생시켰다. 규제 완화로 대표되는 경제자유구역 지정으로 해외기업 유치에 성공했으며, 두바이 인터넷 시티, 미디어 시티, 헬스 시티 등 특구를 조성하고 있다.

아직도 계속해서 두바이 운하(Dubai Canal), 여전히 진행 중인 알라딘 시티(Aladdin City), 세계 최대 관람차 두바이 아이(Dubai Eye) 등이 두바이를 새롭게 바꾸어 가고 있다. 이러한 초대형 프로젝트는 당초의 계획대로 두바이 국내총생산(GDP)에서 석유 관련 의존도를 낮춰 가려는 노력 중의 하나인데, 이것은 상당히 성취되었다고 할 것이다.

역사는 머무는 자에 대해 기록하지 않는다. 상상하고 개척하고 투자하며 진취적으로 나아가는 자를 기록한다. 도시도 마찬가지이다. 가만히 머물면 그것은 안정이 아니라 도태를 가져온다. 한 도시 내에서도 도심 공동화 현상이 생기는 것처럼, 부산이 아무것도 시도 하지 않으면 아무것도 얻을 수 없다.

역사는 만드는 자의 몫

두바이 프로젝트의 경이로움은 '세계 최대 규모'에만 있는 것이 아니다. 테슬라모터스의 CEO인 일론 머스크(Elon Musk)의 우주여행 프로젝트(SPACE X), 초고속 진공열차(하이퍼 루프)와 같이 우리의 삶을 바 꾸어 놓는 새로운 패러다임을 추구하고 있다는 점은 우리의 상상을 뛰어넘는다.

재밌는 것은 부산시의 자매도시가 두바이의 인공섬 팜 쥬메이라 이다. 두바이는 사막의 도시 중동에 '실내 스키장'을 만드는 것을 시 작으로 그 상상을 실현하더니 완전한 인공섬을 만들었다. 무수히 많 은 프로젝트를 실현해 가는 것에 머물지 않고 새로운 시도도 이루 고 있다. 대표적으로 현재 건설 중인 '월드 두바이 몰(Dubai Mall of the World)'은 열고 닫히는 돔으로 실내외를 모두 즐길 수 있다. 두바이와 아부다비를 단 12분 만에 오갈 수 있는 진공 열차도 계획 중에 있다 고 하니 그들의 기술적 시도의 끝은 상상하기 어려울 정도이다.

두바이 프로젝트의 또 다른 놀라움은 바로 천일야화와 같은 다

두바이에 건설되고 있는 하이퍼 루프 개념도

채로운 이야기와 인간의 꿈이 고스란히 녹아 있다는 점이다. 팜쥬메이라를 관통하는 모노레일의 종점은 전설의 섬 아틀란티스와 같은 이름을 가진 꿈의 호텔 아틀란티스이다. 두바이를 마치 사진 액자처럼 담은 '두바이 프레임(Dubai Frame) 프로젝트'는 가운데가 뚫려 있는 초고층의 건물 사이로 한 쪽으로는 올드 두바이, 다른 한쪽으로는 현대적인 두바이의 모습을 서로 볼 수 있는 놀라운 상상력을 보여줬다. 두바이 운하에 함께 조성된 수상 주택은 완전히 물에 떠 있어 보트나 산책로를 통해 들어갈 수 있다. 세계 최고의 빌딩인 버즈칼리파 건물 전체에서 펼쳐지는 LED쇼는 기계적 아름다움의 극치를 보여준다. 다양한 스토리의 쇼를 통해 왜 두바이가 세계 최고의 도시가 되고 있는지를 확인할 수 있다.

미래 도시적인 박물관이라는 이미지 외에 과거의 전통 체험이라는 요소를 그대로 배치하고 있다는 점도 부산이 배워야 할 청사진이다. 아라비아의 전통시장인 '수크(Souk)'는 쇼핑은 물론 두바이를 이해할 수 있는 중요한 부분이다. 과거 유목 생활을 하던 카라반이 이동하는 지역에서 열리던 야외 시장을 의미하는 수크는 전통시장과 마켓 등을 통칭해서 사용되기도 한다. 두바이의 수크에서는 독특한 정감을 느낄 수 있는데, 화려한 금·수공예 직물·향신료 등 아름답고 다양한 제품을 볼 수 있다.

두바이의 대표 수크는 아랍 최대의 금시장인 '골드 수크'와 향신료·허브 등을 파는 '스파이스 수크', 수공예 직물·기념품 등을 판매하는 '올드 수크' 등이다. 독창적이고 개성 넘치는 아라비아 디자인의 귀금속을 판매하는 '골드 수크'는 '데이라 골드 수크'를 비롯해 도심 곳곳에서 만날 수 있다.

오랫동안 아랍의 무역품이었던 향신료 시장도 그냥 지나쳐서는 안 되는 곳이다. 전통시장인 수크의 독특한 원형이 보존돼 있는 곳도 있지만, 관광 상품화를 위해 세련되게 변신한 수크들도 관광객의 눈을 사로잡고 있다. 부산의 자갈치시장과 부평동 깡통시장, 영화에도 나왔던 국제시장을 세계적 시장으로 키우려면 사람이 몰려드는 도시로 만들어야 한다. 한마디로 하나가 여러 개를 변화시킨다.

활력 넘치는 두바이는 많은 볼거리 외에도 도시의 매력을 느낄 수 있는 즐길 거리도 풍부하다. 그중에서도 차로 드넓은 사막을 달리는 체험은 세계에서도 몇 곳만 가능해서 두바이 방문자에게는 필수 코스다. 하나가 제대로 먹히면 자연스럽게 모든 연관 산업이나 문화가 꽃을 피우게 된다. 해양을 대륙으로 생각하는 발상의 전환이 이루어질 때 거대한 변화를 일으키는 위대한 나비의 날개 짓이 된다.

대한민국의 삼극

태극의 의미

대한민국의 국기인 태극기는 묘하게도 남북의 대립을 묘사하고 있는 것처럼 보인다. 북의 뜨거운 대륙 기질, 남의 냉철한 해양 기질, 그리고 그 두 상극이 만들어내는 조화와 균형, 이것이 태극이 상징하는 의미일 것이다. 그런데 예날 우리나라 태극기를 보면 더러 삼태극[149]이 문양에 쓰인 경우도 많이 있었다.

지정학(地政學, geopolitics)에서 지리적인 위치 관계가 얼마나 중요한

지는 지난 박근혜 정부 시절 사드(THAAD)의 한반도 배치를 둘러싼 논란과 중국의 전방위적 공격과 이를 바탕으로 한 대한민국 좌우의 대립으로 극명하게 나타났다. 이것이 다 지정학적 위치로 인한 결과다.

한국 정부가 사드 배치 결정 과정에서 보여준 모습은 해양 세력으로 남고자 하는 최후의 선택이었다. 하지만 이것을 바라보는 진보 좌파들은 '정전협정 위반'이며 '미국에 대한 사대주의의 발로'라고 맹공을 퍼부었다. 아직도 대한민국의 운명은 우리를 둘러싼 다른 국가에 의해 좌우될 수 있다는 것을 보여준 명백한 사례다. 좌우의 조절이 안 되면 남북의 관계가 악화되고, 결국 전쟁 위험이 높아질 수밖에 없다. 이를 타개할 중요한 전략 중 하나가 남북의 중간에 완충 지대를 설치하는 것이며, 해양의 중간에 완충 지대를 설치하는 것이다. 그리하여 대륙으로부터 얻을 수 있는 실리도 취하고 해양으로부터 유입되는 이익도 같이 취하는 것이다. 대립과 갈등이 최고조에 이를 때, 이를 타개하는 방법은 충돌로 인한 한 쪽으로의 흡수도 있지만, 완충 지대를 만들어 대립을 상생으로 만드는 것도 한 방법일 것이다.

《삼국지》로 인해 잘 알려지고, 제갈량의 묘책으로 알려진 '천하삼분지계(天下三分之計)'는 초한지 배경이 되는 '초한 쟁패기'에 먼저 등장한다. 당시 한신은 유방, 항우와 맞설 만한 세력을 갖고 있었지만, 유방의 그늘에서 벗어나지 못하고 있었다. 그러자 한신의 모사 괴철은 한신에게 유방으로부터 독립, 중립국을 만들자고 제안했다.

'유방-항우-한신'의 힘을 '정족지세(鼎足之勢-삼발로 세워진 솥의 형세)'로 만들면 삼국이 균형을 이룰 수 있다는 계책이었다.

정치적 판단력이 부족했던 한신은 "유방을 배신할 수 없다."며 거절함으로써 역사는 한신을 비껴갔다. 괴철의 제안을 받아들였다면 지금의 중화민국(中華民國)은 없었을지도 모른다. 한신의 판단력이 부족했다기보다는 한신을 묶어두는 유방의 절묘한 정치력이 한몫했다고 볼 수 있다.

반면 제갈량의 천하삼분지계는 '조조-손권-유비'를 축으로 한다. 힘을 세 축으로 나누면 절대강자가 등장하기 어렵고, 형세를 안정시킬 수 있다는 이론을 일컫는 비유다. 즉 솥에 발이 두 개면 무너지지만 세 개면 설 수 있는 이치와 같다. 이같은 형국을 유지하다가 때를 봐 천하를 통일한다는 제갈량의 구상은 유비 측에서는 절묘한 계책이었다. 이러한 천하삼분지계는 분리나 배타적 관계를 맺자는 것이 아니라 서로의 입장을 이해하며 동화의 원리로 상생하자는 것이다. 이러한 천하삼분지계의 계략이 지금 한반도의 좌우와 남북에 필요하다고 하면 너무 과한 억측(臆測)일까.

좌우를 통합할 해법

지금 대한민국의 오래 묵은 숙원인 좌우의 대립 문제는 오직 하나 경제부흥을 획기적으로 일으켜야 끝을 맺게 될 것이다. 가난한 나라의 국민들은 좌파들에게 잘 넘어가게 된다. 불평을 화두로 대중들에게 분노를 심어주기 때문이다. 지난번 19대 대선 때 민주당의 문재인은 소득주도성장이라는 해괴한 이론으로 젊은이들을 유혹했다. 그 결과 경제는 급전직하(急轉直下) 폭락했다. 결국 자영업자들은 거리로 내 몰렸고, 코로나를 핑계로 이 정부는 끊임없는 만행을 서슴없이 자행하고 있다.

그러므로 다음 20대 대통령은 반드시 수출주도형 산업이 벌어들이는 외화를 국내에서 잘 돌아가도록 내수를 진작(振作)시켜서 자영업자들이 살아나게 해야 하고, 특히 중소기업들을 살려내야 한다. 이를 해결할 가장 좋은 해결책은 결코 4차 산업혁명이 뒤쫓아 올 수 없는 전통적 제조업에 올인해야 한다.

전통적 제조산업이 무엇인가. 그간 중국이 경제 성장할 수 있도록 한 노동집약적 산업을 말한다. 그런데 대한민국의 환경에서는 더 이상 전통적 노동집약적 제조업이 발전할 수 없다. 이것은 오직 값싼 노동력이 있어야 가능하기 때문이다.

세계의 공장 역할을 했던 중국은 1~2년 안에 거의 모든 나라에서 외면하고 공장들을 철수할 것이다. 특히 신장자치주와 소수민족들을 억압하고 강제 착취하는 인권유린 사태에 서방국가들이 눈을 떴기 때문이다. 이미 이것은 가속화되고 있다. 일부 베트남과 인도로 공장들을 옮기고 있지만, 이들 지역 역시 지난 10년간 인건비 상승률이 날로 높아가고 있다. 그렇다면 마지막 남은 최고의 노동시장은 어디일까? 단연 북한이다. 만약 정상회담을 할 수 있다면 남북의 지도자가 허심탄회하게 의논을 하고 유엔을 비롯한 미국의 동의를 얻어 DMZ 내에 자유무역특구를 만들어야 한다.

북한을 대한민국 자유경제의 틀 속에 인입하여 같이 살 수 있는 방안을 보수우파가 추진할 때 이것을 방해할 명분은 좌파 혹은 중도좌파들에게는 없을 것이다. 진보좌파들이 주구장창 주장해온 "우리끼리"를 DMZ 내에 자유무역특구 내에 설치하자는 데 방해하고 반대한다면 결국 자신들은 북한의 인민들을 위한 정치적 레토릭[150]이 아니라 스스로 권력을 얻고 유지하려고 했던 레토릭이었음을 스스로 자인하는 꼴이 되고 마는 것이다.

DMZ 내의 자유무역특구

그러면 DMZ 내에 만들고자 하는 자유무역특구는 무엇인가? 남북이 합의하여 DMZ 내에 자유무역특구를 만들어 외국 기업들을 유치하고 정주권(定住權)을 부여하여 100년을 영위하도록 보장하자는 것이다. 마치 홍콩과 마카오처럼 일정 부분 자치권을 주어 그곳에 기업과 상징적인 평화 지역을 만들자는 것이다.

가장 중요한 것은 북한은 오직 인력만을 송출하고 남한은 자본을 투입하며, 외국 기업들은 자본과 함께 기술을 투입하여 독립된 공간을 꾸미자는 것이다. 그리하면 남북 어느 누구도 그곳을 군사적으로 침범하지 못하게 된다. 한마디로 말해 완충 지대의 새로운 영역이 되는 것이다. 물론 휴전협정에 따라 그곳은 유엔과 중립국이 관할하고 통치하면 된다. 자치권을 위해서는 홍콩이나 마카오처럼 정청의 장관을 선출하여 뽑도록 하는 것이다. 이것이 천하삼분지계의 현대판이다.

이러한 DMZ 내에 자유무역특구를 만드는 구상은 진보좌파에서 오랫동안 주장해 오던 DMZ평화공원 조성이나 생태구역 조성을 뛰어넘는 진일보한 정책이다. 물론 강원도와 철원 일원은 평화공원이나 생태 구역을 지정하여 보존하고 도라산이나 문산 일원, 설악산 북측과 금강산 남측의 평야 지대는 자유무역특구를 만들어 남북이 공유 상생할 수 있는 완충 지대를 만들면 된다. 이것이 선언되고 실천되어지는 시점에는 자연스럽게 종전선언도 이루어질 것이다.

좌우가 정리되어야 남북도 하나된다

진보좌파 정부가 들어설 때마다 단골로 내거는 공약이 남북철도 연결사업과 대륙철도 연계사업이다. 이러한 비전들이 헛공약이 아

남북과 대륙철도 구상(사진 : 중앙시사매거진)

닝 현실에서 이루어지기 위해서는 DMZ 내에 자유무역특구를 만들어야 한다. 그곳에서 생산된 제품을 수출하는 물류가 필요할 때 자연스럽게 대한민국 국민들의 전체 동의를 얻어 실현될 수 있다.

남북철도의 경우 우리가 아무리 북측의 인프라를 놓아준다고 할지라도 여행의 자유와 물류의 이동이 거의 없는 북한에는 의미 없는 공약일 뿐이다. DMZ 내 자유무역특구를 북한 내의 고급인력들이 들락날락해야 하고, 해상보다 신속하게 항공보다 저렴한 물류가 수지타산에 더 맞을 때, 북으로서도 거부할 수 없이 받아들이게 된다. 이는 결국 과거 동독이 자연스럽게 개혁·개방으로 나아가 통일에 이를 수 있었던 것처럼, 언젠가는 하나가 되는 그런 날을 이루는 중요한 전략이 될 것이다. 이것이 대한민국의 삼태극, 천하삼분지계의 한반도 버전이다.

제갈량은 유비에게 이 천하삼분지계를 받아들이는 순간 자신은 유비를 돕겠다고 했다. 참모와 인재를 등용할 때 정책과 아이디어가 받아들여지지 않는다면 등용의 의미가 없을 것이다. 만약 이 공약을 중심으로 국가경영 대계를 선포하면 이는 어느 누구도 뿌리칠 수 없는 원수를 물리칠 어벤져스급 무기를 쥔 자가 될 것이다.

자유 도시 홍콩에서 국가 도시 홍콩으로

홍콩은 동북아시아에서 영국의 강력한 보호 아래 국가 도시의 지위를 누려왔다. 하지만 이제 그 지위가 위협받고 있다. 그들은 어떤 경우에도 중국에 예속되지 않으려고 할 것이다. 물론 자본과 특별한 해외 연고가 없는 일부는 중국 당국의 일국일제 원칙에 순응하겠지만, 국가적 차원(여권, 화폐, 언어 등)의 조건들을 누려온 그들이 하루아침에 굴종적인 지배를 받지 않으려 할 것이다.

그렇게 된다면 상당히 많은 수의 시민들이 탈출하려고 할 것이다. 이미 그 조짐은 나타나고 있다. 나는 여기에 부산 해상신도시의 역할과 위치가 있다고 생각한다. 사실 이 글을 쓰기 시작한 가장 큰 이유도 자유로운 시민들의 안식처, 즉 그들이 피난오기에 너무나도 좋은 지리적·정치적, 그리고 정서적 장소가 되어주면 어떨까 하는 것 때문이었다.

홍콩은 한때 면세 지역이라서 조세피난처로 각광받기도 했다. 하지만 돈세탁 및 조세피난을 막기 위해 영국령 시절부터 계좌 개설 이 아주 까다로웠다. 몇몇 시중은행은 아예 외국인을 안 받는다. 확 실하게 홍콩의 HKID카드와 일정한 주소를 요구하며, 몇몇 은행은 아예 홍콩인만 고객으로 받고 외국인의 계좌 개설을 금지하고 있다. 그리고 돈세탁 방지를 목적으로 은행에서는 조사관을 고용해 홍콩 경찰, 염정공서(홍콩의 반부패 수사기구, ICAC)와 연계하기도 한다. 1974년 이 전까지는 물론 홍콩에서의 돈세탁 및 조세포탈이 심각한 부정부패 와 연동되어 매우 성행했으나 1974년 염정공서 출범, 부패방지 3륜 법 제정 등에 의해 1980년도부터는 돈세탁 및 조세피난 목적의 외국 인 예금자들이 완전히 퇴출당했다.

그럼에도 불구하고 자본들이 몰려왔던 것은 홍콩이 금융강국이 었던 영국의 시스템을 그대로 적용했기 때문이다. 그 일례로 중국 은 자본이 없는 공산주의 국가다. 공업화를 이루고 경제발전을 이루 려면 자본과 기술, 그리고 사람이 필요한데 사람은 넘치지만 자본과 기술이 부족했다.

중국은 사회주의를 실험한답시고 모택동이 대약진운동을 하면 서 2차 대전에 사망한 군인의 수보다 더 많은 인구를 아사시켰다. 그 뿐인가? 그 뒷막음한다고 문화대혁명을 벌여 10년간 중국을 암흑천지로 만들었다. 그리고 최후로 선택한 것이 개혁 개방이었다. 하지만 국가 주도의 국가자본주의는 세계의 지탄을 받으며 몰락하고 있다. 마지막 수단으로 홍콩 장악을 통한 위기 모면을 꾀하고 있다.

홍콩에 드리운 검은 그림자

역사는 되풀이 된다. 공산주의 국가들에게는 이 말이 더 잘 들어 맞는다. 1978년 등소평은 사회주의 실험을 중단하고 "중국 특색의 사회주의 시장경제"라는 표현을 써가며 자본주의 체제를 도입했다. 그로부터 40년 중국은 미국 다음 가는 세계 2위의 경제 규모를 이루게 되었다.

당시 자본의 내부축적이 없었던 중국은 필요한 자금을 해외로부터 유치했다. 1983년 이후 2018년까지 중국의 해외자본유치, FDI는 2.2조 달러에 달했다. 그런데 이들 자금의 46%인 1조 달러가 홍콩을 통해서 들어왔다. 2018년 기준으로는 67%가 홍콩을 통해 유입된 것이다.

홍콩은 중국에 있어 외자 유치의 가장 중요한 전초기지 역할을 했다. 이 때문에 중국의 해외투자(ODI)는 이미 2013년부터 FDI를 넘어섰다. 중국은 자본수입국이 아니라 자본수출국이 된 것이다.

그래서 홍콩은 과거 자금부족 시대 중국의 자금조달 창구로서의

홍콩보안법 공포에 뚜렷해진 헥시트 조짐

* 우산혁명 주역 네이선 로 前 의원 홍콩 탈출
* 홍콩 민주화 인사, 망명 의회 설립 검토
* 홍콩 부호들, 싱가포르·영국 등지로 자산 이전 움직임
* 미국·대만·영국·호중 등의 국가들, 홍콩인 수용 의사
* 홍콩 주재 다국적기업, 싱가포르 등 대체 지역 물색

헥시트와 미래(사진 : 매일경제)

중요성은 낮아졌고, 오히려 지금은 중국 자본의 해외진출 창구 역할
을 많이 하고 있다. 또 홍콩 증시는 세계 7대 시장에 들어갔다. 그러나
상장사 시총의 68%가 중국 본토 기업이라는 것도 특기할 만하다.

지금 중국은 포춘 500대 기업의 기업체 수에서 미국을 제치고
세계 1위다. 그런데 사회주의 국가의 최대의 약점은 금융 레버리지
가 없다는 것이다. '파이 나누기'는 강할지 몰라도 금융을 통한 '파이
키우기'는 젬병이다. 그래서 중국의 제조업은 세계 최강의 호황을
구가하지만 금융은 취약하기 그지없다.

전체 기업자금의 80~90%가 은행을 통해 조달되기 때문에 세계
주요 경제대국 중 기업부채비율이 가장 높다. 자본시장의 역사가 짧
아 1990년에 겨우 시작된 중국은 모험자본의 활용이 애초부터 약했
다. 그래서 자본주의의 꽃인 자본시장의 발전이 부러웠다. 그러던 차
에 1997년 홍콩을 반환받고 쾌재를 불렀다. 홍콩이 중국 기업의 자

금조달 창구가 되어 준 것이다. 덕분에 홍콩증시는 국가별로는 시총 기준 세계 4위이고 거래소 기준으로는 세계 7위로 올라서게 되었다. 중국은 홍콩증시 상장을 통해 투자자금을 끌어 모았다. 중국의 전력·통신·금융 등 기초산업들도 모조리 홍콩에 상장하면서 거대한 자금을 빨아들였다. 그래서 홍콩시장은 세계 7위의 시장이지만 정작 홍콩 기업보다는 중국 본토 기업이 주류를 이루고 있는 것이다.

2018년 기준으로 홍콩시장에 중국 본토 기업은 기업 수 기준으로 50%, 시가총액 기준으로는 68%를 차지했다. 금융 강국 영국의 지배 하에서 홍콩은 자유무역과 개방정책을 그대로 금융에 적용한 덕분에 서방 자본의 대중국 진출의 교두보 역할로 돈을 챙겼다. 그리고 중국 본토 기업의 홍콩증시 상장을 통한 자금조달 창구로 또 돈을 챙겨왔다. 하지만 황금알을 낳는 거위의 배를 가르는 악수(惡手)를 두고 말았다.

홍콩의 시대는 지나가고 있다

아쉽게도 그렇게 호황을 누리던 홍콩의 시대는 이제 역사 속으로 사라질 운명에 놓였다. 중국 공산당 정부가 망하지 않는 이상, 홍콩은 민주주의가 사라지고, 자유시장 경제체제가 상당 부분 와해될 것이다. 그동안 홍콩은 사회주의 국가 중국에 대한 투자를 꺼리는 서방자본에게는 세금 천국, 규제 없는 자유 금융시장으로서 중국에 간접 투자함에 있어 최적의 시장이었다. 하지만 황금알을 다 챙기려고 거위의 배를 가르고 있다.

이제 그 역할을 부산이 가져와야 한다. 특히 홍콩 달러화를 미국 달러화에 고정시킨 '달러 페그' 덕분에 외국인들 입장에서는 환리스크 없는 좋은 시장이었다. 그래서 홍콩은 아시아에서 외국인 투자의 천국이 되었다. 현물·선물·파생 할 것 없이 최고의 시장이 되었다. 이제 탈출 홍콩 러시가 일어나면 대규모의 기업과 자본, 그리고 인구의 이동이 일어날 가능성이 높아졌다.

그러면 중국은 왜 홍콩 흡수의 무리수를 둘까? 그 이유는 간단하다. 홍콩을 반환받은 중국의 입장에서 보면 중국의 '통화주권'이 미치지 않는 치외법권지역이기 때문이다. 홍콩은 인민은행의 금리인상과 인하에 영향 받는 것이 아니라 미국 연준의 금리정책에 좌우되는 시장이다. 또한 위안화 역외 거래를 통해 글로벌 헤지펀드들이 위안화의 환율조작 시도를 하지만 중국 입장에서는 마땅한 대처 수단이 없다.

중국으로서는 자존심도 상하고 분통이 터지는 상황이다. 하지만 금융 약소국의 설움을 피할 수 없었다. 더더구나 최근 중국에서의 서방 기업 탈출 러시가 이어지자 중국의 외환보유고는 급격히 떨어지고 있다. 가뜩이나 일대일로 사업으로 해외에 차관으로 빌려준 돈이 많아 외환금융당국을 긴장시키기에 이르렀다. 그뿐인가? 6,000만 세대가 넘는 미분양 주택은 중국의 신용에 빨간불을 켜게 했다. 그래서 나온 전략이 조기에 홍콩을 흡수해 버리는 것이다.

홍콩을 반환받은 것처럼, 홍콩자본시장을 인수해 버리고 홍콩달러의 달러 페그를 풀고 위안화와 연동시키면 속이 시원하겠지만, 그러는 사이 홍콩에 들어온 외국 자본은 모두 도망갈 가능성이 크다. 그러면 당장 중국 기업의 자금조달에 문제가 생기고, 홍콩 상장 중국 국유기업의 자산가치가 반토막 날 가능성도 배제 못한다. G2중국이지만 금융 약소국의 설움을 톡톡히 받고 있는 셈이다.

그렇다고 손 놓고 있을 중국이 물론 아니다. 중국은 달러에 대항할 '위안화 국제화'와 홍콩을 대신할 자국 내 '국제금융시장 건설'을 추진하고 있다. 하지만 이마저 미국의 견제를 받고 있다. 2019년 미중 무역전쟁과 홍콩시위 사태의 와중에 2단계로 120㎢ 규모인 상하이 1단계 자유무역구 외에 린강(臨港)신도시 자유무역지구 119㎢를 추가 건설하는 계획을 발표했다. 이것이 성공할지는 아무도 장담할 수 없다. 여기에 부산의 제 4의 개항 가능성과 성공이 가능할 수 있다.

서방 기업의 탈출과 홍콩

상하이 남동쪽 끝에 있는 린강 지역은 미국의 전기차 메이커 테슬라의 해외 공장이 들어선 곳이다. 중국 국무원은 린강 신도시 지역에 대한 대대적인 투자 및 세금 우대 정책을 발표했다.

반도체·인공지능·바이오 분야 기업에 대해서는 5년간 법인세 15% 감면 혜택을 주고, 외국인 등에게는 주택 구매 때 혜택도 주기로 했다. 여기에 관세 면제, 해외 인터넷 우회 접속 특권까지 허용한다는 대대적인 개발 청사진을 발표했다. 중국의 대외 창구 지위를 놓고 홍콩과 상하이 간 경쟁이 치열한 가운데 앞으로 린강 신도시를 미니 홍콩으로 육성하겠다는 것이다.

해상 신도시에 홍콩의 지위를 부여하자

왜 우리는 이러한 기상천외한 발상이 보이지 않는가? 한마디로 상상력의 부족 때문이다. 상상력의 한계를 뛰어넘어야 역발상도 가능하고 혁명도 가능한 것이다. 2019년 8월 18일 중국 당국은 심천을 '중국특색 사회주의 선행 시범지구'로 건설하는 계획으로 포장해 발표했다.

중국 내 IT(정보기술) 기업이 몰린 선전을 특별경제구역으로 지정해 5G, 과학기술, 바이오 등의 산업을 육성하고 2025년까지 선전을 경제규모, 생활환경, 공공서비스 등에서 선진국 도시와 경쟁하는 세계적인 수준으로 육성하고, 2035년에는 중국을 넘어 세계를 선도하는 일류도시로 발전시키겠다는 목표를 제시한 것이다.

또한 글로벌 인재 유치와 특히 금융 분야에서 심천의 창업반 시장에 신기술기업 상장을 지원하고, 리파이낸싱, M&A 제도 등도 대대적인 개혁을 할 예정이란다.

중국 정부는 이번 계획을 통해 선전을 홍콩 이상의 국제적인 도시로 키우겠다는 의도를 내비추었고, 홍콩 자본시장을 뛰어넘는 금융산업 육성을 계획하고 있다. 하지만 그것도 미국의 무역전쟁, 관세제재가 없을 때 이야기다. 지금 중국이 잦은 시위로 골치 아픈 홍콩을 삼키려고 하는 이유는 야심차게 내세운 프로젝트들이 미국의 유무형 제재로 지지부진하기 때문이다.

조세 문제는 획기적인 세율이나 규제 완화로 절세할 수 있는 제도를 마련한다면 새로운 홍콩의 탄생이 얼마든지 가능하다고 본다. 자유시장경제 체제 안에서는 누구든지 전 세계 어디에든 자신의 회사를 세울 권리가 있고, 각 법인은 자신이 등기된 국가에 납세의 의무가 있기 때문이다. A국의 국민이 B국에 설립한 법인은 A국에 납세 의무가 생기지는 않는다. 왜냐하면 법적으로 법인 설립자와는 독립된 별개의 존재로 간주하기 때문이다.

개인이 이민의 자유가 있는 것처럼, 법인도 이전의 자유가 있기 때문에 세율이 낮은 지역으로 이전하는 것이 법적으로 문제가 되는 일은 아니다. 조세 피난처를 불법적인 탈세에 악용하는 사람들이 나쁘지, 조세 피난처에 법인을 설립하는 행위 자체가 불법은 아니다. 구글과 애플 등 글로벌 기업들도 합법적으로 조세 피난처를 이용한다.

'피난'이라는 용어가 마치 무고한 양민이 전란이나 재난을 피해 도망친 것 같은 뉘앙스를 풍기기 때문에, 조세를 피하는 행위의 편법성·불법성을 희석시킬 수 있으므로 부적절하다는 의견도 있다. 그래서 조세 피난처라는 용어를 부적절하게 여기고 있다. 한국 기업들은 세계에서 3번째로 많은 자금을 조세 피난처에 맡기고 있다는 통계가 있다. 이것은 일정 기간에 유출된 검은 돈을 예측한 것인데 일단 선진국들은 모두 제외했고 이 순위에 나온 특정 나라들은 20년 정도의 기간을 따졌다. 예를 들어서 동유럽 국가들은 소련 해체 후 시간이 좀 흐르고 나서 추산한 것이지만 한국은 1970년대 이후부터 추산한 것이다. 하지만 한국의 경우는 탈세를 한 사람들 숫자가 그렇게까지 많지 않다.

대놓고 나라 콘셉트가 조세 피난처인 나라도 없지는 않다. 아일랜드는 법인세가 일반기업 12.5%, 첨단 기술기업 6.25%로 어마어마하게 싸기 때문에 구글, 애플, 화이자, 마이크로소프트 등의 유럽 본사는 전부 다 아일랜드에 있다. 그리고 아일랜드는 6.25% 법인세를 적용받으려면 5,000명 이상을 고용해야 한다고 의무화해 놓았기 때문에 구글, 애플, 화이자, 마이크로소프트 등의 사업장도 죄다 아일랜드에 있다.

이렇게 다양한 아이디어와 해외 기업의 유치, 더 나아가 정주권과 독립적 자주권까지 제공하는 발상의 전환은 부산 경제의 활성화를 위해서도 중요한 사항이다.

해상무역특구

해상 부유*(floating)* 신도시

완충 지대는 남북 사이에도 필요하지만, 결국 해상에도 그런 완충 지대가 있어야 주변국들 간의 긴장완화에도 도움이 된다. 지금과 같은 형국 안에서는 한국 정부가 가진 주도권이 별로 없다. 중국 중심의 패권적 상황 속에서 대만·일본의 동맹 속에서 우리만 어정쩡해진다. 하지만 해상에 또 다른 삼극지세(三極地勢)를 만들면 대한민국이 태평양의 주도권을 쥘 수도 있다. 즉 한국판 해양제국이 되는 것이다.

우리 역사에서 해상을 장악하여 이루어냈던 위대한 업적은 많

다. 그중 청해진은 신라 흥덕왕 3년(828) 장보고가 설치한 해군기
지이자 무역기지였다. 전라남도 완도 앞바다를 중심으로 신라와
당·일본을 잇는 해상무역의 중요한 길목을 만들었다. 장보고(?~846)
는 평민 출신으로 당나라에 건너가 장군이 되었다. 하지만 해적들이
신라 사람들을 노예로 삼는 것에 분개하여 신라에 돌아와 왕의 허
락을 받고 828년 청해진을 설치하게 된다. 청해진은 국제무역의 중
심지로 동아시아 무역을 독점하여 번영을 누리며 큰 세력으로 성장
하였다. 이후 장보고는 왕위계승과 관련된 권력 다툼에 휘말려 자객
염장에 의해 846년 암살당하였고, 문성왕 13년(851)에 청해진은 폐쇄
되면서 신라의 국운도 저물게 된다. 해상을 장악했을 때 국운은 향
상되었으나 그 반대일 때 결국 국운은 쇠퇴했다.

　남북 관계가 호전됨과 동시에 대한민국은 동북아시아 지역에서
주도적인 역할을 해야 한다. 남북 사이뿐만 아니라 주변국들 사이에
서 한반도가 가진 중요한 이니셔티브가 있기 때문이다. 지정학적 위
기가 우월성으로 나타날 수 있는 대목이다. 우리가 가진 자주 국가
로서 주권이 제대로 행사되려면 좌우가 통합 정리되어야 하고, 남북
의 이해 관계가 맞아 떨어져야 한다. 정치적으로 보건데 남녘의 자
유민주주의 체제는 북녘의 인민사회주의 체제에 대하여 완전히 승
리한 것이 맞다. 남한과 북한의 국력은 엄청나게 차이가 나는 것이
그 증거이다. 문제는 실질적으로 권력을 누리고 있는 북한 체제의

문제이다. 이들이 스스로 생존하는 길을 모색하는 것은 어쩔 수 없는 그들의 상황이다. 물론 그것이 오늘날 궁여지책으로 나타나 핵무기를 개발하는 것으로 드러났다. 누가 뭐래도 남북한 간의 실력 차이는 이미 판가름 났다. 그러기에 북한에 대해선 자신감을 가지고 대처해야 한다.

남북관계의 주도권 회복

문제는 남북관계 어젠다의 주도권을 진보좌파들에게 맡겨서는 절대 안 된다는 것이다. 처음부터 마지막까지 보수우파가 주도해야 한다. 저들은 어젠다를 자꾸 주도적으로 끌고 가는데, 보수우파는 끌려가면서 반대를 위한 반대처럼 비춰지면서 꼴통 보수라는 비아냥을 받는 것이다. 보수우파가 가진 높은 수준의 도덕적·윤리적 책임의식과 더불어 창의적이고 생산적인 사고를 통해 어젠다를 창조적으로 생산하고 주도해 나가야 한다. 북한이 의지해 온 중국과 러시아의 대륙 세력은 전체주의 권위주의 체제가 분명하다. 남한이 속한 해양 세력은 자유 인권 개방사회다. 겉으로 보기에는 전체주의 체제가 일사불란하여 효율적이고 강한 것 같이 보인다. 그러나 이미 한계에 부딪혔고 그것을 수정하여 자본주의의 시장경제를 받아 들였기 때문에 부분적으로나마 그들의 난국을 타개해 올 수 있었다.

자유민주주의 개방사회는 비효율적이고 산만하여 정체될 것 같다. 그러나 결국은 전체주의를 능가하는 번영을 이루었다. 이는 역사가 증명하고 있는 바이다. 그리고 현재의 세계 질서가 분명히 밝혀주고 있는 사실이다.

그러면 어떻게 해야 한국 사회 내의 좌우와 지정학정 문제인 좌우 즉 중국과 일본의 틈바구니에서 한반도가 가진 중계적 역할을 통한 실리를 얻을 수 있을까? 미래적으로 볼 때 한·미·일 동맹 관계가 현재로서는 최선의 선택임을 부인할 사람은 없을 것이다. 그렇기에 해양 세력인 미국과 일본에 대하여 지나치게 반미·반일 정책을 펼쳐서는 안 된다. 과거는 일정 시간 묻어 놓고 해양 세력과 대륙 세력을 잘 아우르는 정책을 몇 십년간 펼쳐나가면 반드시 우리는 미국에 이어 G2가 되는 날이 올 것이다. 그 해법이 다도해를 중심으로 하는 해상신도시, 꿈의 해상신도시들을 만들어 홍콩을 위시한 대만·일본과 함께 저 멀리 있는 인도네시아까지 해상네트워크를 잇는 환상적인 전략을 짜야 한다.

문명사의 길목에서

아마 세계사는 지중해에서 발원하여 동해에서 완성될 것이 분명하다. 일찍이 3대륙의 접경 지역이었던 지중해와 홍해가 세계 문명사에서 시원(始元)을 만들었다면, 대륙과 해양이 끝나는 지점인 한반도와 동해가 인류문명사를 완성하는 마지막 종점(終點)이 될 것이다. 종점은 또 다시 시발점이 되어 베링해협과 쿠릴열도를 거쳐 미(美)대륙까지 이어지는 플랫폼이 될 것이다.

누가 보아도 한반도는 크게 대륙 세력과 해양 세력, 서양 세력과 동양 세력이 충돌하는 한가운데에 서 있다. 그리고 좁게는 북쪽 세력과 남쪽 세력이 충돌하고 있는 현장이기도 하다. 이것은 세계사적으로 갈등과 대립의 시대, 반목과 상극의 시대를 상징적으로 보여주는 현실이다. 상극의 시대를 상생의 시대로 바꾸어 나가고 대립과 갈등을 화합과 화해의 시대로 바꾸어 나가야 할 그런 시대적 소명이 우리 한반도에 있다.

조선이 패망할 때도 영호남 유림의 갈등이 있었지만, 해방 후 대한민국은 혹독하리만큼 더 좌우의 대립과 반목이 심했다. 그리고 다시 70여년이 지난 지금, 체제 전쟁에서 충분히 이겼다고 생각했는데, 진보좌파들은 알게 모르게 자유대한민국에서 자신들의 입지를 확보했다. 그리고 지난 세월 세 번씩이나 정권도 쥐었다. 그리고 2021년 오늘도 역시 좌우는 지루한 진지전(陣地戰)으로 소모적인 정쟁을 계속하고 있다. 지난 미국 대선과 한국의 4.15총선이 보여주었듯이, 미국과 함께한 많은 자유진영 역시 총성이 보이지 않는 진영 싸움이 계속되고 있다. 중국이 가진 자본과 5G기술로 부정불법선거를 치르고 새로운 신질서를 이식하려는 가운데 대한민국은 만신창이가 되었다. 이들과 지루하게 다투는 사이 세상은 저만치 제4차산업혁명이라는 다시금 되돌릴 수 장소로 이동하고 있다. 이에 준비되지 못한 국가공동체들은 또다시 디지털 전체주의 횡포 속에 디지털 식민지 디지털 노예가 되어가고 있다.

4차 산업혁명의 와중에서 중국은 제4의 개항을 스스로 막아버렸다. 중국은 세계에서 가장 엄격한 인터넷 정책을 가진 나라 중 하나로 꼽힌다. 사회의 안전성을 유지하고 자국 기업을 육성하기 위해 정부 검열관들이 엄격하게 인터넷을 검열하고 있기 때문이다. 이것은 스스로 쇄국정책을 고수하는 북한과 더불어 시대를 역행하는 행위다. 만리장성 방화벽을 쌓고 해외정보가 중국에 들어오는 것을 철저하게 막고 있다.

개항을 하려면 항구가 있어야 한다. 그런데 세계와 연결된 네트워크 세상에도 항구가 있다. 그것이 포트이다. 그런데 이 port라는 단어가 항구 또는 부두라는 용어와 같다는 점이 재미있다.[151]

그러므로 반드시 제4의 개항은 우리 손으로 해야 한다. 이제부터라도 나쁜 역사를 되풀이하지 말자. 통(通)하지 않으면 통(痛)이 온다는 사실을 알고 시대가 임박하여 변화해야 할 시기가 왔는데, 변하지 않으면 결국 쇠퇴한다. 지구상에 오래 사는 생물 몇 가지를 꼽으라면 랍스타(Lobster)가 빠지지 않는다. 오래 사는 걸 넘어서 영원히 죽지 않는 생물로 알려진 바다가재가 그 주인공이다. 그렇다면 과연 그 이유는 뭘까? 지구상에 존재하는 생명체의 수명은 '텔로미어'가 결정한다고 한다. 텔로미어는 염색체 가닥의 양쪽 끝에 붙어 있는 꼬리로서 세포가 분열할 때마다 길이가 점점 짧아진다. 이 텔로미어가 다 짧아져 사라지면 생명체는 죽게 된다.

그런데 경이로운 것은 랍스타는 바로 그 '텔로미어'를 '복구'하는 능력을 갖추고 있다는 점이다. 하지만 죽지 않고 평생을 사는 랍스타에게도 한 가지 치명적인 스트레스가 있단다. 랍스타는 바닷속 먹이사슬에서 낮은 쪽에 있다. 따라서 다른 바다 생물에게 많이 잡아먹히는 생물이다. 물론 딱딱한 껍질이 보호하기 때문에 위험에서 벗어나기도 한다. 그런데 가장 많이 당하는 '사고사'의 원인은 의외로 '껍질'이다. 이유는 뭘까? 랍스터는 노화되지 않고 평생 성장만 반복한다. 그러나 랍스터와 같은 갑각류 생물들은 껍질을 갈아입는 탈피를 해야 한다. 탈피하면 껍질이 두껍고 단단해지며 커지는데, 몸도 껍질에 맞게 함께 커지게 된다. 랍스터의 경우 이같은 탈피 과정을 수도 없이 거친다. 살기 위해서 반드시 거쳐야 하는 과정이다. 탈피할 때마다 랍스터는 스트레스를 받는다.

스트레스(stress)란 인간이 심리적·신체적으로 감당하기 어려운 상황에 부닥쳤을 때 느끼는 불안이나 위협의 감정이다. 그런데 국가도 스트레스를 받는다. 그 스트레스가 극에 달할 때, 소위 민란이 일어난다. 백성들은 민란을 일으켜 목소리를 낸다. 통(通)하지 않으니 통(痛)이 오는 것이다.

좌파 정부 5년 때문에 대한민국의 국민소득 3만 달러의 고지에서 더 이상 오르지 못하고 힘겨워하고 있다. 이를 돌파할 유일한 해법은 이미 다가온 제4의 파고를 극복해야 한다. 그 파고를 윈드서핑을 즐기듯이 올라타야 한다. 하지만 파고에 침몰되는 순간, 아득한 현실만 남을 뿐이다.

정치가 국민을 걱정해야 하는데, 국민이 정치를 걱정하는 현 상황은 매우 난감하다. 멈출 줄 모르고 폭주하는 버스를 몰고 있는 미친 운전자는 그렇다 치더라도, 이를 견제해야 할 차장격인 야당도 굴러 떨어져가는 44번 버스[152]와 같은 형국이다.

우리가 기원을 만들어야 한다

세계사는 냉혹하다. 더더구나 거대한 악의 구조가 드러나고 있는 이 냉엄한 현실 속에서 국권을 지키고 국민을 지키려면 국가 지도자의 무한한 헌신과 지혜가 필요하다. 다행히 대한민국은 근세사에서 현재까지 가장 미스터리하고 놀라운 기적을 일구어냈다. 이것은 그 누구도 상상하지 못했던 결과다. 아마 일루미나티 딥스테이트 세력조차도 공산사회주의의 세계적 침략 전쟁 가운데 예상치 못한 결과가 만들어낸 기적으로 인식할 것이다. 여기에는 이승만 대통령의 혜안과 뚝심이 크게 작용했다는 것은 두 말할 필요조차 없다. 그가 이루어낸 한미동맹의 굳건한 기초는 마지막 시대에 대한민국이 지금 미국과 더불어 중요한 역사를 만들고 있다. 이 중간에 대한민국은 이들 악의 세력에 휘둘린 적이 있었다. 그것이 IMF라는 외환위기 사태였다. 이 역시 국내의 좌파 세력들과 미국의 금융마피아가 조작한 국기문란 사건이었다. 그리고 일어난 9.11 테러. 세계 질서는 급작스럽게 미국 중심의 1극 체제를 만들었고, 그사이 굴기(崛起)한 중국은 미국의 패권에 정면으로 도전하고 있다.

테러조직(알카에다. ISIS), 불량국가(북한·이란·시리아)와 더불어 패권도전국가(중국·이란)가 2020년 이후부터 급격하게 부상하며 자유진영 국가들에게 도전하고 있다. 패권 전쟁은 필연적으로 국가 간의 군사동맹이나 무역협정 등을 통하여 편을 나누고 있고, 어디에 속할 것인지를 강요하고 있다. 이것이 오늘날 좌우의 상황이다.

우리나라의 지도를 보아도 좌로는 세계코민테른의 중추국인 중국이 있고, 우로는 현해탄 넘어 자유진영의 마지막 방파제라고 할 수 있는 일본이 버티고 있다. 좌에 속하여 중국과 함께 일대일로의 길에 동참할 것이냐, 우에 속하여 해양 세력의 일환으로 남아 태평양과 인도양으로 향할 것이냐 중대한 선택의 기로에 놓여 있다는 말이다. 좌우에 대한 정리가 되어야 남북에 대한 전략이 나올 수 있다. 여기에 숨어 있는 글로벌리스트들의 계략도 예상해야만 한다.

선진국의 위상에 맞추어

지난 7월 4일 우리나라 외교부는 대한민국이 드디어 선진국 반열에 들어갔다고 대대적인 보도를 하였다. 물론 이것이 현재와 같은 국제적 상황 속에서 크게 중요한 것은 아니다. 우리나라의 경제규모나 무역규모는 G7에 들어갈 만큼 성장을 한 지 이미 오래되었기 때문에 새삼스럽지도 또 수치상의 변화에 일희일비할 필요도 없다. 가장 중요한 경제의 펀더멘탈만 굳건하면 된다. 우리는 그동안 선진국 클럽에 일부러 들어가지 않았다. 그 이유는 개도국의 지위가 무역에 있어 훨씬 더 큰 프리미엄이 있었기 때문이다.

제68차 유엔무역개발회의(이하 UNCTAD)무역개발이사회 폐막 세션에서 한국이 아시아·아프리카 등이 속한 개도국 A그룹에서 미국 등이 속한 선진국 B그룹으로 지위가 변경됐다고 발표했다.[153]

한국은 1964년 UNCTAD 설립 이래 그룹 A에 포함돼 왔으나, 세계 10위 경제규모, P4G 정상회의 개최 및 G7 정상회의 참석 등 국제 무대에서 높아진 위상과 현실에 부합하는 역할 확대를 위해 선진국 그룹 B로 변경이 추진돼 이번에 최종 가결된 것이다. 이것은 문재인 정부의 공로가 아니라 그동안 펀더멘탈을 튼튼하게 갖추어 놓은 전 세대의 땀과 노력 덕분이었다. 어찌되었든 간에 UNCTAD 사무국이 밝힌 대로 한국의 그룹 B로의 지위 변경이 UNCTAD의 1964년 설립 이래 선진국 그룹 B로 최초로 이동한 사례임을 확인한 것은 자랑스러워해도 되는 일이라 할 것이다.

이번 UNCTAD 선진국 그룹 진출은 선진국과 개도국 모두에게 서 한국의 선진국 위상을 명실상부하게 확인하고, 한국이 선진국과 개도국 간 가교 역할이 가능한 성공 사례임을 인정받은 계기였다. 이로 인해 대한민국의 다음 지도자는 결국 세계의 지도자가 될 것을 요구받고 있다. 그 정도의 위치에 놓이게 된 것이다. 이승만 대통령 이래로 북방의 대륙 세력에 붙어 있던 한반도를 미국을 주축으로 하는 해양 무역 세력의 일원이 된 결과 얻어낸 쾌거라 할 것이다.

중요한 것은 방심하면 글로벌리스트들의 국제적 계략에 따라 국부가 유출되고 저들의 프레임에 따라 노예가 될 수 있는 일들이 많이 있다. 지금 일어나고 있는 이 팬데믹 상황도 이와 무관하지 않다. 문제는 현재 정권을 잡고 있는 무능한 좌파들이 글로벌리스트들의 하수인이 되어 부화뇌동하며 잡은 권력을 놓치지 않으려고 발버둥을 치고 있는 상황이란 것을 인식하는 것이다.

더 넓은 해양을 향해

이들 신세계질서(NWO)세력에 맞서는 길은 도덕 재무장밖에 없다. 천륜(天倫)과 인륜(人倫)을 따르는 지극히 상식적이며 자연적이며 창조주의 영역에 속해 있는 부분을 인정하고 선악과와 같은 그 영역에 대해 영원히 만지지도 먹지도 못할 법을 만들어야 이 땅에서 천년왕국을 이룰 수 있다. 미국과 함께 물질적 능력을 바탕으로 영혼까지 순수한 도덕적 능력까지 지닌 나라가 될 수 있는 국가는 대한민국밖에 없다. 왜냐하면 OECD국가 중 원조를 받던 나라에서 원조를 하게 된 나라는 대한민국이 유일한데, 그 이유는 대한민국의 헌법이 성경에 기초하기 때문이다.[154]

성경에 뿌리를 두고 청교도적인 가치에 뿌리를 둔 미국은 그동안 전 세계적인 자유의 가치 표현과 밀접한 관계를 맺고 자천 타천으로 세계의 경찰 역할을 감당해 왔다. 그 혜택을 받는 나라들 가운데 가장 아름다운 결과인 번영이라는 열매를 맺은 나라는 단연 대한민국이 유일하다 할 것이다. 그렇기에 우리는 그 노고에 진심으로 감사하며 받았던 모든 은혜를 나누고 있다. 미국에 이어 두 번째로 많은 선교사를 보낸 것도 그렇고 물질적인 해외 원조뿐만 아니라 자원봉사자들까지도 제도적으로 보내는 나라는 미국에 이어 한국이 두 번째일 것이다.[155]

　　자유를 가진 사람은 그것을 갖지 못한 사람을 위해 싸워야 했고, 지금도 그렇게 싸우고 있기 때문이다. 이런 이유로 인해 우리는 더욱 미국과 굳건한 동맹 관계를 유지해야 한다. 또한 EU와의 무역동맹뿐 아니라 군사적 동맹까지도 결속하여 나토와 각별한 관계를 유지해야 한다. 왜냐하면 소말리아나 남태평양에서의 군사적인 대립에서 드러났듯이, 세계는 더 이상 고립된 한 지역의 문제가 아니게 되었기 때문이다.

　　지구촌은 이제 지리적인 갈등을 넘어 도처에서 자국의 이익과 이기심 때문에 언제든지 정밀 무기로 공격을 해대는 전방위적 위협들이 상존하게 되었다. 예를 들면 우리나라의 해군 청해부대는 소말리아까지 진출하여 국가 간 분쟁과 위협에 대처하며 평화를 만들고 있다. 그러한 점 때문에 분쟁의 개입을 꺼려해서도 안 되고 미국과 자유열강들이 만들어 놓은 우산 아래에서 무임승차를 해서도 안 된다. 미국과 서구가 세계 평화를 위협하는 세력들에 맞서 단호히 대처할 때 미국의 우방으로서 대한민국은 위대한 의무와 책임을 자각하고 함께해야 한다. 이 때문에 대한민국은 빠른 시간에 항공모함을 위시한 장거리 핵잠수함으로 무장한 대양 해군으로 성장해야 한다.

　　이는 대한민국이 해양 세력[156]의 동맹에 가담함으로써 대양의 평화와 안전을 도모할 책임이 국력의 신장과 함께 생겼기 때문이다. 1조 달러가 넘는 물동량이 거의 다 해양으로 수송되는 상황 속에서 대한민국은 국력에 걸 맞는 대양 해군의 면모를 갖추어야 만일의 사태에 대비할 수 있을 뿐만 아니라 미국과 더불어 동북아는 물로 동남아의 평화를 유지할 수 있다.

사실 일본의 '대동아공영권' 비전은 독일의 정치이론가 하우스호퍼가 만든 '레벤스라움'[157] 개념의 동양적 응용이었다. 지금 중국의 급성장이 없었더라면 대륙 세력이라는 용어는 당분간 사용될 이유가 없었을 것이다. 헨리 키신저가 미국 민주당의 정책에 따라 중국을 개방시키면서 지나치게 특혜를 주어 중국을 방만하게 만든 결과 다시 한반도 주변은 세력 간의 충돌이 불가피하게 되었다.

그간 대한민국은 해양 세력의 대표격인 미국의 영향권에 있었고, 북한은 대륙 세력을 대표하던 소련, 그리고 소련의 해체 이후 새로운 대륙 세력의 강자로 등장한 중국의 영향권에 있었다. 그런데 최근 대한민국의 정치적 요동은 해양 세력에서 대륙 세력으로의 방향 전환과 관련되어 있다는 분석은 삼척동자도 아는 이야기라 할 것이다.[158]

과연 중국이 우방이 될 수 있는가?

진지하게 "과연 중국이 대한민국의 우방이 될 수 있는가?"라고 묻는다면 한국 사회의 진보 진영은 당연히 "중국은 거대한 산이며,

우리가 올라갈 수 없는 대국이기에 중국몽에 따라 같은 길을 걸어야
한다."고 말할 것이다. 하지만 우리가 그동안 보아온 중국의 행태는
인류역사의 보편적 흐름에 비추어 보았을 때 매우 부적절하다. 경우
에 따라서는 이념과 잘못된 국가관으로 얼마든지 반인륜적인 일들
을 저지를 수 있음을 보았다. 법과 상식을 존중하는 보편적 인류의
관점에서 볼 때 정치인들을 탄압하고 파룬궁 수련자들과 같은 종교
인들에 대한 무자비한 탄압은 역대 그 어느 왕조보다 더하면 더했지
모자라지 않을 일들이었다. 그렇기에 당연히 보수 우파적 가치를 가
진 분들의 입장에서는 중국을 향한 지나친 사대(事大)는 눈살을 찌푸
리게 한다.

　하지만 우리가 결코 뿌리칠 수 없는 현실은 대륙을 버릴 수 없다
는 사실이다. 왜냐하면 대한민국의 절반은 해상을 통하여, 절반은
북방 대륙을 통하여 완성되었기 때문이다. 중국은 전례 없는 구애의
공세를 러시아를 향해 펼치며 그동안 멈칫했던 합동군사훈련을 하
고 있다. 중국의 대만 침공이 점점 현실화되자 일본은 미국의 전략
적 파트너로서 세계 평화 유지를 위해 더 활발한 역할을 수행하겠
다고 하면서 중국이 대만 침공 시 즉시 개입하겠다고 2021년 자위대
국방백서에서 밝혔다. 결국 이렇게 가다간 일본의 헌법을 개정해야
할지도 모를 일이 생길 것이다.

　하지만 중국은 여전히 자유 국가와는 거리가 멀다. 미국과 동등

한 초강대국의 지위를 바라는 중국 지도자들의 생각은 즐거운 환상에 지나지 않기 때문이다. 하지만 그많은 군사적 노력에도 불구하고 중국은 앞으로도 미국의 적수가 되지 못할 것이다. 오히려 지금 세계는 코로나-19에 대한 책임과 그들의 인권 상황을 개선하도록 지속적으로 압력을 가하고 있는 추세다.

중국이 자유세계와의 보조를 멈추고 패권을 추구할 경우 대만은 단순히 중국의 '내부' 문제가 아니며, 절대 그렇게 간주되어서도 안 된다. 그러면서 인도는 아시아에서 중국의 패권 욕망에 맞설 수 있는 강대국으로 발돋음할 것이다. 두 차례에 걸친 미북정상회담에도 불구하고 북한은 완전한 비핵화를 거부하고 스스로 봉쇄를 자초하는 길로 갔다. 북한이 대량살상무기(WMD)를 전혀 보유하고 있지 않다는 점을 분명히 확인하기 위해 북한의 모든 시설에 대한 철저한 사찰을 허락하지 않는 한 대북봉쇄는 계속될 수밖에 없고, 그 긴장과 위험은 우리가 져야 한다. 이를 해소할 가장 중요한 길은 좌우의 논쟁을 뛰어넘는 위대한 선택하는 것이다.

제3의 길

이러한 위기 의식은 진보 좌파들에게도 있다. 그들은 지나친 국가의 개입과 규제, 공공지출이 부의 창출을 가로막는다는 점을 '제

3의 길'에서 제시하고 있다. 하지만 그들의 이해도는 주류 경제학계의 입장에서 보자면 초등 수준에 불과하다. 그들은 최소한의 규제만이 존재할 때 자본주의가 가장 효과를 발휘한다는 사실을 받아들이려 하지 않는다. 그 결과 포퓰리즘에 편성한 각종 규제와 선심성 정책을 마구마구 쏟아낸다. 좌파 정당들이 선거에서 계속 승리를 거두는 한 불행한 결과는 점점 증폭되고 있다.

사회적 불평등을 해소하기 위해 국가가 아무것도 하지 말아야 한다는 뜻은 결코 아니다. 이런 노력을 감당할 수 있는 선진국에서는 개인과 가정의 지불 능력에 관계없이 훌륭한 기초교육과 적절한 의료 서비스를 제공해주는 것이 옳다. 그러나 기본적으로 불평등은 자유의 불가피한 대가다. 사회적 규제정책이 자유시장경제를 왜곡하거나 부의 창출을 추구하는 개인의 의욕을 꺾어버리게 되면 근대 종교 개혁가들이 주장한 인간욕구의 무한정성을 부인하게 되고, 사유재산·부의 축적을 통한 안정성 추구라는 개인의 근로의욕이 끊겨 결국 생산성 하락이라는 필연적 공멸의 자리로 나아가게 된다. 그러므로 거부할 수 없는 이 세계화의 추세에 대해 '자유로운 기업 활동이 보장되는 자본주의'가 세계적으로 자리 잡고, 자유시장경제 무역을 통한 자유로운 교류와 분배의 질서가 자리 잡도록 좌파적 제3의 길이 아니라 보수적이며 온건한 의미의 제3의 길을 제시해야 한다.

그리하여 전 세계의 부자들은 물론 가난한 사람들까지 서로 서로 상생하며 노블리스 오블리쥬의 실천을 통한 건강한 시민의식을 통한 자연스런 부의 분배가 이루어지도록 더 높은 가치체계를 가지도록 하는 국민계몽과 다음 세대 교육을 실천해야 할 것이다.[159]

물론 부분적으로 서구 세계도 책임이 없지는 않다. 서구 국가들과 그들이 주도하는 기관들이 바로 이 문제를 영속화시켰기 때문이다. 서구가 이런 짓을 한 것은 국제자본주의의 탐욕 때문이 아니다. 그 배후에는 악이 있고 그 하수인격인 세력들이 있기 때문이다

우리나라의 보수 우파 건전한 시민들은 지금도 믿고 있다. 가난한 국가들의 상황을 영구적으로 개선할 수 있는 수단은 원조가 아니라 무역을 통한 자유시장 경제체제의 확립이란 것을. 이 중차대한 인류사의 길목에서 다시 한 번 한반도는 새로운 길을 가야 할 위치에 놓이게 되었다. 마치 바둑판의 대립처럼 형세를 놓고 볼 때, 자유 보수 우파들이 전례(典例) 없는 위기에 놓인 것은 사실이다. 이러한 때에 대한민국의 새로운 수장이 누가되는가 하는 문제는 단순히 정권을 잡고 안 잡고를 떠나서 나라의 명운이 걸린 중요한 시기라는 것만은 분명히 해야 한다.[160]

그 옛날 우리가 식민제국주의 시대에 발 빠르게 개항하지 못하고 서구 열강의 틈바구니에서 제대로 대응을 하지 못한 결과 36년간 국권을 잃어버리는 아픔을 겪었다. 또 좌우의 이념이 대륙과 해

양의 격돌로 나타나던 시기 국내마저 좌우 논쟁과 분열로 뼈아픈 동
족상잔의 비극을 겪었다. 이러한 때에 좌우를 뛰어넘는 위대한 선택
을 제시하고자 하는 것은 시의적절한 것이 아닌가 한다.

해양과 대륙을 하나로

낡은 패러다임을 벗고

얼마 전 공동 집필했던 책 《부산독립선언》의 후기에 "해양 세력
이니 대륙 세력이니 하는 용어는 지나간 아날로그 시대의 낡은 개
념"이라 쓴 말이 있다. 이것을 보았다면 눈 밝은 독자가 분명하다.
'아날로그 시대'는 무슨 뜻인지 몰라도 낡은 개념이기에 말이다. 그
런데 개념이 낡으면 아무 가치도 없는 것일까?

해양 세력과 대륙 세력의 대비는 해외 '진출'에 열광하던 메이지
시대 이후 일본에서 즐겨 써먹었던 것이다. 서양인의 함대가 동양을
유린하던 시절에 해양 세력은 곧 서세(西勢)였고, 보수적인 대륙 세력

에 대비되는 진취적 세력이었다. 섬나라 일본이 대륙을 떠나 해양 세력이 되자는 주장이 곧 '탈아입구(脫亞入歐)'라는 슬로건으로 나왔다.

당시 일본으로서는 절박한 상황임이 분명했다. 조선통신사로 설명되는 일본의 상황은 조선을 통하여 대륙의 문물을 받아들이지 못하면 영원히 야만의 수준에 머물 수밖에 없었다. 그러다가 네덜란드 무역선에 의해 개항을 하고, 점점 해양의 새로운 세력에 대해 눈을 뜨게 된다. 그들의 개항이 궁극으로는 제국주의로 가는 망조를 만들었지만, 그렇다고 해서 탈아입구(아시아를 넘어 구라파로)란 슬로건을 나쁜 개념으로 규정하고 그냥 버릴 일이 아니다. 오히려 그런 개념을 잘 뒤집어 보면 시대의 흐름을 살펴보는 데 도움이 될 수 있다. 우리는 그러한 대륙 세력의 보수성과 해양 세력의 진취성을 한반도라는 플랫폼에 담아 새로운 눈으로 다시 보아야 이 지긋지긋한 이념전쟁을 뚫을 활로를 열수 있다.

개항(開港)이라는 19세기 중-후반의 동아시아 각국에 부여된 중요한 과제는 일본에겐 강세로 작용하였고, 우리에겐 열세로 작용하였다. 그 결과 우리는 나라를 빼앗기는 국취를 당한 것이다. 당시 일본이 개항을 비교적 쉽게 받아들인 까닭을 생각해 보라. 구체제의 한계가 분명했기 때문이다. 1840년대 초의 덴포(天保) 개혁이 실패로 돌아가고 바쿠후(幕府)체제의 개혁 희망이 사라졌기 때문에 변화의 돌파구를 새로 찾게 되는데, 이때 개항이 그 돌파구로 떠오른 것이다. 1854년의 미완을 넘어 1868년 메이지유신이 가능하게 된 것이다. 반면 당시 대륙과 한국은 일본처럼 개항을 적극적으로 받아들일 계기가 마련되어 있지 않았다. 그래서 일본의 침략을 받게 된 것이다. 그들은 앞선 개항으로 얻은 이니셔티브를 적극 활용하여 동아시아의 패권을 넘보게 되었다. 우리는 '쇄국'이라는 봉쇄책으로 100년 이상을 뒤지는 결과를 낳고 말았다.

다시 해상으로부터 바람이 분다

중국 역시 '쇄국정책'을 시행했다. 그것이 '해금(海禁)'이다. 그 폐쇄성을 극적으로 드러낸 장면으로 1793년 건륭제(乾隆帝, 1736~1796 재위) 시절 그는 영국 국왕에게 보내는 편지에서 영국의 통상 확대 요청에 이렇게 대답했다.

"내가 뜻을 두는 것은 오직 훌륭한 통치를 행하고 천자의 직무를 잘 수행하는 것뿐이요. 진기한 물건이나 값비싼 물건에는 관심이 없소. 그대가 보내온 공물을 내가 가납하는 것은 머나먼 곳에서 그것을 보내온 그대의 마음을 생각해서일 뿐이요. 이 왕조의 크나큰 덕은 하늘 아래 어디에도 미치지 않는 곳이 없어서 모든 왕과 부족들이 육로와 수로를 통해 귀한 공물을 보내오고 있소. 그대의 사신이 직접 보는 것처럼, 우리에게는 없는 물건이 없소. 나는 기이하고 별

난 물건에 관심이 없으며, 그대 나라에서 나는 물건을 필요로 하지 않소."

이 문장으로 보아도 중국 황제는 해외 무역에 대해 관심이 전혀 없었음을 알 수 있다. 그때 사절로 온 매카트니는 자신의 비망록에 이런 글을 남겼다.[161]

"중화제국은 낡고 다루기 어려운 초대형 전함과 같은 존재다. 운이 좋아서 뛰어난 선장과 유능한 선원들을 계속해서 만나 왔기 때문에 지난 150년간 물 위에 떠 있을 수 있었지만, 결국 무능한 선장에게 한 번 걸리기만 하면 기강이고 안전이고 흔적도 없어질 것이다. 아마 바로 가라앉지는 않을 것이다. 얼마 동안 난파선으로 떠다니다가 어느 날 해안에 좌초해 산산조각이 나고 말 것이다. 그 배의 바닥 위에 고쳐 짓는 것도 불가능한 일이다."

그의 말은 적중했다. 세상을 어떻게 보고 해석하는가 하는 세계관에 있어 중국은 여전히 천자사상에 매여 시대가 변하는 것을 읽지 못한 결과 청나라는 난파했고, 결국 그 자리에 지리한 국공내전을 통한 공산주의 정권의 안착이었다. 세계관이란 '세계란 이렇게 생긴 것이다'하는 현실 인식만이 아니라 '세계란 이래야 한다'라는 도덕적 관점까지 포괄하는 것이다. 결국 아편전쟁을 통해 청나라의 해금 정책은 해체되었고 중국은 '치욕의 세기'에 접어들었다. 당시는 해양 세력이 전 세계를 휩쓴 시대였다. 그런데 제4차 산업혁명 시대에 새로운 바람이 해상으로부터 불어오고 있다. 이 파고는 거대한 5G와 인공지능, 그리고 로봇이라는 전대미문의 이기(利器)를 끌고 오고 있다. 다시 한 번 해금이냐 해방이냐는 결단을 요구하고 있다. 21세기 새로운 나라의 지도자는 혁명과도 같은 이 해상의 파고를 에너지원으로 사용하여 대륙과의 연결점에서 한반도를 새로운 온·오프, 메타버스 시대의 완전히 새로운 플랫폼으로 만들어야 한다.

해양으로부터 대륙으로

라첼이라는 학자는 지표 공간과 인간과의 관계에 주목해 인문지리학을 만들었다. 그리고 셸렌이라는 학자는 지리적 조건과 국가의 흥망성쇠에 관심을 가지고 지정학을 개념화했다. 그리고 마한이라는 학자는 해양 세력에 주목해서 국가의 전략을 제시했다. 그러자 이번엔 해양이 아니라 대륙에 주목한 학자가 등장한다. 그의 이름은 할포드 맥킨더. 지정학의 아버지로 불리기도 하는 이 학자는 당시 독일에서 이제 막 태동기에 있던 이 학문이 가진 중요성을 깨닫고 영국에도 도입하게 된다. 특히 정치지리학의 기본이 되는 지리학에 많이 주목하였다. 그는 자연과학과 인문학을 이어줄 수 있는 지리학의 특성을 들며 지리학적인 학문의 거대한 이 두 계열을 이어줄 수 있는 다리를 생각했다.

이 맥킨더가 주목한 것은 세계사의 큰 흐름이었다. 16세기부터 19세기까지는 바다로 탐험하며 지도를 만들고 식민지를 개척하는 시기였다고 정리한다. 그런 시대였기에 맥킨더가 있는 대영제국이 세계의 패권을 가지고 있었다고 이해하면 된다.

하지만 유럽의 역사를 더 큰 시야에서 보면 좀 다르다. 유럽과 아시아는 사실 하나의 대륙으로 붙어 있다. 다시 말해 유라시아라는 뜻이다. 유라시아 내부에는 스텝이 있고, 초원에는 유목민족이 살고 있다. 그리고 유럽의 역사를 제대로 보면 훈이나 몽골 등 유라시아의 유목민족들의 침략을 받아온 역사다. 그래서 유라시아의 내부는 핵심 중의 핵심인데, 이 지역에서 변화가 시작된다. 유라시아 내륙은 산지와 고원 등으로 막혀 있어 인도양이나 태평양으로 나가는 하천이 없다. 그렇다는 얘기는 가항 하천이 없어 해양 세력이 접근할 수 없다는 뜻이다. 유라시아 내부의 하천은 북극해로 흐르게 되는데, 북극해는 북극권에 위치해 얼어붙는 일이 잦고 21세기에도 항해가 그다지 녹록하지 않다. 게다가 새로운 교통수단이 도입된다. 영국에서 시작해 대량의 화물을 빠르고 안정적으로 수송할 수 있는 특성이 주목받게 된 기차이다. 세계의 교통이 말에서 배로, 다시 배에서 기차로 변화하고 있는 셈이었다.

이에 괗해서는 뒤에서 본격적으로 다루겠지만, 한반도에서 출발한 초고속 열차가 반나절 안에 스페인 마드리드에 도착하는 일이 일어날 것이다. 인류 역사상 그 어느 때보다 유라시아가 가까워지고 하루 생활권이 되며 경우에 따라 아침은 부산에서, 점심은 파리에서, 저녁은 다시 서울에서 먹게 되는 날이 올 것이다. 바로 이 원대한 역사의 시발점이 해양과 맞닿은 한반도이고 대륙과 연결된 압록강이다. 이 철도 네트워크는 다름 아닌 하이퍼튜브(HTX)[162] 열차다.

유라시아라는 세계에서 가장 거대한 대륙을 세계섬이라고 이름 붙이는 순간 북해와 인도양·태평양으로 둘러싸인 섬이 된다는 발상이 기가 막히다. 이 거대한 두 대륙을 이어주는 유일무이한 연결 수단은 하이퍼튜브 열차가 될 것이다.

철도 산업에 파괴적 혁신을 불러온 이는 엘론 머스크다. 그는 기존의 철도 회사를 인수하는 대신 새로운 콘셉트의 열차를 고안했다.

"철도는 비행기와 자동차의 훌륭한 대안이 될 수 있지만 느리고 비싸다"는 인식에서 출발해 기존 철도의 문제점을 해결한 신개념의

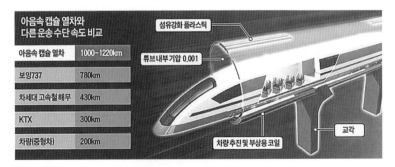

진공 튜브 속을 달리는 하이퍼튜브(HTX)열차

열차 아이디어를 냈다. 그가 발표한 캡슐형 초음속 진공 자기부상열차인 '하이퍼루프(hyperloop)'는 철도를 본떴지만 철로 대신 진공 터널 안에서 달린다. 이를테면 날개 없는 비행기(열차)가 진공 튜브 속을 달리는 셈이다. 이론적으로 1시간에 약 1,200km를 주파[163]할 수 있는 이 열차는 부산서 신의주까지 1시간이면 도착한다. 모스크바까지도 3시간이면 간다. 그렇다면 스페인까지는 6시간이면 도달한다. 그러니 이제 비행기의 시대가 사라질 가능성이 있다.[164]

위의 기사에 따르면 하이퍼루트 운임이 동일 구간 항공료 대비 5분의 1 수준으로 저렴해 기존 교통수단을 압도할 것이란 분석이 나왔다고 한다. 기존에 있는 어떠한 열차보다 건설비와 운용비가 저렴해 가능한 주장이다. 그렇게 되면 항공기 산업은 급속히 쇠퇴할 것이다. 만약 베링해를 거쳐 알래스카·캐나다·아메리카 대륙 전역까지 연결된다면 미국도 반나절이면 도착할 가능성이 높다.

이러한 세계의 전 대륙을 연결하는 시발점, 유일하게 동떨어져 있는 일본을 연결해주어 세계로 통하게 하는 이 놀라운 꿈의 신교통 수단은 대한민국만이 신기원을 이룰 수 있고, 남북이 하나로 연결될 때 가능성이 있으며 남북을 아우르는 순간 진부한 좌우의 이념 논쟁은 지구상에서 사라질 것이다. 이를 위한 첫 단추를 꿰기 위해 제20대 대한민국 대통령은 DMZ를 유엔사가 주관하는 자유무역특구로 만들어 세계의 공장 지대로 하고 빠른 시간 안에 한반도의 삼분지계의 형국을 만들어 북한이 원한다면 그 체제를 그대로 둔 채 새로운 경제 지대를 만들어야 한다.

신경의 중추처럼 해양이 대륙과 만나는 부산에서 여수→목포에 이르는 대한민국의 남해안은 결국 세계사의 새로운 심장 지역이 될 것이다.

해양과 대륙의 격전지를 시발지로

한반도는 오랫동안 대륙 세력과 해양 세력이 만나는 격전지였다. 한반도에서 벌어진 모든 전쟁은 대륙 세력과 해양 세력 간의 대결이었다. 근대 이전에는 중국과 일본이 각각의 세력을 대변하는 국가였다. 일본이 동아시아의 동쪽 끝에 불과했던 과거에는 중국이 대변하는 대륙 세력이 압도적이었다.

유럽 제국이 아시아에 진출하고 태평양 항로가 개발된 후에는, 동아시아의 변방 일본이 동아시아의 선두에 서는 극적인 변화가 초래됐다. 근대식 무기로 무장한 일본은 정명가도(征明假道)라는 명분을 내세워 조선을 침략했다. 일본은 조선에서 패퇴했다. 명은 그 대가로 왕조가 멸망하는 대가를 치르게 된다.

러시아의 동진과 미국의 태평양 진출로 인해 한반도에서의 대륙·해양 세력의 대결은 복합적이고 중층적이게 된다. 청일전쟁과 러일전쟁에서 일본이 승리한 것은 대륙 세력 영향력하에 있던 한반도를 해방하는 동시에, 한반도에 대한 일본의 제국주의적 침략의 시작을 의미했다. 2차 대전의 막바지에 일본에 선전포고한 소련은 만주를 가로질러 북한 지역을 점령하게 되고, 태평양전쟁에서 일본에 승리한 미국이 남한 지역을 점령하게 된다. 이에 따라 수천 년 이어져 온 한반도에서의 대륙·해양 세력의 대립은 남북한 각 지역에서 소군정과 미군정의 대립으로 이어지고, 결국 남북한 각각의 정부 수립으로 귀결된다.

휴전으로부터 70년이 되어가고 있고, 분단은 고착화되었다. 한반도는 거대한 양대 세력의 격전지였고 타협의 대상이었다. 현재의 분단은 양대 세력의 절충안이고, 현재 양대 세력의 종주국은 미국과 중국이다. 이 절충안으로서의 분단의 타파가 있어야 한반도에서의 진정한 민족국가가 완성된다 할 것이다. 하지만 특단의 조치가 없는 이상 이 냉혹한 국제정치의 환경 속에서 북은 북대로 그 국민들을 가난과 억압의 굴레 속에서 풀어주지 않을 것이고, 남은 남대로 북을 동정하고 추종하는 세력들로 인해 분쟁이 잦아들 날이 없을 것이다. 그렇기에 확실하고도 지속 가능한 특단의 전략으로 누구의 논리에도 휘둘리지 않는 계략으로 통일을 앞당기는 구상을 펼쳐나가야 한다.

우리 한반도는 지정학적(地政學的) 위치가 해양 세력과 대륙 세력의 중간에 위치하여 있는 반도(半島)이기에, 그로 인하여 숱한 고난과 수모를 겪어 왔다. 긴 세월 동안 대륙 세력에 기대 나라를 이어왔다. 고구려·신라·백제 삼국 시대에 기운을 펼쳤던 외에는 대륙 세력의 기운에 눌려 서러운 세월을 지나왔다. 흔히 일제 36년 지배를 말하지만, 그보다 수십 배 더 긴 세월 중국의 등쌀에 굴복하여 조공 국가로 지나온 세월이 있다. 1945년 해방 이후 해양 세력에 줄을 서게 되어 나라가 이만큼이나마 발전케 되었다. 해방 이후 북녘은 대륙 세력인 중국·러시아에 줄을 서서 전체주의·공산주의를 채택하였고, 남녘은 해양 세력에 줄을 서서 미국·일본·호주·영국 같은 자유민주주의 체제를 선택하였다. 그 공으로 남북 간의 체제 경쟁에서 대한민국이 완전히 승리하게 되었다. 참으로 감사한 일이다. 그런데 지난 5년여를 돌아보면 또 다시 대륙 세력에 의해 주권을 찬탈당할 위기를 맞고 있다. 이 문제를 극복하지 못하면 심각한 문제가 일어날 것이다.[165]

이어령 교수는 한 강연에서 이렇게 말한다.

"지금까지 한반도에 평화가 가능했던 건 중국이 '도광양회(韜光養晦)'를 표방하며 힘을 감춰왔기 때문이죠. 하지만 이제 중국이 미국 앞에서 더는 숨죽이고 있지 않잖습니까. 팽창하는 양대 패권은 필연적으로 한반도에서 마주칠 수밖에 없어요. 우리가 양자 가운데 하나를 택하면, 결과는 나머지 하나가 절멸할 때까지 영원히 끝나지 않는 고통이죠. 한반도는 세계의 화약고가 되고 말 겁니다."

이 이사장은 '이솝우화'의 박쥐 얘기를 통해 대한민국의 정치적 갈등은 우리에게 박쥐가 될 것을 요구하는 지정학적 위기가 지금도 재현되고 있기 때문이라는 것이다. 우리의 생각이나 전략, 새로운 발상의 전환을 통해 대한민국이 주도권을 잡지 않는 이상, 우리는 영원히 기회주의 국가로 남을 수밖에 없다는 것이 이어령 교수의 지적이다.

박쥐는 배트맨을 통해 정의의 사도가 된다

이어령 이사장은 박쥐에서 배트맨으로 변신할 것을 제안한다. 우리에게는 정의의 사도 '배트맨'이라는 돌파구가 있다는 것이다. 그는 "해양과 대륙이 맞부딪치는, 그래서 문명의 흐름이 소용돌이칠 수밖에 없는 곳에 자리한 우리의 지정학적 운명을 활용하면, 바로 그 덕분에 우리가 세계 평화의 중심에 설 수 있는 가능성이 열린다."고 했다.

"독일을 보세요. 한때 유럽에서 가장 낙후된 나라였지만 지금은 유럽연합(EU)의 중심국이 됐죠. 괴테 같은 문인·지식인이 있었기 때문입니다. 독일 문화에 바탕을 두고 세계 문학을 완성한 괴테의 힘이 유럽 전체를 뭉치게 했어요. 한반도에서 대륙과 해양이 상생 공존할 수 있는 방법도 문화 안에 있다는 게 내 생각입니다. 지정학으로 보면 동아시아는 중국과 일본의 패권장이 되지만, 지리 문화를 보면 한국의 존재감이 커지죠. 지금의 한류처럼요."

향후 미국을 향한 중국의 위협은 제한적일 것이다. 먼저 중국은 미국에 버금가는 세계 최대 군사국으로 부상하지 못할 것이다. 중국을 압도하는 미국의 무기, 세계적인 군사 동맹 및 기지, 전쟁 실전 경험 등이 쇠퇴할 가능성은 낮다. 중국의 군사 현대화 및 군비 증강 노력은 미군이 세계 어느 곳이든 신속하게 경보 전파, 동원, 전개, 작전 등을 펼치는 전투력 투사(force projection) 역량을 넘어서지 못하고 아시아 역내로 국한될 것이다. 이 말은 미국에 대한 중국의 일방적인 공격(unprovoked attack)은 일어나지 않는다는 뜻이다.[166]

경제적 측면에서 중국의 국내총생산(GDP)이 미국을 추월할지라도 1인당 GDP는 오랫동안 따라잡지 못할 것이다. 중국은 법치주의 결여, 위안화 태환성 약화, 중앙은행의 독립성 부족 등으로 국제규범을 제정하기보다 '국제규범을 따르는 국가'(rule taker)로 존속할 것이다. 또한 중국 정부가 1인당 GDP 제고를 주요 목표로 삼으면 자국 내 수요에 대한 관심이 더욱 높아져 일대일로 사업 등은 결국 우선순위에서 밀려나게 될 것이다.

중국은 곧 위기에 봉착할 것이며 중국의 위기는 우리에게 기회로 다가올 것이다. 이를 놓치면 안 된다. 미중 갈등 사안 대부분은 이념적 차이다. 그래서 패권 경쟁이 가속화된다는 것이다. 중국을 '악마화*(demonize)*'할 수밖에 없는 이유는 그들의 패권주의가 중화사상과 공산사상이 결합된, 인류역사상 5번째로 종교와 이념이 결합된 형태의 마지막 바벨론이기 때문이다. 이 틈바구니에서 우리가 취해야 할 지혜가 솔로몬의 지혜요, 솔로몬의 치세 때처럼 하는 것이다.

해상 신도시로 대륙을 만들자

대한민국은 태평양으로 가야 한다

부산을 시발로 거제도·여수·목포와 같은 해안 도시들을 살리는 길은 혁명적 발상뿐이다. 여기서 혁명이란 단순한 패러다임의 변화가 아니라, 현재의 판도를 뒤엎을 수 있을 만한 위대한 변화를 말한다. 혁명은 혁명적 발상으로 말미암아 얻을 수 있다. 이승만 대통령의 광복 구상은 미국을 통한 미국에 의한 미국의 주도적인 광복이었다. 이 전략을 구사하기 위해 그는 미국에서 공부를 했고, 미국에서 인맥을 만들었으며, 미국을 철저하게 이용하였다. 그리하여 한미동맹, 한미수호조약을 완성시킨 것이다. 이 조약의 체결은 동북아시아의 작은 나라를 미국이 주도하는 자유국제무역 기조의 시장 속에 편입시킨 것이다. 이로 인해 한국에 대한 위해나 공격은 미국에 대한 위해와 공격으로 간주하게 된다. 거인의 힘을 이용하여 우리의 권리와 존엄을 70년간 누려온 것이다.

지난 2021년 4월7일 보궐선거의 쟁점은 가덕신공항 건설이었다. 단기적으로 보면 천문학적인 공사비·접근성 등 다양한 장애물이 있지만, 태평양 시대를 열려면 반드시 필요한 곳이 가덕신공항임을 부인할 사람은 없을 것이다.

하여 강서구 낙동강 하구언이 펼쳐내는 삼각주 저 먼 곳, 가덕도 신공항 예상지너머에 해상 신도시를 만들면 어떨까 하는 것이 초발상이다. 지금 비용이 좀 더 들더라도 어떻게 하는 것이 미래를 활짝 여는데 도움이 될까? 그리고, '만약 가덕신공항을 만든다면 연관하여 무슨 사업을 할 수 있을까?' 물어보면 더욱 더 자명하다. 가덕신공항이 건설되고 가덕도부터 출발하여 여수 앞바다까지 '미래 해상신도시'를 만드는 초발상적 아이디어를 통해 해양을 대륙으로 만드는 거대한 작업을 지정학적 이점을 가진 대한민국이 해야 할 일이다.[167]

지형지물의 장애는 디딤돌이 된다

그런데 과연 가덕도와 여수 오동도 앞 저 먼 수심이 깊은 바다를 매립하는 것이 과연 경제성이 있을까를 물어보는 사람이 있을 수 있다. 한마디로 지형지물에 장애가 있다는 것이다. 물론 틀린 말은 아니다. 하지만 부산이나 여수·목포처럼 내륙에 너무 가까우면 홍콩이나 다른 나라에서 이주해 오는 사람들은 거부감을 느낄 수 있을 것이다. 그래서 가능하다면 홍콩과 마카오가 떨어져 있는 것처럼 거리가 있어야 한다. 가덕도에서 10킬로 이상 떨어진 곳에 세울 수 있다면 좋겠지만, 그것이 불가능하다면 가덕도나 여수 오동도에서 5km 정도는 떨어진 곳에 연육교를 건설하면 좋을 것이라 여겨진다.

수심이 깊기 때문에 전부를 매립할 필요는 없다. 현해탄 쪽만 쓰나미급의 해일을 막을 수 있는 방파제와 매립을 한 다음 내륙 쪽으로는 부유식 해상 신도시를 건설할 수 있기 때문이다. 세계적으로 가장 뛰어난 조선기술과 토목 플랜트 기술로 500만 평 이상이 되는 부유식 해상 신도시를 만드는 초발상을 통해 부산이 제4의 개항을 이끌어내야 한다.

이제 우리가 새롭게 만들어야 할 도시는 미래형 신도시의 모델이어야 한다. 그 모델이 바로 해상과 해저를 아우르는 신개념 미래 수상도시이다.

닫히는 홍콩과 열리는 남해안

시대가 바뀌고 기회가 오고 있음을 알리는 징조는 여러군데 있다. 지난 2021년 7월 30일《사우스차이나모닝포스트(SCMP)》는 "미중 간 갈등을 고조시키는 홍콩보안법이 제정돼 홍콩의 자율성이 유지되기 어려워졌다. 홍콩의 사업 전망이 불투명해졌다."고 전했다.[168]

아울러 주한 중국대사의 말을 인용해, 중국 전국인민대표대회가 홍콩 국가보안법에 관한 결정을 통과시켰다고 전격 발효시켰다.

"국가 안전은 가장 중요하고 큰 일로, 관련 입법은 국가의 입법권력에 속하는데, 이는 국제적으로 통용되는 방식이다. 역사적 이유로 국가안전 수호를 위한 특별입법이 이뤄지지 못했고 이런 '진공' 상태는 불법 세력들에 기회를 줬다. 특히 지난해 '홍콩 송환법 수정안 풍파' 속에서 '홍콩 독립' 조직과 급진 세력이 기승을 부렸고, 폭력 활동이 계속 확대돼 법치와 사회질서를 심각하게 짓밟았으며 홍콩의 번영과 안정을 훼손하고 '일국양제' 원칙의 마지노선에 심각한 도전을 자행했다. 이는 국가 안전을 파괴한 것이며, 더욱이 홍콩 시민의 각종 권리와 자유를 침해한 것이다."

이에 더하여 그는 다음과 같이 말한다.

"중국 중앙정부는 일국양제 방침을 관철하고 홍콩이 국가 발전의 대국에 융합되는 것을 확고히 지지할 것이며, 홍콩과 각 지역 간 폭넓은 경제교류 협력을 도울 것이다. 중국의 개방 확대 과정에서 홍콩의 위상과 역할은 강화될 뿐 약화하지 않을 것이다. 안정되고 안전한 홍콩에서 외국인 투자 및 사업과 관련된 합법적 권익은 더욱 잘 보장될 것이다."

하지만 이것은 중국 당국의 바램일 뿐 현실은 전혀 그렇지 않다. 현재 홍콩의 자본은 이탈 중이며, 그 속도는 점점 가속화되고 있다. 누군가의 위기가 우리에게 기회가 된다.

국민의 힘 국회의원이며 전 한국금융연구원장을 역임한 윤창현 의원은 "홍콩의 존재는 특별하다. 영국은 과거 홍콩을 조차해 100년 간 지배하면서 독특하고 발전된 금융허브국가를 만들었고, 이를 중국에 반환했다.

그런데 한때 아시아의 네 마리 용이라고 지칭되면서 성공한 모형으로 평가받는 이 도시국가가 최근 수난을 겪고 있다. 정치적 불안과 계속되는 시위의 여파로 지난 4월까지 홍콩에서 300억 달러 이상의 헤지펀드 자금이 이탈한 것으로 나타났다. 물론 4,400억 달러 수준의 외환보유액이 있지만 미국이 홍콩의 특별지위를 박탈할수도 있다는 언급이 나오면서 자본 이탈이 지속되고 있다. 아직은 초기 단계지만 언제 가속화될지 가늠하기 힘든 상황이다. (중략)

중국의 제조업이 발전하면서 대중국 투자를 노리는 글로벌 자본들이 홍콩에 몰려 들었었다. 또한 중국 본토 자본들도 홍콩으로 진출만 하면 글로벌 시장과 만났었다. 중국으로부터의 아웃바운드 투

자와 중국으로의 인바운드 투자 기지의 역할이 더해지면서 홍콩의
위상은 더욱 증진되고 심화돼 왔다. 그러나 지금처럼 시진핑 중국
국가주석의 독주가 강해지는 가운데 보안법이 예정대로 시행되고
홍콩의 특별한 지위가 사라지게 되면 상당한 문제점이 노출된다. 자
본 이탈이 가속화되면 최악의 경우 홍콩은 주룽반도에 자리 잡은 도
시 하나 수준으로 위상 변화가 일어날 수 있다."[169]

이러한 때에 거대한 홍콩의 자본과 고급인력, 경제에 관한 전문
적 지식과 경험을 끌어안을 방법은 없을까?[170]

여기엔 반드시 초(超)역발상이 필요하다. 패러다임의 전환 정도
로는 부족하다는 말이다. 과히 혁명이라고 부를 만한 전환이 있어야
자유진영이 살고, 자유시장경제가 살아남는다. 지금 세상은 기술결
합에 따른 혁신의 시대로 이전하고 있다. 비즈니스 리더와 최고 경
영자는 변화 환경을 이해하고 혁신을 지속해야 살아남을 수 있다는
말이다.[171]

항구와 개항

남해안을 따라 해양 세력과의 만남을 이룬 두 항구가 있다. 부산
과 목포가 그곳이다. 뒤이어 군산과 인천은 서해의 관문이 되었다.

대한민국에서 강화도조약이 첫 번째 개항이었다면, 두 번째 개

항은 조국의 광복과 함께 미군의 진주에서 시작되었다고 할 수 있다. 강화도조약 이후 일본 상인들의 조선 진출이 활발해지면서 대일 무역이 빠르게 성장했다. 개항장이 늘어나고 일본 상인들이 내륙까지 진출하면서 개항은 조선 경제에 직접적으로 영향을 미치기 시작했다. 일본으로의 쌀 유출이 급증하면서 농업 생산 구조는 쌀 위주의 생산 체제로 바뀌었다. 그 과정에서 쌀 수출로 커다란 이익을 거둔 상인들이 토지에 재투자하면서 지주계급이 빠르게 성장했다. 한국에도 자본주의가 시작된 것이다.[172]

민족자본은 학습과정을 거치면서 무역은 빠르게 확대되었다. 감사하게도 조선에는 새로운 경제 주체들이 출현·성장해 가고 있었다. 개항 이후 외국과의 인적·물적 교류가 활발해지면서 조선 사회는 외형적으로도 큰 변화를 맞이한 것이다. 연이어 극장·다방·카페 등 문화시설도 등장했다. 생활의 편리함을 직접 보고 겪게 된 사람들이 서양의 문물을 적극적으로 수용할 필요를 느꼈기 때문이다. 그러나 무엇보다도 중요한 변화는 개항 이후 자유와 평등·민권·민주주의 등의 개념을 이해하고 수용한 개인들이 출현했고, 이들의 사회 의식 또한 빠르게 성장해 갔다. 가장 크게 기여한 것은 신문이었다. 신문은 서양의 근대기술은 물론 자유와 평등·주권·입헌주의 등의 근대사상을 소개했다.

국부 이승만이 귀국한 길은 항공로였다. 김구를 위시한 임정요인들의 귀국도 미국이 제공한 비행기로 이루어졌다. 2차 세계대전 이후 바야흐로 전 세계는 하늘 길을 통한 새로운 개항을 만들어가고 있었던 것이다.

제3의 개항은 수출 주도 산업의 관문이 되었다. 경부고속도로가 완공되고 자동차산업이 발전하면서 부산은 말 그대로 수출의 전진기지(前進基地) 항(港)이 되었다.

그렇다면 앞으로 이루어질 제 4의 개항은 어떨까? 기존의 해양과 하늘의 공중로와 더불어 4차 산업혁명과 함께 이루어질 7G시대가 열게 될 가상현실 세계는 통신망과 인공위성을 통한 공중로가 되며 하이퍼튜브열차, 혹은 하이퍼루퍼열차를 통한 아음속 열차가 세계를 연결하게 될 것이다. 이 새로운 혁명의 시대 대한민국은 해상과 대륙을 연결하여 거대한 플랫폼을 만드는 유일한 국가가 될 것이다.

역사는 다시 항구를 소환한다.[173] 어쩌면 대한민국이 제4의 개항을 열고 새로운 문명사를 개척해 내는 방법은 의외로 간단할지 모른다. 그것은 이미 우리 앞에 와 있는지도 모른다. 그것을 간단하게 열어젖힐 핀(pin)만 알면 된다. 그 핀을 한마디로 정리하면 '지방도시의 권한 확대'이다. 이로써 우리가 얻게 되는 것은 중앙정부의 불간섭이다.

지난 4년간 우리나라는 성장이 둔화되고, 일자리가 줄고, 이념대립이 심해짐에 따라 미증유의 국가 위기에 빠져들었다. 문재인 정

권의 친북·친중정책, 무책임한 인기영합주의, 재정 남발로 대한민
국의 정체성이 혼미해졌고, 미래 세대의 권리마저 편취당하고 있다.
계층·세대·성별에 따른 갈등이 심화되는 것은 말할 것도 없다. 이
러한 문제를 해결하기 위해 노동개혁, 경제개혁, 교육개혁 등 당면
한 개혁과제가 많으나, 오히려 정치권은 비토크라시(vetocracy: 거부권정
치)로 인해 제대로 된 개혁을 이끌지 못하고 있다. 그 결과 갈등의 골
만 깊어지는 상황이다. 상대당에게 자신들의 정치적 의지를 강요하
지 못하면 비토하는 방식으로 상대방의 정치에 흠을 내는 것이 점점
확대되는 가운데 정치는 실종되고 말았다.

이 때문에 중앙집권적 정치가 아닌 지방분권적 새로운 정치가
필요하다. 이를 위해서 지방분권의 성공적 모델이 필요하다. 국민
중심의 지방도시 발전이 필요하다. 교육과 성장·고용이 지방정부
의 주도하에 이루어지는 모델이 나와야 한다는 말이다. 그 모델이
경제와 경쟁 논리에서 행해지면 더할 나위 없을 것이다.

그러므로 앞으로 대통령이 될 대권주자들은 권력을 확대하지 말
고 작은 정부를 추구하며, 지방분권을 최대한 살릴 수 있는 특히 해
양 신도시에도 홍콩과 같은 자유무역특구를 만들 수 있는 권한을 대
폭 허락해야 한다.[174]

결론적으로 말해 국가가 가진 권한을 지자체에 넘겨주되 연방제
수준의 권한을 양도함으로써 지자체가 차별화된 정책으로 서로 경

쟁할 수 있도록 하는 것이 한 방법이 될 수 있다는 뜻이다.

바야흐로 태평양 도시 국가 시대가 도래하고 있다. 역사가 만든 도시, 도시가 만들 역사를 이야기하려면 과감하게 문명과 국제 질서의 구조적 전환기를 맞아 응전해야 한다. 그 방법 중 가장 중요한 하나로 지방분권의 모델로써 부산을 재해석하고 재구성하여 부산의 멋진 도약의 비전을 제시하는 데 목적이 있다.

실제로 4차 산업혁명, 미중 문명전쟁은 태평양 중심의 도시 국가 시대의 도래를 촉진하고 있다. 그 옛날 지중해를 중심으로 형성된 도시 국가가 이제 인도·태평양을 중심으로 두각을 드러내고 있다. 교통 물류의 획기적인 발전은 드넓은 태평양을 지중해처럼 가깝게 만들고 있다.

만약 가덕도와 오동도에 지금의 두 배쯤 되는 신공항이 들어서고, 이 책에서 제시하는 비전대로 가덕도와 여수 오동도 남방에 5백만 평 가량의 해상 신도시가 세워지면, 부산과 여수·목포 등은 지방의 재정 자립뿐 아니라 대한민국 전체를 먹여 살리는 새로운 금광이될 것이다.

지난 20년간의 한국 외교·경제 정책의 방향이 북방·대륙 지향적이었다고 한다면, 앞으로의 20년은 해양, 즉 태평양을 중심으로 펼쳐져야 할 것이다. 중국은 이미 지난 10년간 해양실크로드라고 할수 있는 해양 일대일로(一帶一路)를 통해 태평양 연안에 대한 영향력 확대에 몰두해왔다. 하지만 지금 그들의 계획은 커다란 장벽에 부딪혔으며 무리한 추진과 홍콩에 대한 지나친 정치 개입으로 난관에 봉착했다.

역설적이게도 역내 국가의 위기나 변화가 주변국에 기회가 되는 경우가 많은데, 지금이 바로 그런 시기가 아닐까 한다.

제3부
새로운 천년을 연다

머물 것인가, 나아갈 것인가?

푸른 대륙이 우리를 부른다

러시아는 지금 새롭게 변신하는 중이다. 과거 공산주의 혁명으로 공산주의 종주국이라는 오명을 얻었다. 이로 인해 말할 수 없는 아픔을 겪었다. 하지만 푸틴의 리더십으로 이제 다시 미국과 어깨를 견줄 만큼 경제가 성장했다. 그런데 그런 러시아가 우리에게 손짓하고 있다. 유라시아 친선 특급이 러시아의 시베리아를 횡단하고 있는 가운데 10년 전 러시아 학계에서 제기됐던 '코리아 선언'이 새삼 주목을 받고 있기 때문이다.

'코리아 선언'의 주요 골자는 급격한 인구감소로 국가 생존의 위기에 봉착한 러시아가 영토를 보존하고, 살아남으려면 우수한 두뇌를 갖고 있는 근면한 한국과 공생(共生) 국가를 만들어 한국인들이 시베리아에 자유롭게 이주할 수 있게 해야 한다는 것이었다.

2005년 말 러시아의 유력 정치 논평지 《폴리트클라스》에 이 선언을 게재한 인물은 모스크바교육대학을 졸업한 후 언론인으로 러시아 외교부 정책자문역으로 일했던 블라디미르 수린이다. 당시 이 선언은 러시아와 한국 안팎에서 적지 않은 반향을 일으켰고, 러시아 외교부 아시아국(局)은 2006년 초 당사자에게 서한을 보내 한반도 정책을 검토하면서 이 논문을 유념하겠다고 화답했다. 그리고 2008년 11월 러시아 주요사회문제연구소장 자격으로 서울을 찾아 '21세기의 프런티어, 시베리아 개발, 한민족의 손으로'라는 강연을 했다.

수린 박사는 당시 시베리아 개발을 위해 한국인이 필요하다고 역설하면서 그 이유로 먼저 근면성을 꼽고 추위에도 잘 견디며 중앙아시아의 황무지를 농지로 개척한 경험이 있다고 했다. 또 한국은 자원은 없지만 수출 경제 체제로 효율적인 하이테크 경제를 이뤘으며, 영토 욕심이 없는 민족이어서 러시아인의 거부감도 적다고 설명했다. 수린 박사는 나아가 한국과 러시아가 공생국가(Symbiotic States)를 이뤄 많은 한국인들이 러시아로 들어와 시베리아 개척을 이룰 수 있도록 해야 한다고 주장했다.[175]

결론적으로 말하면 시베리아 지역에 한국인이 2,500만~3,000만

명이 정착하게 되면 시베리아 자원과 인프라 개발이 이뤄질 것으로 예측한 것이다. 이것은 달리 해석하면 시베리아의 영토를 알래스카처럼 한국에게 주겠다는 것이나 마찬가지이다.

검은 해양(Black Oceans)의 시대

검은 해양*(Black Oceans)*?

쉽게 말하면 러시아는 시베리아 개발은 물론 영토와 국가를 보존하고, 한국은 대륙 진출과 에너지 확보라는 이익을 얻어 서로 윈-윈, 공생 공영할 수 있다는 사실이다. 이런 대륙으로의 진출을 위해 필연적으로 극복해야 할 과제가 남북 관계의 획기적인 전환을 간단하게 요약하는 문장이다.

검은 해양*(Black Oceans)*

이 슬로건이 대한민국의 국운을 결정할 것이다. 왜냐하면 문재인 정부는 임기 내내 위장된 평화쇼만 했다. 그렇게 국민들을 우롱하며 이루어질 수 없는 공약들을 내세웠다. 하지만 그들이 그토록 맹종하는 북에 대해 아무 도움도 주지 못했다. 오매불망*(寤寐不忘)*에도 불구하고, 실질적으로 그들은 어떤 도움도 북한에 제공하지 못했다. 그럴 수밖에 없는 것이 정전 당사국인 유엔 산하 17개 참전국의 동의를 얻어낼 수 없었기 때문이다.

여기서 한국동란 참전국은 16개 국인데 왜 17개 국이냐는 이야기가 나올 수 있다. 그 이유는 일본 때문이다. 일본은 한국전에 직접 참전하지는 못했다. 이승만 정부의 절대적인 반대 때문이었다. 하지만 유엔연합사령부의 병참국가로서 지대한 공을 세웠다. 그래서 72년이 지난 지금에도 만약의 경우 북한이나 중국이 도발하면 자동으로 정전협정 위반이 되는 유엔결의 때문에 연합국을 이루어 한국의 분쟁에 자동 개입하게 된다. 물론 경우에 따라 새로운 전쟁에는 더 많은 우방들이 참전할 수는 있겠지만, 정전하에서의 권한은 유엔 산하 17개 참전국의 입김이 중요하다. 그래서 이 정부는 계속해서 휴전을 종전으로 만들고 싶어 하는 것이다.

대륙으로 가기 위한 초석

그러면 위장된 평화쇼가 아니라 실질적 평화를 만들 묘수는 무엇인가.

간단하다. 앞에서 잠시 언급한 것처럼 휴전선 DMZ 내에 남북협력 무역특구를 만드는 것이다. 북이 반대하거나 응하지 않을 경우 우선 대한민국만이라도 먼저 만들면 된다. 이 곳에 건설하게 될 무역특구는 반드시 북한의 노동력과 남한의 자본과 기술을 이용하여 미국·영국을 비롯한 모든 자유국가들이 참여하는 명실상부한 국제

무역특구를 만드는 것이다. 이 지역의 제품은 북한의 노동력을 활용하여 철저하게 노동집약적 산업을 중심으로 공장을 건설하게 해야한다. 개성공단의 의류 봉제와 같은 단순 가공제품에서부터 지난 수십 년간 중국이 맡아 왔던 다양한 생필품을 만드는 세계의 공장을 건설하는 것이다. 만약 이곳에 이런 공장들을 건설한다면 가격 경쟁력에 있어 동남아시아 어떤 나라에도 뒤지지 않을 만큼의 생산성이 나타날 것이다.

1차로 이러한 임가공 형태의 산업으로부터 시작해서 자동차와 조선 등과 같은 중공업까지 확대해 나가야 한다. 소득이 높아지고 인건비가 올라가면 가격 경쟁력은 점점 약해지므로 이를 대비해 고부가제품도 하나둘 준비해서 접목해야 한다. 물론 이렇게 하는 이유는 자연스럽게 북한이 개혁 개방으로 나오도록 하기 위해서다.

이러한 절차가 진행되다 보면 수송의 문제가 대두되게 된다. 좀 더 빠른 속도로 더 많은 물량을 저렴하게 수송하려면 당연히 대륙철도, 베링해를 통한 미주 지역으로의 철도도 탄력을 받게 된다.[176)]

지금도 푸틴 정부는 북한을 관통해 남한으로 오는 가스관 건설 등에 많은 관심을 보이고 있다. 심지어 푸틴은 정부에 극동개발부를 신설해 아시아 국가들과의 협력에 앞장서는 등 신동방정책을 강화하고 있다. 그러한 시점에 친선 특급을 계기로 '코리아 선언'이 다시 관심을 모으고 있다. 이러한 기회가 기회로 끝나는 것이 아니라 실질적인 열매를 맺도록 하기 위해서는 반드시 새로운 대통령이 대륙의 해양화 선언을 통해 남북의 정상이 만나서 심도 있게 논의해야 한다.

세계에서 가장 큰 땅을 가진 나라 러시아. 영토의 끝에서 다른 끝까지 직선 길이가 무려 7,700km에 달한다. 남북 길이는 2,880km다.

러시아 당국은 모스크바를 중심으로 인구가 늘어나고 있고, 동부 영토의 인구가 줄어드는 것을 막기 위해 다시 동부 쪽으로 사람들이 옮겨가게 하려고 안간힘을 쓰고 있다. 예를 들면 농지 약 3,300 제곱미터(㎡ · 1,000평)를 무상 제공하는 식의 유인책이다.

지금도 시베리아 횡단 열차에서 다양한 사람들을 만날 수 있다. 세계는 지금 냉전 시대가 끝났지만 미국이나 유럽의 강대국들과 여전히 자존심 싸움을 하고 있다. 하지만 지금도 러시아는 살기 위해 몸부림을 치고 있다. 과거 공산주의자들이 만들어 놓은 잘못된 시스템을 고치고자 불철주야 노력하고 있다. 1970년대 후반, 러시아 정부는 원하는 국민에게 공짜로 600제곱미터(㎡)의 땅을 나누어줬다고 한다. 사람들은 그 땅에 텃밭을 가꾸며 주말에 가족이나 친구들과 시간을 보낼 별장(러시아 말로 '다차'라고 일컫는 작은 집)을 지었다. 러시아 국민들은 "서방의 견제와 제재에도 버텨온 러시아가 자랑스럽다."고 말한다. 그들의 논거는 이렇다. 1억4,000만의 러시아 인구를 포함한 12개 독립국가연합(CIS : Commonwealth of Independent States) 소속 국가들의 인구는 3억 명에 달하고, 세계에서 가장 많은 13억 인구를 지닌 중국과 국경을 맞대고 있기 때문에 경제 시장 규모가 상당하고, 무엇보다 서방의 각종 경제 관련 제재가 있었음에도 러시아가 무너지지 않고 버텨내면서 강인한 내성을 갖게 됐다는 것이다.

대외적으론 1~2% 내외의 국내총생산(GDP) 성장률을 보이고 있어 내수와 인근 국가들의 시장으로도 충분히 견뎌 낼 체력이 있다는 것이다. 오히려 러시아라는 큰 시장을 향해 벽을 쳐 놓은 유럽연합(EU)이 손해를 보고 있다는 것이다. EU 회원국들이 자신들의 상품을 러시아와 인근 국가들에 팔아야 하는데, 못 팔고 있음에도 불구하고 러시아는 그런대로 버티고 간다는 것이다.

문제는 러시아 경제가 내성을 키웠다곤 하나 승승장구한다고 볼 수는 없다. 특히 청년 세대들의 어려움을 접하면서 그런 생각은 더 확실해졌다. 러시아의 첫아이 출산은 평균 25세 정도라고 한다. 이것은 바로 전세대와 비교했을 때 비교적 늦은 것이다. 문제는 높은 집값과 임대료는 청년들의 월급 수준으로는 감당이 어렵다는 게 결혼의 가장 큰 이유라고 한다. 이로 보면, 많은 나라의 청년들 상황과 비슷하다는 생각이 들지 않을 수 없다. 그래서 러시아의 경우 부모 집에 얹혀사는 청년들이 눈에 띄게 늘었다. 실제 모스크바에서 취업하는 러시아 청년들의 첫해 월급은 4만5,000루블(약 90만 원)선이다. 물론 모스크바의 전체 평균 임금은 한 달에 9만5,000루블(약 190만 원) 수준이지만, 이것 역시 고소득자까지 포함된 수치라 착시 효과가 있다.

가장 크고 부자 도시라는 모스크바가 이 정도인데, 지방 도시 상황은 훨씬 나쁠 것이 자명하다. 옴스크의 경우 교사 월급이 3만 루블(약 50만 원 정도)도 안 된다. 지방 도시들은 모스크바와는 딴 세상이라 할만하다.

러시아 횡단 특급

러시아는 대륙 횡단 열차의 운영권을 한국에 넘기려고 하고 있다.[177] 지금 현재 위기를 느낀 러시아 청년들은 해외로 빠져나가고 있다고 한다. 아이러니하게도 인근 국가 청년들은 러시아로 몰려들고 있다. 러시아 주변 나라 젊은이들은 꾸역꾸역 러시아를 찾는다는 말이다. 아무리 러시아의 일자리 사정이 안 좋다고 해도 자신들의 국가보다 사정이 나으니 어쩔 수 없는 선택이다. 그리고 음성적으로 싼 임금에 일을 맡길 수 있는 외국 청년들을 선호하는 흐름도 존재한다. 그러다 보니 러시아 젊은이들은 일자리 구하기가 더욱 힘들어진다.

러시아 역시 대한민국처럼 결혼이 늦어지고, 출산율은 점점 줄어들고 있다. 취업률은 2016년 1.76명이었으나, 2020년 1.48명으로 낮아지고 있는 것이 그나마 다행이다. 다만 후보가 결정하는 것이 아니라 참모들과 아이디어의 솔루션으로 해결된단 것이다.

노령인구와 연금

2018년 6월 국민들의 이목이 러시아 월드컵 개막전으로 쏠리는 틈을 타 푸틴은 연금개혁안을 상정했다. 2010년 65세 이상의 인구비율이 1,800만 명 남짓이었으나, 8년 만에 2,000만 명이 넘어 인구의 14%가 노인인 고령화 사회로 진입하면서 부담이 커졌기 때문이다.

러시아 남성의 평균수명은 여성의 평균수명보다 10년이나 짧다. 러시아 남성이 여성에 비해 빨리 사망하는 이유는 알코올 중독, 흡연, 결핵, 비만 등 만성질환 때문으로 알려져 있고, 사회주의 시기에 구축해 놓은 무상의료는 시민들이 손사레를 칠 정도로 의료의 질이 악화되어 있다.

77세의 평균수명을 가진 여성들의 은퇴 연령은 55세이며, 평균수명 67세인 남성들의 은퇴 연령은 60세다. 산술적으로는 여성들은 평균 22년 동안, 남성들은 평균 7년 동안 연금을 받는 셈이다.

문제는 과거보다 세금을 꼬박꼬박 낼 노동인구는 줄어들어, 그만큼 정부는 거둬들이는 세금이 줄고 있다는 것이다. 때문에 연금을 받아야 하는 노령인구는 늘고, 젊은 세대가 이들의 노후를 위해 부담해야 할 짐은 더 무거워지고 있다.

당시 푸틴이 내세운 개혁안은 여성 은퇴 연령을 2034년까지 55세에서 63세로 늦추는 것이며, 남성 은퇴 연령은 2028년까지 60세에서 65세로 늦추는 것이 핵심이었다. 문제는 평균수명이 짧은 남성들의 경우 쉬지도 못하고, 연금도 별로 못 받는 등 평생 일만하다 죽으라는 불만이 터져 나왔다고 한다.

결국 월드컵이 끝난 뒤 여론의 거센 반발이 있었고, 남성의 은퇴 연령을 65세에서 63세로 조정하는 것으로 막을 내렸지만, 러시아의 경제 상황과 전망은 시베리아 벌판에 매서운 찬바람이 불어오는 듯했다. 그러자 나온 아이디어가 우리 귀를 의심하게 했다.

"한국과 러시아가 손을 잡고 공동 정부를 만들자?"

동토의 땅 시베리아 벌판에 한국과 러시아의 공생국가를 만들자고 주장한 것이다. 앞서 언급했던 블라디미르 수린 박사인데, 이런 연구를 2005년부터 시작하여 연구 성과를 2008년 서울에서 발표하기까지 했으니 러시아의 다급함을 읽을 수 있는 대목이다.

실제로 러시아는 앞서 언급한 중국의 러시아 진출 흐름을 자신들의 필요에 의한 점이라는 것을 인정하면서도 불편한 기색을 숨기지 않는다. 한국 기업들이 적극적으로 러시아에 들어 와 중국을 견제해주길 바라지만, 어쩐지 한국은 미국과의 관계에 더 신경 쓰는 눈치라고 볼멘소리를 했다.

모스크바 당국의 시선도 그렇지만, 수린 박사는 아예 러시아 동부의 빈 영토와 자원을 제공하고, 한국의 인구와 기술력·자본을 끌어들여 경제·사회적 가치를 만들어 양국의 비전을 위한 공동 정부를 추진하자는 구상을 서울에 와서 발표한 것이다.

한국과 혈연 관계인 헝가리

우리가 검은 대양, 유라시아 대륙을 주목해야 하는 이유는 그들 나라 중 상당수가 우리와 혈연 관계가 있고, 높아진 대한민국의 위상을 따라 교류를 원하고 있기 때문이다.

유라시아의 가장 끝이라고 할 수 있는 헝가리가 과거 우리와 혈연 관계인 훈족, 즉 동이족 혈통이라는 것을 아는 사람은 다 안다. 그래서 한국과 헝가리는 여러 면에서 닮은꼴이 있다. 헝가리인은 마잘족으로 유럽에 살고 있는 아시아계 민족이다. 민족적 시원도 우랄산맥의 남동부로, 한민족의 시원인 바이칼호 부근의 알타이 지방과 어깨를 맞대고 있다.

우리와 마찬가지로 헝가리 역시 잦은 외침을 겪어야 했다. 헝가리는 13세기 몽고의 침입으로 인구의 60%가 감소하는 참화를 당했고, 1526년 오스만 터키군에 대패한 후 150년간 터키의 지배를 받았다. 터키가 물러간 후 180여 년간은 오스트리아 합스부르크 왕가의 지배를 받았다. 1차 세계대전 패전 후 체결된 트리아농조약으로 전

국토의 3분의 2를 상실하는 아픔을 겪었고, 1956년 헝가리 혁명의 실패로 25만여 명의 헝가리인들이 해외로 도피하기도 했다. 이와 같이 두 나라는 역사 속에서 어려움을 겪으면서도 특유의 저항 정신을 바탕으로 국가의 정체성을 유지하고 발전시켜왔다.

또 헝가리어는 우랄·알타이어족에 속하는 교착어이며 동양인들과 마찬가지로 성명에서 성(姓)을 먼저 쓴다. 연월일과 주소를 표기할 때도 서양과 달리 큰 개념을 먼저 쓰는 연, 월, 일과 국가, 도시, 거리명의 순서로 표기한다. 또 헝가리 전통음악도 우리와 같이 5음계로 구성돼 있어, 헝가리 전통음악을 들으면 우리의 전통음악과 비슷한 분위기를 느낄 수 있다. 음식도 마찬가지다. 많은 한국인 여행객들이 서유럽 음식과 달리 부다페스트의 헝가리 음식은 입에 맞는다고 한다. 헝가리 음식은 한국처럼 요리할 때 마늘과 매운 파프리카 등을 많이 사용한다. 특히 헝가리의 대표적 음식으로 구야시와 생선 스프를 들 수가 있는데, 구야시는 우리 음식의 감자를 넣은 육개장과 비슷하고 생선 스프는 민물 매운탕과 유사해 헝가리를 찾는 많은 한국인들의 사랑을 받고 있다.

정신 세계는 또 어떤가. 우리가 수많은 외침과 어려움을 극복하면서 형성한 '한(恨)'이라는 민족적 정서는 헝가리인이 가지고 있는 '우울증(gloomy)'과 비교된다. 몇 년 전 상영된 〈글루미선데이(Gloomy Sunday)〉라는 헝가리 영화가 한국에서 상당한 반향을 일으킨 것은 우연이 아닌 것으로 보인다.

헝가리의 자살율이 세계 최고 수준(우리는 2위)이고, 성인의 70%이상이 매일 술을 마신다는 점 등은 우리나라의 통계를 보는 듯하다. 한국인과 헝가리인은 흑백논리가 분명해 타협을 잘하지 못하는 점을 공유하고 있지만 패배의 역사 속에서도 오히려 자존심을 높이면서 정체성과 모국어를 꿋꿋이 지켜온 데 대해 대단한 자부심을 가지고 있다.

현재 우리나라는 삼성전자, 한국타이어 등 30여개 기업이 헝가리에 12억 달러 상당을 투자하면서 EU 시장에 적극 진출하고 있다. 앞으로도 헝가리와 우리의 문화적 유사성을 잘 활용해 우리 기업이 헝가리에서 성공하고 헝가리의 발전에도 기여할 수 있는 방안을 적극 마련해야 할 것이다.[178]

카자흐스탄

1218~1221년경 몽골의 칭기즈칸이 카자흐스탄 동남부를 시작으로 현재의 카자흐스탄 전역을 석권하였고, 그의 첫째 아들 주치의 후손이 1240년 킵차크 한국(汗國)을 세운 것이 유목민에서 나라를 세운 처음이다. 카자흐 한국(汗國)은 킵차크 한국(汗國) 일파인 우즈벡 민족이 중앙아시아로 진출한 뒤 그중 유목 성격이 강한 부족이 초원

지대로 분리되어 스스로를 카자흐라 칭하고 1465년 자니벡, 케레이 칸을 추대하여 건설하게 된다. 이후 카자흐 한국은 쥬즈라고 불리는 3개의 부족 통합체로 나뉜다. 이 쥬즈는 현재까지도 카자흐스탄 사람들의 출신을 구분할 때 쓰이고 있다.

분열된 3개 쥬즈는 18세기 중엽 중가르(Dzungar)의 침공으로 소위 '대재난의 시대'를 맞게 되었다. 1731년 소쥬즈의 아블 하이르 칸이 러시아 제국에 보호를 요청하면서 러시아의 중앙아시아 진출이 시작되었다.

그 후 러시아는 국경 지역에 요새와 오렌부르크 등 소도시를 건설하기 시작하였다. 카자흐스탄 남부로 영향력을 확대, 19세기 초에는 카자흐스탄 북부와 중부에 러시아식 8개 행정구역이 출현하는 등 러시아의 식민화 정책이 본격적으로 추진되었다.

일부 반러시아 폭동에도 불구하고 러시아의 식민화 정책은 지속되었으며, 19세기 초 중·소올다에 대한 직할통치를 시작으로 1860년대에 대올다가 러시아에 편입되어 러시아는 카자흐스탄 전역을 합병했다.

소련 공산당은 1924~1925년간 중앙아시아 지역에 민족을 기반으로 새로운 공화국을 구성하여 개혁안을 추진한 결과, 1925년 4월 카자흐 소비에트 사회주의 자치공화국이 탄생하게 된다. 계획경제 체제하에서 광물 산업을 중심으로 한 카자흐스탄 산업화 및 강압적인 농업 집단화 과정을 본격적으로 추진하여 1940년대 초까지 전체 농장의 97%가 집단농장화한다. 1920년대 중반 400만 명으로 추정되는 카자흐스탄 유목민이 1920, 30년대에 발생한 대기근으로 인해 굶어 죽거나 인근 중국·터키 등으로 이주하면서 1930년대 후반에는 150만 명으로 감소하였다. 이러한 인구 유출과 타민족의 이주가 카자흐스탄이 다민족국가가 된 주요 요인이다. 이때 연해주에 있던 한국인들 20여만 명이 강제 이주를 당한다.

1990년부터 본격화되기 시작한 소련 해체 과정에서 나자르바예프 초대 대통령은 고르바초프 소련 대통령과 함께 소련 체제를 유지하려 노력하였지만 결국 카자흐스탄은 1991년 12월 벨로베슈협정체결로 소련 체제의 와해가 기정 사실화된 직후, 같은 해 12월 16일 소련 구성 공화국 중 가장 늦게 독립을 선언하고 같은 해 12월 21일 독립국가연합(CIS)에 가입한다.

카자흐스탄에 고려인이 살기 시작한 건 1930년대이다. 당시 소비에트사회주의공화국 연방의 스탈린의 명령에 따라 연해주에 거주하던 고려인들이 카자흐스탄과 중앙아시아로 강제 이주를 당하였다. 현재 카자흐스탄 고려인은 9만9천 명이 넘는다. 소비에트 시대와 후기소비에트 시대에 거주 고려인들은 뛰어난 근면성의 모범을 보여주었고 지금도 보여주고 있다.

전문성과 선량한 인간 관계로 수많은 카자흐스탄인들의 존경을 받았던 김유리 카자흐스탄 초대 헌법위원장은 영웅 대접을 받고 있다. 고려인들이 그들의 고국이나 다른 나라로 집단적으로 떠나지 않는 것은 그들과 함께 카자흐스탄에 거주하고 있는 130여 민족들이 카자흐스탄 땅에서 존경을 한몸에 받고 있기 때문이다. 이명박 정부 시절 한국은 적절한 시기에 카자흐스탄의 경제성장에 기여를 했는데, 특히 고려인을 포함한 카자흐스탄인들의 물질적 복지 개선에 특별한 역할을 했다.

그 덕분에 사실상 카자흐스탄의 모든 가정이 '삼성'이나 'LG' 상표가 붙은 냉장고 등 가전제품을 소유하고 있다. '대우'자동차는 카자흐스탄인들의 마음을 사로잡았다.[179]

한마디로 말해 지난날 아픔과 상처로 작용했던 한민족의 수난의 역사가 지금은 마치 이스라엘의 디아스포라처럼 검은 해양 유라시아 대륙의 징검다리들이 되어가고 있다. 더욱 고무적인 것은 그동안 양국 간의 교류로 많은 카자흐스탄 사람들이 한국에 와서 일을 했고, 한국어를 유창하게 하는 현지인들이 제법 많이 있어 한국 기업들의 진출이 그 어느 곳보다 유리한 점이다.

유라시아 대륙의 오아시스 몽고

2020년은 한국-몽골 수교 30주년이 되는 의미 깊은 해였다. 길게 보면 원나라와 고려가 1219년 형제 맹약을 맺었으니 두 나라의 관계가 800년을 넘은 셈이다. 당시 원나라 칸인 칭기즈칸의 친손자 쿠빌라이칸은 자신이 가장 사랑하는 딸을 고려 25대 충렬왕에게 시집보냈다. 이를 비롯해서 100년 가까운 세월 동안 원나라의 공주 7명은 한국에서 일생을 보냈다.

당시 몽골과 한국은 문화적으로 닮은 부분도 많았다. 이를 몽골풍이라고 했다. 대표적으로 남아 있는 문화 흔적이라면 전통혼례식에서 보이는 신부 화장 중 연지곤지가 있다. 또한 한국 사람들이 즐겨 먹는 소주도 몽골에서 유래된 것이다.

800년 전 고려에 몽골풍이 존재하였다면 오늘날 몽골에서는 한국풍이 유행하고 있다. 몽골 수도에서 쉽게 볼 수 있는 한국풍은 24시간 편의점, 대형마트, 화장품 가게 등이다. 한국의 가게들을 그대로 가져다 차린 셈이다. 심지어 몽골의 기업 문화도 한국과 꼭 닮아 가고 있다. 한국은 몽골이 경제 모델로서 의존하는 국가라고 해도 과언이 아니라고 인정하는 사람이 많을 것이다.

유라시아 진출에서 몽고가 중요한 이유는 몽고는 수많은 자원과 함께 광대한 영토를 가지고 있기 때문이다. 이들 지역을 미래 대한민국의 경제 영토라고 생각하고 투자를 해 나가면 반드시 그 옛날 고조선 시대의 영광이 광활한 유라시아 대륙에 펼쳐질 것이다. 또 많은 수의 처녀들이 한국으로 시집와서 지금 작은 공동체들을 형성하고 있고, 그 반대로 몽고로 장가를 간 청년들도 많아 이래저래 양국은 점점 더 가까워지고 있다. 특히 한국의 기업이 몽고에 나무심기 운동을 벌여 산림청과 함께 미세먼지 방지사업을 오랫동안 한 경험도 있다. 이들을 연결한다고 가정했을 때, 이 땅의 젊은이들, 미래 세대들은 얼마나 가슴 벅찬 일이겠는가.

DMZ 남북무역특구 가능성

가능성은 열려 있다

아무리 좋은 프로젝트라도 그림의 떡이 되지 않으려면 이해 당사자 모두에게 이익이 되고 윈윈(win win)이 되어야 협상이 성사되고 일이 추진되는 것이다.

그런데 우리가 이미 알고 있듯이 북한은 여러 번 중국을 모방해 무역특구를 추진한 바가 있다. 지금도 북한은 자신들의 홍보 사이트를 통해 20곳이 넘는 무역특구를 소개하며 투자자를 모집하고 있다.

VOA 뉴스 함지하 기자의 보도에 따르면 북한이 대외무역 홍보 사이트를 통해 20여 곳의 경제 개발구에 대한 투자자 모집을 하고 있는 것으로 나타나 있다. 매우 구체적인 내용으로 각 개발구를 홍보하고 있지만 핵미사일 개발에 따라 국제사회의 제재를 받고 있는 북한 상황에서 매우 비현실적이라는 지적이다. 함지하 기자의 보도를 그대로 옮겨본다.

북조선의 무역

"북한의 대외무역 홍보사이트 '조선의 무역'은 각종 북한산 상품과 함께 투자처와 북한의 '경제 개발구' 즉 경제 특구에 대해 자세히 소개하고 있습니다. 해당 웹사이트가 홍보 중인 경제 개발구는 모두 23곳. '신의주 국제경제지대'나 '황금평 경제구', '라선 경제무역지대' 등 이미 언론을 통해 공개돼 익숙한 곳도 있지만, 공업과 농업·경공업 등 특정 분야에 한정된 소규모 경제특구처럼 생소한 지역도 있습니다.

'어랑 농업개발구'의 경우 미화 7천만 달러를 투자해 50년 간 토지를 임대받아 운영할 사업자를 찾고 있다고 밝히고 있는데, 이처럼 현재 운영 중인 곳보다는 앞으로 이곳을 '개발하겠다'는 내용이 주를 이루고 있어 사실상 '투자자 찾기'에 주력하는 모습입니다. 또 북한 측 기업과 외국 투자자가 설립한 합영 기업 혹은 외국 투자자의 기업이 해당 지대를 설립하고 개발할 수 있다는 구체적인 방안도 설명하고 있습니다. 관광 개발구 4곳은 외국 관광객들의 편의를 보장하고 흥미를 끌 수 있는 각종 체육·문화·오락시설 등 종합적 기능을 갖춘 관광지구로 발전시킬 수 있다며 적극 홍보하고 있습니다. 투자금액은 최대 9천 만 달러로, '어랑 농업개발구'처럼 50년간 토지를 임대받는 조건입니다.

23개의 경제 개발구 가운데 가장 규모가 큰 것으로 추정되는 사업은 '라선 경제무역지대'입니다. 함경북도 라진시의 14개 리·동과 선봉군의 10개 리(里)를 포함하는 라선 경제무역지대는 1990년대부터 특수지역으로 지정돼 줄곧 해외 투자자를 기다려온 곳이기도 합니다. '조선의 무역'은 라선 경제무역지대를 소개하면서 '중계무역과 수출가공, 금융, 봉사의 4대 기둥을 가진 종합적인 중계가공 무역지대로 꾸릴 것으로 계획했다'는 설명을 덧붙였습니다. 이처럼 북한은 경제 개발구에 대한 웹사이트를 만들고 각 경제 개발구에 대한 내용을 한국어와 영어·중국어·러시아어 등 다양한 언어로도 소개하고 있지만, 이런 노력이 성과를 거둘지는 미지수입니다.

앞서 전문가들은 라선 경제무역지대를 비롯한 여러 경제 개발구들이 이렇다 할 진전을 거두지 못한 데 대해 북한 체제가 지닌 여러 문제점들을 지적했습니다. 대내적으로는 북한이 외국자본 유치에 필요한 구조가 미비하고, 관련 정책이 비효율적인데다 대외적으로는 국제사회에서 신용을 얻지 못하고 있다는 것입니다. 윌리엄 브라운 미국 조지타운대 교수는 과거 VOA에 북한에 대한 투자가 성공을 거둔 사례가 극히 드물다고 지적한 바 있습니다.[180]

북한은 아프리카 등 신흥 투자처와 달리 새로운 투자처가 아닌데다 국제사회에서 북한은 오히려 나쁜 평가만 갖고 있다는 겁니다. 브라운 교수는 특히 북한의 낮은 신용도를 문제점으로 꼽으면서 1970년대 북한에 투자한 금액을 회수하지 못했던 덴마크와 영국 등 유럽 회사들과 금강산 관광사업 등을 실패 사례로 제시하기도 했습니다.

여기에 북한의 잇따른 핵미사일 개발 실험에 따른 유엔 안보리와 미국의 대북 제재도 북한이 해결해야 할 과제입니다. 현재 유엔 안보리는 북한 정권과의 합작사업 등을 금지하고 있어 사실상 외국 기업 등의 투자가 불가능하고, 북한이 개발을 희망하는 일부 개발구 가운데 공업과 경공업 등은 안보리가 금지한 품목과 연관돼 제재 위반 논란으로 이어질 가능성이 크기 때문입니다. 또 미국의 대북 독자 제재에 따라 투자자 등은 미국 법무부의 자산 몰수 조치와 재무부의 제재 부과 등의 위험성까지 떠안아야 하는 상황입니다. 제재 전문가인 조슈아 스탠튼 변호사는 최근 VOA와의 인터뷰에서 북한에 대한 투자에는 미국 사법당국의 민·형사상 처벌의 위험성이 따른다고 경고한 바 있습니다.[181]

북한에 대한 투자는 미국 대통령 행정명령이 금지하는 사항으로, 이를 어기는 것만으로도 20년 구금형과 100만 달러의 벌금, 25만 달러의 민사상 벌금을 부과받을 수 있다는 겁니다. 스탠튼 변호사는 이와 더불어 북한과의 거래는 자금 세탁과 같은 중범죄에 연루될 수 있는 사안이라며 북한에 대한 투자는 미국뿐 아니라 유럽연합 등도 형사법으로 금지하고 있는 사안이라고 강조했습니다."[182]

대한민국의 무역특구

국회 입법조사처 자료에 따르면 우리나라는 외국인투자지역, 자유무역지역, 경제자유구역 등의 경제특구를 지정·운영 중에 있다. 외국인투자지역은 2019년 기준 114개소, 자유무역지역은 마산·군산·부산항·인천항 등 13개 지역*(31.3㎢)*, 경제자유구역은 인천·부산·진해·광양만권 등 총 7개 지역*(275.58㎢)*이 지정되어 운영되고 있다.

그러나 경제특구의 운영과 관련하여 여러 문제점들이 지적되고 있다. 외국인투자지역, 자유무역지역, 경제자유구역 등이 중복·과잉 지정되어 개발 및 입주율이 저조하며, 경제특구가 모두 외국인투자 유치를 주요 목적으로 하고 있어 차별성이 크지 않다. 관련 부처가 다수여서 업무의 중복 및 조정기능 등이 미흡하다. 외국인 투자 유치를 통한 경제성장 등 경제특구의 정책목표 달성을 위해서는 효율적이고 전략적인 경제특구의 운영이 필요하다. 관련 부처 간 업무의 원활하고 유기적인 총괄조정을 위해 외국인투자위원회의 위원장을 국무총리로 격상하고, 유사기능의 경제특구를 통합하는 방안을 고려해 볼 수 있다. 경제특구의 글로벌 경쟁력 제고 등을 위해 규제 샌드박스 등 규제특례를 보다 강화할 필요가 있다.[183]

경제특구의 지정·운영 현황[184]을 보면 외국인투자지역은 2019년 기준 단지형 27개 소, 개별형 84개 소, 서비스형 3개 소 등 총 114개 소 지역이 지정되어 운영 중에 있다. 그중 단지형 외국인투자지역은 산업단지 내 일정 구역을 외국인투자지역으로 지정하여 외국인투자기업에 한해 운용하는 것으로, 천안·대불·사천·구미·오창 등의 산업단지 내 27개소이며, 총 224개 기업이 입주해 있다. 개별형 외국인투자지역은 제조, 물류, 관광 및 연구개발 등 업종별로 일정 금액 이상 투자할 경우에 지정하는 것으로 람정제주개발㈜, 한국바스프㈜, 백통신원㈜ 등 총 84개소이다. 서비스형 외국인투자지역은 금융 및 보험업, 지식서비스산업 등 부가가치가 높은 서비스업을 하는 외국인투자기업에 해당하는 것으로 ㈜에이바이오텍 등 3개소다.

이러한 각각의 무역자유특구들은 지난 70년간 산업의 변화에 따라 필요에 의해서 국가 혹은 지자체 등에서 국가에 신청해 만들고 국회가 관련법을 통과하여 만든 것이다. 문제는 세월이 지나고 산업의 구조가 재편되면서 본래의 취지가 퇴색되어 유명무실해진 곳이 많다는 것을 알 수 있다. 이를 해소하기 위해서는 빠른 시간 안에 특구들을 재정비해야 할 뿐 아니라 2부에서 밝힌 해상무역특구, 지금 3부에서 말하고자 하는 DMZ 내의 남북평화특구 등은 시대의 변화와 산업의 변화에 따라 새롭게 만들어야 할 말 그대로 특별한 특구가 새로이 되어야 한단 것이다.

자유무역지역(특구)

그러면 자유무역특구가 가지게 될 법적 근거는 무엇인가. 한마디로 자유무역지역의 법적 근거는 「자유무역지역의 지정 및 운영에 관한 법률」이다*(이하 「자유무역지역법」에 따라 만들어지는 특별한 지역을 말하는 것이다.)*[185]

자유무역지역의 지정관련 규정은 동법 제4조에 보면 '자유무역지역법'은 "제조·물류·유통 및 무역활동 등이 보장되는 자유무역지역을 지정·운영함으로써 외국인 투자의 유치, 무역의 진흥, 국제물류의 원활화 및 지역 개발 등을 촉진하여 국민경제의 발전에 이바지함을 목적으로 한다."*(「자유무역지역법」 제1조)*라고 되어 있다. 따라서 자유무역지역이란 「관세법」, 「대외무역법」 등 관계 법률에 대한 특례와 지원을 통하여 자유로운 제조·물류·유통 및 무역활동 등을 보장하기 위해 「자유무역지역법」 제4조에 따라 지정된 지역이다. 「자유무역지역법」 제4조는 중앙행정기관의 장이나 시·도지사로 하여금 산업통상자원부 장관에게 자유무역지역의 지정을 요청할 수 있도록 하고 있으며, 산업통상자원부 장관은 지정 요건을 검토한 후 관계 중앙행정기관의 장과 협의하여 자유무역지역을 지정하도록 하고 있다.[186]

한편, 국가나 지방자치단체는 자유무역지역에 있는 입주기업체

자유무역지역 지정·운영 현황

구분		지정일	면적
산단형	마산	'70. 01.01	0.96㎢
	군산	'00.10.06	1.26㎢
	대불	'02.11.21	1.16㎢
	동해	'05.12.12	0.25㎢
	율촌	'05.12.12	0.34㎢
	울산	'08.12.08	0.82㎢
	김제	'09.01.06	0.99㎢
항만형	부산항	'02.01.01	9.36㎢
	광양항	'02.01.01	8.88㎢
	인천항	'03.01.01	1.96㎢
	포항항	'08.12.08	0.84㎢
	평택당진항	'09.03.30	1.43㎢
공항형	인천공항	'05.04.06	3.05㎢
합계			31.3㎢

※ 주: 2019년 12월 기준
※ 자료: 산업통상자원부 국회입법조사처 제출자료(2019.12)

경제자유구역 지정·운영 현황

구분		추진기간	면적	지구(개)
1차 ('03년)	인천	'03년~'30년	122.44㎢	32
	부산·진해	'03년~'23년	51.07㎢	23
	광양만권	'03년~'27년	69.58㎢	18
2차 ('08년)	황해	'08년~'20년	4.36㎢	2
	대구경북	'08년~'22년	18.45㎢	8
3차 ('13년)	동해안권	'13년~'24년	4.8㎢	5
	충북	'13년~'20년	4.88㎢	4
합계			275.58㎢	92

※ 주: 2019년 8월 기준
※ 자료: 산업통상자원부 국회입법조사처 제출자료(2019.12)

경제자유구역 기업 입주 현황

구분	인천		부산·진해		광양만권		대구경북		충북		동해안권		합계		
	국내	외투	국내	외투	국내	외투	국내	외투	국내	외투	국내	외투	국내	외투	합계
사업체 수	2,560	135	1,409	132	425	29	477	16	45	4	18	0	4,934	316	5,250

※ 주: 1. 2017년 기준임
　　 2. 황해 ‧ 새만금군산을 제외한 경제자유구역 내 고용규모 5인 이상 사업체 수이며, 외투는 외국인투자기업임
※ 자료: 산업통상자원부 국회입법조사처 제출자료(2019.12) 재구성

의 기술개발 활동 및 인력양성을 촉진하기 위해 필요한 자금을 지원할 수 있다.((「자유무역지역법」 제49조)

이러한 자유무역지역(특구)의 지정과 운영 현황을 보면, 자유무역지역은 2019년 기준 마산·군산·대불 등 산업단지형 7개 지역, 부산항·광양항 등 항만형 5개 지역, 인천공항의 공항형 1개 지역 등 13개 지역이 지정되어 운영 중에 있으며, 총면적은 31.3㎢ 규모다. 유형에 따라 산업단지형(7개)은 산업통상자원부, 항만형(5개)은 해양수산부, 공항형(1개)은 국토교통부에서 각각 관리하고 있다.[187]

개성공단의 교훈

"개성공단에 투자된 돈이 1조 2,000억인데, 이게 전부 무용지물이 되고, 입주 기업들 대부분 망하게 생겼다. 당장 경제도 문제지만 이번 개성공단 중단은 역사적 오점으로 기록될 것이다."

2008년부터 2011년까지 4년간 개성공업지구관리위원회 기업지원부장으로 개성공단에 체류했던 김진향 교수(한국과학기술원)의 일갈이다.[188]

반면 미국의 한반도 전문가들은 개성공단 중단이 북한 정권에 유입되는 현금을 차단하는 효과를 거둘 것으로 보고 있다. 한국 정부가 개성공단을 재개하기 어려울 것으로 보는 이유다.

캘리포니아 주립대학의 스테판 해거드 교수는 'VOA'와의 전화 통화에서 개성공단이 남북 교류의 사실상 '마지막 상징'이었다면서도, 동시에 인권 문제가 부각된 곳이라고 말했다.[189]

남북 경협이 지난 16년 동안 양적으로 큰 성장을 이룩하였음에도 불구하고 통일을 전제로 한 로드맵으로 보았을 때 거의 실패라고 해도 과언이 아니다. 1988년 "남북관계특별선언" 즉 "7·7선언"과 함께 시작된 남북 경제교류협력은 지난 16년 동안 양적으로 큰 발전을 이룩한 것은 사실이다.

남북경협의 외형적 발전상을 정리하면 1989년 1,872만 달러를 차지했던 남북 교역은 2003년 7억 2,400만 달러로 38배 이상 성장했다. 또한 1989년 25개 품목에 달했던 교역 품목 수도 2003년 588개로 늘어났다. 위탁가공(임가공) 교역도 마찬가지다. 위탁가공 교역이 시작된 1992년에는 불과 84만 달러에 달했으나, 2003년에는 1억 8,500만 달러로 전체 교역의 4분의 1을 차지했다. 위탁가공업에 참여하는 업체수도 1992년 4개 기업에 불과했으나, 2003년에는 109개 업체로 늘어났다. 투자를 동반하고 있는 대북 경협사업도 그동안 꾸준한 발전을 거듭, 2003년 말까지 총 57건의 협력사업자 승인을 얻었다.

그러나 20년이 지난 지금 돌아보면 얻은 것보다 잃은 것이 더 많았다. 미국의 협상 전문가들은 문재인 대통령의 "남북 철도·도로 연결과 남북경협을 떠맡을 각오가 돼 있다."라는 대북 지원 발언 공개가 도리어 미국의 대북 협상카드를 줄여 버렸다고 하였다. 교착 상태에 빠진 남북경협의 문제는 발상의 전환이 없는 한 결코 풀릴 수 없다. 북한이 중국이나 베트남처럼 전면적인 대외 개방을 하지 않고서는 북한 경제가 '자력'으로 나아질 수 없는데, 김정은 정권이 김일성-김정일-김정은으로 이어지는 세습 정권을 위태롭게 할 수 있는 '전면 대외개방'을 실천하지 못할 것이다. 그리고 중국과 베트남은 정치는 공산당에 의한 통치를 이어가고 있으나 경제는 자본주의 시장경제를 상당 수준 수용해 생산성을 높였기 때문에 경제 수준이 나아진 것이지만, 북한은 자유시장경제를 받아들이는 어떠한 근본적인 개혁 조치도 보여주고 있지 않고 있기 때문에 지금과 같은 상황에서는 어떤 대책도 백약이 무효다.

과거 2003년 6월 개성공단 착공식이 이루어졌을 때 당시 통일부와 관변 북한학자들은 개성공단의 가동이 남북한의 긴장을 완화할 것이고, 더 나아가 자본주의의 '돈' 맛을 본 북한이 경제 개방의 길로 들어설 것임을 예측했다. 신문과 방송에 등장하여 개성공단이 남포공단, 나진-선봉특구와 연계되어 시너지 효과를 발휘할 것이며, 북한이 중국식 경제 개방으로 가는 길로 이끌 것이라고 떠들었다. 그리고 2010년 9월 입주 기업 생산액이 10억 달러를 돌파하고, 2012년 1월 북한 근로자가 5만 명을 돌파하자 큰 경사가 난 것처럼 호들갑을 떨었다.

그러나 우리가 알고 있는 것처럼 개성공단은 2006년 1차 분양 기업 첫 반출이 있은 지 10년이 지난 2016년 2월 북한의 핵실험과 장거리 미사일 발사로 가동이 중단되었고 앞으로 나아질 기미도 없다. 남북한 사이에 평화를 가져오지도 못했고, 예측했던 중국식 경제 개방으로 이끌지도 못했고, 오히려 북한 노동자의 임금으로 지불된 달러(dollar)가 북한의 핵무기 제조에 도움이 되었다는 비판으로 막을 내리게 되었다. 그렇게 입에 침이 마르게 떠들던 경제 후방 효과가 북한 정권에 달러 지급하는 것 이외에 진정으로 별것 아님은 2018년 우리의 반도체 단일 품목 월간 수출액이 개성공단 전체 생산액 10억 달러의 10배인 100억 달러를 넘어섰다는 사실에서도 드러난다. 그것도 한 달 수출액이 개성공단 전체 생산액의 10배보다 많다는 점이다. 그렇다면 개성공단을 남한 기업의 해외 공장 건설 대안쯤으로 보도했던 언론과 방송은 자신들의 오보(誤報)를 반성해야 하고, 이젠 정부도 경제적 후방 효과를 운운하는 대국민 선전은 자제해야 한다.

지금도 정부와 더불어민주당은 이제 대놓고 '평화 프레임'으로 개성공단 재개와 금강산관광 재개를 주장하고 있다. 경제 개방이나 경제적 효과 프레임 대신에 '평화 프레임'이라는 논리로 대신하고 있다. 그렇다면 '돈'으로 '평화'를 사겠다는 것에 다름이 아니다.[190]

통일부나 관변 (자칭) 북한학자들의 장밋빛 '평화' 전망과는 달리 금강산 관광의 성공은 '통행의 자유'에 달려 있고, 또 나진·선봉

(나선) 등 외국 및 남한 기업의 투자 유치 성공 역시 평양과 전국 어디에서든 나선시(市)에 접근하는 '통행의 자유', '외환 보유와 송금의 자유', 근로자의 고용과 해고 등 '기업 활동의 자유'의 폭에 달려 있다. 하지만 이것이 불가능함은 지난 수십 년간 우리는 확인하고 또 확인했다.

기능주의에서 현실적 통일론으로

기능주의적 통일론의 한계

개성공단이 실패하였다는 사실은 단순히 남북경제교류의 상징적 사업의 실패가 아니다. 그것은 정동영 전 통일부 장관의 표현처럼 '작은 통일'의 시도가 실패하였다는 것을 의미한다.

김대중 정권에 의해 기획되고 2004년 12월 노무현 정권이 시작한 개성공단은 한국의 좌파에게는 '남북 간의 활발한 경제교류가 남북 간의 신뢰 증진과 호혜 관계 형성에 도움이 되며, 이것이 남북연합이나 남북연방의 실현으로 이어질 것이다'라는 6·15선언의 실천적 의미를 지니고 있었다. 바로 그런 이유로 한국 좌파에게 개성공단의 확대와 지속은 결정적인 정치적 가치를 갖는다.

　이처럼 '서로 다른 체제 간의 물적·인적 교류의 확대가 궁극적으로 체제 차이를 넘어서는 신뢰를가져와 통일이나 통합에 이를 것'이라는 신념을 우리는 '기능주의적 접근'이라고 부른다. 한마디로 개성공단사업의 중단은 남북 간에 기능주의적 접근이 실패한 것이라고 보면 된다.

　실패의 이유는 둘 중의 하나이다. 하나는 데일리NK의 보도처럼 김정은 정권은 초코파이로 상징되는 '개성공단의 성공'으로 30만 개성 주민 나아가 북한의 다른 지역의 주민이 '남조선과 미 제국주의의 전쟁 위협'이라는 선전에 넘어가지 않게 되자, 매년 9,000만 달러의 외화와 30만 명의 의식주 해결 그리고 최소한도의 남북 간의 신뢰관계 대신에 애송이 수령의 체면 치레와 체제유지를 선택하였기 때문이라고 볼 증거들이 존재한다. 이럴 경우 김정은 정권은 제 발등을 도끼로 찍는 격이지만, 나름대로 냉철한 판단을 시도하고 있다고 볼 수 있다.

　다른 하나는 천안함 폭침과 연평도 포격, 화폐 개혁, 평양의 놀이동산과 고급 아파트 건설, 자본주의 및 섹시 코드로 도배한 신년 음악회, 미사일 발사 및 3차 핵실험, 미국의 농구스타 로드맨 초청 등에서 명백하게 드러난 김정은의 행동 방식 즉 '주변 상황이나 인프라를 고려하지 않고 일단 지르고 보자'는 조급주의와 맹동주의가 이

유일 수도 있다. 예를 들어 개성공단의 직원들을 인질로 삼지 않고 개성공단 폐쇄라는 조치를 취하지 않은 것은 저지르고 보자는 와중에서도 김정은 정권이 개성공단에 일말의 미련을 갖고 있지 않은가를 생각하게 만든다.

두 번째의 실패는 없다

한국 좌파 스스로 '작은 통일'이라고 부르는 기능주의적 접근은 개성공단이라는 소규모의 실험에서 실패하였다. 이런 상황에서 10·4선언 이행이나 남북경제연합과 같은 대규모 실험이 성공한다고 믿는 것은 무책임한 태도이다.

만일 개성공단의 실패가 수령체제의 유지와 관련이 있다면, '남북 간 최소한의 신뢰에 기반을 두어 최대한의 신뢰 구축을 목표'로 하는 기능주의적 접근이 성공하려면 어느 시점에서는 수령체제의 철폐가 필수적이다. 그렇지 않다면 기능주의는 체제 차이를 넘어서지 못하고 막다른 골목에 다다를 수밖에 없다.

만일 개성공단의 실패가 김정은의 맹동주의에 있다면 북한 지배층이 김정은을 제거해야 남북 간의 기능주의적 접근이 가능하다. 왜냐하면 지금까지의 실패에도 불구하고 김정은은 지르고 보자는 행태를 스스로 교정하지 못하였기 때문이다.

지난 대선에서 문재인 후보는 '남북경제연합–한미군사동맹조정 (해체)–남북연합'이라는 통일론을 내세우면서 임기 내에 이러한 남북 연합의 기초를 놓으면, 북한은 핵보유의 필요성을 가질 수 없으므로 핵문제는 자동적으로 해결될 것이라는 이른바 '출구전략'을 내세웠 다. 문재인 후보의 통일론, 즉 한국 좌파의 분단체제 극복론은 바로 기능주의 접근의 한 방식이다.[191]

기능주의적 대북 접근은 한국의 좌파만 하는 것이 아니다. 일례 로 박근혜 정부의 한반도 신뢰 프로세스도 기능주의적 접근에 속한 다. 나아가 '교류 확대를 통한 상호 신뢰–국가 연합(연방)–통일'을 가 정하는 모든 종류의 로드맵 통일론이 사실은 기능주의적 접근에 속 하며, 한국의 공식적인 '한민족 공동체 통일론'도 그 예외가 아니다. 박근혜 정부의 통일정책은 바로 한민족 공동체 통일론을 전제로 하 고 있다.

지금까지 한국 사회는 평화적으로 분단을 관리하는 것이 최상의 현실 정책이지만, 미래의 통일의 꿈을 잃지 않기 위하여 각종 로드 맵 통일론을 만들어 왔다. 또 정치·윤리적 명분을 확보할 수 있겠지 만, 북한 정권의 현실을 볼 때 참담한 정책 실패라는 역사적 과오를 낳을 수밖에 없다.[192]

실용적 통일론과 DMZ 공동무역특구

그러면 기능주의적 로드맵적인 통일론을 극복할 대안은 무엇인가?

가장 이상적인 것은 자유민주주의로의 흡수통일일 것이다. 그렇기에 한국의 보수 우파는 북한 지배층이 수령체제를 포기해야 남북 간의 신뢰 관계 구축이 가능하다는 입장을 취해 왔다. 어쩌면 수령체제 포기 전제론은 '사상·이념·체제를 넘어 통일을 추구한다'는 7·4 공동성명의 취지에 어긋나기에 애초에 불가능하다.

물론 한국의 보수 우파가 '북한 지배층이 수령체제를 포기하고 자유민주주의 체제를 지향해야 비로소 남북 간의 신뢰 구축이 가능하다'고 보는 이유는 강경이나 오만이 아니라 실은 매우 논리적이고 평화 지향적이다. 왜냐하면 오로지 이 방식만이 어느 일방의 무력 통일이나 자체 붕괴를 통한 통일을 배제하고 있기 때문이다. 반대로 한국이 전쟁을 통한 통일을 원하지 않는 상황에서 북한 지배층이 수령체제를 포기하지 않는다면, 통일의 가능성은 북한의 자체 붕괴 이외에는 없다. 같은 이유로 수령체제를 극복하지 않는 한 어떤 로드맵 통일론도 성공할 수 없다. 이것이 기능주의 접근에 의한 통일 방식 실험인 개성 공단의 중단사태가 주는 교훈이다.

하지만 그렇게 되려면 북한정권이 더 많은 시행착오를 겪어야하

며, 고난의 행군과 같은 전 국민이 아사의 위기에 몰리는 일이 다반
사로 일어나야 가능한 일이다. 그렇게 된다면 너무나 많은 희생이
따르게 된다. 지난 1997년 이후부터의 고난의 행군으로 300만 이상
의 아사자가 나왔다고 하는데, 돌이켜 보면 6.25전쟁의 직접적 희생
자보다 더 많은 수치이다. 그러므로 어차피 무너질 정권이라고 내버
려두면 헌법상 명백히 대한민국의 국민이 북한 주민들이 너무나 많
은 희생을 치루게 된다.

　이를 미연에 방지하려면 어쩔 수 없이 과거 독일을 통일했던 방
식으로 아사만은 막을 수 있는 길을 모색하여 정말 인내의 시간을
가지고 통일의 방향으로 나아가야 한다. 그렇게 하려면 싫든 좋든
제3의 방안이라고 할 수 있는 DMZ를 남북이 공동 제공하는 토지에
외국의 자본과 기술, 남북의 인력들이 모여 평화의 무역특구를 조성
하는 것이다.

완충 지대 DMZ 삼분지계

왜 DMZ 무역특구인가

한반도의 중앙에 설치된 비무장지대는 역사상 유례없는 엄청난 인명과 재산의 피해를 가져온 한국전쟁의 아픈 흔적이다. 3년간의 치열한 전쟁을 종식시키기 위한 군사정전협정이 1953년 7월 27일 체결됨에 따라 군사적 충돌을 방지하기 위한 완충 지대인 비무장지대가 설치된 것이다.

그동안 비무장지대에 대한 평화적인 활용 방안이 정부, 국제기구, 지방자치단체, 민간단체 등에 의해 끊임없이 제기되어 왔으나 경의·동해선 철도 및 국도 1·7호선 연결 사업 외에는 구체적으로 실현되지 못하고 있다. 국토 자원의 합리적 이용 차원에서 비무장지대 활용에 대한 전문가들의 견해는 크게 4가지 정도로 정리될 수 있다. 즉 지역의 철저한 보전 문화 공간으로의 활용, 평화와 화해의 상징 지대로의 보존, 남북이 교류 협력할 수 있는 자유무역지대 및 평화 공업단지, 생태공원, 농장 등으로 요약할 수 있다.[193]

그러나 비무장지대 이용에 관한 선행연구들을 살펴보면 비무장지대 활용의 당위성은 활발히 연구되었으나, 경제적 공동 이익 구현을 위한 자유무역특구 차원에서 구체적인 비무장지대의 활용 방안을 제시한 연구는 매우 드문 실정이다.[194] 또한 비무장지대와 주변 지역이 가지고 있는 잠재력과 현안에 대한 분석이 심도 있게 이루어지지 않아 지역의 특성과 생태계의 상태에 따른 비무장지대의 활용과 남북한 완충 지대로서의 경제적 협력사업의 추진에 대한 설득력 있는 방향을 제시하는 데는 부족하였다고 할 수 있다.

이제 비무장지대는 남북한 대결과 단절의 공간에서 남북한 화합과 통합의 꿈을 이루어가는 평화와 연합의 공간으로 그 의미가 변화를 새로운 대통령은 강하게 밀고 나가야 한다.

DMZ의 지정학적 활용

지금 3부에서 다루고자 하는 강력한 주장은 지난 70년 이상 인간

의 발길이 차단되고 인적·물적 자원의 활용이 막혀버린 이 공간을
홍콩처럼 독립된 특구장관이 통치하면서 분단의 공간이 아닌 연결
과 허브의 역할을 하는 공간을 만들어 세계인들을 여기에 모으고 투
자하게 만들자는 것이다.

북한이 그토록 투자를 바라며 북한 내에 여러 개의 특구를 만들
었지만, 투자가 미미한 이유는 정치적으로 불안정하며 경제적 이득
이 보장되지 않기 때문이다. 이 간단한 이유도 모르는 북한에게 가
장 안전하고 가장 획기적인 방법은 남북에게 공통적으로 할당된 비
무장지대를 아낌없이 새로운 정치적 자유 지역을 만들어 한반도가
천하삼분지계의 논리로 균형을 이루게 하자는 것이다.

물론 이 지역에 대한 군사적 관할권은 미국을 중심으로 한 유엔
연합국이 맡으면 된다. 지금도 비무장지대는 평화를 열망하는 온 세
계 평화인들의 관심의 공간이 되고 있다. 문재인 정부도 비무장지대
일원에 '한반도 생태평화벨트' 조성과 같이 남북관계의 평화와 화합
을 이룩하기 위해 꾸준히 노력했다. 하지만 정치적 여건이 충족되지
않는 이상 이 모든 것은 선언적 의미 외에 아무것도 아니다.

두 가지 활용 방안

원래 비무장지대 설치의 목적은 완충 지대를 통한 적대행위 재

발방지에 있다. 그 역할은 군사적 완충 지대를 통해 직접적인 충돌을 방지하고 상호 감시체제하의 격리 공간을 둠으로써 기습적인 공격을 억제하는데 있다.

우리나라에 설치된 비무장지대의 실정법적 근거는 정전협정 제1조 1항과 3항에 있다. 정전협정은 당사자의 일방을 북한과 중국으로 하고, 다른 일방을 한국과 유엔으로 하는 국제법상의 조약이다.[195]

따라서 이는 비무장지대가 정전협정이라는 국제법에 의해서 설치된 특수한 공간이라고 볼 수 있다. 비무장지대의 관리와 감시기관으로는 정전협정 제19~23항에 의해 설치된 군사정전위원회와 공동감시소조, 정전협정 제36~43항에 의에 설치된 중립국감독위원회와 중립국시찰소조가 있으나 비무장지대의 주된 관리 책임은 군사정전위원회가 맡고 있다.[196]

지형의 특성에 따른 남북한 협력에 주는 의미를 살펴보면, 동부 산악 및 해안 지역은 태백산맥의 북부와 동쪽 해안사면에 위치하여 험준한 지세를 나타내고, 자연환경이 수려하여 자연환경 보전 및 관광자원의 활용을 위한 협력에 적합한 여건을 지니고 있다. 중서부 내륙 및 서부연안 지역은 평야와 강하구 저습지가 발달하고 있어 교류협력 지구 및 다양한 산업 협력에 유리한 여건을 지니고 있다.[197]

토지 이용의 경우 산림청 임업연구원(2000)에서 조사한 자료에 의하면, 비무장지대의 총토지면적은 90,703ha로 산출되었고, 북한

지역이 남한 지역보다 431ha가 많은 것으로 나타났다.[198]

동부 산악 및 동부 해안지역(고성군 일대)은 태백산맥의 북부와 동쪽 해안사면에 위치하며 표고 1,000~1,700m의 장년 산지가 주능선을 이루어 험준한 지세를 나타내고 있다.[199]

DMZ 일원의 습지는 전 구간에 걸쳐 다양하고 넓게 분포되어 있다. DMZ와 민통선 지역을 관통하는 물줄기와 함께 발달해 물줄기 주변은 자연천이 과정을 거쳐 습지로 변한 상태이며, 주로 DMZ 일원 중서부 지역의 저지대에 광범위하게 펼쳐져 있으며, 뛰어난 생물종 다양성을 자랑하고 있다. 특히 농지는 많은 지역이 습지화되어 다양한 생태계의 서식처가 되고 있다.[200]

비무장지대 인접 지역의 경우 남측 지역은 비무장지대 내외의 토지 이용 형태가 거의 비슷하게 나타나나, 북측은 산지 개간에 의

비무장지대의 토지이용 형태[202](단위 : ha, %)

구 분	남측	북측	계
산 림	35,017 (77.6)	33,480 (73.5)	68,497 (75.5)
농 경 지	588 (1.3)	1,907 (4.2)	2,495 (2.8)
초 지	9,091 (20.1)	9,324 (20.5)	18,415 (20.3)
습 지	226 (0.5)	806 (1.8)	1,032 (1.1)
나 지	86 (0.2)	12 (0.0)	98 (0.1)
수 역	129 (0.3)	37 (0.1)	166 (0.2)
계	45,136 (100)	45,567 (100)	90,703 (100)

해 농지가 조성되었거나 황폐지로 전환된 것이 많은 것으로 관찰되고 있다.[201]

한국정전협정의 서언에는 국제연합군 총사령관을 일방으로 하고 조선인민군 최고사령관 및 중국인민지원군 사령원을 다른 일방으로 하는 하기의 서명자들은 쌍방에 막대한 고통과 유혈을 초래한 한국 충돌을 정지시키기 위하여 최후적인 평화적 해결이 달성될 때까지 한국에서의 적대 행위와 일체 무장 행동의 완전한 정지를 보장하는 정전을 확립할 목적으로 협정 내용에 동의한다고 하였다.[203]

그러나 남북한 양측은 이미 군사정전협정에서 규정한 주요한 내용을 위반하고 비무장지대에 군사 시설을 설치하여 중무장 지대화하고, 남방한계선과 북방한계선의 2㎞를 유지하지 못함으로써 정전협정을 위반하고 있다.[204]

따라서 남북 양측이 정전협정의 규정대로 군사분계선을 중심으로 하여 남북 각각 2㎞의 비무장지대를 유지하고 있는 곳은 거의 없는 것으로 알려져 있다.[205]

차라리 타국이라면 비자를 받아 서로 왕래할 수 있겠지만, 체제가 다르고 이념이 다른 지역이다 보니 왕래가 끊긴 지 80년이 다 되어간다. 이곳을 이제 그냥 내팽개치지 말고, 새로운 평화의 길로 가기 위해 제3지대로 선언하고 유엔사의 감시하에 공동 정부를 꾸리는 것이 가장 이상적인 방법이다.[206]

DMZ의 평화적 이용이 가지는 외교정책적 측면을 분석해 보자면 개방 시스템으로 갈 것인지, 아니면 폐쇄 시스템으로 갈 것인지 결정해야 한다.[207]

지금이라도 개방 시스템으로 가게 되면 시스템 간 사람·물자·정보의 이동이 집중적으로 이루어짐으로써 시스템 자체의 발전을 이루게 하는 동력이 된다. 미국과 캐나다 국경, 유럽의 국경 도시들에서 이러한 개방 시스템하의 변경을 우리는 발견할 수 있다.[208]

지금처럼 남북이 계속해서 시스템의 폐쇄를 유지하게 되면 그것은 다른 시스템의 사람·물자·정보에 대해 과도한 여과 효과를 가져오게 되어 시스템 간의 상호 작용을 단절시킨다. 결국 이러한 변경(邊境)은 시스템의 사망을 의미하는 죽은 변경이 되는 것이다.

다른 하나는 변경의 긍정적 효과로서, 개방시 스템에서 변경은 다른 시스템 간 사람·물자·정보의 교류를 통해 스스로의 조직 과정을 거쳐 시스템의 수준을 제고시키는 역할을 수행한다.[209]

'변경 효과'를 통해 사회 시스템에 대한 분석을 진행함으로써 우리는 변경이 갖는 국제적 성격과 의미에 대해 더 잘 이해할 수 있게 된다. 개방된 사회 시스템은 변경 효과에 상당히 민감한 의존성을 가지며, 어느 경우에는 변경의 개방 정도가 시스템 전체의 운행에 결정적 영향을 미치기도 한다.

개방된 사회 시스템은 변경의 국제적 성격과 의미를 확연하게 보여주며, 아울러 '중심-변경'의 상호 작용 구도를 형성케 함으로써 변경의 국제적 발전을 위해 필요한 동력을 제공해 준다.

일반적으로 변경 지역의 협력은 두 개 이상의 사회 시스템 혹은 국가 간 협력을 의미한다. 또한 이러한 변경 지역의 개방과 국제협력은 변경 지역 자체의 경제적 발전을 촉발시키는 한편, 이러한 발전을 토대로 새로운 평화 지대의 구축을 가져옴으로써 전체 시스템에 대한 영향을 미친다.[210]

DMZ의 새로운 규정

지난날 냉전 시대의 DMZ는 미국·일본 등의 해양 세력과 구소련·중국 등의 대륙 세력 간의 지정학적 대결의 상징으로서 지역 협력과 소통을 가로막는 역기능을 수행해 왔다. 하지만 동시에 DMZ는 남북한 간, 나아가 동북아 관련 국가 간 군사적 완충 지대로서 서로 간 충돌을 완화시키는 순기능을 수행해 왔던 것도 사실이다.

하지만 사회주의권이 붕괴되고 냉전이 종식되면서 동북아의 지정학적 대결 구도의 한 축을 담당해 왔던 '북방삼각'이 해체되면서 지역 협력의 가능성이 새로이 열리게 되었고, DMZ는 지정학적 장벽으로서가 아닌 필터 혹은 교두보로서의 국경 지역이 될 수 있다. 더 나아가 개방적 변경으로서 남북한 상호 공존과 통합의 허브가 될 수 있다. 만약 남북이 공히 인정하여 DMZ를 공동무역특구로 지정하여 평화적 이용과 관련한 남북한 간의 본격적 논의가 이루어지게 되면, 지정학적 접근을 통해 DMZ를 관통하는 철도·도로의 연계와 개성공단, 금강산관광 등과 같은 접경 지역 특구의 조성도 점점 더 구체화될 것이다.[211)]

결론적으로 말해 DMZ는 남북 양측에 한정된 공간이라기보다는 동북아 주요 국가 간 이해 관계가 복잡하게 얽혀 있는 국제적 완충 지대로 볼 수 있다. '완충 지대(Buffer Zone)'란 그 의미에서 보듯이 부드럽고(Soft), 안정적이며(Stable), 동시에 호혜적(Reciprocal)일 때 효과적으로 기능할 수 있다. 과거 냉전 시대 지정학적 접근을 통해 대립과 갈등의 구도로 형성된 완충 지대는 오늘날 세계화와 지역화라는 지경학적 시대에 접어들어 대외적 개방을 통해 평화와 공영의 매개체로서 기능할 수 있는 '신 완충 지대(New Buffer Zone)'로 탈바꿈하고 있다.

냉전이 종식되었던 1990년대 접어들어 북중(러) 간 변경 지역은 이러한 기대에 따라 유엔개발계획(UNDP) 등 국제기구의 주도하에 DMZ의 평화적 이용에 대한 논의는 그 성격과 방법상의 차이가 있지만, 오래전부터 꾸준히 제기되고 논의되어 왔던 문제이다. 지나간 시절에는 주로 군사적 측면에서의 평화지대 이용을 제의했지만, 이젠 좀더 남북 양측에 도움이 되는 방향으로 전향적으로 일을 풀어나가야 한다.

비무장지대를 상생의 지역으로

비무장에서 상생의 장으로

DMZ의 평화적 이용에 대해 가장 먼저 제시한 사람은 유엔군 측 수석 대표였던 로저스(F. M. Rogers) 소장이었다. 그의 제안은 DMZ 내의 비무장과 관련된 내용으로 비무장지대가 중무장 지대로 변모되어 감에 따라 무장을 해제하고 DMZ 본연의 목적인 우발적 무장 충돌을 막고자 했다.[212]

이후 1972년 북한 당국이 협상할 용의가 있음을 표명하였음에도 불구하고 남북 각 정권의 체제 및 이데올로기 강화에 따른 국내 정치적 상황 변화로 인해 논의가 지속되지 못했다. 이후 1982년 손재

식 국토통일원 장관이 민족 화합을 위한 20개의 시범사업을 제의하는 등 구체적인 이용 방안을 제시하였으나, 북한 측의 거부로 성사되지 못했다.[213]

다른 한편 당시 구소련의 붕괴로 인한 북한의 대내외적 위기 상황은 남한의 제의에 관심을 둘 여력이 없던 측면도 있다. 이후 각 정권에서 DMZ의 평화적 이용을 위한 방안을 제시했지만, 특별한 성과를 거두지는 못했다.[214]

2007년 10월 남북정상회담 당시 노무현 대통령이 DMZ 내 초소(GP) 및 중화기를 철수시키자고 제의하였으나, 김정일 국방위원장이 시기 상조를 이유로 제안에 응하지 않았다. 한편 박근혜 대통령은 2013년 5월 미국 상하원 합동회의 연설에서 'DMZ 내 세계평화공원' 조성 계획을 발표했다. 그리고 2014년 9월 UN총회 연설에서 'DMZ 세계생태평화공원' 조성의 필요성을 설명하고 국제사회의 협력을 요청하였다. 이처럼 박근혜 정부 시기 DMZ의 평화적 이용을 위해 적극적인 자세로 임하였지만, 북한의 핵실험으로 동력을 상실하게 되면서 후속 조치에 대한 논의가 어려웠다.

문재인 정부 역시 김대중·노무현 노선을 잇는 측면에서 대북 정책을 이어나가고자 '한반도 신경제지도 구상 및 경제공동체 실현'을 추진했다. 하지만 여전히 선언적 의미에서의 생태 관광, 녹화 사업, 남북 공동 수자원 협력 관리 등을 기반으로 하는 '접경지역 평화벨트' 조성을 중장기 발전전략으로 제시했다. 하지만 그 결과는 지금 우리가 보고 있는 그 이상도 그 이하도 아니다.[215]

'신기능주의(Neo-Functionalism)'[216]는 국가 간의 통합과 평화의 유지는 비정치적 영역만을 강조하는 기능주의적 접근만으로는 그 목적을 달성하기 어렵다. 그렇기 때문에 제도적으로 국가들을 구속할 수 있는 초국가적 기관의 설립을 통해[217] 정치적 영역의 문제를 해결해야 한다는 결론에 이르게 된다.

초국가적 기관의 설립이란 무엇인가.

그것은 정치적이면서도 비정치적 방법이다. 그 방법이 무엇이냐. 100년간 홍콩을 조차한 영국이 자치권을 가지고 홍콩을 아시아의 경제 금융 허브로 삼은 것처럼 DMZ 내에 자유무역특구를 만들어서 정치적 분야와 비정치적 분야가 톱니바퀴처럼 맞물려 돌아가게 하는 것이다.

한마디로 초국가적 기관이 세워지는 것인데, 아이러니하게도 그 방법은 국가와 같은 역할을 수행하는 자치체제를 남북이 상호 인정하는 가운데 세우고, 그 속에 세계의 기업과 사람들이 상주하는 것이다. 그래야 분단 70년 동안의 장기 갈등을 해결할 수 있는 탈출구의 기능과 미래의 새로운 삼분통일의 가능성을 열어볼 수 있는 길이 가능하다.

연천군의 실험

KBS와 연합뉴스의 보도 자료에 따르면 이미 연천군이 남북한 접경 지역인 비무장지대*(DMZ)* 내 3.3㎢ 규모의 '통일경제특구' 조성을 추진한다고 했다.[218]

연천군은 남북경제협력의 새로운 패러다임으로 상생 공영의 남북 관계 실현과 한반도 경제공동체 구현을 위한 '통일경제 특구 지정'을 추진할 계획이라고 밝힌 것이다.

연천 통일경제특구는 비무장지대*(DMZ)* 내 연천군 백학면 포춘리 628 일원에 3.3㎢ 규모로 남북 농업협력단지와 경제산업단지 등으로 조성된다고 한다.

연천군은 1단계로, 인도적 지원 차원에서 북한 식량난 해소를 위해 연천평야인 DMZ 내 백학면 일대 논 450만㎡에 북한 노동력을 활용해 농경지 공동 복구와 농사를 짓거나 개성 인삼재배 특화단지로 운영하는 등 남북공동 농업 교류협력사업을 추진하는 '농업특구'로 운영한다는 구상이다.

2단계로는 한반도 통일 이전까지 남북한 정부로부터 특별자치를 허용받는 중립 지역 성격의 '한반도 제3지대'이자 무관세의 경제특구로 개발해 나간다는 복안이다.

연천군은 관련 용역을 6월쯤 발주할 계획인 가운데 통일부와 경

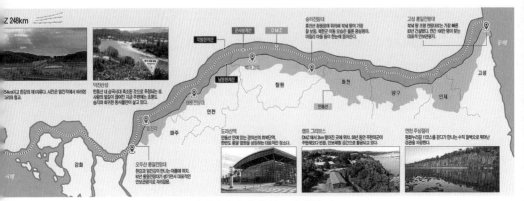

DMZ 탐방 (이미지 출처 : 경기일보)

기도에 적극적으로 지원해달라고 요청해 놓은 상태이지만, 앞으로 북미 회담 결과에 따라 변수가 많다고 밝히기도 했다.

지방자치 차원이지만 고려해 볼만하고, 경우에 따라서는 대대적으로 새로운 정부가 대통령 공약사안으로 추진해 봄 직하지 않을까. 이것이 기초가 되어야 대륙을 해양으로 만드는 일이 가능해질 것이다.

미래 에너지 원자력

"최대의 파괴력이 전 인류 이익을 위한 엄청난 혜택으로 바뀔 수 있음을 미국은 알고 있다. 평화적인 힘이 미래 꿈이 아닌 것을 알고 있다."

이 말은 제34대 미국 대통령 드와이트 아이젠하워는 1953년 12월 8일 유엔총회에서 "평화를 위한 원자력(Atom for Peace)"이라는 제목의 연설이었다. 이 발언이 충격적인 것은 제2차 세계대전을 끝낸 핵무기의 위력과 참상에 전 세계가 경악한 시기였기 때문이다.

아이젠하워의 말처럼 인류는 원자력을 안전하게 사용한다면 인류에 엄청난 혜택을 준다는 것을 이제 알고 있다. 그러나 이 정부 들어 멀쩡한 원자력을 멈추고 신재생에너지라는 허울로 산하를 파헤치고 바다를 흉물스럽게 하면서 태양광과 풍력에 매달렸다. 그 결과는 지금 우리가 겪고 있는 그대로이다. 한국은 원자력을 줄이고 없애려고 하였지만, 북에는 원전을 지어줄 생각을 했다는 사실이다. 좌파 정권 스스로 원자력이야 말로 가장 경제적이며 합리적인 에너지원이라는 것을 자증했다.

"원자력은 평화적 목적으로 사용할 방법을 아는 자들의 손에 있으면 얼마든지 자연친화적이며 저탄소배출 에너지원"이다. 이러한 원전을 남북이 활용할 수 있도록 DMZ 내에 평화 발전소를 만들어 북한 내 군수용이 아닌 민수용과 의료용·교육용으로만 사용하도록 해준다면 북한의 경제난 해소에 많은 부분 도움을 줄 것이다. 대한민국 역시 동해와 서해의 DMZ 바닷가 쪽에 원전을 건설해 원자력 발전소 주변 주민들의 염려도 줄여줄 수 있을 것으로 여겨진다.

작금에 이르러 원전도 발전에 발전을 거듭하고 있다. 소형 원전, 차세대 고속로 등 얼마 전까지만 해도 미래 기술로 불렸던 원자로가 현실이 되고 있다. 한국 연구진도 초소형 원자로를 배에 탑재해 디젤엔진을 대체하는 기술 개발에 들어가 상용화를 눈앞에 두고 있다.[219]

DMZ 내에 초소형 원자력 발전소를

원자력 발전에서 핵분열이 일어나는 심장부가 '원자로'다. 배에 싣는 초소형 원자로 역시 원전의 원자로와 같은 원리를 이용한다. 원자로는 우라늄과 같은 연료와 연쇄반응 속도를 조절하는 제어봉, 열을 전달하는 냉각재로 구성되어 있다. 초소형 원자로의 정의에 대한 명확한 국제적인 기준은 없지만 사용 후 핵연료를 저장하는 '캐스크'의 크기보다 작게 설계하면 얼마든지 초소형 발전소의 건설도 가능하다고 한다. 초소형 발전소를 여러 개 만들면 그 위험성도 현저히 줄어든다.[220]

초소형 원자로의 출력은 수십 MW급으로 기존 원전 원자로와 비교하면 100분의 1 정도지만, 길이 100m의 커다란 배를 이동할 수 있을 만큼 동력을 만들어내기에 충분할 정도라 한다.

핵분열 시 발생하는 열로 물이 끓어 수증기가 되면 사실상 폭발의 위험이 있다. 그리하여 내부 압력이 높아 자칫하면 원자로 핵연료가 밖으로 새어 나올 수도 있게 된다. 이를 막기 위해 경수로 원전은 두꺼운 콘크리트로 원자로를 꽁꽁 싸매 만일의 사태에 대비하고 있다. 반면 납을 이용하면 문제가 발생했을 때 납에 가하던 열만 끊으면 된다. 불의의 사고가 발생해도 납이 방사성 물질을 감싸 차폐해주는 방법이다. 기존 원전에서 사고가 나면 반경 수십 km까지 접근이 불가하지만 초소형 원전은 그곳만 격리시키면 된다. 방사성물질이 확산되는 것도 최소화할 수 있다.

DMZ를 수소·전기자동차의 메카로

헨리 포드는 그당시 집값보다도 비싼 자동차를 대중화시키기 위해 자동차 대량 생산의 꿈을 가진다. 그 꿈은 1903년 최초의 대량생산 라인에 의한 자동차 조립 공장을 세우는 선택으로 나타났다. 그리고 100년 만에 자동차는 사람이 운전하는 것이 아닌 인공지능에 바탕한 자율주행 자동차와 기름을 한 방울도 넣지 않는 전기자동차 등으로 발전하게 되었다.

모든 성공의 밑바탕에는 엉뚱한 상상력과 비전이 있다. 포드의 비전은 마차보다 빠른 탈 것을 대중화하는 것이었다. 너무 비싼 자동차를 저렴하게 보통의 사람들이 탈 수 있도록 하는 것이 그의 꿈이었다. 이를 위해 우편국에서 우편물을 분류하는 방식, 즉 컨베이어벨트를 이용한 반복노동의 숙련성을 목표로 컨베이어 벨트 방식의 자동차 조립라인을 만들었다. 이러한 그의 아이디어는 결국 세계 최초, 최고의 자동차 생산 왕국이 되게 했다.

해상 신도시 건설과 DMZ 자유무역특구가 대한민국에 자유와 평화 번영을 가져올 역사적인 장소가 될 것이다.

노동자 중심에서 로봇 중심으로

그러면 이곳 DMZ 자유무역특구는 노동집약적 산업을 유치한 다음 단계로 어떤 산업을 유치하면 좋을까? 전통적으로 북한은 기계조립 기술이 뛰어나다. 이곳에 전기자동차와 수소전기자동차를 생산하는 중장기적인 프로젝트도 준비할 만하다. 대한민국의 자동차산업은 그동안 비약적인 발전에 발전을 거듭했다. 하지만 노조로 인하여 과다한 생산 비용이 늘 문제가 되고 있다. 국제적인 경쟁력을 가지려면 가격 경쟁력이 있어야 하는데 강성·귀족 노조라는 별명을 가진 금속노조 때문에 해마다 가격경쟁력이 떨어지고 있다. 더 큰 문제는 새로운 자동차 미래산업은 전기자동차와 수소전기자동차인데, 이의 생산을 막는 걸림돌이 많다. 이를 해소할 유일한 길은 DMZ 자유무역특구 내에 전기자동차와 수소전기자동차 전용라인을 만드는 것이다. 여기엔 어떤 특정 자동차 브랜드가 아니라 전 세계 어느 자동차라도 조립을 맡기는 그런 형태로 나아가야 한다.

DMZ 자유무역특구 내에도 남북 근로자들이 함께하는 국민노조를 만들어 주면 자연스럽게 노동자들의 권익도 보장될 것이다. 인공지능과 로봇이 노동을 거의 대부분 담당하는 시대가 되면 노동자 한 사람 한 사람이 로봇의 소유주가 되는 제도를 만들어 로봇이 일한 대가를 기본소득으로 받는 시대를 만들 수도 있다.

정치 지형의 변화

코로나 19는 매우 모순적인 두 가지 결과를 동시에 가져왔다고 진단한다.[221] 공공의료서비스 강화에 대한 시민들의 요구와 이를 위한 시민연대의 목소리가 첫째요. 또 다른 측면에선 기본소득이나, 최저소득 같은 복지체계 신설에 대한 논의가 활발하게 진행되고 있다는 것이다. 또한 경계 강화와 국가중심주의, 민족주의를 강화할 수 있는 계기가 되었다. 전염병이라는 재앙이 중세 때처럼 이방인이나 외국인에 대한 두려움과 경계심을 키우게 했다.

이 때문에 일정한 사회적 퇴행도 왔다. 소득을 늘일 수 있는 전통적 산업체계가 무너지기 시작하는 것도 이 시대의 현상이다. 또 이것은 결국 사람들의 눈을 이미 가지고 있는 부와 자산에 대한 분배문제로 돌리게 한다. 그래서 누진소유세와 누진소득세를 강화하는 쪽으로 좌파 정당들이 몰아가고 있다. 소득이 점점 줄어들면서 오히려 자산자본가들은 더 많은 부를 가지게 되는 일도 심심찮게 일어나고 있다. 그리고 코로나 사태로 인한 지출을 언제까지나 국채로 해결할 수 없다. 이를 해결할 방안이 마땅치 않으면 사회전체주의가 다시 사람들에게 관심을 일으키고 더 큰 갈등의 불씨로 작용할 가능성이 높다. 이를 해결한 유일한 방안은 철학적 논의를 더 활발하게 하고, 우리가 지지하고자 하는 그 정치인들을 발굴 지원하는 것이다.

전 세계적인 위기 앞에 PC주의는 점점 더 힘을 얻고 있다. 하지만 모든 일이 과유불급이라고, 이렇듯 PC에 동의하지 않는 사람들의 목소리도 커지기 시작했다. 심지어는 이런 반PC 기류를 타고 자신의 마음에 들지 않는 비 고정 관념적인 요소가 있으면 이를 무조건 PC충이라며 비난하는 사람들도 개중엔 나타나기 시작했다. 이것은 곧 지지자들을 중심으로 충동을 일으키는 현상까지 만들었다. 앞서 언급했던 《조국백서》와 《조국흑서》로 드러난 갈등 말이다.

나가는 글

패러다임의 변화를 이해할 때 미래가 보인다

새로운 시대가 온다(?), 새로운 물결이 쓰나미처럼 온다고 할 때, 막연한 두려움이나 고민이 없을 수는 없다. 하지만, 우리는 미래를 예측할 수 있는 좋은 선례가 있다. 그것을 역사라고 부른다. 즉 역사를 돌이켜 잘 음미해 보면 역사가 바뀌고 시대가 바뀌는 것은 일정한 흐름을 따르고 있음을 알 수 있다. '제4의 물결'을 이해하려면 '제2의 물결', '제3의 물결'을 잘 이해하면 된다. 그러면 '제4의 물결'도 이해가 되고, 준비할 수 있다. 나아가 '제5의 물결'도 예측해 볼 수 있다. 그렇게 흐름을 읽게 되면 대통령이나 국가 지도자의 선택이 어떠해야할지 알게 되고, 또 준비하여 도전에 대해 응전할 수 있는 법이다.

'산업혁명'의 포문을 연 것은 신대륙의 발견으로 설명되는 항해술의 발달과 무역의 발달이라 할 수 있다. 그 다음 일어난 제3차 산업혁명은 반도체의 발견과 컴퓨터의 발명, 그리고 인터넷 시대의 발달을 통해 정보기술 시대가 된 현재를 말하고 있다. 다행히 우리나라는 제3차 산업인 정보기술의 혁명을 따라잡았을 뿐 아니라 선도하는 나라가 되면서 우리나라는 경제규모 세계 10위의 경제대국이 될 수 있었다.

대통령의 가장 큰 역할은 무엇일까. 현안도 잘 해결해야겠지만 결국은 미래를 위한 초석과 준비를 하는 것이 아닐까. 많은 비난과 조롱 속에서도 결코 무시할 수 없는 업적을 가진 이승만 대통령과 박정희 대통령은 나라의 근간을 세우고 미래를 위한 기초를 놓았다. 그렇기에 새로운 대통령이 될 사람은 지금부터 전개되는 제4차 산업혁명에 대한 준비를 소홀히 하면, 다시 한 번 역사의 흐름에 뒤처져서 오늘의 영광이 역사의 유물로 남을 수 있다는 생각을 가지고, 이 거대한 혁명적인 쓰나미를 잘 파악하여 지금부터 잘 준비하여야 할 것이다.

2020년 이후 전 세계적인 팬데믹과 디지털 사회주의의 성공적 혁명은 전통적 좌파 사회주의마저 마무리 단계에 접어들었다고 말할 수 있다. 사실 칼 마르크스(1818-1883)가 산업혁명 후반기가 아닌 전반기에 활동했다면 《자본론》이 아닌 《국부론》에 준하는 저서를 남기지 않았을까 라는 말을 하는 사람들이 많다. 물론 마찬가지로 애덤 스미스*(1723-1790)*가 산업혁명 전반기가 아닌 후반기에 활동했다면 《국부론》이 아닌 《자본론》과 유사한 저서를 남겼을지도 모른다. 기실 이론과 주의 주장은 한 시대에 대한 경험과 분석을 통하여 현실 문제에 대한 나름대로의 해법을 추구하기 때문이다.

시대가 바뀌면 철학도 관점을 바꾸어야 하고, 이념도 자신의 한계점을 돌아보고 빠르게 대처해야 한다. 예를 들면 독일의 철혈재상 비스마르크가 의료보험 제도*(의료 보험법, 1883년)*를 처음 도입했다는 사실이 이것을 증명한다. 그렇게 한 이유는 러시아에서 레닌이 공산주의 혁명을 전개하는 것을 보고 독일 바이마르 공화국이 복지국가를 지향한 것이다. 즉 자본주의와 시장경제가 안정적으로 발전하기 위해서는 사회적 갈등이 심화되기 전에 선제적으로 대처할 필요가 있다는 것을 우리에게 시사해준다.[222]

지난 5년은 참으로 대한민국의 현실이 빠르게 흘러갔다. 저들이 말하는 '촛불'*(2016년)* 혁명이 다시 지금 '촛불 이후의 민주주의'에 대해 길을 묻고 있는 지경이다. 정치란 것이 생래적으로 지배의 논리일 뿐이라고 믿거나, 한낱 이벤트 내지 거창하게는 스펙터클로 변한 지 오래라고 체념하는 사람들이 있다. 하지만 여전히 정치가 대중의 고단한 삶을 변화시킬 인간의 역능에 속하고, 또 그래야 한다고 믿는 사람들도 있다. 빅테크 기술이 선사한 디지털 사회주의는 결국 대중을 정치의 객체가 되게 하고, 기껏해야 '손가락 혁명'에 동원되는 유권자 이상이 못되게 만들었다. 이런 반성이 하나둘 터져 나오면서 이것을 타개할 정치 담론의 출현에 목말라 하고 있다.[223]

앞서도 언급했지만 전 세계는 네트워크화가 되어 한국의 정치가 흡사 미국의 그것을 이미 닮아 버린 것을 느끼게 한다. 공화당과 민주당, 민주당과 국민의힘당. 오바마와 트럼프, 노무현과 이명박, 박근혜와 문재인. 이렇게 진자추 운동과도 같은 반복이 앞으로도 되풀이되리라는 우려가 있다.

인공지능으로 대표되는 제4차 산업혁명 시대에도 가장 소중한 것은 사람이다. 멀리 내다보고 장래를 미리 준비하는 인재가 있어야 제4차 산업혁명 시대를 컨트롤하고 제어할 수 있기 때문이다. 이렇게 인재를 찾고 육성하는 인재를 중시하는 문제는 미래의 경쟁력을 확보하기 위해 가장 중요한 개념이라는 생각이 든다.

나라를 위해서도 기업을 위해서도 인재를 찾고 양성하는 전략이 없으면, 현재의 영광도 빠른 시간 안에 사라지고 만다. 국가나 기업은 제4차 산업혁명 시대에 맞게 민첩하게 움직일 수 있는 능력을 갖추어야 한다. 무엇보다 제한된 자원을 가지고 잘 투자해야 할 우선순위를 설정하여야 한다. 그리고 그것을 지속적으로 밀고 나가기 위해 이에 맞는 인재들을 찾고 양성해야 국가 간 경쟁력에서 우위를 점령할 수 있다. 앞으로 국가 간 경쟁은 전쟁이 아닌 IT와 첨단산업,

특히 앞서 말한 4차 산업혁명의 중요한 발명과 생산이 될 것인데, 이러한 경쟁에서 우선 순위를 차지한 국가만이 국부(國富)를 쌓을 수 있다.

그런데 교육 중에 가장 중요하고 빠르고 효율적인 교육은 무대를 만들어 놓고 준비시키는 것이다. 오늘날 정보사회에서 기술을 활용하는 방법을 안다는 것은 곧 기술을 활용할 수 있는 권력을 가졌다는 것을 의미한다.

앞으로 새로운 권력을 얻기 위해서는 건강하고 강한 나라로 사람들은 이민이나 기타의 방법으로 무한 이동하는 시대가 도래할 것이다. 왜냐하면 금전적 여유가 있는 사람들이 탄탄한 국가 제도와 삶의 질이 입증된 국가로 몰리게 될 것이기 때문이다. 태생적 나라보다 선택적 나라가 생길 수밖에 없는 시대가 도래한다는 뜻이다.

그러면서 전통적인 가족 단위는 점점 초국가적 가족 관계망으로 대체되어 갈 것이라는 생각이 든다. 결국 인간의 이동을 어떻게 관리할 것인가가 제4차 산업혁명으로 발생할 중요한 문제 중 하나다. 인공지능의 영향력은 단기적으로는 누가 통제하느냐에 따라 인간이 지배할 수도 있겠지만, 장기적으로는 결국 인공지능을 통제할 가능성이 점점 줄어들 위험이 있는 것도 사실이다. 이를 위해 미리 인재들을 양성해 고도의 종교·윤리적 잣대를 마련해야 할 것이다.

1978년 노벨경제학상을 수상한 허버트 사이먼 박사는 1971년에 이미 "정보의 풍요는 집중력의 결핍으로 이어지게 된다."라고 경고한 바 있다. 그렇다면 어떤 인재가 앞으로의 시대에 필요하냐고 물어본다면 여행 작가 피코 아이어가 말한 것처럼 "가속화의 시대에서는 느리게 갈 수 있는 여유를 가진 지정의가 온전히 성숙한 인재가 필요하다."는 것을 알아야 한다.

현재의 리더는 갈수록 똑똑해져가는 지능화 기계인 컴퓨터와 또 네트워크와 함께 협력해 나아갈 수 있도록 일할 준비를 시키고 교육도 이에 맞추어 해야 한다는 생각이 든다.

한국 정치에는 상상력이 전무하다. 그래서 정치가 재미가 없다. 젊은이들에게 꿈을 주지 못하고 희망을 주지 못한다. 상상력이 넘치면 좌우의 이념 대립도 필요없다. 꿈과 상상력이 가득할 땐 오직 협력과 협동만이 필요하기 때문이다. 상상력이 현실이 되어가는 과정이 삶이고 문명이고, 그것을 이루어내는 것이 문화이다.

법률도 그렇다. 왜 다른 나라에서 유행했다고 우리도 꼭 같이 만들어야 하나? 좀더 신선하고 좀더 재미있고, 상상만 해도 좋은 그런 법은 만들면 안 되나?

상상력이 결여된 민족과 나라는 도태되었다. 신대륙이 있다고 믿었기에 투자자를 찾았고, 그들은 항해를 감행했다. 모든 것이 그러하듯, 현실은 꿈이 이루어낸 결과이다.

앞으로 이 나라에 이런 법들은 있었으면 하는 것이 16가지가 있다. 아직은 아이디어 수준이지만 반드시 이루어지길 상상해 본다.

이런 법들이 시행되려면 좀 더 나라가 부강해져야 한다. 아니 이런 법들이 시행되어야 나라가 더 빨리 부흥한다. 여기에 그것을 정리하여 올리는 것으로 글을 맺을까 한다.

1. 패자부활법 : 신용불량자 7년 뒤 자동 회복 제도

2. 전면적 기본소득제 실시를 위한 국민노조 결성법

3. 도피성법 : 21년마다 생활형 범죄 전과 삭제법. 성인이 된 후 50년 후 70세 때 모든 범죄 사실

4. 14세 성인식축하법 : 성인식 비용 보너스(교회. 성당. 사찰. 향교 등등에 행사 위임). 자신의 미래 진로를 위한 계획수립 시 해외여행 시 지원금(300만 원)

5. 조혼장려법 : 25세 전 결혼 계획 제출 후 2년 뒤 결혼식 올릴 경우. 가족구성 축하 장려금 3억 원 신탁제(10년간 3자녀 출산 후 육아휴직 1아동 3년씩 신청 조건)

6. 예비성인지원법 : 18세 성인 사회 진출 전 진로 선택 휴가금(1,000만 원)

7. 자유학교법 : 30명 이상의 교육생을 모집 대학 진학 관련 수업을 할 경우 덴마크식 자유학교법 적용.교육비 1인당 매월 70만 원 지급(급식지원비 지급)

8. 종교인생계지원법 : 불교, 천주교, 기독교 등 종교인에게 기본소득 매월 150만 원 지급 후 시민단체의 역할을 맡겨 관공서 등에 보조 활동

가로 위촉

9. 미자립종교단체지원법 : 미자립 종교단체의 최저 활동비 지급 후 지역

　커뮤니티 센터로 활용

10. 이공계학과 졸업생 벤처지원금법 : 1억에서 3억 차등 지급

11. 반인륜적 법안 상정금지법

12. 해외교민청 설립으로 20만 이상 거주 지역 대표 국회의원 선출

13. 위기가정긴급구난법 : 교회·종교단체 등을 통한 위기가정 긴급 구난

　법의 제정을 통해 자살자 제로 만들기

14. 장애인 졸업 후 평생교육 지원 및 보호제도법

15. 모병제 전환과 군복무시절 전공 심화 교육법

16. 긴급구난, 자영업자퇴출지원법*(자발적 폐업 시 보증금상당액 지원 및 구직 지도)*

2021년 12월 1일, 새날을 기다리며

미 주

1) 니므롯(nimrʊd)은 성경의 인물로 시날(아시리아/메소포타미아)왕이다. 창세기 와 연대기 책에 의하며 구스의 아들로 노아의 4대 손이다. 성경에서는 그를 여호 와 하나님 앞에 강한 사냥꾼으로 말한다.

2) 1. 구약 성서 창세기에 나오는 탑. 대홍수 후 노아의 후손들이 하늘에 닿는 탑을 쌓기 시작하였으나, 그 무례함이 여호와의 노여움을 사게 되어 탑을 쌓지 못하게 되었을 뿐 아니라 사람들은 서로 말이 통하지 못하게 되어 이산(離散)의 운명을 맞았다 함. 2. 실현성이 없는 가공적(架空的) 계획을 비유함. 위키디피아사전.

3) 신세계 질서(영어 : New World Order : NWO)는 음모론에 따라 전체주의 단일정 부가 등장한다. 일반적으로 신세계 질서에 관한 음모론의 주제는 비밀적인 파워 엘리트들의 전 세계적 과제가 궁극적으로 전 세계적인 전체주의 세계 정부를 운 영하는 것이며, 따라서 이를 위한 음모를 꾸미고 있다는 것이다. 이것은 일반적 인 주권국가들을 대체하며, 이데올로기를 따르게 한다. 음모론상에서 정치와 금 융상 신세계 질서가 발생한 것은 음모 세력들이 영향력 있는 여러 표면적 조직을 운영하면서 시작되었다. 셀 수 없이 많은 여러 역사적 사건들은 비밀 세력들이 은밀한 협상과 결정을 통하여 세계 통치를 위한 일종의 각본을 진행하는 것이다. 세계화 : 음모론에서 신세계질서가 대신하는 것으로 알려졌다. 21세기에 들어서 '신세계질서'라는 말이 'Tondemo-bon'으로 바뀌면서 그 대용으로 쓰이는 일이 많아졌다.(위키디피아사전)

4) 숲 세계 유대인은 크게 두 가지로 분류된다. 하나가 유럽계인 아시케나지이고, 다른 하나는 스페인·이슬람권·북아프리카 지중해계인 세파르디이다. 세파르디 가 유대인의 원래 인종인 셈족(族)에 속한다면 미국 유대인의 90 % 이상을 차지 하는 아시케나지는 복잡한 민족 배경을 갖고 있다. 아시케나지는 원래 독일에 거 주하던 유대인을 지칭하지만, 오늘날의 아시케나지의 다수(多數)는 우크라이나·

러시아·폴란드·헝가리 등 중·동구계다. 아시케나지에 대해서는 유대인들이 시
인하기 싫어하는 오래된 이설(異說)이 존재한다. 헝가리 출신의 영국 작가 아서
쾨슬러는 '제13지파(支派)'라고 했고, 역사학자 케빈 부룩은 《카자르》라는 책에
서 아시케나지는 인종적으로 유대인이 아니라고 주장했다. 아시케나지의 대부분
은 터키계 백인부족의 하나인 카자르(유랑종족이라는 의미)족이 7세기 중엽 동
남부 러시아 지역에 세운 카자르 왕국 이산민(離散民)의 후손이라고 주장한다.
남부 러시아와 중앙 아시아 평원 일대에서 유목생활을 하면서 많은 민족과 피가
섞인 카자르족은 검은 머리에 밤색 눈, 붉은 머리에 갈색 눈, 그리고 금발에 푸른
눈을 가진 사람들의 인종 모자이크를 형성했다고 한다. 카자르 왕국은 지리적 여
건을 이용해 페르시아와 슬라브족 사이에서 중계무역을 주로 했던 상업국이었
다. 카자르 국왕 중 하나인 조셉은 항상 자신의 조상이 성경에 나오는 노아라고
믿었다. 그는 카자르족은 이스라엘 12지파의 하나인 시메온 지파의 자손이라고
주장했다. 카자르 왕국은 685년 주변의 적을 모두 물리치고 국가 기반을 충실하
게 다진 후 737년에는 도읍을 아틸에 정하고, 8세기 후반에는 남쪽은 코카서스산
맥, 서쪽은 볼가강 하류, 북쪽은 카스피해, 동쪽은 드네프르강으로 영토를 넓혔
다. 전성기의 카자르 왕국은 카자르족 외에 알라니족, 마자르(헝가리)족, 불가르
족은 물론, 크림반도의 그리스계 부족까지 통합한 강대한 국가였다.

5) 극장의 우상(Idola theatri)이란 플라톤과 아리스토텔레스와 같은 유명한 철학적
   이론의 특권에서 오는 것, 또는 최악의 경우는 소피스트들의 이론에서 오는 경우
   이다. 이것을 베이컨이 4대 우상으로 정리했다.

6) 지금 미국의 할리우드는 사단(satan)의 하수인들이 다 장악했다고 해도 과언이
   아니다. 비욘세나 레이디가가와 같은 자들은 사단에게 자신의 영혼을 팔았다고
   스스로 고백하는 자들이다. 그래서 공개적으로 하나님을 훼방하는 쇼와 공연을
   한다고 주장하는 사람들이 많다.

7) 월간조선(2008년 12월호). 기고자 朴宰善. 홍익대 초빙교수·前 駐 모로코 대사.
   1946년 충남 공주 출생. 한양대 상학과 졸업. 프랑스 국제행정대학원 졸업.

8) 제2차 세계대전 직전 유럽 아시케나지 인구가 1,000만 명에 육박했다는 것은 설

명하기 어렵다. 이 때문에 쾨슬러와 부룩은 아시케나지가 원래 유대인인 셈족의 후손이 아니고, 종교만 유대교를 선택한 터키계 백인 카자르족의 후예라고 주장한다. 오늘날 유대인들은 이런 주장에 대해 대답하기를 피한다.

9) 이렇게 보면 '아시케나지는 15세기 중엽 이베리아 반도에서 추방된 세파르디가 독일과 동유럽으로 이동한 유대인'이라는 기존의 정설에 대해 의문이 생긴다. 1492년 스페인에서 추방된 유대인은 불과 30만 명에 불과했다. 이들 대부분은 오늘날의 알제리·모로코·튀니지·리비아 등 북아프리카로 옮겨서 정착했다. 네덜란드·독일·프랑스·폴란드로 이주한 세파르디가 있기는 했지만, 이들의 규모는 10만 명을 넘지 못했다. 게다가 유대인의 전통적인 저출산 성향을 감안하면 제2차 세계대전 직전 유럽 아시케나지 인구가 1,000만 명에 육박했다는 것은 설명하기 어렵다. 이 때문에 쾨슬러와 부룩은 아시케나지가 원래 유대인인 셈족의 후손이 아니고, 종교만 유대교를 선택한 터키계 백인 카자르족의 후예라고 주장한다. 오늘날 유대인들은 이런 주장에 대해 대답하기를 피한다. 만약 자신들이 카자르족의 후손임을 인정한다면 셈족과 가나안에 근거를 둔 유대인의 정통 정체성과 시온주의를 스스로 부인하는 것이 되기 때문이다. 박재선.

10) 유대핏줄이 아닌 민족이 개종하여 유대교가 된 후 나라가 멸망하고, 그 후손이 뿔뿔히 흩어져 현재 유대인이 되었으며, 정통 유대인이 있긴 하지만 그 수가 매우 적고 대부분의 유대인은 바로 이 하자르의 후손이라는 게 아더 쾨슬러의 주장이다. 그의 책은 2부에서 하자르의 멸망 이후 민족들의 행방과 그들이 세상에 끼친 영향을 다루고 있다. 이후 히틀러와 기독교, 카톨릭에 의해 박해를 심하게 받은 후 살아남은 아슈케나지 유대인들은 드뤼피스 사건 이후 결국은 시온 의정서를 맺게 된다. 이후 뿔뿔이 흩어졌던 유대인들이 시온 의정서대로 이스라엘에 다시 모이기 시작했고, 다른 한편에선 유대인들이 이방인에게 혼란 조장을 목적으로 공산주의가 네오막시즘으로 확장하게 된다. 개방주의와 다원주의를 표방하며 미국의 자본주의 속으로 들어가게 되는데, 그들이 프리메이슨(Freemason)이다. 그리고 그렇게 그들이 건너가 첨단기술로 무기를 만들고 수많은 전쟁을 일으켜 자본 유통과 수요를 위한 수단으로 사용하였다.

11) 오늘날의 공중파 방송과 미디어는 공중의 권세 잡은 자 마귀가 장악하고 있다는 것은 이미 잘 아는 사실이다. 그렇기 때문에 TV나 방송을 자주 접하는 자들은 그들의 방식에 세뇌될 수밖에 없다. 또한 사고능력을 상실하고 영적 분별력을 잃어버리고 바보가 되고 만다. 그래서 TV를 오래전부터 바보상자라고 불렀는지 모르겠다. 오늘날 방송을 하는 자들이나 정치인들을 보면 그들의 의식과 도덕적 수준이 국민들의 평균 수준보다도 모자라는 자들이 대부분임을 알 수 있다. 그런 사람들이 만든 방송과 언론을 믿는 자들은 아직까지 깨닫지 못하는 어리석은 자들이라고밖에 볼 수 없다. 그렇기 때문에 바른 의식과 사고방식을 가진 자들은 언론 방송을 보고 들어도 결코 믿지 않는다.

12) 트럼프 스캔들을 폭로했던 마이클 코언은 거짓 증언 혐의로 구속 수감되었다.

13) 애틀랜타 하은교회 정윤영 목사님의 주장에 따르면 현재 미국의 90퍼센트 이상의 주류 방송 언론은 다 글로벌리즘을 추구하는 사회주의자들, 좌파들이 소유하고 있고, 한국의 90퍼센트 이상의 주류 방송 언론들의 소유주는 좌파 또는 진보주의자들이라고 보면 된다.

14) 그 유명한 몇 가지 주제를 보면 다음과 같다. 하나, 경제로 정치적 집권을 대체한다. 둘, 세계 정부를 건립하여 각국 정부의 권력을 약화시킨다. 셋, 우매한 민중을 길러내 각국 엘리트들에 대항시키며, 프리메이슨이 엘리트들을 포섭한다. 넷, 세계대전을 일으켜 적대 세력을 제거한다. 다섯, 허수아비 지도자를 각국에 세워 기존 질서를 파괴하고 그들의 통치방식을 주입한다. 여섯, 교육을 통제하고, 오락·섹스 등에 사람들의 주의를 분산시킨다. 일곱, 금본위제를 붕괴시키고 화폐 발행량을 통해 경제 위기를 촉발시킨다.

15) 정치·민족·종교 등이 중요한 역할을 한다. 바로 그런 음모론의 결정판이 《시온 의정서》라 할 수 있다. 그런데 최근 이 《시온 의정서》가 다시 새롭게 부상하고 있다. 경제위기의 전조인 팬데믹 때문이다. 100년 전 쓰여졌다는 그 주제들이 오늘날에도 맞아 들어간 듯 보여지기 때문일 것이다.

16) 이것은 총 4단계로 이루어져 있다. 1단계는 풍기 문란화, 2단계는 불안정화, 3단계는 대위기 조성, 4단계는 재(再)안정화(즉 공산화)

17) 李壽允 저(1997).

18) 이수윤(1997). "진정한 정치학의 세 요소". 한국교원대 논문집. p.1.

19) 철학은 인간의 정지적 행동과 밀접한 연관 속에 있다. 인간의 정치적 실천·정치적 행동은 바람직한 새로운 사회 발전을 실현하기 위해 취해진다. 이수윤(1997).

20) 폴리티컬 코렉트니스(Political Correctness ; PC)는 우리말로 정치적 올바름이란 모든 종류의 편견이 섞인 언어적 표현을 쓰지 말자는 신념, 또는 그러한 신념을 바탕으로 추진되는 사회적 운동이다. 그 시작은 다민족 국가인 미국으로, 1980년대 다른 인권 운동과 함께 강하게 대두되었다. 정치적 올바름은 출신, 인종, 성, 성적 지향, 성별 정체성, 장애, 종교, 직업, 나이 등을 기반으로 한 언어적·비언어적 모욕과 차별을 지양하는 사회 정의를 추구한다. 나무위키.

21) 1960년대에 등장한 신좌파와 전통적 마르크스주의자들 간에 교조주의에 관한 논쟁이 벌어지면서 이념적 실체가 아니라 당과 국가에 충성하기만 하는 모습을 두고 'politically correct'한 인물이라고 조롱했다. 이 단어는 68운동의 영향으로 학생·청년 운동이 활발하던 미국 내에서 유행어처럼 번졌다. 나무위키.

22) 특히 운동권 내부의 연대를 깨는 성·인종 차별적이고 편견적인 언사를 일삼을 때마다 "○○동지는 정치적으로 올바르지 못하군요!"라고 지적하는 등의 사례를 찾아볼 수 있다. 여기에 한때 자신들이 이 소리를 들으면서 공산당을 열렬히 지지했다가 반공주의로 전향한 신보수주의자(뉴라이트)들도 "좌파들이 'political correctness'에 따라 선동하고 매도하는 것에 미쳐 있다."고 역으로 비난하는 입장이 되었다. 나무위키.

23) 진보세력·대학생들을 중심으로 "오히려 (작위적·의무적인) PC운동이 필요하다."는 담론이 형성되었다. 이것에 대한 논란의 불씨는 꺼지지 않은 채 지금까지 이어지고 있다. 나무위키.

24) 이러한 범주로 정치적 올바름이라는 단어를 엮어서 정리한 대표적 문헌은 "대학 캠퍼스에서의 'political correctness' 논쟁"이라는 버만의 1992년 논문으로, 범주가 다른 것들을 엮었기 때문에 생긴 문제다.

25) 이후 다양한 번역이 나왔다. 2000년대 초반에는 정치정의(政治正義)라고 번역

하기도 했다. 정치적 올바름이라는 번역은 2000년대 초반 등장했다. 2005년 씨네 21. 2010년 주간경향.

26) '정치적 올바름'이라는 번역에는 사실 심각한 문제가 있다. 영영사전 어디를 찾아보아도 correct라는 단어에 윤리적·도덕적 차원의 '올바른'이라는 뜻은 없기 때문이다. 영영사전들에는 공통적으로 '정확한, 맞는, 사실인, 옳은'(right, accurate)이라는 의미와 '(사회적으로) 적절한'(proper, appropriate)이라는 의미가 제시되어 있다. politically correct의 용례에서의 correct의 의미에 대해서는 '특정 정치적/이념적 정설을 따르는'(옥스퍼드)이라든가 '특정 이념·신념·가치의 엄격한 요구 조건들을 따르는'(메리암-웹스터)으로 제시하고 있다.

27) 본래 단어의 뜻을 따라 '정치적 정확성' 내지 '정치적 적절성'으로 번역해도 원래의 의미를 해치지 않고 개념을 제대로 이해하는 데 충분함에도 불구하고, 굳이 없는 뜻을 지어내어 '올바름'이라고 번역한 것은 아마도 이러한 가치관에 도덕적 우월성을 부여하고자 했던 진보계열의 학자나 활동가들의 작품인 것으로 보인다. 심지어 2009년에 네이버 사전을 통해 제공되는 옥스퍼드 영영사전을 번역한 영한사전에서조차 위에서 서술한 의미 대신 '(태도가) 올바른'이라는 엉뚱한 의미를 지어내어 제시하였다. political correctness: the principle of avoiding language and behavior that may offend particular groups of people (Oxford) "언어나 행동이 특정 그룹의 사람들의 기분을 상하지 않게 하는 원칙" political correct: conforming to a belief that language and practices which could offend political sensibilities (as in matters of sex or race) should be eliminated (merriam-webster) "언어나 행동이 (성별이나 인종 등) 정치적으로 민감한 사람들의 기분을 상하게 하는 것을 끝내야 한다고 믿는 것"

28) 만약 '정치적 올바름'이 '도덕적 올바름' 또는 '윤리적 올바름'의 지향점이라고 한다면 그것을 정치인들이 붙들고 있을 게 아니라 종교와 윤리학의 영역으로 보내어 학문적으로, 그리고 상식적으로 퍼져나가게 내버려두면 된다.

29) 그리고 이것이 정치적 올바름을 과도하게 추구하는 이른바 SJW(PC충)가 보여주고 있는, 단순한 정치 논리만으로는 해석이 되지 않는 극단주의를 설명할 수

있는 하나의 키 포인트가 될 수도 있다. 정치 논리를 넘어서서 도덕과 윤리, 그리고 어떤 의미로는 종교의 차원에까지 도달했기에 그러한 극단주의가 만들어질 수 있었던 게 아닐까 생각할 수도 있다는 것이다. 사실 도덕과 윤리와 종교의 차원에 도달하면 이성보다는 감성이 우선시되기 마련인지라, SJW와 같은 극단주의자의 출현도 어찌 보면 당연한 결과일 수 있다. 나무위키.

30) 적절하고 올바른 정치적 올바름의 예시로, 2012년 10월경 지상파로 방영되었던 어느 다큐멘터리에서 열대 식물의 매우 크고 넓적한 나뭇잎에 음식을 담아 먹는 부족을 취재하면서 꼬박꼬박 그 나뭇잎을 그릇이라고 부른 것을 들 수 있다. 아무런 가공을 거치지 않은 나뭇잎이었지만, 나뭇잎에 음식을 담아 먹는다고 내보내면 그 부족이 위생관념이 없다는 이미지를 뒤집어쓰게 될까봐 그 부족이 음식을 담아 먹는 나뭇잎이 일반인들이 음식을 담아 먹는 그릇과 재료만 다르기 때문에 그릇이라고 불렀다. 이처럼 정치적 올바름 운동은 평범한 대중들에게까지 "여태 아무 생각 없이 써 오던 표현들이 그런 공격적(offensive)인 함의를 담고 있을 줄은 몰랐다"는 자각을 일으켰고, 자신이 무심코 사용한 차별적이고 편견어린 표현이 누군가에게는 상처를 줄 수도 있다는 각성이 일어나게 되었다. 이 점은 분명 옳은 방향이라고 할 수 있지만 이것이 한 나라의 정치 영역, 사회적 법률의 문제로 규정하여 이에 동조하지 않는 더 많은 일반대중을 무시하고 일방적으로 밀어붙이는 정치적 횡포는 그만두어야 한다는 것이 일반적인 의견이다. 이 영역은 종교와 윤리학의 영역으로 보내주어야 한다. 정치인들이 선지자가 될 필요는 없기 때문이다.

31) 2016년 미국 대통령 선거에서 도널드 트럼프가 대통령으로 당선될 수 있었던 것도 이런 도널드 트럼프의 반(反) PC 운동이 주요하게 먹힌 게 아니냐는 일부 분석가들의 분석도 나왔다. 물론 모든 선거에 대한 분석이 결과론적인 측면도 있지만, 실제 트럼프가 당선된 것에 이러한 정치적 올바름의 득세에 대한 피로감도 일부 작용했다고 볼 수 있다. 예를 들어 영화배우이자 보수주의자인 클린트 이스트우드는 트럼프 지지 발언을 하며 "사람들이 지나치게 PC에 집착하며 그를 인종주의자로 몰아간다."고 발언하기도 했다. 나무위키.

32) 구글(Google), 애플(Apple), 페이스북(Facebook), 아마존(Amazon) 등 이른바 '가파'(GAFA)가 대표적이다.

33) 한겨레 "곽정수 논설위원 칼럼".(2021.03.29.)

34) 메디게이트. "배진건 칼럼". (2020.07.24.)

35) 미국 하원은 지난해 10월 "디지털 시장에서의 경쟁과 법집행에 관한 조사 보고서"를 발표했다. 보고서는 플랫폼 기업이 지배력을 남용해서 이용자에 과도한 대가를 요구하거나 입점업체에 불공정행위(갑질)를 하지 못하도록 개선 방안을 권고했다.

36) 미국에서 빅테크 독점 논란은 처음이 아니다. 100년간 미국 통신시장을 지배하며 '통신공룡'으로 불렸던 에이티앤티(AT&T)는 독점 폐해가 심해지면서 1982년 7개의 지역전화회사들로 분할됐다. 미 법무부는 세계 최대 소프트웨어 기업인 마이크로소프트를 상대로 1998년 반독점소송을 제기했다.

37) 한편 미국 현지에 나가 대한민국 총선의 부정선거 의혹을 미국 트럼프 측에 알려왔던 민경욱 전 의원은 국제조사단에 의뢰하여 2020 대한민국 총선의 부정선거 의혹과 관련한 보고서 작성을 진행하고 있는 것으로 알려졌다. 출처 : 파이낸스투데이(http://www.fntoday.co.kr)

38) 토마 피케티의 《21세기 자본》은 2013년 출간과 동시에 금세기의 고전이 됐다. 7년이 지났지만 여전히 젊은 49세의 경제학자는 전작보다 더 두꺼운 후속작을 펴냈다. 무려 1,300쪽. 세계에서 8번째로 전작이 많이 팔린 나라답게 영어판과 거의 동일한 시기 책이 번역 출간됐다.

39) 그의 책을 중심으로 이야기를 정리해 보면 다음과 같다. "고대 사회는 '삼원사회'였다. 사제와 귀족(전사)과 평민(노동자)으로 이뤄진 사회. 이 유형의 사회는 프랑스혁명까지의 기독교 사회 전체뿐만 아니라 힌두교와 이슬람교 사회, 중국과 일본 등 극동에서도 지속됐다. 사제의 임무는 불평등을 합리화하는 것이었고, 귀족은 전쟁에서 영토를 확보하는 것이었다. 노동자는 세금을 내고 노동력을 제공했지만 권력에선 배제됐다. 이 불평등한 체제는 끓어오르다 결국 1789년 프랑스혁명을 일으켰다. 근대 이전까지 유럽 사회에서 두 신분의 합은 5~10%

선이었다. 그럼에도 1880년 영국 토지의 80%를 인구의 0.1%에 불과한 7,000개 가문이 소유했다. 프랑스는 혁명 직전 토지의 2~30%를 귀족이 소유하고 있었다. 삼원사회야말로 역사상 가장 지배적인 불평등 유지 체제였던 셈이다.

40) 카를 마르크스가 집필하고 프리드리히 엥겔스가 편집한 서적. 1859년 마르크스의 저술 《정치경제학 비판을 위하여》의 연장선상에서 집필되었다. 참고로 《자본론》이라는 단어는 일본어 번역을 그대로 베껴온 것(중역)으로, 직역하면 《자본》이 옳다. 보다 정확히는 《자본-정치경제학 비판》이 원제라고 할 수 있다.

41) 10월 혁명은 러시아 사회민주노동당이 분열하여 형성된 극좌 세력인 볼세비키가 일으켰다. 일련의 러시아 혁명 속에서 로마노프 왕조의 제정을 무너뜨리고 공화국을 탄생시킨 2월 혁명에 이은 두 번째 단계에 해당한다. 10월 혁명에서는 2월 혁명으로 출범한 입헌민주당(카데트) 주도의 임시정부가 쓰러지고, 임시정부와 병존하고 있던 볼세비키 중심의 소비에트(노동자·농민·인민위원회)로 권력이 집중되었다. 이것에 이어 러시아 내전(1917~1922)이 일어나, 결국 1922년에 사상 최초로 공산주의 국가인 소련이 탄생한다.

42) 피케티는 1970년대까지 주로 노동자 계급을 지지기반으로 삼았던 사민주의 계열 정당이 점차로 고학력자를 대변하게 되면서 '브라만 좌파'로 변질했다고 말한다.

43) 토마 피케티 지음, 안준범 옮김. 문학동네. 피케티는 1980년대 이후 이렇게 불평등이 커지는 데 정치가 결정적인 역할을 했으며, 이 정치에서 '브라만 좌파와 상인 우파' 체제가 가동됐다고 말한다.

44) 물론 브라만 좌파와 상인 우파의 이해 관계가 항상 일치하는 것은 아니다. 브라만 좌파는 자신들의 관심사인 교육제도와 문화예술의 재원을 조달하기 위해 세금을 높여야 한다고 주장함으로써 상인 우파와 갈등을 빚기도 한다. 그러나 브라만 좌파가 주장하는 세금 인상은 일정한 선을 넘지 않는다. 브라만 좌파와 상인 우파는 교대로 정권을 장악하거나 때로는 공동으로 집권하기도 한다. 이런 양상은 근대혁명 이전의 삼원사회에서 나타난 사제-귀족 지배 체제의 복사판에 가깝다(https://www.hani.co.kr/arti/culture/book/947017.html#csidx36f63c3c

cbec4d09f1837ad5a01dabf)

45) 기본소득(revenu universel)이라는 어휘는 마치 그것이 모든 복지와 불평등의 문제를 해결할 수 있는 것 같은 뉘앙스를 지니고 있다는 것이 그의 생각이다. 현실적으로는 생존을 지탱할 수 있게 하는 기초생활비를 의미하는 것일 뿐이다. 나라마다 그 비용은 조금씩 다르겠지만 500유로에서 600유로 정도를 넘지 않는 것이 좋다고 한다. 이 정도 금액은 기본소득이라고 부르기보다 최저소득이라고 부르는 게 맞다는 것이다. 출처 : https://www.sedaily.com

46) 기본소득제의 도입을 세계 차원에서 논의하기 위해 만들어진 BIEN(Basic Income Earth Network)은 기본소득을 '자산 조사와 근로에 대한 요구 없이 모든 개인에게 무조건 교부되는 주기적 현금'으로 정의한다. 최근 한국에서는 청년과 농민 등 일부 인구 집단을 대상으로 현금을 지급하는 현금 지원 프로그램이 지방자치단체에 의해 제도화된 바 있다. 프레시안(http://www.pressian.com) : https://www.pressian.com/pages/articles/2020072710303142973#0DKU

47) 일본, 홍콩, 싱가포르도 전 국민을 대상으로 한국과 같은 형태의 현금 지급을 시행하고 있기 때문이다. 전 국민에게 현금을 지급한 사례는 과거에도 있었다. 일본은 2009년 자민당 아소 다로 정권 시절 정액급부금 제도를 실시한 바 있다. 물론 일본이나 홍콩·싱가포르에서 이러한 제도들을 (부분)기본소득제라고 부르지는 않는다. 정기성이라는 중요한 속성을 가지지 않기 때문이다. 하지만 한국에서는 이러한 제도를 기본소득제의 하나라고 주장하기도 하니, 그런 것이라면 새로울 것이 뭐냐는 것이다. 프레시안. 홍경준(2020.08.03.) (http://www.pressian.com)

48) 사회보장제도이든, 복지국가 프로그램이든, 기본소득제이든 고소득자의 소득을 환수하여 현금으로 재분배하는 것이 가장 중요하다고 여기는 것이 골자인데, 근저에는 사회주의적 복지의 색채가 강하게 깔려 있다.

49) 사회 위험 분산의 기능을 잘 수행하는 제도는 재분배에도 긍정적인 효과를 산출한다. 일반적으로 고소득층보다는 저소득층이 사회 위험에 더 많이 노출되어 있을 가능성이 큰 반면, 재원 부담은 지불능력을 고려하여 이루어지기 때문이

다. 사회 위험 분산 기능은 복지를 통해 이득을 얻는 수혜자의 범위를 확장하는 경로를 통해 소득재분배 효과를 높이기도 한다. 또한 사회 위험 분산 기능은 복지를 통해 이득을 보는 사람들의 범위를 확장함으로써 '복지동맹'의 형성을 가능케 하고, 대의 민주주의 하에서의 정치적 지속 가능성도 높인다. 프레시안.

50) 프레시안(http://www.pressian.com) https://www.pressian.com/pages/articles/2020072710303142973#0DKU

51) 개러스 스테드먼 존스. 홍기빈 역. (2016). 'Karl Marx: Greatness and Illusion' '카를 마르크스 – 위대함과 환상 사이,' 서울 : 아르테출판사.

52) 유교, 특히 성리학에서 교리를 어지럽히고 사상에 어긋나는 언행을 하는 사람.

53) 위의 책.

54) 《옥중 수고 선집》이 출간된 이후 그람시 사상에 대한 연구와 토론은 지구적으로 진행됐다. 서구 사회는 물론 비서구사회에서 그람시주의자를 자처한 이들이 결코 적지 않았다. 그람시의 발견으로 인해 전후 사상은 더욱 풍성해졌을 뿐만 아니라 세련된 정치적 대안을 추구할 수 있었다. 그람시는 비록 혁명가로선 실패했지만, 정치·문화적 사유의 영토를 확장시킨 사상가였다.

55) 그의 이론에 따르면 한 사회의 상부구조는 강제의 영역인 좁은 의미의 '국가(정치사회)'와 '사적'이라 불리는 유기체들의 총체인 '시민사회'로 구성된다. 그가 이렇게 상부구조를 국가와 시민사회로 구분한 것은, 부르주아 지배가 억압적 국가 기구만을 통해 이뤄지는 게 아니라 시민사회에 뿌리내린 다양한 제도 및 실천(교회, 학교, 언론 등)을 통해 유지되고 있음을 간파했기 때문이다. 헤게모니란 바로 이 시민사회에서 지배계급이 지적·도덕적 지도력의 행사를 통해 창출하는 피지배계급의 자발적 동의를 말한다.

56) 그람시가 헤게모니를 주목한 까닭은 이탈리아에서의 사회주의 이행 전략의 모색에 있었다. 시민사회가 허약한 러시아에선 국가에 대한 직접적인 투쟁인 '기동전'이 중요한 반면, 시민사회가 강력한 서구에선 시민사회 안에서의 헤게모니를 획득하기 위한 '진지전'이 중요하다는 게 그의 주장이었다.

57) 1910년대 미국에서 등장한 자본주의 생산방식인 포드주의는 대량생산과 대량소

비를 가능하게 함으로써 노동계급이 계급적 자의식을 상실하는 결과를 가져왔다고 그람시는 분석했다.

58) 이탈리아의 이론가이자 정치가인 피에트로 잉그라오는 헤게모니와 대항 헤게모니의 대결장으로서의 시민사회에 주목해 대의 민주주의와 기층 민주주의의 유기적 결합을 현대 민주주의의 새로운 대안으로 제시했다. 이러한 논리는 그리스 출신의 정치학자 니코스 풀란차스는 물론 환경·여성·평화의 신사회 운동들과 브라질 노동자당 이념에 중대한 영향을 미쳤다.

59) 최장집 교수가 《옥중 수고》를 중심으로 헤게모니의 정치이론을 분석했다면, 임영일 교수는 헤게모니와 진지전·기동전을 중심으로 그람시의 변혁이론을 조명했다.

60) 위키백과 정의.

61) 조선로동당의 지도이념인 주체사상을 수용하여 형성된 주체사상파(약칭 '주사파') 정파가 있으며, 다른 정파인 '비주사 NL' 또는 'NL-left'는 이와 달리 본래 제헌의회파(CA) 계열이었다. 위키백과.

62) 5·18 민주화 운동을 노동자 투쟁으로 해석한 민중민주 계열과 달리 민족해방 계열은 미국이 전두환을 지지하여 5·18 민주화 운동의 폭력 진압을 방관했다고 해석했으며, 미국의 정체를 바로 보자면서 반미를 강조했다. 민족 해방 그룹은 미국과의 심정적 결별과 과학적 학생 운동론의 등장 이후, 1985년 말 경에 고려대학교와 서울대학교에서 시작되어 통일 운동에 앞장서면서 학생 운동권의 주류로 등장했다.

63) 사실 칼 마르크스(1818-1883)가 산업혁명 후반기가 아닌 전반기에 활동했다면 《자본론》이 아닌 《국부론》에 준하는 저서를 남기지 않았을까라고 말하는 사람들이 많다. 물론 마찬가지로 애덤 스미스(1723-1790)가 산업혁명 전반기가 아닌 후반기에 활동했다면 《국부론》이 아닌 《자본론》과 유사한 저서를 남겼을지도 모른다. 기실 이론과 주의 주장은 한 시대에 대한 경험과 분석을 통하여 현실 문제에 대한 나름대로의 해법을 추구하기 때문이다.

64) 시사오늘(시사ON)(http://www.sisaon.co.kr)

65) 한국철학사상연구회 지음(2019). 현대 정치철학의 네 가지 흐름. 서울 : 에디투스. 서문.

66) 촛불의 봉기는 정치에 대한 가장 급진적인 성찰이었지만, 오늘의 정치가 보여주는 진퇴와 교착을 앞에 두고 촛불의 대중은 적극적인 행위자이기보다 무기력한 목격자에서 좀처럼 벗어나지 못하고 있다. 문재인 정부가 실패하지 않기를 바라는 염원에는, 민주주의는 고정된 무엇에 대한 이름이 아니라 끝없이 재발명되지 않으면 안 되며, 보다 인간다운 삶의 조건을 창출하기 위해 지금보다 더 멀리 밀고 나가지 않으면 안 된다는 절박함이 깃들어 있다. 공허하고 지루한 반복을 분절하고 "인민들이 스스로에 대해 권력을 갖는 것으로 간주된 실존"이라는 민주주의 본연의 의미를 되찾기 위해서는 지금, 여기에서 다른 정치적 사유의 장소를 만들어 내는 작업이 그래서 긴요하고 긴급한 과제가 아닐 수 없다. 현대 정치철학의 네 가지 흐름. 한국철학사상연구회

67) 미 록펠러 재단(The Rockefeller Foundation : 인류 복지 증진을 목적으로 하며 미국의 기술·사회 및 경제의 세계화를 연구하는 법인재단으로 1913년에 설립)은 미래에 다가올 도전에 효과적으로 대처하고 새로운 기회를 적극 활용하기 위하여 미래 시나리오를 제시하였다. 본 보고서에서는 각 시나리오별로 기술 발전 방향 및 혁신 활동 등을 포함한 포괄적인 미래 모습을 제시하고 있다. 〈록펠러 재단이 예측한 미래 시나리오〉.

68) 이 보고서를 읽어 보면, '작두 탄 무당'이 따로 없다는 생각이 든다는 누군가의 말이 맞다. 지금으로부터 11년 전 5월 어느 날 발간된 시나리오 보고서에 써 있는 모든 것이 '그대로' '현실'이 되어 하나둘씩 지금 수면 위로 나타나고 있으니 하는 말이다. 공포영화가 따로 없다는 생각도 들었다. 지금 현실이 영화보다 더 낯설고 끔찍하게 느껴지기 시작했기 때문이다. 록펠러 재단은 단순히 예언자로서 '작두 탄 무당'일 뿐 아니라, 스스로가 제안한 리셋 프로그램과 대중 통제 시나리오를 현실에 그대로 이식시켜 재현해 내는 영묘한 능력을 가졌다는 게 너무나 놀라웠다. 코비드-19, 록펠러 재단 시나리오랑 똑같네! 신현철/국제정치 대표작가.(2020년 8월 31일)

69) 기능적 자기공명영상(functional magnetic resonance imaging : FMRI)은 눈부신 발전으로 뇌영상 연구의 도구가 되었다.

70) 이 보고서는 록펠러 재단과 글로벌 비즈니스 네트워크라는 데가 합작해서 만든 작품이다.

71) 신현철. 위의 글.

72) (1) 잠금 단계(LOCK STEP) - A world of tighter top-down government control and more authoritarian eadership, with limited innovation and growing citizen pushback

(2) 파상적 공격 단계(CLEVER TOGETHER) - A world in which highly coordinated and successful strategies emerge for addressing both urgent and entrenched worldwide issues

(3) 대중저항 난도질 단계 (HACK ATTACK) - An economically unstable and shock-prone world in which governments weaken, criminals thrive, and dangerous innovations emerge

(4) 각자 도생 단계(SMART SCRAMBLE) - An economically depressed world in which individuals and communities develop localized, makeshift solutions to a growing set of problems

73) 이들 비밀적인 파워 엘리트들의 전 세계적 과제가 궁극적으로 전 세계적인 전체주의 세계 정부를 운영하는 것이며, 따라서 이를 위한 음모를 꾸미고 있다는 것이다.

74) 그동안 지속 불가능한 시스템을 곡예사처럼 돌려오다가 결국 붕괴의 위기 — 달러본위제와 금융 시스템 붕괴와 이로 인한 지급 불가능의 대외채무(타국에 외상으로 상품구매 불가능 → 군사비 충당 불가능 → 미 제국의 디폴트 임박) — 에 몰리자 서구의 초국적 자본과두 계급은 이제 스스로 세계경제를 파괴시키는 방법을 통해서 지난 20년간 중국이나 러시아에게 야금야금 국가들을 빼앗기는 상태에서 벗어나고자 — 아프리카의 중국화, 아랍국가들의 러시아 추종화, 유럽국가들의 점증하는 탈미적 이탈 현상… 등등 — 지금 현재 미국의 에이젼트

국가(혹은 후견국가)는 물론이고 그들의 영향이 미칠 수 있는 모든 경제권역을 파괴하여 폐허로 만들어 마치 IMF 이후 유동성 조작으로 국민경제가 파산한 폐허를 거닐며 유유히 '황제 쇼핑'을 즐겼던 서구의 초국적 자본과두 계급이 늘상 쓰던 동일 수법을 다시 바이오(bio) 식으로 각색해 사용해서 잔여 국가들을 유라시아 적들에게 빼앗기지 않기 위해 '뼈속까지' 접수하려는 계획으로 보인다. 신현철. 위의 글.

75) 서구의 초국적 자본과두 계급은 국민국가의 잔여 주권과 경제 운용권을 접수하는 것은 물론 개인들 모두를 직접 통제하는 '코비드연합농노국(United Serfdom of Covid)'의 길로 박차를 가하고 있는 것 같다. 이미 10년 전부터 절차탁마하며 그 실천을 착실히 도모해오고 있었던 것으로 보인다. 록펠러 재단의 미래사회 시나리오 보고서가 그걸 입증해 준다. 신현철. 위의 글.

76) '소수 집중'과 '사유화'를 최종 목표로 하는 이번 글로벌 경제구조의 재구축은 여느 때와 마찬가지로 취약 집단부터 죽어 나가게 될 것이다. 벌써 지금부터 죽어 나가고 있는 게 현실이다. 중소 규모 사업체들이 줄도산으로 파산하기 시작했고, 헤아릴 수 없이 많은 이들이 실업→파산→기아 단계로 순차적으로 접어들게 될 것이다. 국가경제는 도미노로 파괴될 것이다. 그 참상의 과정은 안 봐도 본 듯하다. 제3세계 가난한 지역들은 특히 그 참상이 극에 달한다고 봐야겠다. 신현철 위의 글.

77) 그리하여 국가 자체를 '코비드연합농노국(United Serfdom of Covid)'에 편입시키고 중국이나 러시아에게 빼앗기지 않겠다는 속셈이다. 신현철 위의 글.

78) 아무리 미국이 영향력을 발휘하고 있는 국가라 할지라도 국가 자체의 형식을 지금처럼 가만히 놔두면 모두 중국과 러시아에게 붙어버릴 것이다. 동방의 나토인 '상하이 협력기구'의 확대가 그 대표적 현상이다. 중국과 러시아에겐 돈과 기술과 군사력이 뒷받침을 해주고 있어, 얼마 전까지만 해도 우리처럼 미국의 맹방이었던 파키스탄이 중국으로 이탈해 버리고, 중동 여러 국가들도(특히 친미 일변도의 걸프왕정국가들마저) 이미 양국의 날개 밑으로 들어가고 있으며, 독일의 메르켈도 뭔가 수상쩍다. 노드 스트림 2에서 러시아와의 협력이 지속되

고 독일 기업들도 미국의 제재 협박에도 불구하고 러시아 친화적 행보를 계속 보이고 있다. 독일이 무너지면 유럽이 모두 유라시아 진영으로 넘어갈 수 있다. 이는 서구의 초국적 자본과두 계급에게는 악몽 중의 악몽이다. 그래서 코로나 프로젝트는 지정학적 차원에서 특히 '유럽의 상실'을 차단한다는 의미가 크다고 볼 수 있다. 신현철의 위의 글.

79) 유라시아 적들이 낚아채 갈 수 있는 여지를 주는, 다소 위험한 현행 국가 시스템인 '대리 통치 시스템(proxy system)' 혹은 '에이전트 시스템(agent system)'에서 전환하여 아예 직방으로 초국적 과두 집행위원회 산하에 두고 '직접 통치(direct governance)'를 하려는 정치적 구상일 수도 있다고 신현철은 말한다.

80) New-Age 의 사전적 의미는 '서양적인 가치관 및 문학에 대한 비판으로서 그에 대신한 종교, 의학, 철학, 점성술, 환경 등 여러 분야에서 전체론적으로 접근하려는 1980년대 이후의 새로운 조류를 지칭'하는 것이다.

81) 한승연의《성서로 본 창조의 비밀과 외계문명》은 기독교를 새롭게 재해석하여 뉴에이지와의 접점을 찾았다는 데에서 남다른 의미를 지닌다.

82) 블룸 교수는 특히 천사숭배현상을 통렬하게 비판하고 있다. 천사들은 당초 공포와 경외의 대상으로 받아들여졌다. 성경 기록에도 천사를 보는 순간 얼굴이 창백해질 정도로 공포감을 느꼈다는 대목이 많이 나타난다. 그렇기 때문에 천사는 어떤 의미로든 넥타이핀의 장식으로 등장할 대상은 아니라는 것이 블룸교수의 인식이다. [출처: 중앙일보] <해외화제작기행> '천년왕국의 예언' 해럴드 블룸.

83) 그노시스가 현대에 와서 뉴에이지라는 이름으로 '부활'한 셈이다. 그렇기 때문에 뉴에이지는 기성문화의 가치관을 타파하려는 반체제문화가 아니라 참된 삶을 추구하려는 가치관과 신비주의가 결합된 결과로 나타나는 현상으로 파악해야 한다. 그러나 지금의 뉴에이지는 상업성의 영향으로 그노시스와는 동떨어진 모습이다.

84) 영화 〈매트릭스(Matrix)〉가 보여주는 세계관은 이런 영지주의적 요소와 함께 기독교와 불교적 세계관이 뒤섞인 혼합주의적 요소가 강하게 배어 있다. 1997년

3월 26일 남가주 샌디에고(San Diego)에서 집단 음독자살한 39구의 시신이 한 집에서 발견되어 세계 매스컴을 떠들썩하게 하였습니다. 이들이 가담했던 컬트(cult)는 〈Heaven's Gate〉라는 신흥종교로 영지주의에 그 뿌리가 잇닿아 있다. 고대의 영지주의는 소위 정통 기독교처럼 신앙의 대상으로서 예수님을 믿지 않는다. 단지 불교의 붓다(Buddha)처럼 진리를 가리키는 이인 천상의 계시자(heavenly reveler) 정도로 여겼다. 영지주의의 한 분파인 Heaven's Gate 신도들은 예수님 대신 UFO가 구원의 지식(salvific knowledge)을 끊임없이 지상으로 전해주고 있다고 믿고 있다. 그 믿음 때문에 이 지구를 탈출하여 다른 세계로 가려고 하였고, 그 결과 그들이 택한 것이 자살이었다. 그런데 최근 몇 년 전부터 이상스러울 만큼 UFO에 대한 이야기가 점점 구체화되고 있다.

85) 이러한 영지주의적 궤적을 밟아 올라가면, 그곳에는 16세기의 은밀한 비전 전수 모임인 장미 십자단(Rose Croix) 형제들과 그들로부터 매우 심대한 영향을 받은 프리메이슨단(Freemason)이 있다는 것도 알 수 있다. 프리메이슨단은 이 세계를 영혼이 윤회의 가혹한 순환 과정을 따르도록 되어 있는 지옥과 같은 곳으로 보고 있다.

86) 단테(Dante)의 (아라비아인들에 의해 수집된 몇몇 영지주의적 테마를 이용한) 《신곡》, 독일 신비주의의 가장 위대한 인물이었던 에크하르트(Eckhart), 생물학과 인류학으로부터 출발하여 영지주의의 관점과 결합한 테이야르 드 샤르뎅(Chardin), 시몬느 베이유(Simone Weil) 등이 이런 영지주의적 요소가 반영된 사상을 표출했다.

87) 월터 바우어(Walter Bauer)에 의하면 주후 2세기에는 지금의 터키인 소아시아(Asia Minor)에 영지주의자들이 소위 정통 크리스천들보다 수적으로 훨씬 많았다 한다. 영지주의는 동양 종교, 그리스 철학, 그레코-로마의 신비종교와 기독교의 교리가 섞인 일종의 혼합주의적 경향을 띤 기독교 이단이었다.

88) 그들은 지나친 경도로 인하여 대중적 기반을 급격히 상실하기 시작한다. 8층적 우주관에서 나중에는 365층으로 확대된 복잡한 우주관과 교리체계를 주장하였다. 또한 성직자 계급 제도(hierarchy) 위에 구축된 가톨릭 입장에서는, 영지를

가짐으로써 예수와 제자들 사이의 간격이 없듯이, 다소 평등한 체제를 유지한 영지주의 그룹이 위협적인 이단으로 보여 졌다.

89) '혼돈'은 nothing이 아닌 something이다. 이것도 영지주의의 부정적인 물질관에 대한 하나의 반작용일 듯하다.

90) Walter Wink, 1935-2012.

91) 그러므로 기독교인만이 가진 세계관이 있을 수 있는데, 특히 그 관점을 제공하는 성경을 통해 이 세계를 바라보게 하는 것이 기독교세계관이라 할 것이다. 종교적으로 보면 크게 유신론적 세계관과 무신론적 세계관이 있을 것이다. 물론 유신론적 세계관 안에도 유일신론, 다신론, 범신론, 이신론 등 다양한 신관이 있을 수 있다. 하지만 유신론적 측면에서 볼 때 가장 반대편에 있는 세계관은 유물론적 세계관이다.

92) 만약 어떤 그리스도인이 있다면 그는 자신의 존재뿐 아니라 이 세계와 그 과정에 대해서도 깊이 생각하고 바르게 반응해야 하는 일이 책무로 남는다.

93) 이것은 유물론자 사회주의자의 삶에서도 마찬가지로 드러나고 있다. 그들은 역사발전이 필연적인 것으로 보며 혁명이란 방법으로 세상을 바꿀 것을 도전받고 있다.

94) 전통적 기독교 세계관 안에서는 오직 사람의 몸을 가지고 온 신인 예수의 구원으로만 구속을 받는다는 것이다. 하지만 사회주의적 세계관에서는 구원이란 없으며 삶의 개선에 있어 중요한 것은 인간 중심의 철학으로 정치적 엘리트 계급인 지도자가 이끄는 대로 전체를 위해 개인의 자유와 권한을 포기하고 전체를 위한 희생이 전제될 때 지상의 천국이 이루어진다는 것이 이들의 세계관이다.

95) 전통적 기독교 세계관 안에서는 오직 사람의 몸을 가지고 온 신인 예수의 구원으로만 구속을 받는다는 것이다. 하지만 사회주의적 세계관에서는 구원이란 없으며 삶의 개선에 있어 중요한 것은 인간중심의 철학으로 정치적 엘리트 계급인 지도자가 이끄는 대로 전체를 위해 개인의 자유와 권한을 포기하고 전체를 위한 희생이 전제될 때 지상의 천국이 이루어진다는 것이 이들의 세계관인 것이다.

96) 다만 하나님께서 이 세상을 창조하실 때 인간이 생존할 수 있는 최적의 환경을 준비하신 후에 인간을 가장 나중에 창조하셨다. 그리고 만물에 대한 하나님의 대리자로 하나님의 형상대로 창조 된 인간의 창조는 창조의 극치(極致, the summit of creation)라고 할 수 있다.

97) 하나님이 남자를 먼저 만드시고 여자가 그 남자의 일부로 만들어졌지만 성경의 본문은 남자와 여자의 동등성과 여자는 남자의 돕는 배필이라는 것을 강조하고 있다.

98) 당연히 사회주의자는 존재 자체가 악이며 그 행위는 기독교인들과 양립할 수 없는 적대적인 관계에 있는 자들인 것이다. 그들이 우리를 반동으로 여기는 것 이상으로 창조에 대한 반역자로 여겨져야 한다. 또한 그 중간에 있다고 말하는 중도 역시 즉시 기독교 세계관의 구조 안으로 들어와야 할 전도의 대상이다.

99) 세상에 절대 진리는 존재하지 않기 때문에 모든 사람이 각기 진리라고 하는 모든 주장은 상대적일 뿐이며 늘 권력의 작용과 연관되었다고 보는 것이다. 따라서 이 세상에는 상대적인 진리만 있기 때문에 결국 누구나 각자 생각하고 주장하는 그것이 바로 진리가 된다는 것이다.

100) 중생한 이는 이제 하나님의 계시라는 시금석에 근거해서 자신들의 경험과 활동을 통제해 나가 이제 모든 것을 바르게 파악하고 해석하기 시작한다. 이런 활동은 일차적으로 신(神) 인식(認識)과 신학(神學) 활동에서 나타난다. 즉 하나님의 계시를 따라 신학(神學)하는 것이다.(계시의존 사색)

101) 기독교 정치인이 알아야 할 것은 이 땅의 하나님 나라 백성인 정치인이 모든 일에 완벽하다거나 항상 하나님의 뜻을 제대로 잘 판단해서 그대로 살아간다는 그런 의미는 아니라는 것이다. 그러나 항상 겸손하게 자신의 부족함과 허물을 직시하고 그것을 미워하며 버리고 자신과 모든 사람 앞에서 언제나 성령의 인도하심을 따라 가도록 최선을 다해야만 한다.

102) 문화를 타락한 것으로만 치부한다면 문화에 대해 적대적이 될 것이고, 반대로 문화 속에도 하나님의 형상을 찾으려는 이들에게는 친문화적이 될 것이다. 이러한 두 극단 사이에 절충안을 제시하려는 시도는 적지 않았다. 로버트 웨버는

문화에 대한 그리스도인들의 관점이 어떠해야 하는가를 잘 정리해 주었다. 그의 책《기독교 문화관(원제 The secular saint)》은 기독교인들의 문화관을 세 가지 모델로 제시한다. 그는 크게 분리 모델, 동일시 모델, 변혁 모델로 구분한다. 앞의 분리 모델과 동일시 모델은 부적절한 모델이며, 그 대안이 변혁 모델이다. 변혁 모델은 분리와 동일시가 가진 특징을 적절히 절충하면서도 성경이 도전하는 성도로서의 삶을 보여준다. 분리 모델과 동일시 모델을 건너뛰고 변혁 모델로 넘어갈 수는 없다. 그렇다면 웨버가 말하는 문화에 대한 성경적 관점과 역사적 모델을 찾아보자. 로버트-E-웨버. 기독교-문화관 1-1 성경적-근거.

103) 일반적으로 신세계 질서에 관한 음모론의 주제는 비밀적인 파워 엘리트들의 전 세계적 과제가 궁극적으로 전 세계적인 전체주의 세계 정부를 운영하는 것이며, 따라서 이를 위한 음모를 꾸미고 있다는 것이다. 이것은 일반적인 주권국가들을 대체하며, 이데올로기를 따르게 한다.

104) 스트로브 탈봇, 클린턴 당시 국무부 차관, 1992년 7월 20일자 《타임》에서.

105) 브레진스키, 오바마 대통령의 수석 대외 정책고문, 저서 《두 세대 사이에서 Between Two Ages》에서.

106) 데이빗 록펠러, 미국 금융계의 중심 인물.

107) 래리 맥도널드, 미 국회의원. 이 언급 후 1983년 대한항공 747기 폭격으로 사망.

108) 데이빗 록펠러, 2002년의 자서전 《회고록Memoirs》에서.

109) 아서 슐레진저, 퓰리처상을 두 번이나 수상한 미국의 대표적 사상가이며 역사가로 CFR 회원, 1975년 8월 연설에서.

110) K.M. 히튼, 유엔 교육가.

111) 제임스 워버그, 미 상원 외교위원, 1950년 2월 연설에서.

112) 허버트 웰스, 미래소설가, 1940년의 소설 《신세계질서》에서.

113) 브룩 아담스, 유엔 보건기구 이사.

114) 데이빗 스팽글러, 유엔 Planetary Initiative 이사.

115) 메나헴 베긴, 1977-1983년 이스라엘 수상.

116) 칼 마르크스, 바루쉬 레비(Baruch Levy)에게 보내는 편지 중에서.

117) 세계 단일 정부 청사진 그리는 그림자 정부 빌더버그 그룹. blog.daum.net/thisage/158. 출처 http://www.good-faith.net.

118) 케네디 대통령 어록.

119) Top Secret Meeting of the Bilderbergers. blog.daum.net/thisage/159. http://www.good-faith.net

120) 〈국제 공산주의와 신세계질서(New World Order)〉를 이해하는데 도움이 될 서적이 있다. 그 책은 헨리 메이코우(Henry Makow Ph.D)의 《CRUEL HOAX》 페미니즘과 신세계질서-라는 책이다. 한국에는 아직 번역본이 없으며, 日書《「フェミニズム」と「同性愛」が人類を破 する》로 나와 있다.

121) Bilderberg : What They May Be Planning Now. blog.daum.net/thisage/160. http://www.good-faith.net.

122) 저자 헨리 메이코우(Henry Makow Ph.D)는 페미니즘에 대해 다음과 같이 말한다. "'페미니즘'이 여성을 위한 운동이라는 것은 단순한 명목에 불과하고, 페미니즘이 의도하는 것은 남성과 여성의 성 정체성을 거세하여 사회의 기본 단위인 가족을 붕괴시키는 것에 진정한 목적을 둔다. 그들은 우리들의 성 정체성을 혼란시켜 양성애자로 만들려고 한다. 남성과 여성의 엄연한 性的인 차이를 부정하고, 젊은 여성에게 남성과 같이 행동하라고 세뇌한다. 지금까지 여성이 해 왔던 역할은 '인위적이고 억압된 사회적 편견의 산물'이라고 그들은 주장한다. 그들은 과연 누구인가?"

123) 실제 국제은행가들은 공산주의와 나치를 만들고, 2차 대전을 통해서 양자 대결을 시킨 실적을 가지고 있다고 주장한다. 이러한 방식으로 인류를 깊은 절망의 늪으로 떨어뜨리고 지금은 인류의 자손을 줄이려 하고 있다는 것이다. 대중을 생산자와 소비자라는 이름의 노예화된 새로운 봉건주의 체제를 만들려 한다. 그들의 이러한 목적을 달성하기 위해서는 인종, 종교, 국가, 가족을 해체해야 할 필요가 있다고 강하게 주장하는 것이다.

124) 저자의 주장에 따르면 페미니즘은 비정상적인 금융엘리트들이 全 인류를 인질로 잡아두겠다는 一例에 지나지 않는다. 그들은 획기적인 암 치료법이나 저렴

하고 풍부한 신에너지 개발을 집요하게 방해하고 있다고 한다.

125) 1977년, 어느 공산당계열 신문은 "우리들은 신과 싸우고 있다. 신자를 빼앗기 위해서다"라고 쓰고 있다. 윈브리드 목사는 자신의 저서에서 "러시아 혁명에서 사랑, 선의, 건전한 정신 등은 비열하고 퇴보적인 것으로 취급당하고, 파괴 행위가 칭찬받았다"라고 쓰고 있다.

126) 록펠러 재단은 산아제한이나 인공중절 그리고 피임법 개발, 성혁명(동성애)의 추진에 자금을 제공해 왔다. 결혼을 통해 자녀를 남기려는 본래의 목적과 성행위를 분리해서 성행위를 찰나적 오락으로 만드는 것이 목적이었다. 니콜라스 록펠러는 아론 루소에게 자신들이 여성 해방을 주장하고 지원하는 이유가 다름아닌 여성을 가정에서 끌어내 일을 시켜서 세금을 더 거두게 하는데 있다고 말했다. 엄마의 부재로 인한 자녀 양육의 참상이 지금 우리 현실에서도 벌어지고 있다.

127) 페미니스트 역사 연구가인 케이트 웨이칸트의 저서 《미국 공산주의와 여성 해방운동의 기원》(Red Feminism: American Communist and the Making of Woman's Liberation,2002)에 "1940년대와 1950년대의 공산주의 운동이 1960년대 들어서 새롭게 여성운동으로 방향을 틀게 되었다"라고 기술하고 있다.

128) 이 문장을 보고 있노라면, 현대의 어느 과격한 페미니스트의 주장이란 생각이 들 것이다. 그러나 이 글은 1948년 메아리 인만이 쓴 미국 공산당의 선전 팜플렛의 내용이다.

129) 필자의 판단으로는 선출된 정부와 존재하는 정부와의 싸움, 이 엄청난 전쟁의 배후에는 사탄이 있고, 사탄의 가장 큰 전략은 교회를 파괴하여 절대적 진리가 흔들리게 하는 것이고, 천륜·인륜이라고 하는 전통적 가치관들이 뿌리채 뽑혀 결국 이 땅이 영원히 파괴하게 만들 것이다. 그들은 노아의 홍수 이전 이미 한 번 승리한 경험이 있기에 다시 한 번 지구를 파괴시키기 위해 가지고 있는 모든 역량을 다 동원하여 조용한 침략을 지금도 자행하고 있다. 막고 응전할 것인가, 순응하고 받아들여 공멸할 것인가 참으로 중요한 선택의 순간에 판 자체를 뒤흔드는 자들을 상대로 싸울 것인가. 결단해야 한다. 우리

가 새로운 시대를 개척해 나가지 않으면 결국 그들이 기획하고 연출한 시대에 속으며 살게 된다.

130) 음성만 가능했던 1세대(1G)와 여기에 문자가 더해진 2세대(2G)가 영상 제공까지 가능한 3세대(3G)로 발전했고, 최근에는 초고속 통신이 가능한 4세대(4G)로까지 진화한 상황이다. 드디어 꿈에도 그리던 본격적인 5세대(5G) 통신 시대가 개막된 것이다.

131) 메타버스(metaverse) 또는 확장 가상세계는 가상·초월(meta)과 세계, 우주(universe)의 합성어로, 3차원 가상세계를 뜻한다.

132) 창세기 1:28. 하나님이 그들에게 복을 주시며 그들에게 이르시되 생육하고 번성하여 땅에 충만하라, 땅을 정복하라, 바다의 고기와 공중의 새와 땅에 움직이는 모든 생물을 다스리라….

133) 1) 물을 포도주로 만드심(2:1-12). 2) 왕의 신하의 아들을 고치심(4:46-54). 3) 38년 된 병자를 고치심(5:1-9). 4) 5,000명을 먹이심(6:1-14). 5) 물 위를 걸으심(6:16-21). 6) 소경을 고치심(9:1-7). 7) 죽은 나사로를 살리심(11:38-44).

134) 앤드루 램버트 저, 박홍경 역(2021. 6. 25). 《해양 세력 연대기 – 현대 세계를 형성한 바다의 사람들》, 까치. 영국의 해군사 전문가이자 동 시대의 가장 뛰어난 역사학자로 평가받는 앤드루 램버트는 바다를 기반으로 자신들의 정체성을 구축한 이들을 해양 세력으로 정의하면서, 이들이 어떻게 현대사회의 토대를 형성했는지를 돌아본다. 해양 세력을 둘러싼 그간의 오해가 바다에 대한 오래된 혐오에서 비롯되었음을 지적하며, 해양 세력을 상대적으로 약한 국가가 취하는 전략 혹은 그 정체성이라고 다시 정의한다.

135) 경북일보 – 굿데이 굿뉴스(http://www.kyongbuk.co.kr). 지정학, 생명·과학, 문화·교육의 세 가지 측면에서 우리가 처한 현실을 진단하고, 미래 키워드를 제안했는데, 2020년 3월 출범한 '조선일보 100년 포럼'에서 발표하였다. 위원인 염재호 전 고려대 총장, 최재천 이화여대 석좌교수, 정과리 연세대 교수가 분야별로 대담을 맡았다.

136) 우마오당(중국어 간체자: 五毛党, 정체자: 五毛黨, 병음: Wǔmáo dǎng, 영어:

50 Cent Party, 50 Cent Army)은 중국 내의 여론을 중국공산당에 유리하도록 하기 위하여 중국 당국에 의하여 고용된 인터넷 평론원(중국어 간체자: 网络评论员, 정체자: 網絡評論員, 병음: Wǎngluò pínglùn yuán)들을 구어체로 이르는 말이다. 이들은 중국 정부의 여론통제 정책의 일환으로, 절대다수 누리꾼들의 여론몰이를 주도하고 있다. 출처 : 위키백과.

137) 매일신문 이향희 기자. 2021.06.04.

138) 저자는 외교·경제 정책부터 남극 개발, 대학과 연구기관의 학문 연구, 첨단 디지털 기술을 활용한 정보 유출까지 사방으로 뻗친 중국의 위협을 상세하게 전한다. 그리고 그 책임을 철저하게 중국 공산당에 집중한다. 막연하게 중국에 대한 적대감을 부추기는 흔한 혐중(嫌中) 서적과 구분되는 지점이다. 따가운 외부의 시선을 알기 위해서라도 중국인들이 이 책을 접할 필요가 있지만, 중국에선 금서 '낙인'이 찍혔고, 저자의 중국 입국은 금지됐다.

139) 조선일보. '400평 이상 택지 소유 금지'를 주장한 이낙연, 토지 1000평 보유 중. 평창동 등에 3614㎡ 신고. 대지 외에 답·임야도 있어. 김은중 기자 2021.07.16.

140) 파이낸셜뉴스. 이재명 "집 한채 보유해도 투자용이면 보호할 가치 없다" 2021.07.22.

141) 그는 "그러다 보니 환치기 같은 불법적인 방법이 공공연해지고 자신들이 투자한 방법을 공유하면서 우리나라의 부동산 시장에 교란을 일으키고 있다"며 "이는 결국 내국인들이 고스란히 떠 앉고 있는 상황"이라고 설명했다.

142) 파이낸셜뉴스. 이재명.

143) 외국인 전체 토지 보유 중 중국 국적자의 비중도 빠르게 늘고 있다. 필지 기준으로는 2011년 4.91%에서 작년 36.37%로, 면적 기준으로는 동기간 1.93%에서 7.89%, 공시지가 기준으로는 3.06%에서 8.97%로 늘었다.

144) 홍석준 국민의힘 의원실에 따르면 지난 2011년 외국인 토지보유는 7만 1,575건(공시지가 24조 9,957억 원)에서 작년 15만 7,489(공시지가 31조 4,962억 원)으로 2배 이상 올랐다. 특히 중국 국적자의 토지보유는 지난 2011년 3,515건(공시지가 7,652억 원)에서 작년 5만 7,292건(공시지가 2조 8,266억 원)으로 늘어나

는 등 매년 급증하고 있다. 이는 공시지가 기준으로 2011년 대비 2조 614억 원 (3.7배) 증가한 것이다. 작년 중국인의 토지보유 현황을 지역별로 살펴보면 필지 기준 경기도가 1만 9,014건으로 가장 많았고, 다음으로 제주도가 1만 1,320건, 서울이 8,602건, 인천이 7,235건 등이 뒤를 이었다.(출처 천지일보 2021.07.24.)

145) 2018년 호주에서 출간된 이 책은 중국의 보복 가능성에 출간 금지 조치까지 당했으나 가까스로 세상에 나왔다. 현재 중국과 거리를 두고 있는 호주 정부의 정책에 적지 않은 영향을 끼친 책이다. 일본에서도 출간 즉시 아마존 종합 베스트셀러 2위에 올랐다. 호주는 최근 화웨이를 5세대 이동통신(5G) 사업에서 배제하기로 했으며 중국과 체결한 '일대일로(육·해상 실크로드)' 업무협약(MOU) 2건을 파기했다. 코로나19 팬데믹 발원지에 대한 조사를 요구한 국가도 호주다. 물론 중국은 호주의 대중 정책 변화에 소고기, 와인 등 호주산 농산물에 보복성 관세로 맞서며 협박을 멈추지 않고 있다.

146) 클라이브 해밀턴(2021.06.04.).《중국의 조용한 침공》(대학부터 정치, 기업까지 한 국가를 송두리째 흔든다). 세종서적.

147) 한석동 전 국민일보 편집인. 실제로 대검찰청 요직과 재경지검장, 6대범죄(부패, 경제, 공직선거, 방위사업, 대형참사) 수사를 전담할 주요 지검과 지청 형사말(末) 부장은 호남 출신이 석권했다. 일부 박범계 라인까지 포함해 친정부 일색이라는 비판은 당연해 보인다. 조국·추미애·박범계를 보좌한 인물들은 승진하거나 요직을 꿰찼다. 정권에 비판적인 검사, 윤석열 징계를 비판한 검사, 여권(與圈) 수사를 맡았던 검사들은 변방으로 쫓겨났다. 데일리안 데스크 (desk@dailian.co.kr) 2021.07.03.

148) 1885년 청나라 리훙장(직예총독 및 북양통신대신)은 톈진에서 2개의 조약을 맺었다. 하나는 청불전쟁에 패배하고 프랑스와 맺은 조약이고, 다른 하나는 갑신정변 사후 처리로 일본과 맺은 조약이다. 청불전쟁은 류큐왕국(오키나와)이 일본에 강제 병합되는 모습을 지켜본 청이 처음으로 조공국 방어를 위해 무력 개입을 시도했던 것이지만, 프랑스의 압도적인 화력을 꺾을 수는 없었다. 2년여간의 전쟁은 결국 청이 프랑스의 베트남 보호권을 인정하는 톈진조약으로 마

무리되었다. 이로써 동남아시아에서는 청이 종주권을 행사할 수 있는 조공국
이 모두 사라졌다. 이제 청의 유일한 조공국은 동북아시아의 조선이었다. 하지
만 같은 해 조선의 거문도마저 영국에 무단 점거당하면서 조선에 대한 청의 종
주권도 위협받기 시작했다. 이처럼 급변하는 동아시아 정세 변화 속에서 청은
조선을 둘러싸고 일본과 또 다른 톈진조약을 체결했다.경향신문. http://news.
khan.co.kr/kh_news/khan_art_view. html?art_id =201401142124345#csidxebc
3d351fde1afa82848eb3626f41d8

149) 삼태극에서는 하늘과 땅 이외에 또 다른 한 부분이 있는데, 그것은 바로 인간을
    의미한다. 우리 선조들은 하늘과 땅의 기운이 서로 조화를 이루고, 나아가 하늘
    과 땅과 사람의 기운(氣運)이 조화롭게 상생(相生)하는 것이 바로 자연의 이치
    라고 여겼던 것이다. 이를 '천지인 삼재'(天地人 三才) 사상이라고 한다. 하늘과
    땅과 그리고 사람이 하나로 조화를 이루어야 한다는 하늘의 진리를 삼태극의
    문양 속에 담았다.

150) 레토릭, rhetoric 명사 문학 = 수사학. 미사여구와 같은 말.

151) 역사를 돌이켜 볼 때 첫 번째 개항은 19세기 말, 그때 우리나라는 동아시아의 작
    은 왕국에 불과했다. 지금 위기일 수도 기회일 수도 있는 선택의 순간이 왔다.
    일본과 달리 우리는 타의에 의해 문을 열었다. 아시아로의 바닷길을 개척한 것
    은 먼저 산업화를 성공시킨 유럽 열강들이었다. 그들은 2차 산업혁명의 에너지
    를 이용해 3차 산업 시대를 주도했다. 3차 산업의 키를 거머쥔 열강들이 2차 산
    업도 아직 출발 못한 아시아를 정복했다. 이유는 자신들의 원료공급 기지로 삼
    기 위해서였다. 그 이후의 이야기는 오늘 우리가 딛고 있는 이 시대의 현실이
    웅변으로 말해주고 있다. 100여년이 흐른 지금, 이러한 시대의 도래를 제4의 개
    항이라는 측면에서 생각해 보면 우리가 나아갈 길은 분명해 보인다.

152) 중국의 시골길, 한 젊은이가 44번 버스에 탄다. 얼마 안 가 또 버스에 탄 남자
    둘은 노상강도로 변신해 승객들의 금품을 갈취하고 여성 운전사를 끌어내리지
    만, 승객들 중 누구도 도와주지 않는다. 젊은이만이 강도들을 저지하려 하지만
    역부족. 강도에게 성폭행 당한 여성 운전사는 젊은이를 버스에 타지 못하게 하

고는 다시 버스를 몰고 가버리는데. <44번 버스>는 1999년 8월 중국의 한 지방 신문(《Lianhe Zaobao》)에 전해진 충격적인 사건을 바탕으로 대만 출신의 데 이얀 엉(Dayyan Eng) 감독이 만든 단편영화다. 영화는 2001년 베니스영화제, 2002년 칸영화제와 선댄스영화제 등에서 수상하며 단숨에 그를 주목받는 감 독으로 만들어 주었다. 또한 감독은 이 작품으로 여성 운전사 역을 맡은 중국의 인기배우 공배필(Gong Beibi)과 인연이 되어 2004년 결혼한다. 실제 이 사건의 보도에 따르면, 강도는 단 2명이었고 승객은 40여 명에 대부분 남성이었다. 여 성 운전사가 도움을 요청했을 때 대부분 외면했고, 심지어 빨리 저들의 요구를 들어주라고 종용하는 사람도 있었다고 한다. 단 한 명의 남성만이 강도에게 저 항했고, 결국 사건의 유일한 생존자가 된다. 그의 이름은 Wu Wei Cai라고 알 려졌다. 물론 유일한 생존자의 증언으로 이 사건이 알려지게 되었으니 진실 여 부를 완전히 가려내기는 어렵다. 그러나 "어느 국가 어느 민족에게나 일어날 수 있는 보편적인 인간의 심리 반응을 그리고자 일부러 시간과 장소를 희미하 게 표현했다. 이 작품을 통해 현대사회에서는 사회 구성원 모두의 책임과 협조 가 필요하다는 것을 표현하고자 했다"는 감독의 말대로, 현대인에게 '방관'과 '정의'에 관해 다시 생각하게 만드는 놀라운 스토리임에는 틀림없다. 영문 자막 만으로도 내용을 이해하는 데 크게 불편함이 없지만, 좀 더 짧게 편집한 한국어 자막 버전도 있다.

153) 시사포커스, 이청원 기자. 2021. 07. 04.

154) 유엔무역개발회의(UNCTAD) 내 한국 지위가 개발도상국 그룹에서 선진국 그 룹으로 격상됐다. 지난 1964년 UNCTAD 설립 이후 약 57년 만에 선진국 반열 에 이름을 올린 것이다.

155) 코이카 설립 목적. 개발도상국의 빈곤 감소 및 삶의 질 향상, 여성 · 아동 · 장애 인 · 청소년의 인권 향상, 성평등 실현, 지속 가능한 발전 및 인도주의를 실현하 고, 협력대상국과의 경제 협력 및 우호 협력 관계 증진, 국제사회의 평화와 번 영에 기여. https://koica.go.kr/sites/koica_kr/index.do

156) 전웅, 《지정학과 해양 세력이론》(The Theory of Sea Power and Geopolitice).

KIMS출판(1999년 3월 30일). 제1장 국가적 위대성의 근원으로서의 바다.

157) 레벤스라움(독일어: Lebensraum, '생활권')은 1890년대부터 1940년대까지 독일 내에 존재했던 농본주의와 연관된 식민 이주 정책의 개념과 정책 자체를 의미한다. 이 정책을 변형한 형태 중 하나가 국가사회주의 독일 노동자당과 나치 독일이 지지한 정책이었다. [2] 독일의 인종 정책은 독일의, 특히 동유럽을 향한 공격적인 영토 확장을 의도하여 짜여졌다. [3] 원래 레벤스라움은 '서식지'라는 뜻의 생물학 용어였으나, 독일 제국의 홍보관들은 레벤스라움을 1914년의 9월 계획(Septemberprogramm)과 같이 제1차 세계대전 동안 독일 제국의 지정학적 목표를 가리키는 민족주의적 개념으로 소개했다. [4] 이 개념과 용어는 전후 바이마르 공화국에서 독일의 극단적 민족주의가 가진 요소가 되었다.

158) 대륙 세력과 해양 세력을 서로 적대적인 지정학적 개념으로 처음 사용한 이는 영국의 지정학자 해퍼드 매킨더(Halford Mackinder, 1861~1947)다. 옥스퍼드대학과 런던대학의 교수로 재직하고, 런던정치경제대학 학장을 역임하기도 했던 매킨더는 영국에서 '지정학'이라는 새로운 지리연구 방법론을 정교하게 개척한 사람이다.

159) 좌파들은 식민 잔재, 매판자본이라는 용어들을 사용하며 자본주의 때문에 제3세계가 가난에서 벗어나지 못하고 있다고 비난한다. 그러나 제3세계의 불행이 조금이라도 서구의 탓이라면, 바로 서구가 마르크스 및 그 후계자들을 길러냈다는 점이 문제일 것이다. 제3세계 국가들이 빈곤에 허덕이게 된 것은 대부분의 경우 자유로운 기업 활동이 보장되는 자본주의 대신 잘못된 사회주의적 노선을 선택했기 때문임은 현실이 자증하고 있다. 그 실례가 쿠바이고 베네수엘라다. 한때 리비아가 그러했고, 우리 곁에 있는 북한이 그렇다.

160) 더구나 세계는 새로운 신세계라고 말하는 디지털 신대륙으로 옮겨가기 위해 4차산업의 혁명이라는 말로 변화의 시기를 설명하고 있다.

161) 프레시안(http://www.pressian.com)

162) 초고속열차 연구에 대한 관심이 증가하고 있는 가운데, 국내에서는 시속 1,200 km 이상의 속도를 목표로 아음속 캡슐트레인 하이퍼튜브(HTX)를 연구 개발

중이다. 초고속열차는 두 지역 간의 통행시간을 획기적으로 개선함과 동시에 인간의 삶과 생활 패턴의 변화 등 사회·경제적으로 큰 변화를 일으킬 것으로 예상된다. 본 연구는 HTX 도입으로 인한 사회·경제적 파급 효과를 정량적 및 정성적으로 분석한 결과를 제시하였다. 분석은 크게 세 가지로 나누어 진행했으며, 한국은행의 산업연관표를 바탕으로 한 전통적인 국가 경제적 파급효과 (생산 유발효과, 부가가치 유발효과, 고용 유발효과), 타 산업 간 인과관계 분석을 통한 HTX의 건설 및 운영 단계에서 미치는 관련 산업에의 파급효과, 그리고 정성적인 사회적 파급효과를 포함하였다.

163) 자기부상열차의 최대 시속은 600km이다. 여객용 항공기의 평균 시속이 800~900km인 것과 비교하면 하이퍼루프의 기술은 혁신 그 자체다.

164) 매거진환경, 2018.05.31.

165) 한반도를 둘러싼 미·중 갈등은 다시 한 번 우리에게 선택을 강요하고 있다. 북한의 핵실험과 미사일 발사, 개성공단 폐쇄, 사드(THAAD·고고도미사일방어) 배치 추진과 중국의 반발 등이 숨 가쁘게 이어지면서 우리 국토가 패권국들의 전장이 되고 있다. 이런 때일수록 진영 논리에서 자유로운 지성인과 과학자와 경제인들의 역할이 중요하다. 그래야 현재의 위기를 좀 더 거시적 안목으로 통찰하는 창구가 열리기 때문이다. 이 난국을 타개할 가장 큰 키워드는 '지정학'이다. 지금 한반도에 닥친 위기는 남과 북, 혹은 미국과 중국의 갈등으로 발생한 게 아니기 때문이다. 수천 년간 이어져온 해양 세력과 대륙 세력의 충돌이기 때문이다. 우리의 가장 큰 위기는 북한이 중국의 대륙 세력에 사실상 포함돼 있다는 사실이다. 북한이 대륙 세력의 일부가 되는 순간 반도의 남쪽에 있는 우리는 인공적인 섬이 되어버렸다. 이것이 지금 한반도에서 벌어지는 위기의 본질이다.

166) 하지만 중국은 세계 최대 경제국 부상, 미국과 맞먹는 경제력 및 군사력 확보, 대만 무력 흡수, 국제기구 내 자국 영향력 강화 등을 추구하고 있다. 이와 관련해 중국의 20년 이후 모습은 ① 세계 최대 경제국 및 시장, ② 군사무기·생물의학·교육·통신기술·인프라 등에서 미국의 혁신 경쟁국, ③ 서태평양 지역

내 미국의 군사 경쟁국, ④ 국가 통제를 강조하는 거버넌스 모델 수출국, ⑤ 세계 최대 탄소 배출국, ⑥ 국제 기준 및 규범에 대한 영향력 행사국 등으로 상정할 수 있다.

167) 뉴욕의 초발상은 거리를 그리드 시스템(Grid system;격자 체계)의 도로로 만들었기 때문에 완성되었다. 정말이지 작은 아이디어 하나가 오늘날 뉴욕 맨해튼을 만든 것이다. 생각해 보라. 저 넓은 땅덩어리를 가진 미국에서 건폐율이 거의 100%가 되고, 용적율이 1,000%가까이 되는 그런 초발상이 어떻게 생길 수 있었는가 말이다. 만약 일반 미국의 도시처럼 건폐율과 용적율을 적용했더라면 저렇게 밀집된 도시가 나오지 못했을 것이다. 그리드 시스템이 생김으로써 뉴욕은 근대적인 '도시'가 생길 수 있는 조건을 갖추게 되었다. 건물의 모양도 둥근 형태나 제각각의 모습을 벗어나 가장 효율적인 '직각'을 띄기 시작했다. 또한 토지 면적과 각 경계선에 대한 법적인 분쟁도 현저히 줄어들면서, 근대 개념의 부동산도 탄생했다.

168) 홍콩 AP연합, 서울신문에서 발췌.

169) https://www.sedaily.com/NewsView/1Z45I7CM51

170) 최근 중국은 상하이만으로는 홍콩의 빈자리를 메우기 힘들다고 보고 홍콩의 지위를 유지하기 위해 다양한 전략을 동원하고 있다. 갖은 노력은 의미가 있고 홍콩의 지위 유지에 도움이 될 것이다. 하지만 홍콩의 기본적 강점이 글로벌 금융허브라는 점에서 미국이라는 기축통화국과 관계가 멀어지고 중국의 개입 강도가 강해질수록 자유스러운 경제활동이 어려워지면서 하나의 도시 쪽으로 위상이 변해 갈 가능성이 커진다. 이 기회 비용이 너무도 크기 때문에 중국의 고민은 더욱 깊을 것이다. 싱가포르는 벌써 표정 관리 중이다. 홍콩을 이탈한 많은 자본과 금융기관이 싱가포르로 유입되고 있다. 글로벌 금융위기 이후 비밀 유지를 생명으로 하는 스위스의 금융 중심지 지위가 흔들리면서 싱가포르는 큰 이득을 봤다. 그리고 최근 다시 한 번 전성기를 맞이하고 있다. 하기는 우리도 제주도에 역외금융중심지를 조성하자는 얘기를 한 적이 있고 참여정부가 동북아금융허브 전략을 추진한 바도 있다. 아쉬움이 앞선다. 국가 발전과 번영

의 기회가 아무때나 오는 것이 아니다. 미래를 내다보며 제대로 준비하는 자에게만 의미 있는 기회가 주어진다는 점을 다시 한 번 느끼게 되는 요즈음이다.

171) 클라우스 슈밥의 제 4차 산업혁명 / 2016 다보스리포트

172) 대한민국의 첫 자본주의는 일본인들에 의해 유입된 것이 분명하다. 그러자 상업자본가도 출현하기 시작한다. 개항장 객주들은 개항장에서 중개업 · 창고업 · 숙박업 · 금융업 등을 영위하며 자본을 축적해 나갔다. 조청상민수륙무역장정으로 청일 양국 상인들이 서울까지 진출해 상권을 확대하자 조선인 지주와 상업자본가들은 상권을 지키고자 동업자를 모아 상회사를 세워 맞서기도 했다. 그러나 아관파천 이후 열강의 경제적 침탈이 심재해지면서 민족자본은 더욱 피폐해졌다.

173) 미군정으로 인한 제2의 개항은 자유무역 시장체제에 자연스럽게 진입하는 길을 열었다. 그러나 점차 좌·우 세력의 분열이 심화되며 결국 미소공동위원회가 결렬되었고, 민족주의자들의 최후의 남북통일 노력마저 실패로 끝나자 남북 각각의 정부 수립으로 이어지고 말았다. 이로써 3년간의 미군정도 종식되었다. 하지만 미군이 1949년 철수하고 일 년 뒤 6.25전쟁이 발발하면서 또다시 부산과 목포항은 제2의 개항의 연장이 되었다. 전쟁으로 인해 오히려 항구로서의 역할이 증대되어 갔던 것이다. 그리고 부산항을 비롯한 항구의 위상이 올라갔다. 그중 부산은 두 번이나 임시수도가 되었다. 전쟁이 터지자, 많은 사람들은 정들었던 고향을 등지고 따뜻한 보금자리를 버리고 피난길에 나섰다. 그 종착지는 당연 부산이었고, 거제도를 비롯한 항구 주변이었다. 당시 부산은 항구가 가까워서 구호물자와 일자리를 구하기 쉬웠고, 또 목포는 제주도와 가까워서 병참기지 역할을 톡톡히 했다.

174) 예일대 폴 케네디(Paul Micheal Kennedy)교수는 그의 저서 《강대국의 흥망》에서 15세기까지 문화·경제·군사적으로 동방에 비해 상대적으로 약세 했던 서유럽이 16세기 즈음 부상하여 '유럽의 기적'을 만들어냈다고 서술한다. 그리고 그 이유로 경제적 자유방임주의, 정치·군사적 다원화와 지적 자유의 결합을 들고 있다. 한 번의 통합으로 중앙집권국가가 들어서면 종교 · 상업 · 문화 · 경제 · 군

사 등의 획일화된 양식을 구축했던 동방과는 달리 서유럽은 여러 왕국과 도시국가들이 끊임없이 서로 경쟁했고, 이 경쟁이 성장과 발전을 이끌어냈다는 것이다. 다시 말해 소수 권력자의 이데올로기나 가치관이 국가체제의 시스템이나 모든 사회를 지배한 명, 오스만, 무굴(인도)과 같은 동방제국은 넓은 영토와 많은 인구를 가졌음에도 정체했다. 반면 끊임없는 경쟁을 통해 꾸준한 진보를 이어나갔던 서유럽은 극심한 기후 차이와 상대적으로 좋지 못한 지형 여건에도 불구하고 세계 질서의 중심으로 부상했다. 현재 경제·사회적으로 침체기를 맞고 있는 우리가 진지하게 생각해볼 만한 대목이다.

175) 강원도민일보. 남궁창성 기자(2015.07.21). "시베리아 개발 한국인 필요"

176) 일이란 순서가 있는 법이다. 아무리 바빠도 바늘허리 꿰어 쓸 수는 없는 것이다. 그런데 지금의 좌파들은 허황되게 선언적 의미의 쇼만 계속하고 있다. 북한이나 기타 주변국들이 이해하고 충분히 납득할 만한 여건과 기반을 만들어야 남북철도 연결 사업에 대해서도 수긍할 것이다.

177) 뉴스팩트럼(2021. 10. 30). (단독) 러시아 정부, 시베리아 횡단철도 운영권 한국에 넘긴다...발칵 뒤집힌 일본 상황 조회수 378,589회.

178) 내일신문. 2007. 6. 7.

179) 아스타나시와 알마아타시에는 한국 건설회사 '하이빌 카자흐스탄'의 인상 깊은 주거 아파트 건설이 이루어지고 있다. 2005년부터 아스타나시 중심부 20 헥터의 면적에 최신 건설기술이 적용된 '하이빌 아스타나' 주거단지가 펼쳐졌다. 양국 간 상호 경제협력의 중심에는 오직 에너지와 광물자원만 들어 있어서는 안 된다. 신기술·정보기술 뿌리 내리기와 석유화학 단지를 발전시키는데 그치지 않고, 교육 부문에서 그리고 인재양성 부문에서 상호작용이 필수적으로 요청된다. 우정의 공동 습득뿐만 아니라 석유화학과 업무 분야의 원격 연결에서, 원자력 분야에서, 그리고 건설과 교통 분야에서 카자흐스탄과 한국 간에 시의적절한 양국 관계가 이루어지기를 기대하고 있다.

180) [녹취: 브라운 교수] "But North Korea is nothing fresh…"

181) [녹취: 스탠튼 변호사] "Any investment in North Korea goes through…"

182) VOA뉴스 함지하(2020.12.15). "북한, 경제 개발구 20여 곳 열띤 홍보…제재 속 투자 모집 비현실적"

183) 경제산업조사실 재정경제팀 입법조사관. mckim0824@assembly.go.kr

184) 산업통상자원부 국회입법조사처 제출자료(2019.12)

185) 자유무역지역은 1970년 「수출자유지역설치법」에 따라 제조·가공을 중심으로 하는 '수출자유지역'으로 출범하였으나, 「수출자유지역설치법」이 2000년 「자유무역지역의 지정 및 운영에 관한 법률」로 개정됨에 따라 생산·판매·전시 기능의 '자유무역지역'으로 전환되었다.

186) 자유무역지역의 입주 자격은 수출을 주목적으로 하는 내국인 기업과 외국인투자기업, 물류기업 등이며(「자유무역지역법」 제10조), 정부가 기반(부지 등)을 조성한 후 임대방식으로 운영하고 있다. 또한 「자유무역지역법」은 자유무역지역에 입주한 내/외국인 기업에 관세 면제 또는 환급, 임대료 감면 등의 인센티브를 지원하고 있다. 자유무역지역에 입주한 기업체가 관련 규정에 따라 반입 신고한 내국물품에 대해서는 관세 등을 면제·환급하거나 영세율을 적용(「자유무역지역법」 제45조)하며, 자유무역지역에 입주한 외국인투자기업에 대해 임대료를 감면할 수 있는 것이다(「자유무역지역법」 제20조).

187) 자유무역지역의 지정 및 운영에 관한 법률(약칭 : 자유무역지역법) [시행 2021. 6. 15.] [법률 제18279호, 2021. 6. 15. 일부 개정].

188) 뉴스앤조이. "개성공단 중단한 정부, 1조 2,000억 버린 꼴."

189) [녹취: 해거드 교수] "Kaesong has been the one last bit of cooperation from the DJ and Roh Moo Hyun year…"

190) 김인영 객원 칼럼니스트(한림대 정치행정학과 교수) ⓒ 펜앤드마이크(http://www.pennmike.com)

191) 그러나 북한의 핵보유국 명문화와 개성공단의 중단 사태를 놓고 볼 때, 한국 좌파의 기능주의적 대북 접근이 어떤 결과를 낳을 지도 명명백백해졌다. 그것은 핵위협에 동맹국 없이 노출된, 그리고 수령체제를 전혀 바꿀 의사도 바꿀 이유도 없는 북한을 마주해야 한다는 사실이다. 또한 불과 123개의 업체가 박근혜

정부의 개성공단 직원 철수 결정을 맹렬히 비판하고 있는 상황에서 북한에 투자 규모가 커질 경우 북한 노동자의 저임금에 중독된 한국 경제가 북한의 협박에 어떤 방어책도 없다는 점이 분명해졌기 때문이다.

192) 예를 들어 '한민족 공동체 통일론'은 북한 정권의 현재 혹은 미래의 선의(善意) 및 이런 북한의 선의를 바탕으로 한 기능주의적 접근을 통해 북한이 궁극적으로 수령체제를 포기할 수 있을 것이라는 희망을 전제로 하고 있다. 바로 이런 점에서 기능주의적 접근은 선의를 갖고 있는 사람들에게 매력이 있다.

193) 안종환 외, 1995.

194) 김재한 외, 2000 ; 원병오 외, 1996 ; 제성호, 1997.

195) 김영봉 외, 2003.

196) 비무장지대는 동고서저의 우리나라 일반적 지형 특성을 반영하고 있다. 서부는 평야 및 해안 지대, 중부는 산악형 지형, 동부는 고지대와 해안 지대를 이루고 있다.

197) 김영봉 외, 2003.

198) 비무장지대의 토지는 산림지역이 75.5%로 전체의 3/4을 차지하고 있으며, 다음으로 초지가 20.3%, 농경지가 2.8%, 습지 1.1%, 나지 0.1%, 수역 0.2% 등이다. 농지의 경우 3/4 이상이 북측에 분포하고, 임진강이 흐르는 서부 비무장지대, 특히 판문점과 대성동마을 일대에 많이 분포되어 있다.

199) DMZ 일원의 하천은 크게 임진강 수계, 한강 수계, 동해안 수계로 구분된다. 임진강 수계의 하천은 사천강, 사미천, 임진강, 역곡천, 상류천, 한탄강, 김화남대천으로, DMZ를 관통하여 북에서 남으로 흐르고 있으며, 한강수계의 하천에는 금성천, 쌍룡천, 북한강, 수입천, 인북천, 서화천이 있다. DMZ를 지나는 모든 하천은 반세기 넘게 사람의 발길이 닿지 않았기 때문에 자연하천의 원형을 간직하고 있다.

200) 대표적인 지역으로 파주의 판문벌 지역과 철원의 비무장지대 및 민통 지역은 묵논습지화되어 있고, 고성 비무장지대는 해안사구가 넓게 형성되어 해안습지의 모습을 간직하고 있다.

201) 김귀곤(2010). 평화와 생명의 땅 DMZ. 드림미디어. p. 6.

202) 임업연구원(2000). 비무장지대의 산림생태계 현황.

203) 정전협정의 일방 당사자는 한국과 유엔이라는 주장 외에 한국과 참전 16개 국 , 또는 유엔 만이라는 주장도 있다. 제성호(1997). 한반도 비무장지대론. 서울 프레스. p. 54.

204) 우선 비무장지대의 유지 상태를 보면, 군사분계선(MDL : Military Demarcation Line) 북측의 경우 북한이 정전협정 직후부터 비무장지대를 침범하여 북방한계선 이남에 철책선을 가설하기 시작하였고, 1970년대 후반에 제2세대 철책선 가설을 완공하였다. 이에 대응하여 남한 측도 비무장지대로 진입하여 남방한계선 이북지역인 비무장지대 내에 철책선을 설치하기 시작하였다. 대체로 북한 측은 북방한계선에서 비무장지대 내로 1~1.5km까지 진입해 철책선을 설치하였고, 남한 측 역시 남방한계선에서 500m까지 비무장지대로 진입해 철책선을 설치하였으며, 일부지역은 그 이상까지 들어가 설치된 곳도 있다.

205) 비무장 규정의 준수 상태를 보면, 북측은 북방한계선을 넘어 군사분계선 근거리까지 다수의 중화기 진지를 구축하고 무장 전투 병력을 배치하고 있다. DMZ가 군사적 완충 지대로서 남북한 간 충돌의 발생을 감소시키기 위해 설치된 비무장 지역이란 말이 무색할 정도이다. 오히려 DMZ는 일종의 변경(邊境, CrossBorder)으로서 소통이 원활히 이루어지지 않는 폐쇄적 계통(System)이라 되고 말았다.

206) 군사분계선은 지도상에 표시된 선으로, 이 군사분계선을 따라 철책선이 가설되어 있지는 않다. 단지 남북한의 경계를 표시하기 위한 표식물이 군사분계선 155마일을 따라 매 200미터 간격으로 설치되어 있을 뿐이다. 서부전선에서 동부전선까지 설치된 표식물의 수는 모두 1,292개이다. 김영봉 외(2003). 경의·동해 선 연결과 접경지역 평화벨트 구축방안 연구. 국토연구원. p.28.

207) 폐쇄 시스템의 경우 변경은 사람·물자·정보의 이동을 방해하거나 단절시킴으로써 시스템 운행과 유지에 필요한 자원을 확보하지 못하도록 기능한다. 이러한 점에서 DMZ는 전형적인 폐쇄 시스템하의 변경으로서 남북한 간 사

람·물자·정보의 이동을 방해하거나 단절시킴으로써 남북한 각자의 기형적 구도를 형성시켰다. 한반도가 가진 지정학적 이점에도 불구하고 해양과 대륙의 원활한 소통을 제한하고 있다. 결국 이것은 동북아 지역의 국제적 협력을 가로막거나 왜곡시키는 부정적 영향을 미쳐왔다.

208) Dennis Rumley and J. Minghi(1991). The Geography of Border Landscapes(London and New York; Routledge). 참조.

209) 시스템의 이러한 변화과정과 변경이 진행하는 사람·물자·정보의 교류 상태는 서로 밀접하게 연관되어 있다. 그리고 이러한 시스템의 수준 제고를 이끄는 변경의 역할은 플러스(+) 효과로 인정된다. 결론적으로 시스템의 자기 붕괴 추세와 변경의 부정적 효과, 그리고 시스템의 자기 조직 과정의 형성 및 강화와 변경의 긍정적 효과는 서로 밀접하게 연관되어 있다고 볼 수 있다.

210) 홍면기(2006). "영토적 상상력과 통일의 지정학". 서울 : 삼성경제연구소. p. 25.

211) 이러한 과정을 거치면서 산업, 자원, 관광과 관련한 북한 지역 특구의 확대 개발 및 교통 물류 인프라 연계를 핵심으로 하는 남북경제공동체 구상이 본격화될 수 있다.

212) 윤황·김난영. "박근혜 정부 'DMZ 세계평화공원' 구상의 실현방안." p. 103.

213) 노태우 정부에서는 민족 자존과 통일 번영을 위한 특별선언(이하 7·7선언) 발표 이후 DMZ 내 '평화 시(市) 건설'을 제안하였으며, 남북 기본합의서에 남북 간 최초로 'DMZ의 평화적 이용'에 대해 합의함으로써 기대가 높았다. 그러나 김영삼 정부 시기 1차 북핵 위기 발발로 인한 남한의 팀스피리트 훈련 재개로 남북 관계가 경색되면서 실질적인 조치로 이어지지는 못했다.

214) 김대중 정부 시절 '6·15 남북공동선언'을 계기로 경의선·동해선 연결을 위해 철도 및 도로의 근접 지역에 위치한 병력과 화기를 철수시킨 사례가 있었지만, 직접적인 DMZ 지역의 평화적 이용과는 거리가 있다.

215) 문재인 정부 들어서 DMZ를 평화적으로 이용하는 방안으로 내어 놓은 것이 'DMZ 평화공원(생태포함)' 조성이 논의되어 오고 있다. 즉 군사·안보적 대립 상태의 대표적 전유물인 DMZ 내에 평화공원을 조성하자는 것인데, 이상으로

는 좋은 것이다. 하지만 과연 그것이 완충 역할을 할 수 있을지는 아무리 생각
해 봐도 아니다. 어떤 연구원은 이러한 DMZ 평화공원 조성이 정치·군사적 분
야와 비정치·군사 분야와의 동시적 해결을 통한 신기능 주의적 접근 방법이라
고 하기도 한다.

216) 이헌경(1996). "남북한 경제교류·협력 활성화 방안 모색: 신기능주의적 접
근." 통일문제연구 통권 제25호, 1996, p. 66. 이에 대한 자세한 논의는 Hass,
Ernst B.(1972). Beyond the Nation-State: Functionalism and International
Organization, Stanford, California: Stanford University Press. 참조.

217) 김용우, "통합이론으로서 기능주의와 신기능주의의 국제적 적용상황에 대한
비교 연구." 한국정책과학학 214 동북아연구 제33권 2호(2018).

218) KBS. 2019.03.08

219) 그 주인공은 황일순 울산과학기술원(UNIST) 기계항공 및 원자력공학부 석좌
교수가 이끄는 연구진으로, 극지와 해양·해저를 탐사하는 선박의 추진 동력을
생산할 초소형 원자로 개념 설계 연구를 시작했다. 배에 한번 장착하면 40년
동안 연료를 주입하거나 교체할 필요가 없어 배 수명이 다할 때까지 바다에 떠
있을 수 있다. 만에 하나 배에 문제가 발생하면 위험 구역은 오로지 '배' 주변으
로만 한정된다.

220) 캐스크는 지름 약 2m, 길이 10m로 커다란 트럭에 실어서 옮길 수 있는 수준이
다. 현재 짓고 있는 신고리 3·4호기 원자로(지름 4.66m, 높이 14.83m)와 비교
하면 크기가 조금 줄어들었다고 생각할 수 있다. 하지만 원자로 내에 증기 발
생기와 열교환기 등이 포함되어 있어서 전체 크기는 기존 원자로의 10분의 1에
불과하다.

221) 미국의 주류 언론들은 작년 "트럼프, 코로나 이후 권력 잃을 가능성 높아"질 것
이라고 연일 보도했다. 그리고 팬데믹은 어떤 모양으로든지 트럼프의 패배를
가져왔다. 역사를 살펴보면, 코로나 19 같은 대규모 위기가 경제 문제에 대한
지배 이데올로기를 변화시키는 경우들이 종종 있어 왔다. 유권자, 시위대, 시민
들이 위기의 순간에 어떻게 행동하는지에 따라 그 결과는 달라지기 때문이다.

222) 시사오늘(시사ON)(http://www.sisaon.co.kr)

223) 한국철학사상연구회 지음(2019). 현대 정치철학의 네 가지 흐름. 서울 : 에디투스. 서문.